古典文獻研究輯刊

十四編

曾 永 義 主編

第 **5** 冊

蘇軾論畫研究

陳 宜 政 著

國家圖書館出版品預行編目資料

蘇軾論畫研究／陳宜政 著 — 初版 — 新北市：花木蘭文化出
版社，2016〔民 105〕
目 4+322 面；19×26 公分
（古典文學研究輯刊 十四編；第 5 冊）
ISBN 978-986-404-805-2（精裝）
1.（宋）蘇軾 2. 學術思想 3. 畫論
820.8   105014952

古典文學研究輯刊
十四編 第 五 冊   ISBN：978-986-404-805-2

蘇軾論畫研究

作　　者　陳宜政
主　　編　曾永義
總 編 輯　杜潔祥
副總編輯　楊嘉樂
編　　輯　許郁翎、王筑　美術編輯　陳逸婷
出　　版　花木蘭文化出版社
社　　長　高小娟
聯絡地址　235 新北市中和區中安街七二號十三樓
　　　　　電話：02-2923-1455／傳眞：02-2923-1452
網　　址　http://www.huamulan.tw 信箱 hml 810518@gmail.com
印　　刷　普羅文化出版廣告事業
初　　版　2016 年 9 月
全書字數　284335 字
定　　價　十四編 21 冊（精裝）新台幣 36,000 元

蘇軾論畫研究

陳宜政 著

作者簡介

陳宜政，國立高雄師範大學文學博士，主要研究領域爲文藝美學。自幼受到美術教員父親含莘地培育涵養，在畫室顏料堆裡長大，對於「美」的感受有其細膩深刻、令人動人之見解。於中學、大學擔任國文教師多年，曾借調高雄市教育局國民教育輔導團專任輔導員，輔導大高雄地區國文科教學，亦任多年高雄市兒童藝術教育節文字紀錄及典禮主持，在地深耕文藝美學。是同事心目中「認眞的女人」，是學生眼中「慈祥、溫柔、可愛、嚴屬、作業要求很多」的老師。

提　　要

　　本文著重研究「蘇軾論畫」，透過蘇軾散見於詩文中的論畫文字進行討論。

　　第壹章爲緒論。主要將蘇軾詩畫相關研究做一查考；其次說明本論文如何將蘇軾論畫文字，以蘇軾立場作爲思考起點，並由亞伯拉罕對文藝考察三面向：作者、文本、讀者的方式，思索蘇軾如何論述繪畫理念。

　　第貳章爲蘇軾藝術性靈之蒙養——從三境界析論。藉王國維《人間詞話》之人生閱歷三境界論蘇軾藝術性靈之養成，產生蘇軾藝術性靈三境界，並以蘇軾詞作定義之，依次分別爲：「獨覺——欲待曲終尋問取，人不見，數峰青」、「堅持——密意難傳，羞容易變，平白地、爲伊斷腸」、「頓悟——回首向來蕭瑟處，歸去，也無風雨也無晴。

　　第參章爲蘇軾論畫之主體精神。透過蘇軾對文藝家之評論，以歸納蘇軾所謂創作主體應具備的素養內涵，必須包含：「崇尙眞樸」、「專注執著」、「寄興賢哲」。

　　第肆章爲蘇軾論畫之創作理念。蘇軾曾於〈跋宋漢傑畫山〉文中提及「觀士人畫，如閱天下馬。」藉此了解蘇軾認爲畫家創作理念宜涵蓋：「詩畫一律之思維」、「一觸即覺之靈感」、「物我合一之意境」。

　　第伍章爲蘇軾論畫之鑑賞觀。針對蘇軾作爲讀者角度，透過其對所見或他人收藏的歷代繪畫作品進行理解與分析，了解蘇軾鑑賞標準：持平心態——「寓意於物」甚於「留意於物」、觸物興發——「意在筆先，貴有畫態」。

　　第陸章爲結論。對研究成果加以考察，並提出前瞻與展望，以做爲未來持續研究之基礎。

銘 謝 辭

旭海

　　自碩論完成至今已數載，這些年歷經結婚、生子，年紀之成長顯而易見，而心智之成熟，只能愧然長嘆！當年的碩論深切地爲了感懷父親而作，如今博論，雖存在著與悠揚琴聲的鍵盤嬉戲、繽紛色彩的繪筆撞疊，但多了奶瓶液乳的侵襲、尿布穢物的洗禮，浪漫夢幻卻又不失眞。我，仍舊在當年的七彩寶塔裡尋找父親的影子。

　　研究「蘇軾」，應該很「蘇軾」！「十年生死兩茫茫，不思量，自難忘。千里孤墳，無處話淒涼。」蘇軾十年後懷念亡妻。十多年前父親離世，那年父親五十七歲，或許正透露最放心不下者是母親。父親生前的畫室與書房，堅強的臂彎與高大的身軀，在我腦海裡揮之不去的容顏，耳提面命，猶言在耳。

　　「旭海」──是父母親當年結識的地方，此地之最佳景物，當然爲旭日東升，無論是雲海或大海，寧靜等待朝陽需要較長的一段時間，然而初陽升起，雖然令人讚賞卻感嘆竟是如此短暫。此本博論之完成如同等待朝陽──漫長，當鍵入最後一個句點，不禁心茫，美感的瞬間，我眞實地嚐過幾回？恐怕只是等待美的時間綿長，美感的瞬間短暫吧！即便如此，也只能驚呼這才是美感經驗。

　　當年撰寫碩論時，一股腦兒濃得化不開的離愁思緒，如今再讀，總覺字裡行間的情感似乎教人生死相許，雖然眞實但卻太濃、太烈，文藝理論中，嚷著作品乃情感之表達符號，或許當時的我爲最有力的實踐者。至今，眞實的情感依舊，理論筆刀卻無情的闊斧，非向現實低頭，反而更有自己的主張。安德‧卜雷登（André Boton）說：「一首眞正的詩，應該是智力的瓦解。」若

人生是首詩，不該吟笑嗎？畫家關全曾說：「詩文書畫，少而工，老而淡。淡勝工，不工亦何能淡。」東坡也說：「筆勢崢嶸，文彩絢爛；漸老漸熟，乃造平淡。」當年的情感是加法，如今的情感是減法，或許是體驗了人生的情感越輕越沒負擔，而「淡」更能清楚地表達此時此刻的心情。

寫碩論時的宜政，心裡經常望著父親的背影，像是對著父親遺憾地吟唱著："You were always on my mind"，好比父親太早離世的自責口吻，充滿惋惜與不捨。如今，宜政已成長，就算怎麼棄己追趕，父親還是父親，宜政仍舊是宜政；父親功成身退，宜政則還有自己的路要走。此時的宜政，心中仍吟唱，但唱著 Phil Collins 為 Disney 電影泰山所作的主題曲──You'll Be In My Heart: "Why can't they understand the way we feel / They just don't trust what they can't explain / I know we're different but deep inside us / We're not that different at all / Couse you'll be in my heart / Yes, you'll be in my heart / From this day on / Now and forevermore / Don't listen to them, cause what do they know / We need each other, to have and to hold / They'll see in time, I know / When destiny calls you, you must be strong / I may not be with you, but you got to hold on / They'll see in time, I know / We'll show them together."

小泰山是小泰山，老泰山是老泰山，然而小泰山承襲老泰山在森林裡的悠遊。若宜政有幸克紹父裘，相信父親定是耳盼叮嚀再三。如今宜政身為人母，並未希冀孩兒有何種繼承，但盼孩兒擁有堅強且柔軟的心，為母的永遠在旁陪伴，永遠心繫成長，就算將來老去，孩兒也有如母在側的溫暖提攜，擁有蘇軾的豁達胸襟，面對人生的種種挑戰。

民國九十年九月九日凌晨，宜政惋然失怙，思父之情化為珠璣。是故本論文議論蘇軾兼懷慈父。感謝敬愛的蘇師珊玉、何淑貞老師、黃光男老師、林文欽老師、宋灝老師和多位打從大學時代提攜宜政的老師們，更要感謝最親愛的外子毅豪、家人、同事、朋友，在寫作論文這段期間給予宜政的鼓勵與包容。（民國一〇三年一月）

一張用盡氣息搜尋的剪報，一抹無法遺忘的勉強微笑，
永生永世放於心底的記憶──紀念父親逝世十二周年。
（1999/12/01中國時報）

當時十個月大的大兒子藍兒雙手老愛玩著媽媽案上的《蘇詩彙評》，對他而言那不是書，只是一件玩具，一件供他玩弄、把戲的玩意，一件讓他訓練手臂、手掌、手指肌肉的工具，一件媽媽藏且不捨塗鴉畫線卻讓藍兒任意隨手玩耍的寶物。媽媽的《蘇詩彙評》滿滿的都是藍兒的齒痕和口水。（攝於2010/12/04）

謝謝你們以純真豐富我的生命……

大小兒子藍與蕾2013/09

感謝每一位出現在宜政生命中的貴人！
後邊的磚牆好似一幅水墨，整個畫面因為有您們的參與，產生奪目的光彩。
2014/01/17

目

次

表次

第壹章　緒　論

第一節　研究動機

　　對蘇軾的相關研究，一直以來都是學術界的重要課題，可以說關於蘇軾的多數面向，其研究成果皆已相當廣泛、豐碩，頗難有可再置喙之餘地。然而本論文仍舊以蘇軾為主要研究對象，並將研究重心置放於蘇軾論畫的思維進行探討，其故何在？以下試論其由。

　　無論是遠見或思索事物之視角，蘇軾皆表現出獨到眼光。誠如蘇雪林所說：

> 所謂詩人確與普通人不同。詩人有三富，第一是富於「幻想」，第二是富於「好奇心」，第三是富於「浪漫氣質」。正因詩人有了這種特殊稟賦，他就成了一個永遠長不大的孩子。……蘇東坡是一個純粹的詩人，也是一個不失赤子之心的大人。他與同儕相狎侮戲謔，固出於純潔的遊戲行動，及其好作政治的諷刺，又何嘗不是出於純潔的遊戲行動。〔註1〕

蘇雪林此段文字意涵頗類於王國維於《人間詞話‧十六》所提到：「詞人者，不失其赤子之心者也。」〔註2〕的思想。終蘇軾一生，他確實完整地發揮自己的人格特質：「幻想」、「好奇心」及「浪漫氣質」。由於他富於「幻想」，因此得以將人間苦難，化為藝術符號，千古流芳，正如在〈江城子〉「十年生死兩

〔註1〕　〈東坡詩論〉之二，《暢流》第 45 卷第 8 期，1972 年 6 月，頁 54～60。
〔註2〕　〔清〕王國維《人間詞話》，徐調孚校著《校注人間詞話》，台北：頂淵文化，2001 年，頁 8。

茫茫」中所表達出的那種思念亡妻的深刻情感，雖死猶生的敘述，將昔日生活的場景映入現實的情境中，令人讀來莫不為之動容。由於他富於「好奇心」，因此得以將已知與未知加以融合，在人世寰海中，即使幾番歷經浮沉，依舊保有最初澄明的心境，誠如〈豬肉頌〉中，本因賤價而視如糞土的豬肉，在經過蘇軾簡單烹調，卻得以轉化為人間美味。也由於他富於「浪漫氣質」，因此得以將儒、釋、道結合，突破重重艱難，堅持自己理想，直到生命盡頭。是故能在貶謫時，留下〈自題金山畫像〉中所說「問汝平生功業，黃州惠州澹州」之語，感動著世世代代的讀者。

相較於蘇雪林教授認為的「詩人」必須擁有「幻想」、「好奇心」、「浪漫氣質」，十九世紀英國詩人威廉‧華茲華斯（William Wordsworth，1770～1850）曾於其文學批評論著作中提出：「詩人是什麼？」並自作回覆：

（He is a man）who rejoices more than other men in the sprit of life that is in him; delighting to contemplate similar volitions and passions as manifested in the goings-on of the Universe, and habitually impelled to create them where he does not find them.〔註3〕

詩人內在的活力比一般人活絡，因為詩人樂於觀察宇宙現象與自身相似的熱情與意志，並常在無人發現之處進行創造。此處即是說明詩人藝術家擁有他人所沒有的智慧之眼，仰觀俯察，因此能夠體認到他人無法識見的宇宙世界，並充分運用其天賦能力，進行創造，使藝術作品油然而生。當詩人進行創造時，所有的形象特徵無論是否為負面的危險或慾望，一併感發，華茲華斯言"did make / The surface of the universal earth / With triumph, and delight, and hope, and fear, / Work like a sea."〔註4〕詩人的創作遍及所有人類社會，並包含勝利、喜悅、希望、恐懼等普遍情感。這些特質原本猶如深袤的海洋世界，靜靜沈浸在海平面之下，無人所知，但一經詩人觀察與創作，所有人類社會的情感都將隨之爆發、無所遁形。

由此可知，中西方對於「詩人」的定義與要求頗為相似：華茲華斯認為詩人樂於誠心地觀察宇宙現象，與蘇雪林認為詩人要有「好奇心」意思相當，觀察萬物之後藉由詩人「浪漫氣質」的天賦，透過「幻想」進行創造，於是

〔註3〕 M. H. Abrams, "The Mirror and the Lamp:Romantic and the Critical Trandition", Oxford University Press, 1953, p55.
〔註4〕 同上註。

宇宙自然化作人為藝術符號。是故中、西方皆要求藝術家必須具備「好奇心」、「幻想」、「浪漫氣質」等三種特質，並讓自己深入自然環境中去體驗、感受，再進而將感受釋出，成為當下的創作。

　　王水照曾說蘇軾受到儒釋道思想的影響，特別是遭受到烏台詩案後的蘇軾：

> 受到佛老思想的滋養而得以超越廟堂，但不由此從其出世，卻保持了對人生、對世間美好事物的執著與追求，他為自己的精神尋找到了真正足以栖居的大地。「大地」的意義就是：一種入世的，卻不指向廟堂的價值所寄。……它承載起一種充滿詩意的生存況境，就是一個人在天地間「如寄」的生存。〔註5〕

王水照認為不卑屈於廟堂，又不棄離人世，安然若素，充滿詩意地寓居於大地上的蘇軾，正是一般人最熟悉的蘇軾。因為蘇軾在廟堂能有一點重量，才能達到心中不棄離人世的理想；由於不卑屈於廟堂，才能保有自己的靈魂，真正將自己的理想實踐。王水照以「充滿詩意的生存況境」來描述蘇軾「如寄的生存」，與蘇雪林認為蘇軾的詩人藝術家氣質附有常人所無的「好奇心」、「幻想」、「浪漫氣質」呼應，此外，王水照的描述也與詩人華茲華斯所謂「詩人（藝術家）內在的活力比一般人活絡」且「常在無人發現之處進行創造」相吻合，若進一步以嚴謹的學術眼光討論蘇軾，則如王水照所說：

> 學術傳統沒有為這樣的生存價值歸結出一個新名詞，所以我們從前談論蘇軾的人生哲學時，不得不離析成種種分屬於儒、釋、道各思想體系的詞彙，顯得雜糅不圓滿，實際上，如果撇開哲學學說的構建和表述方面的問題，僅就生命價值的追尋來說，蘇軾找到的確實是一種自足圓滿的生存價值，而其依託之地，恰恰與三教都不相同，既不在世外，也不在廟堂，而在廟堂與廟堂之外的廣闊世界內，因此用「大地」來指稱。〔註6〕

如此的「自足圓滿」，很難以「非黑即白」的嚴整二分法來定位蘇軾，王水照以「大地」來指稱，確實因此「大地」孕生出獨特的蘇軾，亦造就出蘇軾追求生命價值之所在。在蘇軾藝術家特質裡，有別於一般人的獨特眼光與觀察視角，能識見並理解「大地」所給予的生命意義。蘇軾〈赤壁賦〉透露出其

〔註5〕王水照、朱剛《蘇軾評傳》，南京：南京大學出版社，2004年，頁427。
〔註6〕《蘇軾評傳》，頁428。

仰觀俯察的視角確實與眾不同：

> 且夫天地之間，物各有主。苟非吾之所有，雖一毫而莫取。惟江上之清風，與山間之明月。耳得之而爲聲，目遇之而成色。取之無禁，用之不竭。是造物者之無盡藏也，而吾與子之所共食。〔註7〕

此處所謂「共食」即「共享」、「藝術享受」，蘇軾認爲精神上美的享受之內容來自於聲色，聲色乃耳目得之於風月者，是「造物者之無盡藏」，爲此「造物」者源源不絕提供無窮無盡的「美」。「美」本非人所擁有，無論是江上清風或山間明月，因人的賞玩產生新體悟，而賞玩的人則是整體審美活動的關鍵要素，誠如王水照所言蘇軾是帶著詩意栖居於人世間，蘇雪林說蘇軾呈現的是詩人的人格特質，故其展現於論畫詩文及藝術創作必然有著獨特的個人印記，值得深入探討。

關於蘇軾繪畫方面的研究大多從題畫文學著手，而蘇軾論畫詩文又散見其一生著作，然而蘇軾對於繪畫方面的見解，無論是作畫前的個人修爲，作畫當下的創作理念，或鑑賞他人畫作，皆有其一番不同於他人的精闢言論。筆者期能由熟悉之研究途徑，引出更多不同面向的思維。

以現代文藝批評方式而言，進行審美理論研究需有四項思維程序：第一道程序爲「準備」，選擇一個基本出發點，確定分析原則，並在客觀背景上考察對象的總體圖景。此基本出發點的選擇取決於傳統的文化與思維，並考量作品所受到的當時社會制約。第二道程序爲「近觀與環視」，以中距離及近距離觀察審美對象，細細剖析，以揭示審美對象與外部相關條件的聯繫與意義。第三道程序則是「沉潛於作品之中」，分解審美對象內部的結構要素，把握各個部分、結構、要素的組合意義。第四道程序爲「領會審美對象的本質」，當會通前三項程序而達到對作品的完整認識後，此種新綜合將使研究者返回作品的總體特徵上，從而對作品做出具體且能準確概括的判斷。〔註8〕藉由這四項過程，本論文反覆考察蘇軾論畫之核心價值，乃以審美理論研究方式研究蘇軾論畫。

本論文透過審視蘇軾論畫原文，並以文獻比較法，藉歷代文藝理論家對蘇軾論畫詩文的評析，由中西文藝批評理論剖析蘇軾論畫文字。主要目的在

〔註7〕 《蘇軾文集》卷一，頁5。

〔註8〕 胡經之、王岳川主編《文藝學美學方法論》，北京：北京大學出版社，1994年，頁4～5。

於為目前蘇軾研究偏重詩文的現象，提供另一種理解蘇軾的途徑。多才多藝的蘇軾，除了在詩文上有無可動搖的歷史地位，他對於繪畫理論的獨創見解，亦深刻影響後代文人創作、品鑒藝術的角度。然而蘇軾論畫的觀點及言論，乃散見於其著作之中，並無一嚴整的系統陳述，如此也增添了研究的困難。而本論文主要參考文本，是採用目前學術界較認可，由北京中華書局整理出版之《蘇軾文集》（八冊）、《蘇軾詩集》（六冊）及《蘇軾詞編年校注》（四冊）。而除了進行文本的察找之外，本論文更參照由羅鳳珠教授主持所建置之蘇軾研究計畫學術網站——「浪淘盡千古風流人物：蘇軾文史地理資訊系統」〔註9〕，處理蘇軾論畫詩文的認定問題。由此作為「蘇軾論畫研究」之論述基礎，以期能在架構理論上得以清楚明晰。

第二節　研究方法與歷程

西方浪漫主義理論批評家亞伯拉罕（M. H. Abrams，1912～）〔註10〕曾於其著作《鏡與燈（The Mirror and the Lamp: Romantic and the Critical Trandition）》中提出藝術批評之三元結構：作者、作品、讀者（觀眾）。本論文則根據 1953 年由哈佛大學出版亞伯拉罕所撰寫之原文專書《燈與鏡》，並參酌英語系教授酈稚牛、張照進、童慶生翻譯，王寧校稿，於 1989 年北京大學出版譯本《燈與鏡》，再參考劉若愚《中國文學理論》〔註11〕與葉維廉《比較詩學》〔註12〕之說法，以了解亞伯拉罕文藝批評理論。

亞伯拉罕在《燈與鏡》中以三向度空間結構將整個文藝活動予以含括，見（圖 1-1）「亞伯拉罕三向度空間結構」。

〔註 9〕「浪淘盡千古風流人物：蘇軾文史地理資訊系統」網站為：http://cls.hs.yzu.edu.tw/su_shi/index.html。

〔註10〕亞伯拉罕（M. H. Abrams）於 1940 年代中葉獲得哈佛大學英國文學博士學位，並於 1946 年開始於康乃爾大學任教，亞伯拉罕為一傳統人文主義學者，其研究方法乃既傳統又科學，將歷史、校勘、訓詁、版本、類型、風格、心理學、美學、人生閱歷與智慧作一融合，因此其研究成果往往具有強烈的說服力，發人深省。曾主編英國文學教科書《諾頓英國文學選集》，編寫《文學術語詞典》。

〔註11〕劉若愚《中國文學理論》，台北：聯經出版社，1981 年。

〔註12〕葉維廉《比較詩學》，台北：東大圖書，2007 年，二版一刷。該書僅於序言（頁 1～20）提及借用亞伯拉罕觀點，並作一番改良。

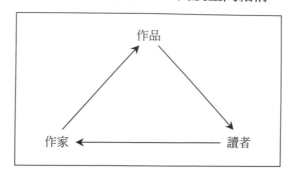

（圖 1-1）亞伯拉罕三向度空間結構

　　長久以來，「作家——作品」二位一體的批評模式占據主流，至此則重新分配角色，成為「作家——作品——讀者」三位一體的批評座標。作家將作品完成，呈現於讀者，讀者藉由作品窺探作者創作意義，作品即成為作者與讀者之間的中介。由亞伯拉罕「作者、作品、讀者」三向度，向外延伸，便作為本論文主研究之三大架構。

　　本論文既藉用亞伯拉罕文藝批評理論，自必須先了解其理論之沿革與發展歷程。以下試精要說明亞伯拉罕於其著作中所提出的文藝批評理論。

一、研究方法簡述

　　1953 年美國康乃爾大學英語系 M. H.亞伯拉罕出版其理論著作《鏡與燈》，雖然當中著重討論西方浪漫主義文學理論與文學批評，但對西方文藝理論則作了一番總回顧，並從歷史角度闡述了「模仿說」、「實用說」、「表現說」、「客觀說」等理論，對於各種文藝形式之欣賞提供了較具科學性的批評角度，並提出文藝批評之四大要素：「作品（亦說文本）」、「宇宙」、「作家」、「讀者」，更探討四大要素在四大理論中各自所佔之比重。已故的美國史丹福大學比較文學教授劉若愚（James J. Y. Liu）便曾運用亞伯拉罕之四大要素闡述中國文學批評發展史，使後代研究者從中得到啟發且萌生許多構想。

　　亞伯拉罕曾於書中序言說明此書之起名原因：

> The title of the book identifies two common and antithetic metaphors of mind,one comparing the mind to a reflector of external objects,the other to a radiant projector which makes a contribution to the objects it perceives.The first of these was characteristic of much of the thinking from Plato to the eighteenth century; the second typifies the prevailing

romantic conception of the poetic mind.〔註13〕

亞伯拉罕說明之所以會採生活常用品「鏡」與「燈」定為書名的原因，在於兩者為常用以形容心理隱喻的相對詞語：「鏡」，用以比作心靈對外界事物的反應；「燈」，則比作心靈的自體運作，更認為心靈也是所應感知事物的一部份。前者概括自柏拉圖（Plato，427～347 B.C.）至十八世紀之主要思維特徵，後者則代表西方浪漫主義關於詩人心靈的主導觀念。William Butler Yeats 亦曾言「鏡」與「燈」之概念："It must go further still: that soul must become its own betrayer, its own deliverer, the one activity, the mirror turn lamp."對文藝創作整體進行而言，「鏡」與「燈」是兩個相對卻又彼此對應的連結物件，能作為反應面者為「鏡」，然而「燈」才是真正全面的主體，「鏡」中之「燈」或許能涵蓋部分光亮，反應真實，如同一件文藝作品能反應真實的歷史事件，鏡中之光有時比燈光更為明亮，如同藝術作品有時比歷史更真實。

亞伯拉罕認為「Art is like a mirror.」〔註14〕（按：藝術作品就像鏡中反映事實），當中引用達文西借用「鏡子」說明繪畫與畫家心靈與自然的關係：

> The mind of the painter should be like a mirror which always takes the colour of the thing that it reflects and which is filled by as many images as there are things placed before it ... You cannot be a good master unless you have a universal power of representing by your art all the varieties of the forms which nature produces.〔註15〕

畫家心靈如鏡，將自然景物的色彩呈現於其中，而其之所以能成為大家之作，在於此藝術家所觀察的世界與於常人眼中的真實世界不同，藝術家眼中真實的早已超越現實情境，成為人文真理，代表人類文明在歷史文化進程中的演進。

由此可以了解：文藝批評理論自有其存在理由（validity），其審美標準非視審美批評理論的單一命題能否得到科學證實，而視其揭示單一藝術作品內涵的範圍、精確性和一致性，更視其能否闡釋各種不同藝術（accounts for diverse kinds of art）。

以上乃關於書名所以定為「燈與鏡」譬喻藝術家心靈的理論基礎，亞伯

〔註13〕 M. H. Abrams, "The Mirror and the Lamp: Romantic and the Critical Trandition", Oxford University Press, 1953, p2.
〔註14〕 "The Mirror and the Lamp: Romantic and the Critical Trandition", p31.
〔註15〕 "The Mirror and the Lamp: Romantic and the Critical Trandition", p32.

拉罕更在書中討論的「藝術四說」（模仿說〔註16〕、實用說〔註17〕、表現說〔註18〕、客觀說〔註19〕），並導入其文藝批評的各項座標──世界、作者、作品、讀者：「模仿說」主要是以四向度中的「世界」爲核心，認爲所有的藝術作品皆爲模仿世界而來；「實用說」以四向度中的「讀者（觀眾）」爲核心，認爲藝術作品是爲了服務廣大讀者，使讀者進入作品之中；「表現說」以四向度中的「作者（藝術家）」爲核心，展現作者對於作品所投入之情感與精力；「客觀說」則綜合四向度，將藝術作品視爲一個有機整體。由於蘇軾論畫詩文散見於其一生著作中，且其所提出的觀點相互影響，難以截然劃分，因此筆者藉亞伯拉罕四向度「世界」、「作者」、「作品」、「讀者」並雙向探討之結構，以討論蘇軾論畫詩文。

在討論蘇軾論畫詩文前，必要先了解繪畫領域中有所謂「再現」（representation）與「表現」（expression）以作爲理解畫論的基礎，兩者對於

〔註16〕 模仿說（Mimetic Theories），主要表達藝術來達藝術來自於對世間萬物的模仿（mimesis）。希臘哲人蘇格拉底（Socrates，469～399B.C.）認爲繪畫、詩歌、音樂、舞蹈、雕塑皆是模仿。其後在柏拉圖對話錄裡使用三項範疇爲藝術的創造作定義：一爲永恆不變的「理式」；二爲理式的、自然的或人爲的「感覺世界」；三爲「感覺世界的反映」，例如水中、鏡中的影像或造型藝術，且強調藝術模仿的是表象世界而非本質世界。

〔註17〕 實用說（Pragmatic Theories），主要認爲以欣賞者爲中心的批評稱爲「實用說」，此理論把藝術視爲達到某種目的之手段與工具，並常根據能否達到既定的目的以批判其價值。亞伯拉罕在解釋「實用說」時，將詩歌看作引發讀者進入藝術作品審美反應爲目的的人工產品，從詩歌或其組成成分的特殊效果，對詩歌進行分類與剖析，再根據詩歌欣賞者的需要和合理要求，對詩歌的藝術規範與批評建置相關審美準則。

〔註18〕 表現說（Expressive Theories），表明藝術作品爲藝術家思想情感的流露、傾吐或表現，亦可說是修改、合成藝術家意象、思想、情感的想像過程。藝術家本身創造藝術作品，並制訂其判斷標準，因此可以歸納地說：一件藝術作品在本質上是藝術家內心世界的外化，是藝術家感受、思想、情感的共同表現。藝術作品的本源來自於藝術家活潑的心靈活動，如果以藝術家心靈外部世界中的某些元素，作爲藝術作品的本質和主題，也必須經過藝術家的心靈活動，將事實變成藝術創作。讀者往往根據藝術表現媒介是否能準確傳達藝術家情感和才智，以批判作品優劣，並根據作品中所表現藝術家的心理狀態，爲作品分類並給予評價。

〔註19〕 客觀說（Objective Theories），前三種說法將觀眾、藝術家與外部世界作一聯繫，而亞伯拉罕第四種說法則認爲藝術來源於「客觀化走向」（objective orientation），原則上將藝術作品從外界參照中獨立出來，將之視爲一個由各個部分之內在聯繫而構成的自足體來分析，並只根據作品存在方式的內在標準以批判之。

傳達世界之方式不同。

　　「再現」，指藝術家對自然社會的具體描繪，在創作技巧上偏重寫實和逼真，追求形式的完美和現象的眞實；在創作理念上則偏重於認識客體，再現現實。「再現」具有眞實寫照之特點。

　　「表現」，指藝術家運用藝術技巧直接表達自己的情感體驗和審美理想，在創作技巧上偏重於表現藝術家所觀察到的自然社會，或拋棄具體的物象追求超現實的內容和觀念，採取象徵、寓意、誇張、變形甚至抽象等方式，以突破慣性的經驗；在創作理念上則偏重於表現自我，改變客體，表達理想。具有震憾人心、不求形似等特點。自宋代後士人畫開始從著重眞實地「再現」客觀現實轉向著重「表現」主觀情感方面轉移。蘇軾不以形似論畫，主張「寓意於物」，將於本論文第伍章深入討論。繪畫中的「表現」，主要是理性的觀念和強烈的情感起主導作用，自由創造，不受已有技法的約束，帶有較大隨意性。

　　「表現」是繪畫創作中不可缺少的一個因素，任何藝術作品在不同程度上皆是藝術家主觀思想感情的表現，是其個性、主體意識之表現，同時也傳達藝術家對自然社會的審美評價與審美理想。筆者以爲在繪畫藝術中，「再現」無法完全獨立於「表現」，「表現」也無法完全脫離「再現」，兩者或達到完美統一，或各有不同程度的側重，無法單一出現於繪畫中。「再現」與「表現」，作爲繪畫藝術創作中的兩種基本技能和方法，本身並無優劣，反而是能夠適應不同時代、社會、題材、風格等之需要和特性。因此若只單一以「再現」或「表現」來討論蘇軾論畫詩文，是無法完整呈現蘇軾詩人的人格特質，遑論其論畫詩文的獨特理念與觀點。

　　有鑒於此，本論文以亞伯拉罕之文藝三向度組織架構蘇軾論畫研究。由於蘇軾論畫詩文散見於著作中，衣若芬在〈蘇軾題畫文學研究〉中，曾以蘇軾生平經歷爲時間軸進行分段研究，完整呈現蘇軾題畫文學與蘇軾一生的關係外，但其他關於蘇軾論畫詩文卻無相關討論者。而本論文借鏡前人全方位研究蘇軾藝術之成果以作爲蘇軾論畫研究之基礎，並參考西方科學性藝術批評理論，由此分析蘇軾論畫詩文。

二、研究方法說明

　　「文學四要素說」認爲在整個藝術過程中，與藝術作品相關的要素有

四：「宇宙、作品、藝術家（作者）、觀眾」，並以三角形陳列，見（圖1-2）「文學四要素與藝術四說（中文）」及（圖1-3）「文學四要素與藝術四說（英文）」原貌：

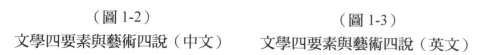

（圖1-2）
文學四要素與藝術四說（中文）

（圖1-3）
文學四要素與藝術四說（英文）

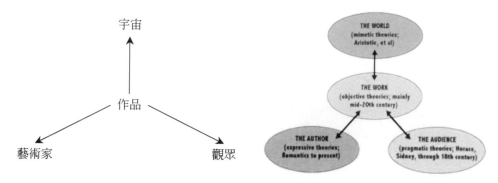

亞伯拉罕認為所有藝術理論皆可展示出具有辨別的定向，及趨向於這四要素當中單一要素。綜論藝術四說與四要的關係：模仿說，即作品對宇宙（世界）的反映；實用說，乃觀眾對作品的解讀；表現說，則為藝術家心靈的外現；客觀說，則孤立地考察作品價值。〔註20〕

劉若愚將四要素的關係重新安排成完整的圓圈，見（圖1-4）「劉若愚四要素圖」：

（圖1-4）劉若愚四要素圖

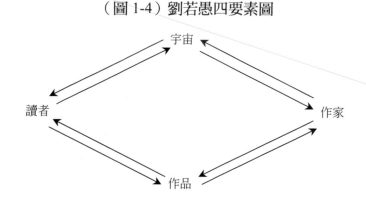

〔註20〕 M. H. Abrams, "The Mirror and the Lamp: Romantic and the Critical Trandition", Oxford University Press, 1953, p3~29.

　　此圖主要突出藝術主體與客體互相影響，互相制約。劉若愚認爲如則此形成一個不斷循環的藝術創造過程：

> 不僅僅指作家的創造過程與讀者的審美經驗，而且也指創造之前的情形與審美經驗之後的情形。在第一階段，宇宙影響作家，作家反應宇宙。由於這種反應，作家創造作品：這是第二階段。當作品觸及讀者，它隨及影響讀者：這是第三階段。在最後一個階段，讀者對宇宙的反應，因他閱讀作品的經驗而改變。如此，整個過程形成一個圓圈。同時，由於讀者對作品的反應，受到宇宙影響的方式所左右，而且由於反應於作品，讀者與作家的心靈發生接觸，而再度捕捉作家對宇宙的反應，因此這個過程也能以相反的方向進行。〔註 21〕

因此，沒有藝術家對宇宙的感受，作品不會存在，而藝術家與讀者必須透過作品才能溝通。葉維廉則將四要素關係安排爲一個龐大的理論架構，簡圖示之，見（圖 1-5）「葉維廉四要素圖」。他認爲產生藝術作品不可或缺的要件爲：作者、世界、作品、讀者、語言（含文化與歷史）。〔註 22〕

（圖 1-5）葉維廉四要素圖

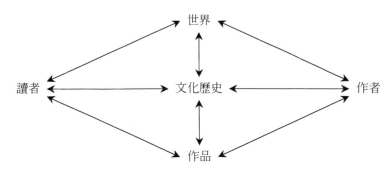

〔註 21〕 劉若愚《中國文學理論》，頁 13。文中借用亞伯拉罕於《燈與鏡》書中所設計的藝術批評四要素，但經過重新安排，呈現雙向箭頭，由於劉若愚所討論爲文學理論，特別將亞伯拉罕四要素中的「藝術家」改爲「作家」，將「觀眾」改爲「讀者」。

〔註 22〕 葉維廉《比較詩學》，台北：東大出版社，1984 年，頁 10。葉維廉在書中認定文藝理論有六導向：感官運思程式理論、由心象到藝術呈現的理論、傳達與接受系統的理論、讀者對象的理論、作品自主的理論及文化歷史環境決定的理論。由於原圖過於複雜，恐怕佔去過多篇解析，筆者僅借用並就原圖之大標目進行繪製，其於細微及解說部分，請參閱原書頁 9～13。

　　本論文試圖從上述之研究角度，以亞伯拉罕的藝術評論四角結構爲全文基礎，其中三元結構則暢談主論文，深入頗析蘇軾論畫詩文中承襲傳統價值，但又勇於別開生面，發人之所未發之創作理論，畫人所未畫的思想理路。彙整本論文之架構（圖1-6）「蘇軾論畫研究架構圖」、組織（圖1-7）「蘇軾論畫研究組織圖」、主論（圖1-8）「蘇軾論畫研究主論圖」。

（圖 1-6）蘇軾論畫研究架構圖

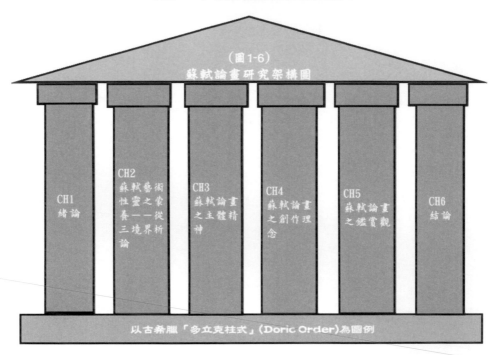

　　本論文借用古希臘建築神廟最早出現的石材柱式「多立克柱式」（Doric Order）〔註23〕來架構《蘇軾論畫研究》，其取象義涵在於期許本論文能在雄健柱腳上，沒有華而不實的過多裝飾，關於蘇軾論畫詩文能夠提出承先啓後的

〔註23〕　古希臘建築由公元前七世紀末，除屋架之外，均採用石材建造。古希臘建築藝術的種種改進，也都集中在這些構件的形式、比例和相互組合上。公元前六世紀，這些形式已經相當穩定，並產生成套定型的做法，之後古羅馬人稱爲「柱式」。多立克柱式是古典建築的三種柱式中出現最早的一種（公元前 7世紀），另兩種爲愛奧尼柱式（Ionic Order）和科林斯柱式（Corinthian Order）。希臘多立克柱式（Doric Order）的特點爲較粗大雄壯，沒有柱礎，柱身有二十條凹槽，柱頭沒有裝飾，多立克柱又被稱爲男性柱。著名的雅典衛城（Athen Acropolis）的帕德嫩神廟（Parthenon）即採用多立克柱式。

觀點。並經簡化後加入箭頭說明以呈現其組織，見（圖 1-7）「蘇軾論畫研究組織圖」。

（圖 1-7）蘇軾論畫研究組織圖

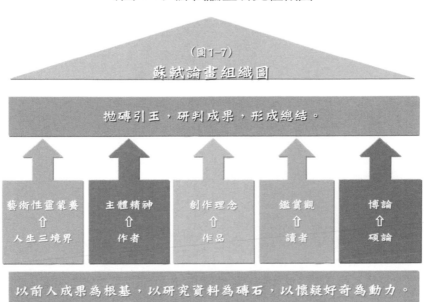

除第貳章為「蘇軾藝術性靈之蒙養」，本論文參考王國維人生三境界之說，定義蘇軾藝術性靈成長屬於亞伯拉罕定義「宇宙」之論點。再者，改革亞伯拉罕藝術批評理論以分析蘇軾論畫研究之主論，見（圖 1-8）「蘇軾論畫研究主論圖」：藉「作者」論蘇軾論畫詩文之「主體精神」，藉「作品」論蘇軾論畫詩文之「創作理念」，藉「讀者」論蘇軾論畫詩文之「鑑賞觀」。以前人成果為根基，以研究資料為磚石，以懷疑好奇為動力，並輔以碩論研究經驗為基礎，期待能形成一總結性論述，並拋磚引玉，引發更多的研究成果。

筆者將蘇軾論畫主論畫分為三，如（圖 1-8）「蘇軾論畫研究主論圖」所示，雖然為三部分，然而兩兩相互影響，故以雙箭頭表達此關係。蘇軾主體自我意識，必然反應於理論的呈現、論畫文字的傳達，而論畫文字更是蘇軾主觀意識之形象化、具體化，故以主體精神與創作理念評析。當繪畫作品呈現於蘇軾眼前，蘇軾以自己的理解方式解讀繪畫作品、理解原畫作者的創作原委，此時又形成另外兩組雙箭頭，故本論文以鑑賞觀與創作理念、鑑賞觀與主體精神評析之。

（圖 1-8）蘇軾論畫研究主論圖

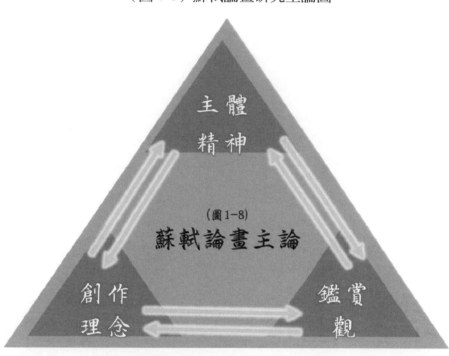

第三節　文獻回顧與探討

近幾年學界對蘇軾研究之傾向，以針對其藝術作品、獨特人格特質作爲研究切入角度者爲眾。而本論文既以蘇軾論畫作爲研究範圍，遂以「蘇軾」與「藝術」作爲資料查詢之關鍵詞，發現單就台灣與大陸方面的學位論文即多達數百筆，〔註24〕更遑論研究蘇軾專題的海外資料。

筆者將資料畫分爲兩向度討論，首先分析蘇軾專書與專著，其次則透過

─────────

〔註24〕曾任中央研究院文哲研究所研究員衣若芬曾發表〈台港蘇軾研究論著目錄1949～1999〉（《漢學研究通訊》總 78 期，2001 年，頁 180～190）蒐集 1949年至 1999 年台灣及香港兩地出版之蘇軾研究專著、期刊論文以及博碩士論文題目，依書籍出版地和刊物發行所區別，內容依論著性質分爲三類，第一類爲蘇軾之生平傳記思想；第二類爲蘇軾作品之研究；第三類爲書畫文藝美學之研究，其中第二類再分爲「總論」、「詩」、「詞」、「散文及辭賦」，凡討論不只一項文類或涉及蘇軾與其他文人之比較者，皆歸入「總論」，個別文類裡較多學者關注的作品，如〈赤壁賦〉、〈念奴嬌‧赤壁懷古〉等，則於該文類中單立一項，其他依出版時間先後順序排列。此單篇論文可謂爲台港地區研究蘇軾之必備搜尋資料。

研究蘇軾專題的學位論文、期刊論文等資料，深入思索與探討。茲將相關文獻分三方面探究：

第一、蘇軾相關主題之研究。主要考察台灣與大陸地區以蘇軾論畫文字爲主題之學位論文、期刊論文等，作爲討論範圍；第二、美學方法取向之研究。主要以發表於台灣、大陸地區，專門以美學研究方法探討蘇軾論畫之學位論文及期刊論文爲範圍；第三、其他關於蘇軾之研究成果。

台灣地區於 1991 至 2012 年所能搜尋到關於蘇軾書畫或藝術相關學位論文約有十三筆〔註 25〕，其中碩士論文占九篇，博士論文占四篇。至於中國大陸研究蘇軾書畫或藝術相關學位論文，由於資料實在過於龐大，僅能縮小範圍（1999～2012 年）選擇蒐集，其中與本論文研究相關者，計碩士論文占二十五篇，博士論文占三篇。而由研究方法來分析，目前僅見胡秀芬《從萊辛、蘇軾詩畫觀探析中西不同詩畫的必然性》一文是從東、西方美學思想進行比較研究之外，大多仍以傳統方法對蘇軾藝術相關議題進行研究。

而在期刊論文部分，台灣地區自 2008 年至 2012 年的學術期刊中，研究有關蘇軾藝術思想的期刊論文約有十五篇，大陸地區自 1999 年至 2012 年的學術期刊中，以蘇軾藝術思想爲主題之期刊論文則約有十六篇。由於期刊論文及專書討論蘇軾者不勝枚舉，僅就近十多年來與本論文相關者深入剖析，以作爲何以選擇「蘇軾論畫」作爲研究之原因。然此章僅先作資料上的分類，在資料呈現則以出版時間由近及遠排序，相關內容則於後數章敘述主要論點時，再依關連程度研討之。

一、蘇軾相關主題之研究

（一）博士論文方面

1. 李百容《蘇軾詩畫通論之藝術精神研究》〔註 26〕

此文主要在透過先秦以來「道」、「藝」關係的開展，作爲觀察蘇軾「有道有藝」、「以一含萬」、「詩畫本一律」之藝術精神的詮釋理路，以抽離近代

〔註 25〕與本論文研究主題相關性強之學位論文乃以民國一百年爲基準，向前推二十年，因此將資料鎖定於台灣地區列入國家圖書館藏目錄，由八十學年至一百學年畢業之學位論文，由於鄭文倩《蘇軾藝術思想研究》（國立台灣大學中國文學研究所碩士學位論文，柯慶明指導，76 學年畢業）與其他學位論文的時間形成斷層，在此略去不談。

〔註 26〕台灣：淡江大學（中國文學研究所），2012 年。

運用「詩畫界限」觀點，所可能產生與歷史語境偏離之本義的混淆。就蘇軾「有道有藝」、「道藝兩進」的思維，所呈現於「詩畫通論」之創作論、鑑賞論、以及「道」與「藝」之即體即用實踐的可能確立開出以《東坡易傳》「本一」、「道一」之論「道」的「通學」本質，進而回歸蘇軾「以一含萬」、「詩畫本一律」之藝術精神本質，重返宋人「道」、「藝」辯證之時空背景，凸顯蘇軾於「道本藝末」之道學藝術觀的論述中，所開顯之特出「道」「藝」體用不二的「詩畫通論」。針對蘇軾「詩畫本一律，天工與清新」之說，由論「道」而論「藝」之詮釋理路下，開展出新解，可作爲當代理解蘇軾「詩畫本一律」之文化底蘊，並期能開啓當代與蘇軾「詩畫通論」的對話。此論文偏重闡釋「藝」與「道」的歷史沿革，以及如何在蘇軾所有藝術論述中產生影響，使得蘇軾提出「以一含萬」的哲學辯證，以闡釋其「詩畫本一律」的發展。李百容所論相當值得肯定，在質精量多的蘇學成果中，想要對蘇軾藝術思維有創新的研究理路，確實困難重重，只能以「自在」的心境爲研究蘇軾論畫作努力（見〈自序〉），李百容論文雖與本論文研究範圍有部分重疊，然其較偏重蘇軾哲理辯證，而本論文乃就蘇軾論畫文本爲蘇軾論畫作詮釋，兩者指涉有著天壤之別。

2. 趙太順《蘇軾及其書學》〔註27〕

趙太順由韓國人的角度探索蘇軾書法，且由歷史及美術科學背景深入分析，最末則認爲蘇軾書法影響韓國書法，並做深入研究。由內至外，由思想變化至書體變化，以爲此能全面關照蘇軾書學之成形，然而此論文畢竟是針對蘇軾影響韓國書法作分析，與本論文關連不大。

3. 廖學隆《蘇軾書法藝術研究》〔註28〕

此論文將蘇軾書學做了博觀與微觀的整理，且將蘇軾書法對後代的影響賦予深切的期盼。誠如廖學隆所言，蘇軾書學提供多元價值觀，而書法已不在中小學課程中得到應有的養分，並在第一線教學上極難落實，如何將稀有的獨立藝術注入新生命，一直是吾輩共同的努力。

4. 衣若芬《蘇軾題畫文學研究》〔註29〕

衣若芬以蘇軾人生爲縱軸，建構蘇軾題畫文學研究，可了解蘇軾隨著人

〔註27〕 台灣：中國文化大學（史學研究所），2006 年。
〔註28〕 台灣：台灣師範大學（國文學研究所），2005 年。
〔註29〕 台灣：台灣大學（中國文學研究所），1994 年。

生境遇而在題畫思想上的遞進與轉變，是一種格局大、且能全面含蓋的研究方式。然而本論文之論述核心雖非置於題畫文學，但亦希冀能從中汲取其蘇軾相關藝術理論，作爲繪畫理論之參酌。

（二）碩士論文方面

台灣部分共有九筆，分別是：

1. 鄭清堯《蘇軾行書藝術之研究》〔註30〕

鄭清堯由書學研究出發，就蘇軾書法之型製與特色，以時間爲軸做縱向分析與歸納。誠如該文所言：「『東坡書風』，是爲文人書法之倡導者及實踐者」。然而在其論文中強調的是蘇軾書體之承襲與所受影響，在一位藝術家的作品形成風格特色之前，必然有其美學思想作爲支持之後盾，而該論文並未對蘇軾之美學思想與觀點作彙整，甚至未對蘇軾「士人畫」或「文人書風」作一番耙梳。

2. 李天讚《蘇軾詩詞中竹書寫研究》〔註31〕

該論文主要針對蘇軾詩詞作品中所提及「竹」的形象分析，一一檢核蘇軾的人格特質，並發掘蘇軾筆下「竹的特質」等同於「蘇軾的人格特質」。然而蘇軾仍有許多其他美學哲思，可以與「其身與竹化」的觀點相符應，當可提供作爲本論文繼續深化之探討。

3. 盧冠燕《蘇軾題畫詩類型主題研究》〔註32〕

盧冠燕以蘇軾的「題畫詩」爲主要研究對象，從中探求蘇軾的詩畫創作美學，從創作方面來深入探析。單就「題畫詩」的定義與介定而言，即有不同標準：一指專門題寫在繪畫作品上的詩，此爲狹義；一指提及繪畫作品，不一定題寫在畫作的詩，此乃廣義。由於書畫的保存不易，直至今日已無從查證蘇軾的題畫詩是否爲眞正題寫在畫作上，可見該論文的研究傾向爲廣義的題畫詩。然筆者以爲，以題畫詩作爲藝術作品，猶如其他藝術品項一般，「言之不足，故詠歌之，詠歌之不足，則足之舞之」，因此題畫詩的出現有很大一部分的原因，乃是「畫之不足，故詩言之」，由此就蘇軾題畫詩或可了解蘇軾對於該畫或繪畫作品的思想補充。然而蘇軾的「創作美學」思想仍必須藉由

〔註30〕台灣：高雄師範大學（國文研究所），2008年。
〔註31〕台灣：中正大學（中國文學研究所），2007年。
〔註32〕台灣：台灣師範大學（國文研究所），2007年。

探討其散文、書、記等作品才能通透分析，盧冠燕論文僅研究題畫詩便欲全面了解蘇軾「創作美學」，其中之困難不言可喻。惟本論文仍可借鏡其未提及之處，作為研究起始點。

4. 林融嬋《蘇軾超曠情懷與文化關係研究》〔註33〕

對蘇軾的超曠情懷的討論，一直是歷代文人、思想家關注的焦點，在蘇軾困頓的人生當中，如何以其獨特的心境超然度過？經常在學報、雜誌上見到單篇論文研討。林融嬋則以兩層架構暢談蘇軾的超曠，將前人研究做新視角爬梳。宋代理學發展原是吸收儒釋道思想之養分，而其題既設定為探討與文化之關係，故全篇論文講述思想的部分比重較多，而屬於文化層次的藝文領域則著墨較少，此則可待本論文予以補充。

5. 范如君《喬仲常《後赤壁賦圖卷》研究：兼論蘇軾形象與李公麟白描風格的發展》〔註34〕

該論文乃由繪畫技法之角度論述歷代水墨處理景物空間的原則，因此雖然兼論蘇軾形象，但著墨不豐，惟仍可做為歷代畫家解讀蘇軾形象的參考資料。

6. 劉怡明《蘇軾淨因院畫記的常理研究》〔註35〕

「常理」乃蘇軾在〈淨因院畫記〉中所提出最重要的美學概念，劉怡明以「對象物的掌握」、「主體情感呈顯」、「詩畫本一律」三點為基礎，在尚未建構體系的蘇軾繪畫理論中理出頭緒，並將「常理」之意義做了分析。但既然由「詩畫一律」之基礎談「常理」，在蘇軾論畫詩文中有無可能亦包含「常理」美學價值的分析與應用？關於此點，亦可作為本論文繼續探討之方向。

7. 謝惠芳《蘇軾題畫文學之研究》〔註36〕

在八十三學年度時，台灣學界連續出現兩篇以蘇軾題畫文學作為研究對象的學位論文，一為前中央研究院研究員衣若芬畢業於台大的博士論文；一則為謝惠芳畢業於師大的碩士論文。衣若芬的討論方式主要以時間為縱向主軸進行鉅細靡遺的研究，而謝惠芬則是以小範圍細膩討論蘇軾題畫文學，各有自己的主張與特色。然而，謝惠芬雖提到：「期能透過對蘇軾題畫文學的研

〔註33〕 台灣：南華大學（文學研究所），2004 年。
〔註34〕 台灣：台灣師範大學（美術研究所），2001 年。
〔註35〕 台灣：成功大學（藝術研究所），1999 年。
〔註36〕 台灣：台灣師範大學（國文研究所），1994 年。

究，建立蘇軾周全的繪畫理論」，但由於蘇軾傳世的繪畫作品不多，實難以達成此目標，因此本論文除從蘇軾題畫文學著手，更從其書論、畫論探析蘇軾藝術理論，以求補充該論文之不足。

8. 戴伶娟《蘇軾題畫詩藝術技巧研究》〔註37〕

戴玲娟以蘇軾題畫詩作爲研究對象，並將範圍縮小做精緻研究，十分可取，他認爲：「蘇軾承前人遺緒，並借鏡詩畫特長，發揮以才學爲詩、以議論爲詩，表現尙理、尙意的宋詩特質，展現豐富意境與多樣風格美，建構一個五彩繽紛的藝術世界。」然單就題畫詩的本身而言，是否能理出「以議論爲詩」之結論？又蘇軾論畫詩文是否一如蘇軾寫詩習慣，流露出其哲理思想？則是本論文欲探討之目標。

9. 夏賢李《金代書法之蘇軾與米芾傳統》〔註38〕

學界以金代做爲考察對象的研究較爲罕見，夏賢李能將金代對於蘇軾、米芾書法之詮釋作一番整理與分析，具有一定程度的研究參考價值。然而研究對象以金代爲主，只能就蘇軾作品對後代影響加以探討，屬於以作品影響爲主的研究路徑，非以作者爲本位的研究論文方向。

大陸部分共有四筆，分別是：

1. 張永《蘇軾書法藝術評介研究》〔註39〕

此文主要將蘇軾身爲文學家、書家、畫家的身分加以表述，另從北宋同期、南宋、元、明、清評論者的角度探討蘇軾書法的褒貶程度。文中談到「對蘇軾和他的書法藝術的褒揚主要表現在如下幾點：（1）對蘇軾的天資、學問修養的肯定與仰慕；（2）對蘇軾書法獨闢蹊徑、自立門戶的基本認同；（3）對蘇軾人格魅力、浩然氣節的讚賞，對其坎坷遭遇、悲喜人生的同情；（4）對蘇軾代表作〈黃州寒食詩帖〉、〈洞庭春色賦〉、〈中山松醒賦〉等的推崇。」（頁68）至於「貶低、質疑蘇軾書法者指出他在技巧與審美訴求上的癥結，主要在：（1）用墨過豐、執筆欲側；（2）字形過肥過扁；（3）可見病筆、信筆；（4）超越規矩，不夠中和，有些『狂怪』、矜誇。」（頁69）此論文對於歷代評價蘇軾書法更透過曲線圖表總結，連評價者身分地位也予以分類整理，非常細膩。

〔註37〕 台灣：成功大學（歷史語言研究所），1993年。
〔註38〕 台灣：台灣大學（歷史語言研究所），1991年。
〔註39〕 大陸：山東大學（中國古代史專業），2007年。

2. 庫萬曉《文同和蘇軾關係研究》〔註40〕

此文論述文同詩中的「子平」為蘇軾（「子平秘丞」除外），確是因為黨禍未除的原因使然，而蘇鈞也確有其人；並梳理了文同在文藝理論方面對蘇軾的影響，最後論述了兩人在藝術創作方面的相似點。論文中有部分觀點值得肯定，如提及文同對蘇軾主張文藝理論之影響可表現為：「詩畫為德之產物」、「詩畫本一律」之詩畫論；「胸有成竹」、「以小見大」之構思論；「形神兼備」之鑑賞論。皆值得參考。

3. 陳芳《東坡筆下的日常生活情趣——蘇軾日常生活題材詩歌創作初探》〔註41〕

此文主要從詩文探討蘇軾對日常生活的細膩觀察，甚至連細瑣小物亦可入於詩文。該文對於蘇軾生活掌握清楚，可提供讀者從側面了解蘇軾藝術理論。

4. 楊翠琴《論蘇軾的曠適人生》〔註42〕

該論文不選擇一般人談及蘇軾的「曠達」，而以「曠適」形容之。「達」為行為上的放蕩，「適」才是心靈上的適意。並認為蘇軾的「曠適」人生包含三部分：「第一，不苛求人生的完美，這是一種客觀求實的態度。第二，辯證的看待得失，這是一種平和又富有進取性的生存技巧。第三，處逆境情有所託，心有所繫，這是一種充實自我，豐富精神的高明手段。」（頁3）合理的從蘇軾人生境遇與詩文解析其曠適人生。

（三）期刊論文方面

有主要探討中國畫論再引入蘇軾主題研究者，如：陳池瑜〈現代中國畫的傳統與變革〉〔註43〕、陳葆真〈中國繪畫研究的過去與現在〉〔註44〕、金炫廷〈明代中後期文人的繪畫收藏活動〉〔註45〕；有探討蘇軾人格傾向研究者，如：楊勝寬〈蘇軾幽默人生的文化個性〉〔註46〕、吳炫〈論蘇軾的中國

〔註40〕 大陸：吉林大學（中國古代文學專業），2006年。
〔註41〕 大陸：安徽大學（中國古代文學專業），2006年。
〔註42〕 大陸：內蒙古大學（中國古代文學專業），2005年。
〔註43〕 台灣：《書畫藝術學刊》第7期，2009年12月，頁27～40。
〔註44〕 台灣：《漢學研究通訊》第28卷第3期，總號111，2009年8月，頁1～16。
〔註45〕 台灣：《逢甲人文社會學報》第17期，2008年12月，頁1～43。
〔註46〕 大陸：《西南民族大學學報（人文社科版）》，2008年4月總第200期，頁142～148。

式獨立品格〉〔註47〕；更探討蘇軾詩書畫等藝術理念研究者，如：趙龍濤〈蘇軾論書詩簡論〉〔註48〕、黃彩勤〈蘇軾題山水畫詩的題詠內涵與人生觀照〉〔註49〕、張高評〈蘇軾題畫詩與意境之拓展〉〔註50〕、劉鋒燾〈從李煜到蘇軾——「士大夫詞」的繼承和自覺〉〔註51〕、王明建與甘恆志〈論蘇軾詩中有畫論的創作實踐舉隅〉〔註52〕；甚至旁及探討蘇軾相關文章者，如：蔡志鴻〈〈蘇東坡突圍〉之後設論述〉〔註53〕。

二、美學方法取向之研究

（一）博士論文方面

台灣部分僅有一筆資料，即：

1. 崔在赫《蘇軾文藝理論研究》〔註54〕

崔在赫《蘇軾文藝理論研究》出版之後，一直是筆者書架上經常翻閱的書籍，並以之作為長年探討蘇軾文藝思想的啟蒙書。然而就崔在赫寫書的時代氛圍來看，當時研究美學思想的環境與今日相比，相對而言較為保守。許多中西方的美學專有名詞，經過十多年不斷的討論之下，已能精準表達其所代表的特定美學語境，此則引發本論文欲補充崔在赫書中無法識見時代軌跡之動機。

大陸部分則有三筆，分別是：

1. 李放《蘇軾書法思想研究》〔註55〕

此文認為蘇軾的書法思想含有宋代文人高揚的強烈主體精神，具有創新「尚意」而輕視法度的意義，得以開闊文化之視野。此文主要從蘇軾對於筆墨紙硯的要求論起，言及蘇軾書法對當代及後代的影響。

〔註47〕 大陸：《文藝理論研究》，2008 年第 4 期，頁 8～17。
〔註48〕 台灣：《書畫藝術學刊》第 9 期，2010 年 12 月，頁 311～326。
〔註49〕 台灣：《遠東通識學報》第 4 卷第 2 期，總號 7，2010 年 7 月，頁 57～76。
〔註50〕 台灣：《成大中文學報》第 22 期，2008 年 10 月，頁 23～60。
〔註51〕 大陸：《文史哲》，2006 年第 5 期（總第 296 期），頁 82～87。
〔註52〕 大陸：《河北大學學報（哲學社會科學版）》，2006 年第 2 期第 31 卷（總第 128 期），頁 105～107。
〔註53〕 台灣：《國文天地》第 25 卷第 1 期，總號 289，2009 年 6 月，頁 52～55。
〔註54〕 台灣：政治大學（中國文學研究所），2002 年。
〔註55〕 大陸：首都師範大學（美術學專業），2007 年。

2. 劉曉歐《古代文人畫對中國畫發展的消極影響》〔註56〕

文章從唐宋文人畫的形成，元代確立文人畫的地位，明清開始文人畫成為畫壇主流論起。以較長篇幅交代不重形似、重墨輕彩的文人畫，不利於人物畫與民間繪畫的發展。然而本論文卻以為中國畫不等同於人物畫，中國畫應包含多種多樣的形制特色，而該畫別之所以成為主流，大部分原因來自於讀者的角度，當時代美學的走向傾向於此，難以抵擋文人畫的盛行，因此筆者於論文中將留意此觀點。

3. 許外芳《論蘇軾的藝術哲學》〔註57〕

該論文總結前人說法並提出獨到見解，認為蘇軾論文藝實貫通文學、繪畫、書法的藝術哲學，並將之歸結為四方面：真實論、傳神論、自然論、法度論。真實論：蘇軾的真率性格影響其對文學的理論，他強調文章要有真情實感，強調畫有常理，不違背事物的本質真理。傳神論：在文學上強調通過錘煉字句來傳達事物之神，在繪畫上強調繪畫不僅要形似，更要神似，在書法上則是書如其人。自然論：辭達說的本意乃言止於達意，故有以隨物賦形、行雲流水之喻論文的說法。而在繪畫和書法上則要心忘手，手忘筆，才能如有神授，進入無法之法。法度論：認為無論文學、繪畫、書法，都要經過一番長期不懈的勤學苦練，才能有所成就，進而自成一家。此論文相當值得肯定，許多細微部份也表現出作者的獨到見解。

（二）碩士論文方面

則以大陸資料為多數：

1. 曹英慧《中國文人畫中的惆悵美——從八大山人的作品談起》〔註58〕

該文將士大夫分為兩類，分別是依附朝廷者以及尋求獨立者。然而當士大夫無法逃避時，僅能在文墨生活中尋求自我認同的價值，因此文墨及成為士大夫心靈之寄託與象徵。該文又認為士大夫繪畫之美感特色，不僅在於描繪自然，更在於於描繪本身的線條、色彩，也即所謂筆墨本身。筆墨具有不依存於表現物件的相對獨立的美，它不僅是形式美、結構美，而且在這形式結構中能夠傳達出人的種種主觀精神境界。「線條本身的流動轉折，墨色本身濃淡位置就是畫家心靈軌跡的顯現，它們傳達出來的情感、力量、意興，構

〔註56〕大陸：東北師範大學（美術學專業），2005年。
〔註57〕大陸：復旦大學（中國語言文學專業），2003年。
〔註58〕大陸：河北師範大學（美術學專業），2007年。

成了文人畫獨有的惆悵美的境界。」（頁23）然而，全文以八大山人爲主論，關於蘇軾的內容並不多。

2. 向阿娟《蘇軾文藝美學的道教情懷》〔註59〕

此文將整個宋代文化的主流定位爲趨向於道教思想，論文第五章「天然、平淡的美學思想」中提出：「無意於佳」的創作心態、「隨物賦形」的美學主張、「外枯而中膏，似淡而實美」的美學實質，由過去經常被提及的蘇軾文藝美學命題綜論蘇軾的道教情懷。然而「道教」不等於「道家」，文中所論述的種種情懷似乎較接近道家思想，題目所提「道教」情懷反而較少著墨。

3. 姚濤《繪畫創作體驗的詩意思考》〔註60〕

該論文雖然只有短短十六頁，但文將中西畫家具有詩人體驗思考的特質整理並論述，「畫是無聲詩，詩是有聲畫」、「詩是無形畫，畫是有形詩」、「畫爲不語詩，詩是能言畫」等論文經常提到的美學命題再作詮釋。然而，畢竟是以中西歷代畫家的大範圍作爲整體論述的思考起點，對於蘇軾的論述則僅是點到爲止，本論文則依此命題，期望能深入剖析蘇軾藝術理論。

4. 李海軍《禪與中國山水畫》〔註61〕

該論文主要談論由魏晉南北朝至民國時期，禪思想與中國山水畫的關係，並舉出若干知名畫家或文人畫論作爲探討。第三章第五節談及蘇軾山水畫與禪之關係：「在〈淨因院畫記〉中，進一步提出『常形』與『常理』，來區別『工人畫』和『士人畫』。他認爲工人雖然也能『曲畫其形』，但不知『常理』；而『士人』和『工人』不一樣，『士人畫』不在形似上計較，講求『常理』。徐復觀先生認爲蘇軾『常理』的『理』，不是當時理學家所說的『理』，而是《莊子‧養生主》中『依乎天理』的『理』。我認爲，這裡的『理』，既不完全是《莊子‧養生主》裡的『理』，也不完全是當時理學家所說的『理』，而是與佛學嚴華宗所說的『事理』的『理』也有一定關係。蘇軾相容佛教宗派的態度，表明自己的看法，主張各派思想融通。在他看來，根據華嚴宗事理圓融的觀點，不但佛教內各個宗派，就是儒、道、釋各家也都各有其自身價值。」（頁12）引用台灣學者的說法以印證自己的說法。

〔註59〕 大陸：四川大學（中國哲學專業），2007年。
〔註60〕 大陸：中央美術學院（中國畫專業），2007年。
〔註61〕 大陸：東北師範大學（美術學專業），2007年。

5. 鄒建雄《論蘇軾的「尚意」美學思想》〔註62〕

蘇軾的美學思想是「尚意」。該論文認為「尚意」包含三方面內容：「第一是蘇軾『生』意的審美境域，即主體的生命情調與自然萬物相互交融、相互滲透所達到的富有生機活力的自在生命世界。這種思想主要來源於蘇軾的哲學觀，蘇軾的作品中也無處不浸潤著這種『生』意。第二是『新』意的審美創作追求，即從『法』的角度來講求『新』。蘇軾認為要出『新』得先入『法』，入『法』之後又不能拘泥於『法』而必須破『法』出『新』，最後實現『無法之法』。第三是『適』意的審美人生態度，即蘇軾在曲折的人生體驗中，以為我所用的精神對儒釋道三家思想進行不斷地吸收與融合，經歷了『寓意於物』的前黃州時期、於不適中求適的黃州時期，『吾生本無待』的嶺南時期，最後臻於隨遇可適、隨處可安的心靈自由。」（頁51）將蘇軾主要提及書論中的「尚意」思想與其人生際遇結合討論。

6. 卜曉娟《論蘇軾文藝批評的思維方式》〔註63〕

論文中將蘇軾的文藝批評思維方式從唐代的「味」發展到宋代的「韻」，而蘇軾的文藝批評思維方式則能繼承傳統並勇於創新。文中提及蘇軾的思維方式主要有兩種：縱向的直覺思維與橫向的圓融思維。「蘇軾對『韻』的強調和『悟』的追求，體現了他對直覺思維在文藝批評上運用的能動把握。圓融辯證思維是對蘇軾文論中二元對立和多樣融合現象的歸納總結在蘇軾的思想裡，圓融辯證思維是引發自佛教，而會通了本土儒、道思想的一種思維方式，是蘇軾在特定的歷史時代和人生經歷中所領悟的思維方式，表現在他文論的兩極、甚至多極並存，但是卻各得其所，並且相互關聯。」（頁46）相對於文論，蘇軾論畫的批評思維模式，則在文中較少提及，此為本論文努力之目標。

7. 于水森《論豪放》〔註64〕

作者於論文中提到：「『豪放』作為一個美學範疇，它具有獨特的內涵和特點，在中國美學史上產生過重要影響，並一度成為宋元時期中國文學的最為重要的美學品格，它所具有的內在精神和外在姿容是中國甚至是世界文化史上獨一無二的，是中國傳統文化獨有的儒、道二家思想精神互補融合的結

〔註62〕 大陸：四川師範大學（美學專業），2007年。
〔註63〕 大陸：湖南師範大學（文藝學專業），2007年。
〔註64〕 大陸：山東師範大學（美學專業），2007年。

果」，因而「它就和整個中華民族的審美意識緊緊的聯繫在了一起，從整個『壯美』風格所涉及到的一系列範疇來說，沒有任何其他一個範疇能夠如此，因而能夠承擔起振興中華民族積極而剛健的審美意識的重任——例如『雄渾』、『勁健』、『曠達』、『雄偉』、『壯闊』、『悲壯』等等，這些一般意義上的『壯美』風格，都沒有這個能力，它們都沒有『豪放』那種從結構的天然和諧到內在精神的博大精深以及外在姿態的燦爛爛漫。通過對於『豪放』範疇的研究而對它作出客觀公正的價值評判，是本文做所有工作的一個總的目標。」（頁 71～72）他認為蘇軾、辛棄疾作為豪放詞代表，尤其是蘇軾將唐代以來「豪放」一詞所帶有的「壯美」性質，轉變為「曠達」之意，並帶有家國蒼涼之感。此文全面詮釋「豪放」一詞之歷史哲學意義，惟處處可見「中華民族」、「新中國」、「改革開放」等政治宣傳字樣。而本論文則認為蘇軾的「豪放」精神，未必只體現於詞之中，其他論文、論書、論畫言論亦有此命題，是故本文將由此擴大探索。

8. 杜美玲《論蘇軾的生命體務及現實價值》〔註65〕

此文主旨在於以蘇軾的生命體悟，提供解決現代人生命價值迷失的途徑，從而凸顯蘇軾生命觀的現代意義。文章對蘇軾坎坷生命經歷加以概述，揭示蘇軾豁達的生命體悟，從而提出現代人可從蘇軾習得生命美學之道理。

9. 劉艷紅《通感——蘇軾詩意生活的審美心理》〔註66〕

文中暢談「通感」一詞之界定，乃來自西方語言學之專名，由錢鍾書引入東方。作者並藉此討論蘇軾藝術創作心理，認為蘇軾詩文之藝術創作含有「感覺挪移」（頁 6）、「表象聯想」（頁 8）、「意象通感」（頁 11）等特質。作者並指出「通感」一詞在蘇軾所處的時代中並未出現，然直至現代也尚未定論。全文對於蘇軾論畫文字著墨少，大多在於探討詩、詞、文的審美感興，此可作為本論文論述時之借鏡。

10. 金鵬《宋代文人畫風格的生成及其發展研究》〔註67〕

此文作者指出：「中國畫是『心靈的藝術』，畫中首重精神，畫外另有天地，為暢「無限」之情，使人『起淡遠幽微思，而脫離一切塵垢之念』而要有這種精神氣度，繪畫欲表現平淡高逸之境。我以為深情高格需用心養，用

〔註65〕　大陸：內蒙古大學（中國古代文學專業），2007 年。
〔註66〕　大陸：西南大學（中國古代文學專業），2007 年。
〔註67〕　大陸：武漢理工大學（美術學專業），2007 年。

心不深，下筆即俗；相反，養心爲用，其格必高，格高就有境界，所畫就不小氣，這還要靠畫家於各方面高度修養而得來。」（頁1）文中強調蘇軾「淡」的莊禪思想，因而引發宋代文人畫風氣的形成，這是值得肯定的論點。然而該文畢竟非以蘇軾爲主要研究對象，關於蘇軾之論點，著墨不多（僅僅五、六行），但仍可提供本論文從另一視角以觀察蘇軾藝術理論。

11. 胡秀芬《從萊辛、蘇軾詩畫觀探析中西不同詩畫的必然性》〔註68〕

此文從中西美學對於詩與畫的界定談起：「萊辛正是在繼承古希臘模仿說的基礎上準確把握西方藝術的精神，對盲目接受『詩如畫』所得出的片面甚至錯誤的觀點進行批駁，從而確立了『詩畫異質』的主導地位。」（頁30）他又說：「『詩中有畫，畫中有詩』、『詩畫一律』、『詩畫合一』，這是中國特有的詩畫關係；詩畫一體的文人畫，是中國繪畫的民族特色所在，之所以構成這種獨特性，是因爲中國傳統詩畫植根於淵深宏博的中華民族文化土壤，文化思想是詩畫融合的深層原因。」（頁30）文中說明正由於中西文化土壤之不同，乃造成兩者走向差異的主要原因。

12. 張維紅《明代書壇對蘇軾書法的接受研究——以「吳門書家」為例》〔註69〕

明代「吳門書家」乃指沈周、吳寬、李應禎、徐有貞。該論文認爲蘇軾是「以人論書」的典型代表，同時他也是「以人論書」的受益者。蘇軾「書以人重」在書法史上是一個不爭的事實。在宋代，蘇軾因其道德節操、學養性情之優，使其書法亦受到世人的推重，元明時代由於理學對書法批評和書法本身實踐的束縛，書法在形式技法上，以復古晉唐爲指歸，風格也被局限在適於宣揚儒家教化的範圍之內。因此「吳門書家」對蘇軾書法「揚多學少」。此論文並借用讀者反應論來陳述，但時代的氛圍總會形成不同的審美傾向，此乃不爭之事實。

13. 曹銀虎《尚淡——蘇軾書學思想再認識》〔註70〕

文中提及在蘇軾之前，尚「淡」思想僅能從少數作品中感性認識，自蘇軾之後，則將「淡」提高至理性認知。也因此蘇軾書學得以在宋代全面、立體的發展。

〔註68〕 大陸：重慶西南大學（美術學專業），2007年。
〔註69〕 大陸：首都師範大學（美術學專業），2007年。
〔註70〕 大陸：南京師範大學（美術學專業），2006年。

14. 唐媛媛《論文人畫家對自然的關注》〔註71〕

從魏晉南北朝，姚最「不學為人，自娛而已」之說為文人繪畫創作之宗旨，宗炳「暢神」與王微強調創作中之感情成分，經唐代王維詩畫結合，五代董源、巨然在山水畫追求平淡天真，北宋開始院體畫與文人畫分野，直至明代董其昌根據蘇軾「士人畫」提出畫分南北宗及文人畫理論，對「形」的有意忽略，對「意」的繪畫主張，遂成為文人畫嚮往所在。然蘇軾在此發展中居於何種地位，乃本論文深感興趣之問題。

15. 劉小寧《蘇軾題畫詩研究》〔註72〕

此論文為凸顯蘇軾題畫詩的創作特點，乃就杜甫、蘇軾、蘇轍、黃庭堅對同一畫作或相關畫題內容做比較，由此可了解蘇軾題畫詩重視畫家在作畫的同時對自己情志的表達。並從題畫詩了解蘇軾對於繪畫之理論：傳神理論、詩中有畫、畫中有詩的詩畫關係論等，可了解蘇軾對於詩與畫兩種媒介可交融互通的藝術特質，並達到「意在言外」的文藝效果。

16. 吳文治《宋代題畫詞總說》〔註73〕

該論文總論宋代題畫詞之分期發展與各時期特色，將題畫詞與題畫詩作比較，並舉北宋、南宋數位文人作為個案研究。並於總結中指出題畫詞代表了文人畫發展的另一種傾向，且認為北宋經過蘇軾等文人書寫，使得題畫詞更具有詩畫之美。而該論文以整個宋代作為主要研究範圍，則可為本論文深入蘇軾論畫研究提供所需的時代背景知識。

17. 蕭寒《論蘇軾的自然論文藝觀》〔註74〕

該論文將蘇軾文藝美學理論中的「自然」做一番梳理與總結。其中第二章將蘇軾「自然論」的文藝觀作解析，並歸類為：藝術本源論——「無意為文」、創作心態論——「身與竹化」、創作風格論——「平淡」、藝術人格論——「超然」。

18. 李強《中國繪畫藝術傳神與寫意的美學觀和時代演進》〔註75〕

此文主要從歷史的角度談論中國繪畫中的傳神觀與寫意觀，包括顧愷之

〔註71〕　大陸：西南大學（美術學專業），2006年。
〔註72〕　大陸：天津師範大學（古典文學專業），2006年。
〔註73〕　大陸：河北大學（中國古代文學專業），2005年。
〔註74〕　大陸：山東大學（文藝學專業），2005年。
〔註75〕　大陸：陝西師範大學（美術學專業），2005年。

「傳神寫照」、謝赫「六法」、姚最〈畫山水序〉、宗炳《古畫品錄》，至唐代受佛教影響產生「境」與「境界」之別、張彥遠《歷代名畫記》之「意在筆先」等，至宋代則由蘇軾「士人畫」開展形神論的新境界，並論及西方與東方繪畫之差異，與中國現代繪畫的新命題。雖然研究範圍龐雜，但所論尚稱精實。

19. 王浩瀅《論寫意畫的自由性》〔註76〕

該論文指出「寫意畫的自由性」主要來自中國文藝上的兩傳統，一為書法、一為詩歌。兩者皆指指寫意走向更具體明確之意義：「書法較繪畫更強的抽象性使畫家表達胸中逸氣成為可能，而詩歌的抒情無疑為畫家擴展了他們的胸襟，幫助他們建立畫上的境界。」（頁12）此觀點值得肯定。然該文於宋代處僅指出蘇軾為核心主導人物，且所舉之例亦未能脫離前人窠臼。

20. 趙玉《論蘇軾以意為主的藝術審美觀》〔註77〕

此文認為蘇軾「以意為主」的審美觀有其歷史淵源，他認為先秦時期為萌芽期，魏晉南北朝時期為興起和發展期，唐宋時期則走向成熟。以歷史的積澱為基礎，形成自己的立論體系，將「意」提高至本體論之角度加以表現論述，並對「意」作分析，提出「道藝」、「辭達」、「不能不為之工」的表現思想，欲達「意」，必須經過漫長的人生修養，與長期艱苦的技藝訓練，而「絢爛之極乃造語平淡」則是蘇軾的終極理想。

21. 薛松華《蘇軾的思想與文藝觀》〔註78〕

文中提及蘇軾有別於同時代的文人主要原因在於：「遵儒而不流於拘泥，談佛道而未流於逸樂。處順境而不放蕩，處逆境而不頹喪，從而使得蘇軾的思想表現出矛盾複雜的多元化。」（頁31～32）本論文則以此為起點，欲更深入論及蘇軾論畫精神的文藝表達觀點。

（三）期刊論文方面

從詩或題畫詩的範疇探討蘇軾者，如：劉衛林〈盛唐詩的超越──蘇軾與嚴羽詩學理想追求的比較〉〔註79〕、劉竹青與許碧珊〈何不擇所安，滔滔天下是──由蘇東坡的詩文探索他的超然襟懷〉〔註80〕、張高評〈蘇軾黃庭

〔註76〕 大陸：東北師範大學（美術學專業），2004年。
〔註77〕 大陸：山東師範大學（文藝學專業），2003年。
〔註78〕 大陸：新疆大學（文藝學專業），2002年。
〔註79〕 台灣：《新亞學報》第29期，2011年3月，頁305～324。
〔註80〕 台灣：《經國學報》第27期，2009年7月，頁1～13。

堅題畫詩與詩中有畫——以題韓幹、李公麟畫馬詩為例〉〔註81〕、王文捷〈蘇軾山水詩中自然審美觀探析〉〔註82〕；從蘇軾文章、書帖等作品探討其藝術價值者，如：張瑞君〈從寒食帖看蘇軾詩書相通的審美需求〉〔註83〕、陳宣諭〈蘇軾〈虢國夫人夜遊圖〉賓主章法探析〉〔註84〕、李放〈試論蘇軾的書法作品構成觀〉〔註85〕、陳曉春〈蘇軾書法美學思想述略〉〔註86〕；從歷史或歷代詩話角度探討蘇軾者，如：潘殊閑〈試論宋人的蘇軾心結〉〔註87〕、劉為博〈《薑齋詩話》對東坡詩的批評〉〔註88〕、韓湖初〈論蘇軾對文心雕龍文學理論的繼承和發展〉〔註89〕；從繪畫或藝術理論探討蘇軾者，如：潘殊閑與敖慧斌〈論蘇軾創新意識的形成原因〉〔註90〕、孟憲浦〈論蘇軾率意為文創作現象的理論蘊含〉〔註91〕、劉千美〈範疇與藝境：文人詩畫美學與藝術價值之反思〉〔註92〕、林清鏡〈象外之象的邂逅——繪畫創作研究〉〔註93〕；從藝術或文化性格探討蘇軾者，如：潘殊閑〈論宋代蘇軾的文化性格〉〔註94〕、楊勝寬〈從崇杜到慕陶：論蘇軾人生與藝術的演進〉〔註95〕、許外芳與黃清發〈真骨傲霜：淺論蘇軾的文化性格內涵〉〔註96〕；從西方美學理論切入探討蘇軾者，如：尚永亮與洪迎華〈柳宗元詩歌接受主流及其嬗變——從另一個角度看蘇軾「第一讀者」的地位與作用〉〔註97〕。

〔註81〕 台灣：《興大中文學報》第 24 期，2008 年 12 月，頁 1～34。

〔註82〕 大陸：《廣西民族大學學報（哲學社會科學版)》，2008 年 9 月第 30 卷第 5 期，頁 146～150。

〔註83〕 大陸：《中國書法》，2010 年總 206 期，頁 109～110。

〔註84〕 台灣：《崇右學報》第 15 卷第 1 期，2009 年 5 月，頁 27～43。

〔註85〕 大陸：《首都師範大學學報（社會科學版)》，2009 年第 6 期，頁 132～138。

〔註86〕 大陸：《四川大學學報（哲學社會科學版)》，2005 年 3 月第 2 期，頁 112～117。

〔註87〕 大陸：《寧夏社會科學》，2010 年 5 月第 3 期（總第 160 期），頁 154～160。

〔註88〕 台灣：《中國語文》第 103 卷第 4 期，總號 616，2008 年 10 月，頁 27～38。

〔註89〕 大陸：《華南師範大學學報（社會科學版)》，2005 年 8 月第 4 期，頁 49～56。

〔註90〕 大陸：《南昌大學學報（人文社會科學版)》，2011 年 5 月第 42 卷第 3 期，頁 109～115。

〔註91〕 大陸：《學術論壇》，2011 年第 4 期（總第 243 期），頁 85～89。

〔註92〕 台灣：《哲學與文化》第 35 卷第 7 期，總號 410，2008 年 7 月，頁 17～36。

〔註93〕 台灣：《書畫藝術學刊》第 5 期，2008 年 2 月，頁 207～231。

〔註94〕 大陸：《寧夏大學學報（人文社會科學版)》，2010 年 3 月第 32 卷第 2 期，頁 118～132。

〔註95〕 大陸：《四川大學學報（哲學社會科學版)》，2004 年第 2 期，頁 98～101。

〔註96〕 大陸：《中洲學刊》，2002 年 7 月第 4 期，頁 75～77。

〔註97〕 大陸：《人文雜誌》，2004 年第 6 期，頁 92～100。

三、其他關於蘇軾之研究成果

　　兩岸學術期刊論文近年來對於蘇軾美學的研究角度仍偏重於文學範疇，即使有部分學者針對書畫進行研究，但仍不脫離前人研究蘇軾書畫的方式。惟台灣輔仁大學曾於 2000 年興辦「紀念蘇軾逝世九百年特展」〔註98〕，並舉辦相關學術研討會，會後將論文《千古風流——東坡逝世九百年學術研討會》〔註99〕出版，其中有數篇研究蘇軾藝術理論相關之學術論文頗值得參考，如：黃志誠〈蘇軾詩歌中的寄託探析〉（頁 88～105）、張高評〈蘇軾詠物詩與創意造語——以詠花、詠雪為例〉（頁 107～148）、黃啓方〈從東坡尺牘認識東坡——以黃州、惠州、儋州時期書牘為主〉（頁 314～338）、楊宗瑩〈一笑、呵呵、絕倒——東坡尺牘中笑的探索〉（頁 341～373）、包根弟〈劉熙載《詞概》蘇軾論平議〉（頁 410～445）、江惜美〈析論蘇軾詩中的思想〉（頁 592～613）、衣若芬〈閱讀風景：蘇軾與「瀟湘八景圖」的興起〉（頁 689～717）、劉瑩〈悠遊於意與法之間——論東坡的書法美學觀〉（頁 721～755）、李美燕〈蘇軾的琴韻藝境與琴道禪境〉（頁 758～794）。另外，台北故宮博物院於 2006 年舉辦「大觀——北宋書畫特展」〔註100〕，揀選蘇軾五幅書法作品展覽，分別是：〈書前赤壁賦〉〔註101〕、〈書黃州寒食詩〉〔註102〕、〈次辯才韻詩〉〔註103〕、〈北

〔註98〕　當時擔任輔仁大學中文系系主任王初慶先生由於在碩博班教授「東坡詩專題討論」、「東坡詞專題討論」接受陳伯元先生創議，邀請兩岸三地研究蘇軾之專家學者，共發表二十五篇論文。從東坡之詩詞歌賦、傳記、尺牘、思想層面、琴道書畫以及後世詩話、戲曲各種角度，討論蘇軾留與後人豐富的文學資材。

〔註99〕　王靜芝、王初慶等著《千古風流——東坡逝世九百年學術研討會》，台北：紅葉文化，2001 年。書末更附上三篇對於當時研究蘇軾來說十分重要的文獻資料：曾棗莊〈論蘇學——紀念蘇軾逝世九百年〉（頁 867～893）、饒學剛與朱靖華〈二十世紀蘇東坡文學研究綜述〉（頁 894～920）、衣若芬〈近五十年台港研究蘇軾概述〉（頁 921～1004）。最末一篇（衣若芬撰），筆者亦搜集發表於另一處的版本（《漢學研究通訊》總 78 期，2001 年，頁 180～190），業經比對之下，兩者內容相當。

〔註100〕　台北國立故宮博物院於 2006 年 12 月 25 日至 2007 年 3 月 25 日，展出院藏北宋書畫 42 件、書法 29 件，另外向美國紐約大都會美術館及堪薩斯市納爾遜阿金斯美術館商借 5 件書畫，共 76 件。在今日存世北宋文物十分稀少的情況之下，此次特展可謂非常難能可貴。並出版書籍《大觀——北宋書畫特展》（陳韻如等文字撰述、林柏亨主編，台北：故宮博物院，2006 年），架設互動網站〈大觀〉，網址：http://www.npm.gov.tw/exh95/grandview/index.html（查詢時間為 2012/01/14）。

〔註101〕　〈前赤壁賦〉卷，1084 年，宋代，紙本，23.9cm×258cm。

遊帖〉〔註104〕、〈尺牘（渡海帖）〉〔註105〕，這些資料皆可作爲本論文研究蘇軾論畫之參考文獻。

　　目前台灣方面似乎沒有設立以蘇軾作爲專門研究對象的學會，至於研究專著則有：劉昭明《蘇軾與章惇之交遊及相關史事考論》〔註106〕、《蘇軾嶺南詩論析》〔註107〕等。其他多專論賞析蘇軾詩詞，如：陳新雄《東坡詞選析》〔註108〕、《東坡詩選析》〔註109〕。另外，葉嘉瑩《蘇軾》〔註110〕專論蘇軾，凌琴如《蘇軾思想探討》〔註111〕則是早期研究蘇軾思想專著。至於將研究重點放至文藝美學部分者，則以衣若芬《蘇軾題畫文學研究》〔註112〕、《世變與創化：漢唐、唐宋轉換期之文藝現象》〔註113〕、《觀看・敘述・審美：唐宋題畫文學論集》〔註114〕、《遊目騁懷：文學與美術的互文與再生》〔註115〕、《雲影天光──瀟湘山水之畫意與詩情》〔註116〕等著作對本論文啓迪甚多，但以蘇軾爲研究核心者僅《蘇軾題畫文學研究》（爲博士論文修改後再出版），更有戴麗珠《蘇東坡詩畫合一之研究》〔註117〕。其他大多則以論宋代詩、詞、書、畫時兼論蘇軾，如張高評《宋詩之傳承與開拓──以翻案詩、禽言詩、詩中有畫爲例》〔註118〕、《宋詩之新變與代雄》〔註119〕、編著《宋詩綜論叢編》〔註120〕、主持《宋詩與化俗爲雅》〔註121〕著作、與黃永武合編《宋詩論

〔註102〕　〈寒食帖〉卷，宋代，紙本，34.2cm×199.5cm。
〔註103〕　〈次辯才韻詩〉冊，1090年，宋代，紙本，29cm×47.9cm、29cm×25.5cm。
〔註104〕　〈北遊帖〉冊，宋代，紙本，26.1cm×29.5cm。
〔註105〕　〈尺牘（渡海帖）〉軸，宋代，紙本，28.6cm×40.2cm。
〔註106〕　台北：樂學出版社，2002年。
〔註107〕　台北：撰者出版社，1989年。
〔註108〕　台北：五南出版社，2000年。
〔註109〕　台北：五南出版社，2003年。
〔註110〕　台北：大安出版社，1988年。
〔註111〕　台北：中華書局，1964年。
〔註112〕　台北：文津出版社，1999年。
〔註113〕　與劉苑如合編，台北：中央研究院中國文哲研究所，2005年。
〔註114〕　台北：中央研究院中國文哲研究所，2005年。
〔註115〕　台北：里仁書局，2011年。
〔註116〕　台北：里仁書局，2013年。
〔註117〕　台北：文津出版社，2007年。
〔註118〕　台北：文史哲出版社，1990年。
〔註119〕　台北：紅葉出版社，1995年。
〔註120〕　高雄：麗文出版社，1990年。
〔註121〕　台北：行政院國科會科資中心，1995年。

文選輯》〔註122〕、《宋詩特色研究》〔註123〕等。

　　而大陸方面，則曾出版專門研究蘇軾文藝美學之專著，如：徐中玉《論蘇軾的創作經驗》〔註124〕、劉國珺《蘇軾文藝理論研究》〔註125〕、于風《文同蘇軾》〔註126〕、許外芳《論蘇軾的藝術哲學》〔註127〕。

　　由於大陸學者身處地利之便，得以成立以專門研究蘇軾之學術機構。1980 年 9 月 12 日，中國蘇軾研究學會成立，並在眉山三蘇祠舉辦了為期六天的首屆學術討論會。學會機構設在成都四川大學中文系，2005 年學會會址遷到眉山，2007 年 3 月 16 日，眉山市三蘇文化研究院掛牌成立。2008 年起，中國蘇軾研究學會則隸屬於該院。2010 年 8 月 18 日，紀念中國蘇軾研究學會成立三十周年。三十年來學術研究成果豐碩，並將三蘇作品整理出版，嘉惠研究者。

　　中國蘇軾研究學會中的學者出版關於蘇軾全集、選集的點校、箋注、注釋、賞析等多達上百種，其中影響學界深遠者：由孔凡禮點校《蘇軾詩集》、《蘇軾文集》，曾棗莊等主編的《三蘇全書》，張志烈等主編的《蘇軾全集校注》，薛瑞生《蘇軾詞編年箋證》，鄒同慶、王宗堂《蘇軾詞編年校注》，劉乃昌《蘇軾選集》，王水照《蘇軾選集》，張志烈的《蘇軾選集》等。而三蘇研究成果，中國蘇軾研究學會會員專著約百種：王水照《蘇軾論稿》、劉乃昌《蘇軾文學論集》、曾棗莊《蘇軾研究史》、朱靖華《蘇軾新論》等。

　　至於蘇軾傳記則發端於林語堂旅美期間以英語所寫作之《蘇東坡傳》，該書於 1947 年在海外以英文出版，1970 年代由台灣宋碧雲、張振玉分別翻譯成中文出版發行，版本眾多，影響巨大。蘇軾研究學會會員撰寫的蘇軾傳記則有曾棗莊、王水照、顏中其、熊朝東、劉小川等人，所撰寫傳記亦頗具影響力。

　　中國蘇軾研究學會之期刊自創刊至今已出版二十一期，發表兩百多萬字的蘇軾研究論文，影響學術界甚深。成立三十年來，舉行十六屆學術研討會，產出研究蘇軾詩、詞、文、賦、書、畫的論文。研討會更特別選在蘇軾

〔註122〕高雄：復文書局，1988 年。
〔註123〕長春：長春出版社（新華書局經銷），2002 年。
〔註124〕上海：華東師範大學（新華書店發行），1981 年。
〔註125〕天津：南開大學（新華書局發行），1984 年。
〔註126〕上海：人民美術出版社（新華書局發行），1998 年。
〔註127〕為許外芳博士論文修改出版，廣州：暨南大學出版社，2012 年。

曾經旅居之所在地眉山、黃州、惠州、儋州、杭州、鳳翔、密州、徐州舉辦，對蘇軾的創作和思想進行多方面研討，在在將蘇軾的學術研究推向更深遠層次。

由以上可知，蘇軾散見於詩文中的論畫文字雖不成體系，但對中西畫論藝術影響巨大。本論文《蘇軾畫論研究》因而受到啓發，可謂在前人豐厚的研究基礎上，開啓再深耕探究之動力。

第四節　研究範圍及限制

本論文本欲廣泛蒐集大陸、海外地區以蘇軾爲研究對象之學位與期刊論文，然而光是大陸地區以關鍵詞作刪選，就多達上萬筆資料，遑論全世界關於蘇軾的研究。在以個人力量撰寫博士論文的有限時間內，欲將文獻回顧的資料蒐集與研判達到滴水不漏的地步是有極大困難的。然若無法完整呈現便撰寫文獻回顧，對於文獻資料的統計母數上勢必有失公允。若只是單憑好惡刪選文獻資料，那麼必將犧牲理性成分，而無法公允判斷。又若資料的取得非來自於學術界所公認之來源，則自不能取信於人，更遑論其信度與效度。

而台灣地區的學位論文必須要經過官方圖書館編碼儲藏，因此其來源是可信的。加上在台灣撰寫論文，當然需先以台灣地區的研究傾向作爲回顧探討，因此資料蒐集的範圍可以掌握，其效度是具備理性的。身處台灣，研究蘇軾，當然期望有更多同好能由不同立場，分門別類的探索蘇軾，因此其研究的未來性是精采可期的。而大陸處於地利之便，對中國文化的研究成績蔚然可觀。然而有些研究結果仍需待商榷及討論。因此本論文僅能先捨棄海外資料，以台灣及大陸地區學位及期刊相關論文作爲文獻回顧之梳理範圍。

本論文主要以中華書局出版《蘇軾詩集》〔註128〕、《蘇軾文集》〔註129〕、《蘇軾詞編年校註》〔註130〕、《蘇軾年譜》〔註131〕、《蘇軾資料彙編》〔註132〕，

〔註128〕〔清〕王文誥輯註、孔凡禮點校《蘇軾詩集》（全八冊），北京：中華書局，2007年重印。
〔註129〕〔明〕茅維編、孔凡禮點校《蘇軾文集》（全六冊），北京：中華書局，1999年重印。
〔註130〕鄒同慶、王宗堂《蘇軾詞編年校註》（全三冊），北京：中華書局，2010年重印。
〔註131〕孔凡禮《蘇軾年譜》（全三冊），北京：中華書局，2005年重印。
〔註132〕四川大學中文系唐宋文學研究室編《蘇軾資料彙編》（全五冊），北京：中華

文史哲出版社出版《蘇詩彙評》〔註133〕、《蘇文彙評》〔註134〕、《蘇詞彙評》〔註135〕為主要閱讀文獻及查證資料，另外搜集到大陸針對蘇軾書畫方面的整理專著《蘇軾與書畫文獻集》〔註136〕，並且參考可隨時更新，由教育部主導、元智大學羅鳳珠教授主持的學術網站：「浪淘盡千古風流人物：蘇軾文史資料查詢系統」〔註137〕，作為查閱蘇軾論畫之主要參酌依據。

綜觀目前學界，大多還是以蘇軾文學研究（詩、詞、散文）為多數，其次為研究蘇軾哲學思想與人格特質。本論文則將研究重點置放於較少學者觸及的蘇軾論畫詩文，有別於過去名為「研究蘇軾藝術」卻將研究範圍限縮於「蘇軾文學」的現象。但本論文遇到最大難題在於蘇軾論畫詩文散見於其一生所有著作中，無論詩、詞、散文皆可以找到蘇軾對於繪畫方面之見解，在原文之點讀與判定歸類上花費不少時間，且遭遇不少障礙。因此，本論文必須以教育部建置之學術網站「浪淘盡千古風流人物：蘇軾文史資料查詢系統」作為原文歸類之認定。該學術網站整理蘇軾畫論一百八十筆、書論十七筆、論其他文學書畫四筆、題跋書帖一百二十九筆、論筆墨紙硯九十筆、論琴棋雜器三十四筆等。刪除與本論文研究主題無關之原文後，資料仍究龐雜，因此又以論畫及論其他文學書畫、題跋書帖等資料為主，深入頗析蘇軾論畫；以書論等原文為輔，以應證蘇軾論畫之相關內容，期望縮小範圍以使《蘇軾論畫研究》能更顯精緻化。

綜觀上述，本論文將研究主題設定為《蘇軾論畫研究》，將蘇軾對於藝術，特別是論畫之主張，做一番整理與爬梳，並借用中西方美學思想觀點，重新整合蘇軾論畫。以亞伯拉罕文藝批評理論著作《鏡與燈（The Mirror and the Lamp:Romantic and the Critical Trandition）》所提出文藝批評之四大要素：「作品（亦說文本）」、「宇宙」、「作家」、「讀者」，作為本論文研究之主軸向度。對照之下，本論文進行向度分別可敘述如下：

「宇宙」向度，將於「第貳章、蘇軾藝術性靈之蒙養——從三境界析論」，討論蘇軾背景生平與藝術思想的萌生。

書局，1994 年。
〔註133〕曾棗莊、曾濤編《蘇詩彙評》（全四冊），台北：文史哲出版社，1998 年。
〔註134〕曾棗莊、曾濤編《蘇文彙評》，台北：文史哲出版社，1998 年。
〔註135〕曾棗莊、曾濤編《蘇詞彙評》，台北：文史哲出版社，1998 年。
〔註136〕李順福編著《蘇軾與書畫文獻集》，北京：榮寶齋出版社，2008 年 6 月。
〔註137〕網址為：http://cls.hs.yzu.edu.tw/su_shih/home.asp（2013/11/14 複查）。

　　「作家」向度，將於「第參章、蘇軾論畫之主體精神」討論蘇軾如何將所思所感形諸文藝。

　　「作品」向度，將於「第肆章、蘇軾論畫之創作理念」討論蘇軾論畫創作理論之根基。

　　「讀者」向度，將於「第伍章、蘇軾論畫之鑑賞觀」討論作為讀者的蘇軾以何等心態鑑賞他人畫作。

　　「第陸章、結論」則為研究之心得與省思。

第貳章　蘇軾藝術性靈之蒙養
——從三境界析探

　　蘇軾（1036～1101年），字子瞻，一字和仲。號東坡、東坡居士、老泉山人、鐵冠道人、戒和尚、玉局老、眉陽居士、雪浪齋。人稱無邪公、仇池翁、毗陵先生、泉南老人、水東老人、東坡道人、海上道人、蘇仙、坡仙。〔註1〕

〔註 1〕　元豐四年（1081年），營東坡，馬正卿爲經紀之，作〈東坡八首〉。自是始號東坡居士，蓋慕白居易而然。《容齋隨筆・三筆》卷五〈東坡慕樂天〉：「蘇公謫居黃州，始自稱東坡居士，詳考其意，蓋專慕白樂天而然。白公有〈東坡種花〉二詩云：『持錢買花樹，城東坡上栽。』又云：『東坡春向暮，樹木今何如。』又有〈步東坡〉詩云：『朝上東坡步，夕上東坡步，東坡何所愛，愛此新成樹。』又〈別東坡花樹〉詩云：『何處殷勤重回首，東坡桃李種新成。』接爲忠州刺史時所作也。蘇公在黃，正與白公忠州相似。」《二老堂詩話・東坡立名》條亦引白居易〈東坡種花〉、〈步東坡〉詩，並云：「本朝蘇文忠公不經許可，獨敬愛樂天，屢形詩篇。蓋其文章皆主辭達，而忠厚好施，剛直進言，與人有情，於物無著，大略相似。謫居黃州，始號東坡，其原必起於樂天忠州之作也。」老泉山人，見《石林燕語》卷十：「蘇子瞻……晚又號老泉山人，以眉山先塋有老泉翁，故云。」《夷堅志・丙志》卷十三〈鐵冠道士〉：「坡在海上嘗自稱鐵冠道人。」自稱戒和尚，見於《冷齋夜話》卷七〈夢迎五祖戒禪師〉。《佚文彙編》卷五〈書贈徐信〉末自稱玉局老。眉陽居士，見《佚文彙編》卷六〈李伯時畫像跋〉末有梅陽居士印章。自號雪浪齋，見〈字號錄〉。無邪公，見《永樂大典》卷八百九十九引徐恢《月臺集・蒙劉元中沔數示東坡詩》。《姑溪居士後集》卷十五有〈仇池翁南浮集序〉，此仇池翁乃蘇軾。毗陵先生，見《渭南文集》卷二十八〈跋蘇氏易傳〉：「此本，先君和中入蜀時所得也。方禁蘇氏學，故謂之毗陵先生云。」謂毗陵先生，以嘗居毗陵。《觀林詩話》提及「趙德麟家所收泉南老人《雜記》」，此泉南老人乃蘇軾。水東老人，見《眉山唐先生文集》卷三〈乙未正月丁丑〉詩。《豫章黃先生文集》卷二十六〈跋東坡樂府〉稱蘇軾爲東坡道人。《省齋文稿》卷十七〈跋山

宋孝宗乾道六年（西元 1170 年）庚寅賜諡文忠後，〔註2〕人復尊稱以文忠公。
關於蘇軾之稱號頗多，當時社會常以官爵、地望、鄉里代稱有名望之人，故
蘇軾又有稱蘇賢良、太史、蘇太史、蘇翰林、蘇內翰、內翰、蘇學士、蘇端
明、蘇禮部、蘇密州、蘇徐州、蘇湖州、蘇黃州、蘇惠州、蘇副使、蘇眉山、
蘇眉州、眉山公等。〔註3〕蘇軾自稱及他人所稱尚多，自「東坡」衍生之自稱
有：東坡老、東坡病叟、東坡翁，他人所稱則有：東坡老人、東坡公、坡、
波公、坡老、坡翁、老坡、大坡等。

　　至於本章定名為「蘇軾藝術性靈之蒙養」，當中「性靈」兩字主要借用南
朝·梁·劉勰《文心雕龍·原道》所云：「惟人參之，性靈所鍾，是謂三才。」
言「天性靈智」指「精神、思想、情感」之內心感受。至於「蒙養」一詞，
則根據清·石濤《畫譜·筆墨章·第五》提到藝術家之筆墨與生活的關係，
〔註4〕當中以「蒙養」一詞，傳達藝術家必須操持生活之大權，而非為其所
囿，正如《周易·蒙卦·象辭》所言：「蒙以養正，聖功也。」筆墨之所以能
靈動，主要來自於藝術創作主體於其自身所處環境中得到蒙養，得到藝術創
作土壤。

谷書東坡聖散子傳〉：「山谷作〈龐安常傷寒論後序〉云：『前序，海上道人諾
爲之，故盧右以待。』道人指東坡也。」〈龐安常傷寒論後序〉見《豫章黃先
生文集》卷十六。黃庭堅此文，約作於元符間，時蘇軾在儋州。《山谷詩集注》
卷九〈次韻宋楙宗三月十四日到西池都人盛觀翰林公出邀〉：「還作邀頭驚俗
眼，風流文物屬蘇仙。」金元好問《遺山先生文集》卷四〈奚官牧馬圖息軒
畫〉稱蘇軾爲坡仙，明李贄編選評點蘇軾各體文章，名曰《坡仙集》。

〔註2〕　宋孝宗從眉州太守耆仲之請。據《經進東坡文集事略》卷首《東坡先生言
行》、《皇宋治迹統類》卷二十五。《四川志》卷三十七孫汝聽《石雁塔題名記》
敘耆仲爲眉守之二年，請於朝，朝廷賜諡「命下之日，不問高下，相顧動色，
歡聲如雷。」

〔註3〕　《古籍整理研究》第二十七輯，周正舉《蘇軾稱謂考辨》。

〔註4〕　〔清〕石濤《畫譜·筆墨·第五》：「古人有有筆有墨者，亦有有筆無墨者，
亦有有墨無筆者：非山川之限於一偏，而人之賦受不齊也。墨之濺筆也以
靈，筆之運墨也以神。墨非蒙養不靈，筆非生活不神。能受蒙養之靈而不解
生活之神，是有墨無筆也。能受生活之神而不變蒙養之靈，是有筆無墨也。
山川萬物之具體，有反有正，有偏有側，有聚有散，有近有遠，有內有外，
有虛有實，有斷有連，有層次，有剝落，有豐致，有飄緲，此生活之大端也。
故山川萬物之薦靈於人，因人操此蒙養生活之權。苟非其然，焉能使筆墨之
下，有胎有骨，有開有合，有體有用，有形有勢，有拱有立，有蹲跳，有潛
伏，有衝霄，有崱屴，有磅礴，有嵯峨，有巑岏，有奇峭，有險峻，一一盡
其靈而足其神？」（《畫譜》，台北：台灣學生書局，1979 年，頁 20）

　　歷來研究蘇軾生平，各依所執之道而有多種分期。有分爲三期者：如宋‧胡仔《苕溪漁隱叢話‧後集》〔註5〕、嚴恩紋〈東坡詩分期之檢討〉〔註6〕；有分爲四期者：如衣若芬《蘇軾題畫文學研究》〔註7〕；有分五期者：如王士博〈蘇軾詩論〉〔註8〕；有分六期者：如謝桃坊《蘇軾詩研究》〔註9〕；有分七期者：如王水照〈論蘇軾創作的發展階段〉〔註10〕；有分爲八期者：如王文誥《蘇文忠公詩編著集成》〔註11〕。

　　王水照研究蘇軾多年，認爲蘇軾作品的創作分期十分困難，他說：

> 蘇軾這種大起大落、幾起幾落的生活遭遇，造成他複雜矛盾而又經常變動的思想面貌和藝術面貌，給研究創作分期帶來不少困難。但是，第一，他的儒釋道雜糅的人生思想其實是貫串其一生各時期的；筆力縱橫、揮灑自如又是體現於各時期詩、詞、文的統一藝術風格。這是統一性。第二，他的思想和藝術又不能不隨著生活的巨大變化而變化。……這是特殊性。〔註12〕

因此王水照將蘇軾創作按其生活經歷及思想和藝術特點之變化劃分爲七期。蘇軾藝術創作之分期，在思想上有儒家與佛老思想因素消長變化之不同，在

〔註5〕　〔宋〕胡仔《苕溪漁隱叢話‧後集》卷三十，台北：長安出版社，1978年，頁226。

〔註6〕　嚴恩紋〈東坡詩分期之檢討〉，《責善半月刊》第二卷第一～二期，1941年4月。

〔註7〕　衣若芬《蘇軾題畫文學研究》，台北：文津出版社，1999年。衣若芬爲目前由蘇軾題畫詩入手研究之近代台灣大家，將蘇軾題畫文學分爲四期研究：（一）鳳翔至杭、密州時期（嘉祐六年～熙寧九年，1601～1076年）；（二）徐、湖、黃州時期（熙寧十年～元豐八年，1077～1085年）；（三）元祐在朝與二度仕杭時期（元祐元年～紹聖元年，1086～1094年）；（四）嶺海時期（紹聖二年～建中靖國元年，1095～1101年）。

〔註8〕　王士博〈蘇軾詩論〉，《吉林大學學報》，1981年第1期，頁13～29。

〔註9〕　謝桃坊《蘇軾詩研究》，成都：巴蜀書社，1987年，頁29～31。

〔註10〕　王水照〈論蘇軾創作的發展階段〉，《社會科學戰線》，1984年第1期，頁259～269。另於選注《蘇軾選集》〈前言〉延續其分期說法編著，分爲七期說法如下：出任仕途爲蘇軾創作的發軔期（嘉祐、治平年間）；兩次在朝任職爲蘇軾創作的歉收期（熙寧、元祐年間）；兩次外任時期爲蘇軾創作的發展期（熙寧、元豐和元祐、紹聖）；兩次長達十多年的謫居時期爲蘇軾創作的變化期、豐收期（元豐謫居黃州和紹聖、元符謫居嶺海）（王水照《蘇軾選集》，〈前言〉，台北：萬卷樓，1993年，頁1～24）。

〔註11〕　王文誥《蘇文忠公詩編著集成》，台北：台灣學生書局，1987年，〈蘇海識餘〉卷一，頁1。

〔註12〕　王水照《蘇軾選集》，〈前言〉，頁3。

藝術特點上則有豪邁清雄和清曠簡遠、自然平淡之別。

坊間探討蘇軾生平的研究多如牛毛，本論文既探討蘇軾論畫，爲突顯蘇軾藝術性靈，乃以王國維《人間詞話》之人生閱歷三境界，作爲蘇軾藝術性靈蒙養之討論標尺。

王國維《人間詞話・二六》云：「古今之成大事業、大學問者，必經過三種之境界：『昨夜西風凋碧樹。獨上高樓，望盡天涯路。』此第一境界也。『衣帶漸寬終不悔，爲伊消得人憔悴。』此第二境界也。『眾裡尋他千百度，驀然回首，那人卻在燈火闌珊處。』此第三境界也。」〔註13〕又〈文學小言・五〉將三境界說界定爲「三種之階級」。〈文學小言・五〉云：「未有不閱第一、第二階級，而能遽躋第三階級者，文學亦然，此有文學上之天才者，所以又需莫大之修養也。」王國維意謂要有生命的進程與歷練的琢磨，才能成就大事業、大學問者。蘇珊玉言：

> 若從天才所必須的後天努力之角度來看，「古今之成大事業、大學問者」當然是天才人物無疑，然而要獲得成果，也「必經過」：「獨上高樓，望盡天涯路」之瞻天望海的識見；「衣帶漸寬」、「人憔悴」等時間磨練之艱鉅階段；更要「眾裡尋他千百度」慧眼。這「千百度」，不僅包含極其艱苦的努力，亦包含力與美的結合，前者是內在生命力的堅持；後者則是穩定承擔人生棋局變化，進而煥發對慈悲喜捨的頓悟。〔註14〕

蘇軾乃王國維肯定之天才。〔註15〕王國維之第一境界，謂藝術創作者具有「登高望遠」之冷靜與孤寂，能夠自省、自律、自覺，藝術創作主體能與環境互動，並對其作出察覺，形成對環境之回應。在第二境界中，藝術創作主體不再囿於環境與社會價值，敢於求新、求變，以眞實自我面對逆境，更具有創造性，形成對自身環境的再造。對於自然環境，由埋首肯定，再經創造〔註16〕。

〔註13〕 王國維《人間詞話》，徐調孚校注，台北：頂淵出版社，2001年，頁15。

〔註14〕 蘇珊玉《人間詞話之審美觀》，台北：里仁書局，2009年，頁203。

〔註15〕 王國維〈文學小言・七〉：「天才者，或數十年而一出，或數百年而一出，而又須濟之以學問，帥之以德性，始能産眞正之大文學。此屈子、淵明、子美、子瞻等所以曠世而不一遇也。」

〔註16〕 葉嘉瑩曾以詩歌鑑賞爲王國維三境界做一番解說。葉嘉瑩說第二境界：「『愛其所愛』的感情是常人都可有的感情，但『擇一固執殉身無悔』的操守卻不是常人都可有的操守。第一難在『擇一』，第二難在『固執』，第三難在『殉身無悔』。」（《王國維及其文學批評（下）・談詩歌的欣賞與《人間詞話》的

第三境界，則是一種「頓悟」的審美愉悅，類於「赤子之心」的純眞審美，更類於「行到水窮處，坐看雲起時」（王維〈終南別業〉）的寧靜、質樸，此亦即王國維認爲藝術家需具備以自然之眼「視一切外物，皆遊戲之材料也」（《人間詞話・刪稿四九》）之審美眼光，與「詩人必有輕視外物之意，故能奴僕命風月。又必有重視外物之意，故能與花鳥共憂樂。」（《人間詞話・六一》）的眞情流露。在歷經三境界後，能以詩人之價值觀，超脫是非成敗，遊戲人間，遂能留下令人感動的名作。

　　王國維人生三境界深受尼采「靈魂三變」說之影響〔註 17〕——「由駱駝至獅子而至嬰兒」〔註 18〕。人生經驗的三種變形，著重於駱駝、獅子、嬰兒背後所代表的精神意義。所謂駱駝精神在於「勇敢承擔的堅毅」，獅子則代表「自主自由的勇敢」，嬰兒則是「活躍旺盛的創造」。〔註 19〕王國維的第一境界取「駱駝」守本分、具責任感之精神，但又在社會的制約下，賦予自我更多前瞻性意義，獨自登高望遠的冷靜，強調自覺、自律，造就掌握人生的樞機；第二境界取「獅子」的執著態度，不僅在環境中得到歸屬感，更勇於發現眞實，提高理性思辨，創造更多改變環境忠於自我的可能性；第三境界則因「嬰兒」的「赤子之心」引發質樸、寧靜的美感，以直覺的思維、澄明的心境，眞正透徹生命本質問題。王國維人生三境界符合藝術境界轉變之語境，由肯定知識，經歷磨難，而至更高層次的頓悟眞理。

　　是故本論文借用王國維之人生三境界論，並輔以蘇軾詞作，重新論其藝術性靈蒙養之三境界，分別爲：獨覺－－「欲待曲終尋問取，人不見，數峰

三種境界》，台北：桂冠圖書股份有限公司，2000 年，頁 486）可見詩人與常人之不同之處，則在堅持自己所愛，不受外在環境或他人影響，持續創作藝術作品。
〔註 17〕　參見王國維〈叔本華與尼采〉，周錫山校編《王國維文學美學論著集》，山西：北嶽文藝出版社，1987 年，頁 62～63。
〔註 18〕　「靈魂三變」爲尼采於《查拉圖斯特拉如是說》（〔德〕尼采原著、徐鴻榮譯：《查拉圖斯特拉如是說》，台北：志文出版社，2001 年）所提及，認爲人爲一種不確定的存在，必須透過酒神精神（Dionysian），肯定生命中所含有的痛苦與快樂，因此一個人必須有建全的生命力與堅強的意志力，才能面對人生旅程中未知的險途與逆境，此精神即爲酒神精神。尼采並於《悲劇的誕生》中將日神精神（Apollonian）與酒神（Dionysian）精神對舉，以解釋古希臘文明發展的獨特性。
〔註 19〕　本文以蘇珊玉對王國維《人間詞話》三境界說法。見〈關照博洽，洞澈人生——「三境界」審美觀〉，《人間詞話之審美觀》，頁 305～308。

青」、堅持——「密意難傳，羞容易變，平白地、爲伊斷腸」、頓悟——「回首向來蕭瑟處，也無風雨也無晴」。

第一節　獨覺——「欲待曲終尋問取，人不見，數峰青」

　　王國維之第一境界，意謂藝術創作者具有「登高望遠」之冷靜與孤寂，能夠自省、自律、自覺，藝術創作主體能與環境互動，並作出察覺，形成對環境的回應。王國維受尼采精神三變中的「駱駝」影響，駱駝忍辱負重，堅守自持。

　　王國維引西方康德、叔本華哲學，探討「審美無功利、無目的」言「大家」，必須有「眞」，「能寫眞景物、眞感情者，謂之有境界」〔註20〕；藝術家還必須不失「赤子之心」〔註21〕；並且「詞人之忠實。不獨對人事宜然。即對一草一木。亦須有忠實之意。」〔註22〕因此，眞正的藝術家是以人類之情感爲一己之情感，從王國維之言論可知：

> 大家之作，其言情也必沁人心脾，其寫景也必豁人耳目。其辭脫口
> 而出，無矯揉妝束之態。以其所見者眞，所知者深也。〔註23〕

「眞」爲藝術家所具備的藝術心靈，「見眞」以「知深」，見微以知著，見小以知廣，才能眞正代人以言情，傳人以達實。呈現在「三境界」裡，王國維借用晏殊〈蝶戀花〉表達藝術人生的第一境，登高望遠，胸懷寬闊，感受空間與時間的距離，了悟人世間的承擔。誠如宗白華所說：「和諧與秩序是宇宙的美，也是人生美的基礎。」〔註24〕蘇軾在藝術天地中猶如寂寞先知，當其天眼覷紅塵，光風皓月，乾坤萬里，時序百年，眞誠面對自然萬物，感受天人合一，有所獨覺與感觸。

　　王國維〈文學小言〉曾說：「三代以下之詩人，無過於屈子、淵明、子美、子瞻者。」其人格器識，寂靜自得，並帶有「望盡天涯路」之不可預期的冒險精神，進而審美人生。王國維之論點可表達蘇軾的人格器識，其中孤獨覺

〔註20〕王國維《人間詞話·六》，頁3。
〔註21〕王國維《人間詞話·十六》，頁8。
〔註22〕王國維《人間詞話·刪稿四四》，頁62。
〔註23〕王國維《人間詞話·五六》，頁34。
〔註24〕宗白華《宗白華全集》第二卷，合肥：安徽教育出版社，1994年，頁58。

醒之境界，以冒險家之精神，進而審美人生，代表蘇軾在藝術性靈蒙養的第一境界，以爲蘇軾無論處在任何境遇中，都能堅持自我，忍辱負重，眞實將自己對外在環境的感受詳實描述，此種自覺，使得蘇軾能掌握創作藝術之關鍵，故以「獨覺」言之。

　　本論文以蘇軾於宋神宗熙寧六年（1073 年）任杭州通判時，與張先共遊西湖所作「欲待曲終尋問取，人不見，數峰青」〔註25〕（〈江城子〉）之語，以定義其藝術性靈的第一境界。原詞表達蘇軾聽取娉婷女子彈箏，對美妙樂音來源卻苦尋不得，只見遠方空寂青峰，留下無限迷惘。蘇軾與友人遊湖聽曲，本應歡樂無比，然蘇軾雖獨自察覺並感受樂曲之美妙，但他苦尋來源卻不得的窘境，正與王國維人生閱歷三境界中的第一境界「昨夜西風凋碧樹，獨上高樓，望斷天涯路」相吻合，故以此定義蘇軾藝術性靈蒙養第一境界。

一、入仕之前，修持自爲

　　蘇軾獨排眾議、堅持理想，於人生旅程、政壇與文壇上展現自主自覺，人格獨立之智慧。

　　李澤厚曾論宋明儒者，認爲是細密地分析、實踐地講求「立志」、「修身」，以最終達到「內聖外王」、「治國平天下」的一個群體，並把道德自律、意志結構，把人的社會責任感、歷史使命感，張揚提升到本體論的高度，確立了人的倫理主體性之莊嚴偉大。〔註26〕北宋・張載〈西銘〉云：「爲天地立心，爲生民立命，爲往聖繼絕學，爲萬世開太平。」充分表現北宋士人的社會責任感與歷史使命感。《宋史》裡記載蘇軾讀范傍傳而心嚮往之，在在可證明，蘇軾認爲自己在天地與社會裡，具有捨我其誰、爲民喉舌的價值與地位。

　　一直以來，蘇軾的出生地四川眉州有歌謠傳頌著：「蘇洵生軾、轍，以文章名世，故時人謠口：『眉山生三蘇，草木盡皆枯。』」〔註27〕據此可以了解

〔註25〕〈江城子〉：「鳳凰山下雨初晴。水風清。晚霞明。一朵芙蕖，開過尚盈盈。何處飛來雙白鷺，如有意，慕娉婷。　　忽聞江上弄哀箏。苦含情。遣誰聽。煙斂雲收，依約是湘靈。欲待曲終尋問取，人不見，數峰青。」（鄒同慶、王宗堂《蘇軾詞編年校注》，北京：中華書局，2002 年，頁 31）

〔註26〕李澤厚〈宋明理學片論〉，載於《中國社會科學》1982 年第 1 期。

〔註27〕〔明〕顧可學（序）、黃叔度（跋）《合璧事類》，明嘉靖間刻本，台北：國家圖書館。

當地對蘇家一門英烈，出了三位文學家的史實同感榮耀。而在其他史料中，亦可發覺蘇軾迥異於常人之聰慧，並堅持自我獨立自主：

> 眉山劉微之巨，教授郡城之西壽昌院，從遊至百人。蘇明允命東坡兄弟師之。時尚幼。微之賦〈鷺鷥詩〉，末云：「漁人忽驚起，雪片逐風斜。」坡從旁曰：『先生詩佳矣，竊疑斷章無歸宿，曷若『雪片落蒹葭』乎？」微之曰：「吾非若師也。」〔註28〕

仍在學習階段的蘇軾，藉詩句之創作，表現出文學天賦上之慧點，劉微之「雪片逐風斜」雖將雪景實況描繪，但卻不若蘇軾「雪片落蒹葭」來得詩情畫意，意境幽微。

蘇軾讀書時期遊歷四方，並在多處留下遺跡：「東坡少時讀書棲雲寺中，曾於連鰲山石崖上作『連鰲山』三字，大如屋宇，雄勁飛動。」〔註29〕字如其人，人如其心，字跡「雄勁飛動」，人則光明磊落，獨覺自主。蘇轍曾寫：「昔余少年，從子瞻遊，有山可登，有水可浮，子瞻未始不褰裳先之。有不得至，為之悵然移日。至其翩然獨往，逍遙泉石之上，擷林卉，拾澗實，酌水而飲之，見者以為仙也。」〔註30〕所謂翩然獨往，表現出蘇軾思維層次之前進，心中所想為旁人所不及，種種行舉亦如仙者，然其孤獨寂寥之感亦可以想見。

蘇軾於遊歷之地均留下讀書遺跡，而無論詩文或書跡，在在顯示其「時序百年心」之鴻圖大器，故蘇軾藝術性格與王國維人生三境之一的「昨夜西風凋碧樹，獨上高樓，望盡天涯路」可謂相符。《華嚴經》云：「戒是無上菩提本，應當具足持淨戒；若能具足持淨戒，一切如來所讚歎。」正因為蘇軾入仕前能自我修練，使其因緣具足，故之後遂為他人賞識，大展其壯志鴻圖。

二、伯樂賞識，耀眼文壇

蘇軾一生有兩位影響深遠之導師，能如伯樂識千里馬，慧眼識英雄，識見蘇軾與他人之迥異：一為張方平，一為歐陽脩。

蘇洵自十九歲參加科考，其後近二十年皆無法上榜。張方平（字道安）

〔註28〕〔宋〕葉寘《愛日齋叢鈔》，台北：國家圖書館，影印本。

〔註29〕〔明〕曹學佺《名勝志》，台北：國家圖書館，明萬曆間侯官曹氏刊本，影印本。

〔註30〕〔宋〕蘇轍《欒城集》，台北：國家圖書館，明嘉靖二十年蜀藩刊本，影印本。

時以戶部侍郎坐鎮西蜀，任成都知府，知蘇洵「隱居以求其志，行文以達其道」之心，便表達欲見之情。蘇洵旋即回以「草茅貧賤」之人，且欲「數百里一拜於前」，謝達知遇。蘇洵並附上文章，「自謂盡古今之利害，復皆易行而非浮誕之言也，今錄而獻明公，明公擇而行之。」蘇洵隨即攜二子至成都。〔註31〕〈樂全先生文集敘〉云：「軾年二十，以諸生見公成都，公一見待以國士。」〔註32〕〈張文定公墓誌銘〉亦云：「晚與軾先大夫游，論古今治亂及一時人物，皆不謀而同。軾與弟轍皆以是得出入門下。」〔註33〕張方平見蘇家兄弟一表人才，並與蘇軾交流讀《漢書》之心得，《高齋漫錄》有記：

> 三蘇自蜀來，張安道、歐陽永叔為延譽於朝，自是名譽大振。明允一日見安道，安道問云：「令嗣看甚文字？」明允答以：「軾近日方再看《漢書》。」安道曰：「文字尚看兩遍乎？」明允歸，以語子瞻。
> 子瞻曰：「此老特未知世間人尚有看三遍者！」〔註34〕

張方平了解蘇家兄弟真才實學，當下推薦於歐陽脩與韓琦，道曰：「吾何足為重，進退天下士，故永叔之責也。」雖然張、歐陽兩人在政治上對立，在人才薦舉上則大公無私。除張方平，兼有雅州太守雷簡夫亦薦舉三蘇。《輿地紀勝》卷一百四十七〈雅州〉曾記：「雷簡夫：至和初，儂智高走入雲南，蜀人相驚，以智高且至。知益州張方平乞用簡夫知雅州。既至，而蜀人遂安。老蘇攜二子來謁，簡夫力薦之，蘇氏父子名滿天下。」〔註35〕雷簡夫稱蘇洵有王佐之材，撰書薦之於張方平、歐陽修、韓琦。雷簡夫於當時享有盛譽，後因出仕之後有負初衷，受惡人之賂，為惡人張目，故不為蘇軾兄弟所重，然雷簡夫曾薦舉蘇洵，蘇軾兄弟於著述中不欲揚其惡，因此默而不言。〔註36〕

〔註31〕 至和二年（1055年）乙未，當時蘇軾二十歲。明崇禎十年重編《嘉祐集》，有〈上張益州書〉。《樂全集》卷三十九〈文安先生墓表〉、《欒城後集》卷二十〈祭張宮保文〉均敘蘇洵謁張方平。
〔註32〕 〈樂全先生文集敘〉，《蘇軾文集》卷十，頁314。
〔註33〕 〈張文定公墓誌銘〉，《蘇軾文集》卷十四，頁444。
〔註34〕 〔宋〕曾慥《高齋漫錄》，台北：國家圖書館，影印本。
〔註35〕 又記州廳後有雙鳳堂，「為二蘇設」；州治有賢範堂，繪簡夫及蘇氏父子像；州城龍興寺有四經樓，有蘇軾墨跡，有二蘇龍興寺碑墨跡。
〔註36〕 〔元〕脫脫《宋史》卷二百七十八有傳：「簡夫字太簡，隱居不仕。康定中，樞密使杜衍薦之，召見，以秘書省校書郎簽書秦州觀察判官。公事既罷，居長安，自以處士起，不復肯隨眾調官，多為岐路求辟薦。時三白渠久廢，京兆府遂薦簡夫治渠事。先時，治渠歲役六縣民四十，用梢木數百萬，而水不足。簡夫用三十日，梢木比舊三之一，而水有餘。知坊州，徙閬州，用張

蘇洵原先想讓二子於蜀參加鄉試，《樂全集》卷三十九〈文安先生墓表〉：

> 初，君將游京師，過益州與僕別，且見其二子軾、轍及其文卷。曰：「二子者將以從鄉舉，可哉？」僕披其卷，曰：「從鄉舉，乘駃騠而馳閭巷也。六科所以擢英俊，君二子從此選，猶不足騁其逸力爾。」
>
> 君曰：「姑爲後圖。」〔註37〕

張方平認爲蘇軾、蘇轍兩兄弟前途不可限量，應直接赴京城參加六科之選。

仁宗嘉祐元年（1056年），蘇洵懷張方平、雷簡夫推薦信赴京。父子一行館於興國寺浴室老僧德鄉之院，蘇軾曾於〈興國寺浴室院六祖畫贊〉一文中敘述住浴室院。〔註38〕蘇氏父子一行人至京即遇黃河水患，蘇軾曾有詩〈牛口見月〉：「忽憶丙申年，京邑大雨霶。」〔註39〕、「不知京國喧，謂是江湖鄉」提及當時水患情況。

至京後，拜訪「天下翕然而師尊之」的文壇盟主歐陽脩，蘇軾曾贊歐陽脩：「論大道似韓愈，論事似陸贄，記事似司馬遷，詩賦似李白。」〔註40〕又「自漢以來，五百餘年而後有韓愈，愈之後三百餘年，而後得歐陽子。其學推韓愈、孟子以達於孔氏，著禮樂仁義之時以達於大道。其言簡而明、信而通，引之爲連類，析之以至理，以服人心，故天下翕然而師尊之。」〔註41〕蘇軾、蘇轍、曾鞏、王安石皆爲其門下。

嘉祐二年（1057年）正月，蘇氏兄弟參加省試，由禮部侍郎歐陽脩主持全國貢舉考試（省試），蘇軾所撰〈刑賞忠厚之至論〉獲得歐陽脩青睞。《石林燕語》記錄此事：

> 方平薦，知雅州。既而辰州蠻酋彭仕義内宼，三司副使李參、侍御史朱處約安撫不能定，繼命簡夫往。至則督諸將進兵，築明溪上下二砦據其險要，拓取故省地石馬崖五百餘里。仕義内附。擢三司鹽鐵判官，以疾出知虢、同二州，累遷尚書職方員外郎，卒，錄其子壽臣爲郊社齋郎。簡夫始起隱者，出入乘牛，冠鐵冠，自號『山長』。關中用兵，以口舌捭闔公卿。既仕，自奉稍驕侈，騶御服飾，頓忘其舊，里閭指笑之曰：『牛及鐵冠安在？』」（台北：國家圖書館，明成化十六年兩廣巡撫朱英刊嘉靖間南監修補本）

〔註37〕〔宋〕張方平《樂全集》卷三十九〈文安先生墓表〉，台北：國家圖書館，上海商務印書館景印文淵閣，影印本。

〔註38〕見《蘇軾文集》卷二十一。當時的惠汶，三十一年後成爲安國寺的住持。

〔註39〕〈牛口見月〉，《蘇軾詩集》卷一，頁10。

〔註40〕〈六一居士集敘〉，《蘇軾文集》卷十，頁31。

〔註41〕同上註。

　　蘇子瞻自在場屋，筆力豪騁，不能屈折。於作賦省試時，歐陽文忠公銳意欲革文弊，初未之識。梅聖俞作考官，得其〈刑賞忠厚之至論〉，以爲似孟子。然中引皋陶曰：「殺之三」，堯曰：「宥之三」，事不見所據。亟以示文忠，大喜。往取其賦，則已爲他考官斥落矣。即擢第二。及放榜，聖俞終以前所引爲疑，遂以問之。子瞻徐曰：「想當然耳，何必須要有出處。」聖俞大駭。然人已無不服其雄俊。〔註42〕

另記於《老學庵筆記》：

　　東坡先生省試〈刑賞忠厚之至論〉，有云：「皋陶爲士，將殺人；皋陶曰：『殺之』三，堯曰：『宥之』三。」梅聖俞爲小試官，得之，以示歐陽公。公曰：「此出何書？」聖俞曰：「何須出處。」公以爲皆偶忘之，然亦大稱嘆，初欲以爲魁，終以此不果。及揭榜，見東坡姓名，始謂聖俞曰：「此郎必有所據，更恨吾輩不能記耳。」及謁謝，首問之，東坡亦對曰：「何必出處。」乃與聖俞語合。公賞其豪邁，太息不已。〔註43〕

又見《誠齋詩話》：

　　歐公知舉，得東坡之文驚喜，欲取爲第一人；又疑爲門人曾子固之文，恐招物議，抑爲第二。坡來謝，歐公問：「皋陶曰：『殺之』三，堯曰：『宥之』三，見何書？」坡曰：「事在《三國志・孔融傳》注。」歐閱之無有。他日再問坡，坡云：「曹操以袁熙妻賜子丕，孔融曰：『昔武王以妲己賜周公。』操問：『何經見？』融曰：『以今日之事觀之，意其如此。』堯、皋陶之事，某亦意其如此。」歐退而大驚曰：「此人可謂善讀書，善用書，他日文章必獨步天下。」〔註44〕

蘇軾文章因無所藻飾，一反險怪奇澀之「太學體」〔註45〕，強調「立法貴嚴，

〔註42〕　〔宋〕葉夢得《石林燕語》，台北：國家圖書館，明萬曆間會稽商氏刊稗海本。

〔註43〕　〔宋〕陸游《老學庵筆記》，台北：國家圖書館，清康熙間振鷺堂重編補刊本。

〔註44〕　〔宋〕楊萬里《誠齋詩話》，台北：國家圖書館，舊鈔本。

〔註45〕　〔元〕脫脫《宋史》卷三百十九〈歐陽修傳〉：「時士子尚爲險怪奇澀之文，號『太學體』，修痛排抑之，凡如是者輒黜。」（台北：國家圖書館，明成化十六年兩廣巡撫朱英刊嘉靖間南監修補本）

而責人貴寬」，並用杜撰之典「當堯之時，皋陶爲士，將殺人。皋陶曰殺之三，堯曰宥之三。故天下畏皋陶執法之堅，而樂堯用刑之寬。」〔註46〕梅堯臣得之以薦，歐陽脩喜置第二。見《能改齋漫錄》：

> 東坡初登第，以詩謝梅聖俞。聖俞以示文忠公。公答梅書略云：「不意後生能達斯理也。吾老矣，當放此子出一頭地。」故東坡送晁美叔詩云：「醉翁遣我從子游，翁如退之踐軻丘。向欲放子出一頭，酒醒夢斷十四秋。」蓋敘書語也。〔註47〕

歐陽脩之喜得蘇軾，歷代許多文章皆集錄此事，《河南邵氏聞見後錄》亦云：

> 歐陽公謂曾子固云：「王介甫之文，更令開廓，勿造語，及模擬前人。」又云：「孟（孟子）、韓（韓愈）文雖高，不必似之也。」謂梅聖俞云：「讀蘇軾書，不覺汗出，快哉！老夫當避路，放他出一頭地也。」又曰：「軾所言樂，乃修所得深者爾，不意後生達斯理也。」歐陽公初接二公之意，已不同矣。〔註48〕

又見於《曲洧舊聞》：

> 東坡詩文落筆，輒爲人所傳誦；每一篇到，歐陽公爲終日喜。前輩類如此。一日，與棐（歐陽棐）論文及坡公，嘆曰：「汝記吾言，三十年後，世上人更不道著我也。」崇寧、大觀間，海外詩盛行，後生不復有言歐公者。是時朝廷雖嘗禁止，賞錢增至八十萬；禁愈嚴，而傳愈多，往往以多相誇。士大夫不能誦坡詩，便自覺氣索，而人或謂之不韻。〔註49〕

對於蘇軾杜撰用典一事，不見歐陽脩斥責，反而認爲此乃蘇軾智慧高明，識見其不凡之處。宋初文章沿襲五代遺風，追求詞藻華麗，歐陽脩反對「太學體」浮巧輕媚、病態做作之習氣，主張通達平易，推崇韓愈古文。而蘇軾文章風格符合歐陽脩主張，遂得歐陽脩大力薦舉。正如孔凡禮《蘇軾年譜》所言：「脩喜得軾，並以培植其成長爲己任。士聞者始譁不厭，久乃信服，文風爲變。蘇氏文章，遂稱於時。」〔註50〕

嘉祐、治平間的出任仕途時期，爲蘇軾創作的發軔期。懷著「奮厲有當

〔註46〕 〈刑賞忠厚之至論〉，《蘇軾文集》卷二，頁33。
〔註47〕 〔宋〕吳曾《能改齋漫錄》，台北：國家圖書館，舊鈔本。
〔註48〕 〔宋〕邵博《河南邵氏聞見後錄》，台北：國家圖書館，舊鈔本。
〔註49〕 〔宋〕朱弁《曲洧舊聞》，台北：國家圖書館，明萬曆間刊寶顏堂秘笈本。
〔註50〕 孔凡禮《蘇軾年譜》上，北京：中華書局，1998年，頁55。

世志」〔註 51〕的宏遠抱負踏上政治舞台，力圖一番大作為〔註 52〕，此時作品大多為富有社會內容的詩歌〔註 53〕和充滿政治革新精神的政論文〔註 54〕。雖不免帶有一般早期作品的幼稚粗率和刻意鍛鍊的痕跡，但已可見其滔滔雄辯、汪洋恣肆的藝術風格，與才情奔放、曲折盡意的詩風，烙下個人鮮明的印記。可見蘇軾是位「早有創作準備的作家」〔註 55〕。

第二節　堅持——「密意難傳，羞容易變。平白地、為伊斷腸」

王國維藉柳永〈蝶戀花〉：「衣帶漸寬終不悔，為伊消得人憔悴。」傳達人生第二境界。第二境界中，藝術創作主體不再圍於自然環境與社會價值，面對逆境，堅持做自己，更具有創造性，形成對自然環境的再造，故以「堅持」說明蘇軾藝術性靈蒙養之第二境界。從藝術生命言之：藝術家的人生不盡然處處順境，卻能堅持心靈意志，堅苦卓絕，固窮甘飴，除有超越個人得失勝敗的審美直覺，更須沉著內斂的理智思辨，才能孤寂堅忍，關照全局，展露「士不可不弘毅」的存在價值。

蘇軾於宋神宗熙寧十年（1077 年），三月二日蘇軾與能詩善畫的駙馬爺王詵同遊於汴京郊外，於四照亭上宴飲，應王詵侍人倩奴之請，作〈殢人嬌〉詞，用以提醒王詵倩奴之情真意切。本論文藉以下半闋「密意難傳，羞容易變。平白地、為伊斷腸。」〔註 56〕來說明蘇軾藝術心靈蒙養之第二階段。此詞主要贈與王詵侍人倩奴，蘇軾細膩揣摩，表現女子真摯情感。下半闋描述因倩奴為情生煩惱，隱藏的情感難以傳達，羞愧的面容怕是容易被察覺，直接流露：平白地為此肝腸寸斷！蘇軾一語道破，倩奴坦誠而沉痛，明知道無

〔註 51〕 蘇轍〈東坡先生墓誌銘〉，石聲淮、唐玲玲《東坡樂府編年箋注》，台北：華正書局，1993 年，頁 550。
〔註 52〕 如：〈和子由苦寒見寄〉、〈屈原塔〉，捨身報國、義節凜然的儒者形象。
〔註 53〕 如：〈郿塢〉、〈饋歲〉、〈和子由蠶市〉，極富當時社會發展之內容。
〔註 54〕 如：〈進策〉二十五篇、〈思治論〉，則可見其為國為民構思之抱負。
〔註 55〕 王水照《蘇軾選集》，〈前言〉，台北：萬卷樓，1993 年，頁 3。
〔註 56〕 〈殢人嬌〉：「滿院桃花，盡是劉郎未見。於中更、一枝纖軟。仙家日月，笑人間春晚。濃睡起、驚飛亂紅千片。　密意難傳，羞容易變。平白地、為伊腸斷。問君終日，怎安排心眼。須信道、司空自來見慣。」（《蘇軾詞編年校注》，頁 197）

法得到回應，卻仍舊在內心世界一番獨白，堅持坦然面對自己的眞情感。蘇軾以男子角度，卻能細膩描繪倩奴的感情，此與發生烏臺詩案後，蘇軾無悔的欲求神宗賞識，有著「同是天涯淪落人」的情意。此番情眞意切，明知爲現實所不允，仍情願殉身無悔的執著，可與王國維人生閱歷三境界中的第二境界「衣帶漸寬終不悔，爲伊消得人憔悴」相符合，故以此定義蘇軾藝術性靈蒙養之第二境界。

蘇軾雖仕途蹇滯，但仍以卓絕精神，堅持家國大計、人生理念。

一、仕途蹇滯，擇善固執

蘇軾在朝，勇於力排眾議，堅持己見，因擇善固執，狂訒箴言，屢不順遂，以至於仕途蹇滯，然而蘇軾人格裡含蘊曠逸超脫，雖歷遭阻險，總能化險爲夷，繼續擇善固執。

（一）在朝任職減弱藝術能量

按王水照說法，兩次在朝任職爲蘇軾創作「歉收期」〔註57〕。熙寧時期，蘇軾與王安石變法意見相左，元祐時期則與司馬光、程頤等論爭，動盪的政治環境與紛擾的階級鬥爭，皆影響蘇軾此時期的創作。熙寧時期所作詩歌不足二十首，元祐時期雖有題畫詩數篇，如〈虢國夫人夜游圖〉、〈趙令宴崔白大圖幅徑三丈〉、〈次韻子由書李伯時所藏韓幹馬〉、〈郭熙畫秋山平遠〉、〈書王定國所藏煙山疊嶂圖〉等，寫來蒼莽氣旋，令人想見其酣暢揮毫之痛快，胡應麟《詩藪・外篇》卷五曾云：「子瞻雖體格創變，而筆力縱橫，天眞爛漫。集中如虢國夜遊、煙山疊嶂、周昉美人、郭熙山水、定惠海棠等篇，往往俊逸豪麗，自是宋歌行第一手。」〔註58〕除詠周昉美人圖的〈續麗人行〉作於徐州，〈定惠海棠〉作於黃州，其他三篇皆作於任職時期。

（二）人生低潮卻為創作轉折

「烏臺詩案」的發生，說明蘇軾才氣縱橫因口舌被誣陷之本末。元豐二年舒亶等人的箚子中亦記載此事，後因神宗憐愛，幸未眞死罪。

蘇軾至湖州任知府，新黨（變法派）與舊黨（反對派）吵鬧沸揚，演變爲排除異己之政爭。神宗爲鞏固個人權威，容許王安石及其提拔新進之士如

〔註57〕 王水照《蘇軾選集》，頁1～24。
〔註58〕 〔明〕胡應麟《詩藪・外篇》卷五，台北：國家圖書館，明崇禎延陵吳國琦等重刊少室山房全集本。

李定、舒亶、何正臣，負責監察、審理，並打擊反對變法人士，如司馬光、蘇軾等。蘇軾名氣聲望高，自是變法派抨擊之對象，如蘇軾赴任湖州之〈湖州謝上表〉，即成為被抨擊的導火線：

> 臣軾言。蒙恩就移前件差遣，已於今月二十日到任上訖者。風俗阜安，在東南號為無事；山水清遠，本朝廷所以優賢。顧惟何人，亦與茲選。臣軾中謝。伏念臣性資頑鄙，名跡埋微。議論闊疏，文學淺陋。凡人必有一得，而臣獨無寸長。荷先帝之誤恩，擢寘三館；蒙陛下之過聽，付以兩州。非不欲痛自激昂，少酬恩造。而才分所局，有過無功；法令具存，雖勤何補。罪固多矣，臣猶知之。夫合越次之名邦，更許借資而顯授。顧惟無狀，豈不知恩。此蓋伏遇皇帝陛下，天覆群生，海涵萬族。用人不求其備，嘉善而矜不能。知其愚不適時，難以追陪新進；察其老不生事，或能牧養小民。而臣頃在錢塘，樂其風土。魚鳥之性，既自得於江湖；吳越之人，亦安臣之教令。敢不奉法勤職，息訟平刑。上以廣朝廷之仁，下以慰父老之望。臣無任。〔註59〕

「風俗阜安，在東南號為無事；山水清遠，本朝廷所以優賢。」說明湖州是個風俗純樸，山清水秀，為朝廷禮遇賢士之好地方。但被有心者解讀為蘇軾埋怨朝廷委棄，不賦予重任。「臣性資頑鄙，名跡埋微。議論闊疏，文學淺陋。凡人必有一得，而臣獨無寸長。」說明自己個性古怪，才學淺陋，毫無所長。卻被解讀為正話反說，自我吹捧。「荷先帝之誤恩，擢寘三館；蒙陛下之過聽，付以兩州。」說自己在仁宗時任中央官，現在又連作兩任地方官，則被解讀為有邀功之意。「知其愚不適時，難以追陪新進；察其老不生事，或能牧養小民。」謂皇帝閔其愚昧、老邁，難以追隨升遷迅速之官員，遂僅讓其做地方知府牧養、照顧百姓。卻被解為對維護變法人士作人身攻擊。

當時御史作為主要「罪證」的材料為《蘇子瞻學士錢塘集》三卷，今已不傳，但從現存宋‧朋九萬《東坡烏臺詩案》、周紫芝《詩讞》及清‧張鑑《眉山詩案廣證》仍可瞭解。〔註60〕

〔註59〕　〈湖州謝上表〉，《蘇軾文集》卷二十三，頁653。
〔註60〕　王水照認為蘇軾被指控攻擊新法的十幾首詩文，有三種情況：（一）原作與新法無關，純屬穿鑿附會，羅織誣陷的；（二）原作確有反對新法的內容，但又包含著生活真實，反映出新法流弊的；（三）有些反對新法的詩作，是反應他政治思想上保守方面的。（王水照《蘇軾》台北：萬卷樓出版社，1993年，頁

御史何正臣認爲蘇軾在〈湖州謝上表〉大放厥詞，目無尊上：

> 臣伏見祠部員外郎、直史館、知湖州蘇軾〈謝上表〉，其中有言：「愚
> 不識時，難以追陪新進；老生不事，或能牧養小民。」愚弄朝廷，
> 妄自尊大，宣傳中外，孰不歎驚。夫小人爲邪，治世所不能免，大
> 明旁燭，則其類自消，固未有如軾爲惡不悛，怙終自若，謗訕譏罵，
> 無所不爲，道路之人，則又以爲一有水旱災，盜賊之變，軾必倡言
> 歸咎新法，喜動顏色，惟恐不甚。〔註61〕

說蘇軾「爲惡不悛，怙終自若，謗訕譏罵，無所不爲」，對朝廷謾罵無所不
至，凡遇到水、旱天災，一律歸咎朝廷新法，幸災樂禍。文中又云「如軾之
惡，可以止而勿治乎？軾所爲譏諷文字，傳於人者甚眾，今猶取鏤板而鬻於
市者盡呈。」文詞之嚴厲，將蘇軾定位爲妖言惑眾之罪魁禍首。

舒亶則將蘇軾在杭州出版的《蘇子瞻學士錢塘集》獻給朝廷，並認爲其
中內容處處諷刺新法、侮辱朝廷甚至神宗：

> 陛下自新美法度以來，議論之人，固不爲少，然其大，不過文亂事
> 實，造作讒說，以爲搖動沮壞之計。其次，又不過腹非背毀，行察
> 坐伺，以幸天下之無成功而已。至於包藏禍心，怨望其上，訕讟謾
> 罵，而無復人臣之節者，未有如軾也。蓋陛下發錢以本業貧民，則
> 曰「贏得兒童語音好，一年強半在城中」；陛下明法以課試郡吏，則
> 曰「讀書萬卷不讀律，致君堯舜知無術」；陛下興水利，則曰「東海
> 若知明主意，應教斥鹵變桑田」；陛下謹鹽禁，則曰「豈是聞韶解忘
> 味，邇來三月食無鹽」。其他觸物即事，應口所言，無一不以譏謗爲
> 主。〔註62〕

指責蘇軾詩文處處與朝廷作對，諷刺新法，侮辱神宗。其中所指諸詩分別
爲：〈山村五絕〉其四：「杖藜裹飯去匆匆，過眼青錢轉手空。贏得兒童語音
好，一年強半在城中。」〔註63〕以爲蘇軾諷刺朝廷未能賑濟災民。而〈戲子
由〉：

60～61）
〔註61〕《東坡烏臺詩案‧監察御史裏行何正臣劄子》亦見於《續資治通鑑長編》
　　　卷二九九。孔凡禮《蘇軾年譜》（上），北京：中華書局，1998年，頁449。
〔註62〕《東坡烏臺詩案‧監察御史裏行舒亶劄子》亦見於《續資治通鑑長編》卷二
　　　九九。孔凡禮《蘇軾年譜》（上），頁447。
〔註63〕〈山村五絕〉，《蘇軾詩集》，頁437。

宛丘先生長如丘，宛丘學舍小如舟。常時低頭誦經史，忽然欠伸屋
打頭。斜風吹帷雨注面，先生不愧旁人羞。任從飽死笑方朔，肯爲
雨立求秦優。眼前勃蹊何足道，處置六鑿須天游。讀書萬卷不讀
律，致君堯舜知無術。勸農冠蓋鬧如雲，送老齏鹽甘似蜜。門前萬
事不挂眼，頭雖長低氣不屈。餘杭別駕無功勞，畫堂五丈容旂旄。
重樓跨空雨聲遠，屋多人少風騷騷。平生所慚今不恥，坐對疲氓更
鞭箠。道逢陽虎呼與言，心知其非口諾唯。居高志下眞何益，氣節
消縮今無幾。文章小技安足程，先生別駕舊齊名。如今衰老俱無用，
付與時人分重輕。〔註64〕

解讀爲蘇軾諷刺朝廷未能明法以課試郡吏。〈八月十五日看潮五絕〉其四：
「吳兒生長狎濤淵，冒利輕生不自憐。東海若知明主意，應教斥鹵變桑田。」
〔註65〕則將蘇文解讀成爲蘇軾諷刺朝廷興修水利的措施不對。〈山村五絕〉其
三：「老翁七十自腰鐮，慚愧春山筍蕨甜。豈是聞韶解忘味，邇來三月食無
鹽。」〔註66〕將蘇軾說法定位爲諷刺朝廷所提出鹽禁政策。以上皆認爲蘇軾
「自以爲能」。而令人氣憤之甚者，則見：

軾在此時，以苟得之虛名，無用之曲學，官爲省郎，職在文館，典
領寄任，又皆古所謂二千石，臣獨不知陛下何負於天下與軾輩，而
軾敢爲悖慢，無所畏忌，以至如是。……軾懷怨天之心，造訕上之
語，情理深害，事至暴白，雖萬死不足以謝聖時，豈特在不收不宥
而已。〔註67〕

言辭狠戾，誣陷忠良，使蘇軾爲國富民之苦心，付之闕如。

李定則上奏神宗，認爲蘇軾犯有四大該殺之罪：

軾先騰沮毀之論，陛下稍置不問，容其改過，軾怙終不悔，其惡已
著，此一可廢也。……陛下所以俟軾者可謂盡，而傲悖之語，日聞
中外，此二可廢也。……言僞而辯，行僞而堅，先王之法當誅，此

〔註64〕〈戲子由〉，《蘇軾詩集》，頁324。
〔註65〕〈八月十五日看潮五絕〉其四，《蘇軾詩集》，頁484。杭州著名的錢塘江潮
　　　　時，經常有人浮游衝浪，甚至有人下賭獲利，朝廷曾下令禁止。蘇軾此詩確
　　　　有希望朝廷將東海化作桑田，讓百姓老實種田之意。
〔註66〕〈山村五絕〉，《蘇軾詩集》，頁437。老百姓吃春筍沒有味道，因爲三個月都
　　　　沒有鹽吃，實因鹽價過高。
〔註67〕《東坡烏臺詩案‧監察御史裏行何舒亶箚子》亦見於《續資治通鑑長編》卷
　　　　二九九。孔凡禮《蘇軾年譜》（上），頁448。

三可廢也。……陛下修明政事，怨不用己，遂一切毀之，以爲非是，此四可廢也……軾自度終不爲朝廷獎用，嫌怨懷怒，恣行醜詆，見於文字，眾所共知。〔註68〕

認爲蘇軾傲慢無禮，蠱惑人心，混淆視聽，極度醜化、侮辱蘇軾。〔註69〕

二、才識兼茂，刻苦專注

蘇軾歷經一般人難忍之煎熬，卻能忍人所不能忍，才識兼備，先知先覺。

（一）舞文弄墨來自熱愛人群

蘇軾任地方官，盡心竭力，遂能成爲人民心中勤政愛民的父母官。任憑朝廷打壓，無減人民愛戴之心：

修水深山間有小溪，其渡曰「來蘇」。蓋子由貶高安監酒時，東坡來訪之，經過此渡，鄉人以爲榮，故名以「來蘇」。嗚呼，當時小人媒孽摧挫，欲置之死地，而其所經過之地，溪翁野叟亦以爲光華，人心是非之公，其不可泯如此，所謂石壓筍斜出者是也。〔註70〕

一方是朝廷小人無所不用其極，欲加蘇軾之罪；但另一方卻是人民百姓熱情懷念蘇軾所歷之跡，兩相比較，可謂天壤之別。從人民把蘇軾曾渡水的溪流命名爲「來蘇」來看，蘇軾深受人民喜愛，是蘇軾長年在民間耕耘的成果，朝廷卻漠視。

朝廷經過審理之後，準備押解蘇軾，當時的情況被紀錄於宋·孔平仲《孔氏談苑》中：

蘇軾以吟詩有譏訕，言事官章疏狎上，朝廷下御史臺差官追取。是時李定爲中書丞，對人嘆息，以爲人才難得，求一可使逮軾者少有

〔註68〕《東坡烏臺詩案·監察御史中呈李定箚子》亦見於《續資治通鑑長編》卷二九九。孔凡禮《蘇軾年譜》（上），頁446。
〔註69〕其他史料說明蘇軾親筆之詩文，而成爲「烏臺詩案」之供堂證據：「元豐己未，東坡坐作詩謗訕，追赴御史獄。當時所供詩案，今已印行，所謂「烏臺詩案」是也。靖康丁未歲，臺吏隨駕，挈眞案至維揚。張全眞參政時爲中丞，南渡取而藏之。後張丞相德遠爲全眞作墓志，諸子以其半遺德遠充潤筆，其半猶存全眞家。予嘗借觀，皆坡親筆；凡有塗改，即押字於下，而用臺印。」（〔宋〕周必大《二老堂詩話》，臺北：國家圖書館，藍格舊鈔本。周必大（1126～1204年），字子充，管城（今何南鄭州）人。晚年自號平園老叟，著有《平園集》二百卷。）
〔註70〕〔宋〕羅大經《鶴林玉露·卷四·乙編·來蘇渡》，臺北：國家圖書館，明刊本。

如意。於是太常博士皇甫僎被遣以往。僎攜一子二台卒倍道疾馳。駙馬都尉王詵與子瞻遊厚，密遣人報蘇轍。轍時爲南京幕官，乃亟走作往湖州報軾，而僎行如飛，不可及。至潤州，適以子病求醫留半日。故所譴得先之，僎至之日，軾在告，祖無頗權州事。僎逕入州廳，具靴袍秉笏立庭下，二台卒夾侍，白衣青巾，顧盼獰惡，人心洶洶不可測。軾恐，不敢出，謀之無頗。無頗云：「事至此，無可奈何，須出見之。」軾議所以爲服，自以當得罪，不可以朝服。無頗云：「未知罪名，當以朝服見也。」軾亦具靴袍秉笏立庭下。無頗與職官皆小幘列軾後。二卒懷台牒，拄其衣若匕首然；僎又久之不語，人心益疑。軾懼曰：「軾自來激惱朝廷多，今日必是賜死，死固不辭，乞歸與家人訣別。」僎始肯言曰：「不至如此。」無頗乃前曰：「大博必有被受文字？」僎問誰何？無頗曰：「無頗是權州。」僎乃以台牒授之，乃開視，只是尋常追攝行遣耳。僎促軾行。二獄卒就扎之。即時出城登舟，郡人送者雨泣。頃刻之間，拉一太守如驅犬雞。此事無頗目擊也。〔註71〕

王詵爲宋神宗姊夫，與蘇軾交情深厚，得知消息，首先火速通知在南都（金河南商丘）任職的蘇轍。蘇轍趕緊派人飛馬奔赴湖州，幸而皇甫僎至潤州（今江蘇鎮江）時兒子生病，蘇轍得以早先一步通知蘇軾。文中可見蘇軾緊張但又謹慎的態度。又見：

皇甫僎追取蘇軾，乞逐夜所至，送所司案禁，上不許。以爲只是根究吟詩事，不消如此。其始彈劾之峻，追取之暴，人皆爲軾危，至是乃知軾必不死也。……蘇子瞻隨皇甫僎追攝至太湖鱸香亭下，以柁損修牢；是夕風濤傾倒，月色如晝。子瞻自維倉卒被拉去，事不可測，必是下吏，所連逮者多，如閉目竄身入水，則頃刻間耳。既爲此計，又復思曰：「不欲辜負老弟。」言己有不幸，子由必不獨生也。由是至京師，下御史獄。李定、舒亶、何正臣雜治之，侵之甚急，欲加以指斥之罪。子瞻憂在必死，常服青金丹，即收其餘，窖置土內，以備一旦當死，則並服以自殺。有一獄卒，仁而有禮，事

〔註71〕〔宋〕孔平仲《孔氏談苑》，台北：國家圖書館，清嘉慶間南吳氏聽堂刊本。孔平仲，字義甫，新喻（今江西新餘市）人。生卒年不詳，詩人。爲孔子四十七代孫，屬於「臨江派」。著有《續世說》、《孔氏談苑》等。兄弟孔文仲、孔武仲皆有文名。

子瞻甚謹。每夕必然湯爲子瞻濯足。子瞻以誠謁之曰：「軾必死，有老弟在外，他日托以二詩爲訣。」獄卒曰：「學士必不致如此。」子瞻曰：「使軾萬一獲免，則無所恨；如其不免，而此詩不達，則目不瞑矣。」獄卒受其詩，藏之枕內。後子瞻謫黃州，獄卒曰：「還學士此詩。」子瞻以面伏案不忍讀也。既出，又戲自和云：「卻對酒杯渾似夢，試招詩筆已如神。」既作此詩，私自罵曰：「猶不改也！」

〔註72〕

蘇軾所犯過錯，並未嚴重致死，皇甫僎努力追緝，讓事件在審案中水落石出。惟面對悍吏及朝廷的打壓，使得蘇軾在押解途中，曾意圖投江自盡，但想到兄弟與親人才打消念頭。甚至入獄後又備妥丹藥，計畫若遭判死罪，便立即自殺，絕望之情可見一斑。

（二）牢獄生涯淬鍊意志

蘇軾曾寫絕命詩兩首請託獄卒轉交蘇轍〈予以事繫御史臺獄，獄吏稍見侵，自度不能堪，死獄中，不得一別子由，故作二詩授獄卒梁成，以遺子由，二首〉：

其一

聖主如天萬物春，小臣愚暗自亡身。百年未滿先償債，十口無歸更累人。是處青山可埋骨，他時夜雨獨傷神。與君今世爲兄弟，又結來生未了因。

其二

柏臺霜氣夜淒淒，風動琅璫月向低。夢繞雲山心似鹿，魂驚湯火命如雞。眼中犀角眞吾子，身後牛衣愧老妻。百歲神游定何處，桐鄉知葬浙江西。〔註73〕

詩題反映獄吏的虐待逼害，而詩句則暗中控訴君主與佞臣之種種作爲。文字淒切，彷彿與家人最後訣別，林語堂《蘇東坡傳》曾說：「往往爲了子由，蘇軾會寫出最好的詩來。」蘇軾與蘇轍兄弟情誼，在詩文往來、政治磨難、生活曲折中，上升爲更高層次的人文情感。

仁宗妻曹太后、退職宰相張方平、范縝等元老重臣爲蘇軾喊冤，變法派

〔註72〕〔宋〕孔平仲《孔氏談苑》，台北：國家圖書館，清嘉慶間南吳氏聽堂刊本。
〔註73〕〈予以事繫御史臺獄，獄吏稍見侵，自度不能堪，死獄中，不得一別子由，故作二詩授獄卒梁成，以遺子由，二首〉，《蘇軾詩集》，頁998。

章惇更爲蘇軾說情，王安石更以「豈有聖世而殺才士者乎？」表達自己對蘇軾詩案之看法：

> 宋神宗元豐二年己未，下知湖州蘇軾獄，貶爲黃州團練副使。分注
> 云，軾自徐徙湖，上表以謝；又以事不便民者，不敢言，以詩托
> 諷，庶有益於國。中丞李定、御史舒亶摘其語，以爲侮慢，因論軾
> 自熙寧以來作爲文章，怨謗君父，交通戚里。逮軾赴台獄，詔定與
> 知諫院張璪、御史何正臣、舒亶等雜治之。定等媒蘗，以爲誹謗時
> 事，鍛煉久之；且多引名士，欲置之死。太皇太后曹氏違豫中聞
> 之，謂帝曰：「嘗憶仁宗以制科得軾兄弟，喜曰：『吾爲子孫得兩宰
> 相。』今聞軾以作詩繫獄，得非仇人中傷之乎？捃至於詩，其過微
> 矣，宜熟察之！」帝曰；「謹受教！」吳充申救甚力，帝亦憐之。會
> 同修起居注王安禮從容白帝曰：「自古大度之君，不以言語罪人。軾
> 以才自奮，謂爵祿可立取，顧碌碌如此，其心不能無觖望。今一旦
> 致於理，恐後世謂陛下不能容才。」帝曰：「朕固不深譴也，行爲卿
> 貰之，第去勿漏言。軾方賈怨於眾，恐言者緣以害卿也。」王珪復
> 舉軾〈詠檜〉詩曰：「根到九泉無曲處，世間唯有蟄龍知。」以爲不
> 臣。帝曰：「彼自詠檜爾，何預朕事？」軾遂得輕比。舒亶又言：「駙
> 馬都尉王詵輩，公爲朋比，如盛僑、周邠固不足論，若司馬光、張
> 方平、范鎮、陳襄、劉摯，皆略能誦說先王之言，而所懷如此，可
> 置而不誅乎？」帝不從，但貶軾黃州團練副使，本州安置。弟轍及
> 詵皆坐謫貶。張方平、司馬光、范鎮等二十二人俱罰銅。初，鮮于
> 侁爲京東轉運使，以王安石、呂惠卿當國，正人不得立朝。嘆曰：
> 「吾有薦舉之權，而所列非賢，恥也。」遂舉劉摯、李常、蘇軾、
> 蘇轍、劉攽、范祖禹等。及知揚州，會軾自湖赴獄，親朋皆絕與
> 交；道出廣陵，侁往見之，台吏不許通。或曰：「公與軾相知久，其
> 所往來文字書問，宜焚之勿留，不然，且獲罪。」侁曰：「欺君負友，
> 吾不忍爲；以忠義分譴，則所願也。」至是以舉吏累謫主管西京御
> 史台。〔註74〕

曹太后病中嘗語宋神宗應釋放蘇軾，並以仁宗言：「吾爲子孫得兩宰相。」望

〔註74〕〔明〕商輅《續資治通鑑綱目》，台北：國家圖書館，明萬曆庚子蘇州知府朱元刊本。

神宗重新審查。其間大臣多以蘇軾乃以詩諫神宗，賢主不應以詩文定罪於忠臣，神宗深受感動，從輕發落。蘇軾被貶為黃州團練副使、本州安置、不得簽書公事，〔註75〕這場詩案總算得以落幕。

蘇軾在獄中曾寫詩〈十二月二十八日，蒙恩責授檢校水部員外郎黃州團練副使，復用韻二首〉：

其一

百日歸期恰及春，餘年樂事最關身。出門便旋風吹面，走馬聯翩鵲噪人。卻對酒杯疑是夢，試拈詩筆已如神。此災何必深追咎，竊祿從來豈有因。

其二

平生文字為吾累，此去聲名不厭低。塞上縱歸他日馬，城東不鬥少年雞。休官彭澤貧無酒，隱几維摩病有妻。堪笑睢陽老從事，為余投檄向江西。〔註76〕

蘇軾自八月十八日被捕入獄，至十二月二十八日出獄，共被羈押了一百三十天，詩中「百日」則取成數言。文中「此災何必深追咎，竊祿從來豈有因」說明不再追究烏臺詩案之起因。而「平生文字為吾累，此去聲名不厭低」雖說明文字為蘇軾之累，但他仍不願封筆，持續吟詠人生、針砭時弊。紀昀曾評此詩「卻少自省之意，晦翁譏之是」，「少自省」非蘇軾之過，蘇軾並非不對自己反省，而其人格特質使然，自認為讀書人該有風範，擇善固執，堅持到底，此即吻合王國維人生第二境界，為蘇軾藝術性靈之第二境界。

第三節　頓悟——「回首向來蕭瑟處，歸去，也無風雨也無晴」

王國維借用辛棄疾〈青玉案・元夕〉傳達人生的第三境界，「燈火闌珊」的幽然自處，雖是寂寞冷落，卻能淡泊寧靜，情懷致遠，過眼繁華，轉瞬成空。而蘇軾經過一連串的打擊，體會出笑吟苦難，低首默然，呈現智慧，其

〔註75〕〔宋〕李燾《續資治通鑑長編》卷三百一，元豐二年十二月庚申記事，台北：國家圖書館，舊鈔本。
〔註76〕〈十二月二十八日，蒙恩責授檢校水部員外郎黃州團練副使，復用韻二首〉，《蘇軾詩集》，頁1005。

藝術性靈之提升則符合王國維人生第三境界。此乃「頓悟」之審美愉悅，類於「赤子之心」的純眞審美，又類於「行到水窮處，坐看雲起時」（王維〈終南別業〉）的寧靜、質樸，故以「頓悟」論之。

　　蘇軾貶謫黃州後第三年作〈定風坡〉（莫聽穿林打葉聲）〔註77〕，在歷經「烏臺詩案」，瀕臨死亡體驗，蘇軾深深體會仕途多舛，人情冷暖，生命憂患，但因此卻也擴展蘇軾坦蕩寬廣的胸襟。貶謫黃州後，蘇軾躬耕東坡，吟詩雪堂，能超然面對人生的孤獨與苦痛，此種「淡無累」的非功利思想，於其藝術性靈中湧起，曠達超脫的蘇軾由此誕生。原詞表達雖於歸途中遇雨，而泰然自若、超邁高蹈的東坡形象縈繞整闋詞，歸途中的風雨不就像是人生旅程中的困苦與災難？因此遇雨又放晴的經驗，與蘇軾深邃的人生哲理呼應。雨打風吹，處之泰然，毫無憂慮；放晴斜照，超越悲喜、歡愁，在淡然無憂樂的境界中，擺脫外物束縛，性靈自在舒展面對美的感受。蘇軾亦於宋哲宗紹聖四年（1097年）由惠州至瓊州途中寫〈獨覺〉詩：「瘴霧三年恬不怪，反畏北風生體疹。朝來縮頭似寒鴉，焰火生薪聊一快。紅波翻屋春風起，先生默坐春風裏。浮空眼纈散雲霞，無數心花發桃李。翛然獨覺午窗明，欲覺猶聞醉鼾聲。回首向來蕭瑟處，也無風雨也無晴。」〔註78〕詞與詩雖寫不同的生活情景，但某些文字重疊，意境相近。王水照曾說蘇軾〈定風坡〉詞「在一種曠達態度的背後，堅持對人生、對美好事物的執著和追求。……表達了作者處困境而安之若素、把失意置之於度外的精神面貌。十分清楚，他的思想利器是佛老哲學。」〔註79〕蘇軾在此詞裡將審視人生的視覺基點，提到時空與全部人生歷程之上的制高點，進一步靜觀人生。

　　筆者以爲〈定風坡〉：「回首向來蕭瑟處，歸去，也無風雨也無晴。」可與王國維人生閱歷三境界中的第三境界「驀然回首，那人卻在燈火闌珊處」相吻合，故以此定義蘇軾藝術性靈蒙養第三境界。

一、生活溫情涵養藝術情感

　　蘇軾獨立自主，俯仰人生，人世間的貧富、貴賤、美醜，已無需計較；

〔註77〕　〈定風坡〉：「莫聽穿林打葉聲。何妨吟嘯且徐行。竹杖芒鞋輕勝馬。誰怕。一簑煙雨任平生。　料峭春風吹酒醒。微冷。山頭斜照卻相迎。回首向來蕭瑟處。歸去。也無風雨也無晴。」（《蘇軾詞編年校注》，頁356）

〔註78〕　〈獨覺〉，《蘇軾詩集》，頁2284。

〔註79〕　王水照《蘇軾》，上海：上海古籍出版社，1981年，頁75。

天邊無際，人渺如蒼粟，卑微謙遜。在瞬息萬變的人世間，蘇軾因擁有性靈
之伴侶，得之以幸，扶持相濟，度過塵世之翻滾。

（一）妻妾扶持使得精神安頓

蘇軾共有兩段婚姻，一位侍妾〔註 80〕：一爲至和二年，進京前一年十九
歲時娶十六歲的王弗。王弗卒於治平二年，當時二十七歲〔註 81〕；一爲熙寧
元年三十三歲時娶時年二十一的王閏之，爲王弗的堂妹，〔註 82〕卒時四十七
歲。侍妾爲熙寧七年，王弗爲蘇軾納時年十二的朝雲爲妾，〔註 83〕朝雲卒於
紹聖三年，年三十四。

1. 嫻淑體貼，精明幹練——王弗

王弗嫻淑體貼、精明幹練，與蘇軾坦率耿直、雄放豪邁形成互補。蘇軾
於王弗墓誌銘曾嘆失去王弗「余永無所依怙」：

> 治平二年五月丁亥，趙郡蘇軾之妻王氏，卒于京師。六月甲午，殯
> 于京城之西。其明年六月壬午，葬於眉之東北彭山縣安鎮鄉可龍里
> 先君先夫人墓之西北八步。軾銘其墓曰：

> 君諱弗，眉之青神人，鄉貢進士方之女。生十有六年，而歸于軾。
> 有子邁。君之未嫁，事父母，既嫁，事吾先君、先夫人，皆以謹肅
> 聞。其始，未嘗自言其知書也。見軾讀書，則終日不去，亦不知其
> 能通也。其後軾有所忘，君輒能記之。問其他書，則皆略知之。由
> 是始知其敏而靜也。從軾官于鳳翔，軾有所爲於外，君未嘗不問知

〔註 80〕 雖然提到蘇軾生平的書籍一定論及蘇軾與三位女性伴侶之間的種種相處，甚
至有學者以此作爲討論蘇軾與女性文學之關係，筆者無意老調重談，但以爲
蘇軾能度過藝術性靈之第一境界艱苦求索，想必有其過人之道，除了其本身
的藝術人格意志，人世間有超脫困境之性靈伴侶亦可爲其因由。

〔註 81〕 卷十五〈亡妻王氏墓誌銘〉：「君諱弗，眉之青神人，鄉貢進士方之女。生時
有六年，而歸於軾。」卷六十三〈祭王君錫丈人文〉：「軾始婚媾，公之猶子。」
（《蘇軾文集》，頁 472）。

〔註 82〕 《蘇軾文集》卷六十三〈祭王君錫丈人文〉曾敘此事，王閏之（季璋）爲王
介（君錫）幼女。（《蘇軾文集》，頁 1941）。
據《斜川集》卷五〈王元直墓碑〉知王介爲青神人，王箴（元直）爲閏之弟。
蘇軾續娶閏之，當爲除服後事。

〔註 83〕 《蘇軾文集》卷十五〈朝雲墓誌銘〉，朝雲當時十二歲，杭州人。《燕石齋補》
爲朝雲乃名妓，蘇軾愛幸之，納爲常妾。孔凡禮認爲此「乃好事者附會。」（孔
凡禮《蘇軾年譜》，北京：中華書局，1998 年，頁 286）

其詳。曰：「子去親遠，不可以不慎。」日以先君之所以戒軾者相語
也。軾與客言於外，君立屏間聽之，退必反覆其言曰：「某人也，言
輒持兩端，惟子意之所嚮，子何用與是人言。」有來求與軾親厚甚
者，君曰：「恐不能久。其與人銳，其去人必速。」已而果然。將死
之歲，其言多可聽，類有識者。其死也，蓋年二十有七而已。始死，
先君命軾曰：「婦從汝于艱難，不可忘也。他日汝必葬諸甚姑之側。」
未期年而先君沒，軾謹以遺令葬之。銘曰：

> 君得從先夫人于九原，余不能。嗚呼哀哉。余永無所依怙。君雖沒，
> 其有與爲婦何傷乎。嗚呼哀哉。〔註84〕

兩人生子蘇邁，侍奉蘇軾家族長輩，「皆以謹肅聞」。起初蘇軾並不曉王弗知
書達禮，蘇軾每每讀書，王弗僅僅隨侍在側，亦能領會書中義理，當蘇軾對
內容有所遺忘，王弗卻能熟記且應答如流，正如蘇軾所言「敏而靜」，聰明伶
俐卻不愛彰顯。

　　蘇軾尚未進京赴考前，蘇洵爲蘇軾娶得王弗，應考上榜後，與同鄉妻子
度過平實生活，而不受達官顯要趨利環境干擾。蘇軾在鳳翔任通判時，經常
有人拜訪，王弗每每立於屏風後，摒息靜聽此人所言，以作爲判斷此人是否
情眞意切。若此人是「言輒持兩端，惟子意之所嚮」，模稜兩可，順著蘇軾的
心意時，王弗馬上回以蘇軾「子何用與是人言」。若有請求蘇軾辦事，王弗則
又提醒蘇軾：「恐不能久。其與人銳，其去人必速。」以蘇軾大而化之的個性，
與王弗細心的提醒，精明幹練的照料，兩人互補的夫妻生活，因此蘇軾此時
爲官之路謹慎小心、智慧穩妥。

　　王弗年僅二十七過世，蘇軾傷感，予以厚葬，蘇軾尊奉蘇洵之言，將王
弗葬於家鄉與母親相鄰。隔年蘇洵亦過世，蘇軾將父親與妻子靈柩一同運回
家鄉，水路加上陸路，路途的千里跋涉，更加重了心中悲痛，故言「余永無
所依怙」。

　　王弗死後十年，神宗熙寧八年（1075年），蘇軾四十歲，任密州（今山東
諸城）太守，寫下〈江神子〉（一作〈江城子〉）：

> 十年生死兩茫茫。不思量。自難忘。千里孤墳，無處話淒涼。縱使
> 相逢應不識，塵滿面，鬢如霜。　　夜來幽夢忽還鄉。小軒窗。正

〔註84〕　〈亡妻王氏墓誌銘〉，《蘇軾文集》卷十五，頁472。

> 梳妝。相顧無言，惟有淚千行。料得年年斷腸處，明月夜，短松
> 岡。〔註85〕

詞序「乙卯正月二十日夜記夢」，對於十年前過世的妻子念念不忘，生離死別的悲痛盡顯。「小軒窗。正梳妝」說明往事的美好仍存留於心中，歷歷在目，但兩人一在陰間，一在陽間，道盡了永無相見之期的傷痛，以細膩筆觸表達對王弗之懷念。

2. 聰慧過人，善解人意——王閏之

王閏之為王弗之堂妹，比蘇軾小十一歲，育有兩子蘇迨與蘇過，並對王弗之子蘇邁視如己出。

蘇軾任密州太守時，面對旱災、蝗災，百姓饑饉，民不聊生。當時密州荒涼境況已至「綠蟻沾唇無百斛，蝗蟲撲面已三回」、「灑涕循城拾棄孩」〔註86〕程度，蘇軾身為地方父母官，深閔百姓疾苦。在憂煩鬱悶時刻，曾大聲斥責蘇邁，王閏之則加以智慧勸導，引發蘇軾〈小兒〉詩：

> 小兒不識愁，起坐牽我衣。我欲嗔小兒，老妻勸兒痴。兒痴君更
> 甚，不樂愁何為。還坐愧此言，洗盞當我前。大勝劉伶婦，區區為
> 酒錢。〔註87〕

詩中表達自己遇事不冷靜、無法超脫卻遷怒於小兒的懊悔，並大讚自己的妻子勝過劉伶妻子的善解人意。

神宗時，蘇軾貶於黃州，於〈後赤壁賦〉提及王閏之：

> 是歲十月之望，步自雪堂，將歸于臨皋。二客從予，過黃泥之阪。
> 霜露既降，木葉盡脫。人影在地，仰見明月。顧而樂之，行歌相
> 答。已而歎曰：「有客無酒，有酒無肴，月白風清，如此良夜何？」
> 客曰：「今者薄暮，舉網得魚，巨口細鱗，狀似松江之鱸，顧安所得
> 酒乎？」歸而謀諸婦。婦曰：「我有斗酒，藏之久矣，以待子不時之
> 須。」於是攜酒與魚，復遊於赤壁之下。江流有聲，斷岸千尺。山
> 高月小，水落石出。曾日月之幾何，而江山不可復識矣。予乃攝衣
> 而上，履巉巖，披蒙茸。踞虎豹，登虯龍。攀栖鶻之危巢，俯馮夷
> 之幽宮。蓋二客不能從焉。劃然長嘯，草木震動。山鳴谷應，風起

〔註85〕 標點根據石聲淮、唐玲玲《東坡樂府編年箋注》，頁77。
〔註86〕 〈次韻劉貢父李公擇見寄二首〉，孔凡禮點校《蘇軾詩集》，北京：中華書局，2007年，頁645。
〔註87〕 〈小兒〉，《蘇軾詩集》，頁631。

水涌。予亦悄然而悲，肅然而恐，凜乎其不可久留也。反而登舟，放乎中流，聽其所止而休焉。時夜將半，四顧寂寥，適有孤鶴，橫江東來，翅如車輪，玄裳縞衣，戛然長鳴，掠予舟而西也。須臾客去，予亦就睡，夢一道士；羽衣翩躚，過臨皋之下，揖予而言曰：「赤壁之游樂乎？」問其姓名，俛而不答。嗚呼噫嘻，我知之矣，疇昔之夜，飛鳴而過我者，非子也耶？道士顧笑，予亦驚悟。開戶視之，不見其處。〔註88〕

良辰美景之下，蘇軾嘆：「有客無酒，有酒無肴，月白風清，如此良夜何？」客亦回曰：「今者薄暮，舉網得魚，巨口細鱗，狀似松江之鱸，顧安所得酒乎？」這一行人馬上受到王閏之細心照料：「我有斗酒，藏之久矣，以待子不時之須。」若非貼心相待，何來「以待子不時之須」的準備？於是又攜酒肴返回赤壁，瀟灑領略赤壁之美。

　　蘇軾曾於五十七歲為王閏之創作〈減字木蘭花〉：

春庭月午，搖蕩香醪光欲舞。步轉迴廊，半落梅花婉娩香。　　　輕雲薄霧。總是少年行樂處。不似秋光，只與離人照斷腸。〔註89〕

詞序提到「二月十五日夜與趙德麟〔註90〕小酌聚星堂〔註91〕」。詞中提到，十五月圓月亮升到天頂，漫步於迴廊，梅花散發柔和的香氣，少年小兒趁春煙嬉戲，此種月光勝於只勾引人們離情別緒的秋月。對此，清・沈雄《古今詞話》中《詞評》上卷曾有言：

《樂府紀聞》曰：東坡知潁州時，月下梅花盛開。王夫人曰：「春月色勝秋月色，何如召德麟輩，飲於花下。」東坡喜曰：「誰謂夫人不能詩，此真詩家語也。」作〈減字木蘭花〉以紀之。〔註92〕

春月聞落梅，而秋月惹人愁，此感嘆唯有對生命踏實付出者才可領會。

〔註88〕　〈後赤壁賦〉，《蘇軾文集》卷一，頁8。
〔註89〕　標點根據石聲淮、唐玲玲《東坡樂府編年箋注》，頁358。
〔註90〕　趙德麟，趙令畤（1061～1134年），字德麟，德昭玄孫（宋太祖趙匡胤第六代孫）。所交多元祐勝流，坐與蘇軾游入黨籍，蘇軾受新黨迫害時，趙得麟亦受到罰金處分。後從高宗南渡，仕洪州觀察使，遷寧遠軍承宣使。襲封安定郡王，奉太祖祀，官同知行在太宗正事，紹興四年卒，年七十四。所著《侯鯖錄》八卷，采錄故事詩話，頗為精贍。
〔註91〕　歐陽修知潁州時，由於以前歷任知潁州事晏殊、蔡齊、曾肇和判官呂公著都是前輩有名賢人，就在公署內建堂，取名聚星，以資紀念。又以堂為與友人聚會之處，成了潁州的名勝。
〔註92〕　〔清〕沈雄《古今詞話》，北京：中國國家圖書館，影印本。

王閏之四十七歲過世，蘇軾為亡妻寫墓誌銘：

> 維元祐八年，歲次癸酉，八月丙午朔，初二日丁未，具位蘇軾，謹
> 以家饌酒果，致奠于亡妻同安郡君王氏二十七娘之靈。嗚呼，昔通
> 義君，沒不待年。嗣爲兄弟，莫如君賢。婦職既修，母儀甚敦。三
> 子如一，愛出于天。從我南行，菽水欣然。湯沐兩郡，喜不見顏。
> 我曰歸哉，行返丘園。曾不少須，棄我而先。孰迎我門，孰饁我
> 田。已矣奈何，淚盡目乾。旅殯國門，我實少恩。惟有同穴，尚蹈
> 此言。嗚呼哀哉。〔註93〕

「婦職既修，母儀甚敦。三子如一，愛出于天。」道盡王閏之之賢，而亡妻
卻「棄我而先」，蘇軾豈能忍此傷痛，故「淚盡目乾」，而願「同穴」。先後失
去王弗、王閏之之相伴，對於一個至情真性的藝術創作主體而言，此種打擊
情何以堪。

3. 玉骨冰心，玲姿仙風──朝雲

神宗熙寧七年（1074 年）蘇軾任杭州通判，王閏之憐憫朝雲身世，買下
十二歲朝雲為侍妾。蘇軾為妾朝雲所寫詩詞為數甚多，〈悼朝雲並引〉、〈惠州
薦朝雲疏〉、〈朝雲詩並引〉、〈西江月〉等文詞，讓人想見朝雲敏而好義、忠
敬如一。

蘇軾為感念朝雲隨南遷惠州，曾寫〈朝雲詩〉並序：

> 世謂樂天有鬻駱馬放楊柳枝詞，嘉其主老病，不忍去也。然夢得有
> 詩云：春盡絮飛留不住，隨風好去落誰家。樂天亦云：病與樂天相
> 伴住，春隨樊子一時歸。則是樊素竟去也。予家有數妾，四五年相
> 繼辭去，獨朝雲者，隨予南遷。因讀樂天集，戲作此詩。朝雲姓王
> 氏，錢塘人。嘗有子曰幹兒，未期而夭云。
>
> 不似楊枝別樂天，恰如通德伴伶玄。阿奴絡秀不同老，天女維摩總
> 解禪。經卷藥爐新活計，舞衫歌扇舊因緣。丹成逐我三山去，不作
> 巫陽雲雨仙。〔註94〕

蘇軾以「不似楊枝別樂天」贊朝雲不離不棄，以「恰如通德伴伶玄」感念朝
雲隨之南遷。對照唐・白居易侍妾中以擅長唱楊柳著名的樊素，在白居易

〔註93〕〈祭亡妻同安郡君文〉，《蘇軾文集》卷六十三，頁 1961。
〔註94〕〈朝雲詩〉，《蘇軾詩集》卷三十八，頁 2073。

晚年臥於病榻時離開的典故，蘇軾仰慕白居易，此段文史自然引發蘇軾感慨萬千。

　　蘇軾與朝雲之情，見記載：

　　　　東坡一日退朝，食罷，捫腹徐行。顧謂侍兒曰：汝輩且道是中有何物？一婢遽曰：「都是文章。」坡不以爲然。又一人曰：「滿腹都是識見。」坡亦以爲未當。至朝雲乃曰：「學士一肚皮不入時宜」坡捧腹大笑。〔註95〕

此乃宋神宗元祐時期（1085～1089）蘇軾於京師（開封）任職所寫。其他的婢女認爲蘇軾腹中裝的是「文章」、「識見」，只有朝雲認爲蘇軾腹中物爲「一肚皮不入時宜」，蘇軾對於朝雲之回應滿心歡喜，可見朝雲爲蘇軾藝術性靈之情感有著影響力。

　　蘇軾與朝雲在惠州生活清苦，然朝雲過世後，蘇軾從此不再聽〈蝶戀花〉一詞：

　　　　子瞻在惠州，與朝雲閒坐。時青女初至，落木蕭蕭，淒然有悲秋之意。命朝雲把大白，唱「花褪殘紅」。朝雲歌喉將囀，淚滿衣襟，子瞻詰其故，曰：「奴所不能歌者，『枝上柳綿吹又少，天涯何處無芳草』也。」子瞻翻然大笑曰：「是吾正悲秋，而汝又傷春矣。」遂罷。朝雲不久抱疾而亡，子瞻終身不復聽此詞。〔註96〕

此段文字主要記錄蘇軾請朝雲唱誦過程。蘇軾熙寧九年（1076年）四十一歲任密州通判寫〈蝶戀花〉：

　　　　花褪殘紅青杏小。燕子飛時，綠水人家繞。枝上柳綿吹又少。天涯何處無芳草。　　牆裡鞦韆牆外道。牆外行人，牆裡佳人笑。笑漸不聞聲漸悄。多情卻被無情惱。〔註97〕

這首詞本非爲朝雲而作，乃蘇軾借傷春而抒發自己貶謫嶺南，坎坷寥落的人生遭遇。但蘇軾請朝雲演唱時，朝雲淚濕衣襟，蘇軾驚訝，朝雲回應：「奴所不能歌者，唯『枝上柳棉吹又少，天涯何處無芳草』二句。」此後朝雲「日誦『枝上柳棉』二句，爲之流淚。病疾，尤不釋口。」〔註98〕「枝上柳棉吹

〔註95〕〔宋〕費袞《梁谿漫志》，台北：國家圖書館，舊鈔本。
〔註96〕〔宋〕吳子良《林下偶談》，台北：國家圖書館，鈔本。
〔註97〕〈蝶戀花〉標點根據石聲淮、唐玲玲《東坡樂府編年箋注》，台北：華正書局，1993年，頁467。
〔註98〕〔宋〕釋洪惠《冷齋夜話》，台北：國家圖書館，明刊本。

又少」描述人生無常,「天涯何處無芳草」則化用屈原〈離騷〉詩意,兩句形象化表達人生無常本爲不可違抗之自然法則。朝雲能理解蘇軾心中之苦悶,卻無能爲蘇軾分擔,每念及此則淚濕衣襟無法再歌。《草堂詩餘正集》錄有此事:「『枝上』二句,斷送朝雲。」〔註99〕《冷齋夜話》亦云:「朝雲不久抱疾而亡,子瞻終身不復聽此詞。」又說「東坡渡海惟朝雲王氏隨行,日誦『枝上柳編』二句,爲之流淚。」〔註100〕曾有文字記:

> 世謂樂天有〈粥駱馬放楊柳枝詞〉,嘉其主老病不忍去也。然夢得有詩云:「春盡絮飛留不得,隨風好去落誰家?」樂天亦云:「病與樂天相伴住,春隨樊子一時歸。」則是樊素竟去也。予家有數妾,四五年相繼辭去。獨朝雲者,隨予南遷。因讀《樂天集》,戲作此詩。
>
> 朝雲,姓王氏,錢塘人。嘗有子曰幹兒,未期而夭雲。〔註101〕

蘇軾與朝雲曾有一子,起名「遯」,小名「幹兒」。出生三朝,依習俗爲子洗澡,並辦酒,名爲「朝酒」。蘇軾〈洗兒戲作〉:

> 人皆養子望聰明,我被聰明誤一生。惟願孩兒愚且魯,無災無難到公卿。〔註102〕

除自我嘲笑,更對子祝願。但幹兒於奔波中染肺炎,只活十個月。中年喪子的蘇軾老淚縱橫,寫下心情,詩題〈去歲九月二十七日,在黃州,生子遯,小名幹兒,頎然穎異。至今年七月二十八日,病亡於金陵,作二詩哭之〉:

> 其一
>
> 吾年四十九,羈旅失幼子。幼子眞吾兒,眉角生已似。未期觀所好,蹁躚逐書史。搖頭卻梨栗,似識非分恥。吾老常鮮歡,賴此一笑喜。忽然遭奪去,惡業我累爾。衣薪那免俗,變滅須臾耳。歸來懷抱空,老淚如瀉水。

> 其二
>
> 我淚猶可拭,日遠當日忘。母哭不可聞,欲與汝俱亡。故衣尚縣架,漲乳已流床。感此欲忘生,一臥終日僵。中年忝聞道,夢幻講已詳。儲藥如丘山,臨病更求方。仍將恩愛刃,割此衰老腸。知迷

〔註99〕〔清〕沈際飛《草堂詩餘正集》,台北:國家圖書館,明末刻本。
〔註100〕〔宋〕釋洪惠《冷齋夜話》,台北:國家圖書館,明刊本。
〔註101〕〈悼朝雲〉並引,《蘇軾詩集》卷四十,頁2202。
〔註102〕〈洗兒戲作〉,《蘇軾詩集》卷四十七,頁2535。

欲自反，一慟送餘傷。〔註103〕

第一首陳述與孩兒平日生活，年老之樂全然寄託於幼子，忽然喪子，其哀痛難以道盡。第二首則寫苦還可忍，但朝雲爲母喪子之痛，卻更難將受，才因產子泌乳，然而乳漲當下，孩兒卻已病亡，任乳汁流淌空床，傷痛甚比刀割。於此更助朝雲信佛、念佛之願。

蘇軾作〈西江月〉寫朝雲：

玉骨那愁瘴霧，冰姿自有仙風。海仙時遣探芳叢。倒挂綠毛么鳳。

素面常嫌粉涴，洗妝不褪脣紅。高情已逐曉雲空。不與梨花同夢。〔註104〕

此爲蘇軾惠州寫梅，朝雲當時雖已過世，但實際上仍是爲其而作〔註105〕。說梅「素面常嫌粉涴，洗妝不褪脣紅」，實際上說朝雲秀外慧中，美若天仙。在〈悼朝雲〉並引：

苗而不秀豈其天，不使童烏與我玄。駐景恨無千歲藥，贈行惟有小乘禪。傷心一念償前債，彈指三生斷後緣。歸臥竹根無遠近，夜燈勤禮塔中仙。〔註106〕

詩序：「紹聖元年十一月，戲作〈朝雲〉詩。三年七月五日，朝雲病亡於惠州，葬之棲禪寺松林中東南，直大聖塔。予既銘其墓，且和前詩以自解。朝雲始不識字，晚忽學書，粗有楷法。蓋嘗從泗上比丘尼義沖學佛，亦略聞大義，且死，誦《金剛經》四句偈而絕。」〔註107〕希冀藉由誦佛、念佛，遙送朝雲。蘇軾文記：

東坡南遷，侍兒王朝雲者請從行，東坡佳之，作詩，有序曰：世謂樂天有鬻駱放楊枝詞，佳其至老病不忍去也。然夢得詩曰：「春盡絮飛留不得，隨風好去落誰家。」樂天亦云：「病與樂天相共住，春同樊素一時歸。」則是樊素竟去也。予家有數妾，四五年相繼辭去，獨朝雲隨予南遷，因讀樂天詩，戲作此贈之云：「不學楊枝別樂天，

〔註103〕〈去歲九月二十七日，在黃州，生子遯，小名幹兒，頎然穎異。至今年七月二十八日，病亡於金陵，作二詩哭之〉，《蘇軾詩集》卷二十三，頁1239。

〔註104〕標點根據石聲淮、唐玲玲《東坡樂府編年箋注》，台北：華正書局，1993年，頁383。

〔註105〕〔宋〕胡仔《苕溪漁隱叢話》前集卷四十一引《冷齋夜話》。

〔註106〕〈悼朝雲〉並引，《蘇軾詩集》卷四十，頁2202。

〔註107〕同上註。

且同通德伴伶元。伯仁絡秀不同老，天女維摩總解禪。經卷藥爐新活計，舞裙歌板舊因緣。丹成隨我三山去，不作巫陽雲雨仙。」蓋紹聖元年十一月也。三年七月十五日，朝雲卒，葬於棲禪寺松林中，直大聖塔，又和詩曰：「苗而不秀豈其天，不使童烏與我元。駐景恨無千歲藥，贈行惟有小乘禪。傷心一念償前債，彈指三生斷後緣。歸臥竹根無遠近，夜燈勤禮塔中仙。」又作梅花詞曰「玉骨那愁瘴霧」者，其寓意爲朝雲作也。〔註108〕

將朝雲比爲維摩天女，秀潔可人，年輕早逝，令人不勝噓唏。朝雲之所以潛心向佛，主要因蘇軾心憂，欲學禪師放生，以證善果：

蘇東坡自謂竄逐海上，去死地稍近，心頗憂之。願學壽禪師放生，以證善果。敬以亡母蜀郡太君程氏遺留簪珥，盡買放生，以荐父母冥福。其子邁在東坡之側，見所買放生盈軒蔽地，或掉尾乞命，或悚翅哀鳴。邁憐悲其意，亟請放之。旁有侍妾名朝雲，見邁衣衿有蠕動，視之，乃虱也。妾遽以指爪隕其命。東坡訓之曰：「聖人言，近取諸身，遠取諸物。我今遠取諸物以放之，汝今近取諸身以殺之耶？」妾曰：「奈齧我何？」東坡曰：「是汝氣體感召而生者，不可罪彼，要當拾而放之可也。今人殺害禽魚之命，是豈禽魚齧人耶？」妾大悟，自後罕茹腥物，多食蔬菜而已。東坡舅氏諭之曰：「心即是佛，不在斷肉。」東坡曰：「不可作如是言。小人女子難感易流，幸其作如是相，有何不可。」〔註109〕

從此，朝雲茹素向佛。蘇軾爲朝雲寫墓誌銘：

東坡先生侍妾曰朝雲，字子霞，姓王氏，錢塘人。敏而好義，事先生二十有三年，忠敬若一。紹聖三年七月仕辰，卒于惠州，年三十四。八月庚申，葬之豐湖之上栖禪山寺之東南。生子遯，未期而夭。蓋常比丘尼義沖學佛法，亦粗識大意。且死，誦《金剛經》四句偈以絕。銘曰：浮屠是瞻，伽藍是依。如汝宿心，惟佛之歸。〔註110〕

在悼朝雲詩引中亦言：

紹聖元年十一月戲作《朝雲詩》。三年七月五日，朝雲病亡於惠

〔註108〕〔宋〕釋洪惠《冷齋夜話》，台北：國家圖書館，明刊本。
〔註109〕〔宋〕陳錄編《善誘文》，台北：國家圖書館，明末刊本。
〔註110〕〈朝雲墓誌銘〉，《蘇軾文集》卷十五，頁473。

州，葬之棲禪寺松林中，東南直大聖塔。予既銘其墓，且和前詩以
自解。朝雲始不識字，晚忽學書，粗有楷法。蓋嘗從泗上比丘尼義
沖學佛，亦略聞大義。且死，誦《金剛經》四句偈而絕。〔註111〕

說明朝雲誦《金剛經》而絕。而蘇軾爲朝雲作六如亭，《金剛經》：「一切有爲
法，如夢幻泡影，如露又如電，應作如是觀。」取其之名爲「六如」，表達人
生短暫之意，更在亭柱上起楹聯：「不合時宜，惟有朝雲能識我；獨彈古調，
每逢暮雨倍思卿。」

　　於蘇軾曲折的生命旅程中，三位女性皆具有重要且特殊意義，有這些與
之相扶持的性靈伴侶，助其走過苦難，更因此使其涵養藝術之眞情得以流露，
藝術性靈得以萌生。

（二）兄弟情篤激盪思想靈光

　　蘇軾兄弟深摯之情爲歷代文人所樂道，見《瑞桂堂暇錄》：

老泉攜東坡、潁濱謁張文定公，時方習制科業，文定與語，奇之，
館於齋舍。望日，文定公忽出六題，令人持與坡、潁，云：「請學士
試擬。」文定密於壁間窺之。兩公得題，各坐致思。潁濱於題有疑，
指以示坡，坡不言，第舉筆倒敲几上，云：「《管子》注。」潁濱疑
而未決也，又指其次；東坡以筆勾去。即擬撰以納。文定閱其文，
益喜。勾去一題，乃無出處，文定欲試之也。次日，文定語老泉：「皆
天才。長者明敏尤可受，然少者謹重，成就或過之。」所以二公皆
愛文定，而潁濱感之尤深。〔註112〕

張文定欲以文章之出處測驗二人是否具有眞才實學，題甚刁難，然兩兄弟卻
表現出鬼靈精怪的絕佳默契，故他斷言：「長者明敏尤可受，然少者謹重，成
就或過之。」嗅出兩兄弟在特質上之差異。又見《鐵圍山叢談》：

東坡同子由入省草試，而坡一得一方，對案長嘆，且目子由。子由
解意，把筆管一卓而以口吹之，坡遂悟，蓋《管子》注也。又二公
將就御試，共白厥父明允，慮一有黜落奈何。明允曰：「我能使汝皆
得之，一和題一罵題可也。」由是二人果皆得。〔註113〕

〔註111〕 〈悼朝雲〉詩引，《蘇軾詩集》卷四十，頁2202。
〔註112〕 〔宋〕佚名《瑞桂堂暇錄》，台北：國家圖書館，藍格舊鈔本。
〔註113〕 〔宋〕蔡條《鐵圍山叢談》，台北：國家圖書館，明嘉靖甲辰雲間陸氏儼山書
　　　　 院刊本。

再如《吹劍錄外集》：

> 東坡試「形勢不如德」論，不知出處，禮義信足以成德，知子由記
> 不得，乃厲聲索硯水曰：「小人哉！」子由始悟出「樊遲學稼」注。
> 〔註114〕

此乃記載兩兄弟閱覽典籍過目不忘，聰慧過人之領悟力，並能在日常小事中逐漸建立情誼。故當蘇軾遭逢烏臺詩案之人生重擊，便倚賴家人情誼度過艱難。由於有蘇轍之扶持，蘇軾能悟出曠達人生，留下藝術人生、人生藝術之藝文作品。

熙寧、元豐和元祐、紹聖兩次外任，為蘇軾創作發展期。兩次外任皆為蘇軾自請，王水照說其外任有兩因：「一則避開是非，保全自己；二則希望在政治上有所作為，以踐初衷。」〔註115〕蘇軾飄然的生命態度早已超越人生風景，故其自請外任。也因為自請外任，心境反而更能真誠冷靜，繼而發展成為藝術創作理論。

二、曠達特質展現藝術性靈

蘇軾能以曠達超脫之人格特質，展現仁愛與智慧，於貶謫生涯裡，提升藝術性靈，因此得以創作大量精質作品。

（一）謫居生涯，創作豐盈

王水照說元豐時於黃州以及紹聖、元符時於嶺海兩次長達十多年的謫居，是蘇軾創作的變化期、豐收期。謫居於蠻荒之地，但卻能融入當地人民生活。蘇軾曾在〈次韻仲殊雪中遊西湖二首〉以「秀句出寒餓，身窮詩乃亨」〔註116〕認為困頓的現實生活有時反而是使藝術創作能有所榮達的主因。而其於黃州貶謫生涯，恰巧能呼應古今文人的感受，如唐‧杜甫〈登高〉云：「艱難苦恨繁霜鬢，潦倒新亭濁酒杯。」〔註117〕宋‧歐陽脩〈梅聖俞詩集序〉云：「寫人情之難言，蓋愈窮則愈工，然則非詩之能窮人，殆窮者而後工也。」〔註118〕

〔註114〕〔宋〕俞文豹《吹劍錄外集》，台北：國家圖書館，清光緒壬午嶺南芸林仙館刊本。

〔註115〕〈前言〉，王水照《蘇軾選集》，頁5。

〔註116〕蘇軾〈次韻仲殊雪中遊西湖二首〉其一，卷三十三，頁1750。

〔註117〕〔唐〕杜甫〈登高〉，〔清〕仇兆鰲注《杜詩詳注》卷之二十，北京：中華書局，1999年，頁1776。

〔註118〕〔宋〕歐陽脩〈梅聖俞詩集序〉，《歐陽脩全集》第二冊，北京：中華書局，

日本文學家廚川白村則說：「文學乃苦悶的象徵。」羅馬詩人尤維納利斯亦言：「憤怒出詩人。」可見蘇軾於黃州的苦悶生活，乃造就其藝術性靈蒙養之生發。

　　歷代學者指出黃州時期乃蘇軾「文藝創作之最高峰」。蘇轍爲其兄所寫〈東坡先生墓誌銘〉亦應證此論：「兄軾既而謫居於黃，杜門深居，馳騁翰墨，其文一變，如川之方至，而轍瞠然不能及矣。」〔註119〕對此，宋・王十朋〈游東坡十一絕〉評論道：「再閏黃州正坐詩，詩因遷謫更瑰奇。讀公赤壁詞並賦，如見周郎破賊時。」〔註120〕宋・張炎《詞源・雜論》卷下也說：「東坡詞如〈水龍吟〉詠梅花，詠聞笛，又如〈過琴樓〉、〈洞仙歌〉、〈卜算子〉等作，皆清麗舒徐，高出人表。〈哨遍〉一曲，隱括〈歸去來辭〉，更是精妙，周秦諸人所不能到。」〔註121〕金・元好問〈題閒閒書赤壁賦後〉也讚：「夏口之戰，古今喜稱道之。東坡『赤壁詞』殆戲以周郎自況也。詞才百許字，而江山人物無復余蘊，宜其爲樂府絕唱。」〔註122〕而清・陳廷焯《白雨齋詞話》卷一有云：「詞至東坡，一洗綺羅香澤之態，寄概無端，別有天地。〈水調歌頭〉、〈卜算子〉（雁）、〈賀新郎〉、〈水龍吟〉諸篇，尤爲絕構。」〔註123〕清・王國維評論東坡〈水龍吟〉時則說：「詠物之詞，自以東坡〈水龍吟〉（似花還似非花）最爲工。」〔註124〕綜合上述，可以理出學者評述蘇軾黃州時期作品之評價爲：「瑰奇」、「絕構」、「爲最工」、「無古人」、「高出人表」、「古今絕唱」、「一洗萬古」等，評價之高，甚至高過其他時期。

　　至於近現代學者對於東坡的評論，如劉乃昌說：「東坡貶官黃州，寫詞出

　　　　2001 年，頁 612。

〔註119〕蘇轍爲其兄寫〈東坡先生墓誌銘〉，龍榆生《東坡樂府箋》，台北：華正書局，1990 年，頁 6。

〔註120〕〔宋〕王十朋〈游東坡十一絕〉，《梅溪先生後集》卷十五，蘇軾文學網站，類別索引蘇東坡：http://cls.hs.yzu.edu.tw/su_shih/su_time/ismsu_all/song_kind_brow.asp?spaper_id=4278。（查詢時間爲 2012/04/25）

〔註121〕〔宋〕張炎編《詞源・雜論》卷下，台北：國家圖書館，清咸豐三年南海伍氏刊本。

〔註122〕〔金〕元好問〈題閒閒書赤壁賦後〉，《遺山先生文集》卷四十，蘇軾文學網站，論蘇軾文學書畫等：http://cls.hs.yzu.edu.tw/su_shih/su_record/ism_su/search/total_list.asp。（查詢時間爲 2012/04/25）

〔註123〕〔清〕陳廷焯《白雨齋詞話》卷一，蘇軾文學網站，論蘇軾文學書畫等：http://cls.hs.yzu.edu.tw/su_shih/su_record/ism_su/search/total_brow.asp?id=2254（查詢時間爲 2012/04/25）

〔註124〕〔清〕王國維《人間詞話・三八》，頁 22。

現了高潮,曾自稱『近者新闕甚多,篇篇皆奇。』」〔註125〕而朱靖華則說:「像蘇軾的前、後〈赤壁賦〉這樣的千古絕唱,絕不可能只是隨意書寫,失去憑藉,而讓讀者撲朔迷離、無所適從的。不然的話,〈赤壁〉兩賦也就難以被稱作『超絕古今』的代表作品了。」〔註126〕研究蘇軾之權威王水照更對此說:「元豐黃州……謫居時期,是蘇軾創作的變化期、豐收期。」〔註127〕張志烈則說:「元豐初以後,東坡創作活動全面高漲。……東坡作畫始多。」〔註128〕楊勝寬亦說:「蘇軾在黃州,在文學作品中能唱出『也知道造物有深意,故遣家人在空谷。』(〈寓居定惠院之東〉)、『寒心未肯隨春態』(〈紅梅三首〉其一)的孤高絕俗,『一簑煙雨任平生』和『誰道人生無再少』的無謂邁往之情,蓋主要得力於繼續遭人生挫折之後,在黃州對人格價值的冷靜思考。」〔註129〕木齋更說:「黃州流放,不僅使蘇軾成為東坡,並且使蘇軾的人生觀念、藝術創作、審美情趣都發生了深刻變化。這一變化,影響貫穿他的後半生,使他成為中國文學史、藝術史、思想史上真正意義的蘇東坡。」又說:

> 代表蘇軾散文的最高境界的作品當屬於寫於元豐五年(1082 年)的〈赤壁賦〉,此時距烏臺詩案恰好三年,貶謫黃州也已兩年半了,……此時,痛定思痛,反思人生,面對長江風光與假想中的「一世之雄」,忽覺辨駁無礙,達到了一種新的人生境界。他將對人生、生命、功業的頓悟的深邃哲理與詩意的境界,無垠棉亙的時間長河,與浩渺茫然的空間四維,有機地融為一體,從而獲得了空前的藝術成功。〔註130〕

董治祥、劉玉芝之研究也提到:「黃州四年多謫居生活卻是蘇東坡文學創作的一大豐收期。他從政論、史論、雜論等議論文學轉而側重發展抒情散文,尤

〔註125〕 劉乃昌〈略論蘇軾及其文學成就〉(代前言),《蘇軾選集》,山東:齊魯書社,1982 年,頁 1。

〔註126〕 朱靖華〈前、後〈赤壁賦〉題旨新探〉,《黃岡師專學報》,1983 年第 1 期,頁 43。

〔註127〕 王水照〈前言〉,《蘇軾選集》,頁 1。

〔註128〕 張志烈〈從論畫四記看蘇軾藝術認識的發展〉,《東坡文論叢》,四川文藝出版社,1986 年,頁 24。

〔註129〕 楊勝寬〈「烏臺詩案」前後的蘇軾〉,《蘇軾人格研究》,四川大學出版社,1994 年,頁 64。

〔註130〕 木齋〈蘇軾評傳〉、〈蘇文論〉,《蘇東坡研究》,廣西師範大學出版社,1998 年,頁 72。

以隨筆、人物小傳、題跋、書簡的成就最高。」〔註131〕王洪、張愛東認爲：「黃州時期是蘇軾一生創作的高峰，如同子由所說：『自其斥居東坡，其學日進，沛然如川之方至。」「他的詩詞文賦都達到前所未有的境界。」〔註132〕余秋雨則總結說：「蘇東坡寫於黃州的那些傑作，既宣告著黃州進入了一個新的美學等級，也宣告著蘇東坡進入了一個新的人生階段。兩方面一起提升，誰也不離開誰。」〔註133〕由此可知近現代學者對於蘇軾在黃州時期的評價爲「高潮」、「全面高漲」、「豐收期」、「顛峰期」、「高峰期」、「創作高峰」、「頂峰」、「千古絕唱」、「超絕古今」、「最高境界」、「極高的境界」、「前所未有的境界」、「成就最高」、「空前的藝術成功」、「孤高絕俗」等，與古代學者所認爲的觀點極爲相同。甚至有學者黃彩勤則以「隱藏」之說言蘇軾：

> 山水景物被蘇軾隱藏於遊賞過程所引起的思索與感慨當中，並企圖
> 藉由山水景物以整理深層複雜的生命課題，其中歸隱情結的萌生、
> 與超曠胸懷的成型，正是在黃州山水中對於人生進行反思與觀照之
> 後，蘇軾心靈世界上的重要提升。〔註134〕

無論其形容用語爲何，皆道出黃州時期爲蘇軾人生轉變及文藝創作重要時期的事實。

　　「詩窮而後工」一直是美學史上經常被討論的命題，或許只有在身處窮僻，一切感受方能極眞。當感受極眞，心中又能保持良善，於是與民爲善的蘇軾，終能在筆下創作出極美佳作，留下不朽名篇。

（二）苦難釋然，藝術煥然

　　蘇軾終其一生，大起大落，大開大合，將現實生命裡的困頓挫折轉化爲

〔註131〕董治祥、劉玉芝〈蘇軾生平概述〉、〈離京外任謫黃州〉，《鶴兮歸來──蘇東坡在徐州》，中國戲曲出版社，2000年，頁89。

〔註132〕王洪、張愛東〈試論蘇軾的歸隱情節〉，《中國第十二屆蘇軾學術研究討論會論文集》，中央文獻出版社，2003年，頁173。

〔註133〕余秋雨〈蘇東坡突圍〉，《新文化苦旅》，台北：爾雅出版社，2008年，頁463～481。

〔註134〕黃彩勤〈蘇軾黃州山水詩的心靈世界──歸隱情結的萌生與超曠胸懷的成型〉，《弘光人文社會學報》，2010年，頁35～56。李純瑀〈蘇軾黃州記遊詞探討〉，《中國語文》，2008年，頁63～79。余昭玟〈蘇軾黃州時期的人生轉變與散文創作〉，《語文教育通訊》，2010年，頁3～9。盧廷清〈寒食帖與蘇軾黃州時期書法〉，《故宮文物月刊》，1996年，頁100～125。羅鳳珠〈蘇軾黃州詩研究〉，《國立台灣師範大學國文研究所集刊》，1989年，頁767～940。

藝術性靈作品，他的篇篇詩文、筆筆創作，使其苦難終於釋然，藝術命脈得以彰顯。

徐復觀曾以山水畫的「三遠」將宋代的古文創作的文人作藝術性格的分類：

> 以歐陽脩收其成效的古文，正通於山水畫中的三遠。歐本人是平遠型的，曾鞏則是平遠中略增深遠，王安石則高遠中帶有深遠，蘇洵走的是深遠一路，而蘇軾、蘇轍則都是在平遠中加入了深遠與高遠。黃山谷的詩，則由深遠而歸於平遠。後來董其昌們由平遠而提倡「古淡天真」，以此為山水畫的極詣，這實際也是古文家的極詣。〔註135〕

山水畫的真精神與詩文的創作精神有冥和相通之處，因此這些文人以對詩文的修養鑑賞當時流行的山水畫，除有其獨到之處，更沾濡灌溉畫論的藝術發展，即後來的文人畫派。〔註136〕蘇軾寫文、寫書、寫畫，更總結自己與他人的創作精神為論文、論書、論畫。

小　結

本論文以王國維的人生閱歷三境界為標尺，檢視蘇軾藝術性靈蒙養之三境界，並以蘇軾詞定義其藝術性靈蒙養之三境界。

第一境界上下求索，營造視點遊移，意象思維，一觸即覺。蘇軾體悟了生存空間的無限大，藝術性靈的無限小，孤立自主，卻存在著獨特目光與與眾不同的觀想。入仕之前，修持自為，能夠自省、自律、自覺，直至歐陽脩、張方平慧眼識英雄，使蘇軾以其獨具之風格特性，在政壇上發跡、文壇上留芳。因此，蘇軾藝術性靈蒙養為「獨覺」的階段。

第二境界反思闡釋，浸淫駕馭，卻始終擇善固執。蘇軾面對詩案的打擊，了悟智識，忘我自恃，堅苦卓絕，不再囿於自然環境與社會價值，面對逆境，堅持自我，更具有創造性。因此，蘇軾藝術性靈蒙養為「堅持」的階段。

〔註135〕徐復觀〈宋代的文人畫論〉，《中國藝術精神》，台北：學生書局，1966年，頁355。徐復觀以「極詣」一詞表達領域中最高極，現代語境中較少使用。

〔註136〕蘇軾本人並無針對「文人畫」一詞標舉，由明代董其昌以蘇軾精神及蘇軾論畫文字定義之。

　　第三境界則是在人世的洞察與淬煉後，反芻玩味，豁然領悟通達。蘇軾以其忠慈的仁愛性格，加上有性靈伴侶扶持、生命知己相陪，終能曠達，超脫人世，是「定、靜、安、慮、得」的生命智慧，更是「天人合一」的審美胸襟，以此藝術性靈終得以在人世間覓得具象化之體現。因此，蘇軾藝術性靈蒙養爲「頓悟」的階段。

　　是故，蘇軾藝術性靈蒙養之三境界，吻合王國維之人生閱歷三境界：「昨夜西風凋碧樹。獨上高樓，望盡天涯路。」及「衣帶漸寬終不悔，爲伊消得人憔悴。」與「眾裡尋他千百度，驀然回首，那人卻在燈火闌珊處。」以蘇軾詞定義其藝術性靈蒙養之三境界即爲：「欲待曲終尋問取，人不見，數峰青」、「密意難傳，羞容易變，平白地、爲伊斷腸」、「回首向來蕭瑟處，也無風雨也無晴」。

第參章　蘇軾論畫之主體精神

　　就藝術創作而言，創作主體在整體創作過程中具有舉足輕重的地位，高超的創作者會藉由敏銳的觀察力與聯想力及高人一等的審美感受力，將意境中的符徵（signifier）與符旨（signified）審視辨析，〔註1〕再透過創作將藝術性靈中的感受釋出。

　　清·王國維認爲必須有特定條件才足以產生天才型藝術家，而蘇軾便爲此一類型之代表者。其〈文學小言·七〉有云：

> 天才者，或數十年而一出，或數百年而一出，而又須濟之以學問，
> 帥之以德性，始能産眞正之大文學。此屈子、淵明、子美、子瞻等
> 所以曠世而不一遇也。〔註2〕

王國維所謂的「天才」，必須「濟之以學問，帥之以德性」，識與德兼備，因此又說：「抒情之詩，不待專門之詩人而後能之也。若夫敘事，則其所需之時日長，而其所取之材料富，非天才而又有暇日者不能。此詩家之數之所以不可更僕數，而敘事文學家殆不能及百分之一也。」〔註3〕可知天才所以有如鳳

〔註1〕　筆者謹藉符號學專有名詞理解蘇軾論畫詩文，無牽涉各宗派別與其立場。瑞士語言學家索緒爾（Ferdinand de Saussure）認爲：符徵（又說「能指」），是一個透過實物、聲音的文化性的宣示（the acoustic image of the spoken word as heard by the recipient of a message）。符旨（又說「所指」），則是符徵背後所承載之概念（meaning called forth in the mind of the recipient resulting from the stimulation of the signifier）。符號學認爲，符號＝符徵＋符旨（The sign is THREE things: the signifier, the signified, & the unity of the two）。

〔註2〕　劉剛強輯《王國維美論文選》，〈文學小言·七〉，長沙：湖南人民出版社，1987年，頁105。

〔註3〕　劉剛強輯《王國維美論文選》，〈文學小言·十五〉，頁107。

毛麟角，是需要有文化與社會背景等條件支持，天才藝術家必須人生閱歷豐富，具備為全人類喉舌之膽識，既能承繼傳統又能獨創新見。王國維接受康德、叔本華之「天才論」，從審美無功利、無利害關係出發，認為藝術乃天才之事業。〈古雅之在美學之位置〉說：「『美術（指藝術）者，天才之製作也。』此自汗德（即康德）以來百餘年間學者之定論也。」〔註4〕作家、詩人、畫家若天分不足，只能以文藝為職業，而少數藝術天才，才是以文藝為事業。王國維還從審美的角度推崇具有赤子之心的「主觀之詩人」和藝術的「無我之境」，認為此二者皆源於藝術家無功利目的，並以「有裨於人類之生存福祉」為天才創作動機之前提，能「入乎其中，出乎其外」，作品在「收視反聽」之間，具備生氣與高致，方能自成一家之美，更是其「或數十年而一出，或數百年而一出」、「曠世而不一遇」之價值所在。

　　而王國維心中天才型藝術家——蘇軾，必定有其養成天才藝術家條件之觀點。蘇軾論畫詩文裡對自己的作品曾做一番反省與總結，更對前代與當代的藝術家做一番評論，以下便從蘇軾論述自己為文之狀態，及蘇軾對藝術家們自我要求之評論，歸納蘇軾所謂創作主體應具備：「崇尚真樸」、「專心致知」、「寄興哲賢」之素養內涵。

第一節　崇尚真樸

　　中國古代文化人含有入世觀念，誠如《左傳・襄公二十四年》所說：「太上有立德，其次有立功，其次有立言。」既然立德、立功不成，立言亦可成為不朽之盛事，故而投入文學藝術事業是一種被儒家所認可的選擇。

　　蘇軾認為畫家在創作作品的當下，所秉持的信念十分重要，若無誠心的修養，便無以析辨先賢古聖之優劣得失，亦無法創作令人折服的作品。

一、昔人餘風

　　蘇軾以為在創作時，需保有古人真情，方能於作品中自然流露。

（一）「篤實謹厚」

　　探討書法與繪畫的關係一直是藝術史上重要的議題，主要原因來自於中國書法與繪畫使用相同的工具，除了在技法上相互影響，皆是以中國獨有的

〔註4〕劉剛強輯《王國維美論文選》，頁142。

毛筆所展現出來的線條，強調筆觸所包含的技巧與表現張力。〔註5〕「書畫同源」一方面指文字與繪畫在起源之初有相通之關係，一方面也指書法與繪畫在筆墨運用上有相同的規律。唐・張彥遠《歷代名畫記・敘畫之源流》提出「書畫同體而未分」，說道：「頡有四目，仰觀垂象。因儷鳥龜之跡，遂定書字之形，造化不能藏其秘，故天雨粟；靈怪不能遁其形，故鬼夜哭。是時也，書畫同體而未分，象制肇始而猶略。無以傳其意，故有書；無以見其形，故有畫。」〔註6〕意指文字的起源由模仿自然物像圖畫開始，自從文字與繪畫獨立後，文字的用意在於「表意」，繪畫的作用則在「見形」，然而兩者仍使用相同的工具、相應的技法〔註7〕，而文人經常透過筆墨的韻味品察書畫家學養、品格操守及感情思想，因此作品能反映出書畫家的內在修養。由此可以了解，書畫家的人品道德必然影響其下筆揮毫。

此處藉蘇軾對書法家的人格要求，來探討蘇軾認為作為一位藝術家的本質，應該讓人感受到前人篤實謹厚之餘風：

　　章文簡公楷法尤妙，足以見前人篤實謹厚之餘風也。〔註8〕

一件楷書作品匯集作者人格與書寫當下的心情，當心術不正抑或思緒紛亂，所呈現之筆調與線條必然投射在作品中，蘇軾認為能由書法體察出「妙」，並品味出「前人篤實謹厚」，誠然為佳作。宋・韓拙《山水純全集》說：「筆以立其形質，墨以分其陰陽。」書法為表意符號，其構造具有獨特性，使得使用此文字意象的人，習慣以基本筆畫把握事物。書法作為表意符號造型藝術，一方面建立於筆畫或結構基礎，另一方面則建立於因一筆粗細卻能造成生動多變姿態之基礎。蘇軾如是探討章得象的書法作品，其中必然有自己創作實踐之領悟。

〔註5〕　邱振中主編《書法與繪畫的相關性》，北京：中國人民大學出版社，2011 年。本書多位現在研究學者針對書畫「同源」或「同法」，提出不同傳統的見解，〈前言〉：「現代研究大多否定書畫『同體』、『同源』之說，但前人所謂『同體』、『同源』，是因為古人無法見到今天出土的大量文字、圖片資料，……僅能利用倉頡造字的傳說。」（頁 3）本論文討論宋代蘇軾觀點，筆者以為既是書家亦是畫家的蘇軾，在大量關於書畫的詩文中，必然支持書與畫具有高度相關性。但因木論文主要探討畫，在此僅少部分借用書法觀點來強調蘇軾對畫家人品之要求。

〔註6〕　〔唐〕張彥遠《歷代名畫記》，《中國畫論類編》，頁 27。

〔註7〕　〔元〕趙孟頫題柯九思畫竹〈松雪論畫竹〉：「石如飛白木如籀，寫竹還應八法通。若也有人能此會，須知書畫本來同。」（《中國畫論類編》，頁 1063）

〔註8〕　〈書章郇公寫遺教經〉，《蘇軾文集》卷六十九，頁 2186。

（二）藝如泉源，得昔人氣

文藝最佳境界為人生自由之境界，在蘇軾以前出現「詩言志」、「詩緣情」、文為「不平之鳴」，及白居易「為時為事」等論點，蘇軾更強調整個人生境界的總體表現，能夠掌握文藝以作為美的創造來自於充分自由的靈魂。蘇軾曾描述自己為文的自由境界：

> 吾文如萬斛泉源，不擇地而出。在平地滔滔汩汩，雖一日千里無難。及其與山石曲折，隨物賦形，而不可知也。所可知者，常行於所當行，常止於所不可不止，如是而已矣。〔註9〕

藝術創作主體在創造中體驗生命大自在，文如泉湧，卻又不擇地而出，即使八面受敵，也能應對自如，妙理橫生。其中道理乃是當客體限制少，則信筆揮灑，平地亦能自成波瀾，正如庖丁解牛以神遇而不以目視一般。蘇軾將思想情感喻為水，作為創作當下的主觀精神，而山石作為客觀物態，主觀必須依據客觀之要求，並能發揮自由創作之型態。清·方東樹於《昭味詹言》卷十一言：「（子瞻）胸中蓄得道理多，觸手而發，左右逢源，皆有歸宿。使人心目了然饜足，足以感觸發悟心意。」〔註10〕博觀而約取，厚積而薄發，讓人隨即觸類旁通，想見其中義理。

清·劉熙載《藝概·文概》則言：「東坡詩雖推倒扶起，無詩不可。」又言：「東坡詩善於空諸所有，又善於無中生有，機括實自禪悟中來。以辯才三昧而為韵言，故宜其舌底瀾翻如是。」〔註11〕揭示蘇軾文藝創造中主體性情與人生境界之自由表現，符合宗白華所言：「『道』尤表象於『藝』。燦爛的『藝』賦予『道』以形象和生命。『道』給予『藝』以深度和靈魂。」〔註12〕道與藝必兩者相輔，才得以造就「有意味形式」，屬於人格典範的藝術之境。

所謂「自由」必須對現實中種種束縛與限制做出擺脫與超越。作為強調藝術自我的文藝創作者，蘇軾感受到「受厄制而不得越」的不自在，因此蘇軾認為文藝創造若要進入自由境界，必須面對表象之限制並實現主體超越。實現超越需要有人格之大勇與卓識，更需有人格之獨立精神，唯有如此才能進入文藝創造之自由境界，有高格之人始有高格之文。蘇軾在當時種種現

〔註9〕 〈自評文〉，《蘇軾文集》卷六十六，頁 2069。
〔註10〕 〔清〕方東樹《昭味詹言》，台北：廣文書局，1952 年，頁 93。
〔註11〕 〔清〕劉熙載《藝概·文概》，王水照編《歷代文話》第六冊，上海：復旦大學出版社，頁 562。
〔註12〕 宗白華〈美學的散步〉《美從何處尋》，台北：駱駝出版社，1987 年，頁 176。

實阻礙下，昇華文化人格，實現藝品與人品之貫一。貶謫時期相當於蘇軾文藝創作之顛峰時期，然而此自由之膽識如何而來？蘇軾曾於〈上曾丞相書〉言：

> 是故幽居默處而觀萬物之變，盡其自然之理，而斷之於中。其所不然者，雖古之所謂賢人之說，亦有所不取。雖以此自信，而亦以此自知其不悦於世也。〔註13〕

強調自得、自斷、自主、自信，不以社會成說、賢人之言代替自己思考。甚至能敢於超越現實，置世俗之毀譽於不顧，故於〈樂全先生文集敘〉言：

> 自少出仕，至老而歸，未嘗以言徇物，以色假人。雖對人主，必同而後言。毀譽不動，得喪若一，……上不求合於人主，故雖貴而不用，用而不盡。下不求合於士大夫，故悦公者寡，不悦者眾。然至言天下偉人，則必以公爲首。〔註14〕

指出文章乃卓越人格之表現，獨立品格實不爲外物、權勢所圍，甚至視毀譽得喪如一，此則爲人生境界之高格。

　　透過對他人的作品鑒賞，蘇軾亦展露其藝術思維。蘇軾曾云杜衍之書作得昔人風氣：

> 正獻公晚乃學草書，遂爲一代之絶。公書政使不工，猶當傳世寶之，況其清閒妙麗，得昔人風氣如此耶？〔註15〕

蘇軾認爲人品影響書品。杜衍〔註16〕於慶曆四年（1044年）拜同平章事、集賢殿大學士，兼樞密使，爲官清廉，不置私產，第室卑陋，葛帷布衾，受人敬重。善寫詩，正、行、草書皆能有法。嘉祐二年卒，〔註17〕謚「正獻」。臨死，戒其子殮以一枕一席，葬於小塘庫家。以一枕一席下葬，清廉至此，無

〔註13〕　〈上曾丞相書〉，《蘇軾文集》卷四十八，頁1378。
〔註14〕　〈樂全先生文集敘〉，《蘇軾文集》卷十，頁314。
〔註15〕　〈跋杜祁公書〉，《蘇軾文集》卷六十九，頁2184。
〔註16〕　杜衍（978～1057年）字世昌，北宋越州山陰（今浙江省紹興）人。杜衍年幼時母親改嫁錢氏，十五歲受兩位兄長之欺虐，兄長欲提劍砍之。後至母處，繼父不願收留，只能於孟洛等地流浪。一富戶相芮氏見其儀表不凡，將女嫁之。大中祥符元年（1008年）中進士。於平遙縣、乾州、鳳翔府任地方官，深得民心，離任時百姓夾道送至境邊並大聲吶喊：「何奪我賢太守也！」章獻太后賞識之：「吾知之久矣。」封爲「祁國公」。仁宗景祐三年（1036年）詔令御史中丞杜衍裁汰三司冗員，曾有官員至杜衍住所叫罵，並「亂擲瓦礫」，遂不了了之（〔宋〕司馬光《涑水記聞》卷九，台北：國家圖書館，舊鈔本）。
〔註17〕　〔宋〕李燾《續資治通鑒長編》卷一八五，台北：國家圖書館，舊鈔本。

怪乎蘇軾贊其字且謂其得昔人風氣。以文中杜衍的經歷看來，蘇軾贊其「清閑妙麗」，雖晚年才學草書，但因爲政清廉，故其字能呈現其心乃端正脫俗，毫無矯飾。

二、自得安詳

蘇軾強調文藝創作之自由，然前提乃文品與人品之高度相合，將文藝創作之最高境界視爲爲學做人之最終目標，將主體性情之充分自由作爲獨立文化人格之實現與昇華。

（一）筆鋒兼備人品

蘇軾提出文藝創造的過程中，藝術哲理所依循之奧祕。〈送張道士敘〉云：

> 古者贈人以言，彼雖不吾乞，猶將發藥也。蓋未有不吾乞，而亦有待發藥者。以吾友之賢，茲又奚乞？雖然，我反乞之曰：與吾友心肺之識，幾三年矣，非同頃暫也。今乃別去，遂默默而已乎？抑不足教乎？豈無事於教乎？將周旋終始籠絡蓋遮有所惜乎？嗟僕之才，陋其也，而吾友每過愛，豈信然乎？止於此可乎？抑容有未至當勉乎？自念明於處己，暗於接物，其不可至死以不喜，故譏罵隨之，抑足恤乎？將從從然與之合乎？身且老矣，家且窮矣，與物日忤，而取途且遠矣，將明滅如草上之螢乎？浮沉如水中之魚乎？陶者能圓而不能方，矢者能直而不能曲，將爲陶乎？將爲矢乎？山有蕨薇可羹也，野有麋鹿可脯也，一絲可衣也，一瓦可居也，詩書可樂也，父子兄弟妻孥可游衍也，將謝世路而適吾所自適乎？抑富貴聲名以偷夢幻之快乎？行乎止乎？遲乎速乎？吾友其可教也，默默而已，非所望吾友也。〔註18〕

文中使用設問句層層辯論出人格之所在，而「明於處己，暗於接物」道出蘇軾認爲爲藝者所應具有之個人操守，富貴於我如浮雲，毀譽得失無動於衷。「山有蕨薇可羹也，野有麋鹿可脯也，一絲可衣也，一瓦可居也，詩書可樂也，父子兄弟妻孥可游衍也，將謝世路而適吾所自適」，則道出反省自適、無樂不自得之境。若生活基本條件已具備，外在名聲得失則非生活必需，僅爲虛實幻夢罷了。

〔註18〕〈送張道士敘〉，《蘇軾文集》卷十，頁328。

蘇軾對於文藝創作由超越限制而臻於高境之論，貫穿其論調，甚至置之生死於度外之氣度，亦可見其超越心胸。於〈書舟中作字〉說：

> 將至曲江，船上灘敧側，撑者百指，篙聲石聲犖然。四顧皆濤瀨，
> 士無人色，而吾作字不少衰。何也？吾更變多矣。置筆而起，終不
> 能一事。孰與且作字乎？〔註19〕

從容於生死安危之際，蘇軾不改其樂，作字不少衰，此不啻為藝術創造之境界，亦是人生獲得覺悟後齊一生死之道的境界，更是人格在長期修養之中歷經變世之後而昇華的人生境界。人能超越生死利害，即能無往而不利（自由），信筆作書皆為「游」，皆為「道」，藝道合一。蘇軾曾論畫家自由創造：

> 松陵人朱君象先，能文而不求舉，善畫而不求售，曰：「文以達無
> 心，畫以適吾意而已。」〔註20〕

超越世俗功利，才能表達文心與畫意，若為利益而作，則必須投合世俗之需，無法展現主體創作之自由。

　　蘇軾文藝理論主要發展創作主體性情之充分自由表現，主體創作自由則在於對客體規律高度理解並且運用其規律，蘇軾論畫之主體論來自於貫穿藝術創作主體人格與藝品之統一，藝與道兩進。藝術家在進行創作時，其人格境界之昇華與藝術技能之提高應同步，因此在「藝」與「道」兩方面的修養不可或缺，需由實在工夫做起，積學而體道，掌握客觀規律，有法而至無法，遵循規矩而自由創造，筆鋒守則卻能展現形與質，而此形質則是創作者人品之彰顯。

（二）情采揮灑自得

　　「隱」或「仕」並非藝術家所重視者，而蘇軾則強調藝術家必須在創作中展現「自得」之意：

> 難於通萬物之理，……是故幽居默處而觀萬物之變，盡其自然之理，
> 而斷之於中。〔註21〕

萬物自有其發展變化之理，藝術家應以獨立思考能力觀其通變，「斷之於中」而不隨流俗，擁有獨立人格，如此才能臻至為文自由之境界。

　　無規矩不能成方圓，既成方圓後，方與圓的框架又需在主體創作中擺落，

〔註19〕　〈書舟中作字〉，《蘇軾文集》卷六十九，頁2203。
〔註20〕　〈書朱象先畫後〉，《蘇軾文集》卷七十，頁2211。
〔註21〕　〈上曾丞相書〉，《蘇軾文集》卷四十八，頁1378。

不可使之成為創作絆腳石。在「不逾矩」下，超脫憂患，主體得到大自由、大自在。

　　對於蘇軾而言，能表達其情采者為藝術創作，而情采能隨物賦形，此則是文藝創作者迥異於常人之可貴處。至於其體內所燃燒的藝術熱情以及異於常人的價值品味，更是一般人難以覺察。蘇軾以英雄惜英雄之心品察王定國歸隱之情：

> 定國求余為寫杜子美〈寄贊上人詩〉，且令李伯時圖其事，蓋有歸田意也。余本田家，少有志丘壑，雖為搢紳，奉養猶農夫。然欲歸者蓋十年，勤請不已，僅乃得郡。士大夫逢時遇合，至卿相如反掌，惟歸田古今難事也。定國識之。吾若歸田，不亂鳥獸，當如陶淵明。定國若歸，豪氣不除，當如謝靈運也。〔註22〕

文中提及王定國〔註23〕向蘇軾求書寫杜甫〈寄贊上人詩〉〔註24〕，另向李伯時索圖，蘇軾推測王定國有歸隱田園之情。蘇軾對於自己可以同時兼有「搢紳」與「農夫」之身分，早在內心作好準備，「士大夫逢時遇合，至卿相如反掌，惟歸田古今難事也。」本欲以豪氣之志而成一番大作為，然與正道不謀和，要能毅然決然急流勇退，則需極大的勇氣與智慧。蘇軾自比為陶淵明，希冀從此歸隱不過問世事，而以為王定國處於如謝靈運般，一生介於仕與隱之矛盾中。蘇軾在貶至黃州時書王定國又說：

> 某啟。君本無罪，為僕所累爾。想非久，必漸移善地也。僕甚頑健，居處食物皆不惡。但平生不營生計，賤累即至，何所仰給。須至遠跡顏淵、原憲，以度餘生。命分如此，亦何復憂慮。在彭城作黃樓，今得黃州；欲換武，遂作團練。皆先識。因來書及之，又得一笑也。子由不住得書，必已出大江，食口如林，五女未嫁，比僕又是不易

〔註22〕　〈跋李伯時卜居圖〉，《蘇軾文集》卷七十，頁2216。

〔註23〕　王鞏，字定國，自號清虛居士，莘縣人，素子。有雋才，擅長作詩，從蘇軾游。蘇軾任太守於滁州，王鞏往訪之，與客游泗水，登魋山，吹笛飲酒，乘月而歸，蘇軾待之於黃樓上，謂王鞏曰：「李太白死，世無此樂三百年矣。」蘇軾得罪，王鞏亦竄賓州，數歲得還，豪氣不少挫。後歷宗正丞，以跌蕩傲世，終不顯，著有《甲申雜記》、《聞見近錄》、《隨手雜錄》、《詩文集》。

〔註24〕　杜甫〈寄贊上人詩〉：「一昨陪錫杖，卜鄰南山幽。年侵腰腳衰，未便陰崖秋。重岡北面起，竟日陽光留。茅屋買兼土，斯焉心所求。近聞西枝西，有谷杉黍稠。亭午頗和暖，石田又足收。當期塞雨干，宿昔齒疾瘳。裴回虎穴上，面勢龍泓頭。柴荊具茶茗，徑路通林丘。與子成二老，來往亦風流。」（《杜詩詳註》，頁406）

人也。奈何！奈何！惠京法二壺，感愧之至。欲求土物爲信，僕既索然，而黃又陋甚，竟無可持去，好笑！好笑！兒子邁亦在此，不敢令拜狀，恐煩瀆也。承新詩甚多，無緣得見，耿耿。僕不復作，此時復看詩而已。〔註25〕

對於詩案的打擊，蘇軾從絕望的境地欲拾回璀璨豪邁的光明胸襟，其中的心路歷程一言難盡。「奈何！奈何！」則道出對人事分際感到無奈，「好笑！好笑！」更是道出對自己身處其中的矛盾情結。

　　由上述兩文，可從不同面向探討蘇軾所謂藝術家的人格胸懷，到底是作爲知識份子對於家國的責任重要？抑或是暢懷我心的人生審美重要？如此看似矛盾的向度，就其本源而論是否有統一和諧可能？蘇軾在〈跋李伯時孝經圖〉言：

觀此圖者，易直子諒之心，油然生矣。筆跡之妙，不減顧、陸。至第十八章，人子之所不忍者，獨寄其髣髴。非有道君子不能爲，殆非顧、陸之所及。〔註26〕

蘇軾認爲觀看李伯時的孝經圖能讓人產生「易直子諒之心」，根據《禮記‧第二十四卷‧祭義》云：

君子曰：禮樂不可斯須去身。致樂以治心，則易直子諒之心，油然生矣。易直子諒之心生則樂，樂則安，安則久，久則天，天則神。天則不言而信，神則不怒而威。致樂以治心者也。致禮以治躬則莊敬，莊敬則嚴威。心中斯須不和不樂，而鄙詐之心入之矣；外貌斯須不莊不敬，而慢易之心入之矣。故樂也者，動於內者也，禮也者，動於外者也。樂極和，禮極順。內和而外順，則民瞻其顏色而不與爭也；望其容貌，而眾不生慢易焉。故德煇動乎內，而民莫不承聽；理發乎外，而眾莫不承順。故曰：致禮樂之道，而天下塞焉，舉而措之無難矣。樂也者，動於內者也；禮也者，動於外者也。故禮主其減，樂主其盈。禮減而進，以進爲文；樂盈而反，以反爲文。禮減而不進則銷，樂盈而不反則放。故禮有報而樂有反。禮得其報則樂，樂得其反則安。禮之報，樂之反，其義一也。〔註27〕

〔註25〕　〈與王定國四十一首之五〔以下俱黃州〕〉，《蘇軾文集》卷五十二，頁1513。
〔註26〕　〈跋李伯時孝經圖〉，《蘇軾文集》卷七十，頁2217。
〔註27〕　《禮記‧第二十四卷‧祭義》，〔清〕阮元《十三經注疏》，藝文印書館，頁819。

禮樂並重，一從外規範，一從內要求，使人的儀表與心性兼合道德與仁義。
所謂「易直子諒之心」，講述正人君子由禮樂教化所得到的人品之體現：易，
爲平易，與人相處平易謙和；直，爲正直，爲人處事正直莊敬；子，爲慈
愛，以禮法爲原則，更含有情感慈愛作爲變通；諒，爲誠信，胸懷灑落，光
明誠信。因此「易直子諒之心」表達正人君子對自我要求的道德實踐，堂堂
正正，光明磊落，明瞭自己對家國的任務與使命，心底端正，行爲舉止自然
得宜。

　　觀孝經圖能產生「易直子諒之心」，想見李伯時必有過人之才，蘇軾贊其
「筆跡之妙，不減顧陸」。魏晉南北朝時期，中國繪畫的發展到達另一個高峰，
人物畫家顧愷之〔註 28〕、陸探微〔註 29〕等爲後人所稱道，蘇軾將李伯時孝經

〔註28〕　顧愷之，字長康，晉陵無錫人，博學有才氣，嘗爲〈箏賦〉，自比嵇康〈琴賦〉。
　　　　桓溫引爲大司馬參軍，甚見親昵。因顧愷之好諧謔，人多愛狎之，故桓溫卒
　　　　後，復爲殷仲堪參軍，深被眷接。義熙初，爲散騎常侍，年六十二卒於官。
　　　　顧愷之善丹青，圖寫特妙，謝安深重之，以爲有蒼生以來，未之有也。顧愷
　　　　之每畫人成，或數年不點目睛，人問其故，則回答曰：「四體妍蚩，本無闕少，
　　　　於妙處傳神寫照，正在阿堵中。」故每寫起人形，妙絕於時。其遺作〈女史
　　　　箴圖〉卷，今尚留存，爲現存中國畫卷中最古之寶繪，筆跡緊勁，格調妙逸，
　　　　誠爲絕品。顧愷之雖博學有才氣，然爲人遲鈍，而自矜尚，爲時所笑，嘗以
　　　　一廚畫，糊題其前，寄與桓玄，皆其深所珍惜，桓玄後發其廚，竊取畫，而
　　　　緘開如舊以還之，紿云未開，顧愷之見封題如初，但失其畫，直說妙畫通靈
　　　　變化而去，猶人之登仙，了無怪色。顧愷之矜伐過實，諸少年因相稱譽，以
　　　　爲戲弄。起初顧愷之在桓溫府，桓溫常言：「愷之體中，癡、黠各半，合而論
　　　　之，正得平耳。」故俗傳顧愷之有三絕：才絕、畫絕、癡絕，其所作人物畫，
　　　　善於用緊勁連綿、迴圈不斷的筆法，如風趨電疾，灑脫飄逸；並以人物面部
　　　　的複雜表情，來隱現其內心的豐富情感；衣服線條流暢而飄舉，優美生動。
　　　　還善繪風景，所作樹木、山巒，佈置有致；或水不容泛，人大於山，充滿藝
　　　　術魅力。晚年筆法如春蠶吐絲，似拙勝巧，傅以濃色，微加點綴，不作暈飾，
　　　　而神氣飄然，饒有浪漫主義的色彩。南朝陸探微、唐代吳道子等皆臨摹過他
　　　　的畫跡。
〔註29〕　陸探微，乃南北朝劉宋時吳人，宋明帝時，以善畫人物、故實、古聖賢像得
　　　　名，丹青之妙，眾所推譽。有二子綏、弘肅，均紹箕裘，作畫工妙，綽有父
　　　　風。六朝乃人物畫盛期，而陸探微足居此巨擘尊位，其作人物極盡妙絕，意
　　　　存筆先，筆盡意在，不爲無意之作，評者有言：「畫之六法，自古鮮人能備，
　　　　唯陸探微、衛協備之矣。」〔南齊〕謝赫《古畫品錄》評：「陸探微，窮理盡
　　　　性，事絕言象。包前孕後，古今獨立。非復激揚，所能稱贊。但價重之極乎
　　　　上，上品之外，無他寄言，故屈標第一等。」（〔南齊〕謝赫《古畫品錄》第
　　　　一品，錄自于安瀾編《畫品叢書》，上海：人民美術出版社，1982 年，頁 6。）
　　　　因之標居上品第一。〔南陳〕姚最《續畫品》則貶云：「陸聲過於實，良可於

圖之作媲美顧愷之、陸探微名家之作，由此可知十分讚賞李伯時。蘇軾推想李伯時創作孝經第十八章，藉由李伯時孝經圖更讓人為之動容。《孝經・喪親章・第十八》：

> 子曰：「孝子之喪親也，哭不偯、禮無容、言不文，服美不安、聞樂不樂、食旨不甘，此哀戚之情也。三日而食，教民無以死傷生，毀不滅性，此聖人之政也；喪不過三年，示民有終也。為之棺槨、衣衾而舉之；陳其簠簋而哀慼之；擗踊哭泣，哀以送之；卜其宅兆而安措之；為之宗廟，以鬼享之；春秋祭祀，以時思之。生事愛敬，死事哀戚，生民之本盡矣！死生之義備矣！孝子之事親終矣！」
> 〔註30〕

為人子者強忍哀痛，為父母喪葬之事盡最後心力，蘇軾謂李伯時畫出「人子所不能忍」而「獨寄其髣髴」，因而大贊「非有道君子不能為」，甚至連魏晉南北朝人物畫之大家顧愷之、陸探微皆無以能及。

　　對藝術家而言，能夠自在創作即為真自由，其人格足以影響作品的深度，然而藝術家仍為血肉之軀，總會面臨煩憂，如何能轉移煩憂並灑脫以對？蘇軾曾寫王晉卿得到王定國的〈掏耳圖〉，表達藝術家應具備無懼逆境的胸襟：

> 王晉卿嘗暴得耳聾，意不能堪，求方於僕。僕答之云：「君是將種，斷頭穴胸，當無所惜，兩耳堪作底用，割捨不得？限三日疾去，不去，割取我耳。」晉卿洒然而悟。三日，病良已，以頌示僕云：「老坡心急頻相勸，性難只得三日限。我耳已效君不割，且喜兩家都平善。」今見定國所藏〈挑耳圖〉，云得之晉卿，聊識此事。元祐六年八月二日，軾書。〔註31〕

邑，列於下品，尤所未安。」（〔南陳〕姚最《續畫品》序，錄自于安瀾編《畫品叢書》，頁18）因〔唐〕張彥遠《歷代名畫記》發持平之論：「陸公參靈酌妙，動與神會，筆跡勁利，如錐刀焉，秀骨清像，似覺生動，令人懍懍若對神明，雖妙極象中，而思不融乎墨外，夫象人風骨，張（僧繇）亞於顧（愷之）、陸（探微）也，張得其肉，陸得其骨，顧得其神。」〔唐〕張彥遠《歷代名畫記》，錄自于安瀾編《畫品叢書》，頁36）《宣和畫譜》解釋云：「言肉則淺，言骨則（深），言神則妙，……探微雖介者，……但得骨則精可知矣。」（《宣和畫譜》，錄自于安瀾編《畫品叢書》，頁47）陸探微畫蹟，今已湮滅無存。

〔註30〕《孝經・喪親章・第十八》，〔清〕阮元《十三經注疏》，藝文印書館，頁52。
〔註31〕〈跋南唐挑耳圖〉，《蘇軾文集》卷七十，頁2217。

文中提到王詵〔註 32〕曾患耳疾，向蘇軾求取秘方，蘇軾卻以「君是將種，斷頭穴胸，當無所惜」之豪氣回應，無懼逆境的氣節屬於無所畏懼的人格所有，怎能因區區耳疾動搖心念？怎會「割捨不得」？蘇軾更誇口若三日耳疾未除，以己耳相陪，豪邁一語點醒王晉卿。

〈跋南唐挑耳圖〉文中「洒然」一詞有三解讀：一作「吃驚的樣子。」如：《莊子・庚桑楚》：「庚桑子之始來，吾洒然異之。」二作「寒冷的樣子。」如：《黃帝內經素問・卷十二・風論》：「風者，善行而數變，腠理開則洒然。」再如范仲淹〈鄠郊友人王君墓表〉：「時也天地人物，洒然在冰壺之中。」三作「肅然起敬的樣子。」如：《史記・卷七十九・范雎蔡澤傳》：「是日觀范雎之見者，群臣莫不洒然變色易容者。」在此，除去第二種解釋，第一及第三可合而解釋，王晉卿聽完蘇軾言論之反應為「吃驚」並「肅然起敬」。故可解讀為王晉卿「吃驚」於東坡先生如何會作如此之誇口：「限三日疾去，不去，割取我耳。」就算是上等良方也未必能藥到病除；而又「肅然起敬」於東坡先生能一眼望穿耳疾的根源：「君是將種，斷頭穴胸，當無所惜，兩耳堪作底用，割捨不得？」在蘇軾當頭棒喝之下，王晉卿了悟：將相都可為國獻身無惜，遑論區區之耳疾？

身體的病痛只是生活外在的障礙，心靈的病痛才是生命內耗的癥結。王晉卿三日後果真病除，以頌蘇軾：「老坡心急頻相勸，性難只得三日限。我耳已效君不割，且喜兩家都平善。」三日極限，耳疾效除，幸未割耳，兩方均善。〔註 33〕

〔註32〕 王詵（1036 年～約 1093 年），字晉卿，宋朝畫家。山西太原人。宋初開國功臣王全斌後代，居河南開封，自幼好讀書，與蘇軾、黃庭堅、米芾有往來，「十年不遊權貴門」。官至宣州觀察使，娶宋英宗趙曙女魏國公主，官左衛將軍、駙馬都尉。王詵善畫山水，師李成，著色山水師李思訓，參以己意自成一家。又善書，書法清勁，亦自成一體。喜作〈金碧圖〉，人物樓閣，筆皆尖健精密，畫山水善寫平林遠岫、殘霞遠照之景，清潤可愛。如〈煙江疊嶂圖〉畫面蕭疏清遠，表現了煙霧迷濛的水鄉景色，用筆和他的〈漁村小景〉相似。〈煙江疊嶂圖〉亦疑非王詵所作。作品有〈金碧圖〉、〈溪山秋霽圖〉、〈漁村小景〉、〈煙江疊嶂圖〉。

〔註33〕 南唐〈挑耳圖〉為王定國所藏，當時在王晉卿處，至今已無從考證其源流，直至明代，徐渭大寫意〈挑耳圖〉或以為是其內心抗拒明朝朝政之反應。〔明〕徐渭〈掏耳圖〉曾寫：「做啞裝聾苦未能，關心都犯癢和疼，仙人何用閒掏耳，事事人間不耐聽！」（《徐渭文集》冊三，《徐文長逸稿》卷八，北京：中華書局，2003 年，頁 857）

　　元祐六年蘇軾五十六歲，在歷經了烏臺詩案後，知命之年仍不改其志，由湖州入蘇州，目睹水災，民生乏食。四月抵潤州，五月過南都，二十六日到達京師，住興國浴室院東堂，後寓居子由東府。之後，蘇軾又被任命為翰林學士承旨兼侍讀。七月，賈易、楊畏上疏論浙西災傷不實，范祖禹封還錄黃。八月，賈易言蘇軾誹怨先帝。詔賈易出知廬州。蘇軾既為賈易誣詆，趙君錫又相繼言之，後數日入見，具辯其事，因復請外。詔以龍圖閣學士知潁州。趙君錫因附和賈易論蘇軾，罷知鄭州。八月二十二日，蘇軾到潁州任。上文題寫於八月二日，可以想見蘇軾內心是如何無懼無畏。

　　在審美與道德尋求統一的道路上，蘇軾面對人生逆境卻是幽默以對，每每在其困頓的同時，還能以此感染身旁友人。身為知識分子且對家國有所期待、對人民有職責的藝術家，何以能無畏懼地面對生命中的困頓？李咏吟曾言：

> 作為渴求自由的生存者，我們的焦慮直接來自兩方面：其中一方面是生存慾望和生存理想與實際的利益獲取之間的矛盾。每一生存個體都有其本能的求自由求快樂的衝動，要滿足這些衝動（drive），就必須有良好的人際支持和財富支持，而這種支持本身從來就不是平等的，它帶有不可捉摸的「偶然性和必然性」。每個人都必須趨向於這一目標，以獲取基本的生存權利，而要獲得自由而優越的權利，就必須施展個人的強力意志與特殊才稟。……作為自由的生存者，個人的生存問題本身常常不是最緊迫的。因為天賦給予思想者的思想才稟和特權，使思想者常常成為普通民眾的「牧者」。思想者通過其先知先覺的思想職責本身，能夠對現實焦慮提供應對的良策。〔註34〕

要想從生活逆境中尋找智慧解釋，就必須解決生存本身的焦慮，並能提供「優異的解決方案」。自古思想探險者本身走著不同的道路，而找到「堅定的信守」是使生命強健、心靈寧靜、精神和樂的關鍵。喻蘇軾為思想牧者也不為過，因為蘇軾提供後世讀者掙脫生活中可能面對的焦慮，持續堅持身為人類的生命大任。

　　由此可知，蘇軾認為藝術家需要有承襲古人之純樸與良善，對於富貴與否處之淡然，而對於自己的要求則是嚴苛再三，心術正，人品高，一筆一墨

〔註34〕李咏吟《審美與道德的本源》，上海：上海人民出版社，2006年，頁9～10。

才能顯現清新脫俗之氣息。

第二節　專注執著

　　蘇軾認爲一個文藝創作者所肩負之重任，遠遠超乎人們的想像，生活的磨難能夠提供思想成長的養分，而能堅持崇尚眞樸的胸襟，繼承古人良善風俗，且不爲權貴所圍，不斷地自我修爲，則是成爲文藝創作者的必然功夫。

　　文藝美學家認爲藝術家的生命旅程曲折一些，社會閱歷豐富一些，心靈體驗深刻一些，都有助於造就文學藝術家。誠如南宋・陸游〈讀唐人愁詩戲作〉曾悲愴調笑：「天恐詩人未盡才，常教零落在蒿萊。不爲千載離騷計，屈子何由澤畔來。」曲折生活刺激藝術創作主體，面對現實生存進行細膩觀察，並做深層思考，對於人世滄桑、人情冷暖、生命痛苦有切身體會；豐富的社會閱歷則提供藝術創作主體廣闊的視野與多樣的創作素材。前者有助於加深藝術創作主體心靈把握社會生活的深度，後者則有助於拓寬反應社會生活的廣度。再如王朝聞言：「歷史上每一個深刻地概括和揭示了一定歷史時代的社會生活的本質的藝術家，都是有著廣闊而深入的生活經驗爲條件。生活經驗狹窄而膚淺的藝術家，其作品的內容也必然是狹窄而膚淺的。」〔註35〕蘇軾在自己的論畫藝術詩文中認爲廣闊的生活經驗，爲一切文藝創作的基礎。

　　當不被生活困頓所左右，專心致知以修爲，即能符合蘇軾論畫裡藝術家養成的條件。蘇軾認爲藝術家的養成，宜從生活中吸取養分，廣博閱覽群書，艱苦習得技法。

一、積學儲寶

　　生活的困頓提供思想的長成，而「積學以儲寶」、「研閱以窮照」（《文心・神思》），則是提供智慧增進的不二法門。

（一）八面受敵讀書法

　　蘇軾論畫之主體精神主張由技進道，如其所言「學道無自虛空入者」，必須要做到「甚有得於中而張其外」，爲達此境界，則應「積學不倦，落其華而

〔註35〕王朝聞《美學概論》，北京：人民出版社，1981年，頁130。

成其實」〔註36〕，於是他提出「八面受敵」讀書法：

> 卑意欲少年爲學者，每一書皆作數過盡之。書富加入海，百貨皆有，
> 人之精力，不能兼收進取，但得其所欲求者爾。故願學者每次作一
> 意求知，⋯⋯此雖迂鈍，而他日學成，八面受敵，與涉獵者不可同
> 日而語也。甚非速化之術，可笑可笑。〔註37〕

「每一書皆作數過盡之」，讀書之工夫需由「迂鈍」扎實而來，而非「速化之
術」，作家的修養乃長期貫穿於人生過程，積學、明理、練識、養氣，使人格
提昇，才華達致高境，「此雖迂鈍，而他日學成，八面受敵，與涉獵者不可同
日而語也」。故其又言：

> 平居所以自養而不敢輕用以待其成者，閔閔焉如嬰兒之望長也；弱
> 者養之以至於剛，虛者養之以至於充。三十而後仕，五十而後爵，
> 信於久屈之中，而用於至足之後，流於既溢之餘，而發於持滿之
> 末。⋯⋯博觀而約取，厚積而薄發。〔註38〕

此言及藝術家的人格境界、文化修養與其創作之間的關聯。長期修養、積學，
至大至剛，淵博恢弘，內充實而外輝光，如其所言：「充滿勃郁，而見於外，
夫雖欲無爲，其可得耶？雜然有觸於中，而發於詠嘆。」〔註39〕缺乏博大人
格與深厚學養無以成就偉大藝術，〈和董傳留別〉詩：「粗繒大布裹生涯，腹
有詩書氣自華。」〔註40〕必須在養練氣質中提高人格境界，如清·沈德潛《說
詩晬語》言：「有第一等襟抱，第一等學識，斯有第一等真詩。」〔註41〕人品
與藝品同一，至於「博觀而約取，厚積而薄發」則是強調在眾覽群籍、廣博
習師之後，必須要擺落前人，走出自己的風格。

（二）筆冢墨池習技法

由八面受敵的讀書涵養，充實學識，在技巧功夫上，仍需要亦步亦趨修
煉。故言：

> 筆成冢，墨成池，不及羲之即獻之。筆禿千管，墨磨萬鋌，不作張

〔註36〕　〈與李方叔書〉，《蘇軾文集》卷四十九，頁1420。
〔註37〕　〈與王庠五首〉五，《蘇軾文集》卷六十，頁1820。
〔註38〕　〈稼說送張琥〉，《蘇軾文集》卷十，頁339。
〔註39〕　〈南行前集〉，《蘇軾文集》卷十，頁323。
〔註40〕　〈和董傳留別〉，《蘇軾詩集》卷五，頁221。
〔註41〕　〔清〕沈德潛《說詩晬語》，〔清〕呂璜《古文緒論》，台北：台灣中華書局，
　　　　　1970年。

芝作索靖。〔註42〕

「筆成冢，墨成池」、「筆禿千管，墨磨萬鋌」揭示成為大家堅苦卓絕的修煉過程，除了胸有點墨，表現技法的修持亦為重要。「筆冢」中「冢」指隆起的墳塋。唐・李綽《尚書故實》謂智永：「住永心寺，積年學習，後有禿筆頭十甕，每甕皆數石……後取筆瘞之，號為『退筆塚』。」宋・朱長文《續書斷・妙品》則說：「（懷素）臨學苦練，故筆頹委，作筆塚以瘞之。」所謂「墨池」，乃指晉・衛恒《四體書勢》：「弘農張伯英者，因而專精其巧，凡家之衣帛，必先書而後練之。臨池學書，池水盡墨。」必須要有退筆成冢、池水盡墨、筆已千管毛禿、墨已萬鋌磨盡的勤奮，才能將自然素材成為藝術。如果拋開技術不理，人人皆有可能是藝術家，也可能具備藝術感知與作為，更可能含有物我化一、情景交融的心理體驗，然而空有藝術家的心靈卻無法成為藝術家，主要因為無法將此感悟轉化為清晰可見的藝術形式，誠如周紅藝所言「只有把詩一般的情境寫成詩，最終才能被稱為詩人。這種沒有寫出詩的人，只能算是心靈的詩人。心靈詩人常懷有茶壺裝餃子有口倒不出的遺憾。」〔註43〕再如朱光潛言：「凡是藝術家都必須一半是詩人，一半是匠人。他要有詩人的妙悟，要有匠人的手腕。」〔註44〕有妙悟足以馳騁聯想，有手腕則能駕馭情思。古人論書，講「質、識、力」，質者，天資也；識者，學養也；力者，功夫也。其中只有學養和功夫可以通過後天努力獲得，體現了在自然條件一定的情況下，人只有發揮自己的能動性，在學養和功夫上努力，才能獲得藝術成就。在此蘇軾舉四位書法名家：羲之〔註45〕、獻之〔註46〕、張芝

〔註42〕　〈題二王書〉，《蘇軾文集卷》六十九，頁2170。

〔註43〕　周紅藝〈由感及情到悟：創作一幅中國畫的心理過程〉，《西北大學學報》（哲學社會科學版）第37卷第144期，陝西西安：西北工業大學，2007年，頁81。

〔註44〕　朱光潛《談美書簡二種》，上海：上海藝文出版社，1999年，頁81。

〔註45〕　王羲之（303～361年），字逸少，號澹齋，原籍琅琊臨沂（今屬山東），後遷居山陰（今浙江紹興），中國東晉書法家，有書聖之稱。為南遷琅琊王氏士族貴胄，後官拜右軍將軍，人稱王右軍。師承衛夫人、鍾繇，遍覽前代書家名跡，遂改初學，采擇眾長，精研諸體，遂成大家。傳世書作有〈十七帖〉、〈蘭亭序〉、〈快雪時晴〉、〈奉橘〉、〈喪亂〉、〈孔侍中〉以及唐釋懷仁集王〈聖教序〉等。

〔註46〕　王獻之（344～386年）是東晉書法家、詩人，字子敬，祖籍山東臨沂，生於會稽（今浙江紹興），王羲之第七子。官至中書令，為與後世書法家王珉區分，人稱王大令。與其父並稱為「二王」。善正、行、草書。幼學其父，次學張芝，

〔註 47〕、索靖〔註 48〕爲例，當中可看出下列所含涉觀點：第一，分組構成，一組論及行書名家，一組論及草書名家。王羲之、王獻之父子一組，兩人爲父子，在書法史上足以相抗衡者爲行書；張芝、索靖一組，在書法史上足以相抗衡者則爲草書。第二，排列先後。「不及羲之即獻之」、「不作張芝作索靖」，羲之爲「書聖」，張芝爲「草聖」，意味著若能勤練，不能成爲羲之、張芝，也可成爲獻之、索靖。第三，墨池傳說。相傳王羲之住處有一小池，王羲之練完書法經常於小池洗筆，由於勤奮習字，久之，池水變黑，竟能直接蘸取充墨之用。當年王羲之在溫州擔任永嘉郡守之際，曾在今溫州墨池坊揮灑文墨，故於溫州舊鹿城區市政府前有一墨池。〔註 49〕張芝亦是臨池學書，池水盡黑。〔註 50〕蘇軾同引兩組典故，表達就算創作主體擁有與生俱來的天才創作能力，仍要勤奮練習技法。

二、眞切實作

　　經過「八面受敵」讀書充實，筆禿毛磨的修練技法，誠靜於篤學，最末

作品影響後世極大，尤其是草書作品，後人以爲勝過羲之。傳世作品有〈鴨頭丸帖〉、〈送梨帖〉、〈中秋帖及〉、〈地黃湯帖〉等。小楷有〈洛神賦十三行〉（又稱〈玉版十三行〉）刻本傳世。

〔註 47〕　張芝，中國書法家。東漢敦煌郡淵泉縣（今甘肅安西縣東）人。字伯英，擅長草書，曹魏書法家韋誕稱他爲「草聖」。所以歷史上稱他爲「草聖」，其書法被稱爲「今草」。善隸、行、草、飛白書。傳世作品甚少，唯〈閣帖〉數幅。

〔註 48〕　索靖，字幼安，晉朝敦煌人。從小就氣質非凡，聰穎過人，爲敦煌五龍（索靖、泛衷、張甝、索紾、索永）之一。官征西司馬、尚書郎，善楷、隸，傳張芝書法而變其行跡，骨勢峻邁，富於筆力。據傳〈月儀帖〉、〈出師頌〉傳爲索靖所書。著有〈章書狀〉傳世。

〔註 49〕　萬曆《溫州府志》記載：「墨池，在墨池坊，王右軍臨池洗硯於此。」池呈方形，歷代曾多次修繕。現池邊用規整石構築，上繞磚砌欄干。原有宋米芾所書「墨池」兩字，久已湮沒。今石額所題「墨池」並識，系清乾隆時溫州總兵黃大謀所題。

〔註 50〕　〔宋〕曾鞏〈墨池記〉：「臨川之城東，有地隱然而高，以臨於溪，曰新城。新城之上，有池窪然而方以長，曰王羲之之墨池者，荀伯子〈臨川記〉云也。羲之嘗慕張芝，臨池學書，池水盡黑，此爲其故跡，豈信然邪？方羲之之不可強以仕，而嘗極東方，出滄海，以娛其意於山水之間，豈有徜徉肆恣，而又嘗自休於此邪？羲之之書晚乃善，則其所能，蓋亦以精力自致者，非天成也。然後世未有能及者，豈其學不如彼邪？則學固豈可以少哉！況欲深造道德者邪？」（陳杏珍、晁繼周點校《曾鞏集》卷十七，北京：中華書局，2004年，頁 279）

要能擺落前人窠臼，獨步於當世。

（一）文墨表自娛

蘇軾認爲文人筆墨與工匠筆墨有所不同之處，主要來自於文人書墨的心態。曾論蔡襄：

> 歐陽文忠公論書云：「蔡君謨獨步當世。」此爲至論。言君謨行書第一，小楷第二，草書第三。就其所長而求其所短，大字爲小疏也。天資既高，輔以篤學，其獨步當世，宜哉！近歲論君謨書者，頗有異論，故特明之。〔註51〕

在上文可以讀出蘇軾對蔡襄〔註52〕人格與書法之推崇。蘇軾肯定歐陽脩所論「蔡君謨獨步當世」，歐陽脩認爲蔡襄行書最好，小楷第二，草書第三，蘇軾

〔註51〕〈論君謨書〉，《蘇軾文集》卷六十九，頁2181。

〔註52〕蔡襄（1012～1067），字君謨，福建仙遊人。生於宋眞宗祥符五年，卒於英宗治平四年，享年五十六歲。仁宗時的進士，官至端明殿學士，時稱「端明公」，博古尚氣節，卒諡「忠思」。其書溫和雅健，近取唐、宋，遠追篆隸，天資既高，臨池尤勤，故能自運機杼，卓然成家，宋史、宣和書譜皆推之爲當代第一書家，可知其成就，《宋史·列傳》稱之：「襄工於手書，爲當世第一，仁宗尤愛之。」仁宗天聖八年進士，後累官諫院，直史館。性忠正，工詩文，善書法。蔡襄工於書，時人皆推重之。初學周越，後出入顏眞卿，虞世南，王羲之，而能自闢蹊徑。其書溫和平正，不作奇峭取勢之筆，用筆柔順，無一筆不盡變化之能，故內涵奇韻。蘇軾評蔡書爲宋人第一，行書最好，次爲眞書、草書。書風「全是古意」，以二王之法，參用篆隸。以行草尺牘、魯公自書告身跋爲代表。蔡襄亦爲茶學專家，其所撰寫之《茶錄》《茶錄》二卷。（或有《茶錄》一卷）《茶錄》自序有云：「陸羽茶經不第建安之品，丁謂《茶譜》獨論采造之本。至於烹試，曾未有聞。」此書分上、下二篇，上篇論茶、下篇論茶器。這就是所謂烹試之法。《茶錄》二卷版本頗多：《茶書》八種十四卷、清初錢氏述古堂鈔本、明刊本、百名家書本、後四十家小說本、清鈔本、《四庫全書·子部譜錄類》。《茶錄》一卷的版本很多，亦有《茶書》二十七種三十三卷，明喻政編、萬曆本、《茶書》十三種十五卷、明末刻本，宋刊本（有前、後序）、明刊本（有自序、自跋、歐陽修後序）、《百川學海（鹹淳本）辛集》、《百川學海（弘治本）壬集》、《百川學海（重輯本）辛集》、《格致叢書》、《說郛》（宛委山堂本）、《五朝小說·宋人百家小說瑣記家》、《五朝小說大觀·宋人百家小說瑣記家叢書集成初編·應用科學類》《藝術叢編》第一集、《百部叢書集成·辛集》。乃繼唐代陸羽《茶經》之後又一部重要茶學專著。蔡襄書法主習王羲之、顏眞卿和柳公權，在當時即被歐陽修、蘇軾等人推爲「本朝第一」，後來又將他與蘇軾、黃庭堅、米芾並列爲「宋四家」。流傳下來的墨跡有〈自書詩帖〉、〈謝賜御書詩〉、〈陶生帖〉、〈郊燔帖〉等，碑刻有〈萬安橋記〉、〈晝錦堂記〉等。

則認爲蔡襄的大字不如小字好，雖然當時文人對蔡襄有不同的見解，但蘇軾對於蔡襄篤學刻苦之態度讚譽有加，認爲足以讓人敬佩。又言：

> 君謨寫此時，年二十八。其後三十二年，當熙寧甲寅，軾自杭來臨
> 安借觀，而君謨之沒已六年矣。明師之齒七十有四，耳益聰，目益
> 明，寺益完壯。竹林橋上，暮山依然，有足感嘆者。因師之行，又
> 念竹林橋看暮山，乃人間絕勝之處，自馳想耳。〔註53〕

蘇軾肯定蔡襄，將其二十八歲時題寫的字，於三十二年後再鑑賞，仍可令人想望其人格幽然之姿。蘇軾於題跋中評寫蔡襄者有：〈題蔡君謨帖〉、〈跋蔡君謨書海會寺記〉、〈論君謨書〉、〈跋君謨飛白〉、〈跋君謨書賦〉、〈跋君謨書〉等。對蔡襄肯定之堅決由字裡行間可嗅出：「余評近歲書，以君謨爲第一，而論者或不然，殆未易與不知者言也。」「僕論書以君謨爲當時第一，多以爲不然，然僕終守此說也。」雖然當時有不同的說法，〔註54〕但蘇軾仍表明蔡襄「天資既高，輔以篤學，其獨步當世宜哉。近歲論君謨書者，頗有異論，故特明之。」因其「篤學」，故能「獨步當世」。

至於繪畫，蘇軾曾大讚朱象先〔註55〕：

> 松陵人朱君象先，能文而不求舉，善畫而不求售。曰：「文以達吾心，
> 畫以適吾意而已。」昔閻立本始以文學進身，卒蒙畫師之恥。或者
> 以是爲君病，余以謂不然。謝安石欲使王子敬書太極殿榜，以韋仲
> 將事諷之。子敬曰：「仲將，魏之大臣，理必不爾。若然者，有以知
> 魏德之不長也。」使立本如子敬之高，其誰敢以畫師使之。阮千里
> 善彈琴，無貴賤長幼皆爲彈，神氣沖和，不知向人所在。內兄潘岳
> 使彈，終日達夜無忤色，識者知其不可榮辱也。使立本如千里之達，

〔註53〕〈跋蔡君謨書海會寺記〉，《蘇軾文集》卷六十九，頁2181。

〔註54〕論及宋代書法，一般熟知「宋四家」：蘇、黃、米、蔡，即蘇軾（東坡）、黃
庭堅（涪翁）、米芾（襄陽漫士）、蔡襄（君謨），宋哲宗紹聖年間（1094～
1100）出現「天下號能書無出魯公（蔡京封爵）之右」（蔡京兒子蔡絛《鐵圍
山叢談》）之說法，認爲「宋四家」當中之「蔡」乃指後來鵲起曾受蔡襄筆法
的書家蔡京，後因蔡京「人品奸惡」，故以蔡襄爲宋四家。在此，可見研究書
法之學者以「人品即書品」爲評論字畫高下優劣之主要標準。

〔註55〕朱象先，字景初，一作昪初，號西湖隱士，松陵（今江蘇吳江）人。山水始
規董源、巨然，而能出新意，筆力高簡，潤澤有生理，馳名紹聖、元符間
（1094～1100）。相傳少時畫筆常恨無前人深遠潤澤之趣，一日於鵝溪絹上作
小山，覺不如意，急渰雲放塵，再三揮染即有悟見。自後作畫多再滌去，或
以細石磨絹，且令墨色著入絹縷。

其誰能以畫師辱之。今朱君無求於世，雖王公貴人，其何道使之，
遇其解衣盤礴，雖余亦得攫攘其旁也。〔註56〕

蘇軾以唐代畫家閻立本〔註57〕做說明，閻立本雖因善繪事而貴為右相，卻無
宰相器宇，缺乏政治才幹，姜恪〔註58〕則因戰功升為左相，故當時評論：「左
相宣威沙漠，右相馳譽丹青。」蘇軾不以為然，認為朱象先「能文而不求舉，
善畫而不求售，文以達吾心，畫以適吾意而已。以其不求售也，故得之自然，
世亦罕見，不知其所長也。」〔註59〕此乃世人不知曉之處。蘇軾提及謝安石
以韋仲將事諷王子敬，〔註60〕「韋仲將能書。魏明帝起殿，欲安榜，使仲將
登梯題之。既下，頭鬢皓然，因敕兒孫：『勿復學書。』」〔註61〕南朝・梁・
劉孝標注引衛恆《四體書勢》曰：「『誕善楷書，魏宮觀多誕所題。明帝立陵
霄觀，誤先釘榜，乃籠盛誕，轆轤長引上，使就題之。去地二十五丈，誕甚
危懼。乃戒子孫，絕此楷法，箸之家令。』」〔註62〕表達書家不願正面與人交
鋒，而冒險從事題榜之事，故誡其子孫勿學書。另則以阮籍善琴典故，說明
其不論富貴貧賤皆為彈奏的通達情操。

藉唐代畫家閻立本「始以文學進身，卒蒙畫師之恥」，並以歷史類比以證
之：「使立本如子敬之高，其誰敢以畫師使之」、「使立本如千里之達，其誰能

〔註56〕 〈書朱象先畫後〉，《蘇軾文集》卷七十，頁2211。
〔註57〕 閻立本（601〜673年），字立本，以字行。唐初著名畫家、大臣。京兆萬年（今
西安市）人，閻立德弟。唐太宗貞觀年間曾任吏部郎中，高宗顯慶年間任過
將作大匠，曾代其兄閻立德任工部尚書。總章初年（668年）升任右丞相，封
爵博陵縣男。咸亨元年（670年）升任中書令，四年（673年）卒于任。善畫
道釋、人物、山水、鞍馬，尤以道釋人物畫著稱，曾在長安慈恩寺兩廊畫壁，
頗受稱譽。特別長於刻畫人物神貌，筆法圓勁，氣韻生動，能從畫中看出人
物的性格特點。善畫人物、車馬、台閣，尤擅長於肖像畫與歷史人物畫。他
的繪畫，線條剛勁有力，神采如生，色彩古雅沉著，筆觸較顧愷之細緻，人
物神態刻畫細緻，其作品倍受當世推重，被時人列為「神品」。曾為唐太宗畫
〈秦府十八學士〉、〈凌煙閣功臣二十四人圖〉，為當時稱譽。有作品〈步輦圖〉、
〈古帝王圖〉、〈職貢圖〉、〈蕭翼賺蘭亭圖〉等傳世。
〔註58〕 姜恪（？〜672年），秦州上邽（今甘肅天水）人。姜維後裔，祖父姜遠曾為
秦州刺史。父姜寶誼為左衛大將軍。唐高宗永徽年間姜恪因戰功升為左相，
閻立本因善繪事而為右相，時人評論：「左相宣威沙漠，右相馳譽丹青。」
〔註59〕 相關論述同見於《畫繼》、《圖繪寶鑑》、《春渚紀聞》、《東坡題跋》。
〔註60〕 王羲之七子王獻之，字子敬，人稱「小聖」，和王羲之合稱「二王」。
〔註61〕 〔劉宋〕劉義慶撰、〔梁〕劉孝標注《世說新語》第二十一〈巧藝〉，台北：
國立中央圖書館，1980年，頁253。
〔註62〕 同上註。

以畫師辱之」，藝術家自我要求的道德標準提高，則不會有人敢輕視忤逆之。因此蘇軾推崇「解衣盤礴」的朱象先。

（二）作品傳達崇高精神

由於人品即畫品，人品即書品，藝術家對於自我道德要求極高，軀體之病痛可以略為忽視，對於精神之追求則必須崇高。肉體終有亡滅之時，然精神卻應日益增長，當精神增進，其所展現在藝術作品上的氣息，超脫軀幹肉體是精神涵養之結晶。

蘇軾曾寫自己眼疾：

其一

軾春時病眼，不能開眉。黃夢軒舊事露，足下想已知之。葛明塘添情告府，昨求於僕，此事不知錢君錫肯為一解不？若果，庶不難耳。日來，園中桃李顏色無塵，同輩應移坐雪堂前，可作一絕，強支歲月，何如？僕夜夢中，有一杭人多惠龍團幾斛，盡皆一時飲之，請解意何也？昨周澹閑見訪，送二水底，余遂書〈落花〉詩二首暫酬。軾上得之。〔註63〕

〔註63〕 〈與徐得之〉二首之一，《蘇軾佚文彙編》卷二，見《書畫題跋記》卷四，又見《珊瑚網‧法書題跋》卷四，又見《珊瑚網‧法書題跋》卷四，又見《式古堂書畫彙考‧書》卷十。徐得之，字思叔，臨江人，夢莘弟（《宋史‧列傳第一百九十七‧儒林八‧徐夢莘》：「徐夢莘字商老，臨江人。幼慧，耽嗜經史，下至稗官小說，寓目成誦。紹興二十四年舉進士。歷官為南安軍教授。改知湘陰縣。會湖南帥括田，號增耕稅，他邑奉令惟謹。夢莘獨謂邑無新田，租稅無從出。帥志其私於民，欲從簿書間攟摭其過，終莫能得，由是反器重之。著西漢會要七十卷、東漢會要四十卷、漢兵本末一卷、西漢地理疏六卷、山經三十卷。既謝官，作亭蕭灘之上，畫嚴子陵像而事之。」）。淳熙十一年舉進士，部使者以廉吏薦，官至通直郎致仕。安貧樂分，不貪不躁。有左氏國紀，史記年紀，靜安作具，敝篋筆略，鼓吹詞，郴江志諸書。另一典則有裴景福先生評論之：「其二：營籍周韶多蓄奇茗，常與君謨鬥勝之。韶又知作詩，子容過杭述古飲之。韶泣求落籍，子容曰：可作一絕。韶援筆立成，曰：隴上巢空歲月驚，忍看回首自梳翎。開籠若放雪衣女，常念觀音般若經。韶時有服衣白，一坐嗟嘆。遂落籍。同輩皆有詩送之。二人者最善。胡楚云：淡妝輕素鶴翎紅，移入朱欄便不同。應笑西園舊桃李，強勻顏色待東風。龍靚云：桃花流水本無塵，一落人間幾度春。解佩暫酬交甫意，濯纓還作武陵人，固知杭人多惠也。元豐四年秋日，過季常寓齋，留飲。座中紅裙，蓋村姬也，向余問錢塘事，書此答之，軾。」（裴景福〈宋蘇東坡墨竹卷〉，《壯陶閣書畫錄（龍珠寶藏）》卷三，學苑書版社，2006年，頁159）可見平時文人之舞文弄墨之景。

蘇軾文中提及自己不受眼疾影響，因早已沈浸景物之中。由於「園中桃李顏色無塵」，全神貫注，仔細觀察自然，並體察萬物本心，美景一絕或龍團飲盡，且能領略其中義涵，進行創作，真正無懼逆境的人格，藉范仲淹的話說則是來自於「不以物喜，不以己悲」，不因外物的豐足、個人的擁有而驕傲和狂喜；也不因外物的損壞、個人的失意潦倒而傷悲。進一步申述蘇軾此番言論的用意，主要指出真正的藝術家，無論面對失敗亦或成功，都保持恆定淡然心態，不因一時成敗或身體殘疾而妄自菲薄，無論何時皆保持豁達，不隨樂事興高采烈，也不因為不幸遭遇垂頭喪氣，堅守心中品行良善的原則，不受任何干擾，更體認凡物質終有絕盡之時，專注於精神道德的涵養與提升，在作品裡留下深度思考後的創作歷程。

第三節　寄興賢哲

前文曾引朱光潛《談美》所言：「凡是藝術家都必須一半是詩人，一半是匠人。他要有詩人的妙悟，要有匠人的手腕。」進一步說明藝術家領悟之高低將影響創作境界之高低。蘇軾認為創作主體影響作品風格極巨，因此筆者分別以無形之「畫理」與有形之「筆墨」兩面向切入，以探討蘇軾論畫詩文對於創作主體在作品中所欲呈現之情意。

一、畫理含攝深淺

蘇軾認為畫理影響風格，〈送錢塘僧思聰歸孤山敘〉云：

> 天以一生水，地以六成之，一六合而水可見。雖有神禹，不能知其孰為一孰為六也。子思子曰：「自誠明謂之性，自明誠謂之教。誠則明矣，明則誠矣。」誠明合而道可見。雖有黃帝、孔丘，不能知其孰為誠孰為明也。佛者曰：「戒生定，定生慧。」慧獨不生定乎？伶玄有言：「慧則通，通則流。」是烏知真慧哉？醉而狂，醒而止，慧之生定，通之不流也審矣。故夫有目而自行，則褰裳疾走，常得大道。無目而隨人，則車輪曳踵，常仆坑阱。慧之生定，速於定之生慧也。錢塘僧思聰，七歲善彈琴。十二捨琴而學書，書既工。十五捨書而學詩，詩有奇語。雲煙蔥朧，珠璣的皪，識者以為畫師之流。聰又不已，遂讀《華嚴》諸經，入法界海慧。今年二十有九，老師宿儒，皆敬愛之。秦少游取《楞嚴》文殊語，字之曰聞復。使聰日

進不止，自聞思修以至于道，則《華嚴》法界海慧，盡爲蓬廬，而況書、詩與琴乎。雖然，古之學道，無自虛空入者。輸扁斵輪，傴僂承蜩，苟可以發其巧智，物無陋者。聰若得道，琴與書皆與有力，詩其尤也。聰能如水鏡以一含萬，則書與詩當益奇。吾將觀焉，以爲聰得道淺深之候。〔註64〕

蘇軾舉了幾個例子來說藝術家的融通境界：其一，論「一六合而水可見」。「天以一生水，地以六成之」蘇軾以生數與成數之相合解釋水的形成，以此印證天地萬物之自然成理。然萬物成形之後，即使爲大禹，亦不復知其生數、成數原初之差別。其二，論「誠明合而道可見」。《中庸·第二十一章》有言：「自誠明，謂之性；自明誠，謂之教。誠則明矣，明則誠矣。」由至誠而自然明白善道，此爲天性；由明白善道而至於誠，此則爲人爲教化。誠則無不明道理，無不明白的道理則可謂做到誠。是故誠爲本體，明爲功夫，但當功夫貫徹使本體澄明之時，亦不復分別誠與明之差異。由此可知，明誠相合則道可生成。戒生定，定生慧，慧則通，通則流，萬事萬物，一以貫之。其三，辯證「錢塘僧思聰」詩作得禪佛之助的體會，這也是蘇軾此文的重點。蘇軾認爲僧思聰雖藉由修習佛法而使文藝精進，但習佛之前的學詩與學琴經歷「皆與有力」。蘇軾提出「輸扁斵輪，傴僂承蜩，苟可以發其巧智，物無陋者。」專心致之，以一印萬，「能如水鏡以一含萬，則書與詩當益奇」，仍著重強調學習歷程與釋道修養應可融合貫通，如此方能由詩而觀其得道深淺，故可說詩與書皆爲藝術家之心印。

蘇軾論畫詩文中探討藝術家之個性影響其風格者如下：

（一）清正寡欲

魏晉時期爲中國美學史在先秦之後另一個輝煌的時期，宗白華《美學散步》曾對魏晉時代藝術提出看法：

漢末魏晉南北朝是中國正史上最混亂、社會上最痛苦的時代，然而卻是精神史上極自由、極解放，最富於智慧、最濃於熱情的一個時代。因此也就是最富有藝術精神的一個時代。王羲之父子的字，顧愷之和陸探微的畫，戴逵和戴顒的雕塑，稽康的廣陵散，曹植、阮籍、陶潛、謝靈運、鮑照、謝朓的詩，酈道元、楊衒之的寫景文，

〔註64〕　〈送錢塘僧思聰歸孤山敘〉，《蘇軾文集》卷十，頁325。

雲崗、龍門壯偉的造像，洛陽和南朝閎麗的寺院，無不是光芒萬丈，

前無古人，奠定了後代文學藝術的根基與趨向。〔註65〕

後代研究美學者如此看重魏晉時期之藝術，主要來自於當時的時代環境，與
藝術家所展現出來的精神意識，形成極為強烈的反差，甚至還有學者認為魏
晉時期產生「相對獨立的士人美學體系」〔註66〕，將美學作為專門的學問以
認識、創造、欣賞，視魏晉時期為「文的自覺時代」、「人的自覺時代」，綜說
即為「審美的自覺時代，因此「了解士人，與其哲學風采、人生風度、個性
情懷，成為理解南北朝美學的背景基礎」〔註67〕。

　　魏晉時代作為藝術獨創體的士人在大環境動盪不安之下，為明哲保身的
自己作最佳的藝術詮解。蘇軾論畫，談及主體精神，對於魏晉時代士人的探
討則不可能忽略。蘇軾曾於文書帖上題跋：

　　此卷有山公啟事，使人愛玩，尤不與他書比。然吾嘗怪山公薦阮咸
　　之清正寡欲，咸之所為，可謂不然者矣。意以謂心跡不相關，此最
　　晉人之病也。〔註68〕

魏晉時期竹林七賢閒散飄逸的性格，蘇軾於此題跋中藉山濤〔註69〕與阮咸

〔註65〕　宗白華《美學散步》，頁177。

〔註66〕　張法《中國美學史》，上海：上海人民出版社，2000年，頁113。書中認為魏
　　　　　晉南北朝藝術、美學的來源有四：「一、哲學，即玄學和佛學構成新的宇宙人
　　　　　生結構，此為中國審美結構奠定基礎；二、士人，士人在新的文化現實中尋
　　　　　找自己合於文化理想又合於自身生存的地位，在尋求的過程中創造了獨特的
　　　　　審美境界；三、士人與宮廷的結合，產生了六朝特有的綺麗審美；四、民間
　　　　　的清新、直露、苦難多方面地影響了士人（如陶淵明詩）、宮廷（如宮體詩），
　　　　　也形成了自身的藝術形態（如佛教藝術），但沒有在理論上表現出來，因此魏
　　　　　晉南北朝美學基本上是士人美學。從魏晉開始，士人美學形成了自己的體系，
　　　　　而且構成了從魏晉到明清這一長時期的中國美學中堅。而朝廷美學也因為世
　　　　　人美學的出現，呈現不同於秦漢的新形態。」（頁114）

〔註67〕　張法《中國美學史》，頁114。

〔註68〕　〈題山公啟事帖〉，《蘇軾文集》卷六十九，頁2174。

〔註69〕　山濤（205～283年）字巨源，中國西晉河內懷縣（今河南武陟西）人。「竹林
　　　　　七賢」之一。好老莊之學，與嵇康，阮籍等交遊，為人小心謹慎，山濤在竹
　　　　　林七賢中年齡最長，直至四十歲始為官。投靠司馬氏，仕途平步青雲。生活
　　　　　非常節儉。山濤推薦好朋友嵇康來洛陽做官，沒料到嵇康不但不領情，還寫
　　　　　了一篇《與山巨源絕交書》的奇文，稱「志氣所託，不可奪也」，「又每非湯
　　　　　武而薄周孔，在人間不止此事，會顯世教所不容」，「不可己嗜臭腐，養鴛雛
　　　　　以死鼠也」。然嵇康在刑場臨死前將自己的兒女託付給了山濤，留言道「巨源
　　　　　在，汝不孤矣」。在嵇康被殺後二十年，山濤薦舉嵇康的兒子嵇紹為秘書丞。

〔註70〕典故，以表達藝術家清正寡欲之性格。

　　蘇軾在此說明山濤因阮咸「清正寡欲」而推舉之，但阮咸之所作所爲，蘇軾則不以爲然，甚至爲時人所鄙夷。阮咸精通音樂，雖有藝術性格，蘇軾謂其「心跡不相關」，「心」於內，「跡」於外，一個偉大的藝術人格，就蘇軾而言應該是「清正寡欲，心跡相關」。山濤認爲阮咸「清正寡欲」，歷史上卻曾記載阮咸與姑母婢女私通等種種行徑，《世說》則將其列入任誕篇，故可推知蘇軾認爲阮咸「心跡不相關」，然雖有此行徑，因「清正寡欲」仍不減其審美意識之彰顯。

（二）取法先賢

　　藝術家除了自己的修養外，有無可能承襲來自社會的傳統價值？一件藝術品，是否是一個時代文化長時間的積累，甚至是某一個族群整體意識的積累，某一類文人美學思想的積累？誠如趙博雅所云：

> 社會並不超越藝術家，但是藝術家一定要憑藉社會來生產作品，社
> 會不是文藝家產生文藝作品的必要理由，然而他卻是文藝家創作文藝
> 作品的必要條件，在社會中，文藝作家可以尋獲文藝作品所需要的
> 物質條件，表達方式，事實的誘因。……一位詩人的任務，一位藝術
> 家的責任，正是在專心有意的發掘散佈在群眾中的思想。〔註71〕

後山濤見司馬懿與曹爽爭權，乃隱身不問事務。王戎曾稱濤爲「璞玉渾金，人莫知其器。」（參見《晉書·山濤傳》）

〔註70〕阮咸，字仲容，陳留尉氏（今河南尉氏）人，阮籍之侄。魏、晉時竹林七賢之一。官至始平太守，人稱阮始平。阮咸生於三國魏朝前期，在竹林七賢中僅比王戎（生於234年）年長。阮咸爲人「任達不拘」（參見《晉書·阮咸傳》），少時與姑母家的鮮卑婢女私通。阮咸之母去世後，姑母將遠行，起初答應留下此婢，臨行時又將她帶走。守孝中的阮咸得知，借客人的驢子急追姑母。追得後，阮咸穿著孝服與婢女共騎一驢返回，說「人種不可失」。（參見《世說新語·任誕》）此爲世人所譏。後此婢生得一子，阮咸寫信給姑母說：「胡婢遂生胡兒。」姑母回信答：《魯靈光殿賦》曰：『胡人遙集於上楹。』可字曰『遙集』也。」此兒即阮孚。（《世說新語》任誕注引《阮孚別傳》）阮咸嗜酒，尤與族姪阮脩意氣相投。阮咸曾與族人聚飲，不用酒杯，而將酒盛在大甕中，幾人圍坐在甕前對飲。時有群豬亦尋酒，阮咸便與豬群共飲。（參見《世說新語·任誕》）魏晉時風俗，七月七日，阮氏各族都將華貴衣物晾曬。唯獨阮咸在庭院掛一條布犢鼻褌（類於今短褲，僅遮蔽膝蓋以上，在漢魏時爲傭人服裝）。有問其故，答曰：「未能免俗，聊復爾耳。」（參見《世說新語·任誕》）

〔註71〕趙博雅《文學藝術心理學》，台北：藝術圖書公司，1976年，頁392～400。

言及藝術家必須要藉由生活取得創作材料，藉由歷史社會追尋作品創作之源頭。

　　蘇軾的想法與其有謀合之處，他認為要成為一位以自身所處環境而創造作品的藝術家，其人格必須要具備時代意義。蘇軾曾於文中論蔡君謨：

> 天際烏雲含雨重，樓前紅日照山明。嵩陽居士今何在？青眼看人萬里情。此蔡君謨〈夢中〉詩也。僕在錢唐，一日，謁陳述古。邀余飲堂前小閣中。壁上小詩一絕，君謨真跡也。綽約新嬌生眼底，侵尋舊事上眉尖。問君別後愁多少，得似春潮夜夜添。又有人和云：長垂玉箸殘妝臉，肯為金釵露指尖。萬斛閑愁何日盡，一分真態更難添。二詩皆可觀，後詩不知誰作也。〔註72〕

在文人群聚中，蘇軾珍惜與友相聚，詳端細品蔡君謨真跡，回想起過去相處之種種情境，寫下針對作品與作者之心悟感言。元・陳秀明曾對此言：

> 其一：天際烏雲含雨重，樓前紅日照山明。嵩陽居士今何在，青眼看人萬里情。其二：白麻紙本。高九寸，長四尺。紙色玉潤可愛，字及寸許。結體頗豐肥而轉折頓挫極流麗雄厚之致。筆峰墨彩殆翩翩欲舞，坡公諸品中最合賞玩者。鴻堂帖已刻入後元賢諸詠，並清新俊逸，琅琅可誦。其三：丹丘柯敬仲多蓄魏晉法書，至宋人書殆百十函，隨以與人弗留也。它日獨見此軸在幾閣間，甚怪之，乃取觀，則吾坡翁書蔡君謨夢中詩及守居閣中舊題也。此卷天歷間得之都下，予愛坡翁所書之事俊拔而清麗，令人持玩不忍釋手，故侍書學士虞（集）公見而題之，予攜歸江南，會荊溪王子朋同予所好，攜之而去。他日再閱於懷慶堂，俯仰今昔，為之慨然。因走筆盡和卷中之詩，以舒其悒鬱之氣。旁觀者子明之兄德齋、淮南潘純、金壇張經、長安莫浩。至正三年夏五月丹丘柯九思書。〔註73〕

所謂「青眼看人萬里情」，人人的審美主觀意識本有所不同，主要因為人並非純粹的物質，不純粹由物質支配精神，人乃精神與物質結合為一，人有物質的部分，且在其行為上不能不有物質的部分；但人也是精神的，並不完全由

〔註72〕　〈跋蔡君謨天際烏雲詩卷〉，《蘇軾文集》，《蘇軾佚文彙編》卷五，頁 2564，題跋〔雜文〕，見《珊瑚網・法書題跋》卷四《蘇文忠公天際烏雲卷》，又見《續書畫題跋記》卷三，又見《大觀錄》卷五，又見《式古堂書畫彙考・書》卷十。

〔註73〕　〔元〕陳秀明錄自《東坡詩話錄》中，然無篇名或不著錄。

物質來支配整個的人。人的精神當然受到物質影響，然而如趙博雅所說「物質卻更多受到精神支配。」〔註 74〕因此，眼前美景在藝術家心中必然產生多重情節，藉由書與詩之情意感染蔡君謨書寫當下的心境。其二，認為此座為蘇軾品書中最適合賞玩者，清新俊逸。其三，提及柯久思義號收藏書作，而此幅必然受喜愛，陳秀明論蘇軾題寫「俊拔而清麗，令人持玩不忍釋手」乃由於字裡行間可得取法先賢之氣。

二、筆墨潤澤千萬

　　創作主體自持與修為後，由於個體主觀的不同差異，將影響藝術品是否能永恆存在、意境幽微？創作主體精神的價值能含攝古往今來、四方上下，其境界則高；反之，若只能代一時人之言，其境界與價值只能一時。

（一）「觀色觀空色即空」

蘇軾曾言作為一知識份子的社會責任：

> 士之不能自成，其患在於俗學。俗學之患，枉人之材，窒人之耳目，誦其師傳造字之語，從俗之文，才數萬言，其為士之業盡此矣。夫學以明禮，文以述志，思以通其學，氣以達其文。古之人道其聰明，廣其聞見，所以學也，正志完氣，所以言也。王氏之學，正如脫輗，案其形模而出之，不待修飾而成器耳，求為桓璧彝器，其可乎？〔註75〕

他先點出讀書人無法突破思想的囚禁，主要原因在於「俗學」，俗學的弊端則在於「枉人之材」，意味歪曲牽就人的稟性才能，「窒人之耳目」則意謂壅掩人的清明良知，以為只要承襲師傳之字句即可成為知識分子，卻忽略了敢於超越前人思想的胸襟。他並提出了四項改善能力：「學」、「文」、「思」、「氣」，分別暢述能力之目的：「明禮」、「述志」、「通其學」、「達其文」，學古人智慧，學古人性理，通理盡性，端正志節，因而能成為屬於自己的真誠言論。否則就如木輗脫版，不需修飾而磨刻相似，無法成為祭祀典禮上之重要禮器。蘇軾以為知識分子宜有如此之作為，身為文藝創作者何嘗不是？

　　文學藝術以其廣泛的包容性和自由的創造性，含涉不同生命科學的內容。藝術家對生活境遇的體驗，以及對境遇以之相應的複雜情緒，惟有在文

〔註74〕趙博雅《文學藝術心理學》，頁 403。
〔註75〕〈送人序〉，《蘇軾文集》卷十，頁 325。

學藝術中才獲得完整而充分的表現，意味著「無限的開放性」〔註76〕的形式。藝術家從審美的角度對生命進行觀照，當其能將理念全然展現於創作時，便成了最自由的生命形式。生活在世之體驗極爲複雜，每一個生命存在個體皆以自己的方式，在社會禮俗與自由意志之間進行「順從選擇」或「反抗選擇」〔註77〕，順從命運的安排抑或由個人意志與其他因素的交相成因下，選擇接受或擺脫命運的捉弄。然而，人真能擺脫命運的羈絆？充其量，在個體之間只能找到相對應的價值闡釋。真實的存在使每一個生活在世的個體尋找屬於自己生存的方式與價值，對於藝術家來說，展示生命存在的價值，爲造物者所賦予之重責大任，可以在「道德不設防」與「價值體驗自由確證」〔註78〕中找到自己的獨創性座標，源自藝術家自身的真知灼見，並對他人的價值原則形成追隨的風潮。蘇軾向友人提出想法，並對後世文人形成一股「身雖退隱，心仍向民」的創作文風。

蘇軾曾爲沈立〈牡丹記〉作序：

其一

熙寧五年三月二十三日，余從太守沈公觀花於吉祥寺僧守璘之圃。圃中花千本，其品以百數。酒酣樂作，州人大集，金槃綵籃以獻于坐者，五十有三人。飲酒樂甚，素不飲者皆醉。自輿皂隸皆插花以從，觀者數萬人。明日，公出所集〈牡丹記〉十卷以示客，凡牡丹之見於傳記與栽植培養剝治之方，古今詠歌詩賦，下至怪奇小說皆在。余既觀花之極盛，與州人共遊之樂，又得觀此書之精究博備，以爲三者皆可紀，而公又求余文以冠于篇。

其二

蓋此花見重於世三百餘年，窮妖極麗，以擅天下之觀美，而近歲尤復變態百出，務爲新奇以追逐時好者，不可勝紀。此草木之智巧便佞者也。今公自耆老重德，而余又方憊迂闊，舉世莫與爲比，則其於此書，無乃皆非其人乎。然鹿門子常怪宋廣平之爲人，意其鐵心石腸，而爲〈梅花賦〉，則清便艷發，得南朝徐庾體。今以余觀之，凡託於椎陋以眩世者，又豈足信哉！余雖非其人，強爲公紀之。公

〔註76〕 李咏吟《審美與道德的本源》，上海：上海人民出版社，2006 年，頁 15。
〔註77〕 李咏吟《審美與道德的本源》，頁 17。
〔註78〕 李咏吟《審美與道德的本源》，頁 17。

家書三萬卷，博覽強記，遇事成事，非獨牡丹也。〔註79〕

神宗熙寧五年蘇軾任杭州通判，此年春天，蘇軾極愛與友人賞牡丹，或許是氣候宜人、鳥語花香，這些美不勝收的景象，使他原本因遠離京都而悵然的心情釋然。牡丹栽培之歷史晚，約於漢代始有記錄，〔註80〕由於其花似芍藥而被引種，但需經多年培育，唐朝時被《神農本草經》譽爲花王，當時亦名「木芍藥」。

蘇軾於該年三月於雨中遊明慶寺賞牡丹，留下詩作〈雨中明慶賞牡丹〉：「霏霏雨露作清妍，爍爍明燈照欲然。明日春陰花未老，故應未忍著酥煎。」〔註81〕雨中賞花有如賞畫之情趣，據《西湖遊覽志》卷二十所記〈北山分脈城內勝跡〉明慶寺則曾留有蘇軾所書〈觀音經碑〉。清明時分，吉祥寺牡丹盛開，蘇軾與眾觀賞，並於熙寧八年作〈惜花〉：

> 吉祥寺中錦千堆，前年賞花眞盛哉。道人勸我清明來，腰鼓百面如春雷，打徹涼州花自開。沙河塘上插花回，醉倒不覺吳兒咍，豈知如今雙鬢摧。城西古寺沒蒿萊，有僧閉門手自栽，千枝萬葉巧剪裁。就中一叢何所似，馬瑙盤盛金縷杯。而我食菜方清齋，對花不飲花應猜。夜來雨雹如李梅，紅殘綠暗吁可哀。〔註82〕

並自注吉祥寺乃「錢塘花最盛處」，從詩句「就中一叢何所似，馬瑙盤盛金縷杯」可知牡丹之盛況。該年三月二十三日，蘇軾與沈立〔註83〕於吉祥寺同觀牡丹，二十四日，沈立出其所集《牡丹記》並向蘇軾求序，本文即在此背景之下完成。

蘇軾於〈牡丹記序〉先提及遊賞時間，州人之豪情狂舉盡現於此文：「酒

〔註79〕〈牡丹記敍〉，《蘇軾文集》卷十，頁329。

〔註80〕1932年的《柏鄉縣誌》載劉秀曾躲入彌陀寺牡丹花叢，以躲王莽大將王朗軍之追兵，劉秀稱帝後，遂賜名漢牡丹。段成式《酉陽雜俎》前集卷十九說：「牡丹，前史中無說處。……檢隋朝《種植法》七十卷中，初不記牡丹，則知隋朝花藥中所無也。」鄭樵《通志》卷七十五說：「牡丹晚出，唐始有聞。」

〔註81〕〈雨中明慶賞牡丹〉，《蘇軾詩集》卷七，頁330。

〔註82〕〈惜花〉，《蘇軾詩集》卷十三，頁625。

〔註83〕沈立，字立之，歷陽人，天聖進士，僉書益州判官，提舉商胡埽，采摭大河事古今利病，爲書曰河者皆宗之。遷兩浙轉運使，復著茶法要覽。累判都水監，出爲江淮發運使，居職辦治。起初沈立在蜀，悉以公粟售，書積數萬卷。神宗問所藏，沈立上言其目及所著名山水記三百卷。後來徙宣州，提舉崇禧觀卒，年七十二。又著《鹽莢總類》、《賢牧傳稽正辨訛》、《香譜》、《錦譜》、《文集都》四百卷。

酣樂作，州人大集」、「素不飲者皆醉」、「觀者數萬人」，蘇軾豪邁飲酒並與眾
人作樂，沒有「眾人皆醉我獨醒」的哀戚，呈現的是百花爭妍、眾生爭醉的
氛圍，蘇軾明明遠離行政中心，心中卻如自由飛鳥振翅高飛。次說明沈立所
集的《牡丹記》「凡牡丹之見於傳記與栽植培養剝治之方，古今詠歌詩賦，下
至怪奇小說皆在」可見此書乃詳細集錄而成，當有可觀之處。後則以「三觀」
以明值得紀錄：「花盛」、「人樂」、「書博」，此可檢視蘇軾所認爲的自由之樂。
最末則表態沈立以「余文以冠于篇」，可見自己文章價值必定斐然。

　　第二篇則先提及牡丹栽植之沿革簡史，至今時人所好因故「變態」百出，
以「智巧便佞」應和時人，甚至「耆老重德」皆所好，而自己卻「方疉迂闊」
不明其所以然，因沈立之邀約故寫記以明誌之。全篇或有諷刺意，但身爲蘇
軾「與人和」的作爲，仍頗爲可讀。當中使用一典故，「鹿門子常怪宋廣平之
爲人」，鹿門子即唐代皮日休〔註84〕，宋廣平即唐代宋璟〔註85〕，皮日休曾寫

〔註84〕皮日休（約 834 亦說 840 年～883 年），字逸少，後改襲美，襄陽（今屬湖北
　　　　襄樊市）人。出身貧寒，咸通八年（867 年）進士，咸通十年（869 年）爲蘇
　　　　州刺史從事，後任太常博士官，居鹿門山，自號「鹿門子」，又號「閒氣布衣」、
　　　　「醉吟先生」。其貌不揚，性情傲慢，詼諧好謔，詩與陸龜蒙齊名。魯迅說皮
　　　　日休「是一蹋糊塗的泥塘里的光輝的鋒芒」。僖宗乾符五年（878 年），黃巢軍
　　　　下江浙，爲黃巢「劫以從軍」；廣明元年（880 年），黃巢攻佔長安並稱帝，國
　　　　號大齊，皮日休任翰林學士，曾至同官縣。死因眾說紛紜，可能爲黃巢所殺
　　　　（據孫光憲《北夢瑣言》、錢易《南部新書》、辛文房《唐才子傳》），也有人
　　　　說黃巢兵敗，他被唐室殺害（據陸游《老學庵筆記》引《該聞錄》）；嚴衍則
　　　　認爲皮日休並未參加黃巢叛亂（據嚴衍《資治通鑑補》），有說他投靠吳越錢
　　　　鏐（據尹洙《大理寺丞皮子良墓志銘》、陶岳《五代史補》），也有人說他流寓
　　　　宿州以終（據《宿州誌》）。新、舊唐書皆不立傳，《資治通鑑》有錄，但嚴衍
　　　　認爲此事近誣。《全唐詩》錄其詩，著有《皮子文藪》十卷，與陸龜蒙唱和《松
　　　　陵集》十卷。
〔註85〕宋璟（663～737 年），字廣平，邢州南和人，爲唐玄宗開元初期的著名宰相。
　　　　宋璟於十七歲時進士及第，可謂年少得志。武后執政後，宋璟因爲率性剛正
　　　　而被重用，逐步由鳳閣舍人（即中書舍人）升遷至御史中丞。睿宗將宋由洛
　　　　州長史調爲吏部尚書、同中書門下三品，執掌朝政，此爲宋首度爲相。在此
　　　　期間，宋一改朝廷用人惟親的惡習，提出了用人「雖資高考深，非才者不取」
　　　　的準則，因得罪了太平公主，被其中傷，因此反而被罷相，貶爲楚州刺史。
　　　　其後太子李隆基討平太平公主的叛亂，即位爲唐玄宗，宋璟被調爲廣州都督。
　　　　這時宋璟仍專注改善民生，教導百姓以磚瓦蓋屋取代簡陋的茅屋及草屋，以
　　　　減少火災出現的可能（《新唐書》卷一二六《盧奐傳》載：「天寶初，爲南海
　　　　太守。南海兼水陸都會，物產瓌怪。前守劉巨鱗、彭果皆以臟敗，故以奐代
　　　　之。污吏斂手，中人之市舶者亦不敢干其法，遠俗爲安。時謂自開元後四十

〈桃花賦〉評論宋璟：

> 余嘗慕宋廣平之爲相，貞姿勁質，剛態毅狀，熒櫶鐵腸石心，不解
> 吐婉媚辭，然睹其文而有梅花賦，清便富豔，得南朝徐庾體，殊不
> 類其爲人也。後蘇相公味道得而稱之，廣平之名遂振。嗚呼！以廣
> 平之才未爲是賦，則蘇公果暇知其人？將廣平困於窮，厄於躓，然
> 強爲是文邪？曰體于文尚矣，狀花卉，體風物，非有所諷輒抑而不
> 發，因感廣平之所作，復爲〈桃花賦〉。〔註86〕

徐庾體爲南朝文人徐陵、庾信富有盛才，在當時唯美文風之下，兩人創作爲
文，綺麗靡豔，傳誦一時。後學晚進者競相學習模仿，世稱「徐庾體」。宋廣
平寫〈梅花賦〉之筆調不似其人，實爲有所託諷是也。因此蘇軾自認爲沈立
寫〈牡丹記序〉亦如宋廣平實有託也。於此可見蘇軾爲文之自由風貌，實因
其內心思想之自由。

　　黃震《黃氏日鈔》卷六二曾錄此文並云：「謂牡丹草木之智巧便佞者也，
形容精矣。然猶以宋廣平鐵心石腸賦梅花自解，而身爲之記。巧佞之惑人，
雖明智者不免歟！」〔註87〕又見田汝成《西湖遊覽志餘》卷二四：「蘇子瞻通
判杭州時，有〈牡丹記敘〉一篇。」〔註88〕蘇軾作詩並爲此文之相佐證〈吉
祥寺賞牡丹〉：

年，治廣有清節者，宋璟、李朝隱、兔三人而已。」）733 年，以年老爲由退
休，「仍令全給祿奉」，隱居洛陽。開元二十五年（737 年）十一月十九日去世
於東都明教里私第，享年 74 歲。天寶八年（749 年），宋璟第四子御史中丞宋
渾請求顏眞卿爲其父立碑。不久，御史吉溫出於私怨陷害宋渾，謫賀州，建
碑之事「緣此中止」。大歷七年（772 年）九月二十五日，宋璟之孫蘇州刺史
宋儼爲「追念祖父德業」建宋璟碑，立於宋璟墓前。由顏眞卿撰寫碑文，邢
州刺史封演「購他山之石，曳以百牛，漯刻字之工」。不久顏眞卿認爲前文疏
漏，又重新撰文，打算重新補刻，卻因宋璟八子宋衡被吐蕃所俘而作罷，大
歷十二年（777 年）十一月，唐蕃二國和好，宋衡被遣返。大歷十三年（778
年）春，重新補刻於碑之左側。史書評宋璟「璟善守文以持正」，又評他「勸
諫上皇言語切」，可見宋璟是一位敢於犯顏直諫的賢相。後人亦有「前稱房、
杜，後稱姚、宋」之說。由於其與姚崇合力開創了開元盛世，因此被世人合
稱爲「姚宋」。五代王仁裕著《開元天寶遺事·有腳陽春》說宋璟體恤民情，
朝野一致讚美。時人稱宋璟爲「有腳陽春」，因其所到之處，如春天之萬物，
受到和煦的陽光照耀，充滿生機。

〔註86〕〔清〕董誥等編《（欽定）全唐文》卷七百九十六〈皮日休·桃花賦〉，台北：
　　　　大通書局，1979 年，頁 2392。
〔註87〕《蘇軾詩集和注》，頁 598。
〔註88〕同上註。

人老簪花不自羞，

花應羞上老人頭。

醉歸扶路人應笑，

十里珠簾半上鉤。〔註89〕

老人頭簪牡丹花並不覺羞，反倒是牡丹則應顧影自省，為何連老人都簪上牡丹？半醒半醉的老人簪花自憐，富貴花為人人所喜。蘇軾還寫〈吉祥寺僧求閣名〉：

過眼榮枯電與風，

久長那得似花紅。

上人宴坐觀空閣，

觀色觀空色即空。〔註90〕

此處說明於宴中坐，卻觀看「空閣」，宴會應是熱鬧非凡，心中卻是枯榮寂寥。「觀色」乃觀牡丹之色，「觀空」乃觀樓閣之空，兩者看來相對比，豈知花紅乃轉眼即逝，如同風掣電馳，體悟唐·鳩摩羅什所譯〈波般波羅密多心經〉：「空即是色」、「色即是空」，兩者雖相反卻又相成，早已相應為一。應時感物，並以牡丹在寺中環境圍繞之下，境理遂大於物理，牡丹之嫣紅嬌媚反而烘托出哲理無限。

蘇軾明理述志，通學達文，高度要求自我，而在其自由想像與自由感知中，通過反思體驗而得到的價值理念，則來自於蘇軾以無法為法，兼通詩書畫的主體精神。

（二）「我書意造本無法」

道家的莊子以熱情浪漫方式展現精神的絕對自由：忽而鯤，忽而鵬，水擊三千丈，扶搖九萬里，海闊天空，無所不到的「逍遙遊」。莊子並提出由技進道、由技而道、由技體道，由庖丁解牛的刀刃上體驗大鵬鳥一飛衝天之逍遙遊境界，《莊子·天地》言：「通於天地者德也，行於萬物者道也，上治人事者事也，能有所藝者技也。技兼於事，事兼於藝，藝兼於德，德兼於道，道兼於天。」〔註91〕由此可知「技」與「藝」之關係，乃「技」為末而「道」為本，「技」最高可通於「道」，最高技藝即為「道」之體現，正如〈養生主〉

〔註89〕 〈吉祥寺賞牡丹〉，《蘇軾詩集》卷七，頁330。
〔註90〕 〈吉祥寺僧求閣名〉，《蘇軾詩集》卷七，頁331。
〔註91〕 郭慶藩輯《莊子集釋》，台北：華正書局，1997年，頁404。

裡庖丁之言：「臣之所好者道也，進乎技矣。」〔註92〕此時「技」已超越一般之「技」而進入「道」之領域，此種神化之境的技藝即為「道」。

蘇軾望穿莊子幽微、由技進道之妙理，印證了莊子說法。嘗論書法藝術：

> 人生識字憂患始，姓名粗記可以休。
> 何用草書誇神速，開卷惝怳令人愁。
> 我嘗好之每自笑，君有此病何能療。
> 自言此中有至樂，適意無異逍遙遊。
> 近者作堂名醉墨，如引美酒消百憂。
> 乃知柳子語不妄，病嗜土炭如珍羞。
> 君於此藝亦云至，堆牆敗筆如山丘。
> 興來一揮百紙盡，駿馬倏忽踏九州。
> 我書意造本無法，點畫信手煩推求。
> 胡爲議論獨見假，隻字片紙皆藏收。
> 不減鍾、張君自足，下方羅、趙我亦優。
> 不須臨池更苦學，完取絹素充衾裯。〔註93〕

詩中以「興來一揮百紙盡，駿馬倏忽踏九州。」狀草書之神速。於此可知蘇軾認爲在藝術充分的自由創造中，可體驗人之爲人的「至樂」。正式觸擊文藝本質論，並認爲文藝的最高境界在於充分而自由的主體創造，藝之高境正體現人之高境，此即莊子所謂「藝通於道」。

文人創作，喜以黃湯助興，爲文、爲藝，皆在體道。蘇軾寫索靖：

> 江左僧寶索靖七月二十日帖。僕亦以是日醉書五紙。細觀筆跡。與
> 二妙爲三，每紙皆記年月。〔註94〕

當中所謂「二妙」指西晉時尚書令衛與尚書郎索靖同在「中台」，又具善草書，時人稱爲「一台二妙」。以酒能助興，故文人多好之者。文人對於酒，不必善飲、豪飲，只需喜飲便好。

眾生皆醉，唯我獨醒，醒時如醉，醉時如醒。蘇軾寫酒：

> 酒中眞復有何好，孟生雖賢未聞道。醉時萬慮一埽空，醒後紛紛如
> 宿草。十年揩洗見眞妄，石女無兒焦穀槁。此身何異貯酒瓶，滿輒

〔註92〕　《莊子集釋》，頁119。
〔註93〕　〈石蒼舒醉墨堂〉，《蘇軾詩集》卷六，頁235。
〔註94〕　〈題七月二十日帖〉，《蘇軾文集》卷六十九，頁2184。

予人空自倒。武昌痛飲豈吾意，性不違人遭客惱。君家長松十畝陰，借我一庵聊洗心。我田方寸耕不盡，何用百頃糜千金。枕書熟睡呼不起，好學憐君工雜擬。且將墨竹換新詩，潤色何須待東里。〔註95〕

蘇軾一問「酒中眞復有何好」，而「醉時萬慮一埽空，醒後紛紛如宿草」，酒醉時如清醒，酒醒時則如茫醉，飲酒有何好？蘇軾於〈水調歌頭〉「明月幾時有，把酒問青天」，於〈後赤壁賦〉中的「有客無酒，有酒無肴；月白風清，如此良夜何？」又於〈和陶〈飲酒〉二十首序〉云：「吾飲酒至少，常以把盞爲樂，往往頹然坐睡，人見其醉，而吾中了然，蓋莫能名其爲醉爲醒也。」可知蘇軾嚮往品味酒中之趣，得到酒中微醺風味，正如於〈眞一酒歌（並引）〉：「曉日著顏紅有暈，春風入髓散無聲」〔註96〕，面色微紅、通身皆暖，酒之香醇漸入骨髓。蘇軾於〈與臨安令宗人同年劇飲〉云：「我雖不解飲，把盞歡意足」〔註97〕，借助歷史上有關飲酒文化之積澱激發聯想，從而獲得飲酒趣味。產生聯想並心神嚮往追求，由他人之飲酒亦得飲酒之趣。現代詩人洛夫曾說：「要是拿了唐詩去壓榨，起碼還會淌出半斤酒來。」道出藝術家以豪情將酒香結晶爲藝術。

蘇軾主張藉酒助興，以作爲文藝創作的輔助。除此之外，他更強調創作者要能超脫生死有無的限制。曾寫李康年：

> 江夏李君康年，好古博學，而小篆尤精。以私忌日篆〈般若心經〉，爲其親追福，而求余爲跋尾。余聞此經雖不離言語文字，而欲以文字見、欲以言語求則不可得。篆畫之工，蓋亦無施於此，況所謂跋尾者乎？然人之欲薦其親，必歸於佛，而作佛事，當各以其所能。雖畫地聚沙，莫不具足，而況篆字之工若此者耶？獨恐觀者以字法之工，便作勝解。故書其末，普告觀者，莫作是念。〔註98〕

此文有幾點值得討論：其一，充實學識，端正涵養。必須「好古博學」，胸襟廣遠，才能在藝學上有所提昇。其二，法工於佛，精純於藝。心誠，才能意

〔註95〕〈孔毅父以詩戒飲酒，問買田，且乞墨竹，次其韻〉，《蘇軾詩集》卷二十二，頁1175。
〔註96〕〈眞一酒歌（並引）〉：「米、麥、水三一而已，此東坡先生眞一酒也。　撥雪披雲得乳泓，蜜蜂又欲醉先生。（眞一色味，頗類予在黃州日所醞蜜酒也。）稻垂麥仰陰陽足，器潔泉新表裏清。曉日著顏紅有暈，春風入髓散無聲。人間眞一東坡老，與作青州從事名。」《蘇軾詩集》卷四十三，頁2359。
〔註97〕《蘇軾詩集》，頁450。
〔註98〕〈跋李康年篆心經後〉，《蘇軾文集》卷六十九，頁2190。

誠；意誠，必能藝誠。然「人之欲薦其親，必歸於佛，而作佛事，當各以其所能」，以爲如此必享永安。其三，心念爲主，字工爲輔。蘇軾認爲好的作品，必須是超脫一切有爲法，自然脫俗。由此可知藝學乃在於自娛，窮檢羞澀，絕不影響藝術家創作及其典範風格。

王國維美學認爲天才須「濟之以學問，帥之以德性」，此乃取之於德國哲學家尼采之學說。尼采以超人哲學爲人所識，但他所謂超人與王國維有些不同，尼采言：「藝術家屬於一個更強壯的種族。對我們來說會造成危害的東西，在我們身上會成爲病態的東西，在他身上卻是自然」，意謂藝術家的眼光迥異於常人。藝術家的「生理狀態」有所謂異於常者：其一，醉，即高度的力感；其二，某種官能的極端敏銳；其三，模仿的衝動。〔註99〕以此來檢視蘇軾，蘇軾認爲藝術家必須含有如王國維所要求：以德性學問自省的讀書功夫，更要有尼采神醉狂迷、極端敏銳的性格，對此，蘇軾所論更有精於二人之處。詩爲無形畫，畫爲無聲詩，賢哲的理論學說結合蘇軾論畫詩文，使得詩、書、畫三位一體，全然到味，不僅含義更兼含道。

小　結

王兆鵬〈唐宋詞的審美層次及其嬗變〉中提到：「蘇軾的人生理想和願望是雙重的、矛盾的。」〔註100〕因此在談及藝術家的個人修爲時，蘇軾一方面以儒家的經世思想爲基石，追求人的社會價值，希望有爲於世，功成名就；一方面又吸收釋道的出世思想，希望獲得個體生命的舒展和自由。「人生的社會責任與個體自由之間的矛盾」必然反應在蘇軾所要求的文化人格的塑造中。保持本性，追求自由，故任眞灑脫，曠放不羈。但要履踐社會責任，則必須富有理性精神，嚴於自律，本心仁厚，富於同情。爲了國家社稷，必須以道事君，獨立不懼，雖剛褊亦不能改。張惠民、張進研究蘇軾文化人格時說道：

> （蘇軾）嚮往普通人的生活，但世俗的功利觀念太束縛人的身心，
> 不能獲得眞正的審美人生，故又必須超脫世俗羈絆；參透生命，生
> 死不足爲懼，但要使個體的生命獲得自身與社會的價值，則又必須

〔註99〕 尼采原著，周國平譯〈做爲藝術的權力意志〉，《悲劇的誕生》，台北：貓頭鷹出版社，2000年，頁435。
〔註100〕 《文學遺產》，1994年第1期，頁174。

> 關愛生命，保持常健；眷戀故土，可望享受天倫之樂，但功業未成，
> 人事之不得已，又必須安於他鄉，隨處為家。〔註101〕

蘇軾在不扭曲自我本性、保持人格獨立的前提之下，以極強烈的理性精神將矛盾的方方面面整合為一體，使之相反而相成、對立而統一，充分顯示蘇軾所要求的文化人格的多面性與豐富性。

余秋雨〈黃州突圍〉曾解釋蘇軾烏臺詩案後的自省心理，藉此可得以反芻思索，蘇軾如何在其論畫詩文中議論藝術家之人格修為與風格傾向。余秋雨認為主要原因來自於蘇軾非為現實受厄才躲進儒釋道，而是極為誠懇的對自我剖析，對藝術家剖析。故云：

> 蘇東坡的這種自省，不是一種走向乖巧的心理調整，而是一種極其
> 誠懇的自我剖析，目的是找回一個真正的自己。他在無情剝除自己
> 身上每一點異己的成份，那怕這些成分曾為他帶來過官職、榮譽和
> 名聲。他漸漸回歸於清純和空靈。在這一過程中，佛教幫了他大忙，
> 使他習慣於淡泊和靜定。艱苦的物質生活，又使他不得不親自墾荒
> 種地，體味著自然與生命的原始意味。這一切，使蘇東坡經歷一次
> 整體意義上的脫胎換骨，也使他的藝術才情獲得了一次蒸餾與昇
> 華。他，真正地成熟了——與古往今來許多大家一樣，成熟於一場
> 災難之後，成熟於滅寂後的再生，成熟於窮鄉僻壤，成熟於幾乎沒
> 有人在他身邊的時刻。〔註102〕

何謂「成熟」？除了體恤民心、關懷百姓、奉公職守，遵守儒家知識份子的社會責任外，仍要有胸懷大度、暢懷自然、與世同樂，道家山水主人的人生豁達，更要有在宋朝理趣、諧趣氛圍之下對佛家禪宗的洗禮，超脫死生、置個人利害於度外。蘇軾幽然自處於悲欣交集的人生中，大悲與大喜，反而粹煉蘇軾以幽默智慧反觀自己，並看待所有藝術家的人格修為。

宗白華則在其〈悲劇的與幽默的人生態度〉文中以為幽默乃是：

> 以廣博的智慧照曙宇宙的複雜關係，以深摯的同情了解人生內部的
> 矛盾衝突。在偉大處發現它的狹小，在渺小裡卻也看到它的深厚，
> 在圓滿裡發現它的缺憾，但在缺憾裡也找出它的意義。於是以一種

〔註101〕張惠民、張進《士心文心：蘇軾文化人格與文藝思想》，北京：人民文學出版社，2005年3月，頁100。
〔註102〕余秋雨《新文化苦旅》，頁480。

　　拈花微笑的態度同情一切；以一種超越的笑，瞭解的笑，含淚的
　　笑，枉然的笑，包容一切以超脫一切，使灰色黯淡的人生也罩上一
　　層柔和的金光。覺得人生可愛。可愛處就在它的渺小處，矛盾處，
　　就同我們欣賞小孩兒們天真爛漫的自私，使人心花開放，不以爲
　　忤。〔註103〕

「以悲劇情緒透入人生，以幽默情緒超脫人生，是兩種意義的人生態度」不
就是蘇軾論畫詩文中藝術家風格之體現！在看似無法回頭的盡處，狂然大
笑。此「笑」含有多層次的義涵，在衝突的複雜關係中，看似晦暗的一切，
一笑便產生「柳暗花明又一村」的喜悅，一笑便體悟「坐看雲起時」的心
境，然後，這晦暗的一切又有了如晨曦般的微光在前引領，將萬般情思化爲
亙古的藝術作品。

　　在蘇軾的藝術心靈世界中，認爲藝術家應該有兩個自我並存：一個是熱
愛人生和理想的自我；一個是對人生和理想的存在提出哲學式疑問的自我。
此二自我應時常相互對話，並達成高遠的精神理想。此種矛盾與理想既體現
於具體的人生實踐中，更表現於抒懷言志的藝術創作與論畫藝術中。蘇軾曾
於詩寫到：「閱世走人間，觀身臥雲嶺。」〔註104〕兩個自我似乎是彼此分離：
前者奔波、勞苦、掙扎於人生實踐的歷程，經受風風雨雨之磨難；後者則冷
眼旁觀，超然反顧，思考人生勞碌之意義何在。蘇軾的喜悅，蘇軾的哀懼，
蘇軾的論畫藝術，實如束裹之下的悠然放鬆，皆可在自我矛盾又相反相成中，
品嚐出蘇軾論畫詩文之香醇。

〔註103〕　宗白華《藝境》，頁75～76。
〔註104〕　〈送參寥師〉：「上人學苦空，百念已灰冷。劍頭惟一吷，焦穀無新穎。胡爲
　　　　　逐吾輩，文字爭蔚炳。新詩如玉屑，出語便清警。退之論草書，萬事未嘗屏。
　　　　　憂愁不平氣，一寓筆所騁。頗怪浮屠人，視身如丘井。頹然寄淡泊，誰與發
　　　　　豪猛。細思乃不然，真巧非幻影。欲令詩語妙，無厭空且靜。靜故了群動，
　　　　　空故納萬境。閱世走人間，觀身臥雲嶺。鹹酸雜眾好，中有至味永。詩法不
　　　　　相妨，此語更當請。」(《蘇軾詩集》卷十七，頁905)

第肆章　蘇軾論畫之創作理念

　　藝術家的創作爲一動態過程，此過程有長有短。藝術創造特殊性強，種類不同、媒材不同，甚至藝術家的個性、方法不同，皆會使創造過程呈現豐富多樣的特色，遂難以找到共同模式。大體而言，藝術家創作的過程，不外乎包括：深入生活，儲藏表象，激發創造欲望，此爲準備階段；意匠經營，構建藝術意象，此爲構思階段；意象物態化，由「心象」成爲「物象」，此爲傳達階段。此三階段無法截然劃分，爲相互滲透的有機結構。

　　王維爲畫史上宣稱文人畫之始，而蘇軾稱王維藝術創作特點在於「詩中有畫」、「畫中有詩」。根據宋・鄭椿《畫繼》記載，〔註1〕宋代畫院招考畫師的畫題經常以詩句入畫，由此可見文人風格在宋代繪畫的影響。

　　「創作衝動常源自於有感而發。」〔註2〕宋代文人作畫主要特徵即在於聊寫胸中逸氣。文人繪畫表徵於不重色彩唯喜水墨，不重寫實但求寫意，寥寥數筆如同揮墨寫字，略作點畫而已。周紅毅認爲文人作畫的寫意價值，與其無須雙足勞苦卻可盡得山林之趣有關。正如文人們多於畫中求閒逸之趣，當其作畫的同時，亦正體驗閒逸樂趣。因此作詩、作畫，往往帶有遊戲般的輕

〔註1〕　〔宋〕鄭椿《畫繼・卷第一・藝聖・徽宗皇帝》：「天縱將聖，藝極於神，即位未幾，因公宰奉清閒之宴，顧謂之曰：朕萬幾餘暇，別無他好，惟好畫耳。故秘府之藏，充牣填溢，百倍先朝。又取古令名人所畫，上自曹弗興，下至黃居寀，集爲一百秩，列十四門，總一千五百件，名之曰宣和睿覽集。蓋前此圖籍，未有如此之盛者也。於是聖覽周悉，筆墨天成，妙體眾形，兼備六法。」（《畫史叢書（一）》，台北：文史哲出版社，1983年，頁271）

〔註2〕　周紅藝〈由感及情到悟：創作一幅中國畫的心理過程〉，《西北大學學報》（哲學社會科學版）第37卷第144期，陝西西安：西北工業大學，2007年，頁81。

鬆幽默，以墨爲戲，以文爲戲。文人常具備琴、棋、書、畫等才能，佐以詩、酒、茶、曲等物品，以詩文題畫，以詩文詠茶，生活情趣與藝術情趣便能全然交融。於文人輕鬆幽默的文墨生活中，形成獨特藝術風格，諧趣筆法，近禪趣的畫境，熔詩意、書理、畫面於一體的形象，含有令人品挹無盡的韻味與馭繁爲簡的奧秘。

蘇軾曾於〈跋宋漢傑畫山〉文中提及「觀士人畫，如閱天下馬。」究竟其所指意涵爲何？是否說明「士人畫」已能將世間萬物形象傳達？士人之藝術點染又如何將萬物重新創造化育？爲解答上述問題，本論文分爲「詩畫一律之思維」、「一觸即覺之靈感」、「物我合一之意境」三節詳細討論。

第一節　詩畫一律之思維

探討蘇軾論畫必須先自〈書鄢陵王主簿所畫折枝〉二首入手：「論畫以形似，見與兒童鄰。賦詩必此詩，定非知詩人。詩畫本一律，天工與清新。」〔註3〕此詩具體說明蘇軾對詩畫的關係，詩與畫皆和「天工與清新」相應。蘇軾強調「天工」，指通過作者天賦才能並於作品達到高層次的藝術境界，非僅畫工技巧，作畫與作詩一樣爲高人逸士之事，是心有所待的凡夫俗子無以到達的至臻高境；同時亦如詩一般含有「境從象外生」的不盡之意，如此才能稱爲上乘。蘇軾給予邊鸞、趙昌、王簿極高贊賞：「誰言一點紅，解寄無邊春。」雖是一點紅，卻足以寄託無窮春意。此亦與司空圖《詩品》論詩：「梅止於酸，鹽止於鹹，飲食不可無鹽、梅，美當在鹹、酸之外」吻合，有形物總是有所限制，當下僅能根據有限的形物進行審美，而深層的審美則經常在有限形物之外。

此外，亦可從蘇軾以文人身分觀察自然之視角加以探討。文人者，無是非到耳，點墨盈懷，詩書滿胸。以其胸懷觀察自然萬物，產生無名、無利、無欲之創造。因此論及士人畫，絕不可以形似論，否則只流於表象，無以透視文人之畫境與心境。文人畫猶如一首意象隨時疊遞的詩，詩如畫，畫如詩，爲一種自然意象，巧奪天工，清新脫俗之作。一點朱紅，可想見一片春意，無論爲「瘦竹」或「幽花」、「雀鳥」、「綠葉」、「花蜂」，皆能以詩境入畫境，呈現萬物於自然中之本來面貌，顯現藝術家對於自然萬物的觀察思索，

〔註 3〕　〈書鄢陵王主簿所畫折枝〉二首，《蘇軾詩集》卷二九，頁 1525。

把握自然萬物並賦予新生命，同時亦擴大藝術家自己的生命，使創作主觀與審美客觀相融合。

　　文人是以此方式傳遞對自然的深層思考，而文人藝術家觀察自然，除了有所感、有所悟，更能有所寫、有所畫。程抱一於著作中嘗試以圖像顯示人與宇宙、自然看似對比實為小循環與大循環之相容〔註4〕：

（圖 4-1）程抱一大小循環相容圖

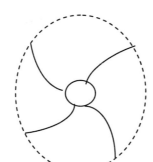

　　圖中內圈為人（主體），外圈為宇宙（客體）。內圈為實線，代表的是「有限」，有限的壽命、軀體、時間、範圍；外圈為虛線，代表的是「無限」。在此強而有力的旋轉中，靜觀中的人無論多麼渺小，卻是一份穩定的中心。心中寄居著沖虛的人，在此成為宇宙變異的中軸，中國畫中的人（或閱讀中國畫的視角）以各自的方式，展現了沖虛所支配的人水山或人地天之三元關係，人和宇宙產生有機連結，且成為一個新的大整體，人在此結構中，框架趨於無形。

　　傳統水墨畫裡山水間的相互作用，被視作宇宙轉化的體現，在這相互作用中隱含著人類生活的規律。通過參與宇宙轉化，人找到了自我完足的生命道路，正如孔子所謂「仁者樂山，智者樂水」，當中所涉及非只為表面或人為的關係，而是以「德性」品人，即是人擁有山水天賦的德性為依據，一代代的人在藝術領域裡，試圖建立人與自然之間的感應——外部形象成為內在世界的映現。〔註5〕而蘇軾傳達畫家的創作理念，即是畫家藉由畫面的創作，以

〔註4〕　〔法〕程抱一（Cheng, Francoi）著／涂衛群畫《中國詩畫語言研究》（L' écriture poétique chinoise），南京：江蘇人民出版社，2006 年 8 月，頁 385。圖之文字說明為筆者對於此圖之理解所添加。

〔註5〕　〔法〕程抱一著／涂衛群畫《中國詩畫語言研究》，頁 386。

展示內心對宇宙自然的觀點。

一、深入自然，會通詩與畫

　　藝術家創造藝術之準備階段有多種面向，然而其中最重要者乃深入生活，積累素材。知名的藝術家常將自己比喻爲接受素材刺激的「倉庫」，如畢卡索說：「藝術家是承受四面八方刺激的倉庫。從天空、從大地、從紙片、從走過物體的姿勢和蜘蛛網等等，都不斷使我們感受到某種刺激。」〔註6〕海明威也曾強調作家要深入生活，且經常從生活中蒐集寫作材料，成爲「他知道或曾經看到的事物的龐大儲藏室」。

　　至於藝術家如何接受、收集、積累創造素材？德國美學家黑格爾（Georg Wilhelm Friedrich Hegel，1770～1831）曾討論過：

　　　　藝術家不僅要在世界裡看得多，熟悉外在的和內在的現象，而且還
　　　　要把多樣的事物置於胸中玩味，深刻的掌握事物並受其感動。藝術
　　　　家必須付出行動，實踐並獲得經驗。有豐富的生活經驗，才有能力
　　　　以具體的形象把生活中眞正深刻的事物表現出色。〔註7〕

他強調透過實踐深入生活，還要收集並積累藝術創造的素材，而這勢必歷經下述過程：第一，細心觀察，熟悉生活素材；第二，將重要的生活素材置於胸中玩味，感受並體驗之，最後爲之感動；第三，必須要有一定參與生活的經驗，或獲得此經驗的歷程。

　　觀察、感受、記憶、經驗等心理體悟之後，藝術家除了「出走」直接向自然生活學習，更必須「靜坐」間接向前代大師吸取創作經驗，以進行紮實創作的準備階段。由此審視蘇軾論畫詩文裡之創作理念，確可與程抱一及黑格爾等人的美學觀點相呼應。

（一）詩與畫的疆界

　　詩的抒情特質可爲畫家擴展胸襟，幫助其提升畫作的藝術境界。畫家積累藝術創作素材，猶如在自然中尋找與自己心靈相應之意象。蘇軾評論王維詩與畫：

〔註 6〕 蔡志忠編《藝術家十句話》，北京：生活、讀書、新知三聯書店，1996 年，頁
　　　　43。
〔註 7〕 〔德〕黑格爾、朱孟實譯《美學》第一卷，台北：里仁出版社，1983 年，頁
　　　　359。

味摩詰之詩，詩中有畫。觀摩詰之畫，畫中有詩。詩曰：「藍谿白石
出，玉川紅葉稀。山路元無雨，空翠濕人衣。」此摩詰之詩，或曰
非也。好事者以補摩詰之遺。〔註8〕

王維既是詩人亦是畫家，蘇軾品賞王維作品時，能體會王維作品的精神意氣。
「詩中有畫，畫中有詩」表達畫境與詩境合而爲一。既是「師法自然」，則無
高下優劣，「藍谿白石出，玉川紅葉稀。山路元無雨，空翠濕人衣。」說明詩
境之空靈，與畫境之幽微，非王維刻意造做，乃長期與自然爲鄰，當下創作。
蘇軾提出王維〈藍田煙雨圖〉具有王維〈山中〉一詩的意境，〈藍田煙雨圖〉
今日已不見，然〈山中〉一詩提供聯想。或有人對此提出異議，認爲上聯可
以入畫，而下聯則不好入畫，從表現具體形象來看確實如此，但從追求詩的
空靈意境來看，則未嘗不能入畫。在現實生活來看，山間確實具有「空翠」
之象，滿山的青枝綠葉，似乎將清新空氣染成淡淡翠色，衣服也被濕潤空氣
所浸，而「翠色」和「濕潤」皆含有朦朧氛圍，看似存在卻又似乎不存在。
蘇軾以爲王維正是通過表現這似有若無，似實而虛的境象使自己的畫充滿冷
寂、空幻的詩意，從而傳達出其尚禪思想，使人有「身世兩忘，萬念俱寂」
之感，此即蘇軾認爲王維繪畫中所具有的象外之意。〔註9〕由此可知蘇軾評論
王維，主要表達一位藝術家於創作準備階段宜有詩人胸襟，將眼前所觀察的
自然樣貌發揮於筆墨形象中。

　　關於王維詩人意境，蘇軾另有文提及：

唐人王摩詰、李思訓之流，畫山川峰麓，自成變態，雖蕭然有出塵
之姿，然頗以雲物間之。作浮雲杳靄，與孤鴻落照，滅沒於江天之
外，舉世宗之，而唐人之典刑盡矣。〔註10〕

當中提出「唐人王摩詰、李思訓之流，畫山川峰麓，自成變態，雖蕭然有出
塵之姿，然頗以雲物間之。」說明當時王維山水風物畫自成一派，蕭然出
塵，頗似雲物。而「作浮雲杳靄，與孤鴻落照滅沒於江天之外」則通於王維
「逶迤南川水，明滅青林端」之義，且具有禪理哲思。王維畫除具有象外之
意外，同時藝術風格亦與其詩相通。故蘇軾又說「摩詰本詩老，佩芷襲芳
蓀；今觀此壁畫，亦若其詩清且敦。」表達王維畫含有超凡脫俗氣質，神姿

〔註8〕　〈書摩詰藍田煙雨圖〉，《蘇軾文集》卷七十，頁2209。

〔註9〕　趙復泉、甘玲〈北宋繪畫中的詩畫同一性〉，《重慶教育學院學報》第23卷第
　　　　2期，重慶：中國三峽博物館，2010年3月，頁120～122。

〔註10〕　〈又跋漢傑畫山〉二首之一，《蘇軾文集》卷七十，頁2216。

澄澈，更有佩芷服蘭，瀟灑出塵之態，其詩不滯不濁，其畫亦然。蘇軾特別強調詩畫相通處，在於王維詩清新敦厚，王維畫亦有此特點，此即「畫中有詩」，顯示王維畫具備文墨特點，可與自然律動等齊。王維詩歌經常藉由「山林閒適」的生活描寫，表現出淡泊情懷，蘇軾認為此使王維的詩歌不僅在意境上與素雅水墨畫相通，同時擁有視覺形象性，如〈鳥鳴澗〉：「人閑桂花落，夜靜春山空。月出驚山鳥，時鳴春澗中。」此詩傳達月光使大自然抹上宜人色調，具陰柔之美，王維以極為精煉的筆法，勾勒出極幽靜的春山月夜圖景。而山月當頭，春野空曠，亭亭桂樹，徐徐落花如佛喜禪悅，音回空谷猶如一幅意境幽遠的淡雅水墨畫，此即蘇軾所謂「詩中有畫」。王維的詩與畫力求表現韻外之致、弦外之音、象外之旨，從而使作品耐人尋味而深得蘇軾之賞識。呼應本章前述程抱一之觀點，藝術家（或說閱賞藝術者）應作為宇宙變異的中軸，在虛沖中觀察自然，並將其所感受到的色聲香味觸法呈現於畫面之中。

（二）「詩人」與「畫工」

蘇軾認為畫家創作時宜含有詩人之清麗：

> 畫以人物為神，花、竹、禽、魚為妙，宮室、器用為巧，山水為勝，而山水以清雄奇富變態無窮為難。燕公之筆，渾然天成，粲然日新，以離畫工之度數，而得詩人之清麗也。〔註11〕

蘇軾點出，人物畫以「神」為上，花鳥畫以「妙」為上，宮室器用以「巧」為上，山水以「勝」為上，山水畫要能展現清雄奇富之變化萬千，必須是靈活而非死寂之神態。畫家面對萬物觸景生情，將感悟裡的景中之情化為筆墨下的情中之景。如燕文貴雖為宮廷畫家，但其山水畫卻具清新、動態特點，蘇軾評「已離畫工之度數，而得詩人之清麗。」所謂「清麗」乃相對於畫工之「度數」，欲得「清麗」之效果，必須擺脫畫工為具體物象所束縛的表現方法，而巧妙構思更具有深度的詩情畫意。由於文人畫家本身的文化修養與人格風範，因此在創作意境高遠的畫作上往往占上風，正如《宣和畫譜》所說：

> 繪事之求形似，舍丹、青、朱、黃、鉛粉之工也。故有以淡墨揮掃，整整斜斜，不專於形似，而獨得於象外者，往往不出於畫家，而多出於詞人墨卿之作，蓋胸中所得，固已吞雲夢之八九，而文章翰墨

〔註11〕　〈跋蒲傳正燕公山水〉，《蘇軾文集》卷七十，頁2212。

形容所不逮故一寄於毫楮。〔註12〕

表達捨棄單一形似，以淡墨揮掃，將文章翰墨所無法形容者藉由筆墨勾勒，並涵蓋象外之境，將深層義涵融涉其中。

關於將深層義涵融涉其中的命題，可藉蘇軾寫文與可畫竹以理解：

> 紆竹生於陵陽守居之北崖，蓋歧竹也。其一未脫籜，爲蝎所傷，其一困於嵌崿，是以爲此狀也。吾亡友文與可爲陵陽守，見而異之，以墨圖其形。余得其摹本以遺玉冊官祈永，使刻之石，以爲好事者動心駭目詭特之觀，且以想見亡友之風節，其屈而不撓者，蓋如此云。〔註13〕

蘇軾提到善畫竹的文與可觀察竹枝生長，雖非進行理學家的「格物」，但能針對竹枝與環境的對應關係領悟出人與環境對應關係。所謂「歧竹」，則根據元代李衎《竹譜詳錄》描繪：「出土才一節，別爲霜暈，連旋而上者四，復爲節者三，長爲寸者九，蓋一苞也。忽歧爲二，長苞成竹。」〔註14〕可知歧竹意指非經人種植的良竹，隨著環境變化亦可能造成歧竹成長的阻礙。文與可能夠由竹解虛心遂以此墨竹，實爲文與可對竹進行觀察後的理解所得。

蘇軾與文與可同屬於湖州派〔註15〕，能將竹心、畫心、君心三者融於一爐。畫竹必先解竹心，畫人則應「傳神寫照」。

〔註12〕 于安瀾《畫史叢書》（卷二），北京：人民美術出版社，1982年，頁247。

〔註13〕 〈跋與可紆竹〉，《蘇軾文集》卷七十，頁2213。

〔註14〕 元代李衎《竹譜詳錄》，近人吳慶峰、張金霞整理，濟南：山東畫報出版社，2006年，頁113。該書亦收錄於《四庫全書總目》，筆者亦曾蒐集中華書局出版之小冊，然不及近人所整理之版本，無論頁碼及附圖皆清楚易查，故據此本。李衎，字仲賓，號息齋道人，元代薊丘人。皇慶中官至浙江行省平章政事，卒謚「文簡」。天台柯自牧〈集賢大學士息齋李公〈竹譜〉序〉：「草木之族，爲竹最盛，亦爲竹枝得於天者最清。族之盛，故愛竹者喜爲之譜；族之清，故知竹者工爲之畫。然以畫傳未嘗譜，以譜傳未嘗畫也。」故贊李衎《竹譜詳錄》：「既精於墨戲，復詳於技術，而畫與譜兩得之。」

〔註15〕 湖州派，中國畫流派之一。畫竹原以唐代蕭悅、五代丁謙最有名，但無畫跡傳世。北宋文同、蘇軾畫竹著名於時。元豐元年文同奉命爲湖州（今浙江吳興）太守，尚未到任，病故於陳州（今河南淮陽）；蘇軾接任湖州太守，不久又坐獄貶黃州。兩人雖籍隸四川，但畫史上謂爲「湖州竹派」始祖。而此派畫竹之特點爲：以濃墨爲面，淡墨爲背。至元代畫竹成風，李衎、趙孟頫、高克恭、吳鎮、柯九思等，皆爲湖州竹派繼承者，對後世影響很大。明代蓮儒撰《湖州竹派》一卷，凡二十五人，系輯錄《畫史》、《畫繼》、《圖繪寶鑒》等書而成。

（圖4-2）文同〈墨竹圖〉

原尺寸131.6cm×105.4cm，現藏於台北故宮博物院

　　蘇軾曾針對顧愷之的「傳神寫照」命題，提出「凡人意思，各有所在」〔註16〕的人物畫標準。中國繪畫也采用詩歌裡比興的創作方法，譬如：將竹子作為有節操的士大夫形象以表現；將菊花當作高潔隱士以歌頌；將松樹作為高風亮節人物以讚美。因此蘇軾所謂「不求形似」，指的是該突出的突出、該誇張的誇張、該省略的省略，所起的一種暗示作用，更啓發觀賞者的聯想和想像，讓形象所象徵的意義浮現出來。因此除了畫面中的藝術形象之外，還存在意義上的形象，使有形之象因象外之象而獲得更高一層的審美價值，具有更高的藝術魅力。是故「畫有盡而意無窮」便成為中國畫特點，而「不求形似」則是適應主觀表現的需要，畫家以詩人眼光觀察事物，在自然界中發現自己的影子，將自己的情感傾注於自然之中。蘇軾所謂的「不求形似」，基本上涵蓋「詩畫本一律」〔註17〕的精神，要求畫家所描繪的物象境界是「得之於象外」，是「摹寫物象略與詩人同」，此段論畫藝術詩文的核心價值在於提倡繪畫過程中，畫家主觀表現與有限的客觀圖景相結合，突出無限的「意思」之所在。

　　畫家在揮毫作畫前，其凝神冥想根據的是過去繪畫的經驗，因此在寫生時並非只是對物理世界進行忠實地描寫。說畫家進行「寫實」，不如說是畫家

〔註16〕　〈書陳懷立傳神〉，《蘇軾文集》卷七十，頁2214。
〔註17〕　蘇軾〈書鄢陵王主簿所畫折枝〉（二之一）：「論畫以形似，見與兒童鄰。賦詩必此詩，定非知詩人。詩畫本一律，天工與清新。邊鸞雀寫生，趙昌花傳神。如何此兩幅，疏淡含精勻。誰言一點紅，解寄無邊春。」最為濃縮的是畫家長期思索之下的簡筆傳神，例如梁楷所繪的李白，將詩人浪漫幽渺的風格與形象表達淋漓。

把長期求索記憶圖式中的片片斷斷嵌入觀察的對象之中，經由表現圖像代替寫實，經由象徵代替模仿。爲達到「以形似之外求其畫」的目的，張彥遠表明畫家只要「以氣韻求其畫，則形似在其間矣」〔註18〕因而所謂「不患不了，而患於了。既知其了，亦何必了，此非不了也。若不識其了，是眞不了也。夫失於自然而後神，失於神而後妙，失於妙而後精，精之爲病也，而成謹細。」〔註19〕則是表達當畫家和其作品與觀賞者的心靈反應相聯接而引起共鳴反響，則畫中形象則成爲生命靈動的審美成果。

　　歷代畫論對顧愷之的評價大多持肯定態度，認爲其能繪、能書，能寫理論、更能創作。關於顧愷之影響繪畫美學極爲深遠的「傳神寫照」命題，南齊‧謝赫「六法」中的「氣韻生動」可說是受其鼓動。根據唐‧張彥遠《歷代名畫記》引《畫斷》：

> 顧公運思精微，襟靈莫測，雖寄迹翰墨，其神氣飄然在煙霄之上，
> 不可以圖畫間求。像人之美，張得其肉，陸得其骨，顧得其神，神
> 妙無方，以顧爲最。〔註20〕

顧愷之所謂「傳神」在於象外之處，不能從圖畫間求之，此「神」還必須是在圖畫完成之後，才能脫透淋漓。張彥遠之說將顧愷之推舉至臻，所謂「神妙無方」，已是觀賞者在整體觀賞後的體會，此即是畫家與觀賞者之間的神靈溝通。

　　至於傳神寫照正在「阿堵」說的發展，清代書畫世家出身的蔣驥〔註21〕於《傳神秘要‧神情》中說明：

> 神在兩目，情在笑容，故寫照間此兩字爲妙，能得其一已高庸手一
> 籌。若泥塑木偶，風斯下矣。〔註22〕

〔註18〕　《歷代名畫記‧論畫六法》：「古之畫，或能移其形似而尚其骨氣，以形似之外求其畫，此難可與俗人道也。今之畫縱得形似，而氣韻不生，以氣韻求其畫，則形似在其間矣。上古之畫，迹簡意澹而雅正，顧陸之流是也。中古之畫，細密精緻而臻麗，展鄭之流是也。近代之畫，煥爛而求備；今人之畫，錯亂而無旨，眾工之迹是也。」（《中國畫論類編》，頁32）張彥遠認爲神韻比形似更爲重要，因此推崇上古顧愷之畫。

〔註19〕　張彥遠《歷代名畫記‧論畫體》，俞崑編《中國畫論類編》，頁37。

〔註20〕　俞崑編著《中國畫論類編》，頁37。

〔註21〕　〔清〕蔣驥《四庫全書總目提要》云：「字赤霄，號勉齋，金壇人。其父衡，字湘帆，後改名振生。以書法名一時，嘗寫十三經於乾隆五年進呈。」（頁2258）

〔註22〕　俞崑編著《中國畫論類編》，頁501。

文中表達泥塑木偶兼具人形，但就是少了「神」與「情」，於是無法「傳神寫照」。清‧丁皋《寫真秘訣‧眼光論》亦提及此：

> 眼爲一身之日月，五內之精華，非突襲其跡，物在得其神。神得則
>
> 呼之欲下，神失則不知何人。所謂傳神在阿堵間也。〔註23〕

所謂「一身之日月」、「五內之精華」即是指「眼」，若能掌握人物形象的「眼」，則是得到物象的「神」。關於眼神，魯迅〈我怎麼做起小說來〉曾爲此留下一番言論：「要極儉省的畫出一個人的特點，最好是畫他的眼睛。我以爲這話是極對的，倘若畫了全副頭髮，即使細得逼眞，也毫無意思。」傳神之重點在於點眸子，〔註24〕倘若點眸未能掌握神髓，形體再像再好，也只是描摹工匠，而其所創作的作品不能稱爲眞正的佳品。

後世畫論對顧愷之品第有著不一的評價，南齊‧謝赫《古畫品錄》將顧愷之列於第三品，說顧愷之：

> 格體精微，筆無妄下，但迹不迨意，聲過其實。〔註25〕

說明顧愷之畫聖的地位是聲望超過實質。然而，謝赫之後，姚最〔註26〕、李嗣眞〔註27〕、張懷瓘〔註28〕皆不認同謝赫將顧愷之列於第三品。

〔註23〕 俞崑編著《中國畫論類編》，頁551。

〔註24〕 葉朗《中國美學史》認爲在《世說新語》中提到兩則關於顧愷之傳神的故事，一則爲畫裴楷頰加三毛，一則爲畫謝鯤於丘壑，可見「顧愷之並不認爲只有眼睛才能傳神」，「只要抓住表現每個人的個性和生活情調的典型特徵，就可以達到傳神的要求。」（頁130）筆者認爲，在寫實的人物肖像畫中，眼睛確實是最能表達傳神的關鍵，亦能展現畫家驚人的觀察力和模擬神似的高超技巧，處於魏晉南北朝的顧愷之，善於傳寫人物神情和氣質風度，加三毛或是置丘壑，能算是畫家爲強調描摹對象的風品，一種外加於對象的想像，而眞正能品味出畫家功力的，應是眼精。孟子不亦言：「觀其眸子，人焉廋哉，人焉廋哉。」德國美學家黑格爾在《美學》第一卷更說：「把每一個形象的看得見的外表上的每一點都化成眼睛或靈魂的住所，使它把心靈顯現出來。」

〔註25〕 《中國畫論類編》，頁360。

〔註26〕 〔南北朝‧陳〕姚最《續畫品並序》：「……長康之美，擅高往策，矯然獨步，終始無雙。有若神明，非庸識之所能效；如負日月，豈末學之所能窺？」（《中國畫論類編》，頁368）

〔註27〕 〔唐〕李嗣眞《續畫品錄》：「顧生天才傑出，獨立玉偶，何區區荀衛而可濫居篇首？不興又處顧上，謝評甚不當也。顧生思侔造化，得妙物於神會。足使顧生失步，荀侯絕倒。以顧之才流，豈合甄於品彙？列於下品，尤所未安！今顧陸請同居上品。」（《中國畫論類編》，頁394）

〔註28〕 〔唐〕張懷瓘《畫斷》：「顧公運思精微，襟靈莫測。雖寄迹翰墨，其神氣飄然在煙霄之上，不可以圖畫間求。象人之美：張得其肉，陸得其骨，顧得其

　　就顧愷之「傳神寫照」、「正在阿堵」形神觀揭示,其所承於老子道家哲學,所破於玄言思辯、宗教解脫的「遷想妙得」,無論謝赫只將之列於第三品是否得當,至少顧愷之畫裴楷頰加三毛、畫謝鯤於丘壑,留與後世的是不斷地在形神論上孰重孰輕的爭辯。形爲神的載體,神爲形的靈魂,對於審美評定而言,多了細膩且精緻的人文科學標準,顧愷之能大膽提出,所承、所立於當時品評風氣,對中國畫論形神美學觀之創建可謂具有舉足之地位,甚至影響了文論。蘇軾特別於文中標舉出此一命題,可以想見其對於形與神在藝術創作理念中的重要性。

二、眞實感受,強化體驗和創造

　　深化感受體驗,激發創造欲望,此爲藝術創造之一項重要準備功夫。藝術創造需要創作動機,且非憑空產生,需要由生活素材刺激而喚起。畫家在收集、積累生活素材過程中,必須將情感投入其中,加深與強化感受與體驗,從而喚起創作欲望。

　　蘇軾在論畫藝術詩文裡對於畫家創作理念的傳達,除了深入自然,更重要的還必須要有強化感受的能力。

(一)「智者創物,能者述焉」

　　畫家對自然崇敬的信仰,能引發其創作的欲望。蘇軾於〈書吳道子畫後〉文中特別標舉造物者創造化育,而藝術家則創造藝術:

> 智者創物,能者述焉,非一人而成也。君子之於學,百工之於技,
> 自三代歷漢至唐而備矣。故詩至於杜子美,文至於韓退之,書至於
> 顏魯公,畫至於吳道子,而古今之變,天下之能事畢矣。道子畫人
> 物,如以燈取影,逆來順往,旁見側出,橫斜平直,各相乘除,得
> 自然之數,不差毫末,出新意於法度之中,寄妙理於豪放之外,所
> 謂遊刃餘地,運斤成風,蓋古今一人而已。余於他畫,或不能必其
> 主名,至於道子,望而知其眞偽也。然世罕有眞者,如史全叔所藏,
> 平生蓋一二見而已。〔註29〕

神。神妙之方,以顧爲最。喻之書:則顧、陸比之鍾、張,僧繇比之逸少。
俱爲古今之獨絕,豈可以品第拘?謝氏黜顧,未爲定鑒。」(《中國畫論類
編》,頁402)

〔註29〕〈書吳道子畫後〉,《蘇軾文集卷》七十,頁2210。

蘇軾在上文強調藝術形式的發展，至唐朝已達一定的水準，各類藝術形式如詩、文、書、畫的發展，至杜甫、韓愈、顏眞卿、吳道子等皆已能精確傳達藝術家對於自然萬物的理解與信仰。唐代人物畫家吳道子雖然畫人不差毫末，寫其眞實，但蘇軾認爲吳道子所描繪的人物，已是吳道子在創作當下對描摹客體的觀察與體會，因此能夠「如以燈取影，逆來順往，旁見側出，橫斜平直，各相乘除，得自然之數」，畫人物能精準描繪人的樣態，故評吳道子爲「出新意於法度之中，寄妙理於豪放之外」。當中所謂「自然」，可與德國康德（Immanuel Kant，1724～1804）美學所認爲的「第一自然」相呼應，而「新意」與「妙理」則與康德的「第二自然」相呼應，以李澤厚的話說明則是「人化的自然」，雖是模仿自然但早已帶有吳道子的理解。

　　蘇軾認爲畫家長時間觀察自然、體驗生活，在其眼中是詩情畫意後的新體會。蘇軾曾爲吳子野寫〈吳子野將出家贈以扇山枕屏〉：

> 峩峩扇中山，絕壁信天剖。誰知大圓鏡，衡霍入戶牖。得之老月師，畫者一醉叟。常疑若人胸，自有雲夢藪。千巖在掌握，用舍彈指久。低昂不自知，恨寄兒女手。短屏雖曲折，高枕謝奔走。出家非今日，法水洗無垢。浮游雲釋蹻，宴坐柳生肘。忘懷紫翠間，相與到白首。〔註30〕

以此對比蘇軾另寫〈聞潮陽吳子野出家〉（或爲蘇過作）詩：

> 子昔少年日，氣蓋裏閭俠。自言似劇孟，叩門知緩急。千金已散盡，白首空四壁。烈士嘆暮年，老驥悲伏櫪。妻孥眞敝屨，脫棄何足惜。四大猶幻座，衣冠矧外物。一朝發無上，顧老靈山宅。世事子如何，禪心久空寂。世間出世間，此道無兩得。故應入枯槁，習氣要除拂。丈夫生豈易，趣舍誌匪石。當爲獅子吼，佛法無南北。
>
> 〔註31〕

上文表達六根清淨的吳子野，其所見所聞已斷然無塵俗，正如莊子「樸素而天下莫能與之爭美。」的意境。是故蘇軾以「峩峩扇中山，絕壁信天剖。誰知大圓鏡，衡霍入戶牖。」描述吳子野心中之境已是一番新的體悟。元符元年戊寅（1098 年）蘇軾六十三歲在儋州，被逐出官場，在城南桄榔林下買地築屋，名曰桄榔庵。潮州人吳子野渡海從蘇軾學，由此可見吳子野不同於流

〔註30〕 〈吳子野將出家贈以扇山枕屏〉，《蘇軾詩集》卷三六，頁 1974。
〔註31〕 〈聞潮陽吳子野出家〉，《蘇軾詩集》卷四七，頁 2554。

俗企求智慧之心境。誠如法國現實主義雕塑家埃米爾‧安東莞‧布德爾（Emile Antoine Bourdelle，1869～1929）曾說：「激動若狂的人，心靈顫慄的人，不甘寂寞的人，不斷進取的人，沉思默想的人，對自己的作品不斷的懷疑和否定，不斷的復興創新的人，他們才是最好的藝術創造者。」〔註32〕蘇軾認為創造宜有超越的人格與胸襟。

至於蘇軾論詩人、畫家超越的人格胸襟，則可見於〈次韻黃魯直書伯時畫王摩詰〉：

> 前身陶彭澤，後身韋蘇州。欲覓王右丞，還向五字求。詩人與畫手，蘭菊芳春秋。又恐兩皆是，分身來入流。〔註33〕

蘇軾認為藝術之最高嚮往為平淡天真，為樸素之美，此乃藝術家純真的精神素質之體現。必須要有虔誠的信念，至高神聖的追求，鍥而不捨的態度，更要讓自己的靈魂回到純真孩童的真樸靈魂，揚棄誇浮不實的虛榮，更需意識到畫匠、文匠般的板滯與被動，智慧才能大開。陶淵明、韋應物、王維的作品之所以能為世代所傳頌，實因其有過人之智慧，超越於常人之體察，而此三人即皆為文人身分，而蘇軾論畫文字如何表述「士人畫」觀點？以下再續論之。

（二）「觀士人畫，如閱天下馬，取其意氣所到」

回述本章前言，天地為大循環，藝術家的思維運作為小循環，以藝術家思維為中心，所體察的大循環為一有機整體。以此一路徑，理解蘇軾「觀士人畫，如閱天下馬」，蘇軾將「士人畫」作為考察核心並做觀察與鑑賞，蘇軾認為這樣的考察過程好比審閱天下所有馬匹。在此特別針對「士人畫」的考察途徑做申述，蘇軾本身亦為文人，在學養過程中實際歷經苦學以積累識能，窮究天人地理以開闊胸襟，故得以敏銳地將天人宇宙道理轉化為藝文作品。誠如宋‧張載〈西銘〉所說：「知化則善述其事，窮神則善繼其志。」〔註34〕以文人畫家的思維運作，理解宇宙大循環，並將宇宙大循環運作道理寄託於藝文作品中，而清‧沈宗騫〈芥舟學畫編〉更進一步推演畫家兼具文人身分者，心中欲將天地道裡傳達的欲望：

〔註32〕〔法〕布德爾（Bourdelle, A.）原著／嘯聲翻譯《布德爾論藝術與生活》，上海人民出版社，2009年，頁198。
〔註33〕〈次韻黃魯直書伯時畫王摩詰〉，《蘇軾詩集》卷四七，頁2543。
〔註34〕張載《張橫渠集》，北京：中華書局，1985年，頁174。

> 蓋天地一積伶之區，則靈氣之見於山川者⋯⋯乃欲於筆墨之間，委
> 曲盡之，不綦難哉？原因人有是心，爲天地間最靈之物。苟能無所
> 錮蔽，將日引日生，無有窮盡。故得筆動機隨，脫腕而出。一如天
> 地靈氣所成，而絕無隔礙。雖一藝乎，而實有與天地同其造化者。
> 〔註35〕

人爲天地間最爲神靈的動物，而文人能涵養胸襟點墨，窮究天人之際與古往
今來的道理，藉由文人本身擅長的技法，於藝文作品中詳盡傳達天地宇宙間
的奧秘，雖然只是一件作品，但其作品的思考深度足以與天地造化者相同。

　　畫家如何體察萬物？西洋畫史中以野獸派（Les Fauves）畫家著稱的馬蒂
斯（Henri Matisse，1869～1954）於〈藝術札記與談話〉中也呼應畫家小循環
與宇宙大循環同步思維的觀點：

> 在東方人的作品中，繪製樹葉周圍留下的空白和繪製樹葉本身同樣
> 的重要，在相鄰的兩根樹枝上，其中一樹枝上的樹葉，比起同枝的
> 樹葉來說，與臨枝的樹葉更有關係。⋯⋯我畫自己從床上看見的橄
> 欖樹，而當我的靈感離開橄欖樹，我便開始仔細觀察橄欖樹枝之間
> 的空白。這種觀察與橄欖樹沒有實質的關係，卻讓我擺脫我所要繪
> 製橄欖樹的舊習慣，此即是繪製「橄欖樹」的窠臼，同時我便認清
> 且理解橄欖樹。〔註36〕

畫家的體察萬物類於莊子美學的「物化」，馬諦斯此一番言論可特別針對風景
圖之理解來說，畫家必須避免顯示一切，以便在作品中保持氣息靈動與神祕，
讀者則藉由作品中的變換莫測以感受形象，體會畫家在作品中展現「隱顯」
的魅力，而此亦爲自然宇宙神靈的魅力。

　　蘇軾論畫詩文曾論及畫家宋復古山水畫「隱顯」處，由此可推導蘇軾所
謂畫家的創作理念：

> 僕曩與宋復古游，見其畫瀟湘晚景，爲作三詩，其略云：「迢迢趨後
> 崦，水會赴前溪。」復古云：「子亦善畫也耶？」今其猶子漢傑，亦
> 復有此學，假之數年，當不減復古。〔註37〕

《宣和畫譜・卷十二》記宋復古云：「或因覽物得意，或因寫物創意，而運思

〔註35〕　俞崑編著《中國畫論類編》，頁 865。
〔註36〕　馬蒂斯《馬蒂斯論藝》，北京：人民出版社，2002 年，頁 96。
〔註37〕　〈跋宋漢傑畫〉，《蘇軾文集》卷七十，頁 2215。

高妙，如騷人墨客登高臨賦，當時推重。」說宋復古運思高妙，得時人推重，
又說其「多喜畫松，而枯槎老枿，或高或偃，或孤或雙，以至於千株萬株森
森然，殊可駭也。」〔註38〕宋復古擅長繪製各式松樹，讓觀賞者見其松樹得
以感受松樹在自然中的本然樣態。宋復古曾於仁宗嘉祐年間（1056～1063 年）
擔任荊南轉運判官尙書都官員外郎，嘉佑八年（1063 年）春天至永州，畫作
有〈平沙雁落〉、〈遠浦帆歸〉、〈山市晴嵐〉、〈江天暮雪〉、〈洞庭秋月〉、〈瀟
湘夜雨〉、〈煙寺晚鐘〉、〈漁村落照〉，號稱「八景」，元豐初年（1078 年）又
作〈瀟湘晚景圖〉。對照蘇軾〈瀟湘晚景圖〉作詩三首：

其一

西征憶南國，堂上畫瀟湘。照眼雲山出，浮空野水長。舊游心自
省，信手筆都忘。會有衡陽客，來看意渺茫。

其二

落落君懷抱，山川自屈蟠。經營初有適，揮灑不應難。江市人家
少，煙村古木攢。知君有幽意，細細爲尋看。

其三

咫尺殊非少，陰晴自不齊。徑蟠趨後崦，水會赴前溪。自說非人
意，曾經入馬蹄。他年宦遊處，應指劍山西。〔註39〕

宋復古以畫描述瀟湘之景，蘇軾則以詩詮釋之，由於宋復古畫作今已不見，
然透過蘇軾對於畫的詮釋，殊不論是否因爲政治上的挫折導致宋復古以畫彌
補心理缺失，〔註40〕但我們仍得以透過蘇軾之詩，想見此畫的雲山煙水虛無

〔註38〕　宋迪，字復古。北宋畫家，善畫山水、松木，師法李成。
〔註39〕　〈宋復古畫〈瀟湘晚景圖〉三首〉，《蘇軾詩集》卷十七，頁 900。
〔註40〕　由於宋復古畫已失傳，文集亦亡佚，學者衣若芬從旁證明宋復古因政治上的
　　　　失意，而創作此圖，並得出結論：宋迪不但因爲在新舊黨政爭的夾縫中受到
　　　　波及，加上他在擔任永興軍與秦鳳二路（今陝西）交子司封郎，因事外出稟
　　　　報，隨從者不小心遺火于鹽鐵司，釀成祝融之災，最後被免職，所以寫湖南
　　　　山水寄幽意。宋迪雖然不是湖南人，只是過客，但像許多唐宋詩人和後續的
　　　　山水畫家詩人一樣，他受到煙雨深鎖的瀟湘的文化記憶的激發，訴諸瀟湘文
　　　　化自屈原以還的楚辭、神話、詩文糾纏交相派生的意涉傳統，包括莊子「帝
　　　　張咸池之樂於洞庭之野」的文化理想、娥皇女英爲帝舜徇情、淚灑斑竹的堅
　　　　貞愛情，以及屈原賈誼的逐臣愁思、懷才不遇的鬱悒憤懣寄幽意於山水。針
　　　　對瀟湘八景和宋以來山水詩，衣若芬發表許多相關研究，如：〈「瀟湘」山水
　　　　畫之文學意象情景探微〉（《中研文哲所研究集刊》第 20 期）、〈宋代題「瀟湘」
　　　　山水畫詩的地理概念、空間表述與心理意識〉（《中國文哲所專刊》第 27 期）、

飄渺之意境。對此，葉維廉曾針對宋復古畫與蘇軾詩，探討詩與畫兩種不同藝術媒介，卻又可針對共同意象作傳達，當中是否有所差異？葉維廉說：

> 詩是文字的建構，文字是示意（義）的媒介，畫如何說話，能不能說話，說畫是無聲詩，不是說它能做到「敍」情「說」情（恨、怨、鬱、愁），是說它用它特有的訴諸視覺的感染魅力喚起一種超乎「敍」「說」得到的感受，如果藝術經驗是感知並發，畫即是先感後知，不是知而後感，所以好的詩很少以知作為主導（也就是詩人對讀者講述他的經驗，讀者聆聽雅教）而是讓讀者歷驗激發詩人原有瞬間的氣脈活潑潑的拍擊力，儘量避免太多思迹的侵擾。中國好的古典詩大多如此，雖然我們並不是說，詩無敍述；西方歷代的詩，甚且「以我宰物」為主導，以詩人的主觀情見為部署，結果具體的經驗讓位於抽象思想，西方現代詩反傳統的理想之一也是要剔除陳述，用 Archibald MacLeish 的話來說就是「A poemdoes not mean / but be」（詩不說義／只自成）。一幅畫，尤其是一幅山水畫，它首先必須在視覺上，在筆墨濃淺層次虛實互惠、相克相生的運作和氣氛上，抓住觀者的凝注，讓觀者遊入浸入去感受，恨、怨、鬱、愁容或有之，是後起的思緒，在畫家的藝術意念裏應該是隱藏的。〔註41〕

葉維廉認為「藝術經驗是感知並發」，畫的美感傳達是「先感後知」，而詩則是「先知後感」，因此判斷一首詩是否具備深度的美感經驗，應該是藉由此詩所給與人的美感過程為「先感後知」而避免「先知後感」。葉維廉在上文中特別舉出山水畫應該要帶領讀者進入山水圖景，在畫中讓讀者「自己尋覓深意」。

　　因此，蘇軾認為宋復古瀟湘晚景圖能夠引領觀賞者進入畫境中，此即是一位真正好畫家該傳達的藝術理念，是以宋復古欣悅道：「子亦善畫也耶？」認為蘇軾能理解自己的創作理念，蘇軾更說宋復古之子宋漢傑也能繼承父親

〈漂流與回歸——宋代題「瀟湘」山水畫詩之抒情底蘊（《中研文哲所研究集刊》第 21 期）、〈「江山如畫」與「畫裏江山」：宋元「瀟湘」山水畫詩之比較〉（《中研文哲所研究集刊》第 23 期）等。

〔註41〕 葉維廉〈空故納萬境：雲山煙水與冥無的美學〉，收錄於國立台灣大學人文社會高等研究院《東亞經典與文化研究計畫》網站會議論文資料夾（http://www.eastasia.ntu.edu.tw/meet/pdf/%B8%AD%BA%FB%B7G.pdf，查詢時間為 2011/07/20）

職志，眞實傳達宇宙大循環於作品中。是故，蘇軾文裡「如閱天下馬，取其意氣所到。」則是傳達畫家能讓讀者自己藉由畫中物象體察宇宙大循環。

回復此一命題原文，蘇軾所謂士人畫與畫工畫究竟有何差異〔註42〕？蘇軾曾加以討論：

> 觀士人畫，如閱天下馬，取其意氣所到。乃若畫工，往往只取鞭策皮毛槽櫪芻秣，無一點俊發，看數尺許便卷。漢傑眞士人畫也。
> 〔註43〕

傳統繪畫理論認爲文人畫重在強調神韻，畫工畫則主於精雕細琢。蘇軾認爲士人畫並非不重視形似，反而是在形似的基礎上，加入文人平日讀書、游賞於山水之間的領會，因此士人畫重視畫面的「意氣」之存在與否，而非畫工畫僅在意「鞭策皮毛槽櫪芻秣」。關於筆墨如何傳達畫家「意氣」，萬青力曾說：「筆墨不僅僅是抽象的點、線、面，或是隸屬於物象的『造型手段』，筆墨是畫家心靈的跡化、性格的外現、氣質的流露、審美的顯示、學養的標記。筆墨本身是有內容的，這個內容就是畫家本人。」〔註44〕藉此可以清楚釐清蘇軾認爲畫家是藉材料和媒介以傳達自己的深意。因此士人畫與畫工畫產生明顯差異，蘇軾認爲士人畫主要表達的是畫家眼中所觀察的世界，並非爲描摹自然而顯現毫釐不差的世界，在士人畫裡就算是描摹自然也已經是畫家自己眞切的體驗，反覆思索、吟詠，並帶有詩意的創作。

第二節 一觸即覺之靈感

藝術構思乃創造的中心，是畫家「意匠經營」構建意象之階段。畫家運用創造性想像，將生活中積累豐富的表象素材，經過體驗與理解，依自己的情感與邏輯進行運作，經過分解、連結、推移、組合、凝結等作用後構成新意象，此新意象形成的過程即是畫家觀念與創作欲望落實的過程。正如同清·王昱《東莊論畫》所謂「丘壑從性靈發出」，靈感運作導引著畫家進行創

〔註42〕 本論文以蘇軾用詞「士人畫」稱兼具文人身分的畫家作品，不以後起名詞「文人畫」稱之。前者乃以繪畫作品類別作爲考察對象，後者乃以畫家身分別作爲考察對象；前者重視的是繪畫語言所欲傳達的意境，後者則是在既定的畫家身分別下作繪畫作品的認定。
〔註43〕 〈又跋漢傑畫山〉二首之二，《蘇軾文集》卷七十，頁2216。
〔註44〕 《名家翰墨》第32輯，1992年9月。

作的動力。

　　藝術家往往在靈感稍縱即逝的創作當下，捕捉瞬間片羽吉光。歌德曾說：「藝術的眞正生命，在對個別特殊事務的掌握和描述。」藝術家從事繪畫創作的靈感，常是來自於瞬間的眞情和感動。有時候甚至使作者忘記所處當下現實情境，忽略自身外在因素，在意念燃燒時，一股腦兒的將創作理念付諸行動，沒有多餘的時間蹉跎，抓住稍縱即逝的感受，於是畫面便呈現畫家生命整體的投入，而佳作便由此形成。誠如黃光男所言：「康丁斯基的音樂組合，梵谷的不定田園，隨著作者與環境的互動共創了時空的永恆。」〔註45〕即是傳達藝術家與所處環境的互動，以生發創作靈感，進而得以在作品中傳達創作理念。

　　至於畫家如何與所處環境進行互動以獲得靈感？蘇軾認爲畫家在創作時產生的靈感與豪情，〔註46〕來自於蘇軾稱吳道子之讚語：「出新意於法度之中，寄妙理於豪放之外」〔註47〕，說明畫家在創作時，宜有「法度」，而雖具備形理，對於創作客體又須提出「新意」；宜爲「豪放」，在形似的基礎上具備豪情，但卻又能展現出寄予筆墨紙硯之外的「妙理」精神。基於此命題，本節將蘇軾認定畫家取得靈感各方式分爲兩面向：「親臨客體環境」，討論畫家與環境互動，客觀的從環境中獲取靈感；「整合主觀意識」，討論畫家將靈感付諸於作品中實踐的當下，又能將屬於自己的豪情呈現於作品之中。

一、親臨客體環境

　　王國維《人間詞話刪稿・九》云：「社會上之習慣，殺許多之善人；文學

〔註45〕　黃光男《畫境與化境——繪畫美學與創作》，台北：典藏藝術家庭，2007 年，頁 126。

〔註46〕　此指蘇軾「豪情」非外顯式的行爲激情，而爲一種內顯式的藝術創作之心理衝動。

〔註47〕　蘇軾〈書吳道子畫後〉：「智者創物，能者述焉，非一人而成也。君子之於學，百工之於技，自三代歷漢至唐而備矣。故詩至於杜子美，文至於韓退之，書至於顏魯公，畫至於吳道子，而古今之變，天下之能事畢矣。道子畫人物，如以燈取影，逆來順往，旁見側出，橫斜平直，各相乘除，得自然之數，不差毫末，出新意於法度之中，寄妙理於豪放之外，所謂遊刃餘地，運斤成風，蓋古今一人而已。余於他畫，或不能必其主名，至於道子，望而知其眞僞也。然世罕有眞者，如史全叔所藏，平生蓋一二見而已。元豐八年十一月七日書。」（《蘇軾文集》，頁 2210）

上之習慣，殺許多之天才。」〔註48〕王國維在此揭櫫藝術家的共性與特性：前者爲當時代整體社會氛圍與民族生活習性，即如榮格心理學術語「集體潛意識」，藝術家的創作命脈經常受當代環境集體意識的影響；後者則爲藝術家個人對創作客體（自然環境、時代氛圍）之觀察與體悟後，含英咀華，吸收吐納，進行創作，表達屬於藝術家自我心靈的藝術語彙，與創作客體、讀者進行一場心靈對話後的成品。針對藝術家面對客體環境時，心中所想和手中進行創作常與眾不同，王國維曾提出見解：

> 一切境界，無不爲詩人設。世無詩人，即無此種境界。夫境界之呈於無心而見於外物者，皆須臾之物。爲詩人能以此須臾之物，鐫諸不朽之文字，使讀者自得之。遂覺詩人之言，字字爲我心中所欲言，而又非我之所能自言，此大詩人之秘妙也。境界有二：有詩人之境界，有常人之境界，詩人之境界，爲詩人能感之而能寫之，故讀其詩者，亦高舉遠慕，有遺世之意。而亦有得有不得，且得知者亦各有深淺焉。若夫悲歡離合、羈旅行役之感，常人皆能感之，而惟詩人能寫之。故其入於人者至深，而行於世也尤廣。〔註49〕

藝術家與常人在面對環境客體與心相印時，心靈會有波動，思想會產生質變，但只有藝術家才能將情感賦諸文字或影像，常人則無法將感受藉由藝術形式表達，因此王國維才說「一切境界，無不爲詩人設」，常人縱有感亦無能傳達，只有詩人能我手寫我口，將所欲傳達的意境呈現於作品中。

　　藝術傳達意境本有不同的媒介，針對繪畫此一藝術媒介，《爾雅》曾解釋：「畫，形也。」而《廣雅》則說：「畫，類也。」一說爲「形」，一說爲「類」，至於《說文解字》則將畫具體詮釋：「畫，畛也，像田畛畔所以畫也。」將宇宙自然裡具有象徵及代表性的情感或物體留象，而則如《釋名》所說：「畫，挂（上色）也。」留象後更加以上色，可知形式美本爲繪畫審美的追求。

　　蘇軾致力於詩畫結合，就詩而作畫，或就畫而題詩，兩者可相互靈動而誘發創作因子。詩歌主要感染人類情感世界的細膩與豐富性，感情世界的包容與深切性則爲繪畫帶來典型性。蘇軾「論畫以形似，見與兒童鄰」〔註50〕

〔註48〕王國維原著／徐調孚校注《校注人間詞話》，台北：頂淵出版社，2011年，頁42。

〔註49〕《人間詞話附錄・十六》，王國維原著／徐調孚校注《校注人間詞話》，頁72。

〔註50〕蘇軾〈書鄢陵王主簿所畫折枝〉二首之一：「論畫以形似，見與兒童鄰。賦詩必此詩，定非知詩人。詩畫本一律，天工與清新。邊鸞雀寫生，趙昌花傳

之論，留與後代哲人許多值得探討的空間，升菴先生曾論曰：「此言畫貴神，詩貴韻也。然其言偏，未是至者。」〔註51〕認爲畫重神，詩重韻。而宋・晁以道〔註52〕則將詩與畫的功能與特質結合：「畫寫物外形，要物形不改；詩傳畫外意，貴有畫中態。」〔註53〕至於明・李卓吾則說：

> 改形不成畫，得意非畫外，因附和之曰：「畫不徒寫形，正要形神在；詩不在畫外，正寫畫中態。」杜子美云：「花遠重重樹，雲輕處處山。」此詩中畫也，可以作畫本矣。唐人畫桃源圖，舒元輿爲之記云：「煙嵐草木，如帶香氣。熟識詳玩，自覺骨憂青玉，身入境中。」此畫中詩也，絕藝入神矣。吳道子始見張僧繇畫，曰：「浪得名耳。」已而坐臥其下，三日不能去。庾翼初不服逸少，有家雞野驚之論，後乃以爲伯英再生。然則入眼便稱好者，絕非好也，絕非物色之人也，況未必是吳與庾，而何可以易識。〔註54〕

李卓吾說明畫用以傳達宇宙自然中典型物態，而詩則傳達畫中神態，並舉杜甫可入畫的詩句、舒元輿爲桃源圖之畫中詩、吳道子讚張僧繇、庾翼初佩服王羲之爲例，表達藝術家能將自然中的典型性敏銳掌握，進而於作品中呈現對自然之敬意。誠如歌德說：「藝術的眞正生命，在對個別特殊事物的掌握和描述。」觀察入微且描形逼眞本爲藝術家不同於常人之能力所在，此處李贄特別針對「詩中畫」、「畫中詩」申論，所謂「畫不徒寫形，正要形神在；詩不在畫外，正寫畫中態。」畫形雖寫實，但若能賦含詩意，將更具有感染力；詩所言雖抽象，但若詩裡有形象性，其中的藝術價值更高。對此金・王若虛〔註55〕《滹南遺老集》亦有言：「論妙在形似之外，而非遺其形似。」〔註56〕

神。何如此兩幅，疏淡含精勻。誰言一點紅，解寄無邊春。」（《蘇軾詩集》，頁1525）

〔註51〕《蘇軾詩集合注》，頁1436。

〔註52〕晁以道字以道（1059～1129年），號景迂，宋代制墨名家。博通五經，尤精《易》學，並身兼作家、畫家，與蘇軾、黃庭堅等蘇門文人、江西詩派作家具有廣泛的師友關係。

〔註53〕《蘇軾詩集合注》，頁1437。

〔註54〕〔明〕李贄《焚書・詩畫》，台北：漢京文化，1984年，頁216～217。

〔註55〕王若虛，（1174～1243年）金末著名學者。字從之，號慵夫，又號滹南遺老。城（今屬河北）人。承安二年（1197），登經義進士。任鄜州（今陝西富縣）錄事，歷管城、門山二縣令。升爲國史院編修官、應奉翰林文字、著作郎等職，參預修《宣宗實錄》。曾奉命出使西夏。哀宗正大年間，歷任平涼府（今甘肅平涼）判官、左司諫、延州刺史，入爲直學士。天興二年（1233年），金

並非不求形似，而是將義理寄託於形外，而清・方薰在《山靜居畫論》則提：「古人謂不尚形似，乃形之不足而務肖其神明也。」〔註 57〕認為形似不足，則神明不足也。「神」與「形」乃為美學討論中兩項重要範疇，形不「逼真」，便談不上「形似」；而形不「傳神」，則枉具其骸。神不顯，無以傳神；神不托於形，無以存在，因此兩者實乃互為表裡、相互依托。

筆者重新解讀蘇軾論畫詩文裡常被提及「隨物賦形」、「常形」、「常理」、「神似」、「形似」等創作美學論點，找到與近現代榮格心理美學遙相契合之處。二十世紀心理學家卡爾・榮格（C. G. Jung，1875～1961），修正並豐富佛洛依德的精神分析理論，於自己的理論中提出「集體無意識」（Collective unconscious）概念，成為心理學、文藝美學之卓越者。榮格心理學中，人格為一整體，被稱之為精神（psyshe），包含所有思想、感情和行為。精神由自我、個人無意識和集體無意識相互區別又彼此作用的系統和層次組成。「集體無意識」為榮格理論中的核心，反映人類在以往的歷史進程中的集體體驗。〔註 58〕

軍馬都元帥崔立以南京開封府（今河南開封）降蒙古軍，召之與元好問等撰功德碑。元好問擬就碑文後，王若虛參預了刪定。金亡不仕，北歸鄉里。十年後三月，東游泰山時病逝。王若虛論文論詩都有獨到的見解。其觀點集中反映在其《詩話》、《文辨》著述中。反對文章一味追求古意，認為「古今互有短長」、「文章求真是而已，須存古意何為哉！」對文體的看法是「定體則無，大體須有」。主張著文，「惟史書、實錄、制誥、王言、決不可失體」，「其他皆得自由」。認為詩的創作關鍵在於出於自得，反對「苦無義理，徒費雕鎪」之作。更撰寫《五經辨惑》、《論語辨惑》、《孟子辨惑》、《史記辨惑》、《慵夫集》、《諸史辨惑》等多種著述。有《滹南遺老集》傳世。

〔註 56〕〔金〕王若虛《滹南遺老集》，北京：中華書局，1985 年，頁 1106。

〔註 57〕俞崑編著《中國畫論類編》，頁 229。

〔註 58〕榮格自言：「我之所以選擇『集體』這個術語，因為無意識的這個部分不是個體而是普遍的；同個人心靈相比較而言，它或多或少地具有在所有個體中所具有的內容和行為模式。換言之，由於它在每一個人身上都是相同的，因此它構成了一種超個性的共同心理基礎，而且普遍存在於我們每個人身上。」（榮格《四個原型》，1972 年，頁 3～4）對個體無意識而言，它只能達到嬰兒最早記憶的程度，不能再往前一步。而集體無意識則包括嬰兒記憶開始以前的全部時間，實際上是人類大家庭全體成員所繼承下來並使現代人與原始祖先相連繫的種族記憶。集體無意識的內容為「原型」（archetype）或「原始意象」（primordialimage），人的心理是通過進化而預先確定的，與往昔甚至種族的往昔聯繫在一起，從個人出生起，集體無意識的內容便給個人行為提供一特預先形成的形式。「一個人出生後將要進入的那個世界的形式，作為一種心靈意象，已先天的為人所具備。」（《榮格全集》卷七，頁 188）榮格並認為「人生中有多少典型情境就有多少原型，這些經驗由於不斷重複而被深深鏤

蘇軾認爲畫家在親臨客體環境時，必須要辨識「常形」與「常理」，且要能掌握「形似」與「神似」。

（一）辨識「常形」與「常理」

首先檢視蘇軾論畫詩文中談論「常形」與「常理」之說法：

> 余嘗論畫，以爲人禽宮室器用皆有常形。至於山石竹木，水波煙雲，雖無常形，而有常理。常形之失，人皆知之。常理之不當，雖曉畫者有不知。故凡可以欺世而取名者，必託於無常形者也。雖然，常形之失，止於所失，而不能病其全，若常理之不當，則舉廢之矣。以其形之無常，是以其理不可不謹也。世之工人，或能曲盡其形，而至於其理，非高人逸才不能辨。與可之於竹石枯木，眞可謂得其理者矣。如是而生，如是而死，如是而攣拳瘠蹙，如是而條達暢茂根莖節葉，牙角脈縷，千變萬化，未始相襲，而各當其處。合於天造，厭於人意。蓋達士之所寓也歟。昔歲嘗畫兩叢竹於淨因之方丈，其後出守陵陽而西也，余與之偕別長老臻師，又畫兩竹梢一枯木於其東齋。臻師方治四壁於法堂，而請於與可，與可既許之矣，故余并爲記之。必有明於理而深觀之者，然後知余言之不妄。〔註59〕

蘇軾所謂「常形」，指「人禽宮室器用」；「常理」爲「無常形者」，指「山石竹木，水波煙雲」。前者乃意指於客觀上具體的、可視的、表象的、外在的部分，可以且必須被畫出來；後者乃意指在外貌上不能或不必要完全爲單一絕

刻在我們的心理結構之中。」（《榮格全集》卷七，頁188）「原型」及「原始意象」實質上有些微的差異：前者指一種與生俱來的心理模式，所有原型的集合構成集體無意識，爲潛在的；後者介於原型與意象等感性材料之間，可以規範和限定意象，爲外顯的。榮格並認爲「每一個原始意象都有著人類精神和人類命運的一塊碎片，都有著在我們祖先的歷史中無數次的悲歡的殘餘，而且總體上始終循著同樣的路徑境發展。它猶如一道深掘的河床，生命之瘤突然奔湧成一條大江。」（《榮格全集》卷七，頁188）眞正偉大的藝術作品，必然在其藝術意象中體現全人類的生活經驗，必然回復人類精神的原型。藝術家在進行藝術創造時，可謂爲一種自我靈魂之搏鬥與心靈之對白，是一種處於「酒神狀態」下靈肉震盪之生命高昂活動，因此「眞正的藝術是一種創造，而所有的創造總是超越一切理論的。此即我經常對初學藝術的人說：『你可以盡你所能的去學習理論，但接觸到活生生靈魂動盪的奇蹟時，應將理論拋到一邊，此時除了個人的創造力沛然勃發外，理論是無能爲力的。』」（榮格《獻給分析心理學》，頁361）

〔註59〕〈淨因院畫記〉，《蘇軾文集》卷十一，頁367。

對標準所束縛，雖無常形卻是有常理者。「常形之失，人皆知之。常理之不當，雖曉畫者有不知。」意謂一般沒有受過藝術訓練的人可以辨識常形，然就算略曉畫理者亦無法真正辨別常理，因此常形與常理的辨識，可作為藝術家與品賞者見解層次之高低。「常形」借榮格語言可謂為「原型」，其有所承繼，且可藉為說明形似；至於「常理」則為康德所謂「第二自然」，透過藝術家細膩情感與巧妙雙手，表達自然物像，而此物像乃是藝術家心中之物像。

　　自古以來繪畫有其基本功能，唐・張彥遠《歷代名畫記・敘畫之源流》曾討論繪畫之功能：「夫畫者，成教化，助人倫，窮神變，測幽微，與六籍同功，四時並運，發於天然，非繇述作。」〔註 60〕認為繪畫承載著祖先歷史，有「成教化，助人倫」之功，並「與六籍同功」，對於人物摹寫乃以形似作為依歸，以顯其目的性，此與榮格所謂「原型」相呼應。關於圖像含有祖先的歷史傳承與生活經驗，古代許多繪畫理論提及，如《左傳・宣公三年》「鑄鼎象物，百物而為之備，使民知神奸。」〔註 61〕在重要禮器上造像，使人民因此在行為舉止上產生警惕作用。而《孔子家語・觀周》則說：「孔子觀乎明堂，睹四門墉有堯舜之容，桀紂之象，而各有善惡之狀，興廢之誡焉。」〔註 62〕亦謂因畫像之狀而能知所誡惕。唐・白居易〈畫記〉說：「畫無常工，以似為工。」〔註 63〕則謂畫要求形似。宋・郭若虛《畫圖見聞誌・卷一・敘自古規鑑》說：「蓋古人必以聖賢形象，往昔事實，含毫命素，制為圖畫者，要在指鑑賢愚，發明治亂。」〔註 64〕聖賢形象本要求形似逼真，使觀者見賢思齊。郭熙《林泉高致・畫題》：「……畫三皇、五帝、三代至漢以來君臣聖賢人物，燦然滿殿，令人識萬世禮樂。」〔註 65〕也與郭若虛說法相似。宋濂《畫原》則云：

　　古之善繪者，或畫詩，或畫孝經，或貌爾雅，或像論語暨春秋，或者易象，皆附經而行，猶末失其初也。下逮漢魏晉梁之間，講學之有圖，問禮之有圖，烈女仁智之有圖，致使圖史並傳，著名教而翼

〔註60〕　俞崑編著《中國畫論類編》，頁 27。
〔註61〕　俞崑編著《中國畫論類編》，頁 25。
〔註62〕　俞崑編著《中國畫論類編》，頁 62。
〔註63〕　俞崑編著《中國畫論類編》，頁 78。
〔註64〕　俞崑編著《中國畫論類編》，頁 36。
〔註65〕　俞崑編著《中國畫論類編》，頁 51。

　　　群倫，亦可有觀者焉。〔註66〕

也是強調畫像人物要求形似，以達見賢仿效之效果。由上述可知，宋代之前繪畫主體大多是聖君賢相、道釋人物、宮廷仕女等，爲宣達「教化」作用，因此畫家必須要對形貌有充分掌握。〔註67〕徐復觀對此有所言論：「人禽等有常形，指的是客觀上有一定的規準，如畫某人某禽，某宮某室，人可責其似與不似，合與不合；而自然風景，則可由畫者隨意安排、創造，觀者不能以某一固定之自然風景責之，故曰無常形。」〔註68〕指出常形與無常形的辨識特徵。綜合上述，蘇軾提出的「常形」理論，爲其創作藝術作品之深切體悟，「常形」是爲了讓觀賞者與創作者有共同的溝通符號，以做爲相互理解的基礎。

　　至於蘇軾所提出的「常理」：其一，指「物理」，即常理之理，如于風說：「自然界的事物、現象有其本身的規律（理），畫家應掌握這種規律，才能更恰當的表現對象。」〔註69〕再如云告認爲蘇軾指出把握物理（即事物變化的規律），能將竹石枯木畫得栩栩如生。〔註70〕此處「常理」的產生，主要是因爲山石竹木水波煙雲無常形，然於其變化中仍有原本的規律與脈絡可追尋，因此畫家在進行創造時，必須找到變化規律，畫出此無常形但「合於天造」的部分。其二，指「非物理」，並非爲規範性原則，誠如徐復觀所言：

　　　蘇軾提出常理一詞，乃是要在自然之中，畫出它所以能成爲此種自
　　　然的生命、性情，而非如一般人所畫的，只是塊然無情之物。歸到
　　　極究的説，是要把自然畫成活的；因爲是活的，所以便是有情的；
　　　因爲是有情的，所以便能寄託高適達人們所要求得到的解放，安息
　　　的感情。〔註71〕

徐復觀認爲蘇軾的「常理」，主要是畫家能畫出象外之象，言外之意。而陳傳席對於蘇軾之「常理」則提出：「士人畫講求『常理』，『理』就是『意氣』、『性情』，『非高人逸才不能辨』。……把物的特性融化於自己的性情中，然後筆下

〔註66〕周積寅《中國畫論輯要》，江蘇：江蘇美術出版社，出版年月不詳。
〔註67〕蔡秋來《宋代繪畫藝術成就之探討》，台北：文史哲出版社，1977年，頁22。
〔註68〕徐復觀《中國藝術精神》，台北：台灣學生書局，1966年，頁359。
〔註69〕原書爲張安治等人著，于風《歷代畫家評轉·宋·文同　蘇軾》，香港：中華書局，1986年，頁27。
〔註70〕云告《從老子到王國維——美的神游》，湖南：湖南出版社，1991年，頁212。
〔註71〕徐復觀《中國藝術精神》，頁359。

流出的乃是自己的性情。」〔註72〕藉事物之共性以傳藝術家之個性，此即敏澤所言：「超然物外者對於審美客體的主觀理解，藉客體之外物而抒發、表現主體的人格和理想。」〔註73〕強調畫家主體情思得以藉繪畫表達。筆者以為陳傳席之歸納既能涵蓋物理之形，又可呈現藝術家本身創造力的一面，既能表達承載祖先之原型，又能傳達藝術家對於自然萬物獨特的感性創造。

　　回到蘇軾原文中提及「常形之失，人皆知之。常理之不當，雖曉畫者有不知。」可知一般人對於觀畫只能就形似與否給予判斷，然而真正能領會藝術家心思者乃在於「常理」之價值。榮格曾將藝術家區分為「內傾直覺型」或「內傾感覺型」〔註74〕，透過藝術家筆下所呈現的世界，乃是藝術家真實面對世界的心靈獨白。而蘇軾又指出當時藝壇上之弊病為：「故凡可以欺世而取名者，必託於無常形者也。」意謂一位藝術家必須要具備技法功夫與獨特感觸，否則易以無常形而欺世取名。因此文中贊賞文同枯木竹石圖，認為其得常理，至今相傳蘇軾所流傳枯木竹石圖亦畫此類主題〔註75〕，唐‧朱景玄《唐朝名畫錄》評此畫為「不拘常法」之逸品，屬於神、妙、能三品之上。宋‧黃休復《益州名畫家‧品錄》則針對逸品言：「畫之逸品，最難其儔。拙規矩於方圓，鄙精研於彩繪，筆簡形具，得之自然，莫可楷模，出於意表，故目之曰逸格爾。」〔註76〕強調主要以「出於意表」來評定畫屬於逸格。

　　綜上所述，蘇軾認為畫家要能辨識「常形」與「常理」，「常形」為創作者與讀者溝通的語言符號，故要能掌握物理之真相，以求「形似」為上；「常理」則表達藝術家獨特內涵，則需超脫「形似」，得理於象外。

〔註72〕陳傳席《中國繪畫理論史》，台北：東大圖書股份有限公司，1997年，頁129。

〔註73〕敏澤《中國美學思想史》第二卷，山東：齊魯書社，1986年，頁414。

〔註74〕胡經之《西方文藝理論名著教程》，北京：北京大學出版社，1989年，頁157。

〔註75〕林海鐘曾考蘇軾畫跡，認為《清河書畫舫》記蘇軾曾畫：〈斷岸叢篠圖〉、〈平岸古木圖〉、〈水石圖〉。對照《佩文齋書畫譜》載《山谷集》：「東坡居士作〈枯槎壽木〉、〈叢篠斷山〉，筆力跌宕於風煙無人之境。」而《式古堂書畫匯考》載有：〈湖石新篁〉、〈寒林圖〉、〈赤壁圖賦〉（林海鐘〈論蘇東坡的筆墨境界〉，中國美術學院中國畫系編《中國畫學研究──形神與筆墨》，杭州：中國美術學院出版社，2008年，頁199）。至於蘇軾傳世畫作則有：〈蕭湘竹石圖卷〉（此圖畫竹數竿，飛白怪石立於竹中，荒野林煙，空曠浩渺。清‧孫承澤〈庚子銷夏記〉卷二曾提到蘇軾畫「筆酣墨飽，飛舞跌宕，如其書，如其文」，與此圖相符。），現藏於中國美術館；〈枯木竹石圖〉，現藏於北京故宮博物院；〈古木窠石圖〉，則藏於上海博物館。

〔註76〕〔宋〕黃休復《益州名畫家‧品錄》，《中國畫論類編》，頁405。

（二）掌握「形似」與「神似」

蘇軾認為展現畫家風格，超脫「形似」極為重要，但必須是依託於「形似」之基礎，在蘇軾論畫詩文中「神似」與「形似」實為兩相依附。藉蘇軾論書時亦隱約表達此觀點：

散卓筆，惟諸葛能之。他人學者，皆得其形似而無其法反不如常筆。

如入學杜甫詩，得其粗俗而已。〔註77〕

蘇軾以製作散卓筆為例，散卓筆乃相對於硬蕊的裏心筆，使毛筆含墨更為飽滿，並且剛柔相濟、流轉自如。宋代諸葛氏為製作散卓筆名家，蘇軾在此討論製作散卓筆，強調散卓筆不能只從外在形制上著手，其書寫的流轉成效才是制筆核心，就算臨摹名家之作至極為相似，亦無法成為此名家，如學杜甫作詩，就算臨摹極致亦不可能成為杜甫，杜甫只能有一位，因此「形似」若失其「法」，充其量只能為普通之作，因此不能只學其粗陋而亡失其精益。關於書法的特性，來自於中華文化裡特有的毛筆工藝，毛筆的形制，加上中華文字的圖像特性，增加書寫中華文字的藝術性。關於毛筆，《詩經‧邶風‧靜女》即有「貽我彤管」、「彤管有煒」〔註78〕詩句，「彤管」即為後來的筆，由於筆的書寫，大大增加傳遞訊息的方便性。秦始皇時期，蒙恬將軍為傳遞緊急軍令，改革了筆的製造，將毛與竹管結合，並以之命名，沾墨之後可書寫在白綾上，原須以雕刻的書寫方式更為便捷。再加上紙張的發明，筆的書寫方式必須因應之，書寫由原先的只具備功能性，〔註79〕轉而成為具有審美功

〔註77〕 〈書諸葛散卓筆〉，《蘇軾文集》卷七十，頁2234。

〔註78〕 《詩經‧邶風‧靜女》：「靜女其姝，俟我於城隅。愛而不見，搔首踟躕。靜女其變，貽我彤管。彤管有煒，說懌女美。自牧歸荑，洵美且異。匪女之為美，美人之貽。」

〔註79〕 〔東漢〕蔡邕〈筆賦〉對當時筆之形有具體的描述：「惟其翰之所生，於季冬之狡兔，性精亟以悍，體遄迅以騁步。削文竹以為管，加漆絲之纏束。形調摶以直端，染玄墨以定色。」魏晉時期最具代表性為《筆經》及「韋誕制筆法」。唐代時安徽宣州成為全國制筆中心，所生產的毛筆稱為「宣筆」。宋代宣州制筆名工輩出，此一時期，出現新式的毛筆——散卓筆，此筆逐漸趨向軟熟、散毫、虛鋒，改變了晉代以前的舊制。散卓筆在宋代頗為流行，曾有學者研究，無心散卓的出現與適應桌椅上懸肘懸腕書寫的需要有密切關系。宋代著名的制筆家為諸葛氏一家，有諸葛高、諸葛漸、諸葛豐、諸葛方等，其中最為出眾者為諸葛高。南宋，朝廷偏安一隅，政治、經濟、文化中心亦隨之南移。元代，浙江吳興（今湖州）的制筆業異軍突起，漸漸取代了宣筆的地位。明清時期，制筆在工藝上不但講究實用，且更注意裝飾。隨著書畫藝術的發展，作為工具的毛筆制作發展至鼎盛。

能的藝術性，加諸毛筆為中華傳統文化所特有，中華文字又有一字一音一方圖的特性，豐厚了書法成為書寫藝術之必然。〔註80〕

　　以中華文化特有的毛筆，推及於繪畫的創作，特別是探討蘇軾認為在繪製時「常理」多於「常形」的畫水藝術。蘇軾討論畫水時的「形似」與「神似」，而得「死水」與「活水」之差異：

> 古今畫水，多作平遠細皺，其善者不過能為波頭起伏。使人至以手捫之，謂有窪隆，以為至妙矣。然其品格，特與印板水紙爭工拙於毫釐間耳。唐廣明中，處士孫位始出新意，畫奔湍巨浪，與山石曲折，隨物賦形，畫水之變，號稱神逸。其後蜀人黃筌、孫知微，皆得其筆法。始，知微欲於大慈寺壽寧院壁作湖灘水石四堵，營度經歲，終不肯下筆。一日，倉皇入寺，索筆墨甚急，奮袂如風，須臾而成。作輸瀉跳蹙之勢，洶洶欲崩屋也。知微既死，筆法中絕五十餘年。近歲成都人蒲永昇，嗜酒放浪，性與畫會，始作活水，得二孫本意。自黃居寀兄弟、李懷袞之流，皆不及也。王公富人或以勢力使之，永昇輒嘻笑捨去。遇其欲畫，不擇貴賤，頃刻而成。嘗與余臨壽寧院水，作二十四幅，每夏日挂之高堂素壁，即陰風襲人，毛髮為立。永昇今老矣，畫益難得，而世之識真者亦少。如往時董羽，近日常州戚氏畫水，世或傳寶之。如董、戚之流，可謂死水，未可與永昇同年而語也。〔註81〕

蘇軾在上文討論畫水，並以多位畫家畫水的經歷且結合自己畫水經驗為例，在所有自然物象中，畫水事實上是繪畫裡一道無論技法與否的難題，尤其是水無「常形」的特性，遇「形」而「形」，水會依照環境所賦予之形而變化，甚至因環境特質而改變其特質。由於自然物質為無「常形」，有時必須仰賴畫家轉譯自然物質為圖畫語言符號的能力，〔註82〕《韓非子》曾說「畫鬼最易」，

〔註80〕蘇軾書畫論中討論筆墨紙硯約有九十筆，雖然工具之優劣可能影響一幅書畫作品，然本論文主論在於審美感悟、審美印象、審美心靈之探討，對於蘇軾書畫論中筆墨紙硯的探索論述，筆者只能待日後慢慢爬梳，目前暫時割愛。

〔註81〕〈畫水記〉，《蘇軾文集》卷十二，頁408。

〔註82〕本論文於第參章曾藉符號學中「符徵」與「符旨」討論蘇軾論畫之主體精神，此處的「符號」、「繪畫語言」意義如是，畫家可能有多種不同的畫水方式，因此「符徵」（多種畫水方式）多於「符旨」（水），然而單一位畫家畫水的繪畫語言（「符號」＝「符徵」＋「符旨」）卻是與其他畫家畫水的繪畫語言不同，其獨特性有了明顯的差異，當中所欲傳達的創作理念亦有獨特性。

因為生活中真正看得見鬼的人少之又少，無法加以品評等第；顧愷之〈魏晉勝流畫贊〉則言「凡畫，人最難。」生活的本質即是與人接觸，形形色色的人種樣貌俯拾可察，因此若是要以畫呈現人的樣態，無論形似或神似，品評者皆可說出一番大道理。然而，水卻是生活中輕易可拾，無形無色，如何畫得不失「形似」，又能不具匠氣，則是蘇軾該文所要探討的重點。

首先，蘇軾先談到「古今畫水，多作平遠細皺，其善者不過能為波頭起伏。使人至以手捫之，謂有窪隆，以為至妙矣。」在此提及水的「常形」——「多作平遠細皺」，一般人畫水多是呈現水的繚繞，頂多畫出水的波皺謂為善者，再者若能讓觀者賞畫的同時，指出水文下的窪隆，便以為上乘。但蘇軾卻認為，這些都只是畫出水的形似之處，「特與印板水紙爭工拙於毫釐間耳」，毫釐計較工拙，稱不上是有畫品的水。對照蘇軾在《蘇氏易傳》論述「水」乃無「常形」者：

> 萬物皆有常形，唯水不然，因物以為形而已。世以有常形者為信，而以無常形者為不信。然而，方者可以斫以為圓，曲者可以矯以為直，常形之不可恃以為信也如此。今夫水雖無常形，而因物以為形者，可以前定也。是故工取平焉，君子取法焉。唯無常形，是以遇物而無傷。唯莫之傷，故行險而不失其信。由此觀之，天下之信，未有若水者也。〔註83〕

蘇軾在此認為水乃無特定形狀者，遇方則方，遇圓則圓，就形而形之，難以畫出真正的水之形，但也因此得以比較出畫家對自然萬物細心觀察之深淺，藉表達無「常形」之水，識見畫家真正畫水的能力。

據此再回到蘇軾〈畫水記〉一文，則可理解蘇軾文中列舉多位畫家畫水之用意。唐朝時畫家孫位生卒年不詳，善畫人物、松石、竹墨、佛道，尤以畫水最為著名。筆力雄健，不以著色為上，性情疏野，襟抱超然，雖好飲酒，未曾沉酩，禪、僧、士，常與往還，然豪貴相請，禮有少慢，縱然贈以千金，難留一筆，據傳留下畫作〈高逸圖〉。〔註84〕蘇軾大讚孫位，「始出新意，畫

〔註83〕《蘇氏易傳》，北京：中華書局，1985年，頁69。

〔註84〕〈高逸圖〉又名〈七賢圖〉，卷捐本設色，45.2cm×168.7cm，上海博物館藏。關於孫位，歷代對其評價皆為逸格之類，如：〔宋〕陳師道《後山談叢》「孫位方不用矩，圓不用規，乃吳生之流也。」〔宋〕鄧椿《畫繼雜說》「畫之逸格，至孫位極矣，後人往往益為狂肆。」元・湯垕《畫鑒》「孫太古〈湖灘水石圖〉在浙石民瞻家，雙幅長軸，中畫一石高數尺，湍流激注，飛濤走雪，

奔湍巨浪，與山石曲折，隨物賦形，畫水之變，號稱神逸。」認爲孫位畫水
有其「新意」，無論是奔湍巨浪，或與山石曲折之水，皆展現出水隨物賦形的
特色，眞正將水之神形畫出，故蘇軾以「神逸」稱之。其後有黃荃、孫知微、
蒲永昇得其法，而蒲永昇爲蘇軾所贊，主要因其無欲無求，其筆下水之神態
近於心靈神態。在此，蘇軾認爲上乘之畫水，乃爲逸格之態，必須與畫家人
格相符，其所讚賞的畫家之「道」，主要意指「畫以適吾意」的創作理念，否
則僅求「形似」的水，只能稱爲「死水」而非「活水」。

　　蘇軾喜歡以水爲喻，闡述藝術家創作理念，曾說自己爲文如萬斛泉源：

　　　　吾文如萬斛泉源，不擇地皆可出在平地滔滔汩汩，雖一日千里無難。

　　　　及其與山石曲折，隨物賦形，而不可知也。所可知者，常行於所當

　　　　行，常止於不可不止，如是而已矣。甚他雖吾亦不能知也。〔註85〕

水之德猶如君子之德，〔註86〕因此蘇軾上文中認爲，在藝術創造中藝術家以
主觀之心迎合客觀物理，細觀「山石曲折」，而意念能「隨物賦形」，藝術家
於筆端展現悟道之理，以傳達自然物理。蘇軾特以水喻爲文，意指文思泉湧，
下筆如滔天巨浪，自己創作的心靈激盪，意念隨物賦形、依類賦彩，下筆自
然無所爲而爲，行於所當行，止於不可不止。

　　蘇軾曾在〈書鄢陵王主簿所畫折枝〉表達「論畫以形似，見與兒童鄰。」
之觀點，強調只追求「形似」的繪畫，與兒童初學繪畫時的追求相同。至元
代倪瓚〈答張仲藻書〉對此發表：「所謂畫者，不過逸筆草草，不求形似，聊
以自娛爾。」此種「聊以自娛爾」的傾向，使得「士人畫」脫離「畫工論」，
而眞正產生出「文人畫」的義涵。蘇軾論畫詩文之創作理念，認爲畫家在親
臨客體尋求靈感時，先要能辨識何者爲「常形」、「常理」，在進行繪畫時，以
追求「形似」爲基礎，但以傳神爲佳，誠如鄧椿《畫繼・雜說・論遠》簡單
明瞭地陳述畫的功用：「畫之爲用大矣。盈天地之間者，萬物悉皆含毫遠思，
曲盡其態。而所以能取盡者著，只一法爾。一者何也？曰：『傳神而已矣。』」
〔註87〕一幅堪稱上乘的畫作，能讓觀畫者見畫而心境幽遠，此畫則有傳形之

　　　　聽之自覺有聲，筆法甚老，黃荃不能過也。」

〔註85〕　〈自評文〉，《蘇軾文集》卷六十六，頁2069。

〔註86〕　《老子・第八章》言：「上善若水，水善萬物而不爭，處眾人之所惡，故幾於
　　　　道。居善地，心善淵，與善仁，言善信，正善治，事善能，動善時。夫唯不
　　　　爭，故無尤。」

〔註87〕　〔宋〕鄧椿《畫繼・雜說・論遠》，《畫史叢刊》（一），頁339。

功效、傳神之意境。

二、整合主體意識

　　藝術家經過觀察、回溯、記憶、回想等創作過程，收集一定的創作意象後，必須察看意象構思的發展程度，以便在意象構思成熟時即時進行創造。針對意象成熟以進行創造，朱光潛曾指出：

> 意象是生生不息的，直覺到一種意象並非難事，所困難者在於丟開許多平凡意象而抉擇一個最精妙的意象。最精妙的意象不一定是最初到來。一般平凡作家大半苟且偷安，得到一個意象欣然自足，不肯作進一層思索。眞正的藝術家卻要鞭辟入裡，要投到深淵裡去批泥探珠，所以他們所得到的意象精妙深刻，不落俗套。〔註88〕

朱光潛提到兩件事：其一是靈感的產生，有時搜索枯腸，終不得門道，有時卻是在不經意之處突然來到，而藝術家能將靈感來到時所得探得的意象，做最妥善的選擇與安排；其二是藝術家的層次別，一般平凡的藝術家尋得一意象則沾沾自喜，不肯再做進一步思考，而眞正的藝術家則不怕辛苦，不斷的尋求意象以求自我突破。

　　在蘇軾論畫詩文中，經常提到兩意象，一為「馬」，一為「竹」。蘇軾藉「馬」圖深度探討「形」與「神」，而藉墨「竹」道出藝術家目擊道存，在靈感稍縱即逝之前能立即將意象存留。

（一）形神兼備

　　以現代的語言詮釋，蘇軾認爲創作藝術在構思階段中，靈感能喚起豐富想像力，使無意識裡所累積的創造慾望，呈現於意識，構思泉湧。藝術家一旦進入此狀態，則會神采飛揚，不能自已。蘇軾論畫詩文經常提及馬圖，加以探索可了解蘇軾從馬圖落實其「形」與「神」的藝術理念，以下分爲四小點析論之。

1.馬之「形似」由「逼真」奪胎

　　蘇軾在觀馬圖時留下的詩作，一方面體現出圖像表達的逼眞，二方面更體現出其中畫家對於繪畫帶來典型性的重要價值理論。所謂「形似」，乃由「逼眞」之義奪胎，視蘇軾〈書韓幹牧馬圖〉：

〔註88〕《朱光潛美學文集》第一卷，頁 222。

　　南山之下，汧渭之間。想見開元天寶年，八坊分屯隘秦川。四十萬
匹如雲煙，騅駓駰駱驪騮駽，白魚赤兔騂皇輪，龍顱鳳頸獰且妍。
奇姿逸德隱駑頑，碧眼胡兒手足鮮。歲時剪刷供帝閑，柘袍臨池侍
三千。紅粧照日光流淵，樓下玉螭吐清寒。往來蹴踏生飛湍，眾工
舐筆和朱鉛。先生曹霸弟子韓，廄馬多肉尻脽圓。肉中畫骨誇尤難，
金羈玉勒繡羅鞍。鞭箠刻烙傷天全，不如此圖近自然。平沙細草荒
芊綿，驚鴻脫兔爭後先。王良挾策上天，何必俯首服短轅。〔註89〕

蘇軾在上文以詩的形式道出自己觀馬圖之心得。關於畫家韓幹，《名畫錄》曾
記載：「天寶中，召入供奉，能狀飛黃之質，圖噴玉之奇。開元後，外國名馬，
重譯累至。明皇擇其良者，與中國之駿同頒畫寫之。陳閎貌之於前，韓幹繼
之於後，寫渥洼之狀，若在水中，移驊騮之行，出於圖上，故幹居神品宜矣。」
〔註90〕道出開元之後，外國馬進入中國，唐明皇頒布皇令，由畫家將國外與
國內馬同列以寫其形，而韓幹畫馬最得神品。針對《名畫錄》之記，鄭午昌
則在《中國畫學全史》加以闡釋：

　　韓幹藍田人，少時常為賣酒家送酒，王右丞兄弟未遇時，每貰酒漫
遊，幹長征債於王家，細畫地為人，右丞奇其意趣，乃歲與錢二
萬，令韓畫，遂以著名。天寶初，入為供奉，官太府寺丞，善寫人
物，尤工鞍馬。初師曹霸，後獨擅其能，時陳閎以畫馬稱，召令韓
師之，而怪其不同，因詰之，奏曰：「臣自有師，陛下內廄之馬，皆
臣師也。」韓所畫馬，頗著靈感。安史之亂，沛艾馬種絕，幹端居
亡事，忽有人詣門稱鬼使，請馬一匹，訪馬醫，醫疑馬色相大似韓
幹所畫者，忽值幹，幹亦驚以為真類己設色者。遂摩挲之，馬若
蹶，因損前足，心異之，至舍視所畫畫本，果見馬足有一點黑缺。
此事《酉陽雜俎》、《名畫記》並載之，有類神話；然亦足證其畫之
真而神也。按丹青引：「弟子韓幹早入室，亦能畫馬窮殊相，幹為畫
肉不畫骨，忍使驊騮氣凋喪。……」則幹雖不及霸，故已早知名
矣。〔註91〕

〔註89〕　〈書韓幹牧馬圖〉，《蘇軾詩集》卷十五，頁721。
〔註90〕　〈書韓幹牧馬圖〉，《蘇軾詩集》卷十五，頁721。
〔註91〕　鄭午昌《中國畫學全史》，上海：上海古籍出版社，2001年9月，頁125。至
　　　　於杜甫〈丹青引〉（亦作〈丹青引贈曹將軍霸〉）原詩如下：「將軍魏武之子孫，
　　　　于今為庶為清門；英雄割據雖已矣！文采風流今尚存。學書初學衛夫人，但

從上文可以知韓幹受王維兄弟之讚賞，在唐代青綠山水當行之下，王維能品鑑出以擅畫佛僧人物的韓幹，畫技迴異於人之處，雖然唐玄宗命韓幹以陳閎為師，韓幹卻發出「臣自有師，陛下內廄之馬，皆臣師也」狂豪之語，充分展現自己外師造化於馬之形象，中得心源於馬之精神，此也符合前述朱光潛所提出，真正的藝術家不會滿足已尋得的意象，韓幹為蘇軾所認同，是真正不斷自我突破的藝術家。再者，蘇軾認為同樣的「物形」，在不同畫家筆下會產生不同的「物態」，此乃已經過畫家之「再創造」。韓幹之後，李公麟以韓幹為師，再如何描摹「物形」，也無法跳脫韓幹之技法。

關於皇室貴族之養馬，早在《史記‧秦本紀》即有紀錄：「非子居犬丘，好馬及蓄，擅養息之。周孝王召使主馬于汧、渭之間，馬大蕃息。」周孝王已有皇室養馬紀錄，而《唐‧兵志》則錄有皇室養馬機構：「八坊，一曰保樂，二曰甘露，三曰南普閏，四曰北普閏，五曰岐陽，六曰太平，七曰宜錄，八曰安定。八坊之田千二百三十頃，募民耕之，以給芻秣。」在開元、天寶鼎盛年間，京都長安附近秦嶺山下，屯田養馬面積之廣，由此可見皇室對馬匹的重視，在《名畫記》裡則特別提到：「明皇好大馬，御廄至四十萬匹，遂有

恨無過王右軍。丹青不如老將至，富貴于我如浮雲。開元之中常引見，承恩數上南薰殿，凌煙功臣少顏色，將軍下筆開生面。良相頭上進賢冠，猛將腰間大羽箭。褒公鄂公毛髮動，英姿颯爽猶酣戰。先帝御馬玉花驄，畫工如山貌不同。是日牽來赤墀下，迴立閶闔生長風。詔謂將軍拂絹素，意匠慘澹經營中，須臾九重真龍出，一洗萬古凡馬空。玉花卻在御榻上，榻上庭前屹相向；至尊含笑催賜金，圉人太僕皆惆悵。弟子韓幹早入室，亦能畫馬窮殊相；幹惟畫肉不畫骨，忍使驊騮氣凋喪。將軍善畫蓋有神，偶逢佳士亦寫真；即今漂泊干戈際，屢貌尋常行路人。途窮反遭俗眼白，世上未有如公貧；但看古來盛名日，終下坎壈纏其身。」（《全唐詩》卷二二○）另有一首〈韋諷錄事宅觀曹將軍畫馬圖〉（亦作〈觀畫馬圖詩〉）亦與韓幹之師曹霸有關：「國初以來畫鞍馬，神妙獨數江都王。將軍得名三十載，人間又見真乘黃。曾貌先帝照夜白，龍池十日飛霹靂。內府殷紅瑪瑙盤，婕妤傳詔才人索。盤賜將軍拜舞歸，輕紈細綺相追飛。貴戚權門得筆跡，始覺屏障生光輝。昔日太宗拳毛騧，近時郭家獅子花。今之新圖有二馬，復令識者久歎嗟。此皆騎戰一敵萬，縞素漠漠開風沙。其餘七匹亦殊絕，迥若寒空雜煙雪。霜蹄蹴踏長楸間，馬官廝養森成列。可憐九馬爭神駿，顧視清高氣深穩。借問苦心愛者誰，後有韋諷前支盾。憶昔巡幸新豐宮，翠花拂天來向東。騰驤磊落三萬匹，皆與此圖筋骨同。自從獻寶朝河宗，無復射蛟江水中。君不見，金粟堆前松柏裡，龍媒去盡鳥呼風。」（《全唐詩》卷二二○，國科會數位典藏國家型科技計畫──95 年度數位典藏創意學習計畫，http://cls.hs.yzu.edu.tw/tang/index.html，2006 年 9 月 1 日啟用）

沛艾大馬、西域大馬，骨力追風，毛彩照地，不可名狀，號木槽馬。」〔註92〕
唐明皇所養之馬爲胡馬種，韓幹所畫當就爲胡馬之姿。〈書韓幹牧馬圖〉詩中
所言「先生曹霸弟子韓，廄馬多肉尻脽圓。肉中畫骨尤難，金羈玉勒繡羅鞍。
鞭箠刻烙傷天全，不如此圖近自然。」可知蘇軾肯定唐朝韓幹所繪之屬於唐
代的馬形，多肉尻脽圓，肉中再畫骨是極爲困難的，此乃針對杜甫〈丹青引
贈曹將軍霸〉：「弟子韓幹早入室，亦能畫馬窮殊相。幹惟畫肉不畫骨，忍使
驊騮氣凋喪。」〔註93〕杜甫謂韓幹畫馬多肉，不見骨相，蘇軾則謂唐朝廄馬
本多肉，讚賞韓幹能「肉中畫骨」，點出韓幹畫馬的精髓。而皇室馬匹應有「金
羈玉勒繡羅鞍」，則爲韓幹馬圖增添屬於皇室名馬之明證，蘇軾言「此圖近自
然」乃讚賞韓幹逼眞描寫出皇室名馬。至於該詩提及許多馬種之名稱由何而
來？《毛傳》詁《詩經・駉》有云：「蒼白雜毛曰騅，黃白雜毛曰駓，陰白雜
毛曰駰，白馬黑鬣曰駱，純黑曰驪，赤身黑鬣曰騮。」〔註94〕另《曹瞞傳》
記：「呂布馬名赤兔。當時歌曰，人中有呂布，馬中有赤兔。赤黃曰騂，黃白
曰皇。」〔註95〕馬種各有其名，蘇軾能在掌握馬種名稱之後，就韓幹畫馬進
行藝術抒發。從蘇軾對韓幹畫馬的詩文，可以明瞭蘇軾認爲馬的「形似」在
一件藝術作品裡仍然居於重要地位。

　　〈書韓幹牧馬圖〉詩提到「歲時剪刷供帝閑」，當中「帝閑」一詞，指內
庭馬廄，用以強調皇室馬種十分多元，根據《新唐書・兵志》載：「尙乘掌天
子之御，左右六閑。……總十有二閑。爲二廄，一曰祥麟，二曰鳳苑。」又
根據《周禮・夏官》：「校人掌王馬之政，天子十有二閑，馬六種；邦國六閑，

〔註92〕《蘇軾詩集合注》，頁692。
〔註93〕杜甫〈丹青引贈曹將軍霸〉原詩如下：「將軍魏武之子孫，於今爲庶爲清門。
英雄割據雖已矣，文采風流今尚存。學書初學衛夫人，但恨無過王右軍。丹
青不知老將至，富貴於我如浮雲。開元之中常引見，承恩數上南薰殿。凌煙
功臣少顏色，將軍下筆開生面。良相頭上進賢冠，將士腰間大羽箭。褒公鄂
公毛髮動，英姿颯爽來酣戰。先帝御馬五花驄，畫工如山貌不同。是日牽來
赤墀下，迥立閶闔生長風。詔謂將軍拂絹素，意匠慘澹經營中。斯須九重眞
龍出，一洗萬古凡馬空。玉花卻在御榻上，榻上庭前屹相向。至尊含笑催賜
金，圉人太僕皆惆悵。弟子韓幹早入室，亦能畫馬窮殊相。幹惟畫肉不畫骨，
忍使驊騮氣凋喪。將軍畫善蓋有神，必逢佳士亦寫眞。即今漂泊干戈際，屢
貌尋常行路人。途窮反遭俗眼白，世上未有如公貧。但看古來盛名下，終日
坎壈纏其身。」《唐詩三百首》第六十一首。
〔註94〕同上註。
〔註95〕《蘇軾詩集合注》，頁693。

馬四種；家四閑，馬二種。」〔註96〕雖然供應皇室的天下名馬種類繁雜，當時群牧景象十分壯觀，但眞正能視見千里馬之伯樂則未必多，關於此，《莊子‧馬蹄》曾提：「伯樂曰：我善治馬。燒之，剔之，刻之，雒之，連之以羈馽，編織以皁棧，馬之死者，十二三以。」以善視馬的伯樂口中道出，要能視辨千里馬且能善養馬者才爲眞正的伯樂。

「王良挾策上天」詩句中提到「王良」一詞，據王文誥注爲：「趙簡子時御者。」又據《漢書‧王褒傳》云：「庸人御駑馬，亦傷吻敝策，而不進於行。及王良執靶，韓哀附輿，縱馳騁騖，忽如景靡，周流八級，萬里一息，何其遼哉，人馬相得也。」〔註97〕王良即爲眞正善養且懂馬者，正如韓愈〈雜說〉所謂「世有伯樂然後才有千里馬」之義，王良實爲眞正的伯樂。

蘇軾所認可的「馬形」，是與環境變動之後的隨機「馬形」，如同蘇軾〈書鄢陵王主簿所畫折枝〉「論畫與形似」之「形」，必了解蘇軾所反對之「形」，是在兒童認識世界裡的「不變之形」，樹有樹形，花要有花形，此只爲「常形」之形；而蘇軾認同的「形」，除了物體之「常形」，亦要有如謝赫六法中之「隨物賦『形』」，意指「物」在任何情境之中常有所變動，因此「形」亦應隨環境機動變革。

蘇軾之弟蘇轍亦能畫，針對韓幹畫馬亦寫文〈韓幹三馬〉，言韓幹雖畫三馬，但馬亦各有其態：

> 老馬側立鬃尾垂，御者高拱持青絲。心知後馬有爭意，兩耳微起如立錐。中馬直視翹右足，眼光已動心先馳。僕夫旋作奔佚想，右手正控黃金羈。雄姿駿發最後馬，回身奮鬣眞權奇。圍人頓轡屹山立，未聽決驟爭雄雌。物生先後亦偶爾，有心何者能忘之。畫師韓幹豈知道，畫馬不獨畫馬皮。畫出三馬腹中事，似欲譏世人莫知。伯時一見笑不語，告我韓幹非畫師。〔註98〕

蘇轍在文中提到，三匹馬各有其姿，各懷心意。老馬「鬃尾垂」，然而「心知後馬有爭意」，因此警覺高，呈現「兩耳微起如立錐」之形；中馬則「直視翹右足」，一副蓄勢待發的模樣，「眼光已動心先馳」，則將中馬的心理態勢描摹於畫作與詩句中；最後一匹馬最是「雄姿駿發」，「回身奮鬣眞權奇」之形躍

〔註96〕 《周禮‧儀禮‧禮記》，陳戌國點校，長沙：岳麓書社，1989 年，頁 89。
〔註97〕 《蘇軾詩集合注》，頁 693。
〔註98〕 蘇轍〈韓幹三馬〉，《蘇轍集》卷十五，中華書局，頁 295。

然紙上。雖然杜甫認為韓幹「畫肉不畫骨」，蘇軾謂其能「肉中畫骨」，蘇轍
謂其「畫馬不獨畫馬皮」，畫馬形之技法精湛，連「腹中事」已可書於圖作之
中。李公麟亦為畫馬能手，笑而不語，似有真意說道：「告我韓幹非畫師」，
當中所謂「畫師」〔註99〕實因韓幹「以萬馬為師」，長期細心觀察中熟知馬的
種種習性，是故蘇家兩兄弟皆稱許韓幹為真正專心作畫的藝術家。

蘇軾與黃庭堅各有次韻此詩，蘇軾〈次韻子由書李伯時所藏韓幹馬〉：

> 潭潭古屋雲幕垂，省中文書如亂絲。忽見伯時畫天馬，朔風胡沙生
> 落錐。天馬西來從西極，勢與落日爭分馳。龍膺豹股頭八尺，奮迅
> 不受人間羈。元狩虎脊聊可友，開元玉花何足奇。伯時有道真吏隱，
> 飲啄不羨山梁雌。丹青弄筆聊爾耳，意在萬里誰知之。幹惟畫肉不
> 畫骨，而況失實空留皮。煩君巧說腹中事，妙語欲遣黃泉知。不見
> 韓生自言無所學，廄馬萬匹皆吾師。〔註100〕

當中「幹惟畫肉不畫骨，而況失實空留皮。」巧妙將杜甫及蘇轍詩句融入，
最末則是表達「韓生自言無所學，廄馬萬匹皆吾師。」蘇軾肯定韓幹能從自
然中取得意象。而黃庭堅〈次韻子瞻和子由觀韓幹馬因論伯時畫天馬〉：

> 干闐花驄龍八尺，看雲不受絡頭絲。西河驄作葡萄錦，雙瞳夾鏡耳卓
> 錐。長楸落日試天步，知有四極無由馳。電行山立氣深穩，可耐珠韉
> 白玉羈。李侯一顧歎絕足，領略古法生新奇。一日真龍入圖畫，在
> 坰群雄望風雌。曹霸弟子沙苑丞，喜作肥馬人笑之。李侯論幹獨不
> 爾，妙畫骨相遺毛皮。翰林評書乃如此，賤肥貴瘦渠未知。〔註101〕

李伯時，名公麟，舒城人，南唐先主昪諸孫，舉進士，畫特精絕，意造天成。
黃庭堅所謂「曹霸弟子沙苑丞，喜作肥馬人笑之。李侯論幹獨不爾，妙畫骨
相遺毛皮。」李伯時認可被笑稱喜畫肥馬的韓幹，認為韓幹畫馬是「妙畫骨
相」，黃庭堅最末總結馬圖之「賤肥貴瘦」，畫家各有所好。

蘇軾另一首稱許韓幹之作〈書韓幹二馬〉，將馭馬人與馬之形相結合：

> 赤髯碧眼老鮮卑，回策如縈獨善騎。赭白紫騮俱絕世，馬中湛岳有
> 妍姿。〔註102〕

〔註99〕　「畫師」與「非畫師」之別，應作「士人畫」與「畫工畫」之別。真正的「士
　　　　人畫」為真正的活馬，含形、色、神、態，非僵化一成不變之馬形。
〔註100〕　〈次韻子由書李伯時所藏韓幹馬〉，《蘇軾詩集》卷二十八，頁 1503。
〔註101〕　〔宋〕黃庭堅《山谷全集》，台北：中華書局，1987 年，頁 542。
〔註102〕　〈書韓幹二馬〉，《蘇軾詩集》卷四十四，頁 2389。

詩中所謂「老鮮卑」，赤髯碧眼，形象逼眞，其動態之姿爲「回策如縈」，可知馭馬有道，因有道而「獨善騎」，一「獨」字則道盡「眼光獨到」，威風凜然之勢可見，善於相馬、馭馬，更呼應「赭白紫騮俱絕世」，此馬之形象具現，「馬中湛岳有妍姿」則將人與馬做一完整相和，雖畫人但仍是補托，以畫馬爲重點。

2. 馬之「傳神」有其淵源

東晉・顧愷之提出「以形寫神」，唐・張彥遠則有所批判，認爲：「得其形似，則無其氣韵；具其色彩，則失其筆法，豈曰畫也。」〔註103〕之後蘇軾提出「論畫以形似，見與兒童鄰」之表徵，由此可以瞭解，蘇軾認爲藝術作品得以恆久，必須反對呆板、無味之模擬追求，因爲「形」只爲對象之外部形態特徵，「神」則是對象內在精神、氣質。

蘇軾所謂「神」，乃指筆力之深刻性，爲人或事物之內在本質特徵，揭示著發生或發展之必然規律，摹情寫物若能掌握其與眾不同之特性，更深入其精神本色，此乃言「傳神」。石魯先生爲此曾有一番闡釋，其言道：「畫貴全神，而神有我神他神。入他神者我化爲物，入我神者物化爲神，然合二爲一則全矣。」此可與莊子之「物化」理論、王國維《人間詞話》「能入」與「能出」理論、西方美學中「移情說」理論、「內模仿」〔註104〕理論相互參看。

關於「傳神」，蘇軾曾撰〈傳神記〉云：

> 傳神之難在目。顧虎頭云：「傳形寫影，都在阿睹中。」其次在顴頰，吾嘗於燈下顧自見頰影，使人就壁模之，不作眉目，見者皆失笑，知其爲吾也。目與顴頰似，餘無不似者。眉與鼻口，可以增減取似也。傳神與相一道，欲得其人之天，法當於眾中陰察之。今乃

〔註103〕〔唐〕張彥遠《歷代名畫記》，《畫史叢刊》（一），頁36。

〔註104〕谷魯斯認爲，審美欣賞總是同情地分享著旁人的生活和情緒，或者外物的姿態和運動，這種分享又被內模仿的運動神經活動，被軀體四肢的活動所推進。內模仿作用使審美主體的心靈中產生一種主動自覺的幻覺，使主體把自我加以變形，投射到外物中去。（金元浦主編，滿興遠副編《文藝心理學》，北京：中國人民大學出版社，2003年，頁289。）因此所謂「內模仿」，即是主體在不自覺的情況下受到對象之牽引，從內心意識中對對象的模仿。然而此種模仿衝動，只能以內心掙扎與反抗的形式表現出來。畫家在觀馬時，不可能隨著馬奔馳，只能內心隨著馬奔馳。蘇軾在觀馬圖時亦如此，無法得知蘇軾當時是否於畫家創作時進入畫室觀看畫家畫馬，但可以得知的是，藉由觀馬，蘇軾已「物化」爲馬匹，此種內模仿讓蘇軾得以生動描摹馬匹。

使人具衣冠坐，注視一物，彼方斂容自持，豈復見其天乎！凡人意思各有所在，或在眉目，或在鼻口。虎頭云：「頰上加三毛，覺精采殊勝。」則此人意思蓋在鬚頰間也。優孟學孫叔敖抵掌談笑，至使人謂死者復生。此豈舉體皆似，亦得其意思所在而已。使畫者悟此理，則人人可以爲顧、陸。吾嘗見僧惟眞畫曾魯公，初不甚似。一日，往見公，歸而喜甚，曰：「吾得之矣。」乃於眉後加三紋，隱約可見，作偃首仰視眉揚而頰蹙者，遂大似。南都程懷立，眾稱其能。於傳吾神，大得其全。懷立舉止如諸生，蕭然有意於筆墨之外者也。故以吾所聞助發云。〔註105〕

蘇軾認爲「傳神」倚賴於「形似」，但在此可以了解蘇軾所謂「傳神」有三層次：第一，顧愷之之「阿睹」說：以《世說新語》中提到顧愷之，爲廟中龍點睛，龍即飛去之典，說明「傳神寫照正在阿睹之中」傳神之難。《孟子·離婁上》曾論眼眸能傳神：「觀其眸子，人焉廋哉？」〔註106〕蘇軾謂顧愷之能敏銳而準確地掌握最能突出對象客體本質特徵的「眼睛」，正是「傳神」的秘訣。第二，「顴頰夾三毛」之「殊勝」說：眼睛爲重點特徵，其次則人人不同，故云「凡人意思各有所在」，人人之特徵形象不一而定，將主要特徵描摹，遂以次要形象別之，其殊象更明確。而其「意」之表達有兩重義：一爲寫物象之大意；一爲寫創作者胸中之意〔註107〕。第三，「筆墨之外」之「傳神」說：「欲得其人之天，法當於眾中陰察之」，意味「傳神」乃「得人之天」，有其超然神往之態，必須於長時期仔細觀察，且必須觀察客體與自然環境之交互作用，

〔註105〕　〈傳神記〉，《蘇軾文集》卷十二，頁400。

〔註106〕　《孟子·離婁上》：「孟子曰：『存乎人者，莫良於眸子，眸子不能掩其惡。胸中正，則眸子瞭焉；胸中不正，則眸子眊焉。聽其言也，觀其眸子，人焉廋哉？』」

〔註107〕　張建軍：「寫意有兩重含義：一是寫其大意，二是寫胸中之意，前一重含義，如元人湯垕《畫鑒·雜論》：『畫梅爲之寫梅，畫竹爲之寫竹，畫蘭爲之寫蘭。何哉？蓋花卉之至清，畫者當以意寫之，不在形似耳。』……阮璞《畫學叢證》：『細味其說，所謂寫意，乃謂不寫其形似，而在寫其大意，此大意乃是花卉本有意態，故曰以意寫之耳。寫意者，謂寫其物，非謂畫家自寫其意。』後一重意，如倪雲林《倪雲林集》：『以中每愛於畫竹。余之竹，聊以寫胸中逸氣耳，豈復較其似與非，葉之繁與疏，枝之斜與直哉！或塗抹久之，他人視之爲麻爲蘆，僕亦不能強辨爲竹，眞沒奈覽者何，但不知以中視爲何物耳？』」（張建軍〈傳神、寫意、入理——蘇軾的繪畫理論〉，《山東藝術學院學報（齊魯藝苑）》，2007年第4期，頁5）

尋求客體在自然環境中的自然表現，才是眞正彰顯客體之「神」，更體現藝術家主觀創造之「神」。杜甫也讚揚韓幹，於其文章〈畫馬贊〉提及：「韓幹畫馬，筆端有神。」〔註108〕藝術家藉由自己創作的體驗，以品察出文藝作品「傳神」之深味。

由蘇軾「傳神」之深味，再細視蘇軾對韓幹畫馬所做〈韓幹馬十四匹〉：

> 二馬並驅攢八蹄，二馬宛頸駿尾齊。一馬任前雙舉後，一馬卻避長鳴嘶。老羝奚官騎且顧，前身作馬通馬語。後有八匹飲且行，微流赴吻若有聲。前者既濟出林鶴，後者欲涉鶴俛啄。最後一匹馬中龍，不嘶不動尾搖風。韓生畫馬眞是馬，蘇子作詩如見畫。世無伯樂亦無韓，此詩此畫誰當看？〔註109〕

歷代文人對本詩之評價各有不同：有就其觀馬之形而論者，如：洪邁《容齋五筆》卷七〈韓蘇杜公敘馬〉：

> 韓公〈人物記〉敘馬處云：「馬大者九匹，於馬之中又有上者下者馬，行者，牽者，奔者，涉者，陸者，翹者，顧者鳴者，寢者，訛者，立者，齕者，飲者，溲者，陟者，降者，癢磨樹者，噓者，嗅者，喜而相戲者，怒而踶齧者，秣者，騎者，驟者，走者，載服物者，載狐兔者，凡馬之事二十有七焉。馬大小八十有三，而莫有同者焉。」秦少游謂其敘事該而不煩，故仿之而作〈羅漢記〉。坡公賦〈韓幹十四馬〉詩云。詩之與記，其體雖異，其爲布置鋪寫則同。誦坡公之語，蓋不待見畫也。予《雲林繪鑑》中有臨本，略無小異。杜老〈觀曹將軍畫馬圖〉云。其語視東坡，似若不及，至於「斯須九重眞龍出，洗萬古凡馬空」，不妨獨步也。〔註110〕

認爲讀此詩之後無需再見畫。有就其體裁而論者，如汪師韓《蘇詩評選箋釋》卷二云：

> 韓子〈畫記〉，只是記體，不可以入詩。杜子〈觀畫馬圖詩〉，只是詩體，不可以當記。杜、韓開其端，蘇乃盡其極，敘次歷落，妙言奇趣，觸緒橫生。嘹然一吟，獨立千載。〔註111〕

〔註108〕杜甫《杜工部集》，亦收錄於俞崑編著《中國畫論類編》（下），台北：華正書局，1984年，頁1016。
〔註109〕〈韓幹馬十四匹〉，《蘇軾詩集》卷十五，頁767。
〔註110〕《蘇詩彙評》，台北：文史哲出版社，1998年，頁630。
〔註111〕《蘇詩彙評》，頁631。

認為蘇軾結合詩與記之體格。此詩從彼處得法，加以變化，更具傳神且含託諷意。有就蘇軾本色而論者，如日本・賴山陽《東坡詩鈔》卷三云：

> 韓幹所畫十四匹馬圖，當時人之所能知，故書題如此。此詩詼諧，不如前詩之嚴正可法，而今撰之者，徒取其本色耳。此詩無一句淵源古人之作者，是東坡自我作古之意。（「二馬並驅攢八蹄」）單刀直入。此詩比前詩，雖句數稍齊，自是小品局面，故起亦用單刀直入法。（「一馬任前雙舉後」）韓非子云：馬之能走者，任前舉後。（「老髯奚官騎且顧」）二字（老髯）取姿。（「微流赴吻若有聲」）東坡本色。是畫。（「後者欲涉鶴俛啄」）新奇。〔註112〕

認為韓幹之畫馬或畫人在蘇軾筆下，能顯其本色。有就其章法次序而論者，如：方東樹《昭昧詹言》卷一二云：

> （歐陽脩）〈盤車圖〉先寫逆捲，題畫老法。坡公喻此，作〈韓幹十五馬〉。……敘十五馬如畫，尚不爲奇，至於章法之妙，非太史公與退之不能知之。故知不解古文，詩意不妙。放翁所以不快人意者，正坐此也。起四句分敘寫，「老髯」二句一束夾，此爲章法。「微流」句欲疾，「前者」二句，總寫八匹，「最後」二句補道足。「韓生」句，前敘後議。收自道此詩。直敘起，一法也。序十五馬分合，二也。序夾寫如畫，三也。分合敘參差入妙，四也。夾寫中忽入「老髯」二句議，閒情逸致，文外之文，弦外之音，五妙也。夾此二句，章法變化中，又加變化，六妙也。後「八匹」，「前者」二句忽斷，七妙也。橫雲斷山法，此以退之〈畫記〉入詩也。〔註113〕

認為蘇軾此詩章法極具變化，並巧妙將韓愈文章入詩。有就其馬分寫而論者，如紀昀評《蘇文忠公詩集》卷一五云：「杜公『韋諷宅觀畫馬』詩，獨創九馬分寫之後人能學其法，不能有其妙。章法之說，山谷亦不能解，卻勝他人。」〔註114〕認為蘇軾此詩盡得八妙。

　　綜觀歷代詩評各有依託，然而蘇軾在〈韓幹馬十四匹〉主要提出的「傳神」之辨，乃在於詩裡針對韓幹所繪每一匹馬皆作了極爲詳盡的解讀，〔註115〕

〔註112〕《蘇詩彙評》，頁632。
〔註113〕《蘇詩彙評》，頁632。
〔註114〕《蘇詩彙評》，頁632～633。
〔註115〕歷代詩評曾針對詩題中「十四」與詩的內容（十六匹）和畫裡馬的數量作考察，筆者本論文重點在於蘇軾論畫詩文並非考證，故此處略而不談。

故最末說「韓生畫馬眞是馬，蘇子作詩如見畫。」意味若伯樂仍在世，將會視韓幹所畫之馬爲千里馬；若韓幹亦在世，則會讚賞蘇軾能讀出其馬圖中每一匹馬的眞精神。由此可明證，蘇軾認爲畫馬「傳神」，並非指依照馬形描摹，乃必須針對每一匹馬的特性傳寫，馬形有其「共相」，亦有其「殊相」，眞正的好畫家是要能畫出深具代表性的典型「殊相」，才能畫出栩栩如生的馬圖，因此蘇軾獨排眾議讚賞韓幹畫馬。

再視東坡〈戲書李伯時畫御馬好頭赤〉：

> 山西戰馬饑無肉，夜嚼長稭如嚼竹。蹄間三丈是徐行，不信天山有坑谷。豈如廄馬好頭赤。立仗歸來臥斜日。莫教優孟卜葬地，厚衣薪櫝入銅歷。〔註116〕

此處以《史記‧滑稽列傳》所載楚莊王典故表明戰馬與廄馬之異，〔註117〕以環境襯托出客體之「殊相」，創作者主觀之描摹亦可顯現於其中，「戰馬」之「無肉」，與「廄馬」之「厚葬」形成強烈對比。黃庭堅曾次韻此詩：「李侯畫骨亦畫肉，筆下馬生如破竹。秦駒雖入天仗圖，猶恐眞龍在空谷。精神權奇汗溝赤，自有赤烏能逐日。安得身爲漢都護，三十六城看歷歷。」〔註118〕晁補之亦有次韻詩：「崑崙龍種非凡肉，不但蹄高耳批竹。區區吳蜀有二駿，跳過斷橋飛出谷。萬蹄縱收原野赤，汧隴收駒日復日。未須天廄驚好頭，冀北未空聊一歷。」〔註119〕名馬之炯炯有神駿，李伯時能將之繪出，因此「畫骨亦畫肉」，主要能將神態繪出。《欒城集》亦有次韻此詩云：「沿邊壯士生食肉，小來騎馬不其竹。翩然赤手挑青絲，捷下顚崖試深谷。牽入故關榆葉赤，未慣中原暖風日。黃金絡頭依圈人，俯聽北風懷所歷。」〔註120〕塞外飽受風霜之戰馬，風神之姿，「未慣中原暖風日」則描繪出「戰馬」之自然型態，在

〔註116〕〈戲書李伯時畫御馬好頭赤〉，《蘇軾詩集》卷三十，頁1590。
〔註117〕《史記‧卷一二六‧滑稽列傳‧第六十六卷》：「楚莊王有愛馬，病肥死，欲以大夫禮葬之，左右爭之，以爲不可。王下令曰：『敢以馬諫者，罪致死。』優孟聞之，入殿門大哭。王驚問其故。優孟問：『以大夫禮葬之薄，請以人君禮葬之。』王曰：『寡人之過，一至此乎，爲之奈何？』優孟曰：『請爲大王六畜葬之，以壠竈爲椁，銅歷爲棺，齎以薑棗，薦以木蘭，祭以粳稻，衣以光火，葬之於人腸腹。』於是王乃是以馬屬大官。」（司馬遷《史記》，《蘇軾詩集》王文誥亦引此爲注）
〔註118〕《蘇軾詩集合注》，頁939。
〔註119〕蘇軾〈戲書李伯時畫御馬好頭赤〉，《蘇軾詩集》卷三十，中華書局，頁1590。
〔註120〕蘇軾〈戲書李伯時畫御馬好頭赤〉，《蘇軾詩集》卷三十，頁1590。

戰場上的叱吒神勇，僅以「黃金絡頭依圍人，俯聽北風懷所歷」帶過。

　　上述為蘇軾觀馬圖作品中呈現客觀物態之形，與蘇軾主觀描摹馬之神韻相和，用以強調藝術創作中「傳神」的重要。

3. 創作者主觀神思

　　藝術創作者主觀理念在創作過程中將如何展現？對此，劉勰《文心雕龍・神思・第二十六》對創作者的神思有深入討論：

> 古人云：「形在江海之上，心存魏闕之下。」神思之謂也。文之思也，其神遠矣。故寂然凝慮，思接千載，悄焉動容，視通萬里；吟詠之間，吐納珠玉之聲，眉睫之前，卷舒風雲之色：其思理之致乎？故思理為妙，神與物遊，神居胸臆，而志氣統其關鍵；物沿耳目，而辭令管其樞機。樞機方通，則物無隱貌；關鍵將塞，則神有遯心。是以陶鈞文思，貴在虛靜，疏瀹五藏，澡雪精神；積學以儲寶，酌理以富才，研閱以窮照，馴致以〔懌〕（繹）辭；然後使玄解之宰，尋聲律而定墨；獨照之匠，窺意象而運斤：此蓋馭文之首術，謀篇之大端。〔註121〕

劉勰指出創作者的「神思」乃為「文之思」，意念在創作者心中細微的波動，化為作品則是翻騰萬覆，此時時間與空間凝煉，故須以創作者「志氣」為統「其關鍵」，而「辭令管其樞機」，當神思有所阻隔，則無法操弄傳遞情思之媒材。因此「陶鈞文思，貴在虛靜，疏瀹五藏，澡雪精神；積學以儲寶，酌理以富才，研閱以窮照，馴致以〔懌〕（繹）辭」，創作者無論是陶冶性情或努力績學、磨練創作技巧，都是在作情感抒發時的準備，必須要能掌握客觀事物之「神」，而就主觀之「思」創作。因而「神思方運，萬塗競萌，規矩虛位，刻鏤無形；登山則情滿於山，觀海則意溢於海，我才之多少，將與風雲而並驅矣。」一旦靈感到來，則能充分運用長期累積的能量，描寫自然能使自然盡顯，描寫人情則情感動人。最末劉勰以「贊曰：神用象通，情變所孕。物以貌求，心以理應。刻鏤聲律，萌芽比興。結慮司契，垂帷制勝。」〔註122〕提醒藝術創作者：「制勝」之關鍵在於「神用象通，情變所孕」，創作者主觀情思操控意念的運使，掌握意象的運用，而「神思」能否運用得宜，則為創作者長期積累之功力。

〔註121〕劉勰《文心雕龍・卷六・神思・第二十六》，頁195。
〔註122〕劉勰《文心雕龍・卷六・神思・第二十六》，頁196。

　　由此可知，創作者必須有「摹形」之功力，亦要有「傳神」之效能，然而有「形」、有「神」，但若藝術作品裡失去眞誠，那麼此作品的價值必蕩然無存。

　　所謂的「美」就黑格爾所言只是「理念的感性顯現」，感性的外衣，包覆著深似海的理智。正如蘇軾觀馬圖所寫下的論畫詩文，強調馬圖必須要能展現畫家對於馬的眞情樣態，沒有「眞」，何以傳「神」？連「神」皆無法達到，「形」何以爲藉？

　　關於在作品中傳達眞誠，盛唐詩人白居易曾在重「神」之餘亦重「眞」。於〈畫記〉言道：「畫無常工，以似爲工；學無常師，以眞爲師。故其措一意，狀一物，往往運思中神會，髣髴焉，若敺與役靈於其間者。」〔註123〕當中指出，所謂畫之「形」，乃畫家經過神秘的精神體驗與「內模仿（inner imitation）」〔註124〕之後藝術構思，才能「役靈於其間」，此「形」早已脫離物象之形似，而蘊含藝術家的感受與思想。宋·董逌曾對白居易之言論作闡釋：「樂天言畫無常工，以似爲工，畫之貴似，豈其形似之貴耶？要不期於似者所以貴也。」〔註125〕董逌所謂「不期於所以似」之「似」，意指渾然天成，不帶半點實驗性質的描摹，而所謂「眞」，類同於《莊子·漁父》：「眞者，精誠之所致也。不精不誠，不能動人。」因此白居易所謂「眞哀無聲而悲，眞怒未發而威，眞親未笑而和。眞在內者，神動於外，是以貴眞也。」〔註126〕由此可以推斷白

〔註123〕白居易〈畫記〉：「無動值，無小大，皆曲盡其能。莫不向背無遺勢，洪纖無遁形。迫而視之，有似乎水中，了然分其影者。然後知學在骨髓者，自心術得；工侔造化者，由天和來。張但得於心，傳於手，亦不自知其然而然也。至若筆精之英華，指趣之律度，予非畫之流也，不可得而知之。今所得者，但覺其形眞而圓，神合而全，炳然，儼然，如出於圖之前而已。」（俞崑編著《中國畫論類編》，台北：華正書局，1984年，頁25）
〔註124〕十九世紀下半葉出現「內模仿說」，主要側重於以生理學和心理學結合的角度來研究審美心理與審美感受，對審美過程中某些生理、心理現象做了精細的描述和論證。「內模仿說」的主要代表人物是德國的谷魯斯（Karl Groos，1861～1946）和英國的浮龍·李（Ver Vernon lee，1856～1935）。有些學者認爲「內模仿說」是「移情說」的一個分支，但二者又有很多的不同。人的模仿可以分爲兩種：一爲外模仿，即行爲模仿；另一爲內模仿，即心理模仿。立普斯（Theodor Lipps，1851～1914）的「移情說」，側重的是由我及物，即將審美主體的情感通過移情作用，外移到審美物件上去；而谷魯斯的「內模仿說」，側重由物及我，即將審美物件的姿態或運動，通過內模仿傳遞給審美主體。
〔註125〕〔宋〕董逌《廣川畫跋》，《畫品叢書》，頁223。
〔註126〕白居易〈畫記〉，俞崑編著《中國畫論類編》，頁25。

居易之「眞」乃畫家毫無矯揉造作之眞實情感，五代・荊浩〈筆法記〉曾推論畫家毫無造作的眞實情感：

> 度物象而取其眞。物之華，取其華；物之實，取其實。不可執華爲實。若不知術，苟似可也，圖眞不可及也。……曰：「何以爲似？何以爲眞？」叟曰：「似者得其形，遺其氣；眞者，氣、質俱勝。」凡氣傳於華，遺於象，象之死也。〔註127〕

由此可知，荊浩所謂藝術圖像若只存「形」而未能存「氣」，而必須要有「眞」才能俱含「氣、質」，過份雕琢「形似」之「象」將失其「眞」，且必須要能「度」，精準象物，才能得「眞」，此「眞」即爲藝術家主觀作用的創造「眞」，否則「遺於象」則是「象之死」。

其次，對照西方美學及藝術家對於藝術之「眞」。法國思想家莫里斯・梅洛・龐蒂（Maurice Merleau-Ponty，1908～1961）曾說：

> 瓦萊里（Valéry）說，畫家「提供他的身體」。而在事實上，人們也不明白一個心靈（esprit）何以能夠繪畫。正是通過把他的身體借給世界，畫家才把世界變成了畫。爲了理解這些質變（transsubstantiation），必須找回活動的、實際的身體，它不是一隅空間，一束功能，它乃是視覺與運動的交織（entrelacs）。〔註128〕

梅洛・龐蒂指出，畫家代替造物者立言，然而並非「照相機」〔註129〕式的描摹自然，隱含創作者之巧思與「再創造」，此種眞實性，已於事物之普遍性（共性）中提出其特殊性（個性）。宋代《宣和畫譜》與此相應：「率能奪造化而移精神，遐想若登臨攬物之有得也。」能夠「移精神」，必然已「登臨攬物」時久，而思索有得。俄國作家托爾斯泰（Лев Николаевич Толстой，1828～1910）曾表達眞假藝術的判斷：「區分眞藝術與假藝術有一不可懷疑的標誌——那就是藝術的感染性。」眞實的情感無法複製，這才是眞實的感人之處。至於美國美學家喬治・桑塔耶納（George Santayana，1863～1952）曾說美感的價值爲：「美是一種價值，不是事實，美感是一種價值的知覺，而不是對事實的知覺。」感性的描摹眞實，與機械式模擬的價值不同，機械的模擬只能

〔註127〕荊浩〈筆法記〉，俞崑編著《中國畫論類編》，頁605。
〔註128〕〔法〕莫里斯・梅洛・龐蒂／楊大春譯《心與眼》，北京：商務印書館，2007年6月，頁35。
〔註129〕李可染曾於其《李可染畫論》中提到，所謂繪畫「不應與照相機爭功」。意指不應過於強調物物極爲精準的寫實。

得物象之眞。

　　而蘇軾如何論述藝術作品是否傳達藝術家的眞誠？視蘇軾〈韓幹馬〉詩：

> 少陵翰墨無形畫，韓幹丹青不語詩。此畫此詩眞已矣，人間駑驥漫爭馳。〔註130〕

蘇軾提出詩爲無形畫，畫乃無聲詩，雖兩者媒材之掌握有所不同，然皆爲創作者之眞性情流露。德國文藝理論家戈特霍爾德・埃夫萊姆・萊辛（Gotthold Ephraim Lessing，1729～1781）曾針對詩與畫作討論：

> 詩和畫固然都是模仿的藝術，出於模仿概念的一切規律固然同樣適用於詩和畫，但是二者用來模仿的媒介或手段卻完全不同，這方面的差異就產生出他們各自的特殊規律。繪畫運用在空間中的形狀和顏色。詩運用在時間中明確發出的聲音。前者是自然的符號，後者是人爲的符號，這就是詩和畫各自特有的規律的兩個源泉。〔註131〕

萊辛事實上強調詩與畫模仿自然的媒介或方式是不同的，前者爲時間藝術，後者爲空間藝術，各有各的規律，但都是傳達人間的「眞實」。

　　蘇軾亦認爲可藉由藝術傳達人間眞實，〈韋偃牧馬圖〉可以應證：

> 神工妙技帝所收，江都曹韓逝莫留。人間畫馬惟韋侯，當年爲誰掃驊騮。至今霜蹄踏長楸，圉人困臥沙壠頭。沙苑茫茫蒺藜秋，風駿霧鬣寒颼颼。龍種尚與駑駘遊，長楸短苴豈我羞。八駿六轡飛馬謀，古來西山與東邱。〔註132〕

關於韋偃，唐・張彥遠《歷代名畫記》：「韋偃工畫山水、高僧、奇士、老松、異石，筆力勁健，風格高舉。」〔註133〕而朱景玄《唐朝名畫錄》則錄：「韋偃，京兆人。寓蜀，善畫山水、竹樹、人物，以戲筆點綴鞍馬，千變萬態，曲盡

〔註130〕〈韓幹馬〉，《蘇軾詩集》卷四十八，頁2630。
〔註131〕萊辛原著／朱光潛譯〈關於《拉奧孔》的筆記・十六章・詩畫的界限〉，《詩與畫的界線》，台北：駱駝出版社，2001年，頁181。其中又言：「詩人如果描繪一個對象而讓畫家能用畫筆去追隨他，他就拋棄了他那門藝術的特權，使他受到一種侷限，在這種侷限之內，詩就遠遠落後於它的敵手。既然形狀和顏色是自然的符號，而我們用來表達形狀和顏色的文字卻不是自然符號，所以運用形狀和顏色的藝術比起能滿足於運用文字的藝術，在效果上必然要遠較迅速生動。」（頁183）
〔註132〕〈韋偃牧馬圖〉，《蘇軾詩集》卷四十四，頁2397。
〔註133〕〔唐〕張彥遠《歷代名畫記》卷九，《畫史叢刊》（一），頁125。

其妙，韓幹之匹也。」〔註 134〕由此可知韋偃〔註 135〕之畫馬爲「戲墨」之作。然何謂「戲墨」？戲墨乃即興點染寫意之作，〔註 136〕非刻意布置、精心設計之作，關於「戲墨」，元・吳鎮曾言：「戲墨之作，蓋士大夫詞翰之餘，是一時之興趣。」〔註 137〕吳鎮認爲乃士大夫「一時之興趣」，而元・湯垕《畫鑒》則認爲：「遊戲筆墨，高人勝士寄興寫意者，愼不可以形似求之。先觀天眞，次觀意趣，相對忘筆墨之迹，方爲得之。」〔註 138〕湯垕以「寄興寫意」言筆墨之趣，依照客體物象之「天眞」，而以創作者主觀「意趣」傳寫，但此中極重要之處在於「忘筆墨之迹」，唯有「忘筆墨之迹」才可得「遊戲筆墨」，即興點染之戲墨之作，爲遊戲之創作態度，此遊戲態度使創作主體得到精神之自由，藝術家非爲了直接功利而創作，反而使創作主體得到內心之眞自由，使內在情緒得以抒發。〔註 139〕至於同時代的杜甫曾寫〈題壁上韋偃畫馬歌〉：「韋侯別我有所適，知我憐君畫無敵。細拈禿筆掃驊騮，眼見麒麟出東壁。一匹齕草一匹嘶，坐看千里當霜蹄。」〔註 140〕杜甫詩可證明韋偃之禿筆畫馬之形，乃韋偃觀察馬的眞實生活後所悟得之馬形。由此可明證，蘇軾藉由韋偃馬圖與杜甫題韋偃畫馬詩，深刻體悟江都王、曹霸、韓幹、韋偃皆爲畫馬之能手，畫馬名家皆有屬於自己傳馬眞精神之樣態。

4. 雕琢不爲精細而爲審美人生

　　蘇軾論畫詩文中描繪馬之「形」各有其態，精雕細琢主要爲傳達馬之「神」。對此《文心雕龍・附會》曾對於圖形之細描有所言：「夫畫者謹髮而易貌，射者謹毫而失墻，精銳細巧，必疏統體。」〔註 141〕以畫工只著重描繪頭髮而失卻容貌之眞，射手只針對毫毛之處斤斤計較而丟掉像墻一樣的大目

〔註 134〕〔唐〕朱景玄《唐朝名畫錄》，《畫品叢書》，頁 80。

〔註 135〕吳若《杜詩注》：「『偃』作『鷗』。」《東觀餘論》：「韋鷗十馬後，有元和李吉甫題字。少陵有〈韋鷗畫馬詩〉。」（《蘇軾詩集》卷四十四，頁 2398）。

〔註 136〕張晶《美學的延展・墨戲論》，北京：商務印書館，2006 年 10 月，頁 302～315。張晶言：「墨戲濫觴於唐代，成熟於宋代，而在元明清則典型地體現著文人畫的審美意識。」（頁 310）

〔註 137〕俞崑編著《中國畫論類編》，頁 27～40。

〔註 138〕俞崑編著《中國畫論類編》，頁 22～24。

〔註 139〕主體內在之需要，若非自我實現之精神何爲？《莊子》裡藉宋元君之口大讚「解衣盤礴」之畫史爲「眞畫」，意同於畫家康丁斯基：「內在需要的衝動。」

〔註 140〕〔唐〕杜甫，〔清〕仇兆鰲注，《杜詩詳注》卷之九，北京：中華書局，1999年，頁 753。

〔註 141〕《文心雕龍・附會・第四十三》，頁 259。

標為例，指出精神灌注於小巧之上必然疏忽大體。清‧鄒一桂《小山畫譜》亦有言論此：「未有形不似而反得其神者。此老不甚工畫，故以此自文，猶云勝固欣然，敗亦可喜。空鉤意釣，豈在鱭鯉？亦以不能類，故作此禪語耳。……而東坡乃以形似謂非，直謂之門外人可也。」〔註142〕鄒一桂藉「勝敗」說、「空鉤意釣」解析蘇軾「形神」論，蘇軾所謂的「形神」非如「勝敗」二元對立，更非「空鉤意釣」只為無形，蘇軾論畫「形神」主要表達「形」與「神」兩者關係，求「神似」的基礎在於「形似」，但若「形似」過於片面追求客體之「真」，反而失卻其「真」，作品要能傳達主體創作之「真」，才能符合蘇軾論畫詩文裡所謂「形神兼備」。

由此路徑進一步推演，詩與畫的表現形式、媒介手段固然不同，但創作靈感的觸發卻是相通的，明‧李日華《論畫》曾論創作靈感的觸發：「點墨落紙，大非細事；必須胸中廓然無一物，然後煙雲秀色，與天地生生之氣，自然湊泊筆下，幻出奇詭。」〔註143〕流露出藝術家觸物興發的創作衝動與其無功利目的的創作意圖。

題畫詩或觀畫詩的畫面形象，往往是詩人感情的緣起，山水、人物、動物畫面是詩人聯想或感慨的一個觸發點，詩人有感於畫中景物，與自己所要表現的氣質、感情有相通之處，因此借題發揮，吟詠情志。蘇軾論畫詩文中展現其特有的審美態度，審繪畫之美，審人生之美，因而王水照評論蘇軾的人生為一種「審美的人生」：

> 審美的人生態度，是循理無私的態度，是放棄對物的占有慾而觀其
> 存在的整體性，俾期內在的合理性充分展現，窮其生機，條達暢茂
> 至於完美，英華發露，乃得所享，其間切不可橫加摧殘取用，夭其
> 生理，那會得小而失大，得不到「與造物者遊」的快樂。〔註144〕

當藝術家的情思與造物者同遊，藉由畫面闡發哲理，藉由詩歌吟詠人生。蘇軾曾闡述人對於物的態度：

> 君子可以寓意於物，而不可以留意於物。寓意於物，雖微物足以為
> 樂，雖尤物不足以為病；留意於物，雖微物足以為病，雖尤物不足
> 以為樂。〔註145〕

〔註142〕〔清〕鄒一桂《小山畫譜》，文淵閣四庫全書本，第838冊，頁726。
〔註143〕李日華《論畫》，俞崑編著《中國畫論類編》，頁756～758。
〔註144〕王水照、朱剛《蘇軾評傳》，南京：南京大學出版社，2004年8月，頁486。
〔註145〕蘇軾〈寶繪堂紀〉，《蘇軾文集》卷十一，頁356。

蘇軾上文論述，君子「樂」的關鍵在於「寓意於物」而非「留意於物」。「留意於物」乃精神被對象所佔據，「寓意於物」則是精神自由，自得其樂。精神被對象所佔據，主因於想佔有；套用德國美學家康德「無功利無目的性」之審美態度，則能自由出入於物，此即是「寓」。元・楊維楨讚蘇軾詩與畫：

> 東坡以詩爲有聲畫，畫爲無聲詩。蓋詩者心聲，畫者心畫，二者同體也。納山川草木之秀描寫於有聲者，非畫乎？攬山川草木之秀敘述於無聲者，非詩乎？故能詩者必知畫，而能畫者多知詩。尤其到無二致也。〔註146〕

楊維楨肯定蘇軾詩與畫之說，無論有聲畫或無聲詩，皆是藝術創作者之心聲與心畫，而心則統其根。因此詩與畫爲同體之不同面，然而自然萬象之描摹，總有其特殊媒材，得以傳遞其特殊情感，也才能動人心扉。而蘇軾觀馬圖所寫論畫藝術詩文，乃因蘇軾懂得詩與畫兩者之疆界與特長，故能藉由詩的特性，透視歷代畫馬名家之作，更讓人釐清蘇軾對於「形」與「神」論畫藝術觀點。

（二）成竹在胸

美國心理學家馬斯洛（A. H. Maslow，1908～1970）所謂「高峰體驗（Peak Experience）」，意指人與世界相同一而無特定之情感。文藝創作的「高峰」乃藝術家將情感毫無保留地流洩於作品之中，無虛假矯情。藝術家比一般人擁有秉才天賦。藉馬斯洛理論以理解蘇軾論畫詩文，文人藝術家創作時的高峰體驗勢必比一般人來得具有詩情，其作品亦能存留體驗時的心靈軌跡。

蘇軾論畫詩文強調創作時必須心手相應，才能算是掌握技巧：

> 夫既心識其所以然，內外不一，心手不相應，不學之過也。故凡有見於中而操之不熟者，平居自視了然而臨事忽焉喪之，豈獨竹乎？
> 〔註147〕

上文蘇軾強調藝術創作當然要掌握技巧，技巧純熟，心手相應，達到「形似」後，才能進入「心忘其手手忘筆，筆自落紙非我使」〔註148〕之自由境界，將技能發揮極致，使主體創造充分掌握創作法度的境界，內與外，心與手，手

〔註146〕　〔元〕楊維楨《東維子集卷十一・無聲詩意序》，《景印文淵閣四庫全書》，台北：台灣商務，1986 年，頁 193。
〔註147〕　〈文與可畫篔簹谷偃竹記〉，《蘇軾文集》卷十一，頁 365。
〔註148〕　〈小篆般若心經贊〉，《蘇軾文集》卷二十一，頁 618。

與眼，手與筆，形成融合與統一。蘇軾所謂「內」，意謂藝術家心中識得的物象；「外」則指藝術家以其特有的技巧形式，將物象落實於畫紙，蘇軾特以畫竹為例，心中所悟，能於紙上傳達完全。關於藝術家創作時「內」與「外」必須相應，錢鍾書曾有論：

> 蓋心有志而物有性，造藝者強物從心志，而亦必降心以就物性。自心言之，則發乎心者得乎手，出於手者形於物；而自物言之，則手以順物，心以應手。一藝之成，內與心符，而復外與物契，匠心能運，而復因物得宜。心與手一氣同根，猶或乖睽，況與外物乎？心物之每相失相左，吾足怪也。心（l'intenzion formativa）與物（la material d'arte）迎拒從違之情（doma ma nonviola, resiste ma non impedisce），談者蓁多，第於善事利器之要，又每諸略。《列子》言心、手而及物，且不遺器，最為周賅。夫手者，心物間之騎驛也，而器者，又手物間之騎驛而物最氣類親密（della material fan anche parte gli strumenti）者也。器幹旋彼此，須應於手，並適於物。〔註149〕

此處與蘇軾「心忘其手手忘筆」〔註150〕可相互參看，當藝術創作的主體與客體融合於一，錢鍾書所謂「內與心符」、「外與物契」，誠能「匠心能運」、「因物得宜」，而其所謂「心、手、器三者相得，則『不疑』而『相忘』矣。」心、手、器皆能表達得宜，則取得三者相成之作品藝術意義，而心、手、器可忘。以此，可加以探討蘇軾論畫之創作理念，究竟倡導長期經營之「苦吟」？或是一時揮灑之「快吟」？「苦吟」所重乃客觀之規律，「快吟」則為對自由創造之追求。蘇軾認為應該把握靈感出現契機，忘心、忘手、忘器，才能在創造力的高度爆發下進行整體創造，此亦為心理美學所謂「高峰體驗」。

蘇軾認為由於靈感出現，使畫家的創造力達到高度亢奮，使創造達到高度自由，直達神妙。蘇軾曾藉文與可畫竹說明此道理：

> 故畫竹必先得成竹於胸中，執筆熟識，乃見其所欲畫者，急起從之，

〔註149〕 錢鍾書《管錐篇》第二冊，台北，書林出版社，1990年，頁508。
〔註150〕 見〈小篆般若心經贊〉，《蘇軾文集》，頁618。蘇轍《欒城集》卷十七〈墨竹賦〉：「乎忘筆之在手與紙之在前」；米芾《寶晉英光集》卷三〈自漣漪寄薛郎中紹彭〉：「已矣此生為此困，有口能談手不隨；誰云心存筆乃到，天公自是祕精微」；陸友《硯北雜誌》卷下記趙孟頫語：「書貴能紙筆調和，若紙筆不佳，譬之快馬行泥淖中，其能善乎？」

　　振筆直遂，以追其所見，如兔起鶻落，少縱則逝矣。〔註151〕

上文論述靈感所得，乃一時間之短暫爆發力，得靈感以創作乃有如神助，因此蘇軾認為藝術家創作理念的傳達方式為：先長期積累經驗，能於靈感到來之際，讓藝術理念得到最充分發揮，「如兔起鶻落」，一去不復返，否則靈感是「少縱則逝」。

　　靈感雖然「少縱則逝」，由於物理唯意，理通則無適不可，因此藝術家雖然有可能會無法將靈感留到創作的當下，但其仍可藉由「意」還原其創作理念。對此，蘇軾曾討論：

　　物一理也，通其意，則無適而不可。分科而醫，醫之衰也，占色而畫，畫之陋也。和、緩之醫，不別老少；曹、吳之畫，不擇人物。謂彼長於是則可也，曰能事不能是則不可。世之書篆不兼隸，行不及草，殆未能通其意者也。如君謨真、行、草、隸，無不如意，其遺力餘意，變為飛白，可愛而不可學，非通其意，能如是乎？
　　〔註152〕

上文蘇軾認為能達到藝術創作的高峰，主要的價值核心在於「通物理」，能盡通物理，以一掛萬，便能對各種藝術創作皆有所悟，能有所悟則不會拘泥於某單一表現形式。好比良醫醫緩、醫和擅長醫治疾病，〔註153〕不分老、少皆

〔註151〕　〈文與可畫篔簹谷偃竹記〉，《蘇軾文集》卷十一，頁365。
〔註152〕　〈跋君謨飛白〉，《蘇軾文集》卷六十九，頁2181。
〔註153〕　《左傳》曾記載醫和：「晉侯有疾，求醫於秦。秦伯使醫和視之，曰：疾不可為也，是謂近女室。疾如蠱，非鬼非食，惑以喪志，良臣將死，天命不祐。公曰：女人可近乎？對曰：節之。先王之樂，所以節百事也。故有五節，遲速本末以相及，中聲以降，五降之後，不容彈矣。於是有煩手淫聲，慆堙心耳，乃忘平和，君子弗聽也。物亦如之。至於煩，乃舍也已，無以生疾。君子之近琴瑟以儀節也，非以慆心也。天有六氣，降生五味，發為五色，徵為五聲，淫生六疾。六氣曰陰陽風雨晦明也。分為四時，序為五節，過則為菑。陰淫寒疾，陽淫熱疾，風淫末疾，雨淫腹疾，晦淫惑疾，明淫心疾。女陽物而晦時，淫則生內熱惑蠱之疾。今君不節不時，能無及此乎？出告趙孟，趙孟曰：誰當良臣？對曰：主是謂矣。主相晉國，於今八年，晉國無亂，諸侯無闕，可謂良矣。和聞之，國之大臣，榮其寵祿，任其大節，有菑禍興而無改焉，必受其咎。今君至於淫以生疾，將不能圖恤社稷，禍孰大焉？主不能御，是吾云也。趙孟曰：何謂蠱？對曰：淫溺惑亂之所生也。於文，皿蟲為蠱。穀之飛亦為蠱。」再《周易》，女惑男風落山謂之蠱。皆同物也。趙孟曰：良醫也！厚其禮而歸之。」又《國語》亦可見「平公有疾，秦景公使醫和視之，出曰：疾不可為也，是謂遠男而近女，惑以生蠱，非鬼非食。惑以喪志，良臣不生，天命不祐。若君不死，必失諸侯。趙文子聞之

可醫治。又如中國人物畫中兩位著名的人物畫畫家：曹、吳〔註154〕由於能夠不針對特定類型的人物進行創作，因此各種形象造型的線條皆能融會貫通。而蘇軾文中又舉出書家若僅能一技，無法兼及篆、隸、草、行，這是因爲無法貫通書法意理之緣故。蔡君謨各種書體皆能兼備，因運筆施力不一或筆毛岔開，而隨機會產生飛白效果，〔註155〕使筆墨濃淡自然形成不均一，使線條出現空隙，蘇軾認爲此乃無以複製的藝術效果，他人無法習得，蔡君模實爲通意理。

因通其意理，得以達到藝術創作高峰，文人藝術家每每在醉後創作，醉時是否亦能傳達藝術創作理念？蘇軾曾言醉時的創作力：

吾醉後能作大草，醒後自以爲不及。然醉中亦能作小楷，此乃爲

曰：武從二三子以佐君，爲諸侯盟主，於今八年矣。内無苛慝，諸侯不二，子胡曰良臣不生，天命不祐？對曰：自今之謂，和聞之曰：直不輔曲，明不規闇，櫋木不生危，松柏不生碑。吾子不能諫惑，使至於生疾，又不自退而寵其政，八年之謂多矣，何以能久？文子曰：醫及國家乎？對曰：上醫醫國，其次醫人，固醫官也。文子曰：子稱蠱，何實生之？對曰：蠱之慝，穀之飛，實生之。物莫伏於蠱，莫嘉於穀，穀興蠱伏而章明者也。故食穀者，畫選男德，以象穀明；宵靜女德，以伏蠱慝，今君一之，是不饗穀而食蠱也，是不昭穀明而皿蠱也。夫文，蟲皿爲蠱，吾是以云。文子曰：君其幾何？對曰：若諸侯服不過三年，不服不過十年，過是晉之殃也。是歲，趙文子卒，諸侯叛晉；十年，平公薨。」《通志》列傳曾言：「緩即和也，音訛耳。」然而根據多位學者之看法，醫緩、醫和應爲兩人。醫緩與醫和爲春秋時代，同一時期内秦國名醫。其中的「醫」表示職業和頭銜，「緩」與「和」則分別爲名字。

〔註154〕中國繪畫史人物畫列中，特別出現「吳帶當風，曹衣出水」之詞。「曹衣出水，吳帶當風」主要是指古代人物畫中衣服褶紋的兩種不同表現方式。一筆法剛勁稠疊，所畫人物衣衫緊貼身體，猶如剛從水中出來一般；一筆法圓轉飄逸，所繪人物衣帶宛若迎風飄逸之狀。而「曹衣出水，吳帶當風」中所指的「曹」、「吳」又有兩種不同的說法：一說曹爲曹仲達，吳爲吳道子。曹仲達，北齊人，以畫梵像著名，其畫風在繪畫史上深有影響力，素有「曹家樣」之譽，其畫衣衫褶紋被人稱作「曹衣出水」。吳道子爲一位山水、人物、花鳥、器物兼能畫家，其人物畫影響不亞於曹仲達。吳道子此種創造性的線條除了從現實生活中得來，另外也爲自己豐富情感變化在繪畫創作中的反映。一說曹爲曹不興，吳爲吳暕。曹不興爲三國時吳國吳興人，又名弗興。擅長畫龍、馬、虎及人物，畫史有「誤墨于素，因勢成蠅」的傳說。吳暕爲南朝宋代人，擅長畫佛像羅漢，時享盛譽。而「曹衣出水，吳帶當風」一般多指曹仲達和吳道子。

〔註155〕飛白最早見於東漢蔡邕見役人用帚塗刷牆壁，於牆上產生塗料不一的空白情形，因而創飛白書，主要用於題署宮闕。

奇耳。〔註156〕

蘇軾自謂醉中亦能作草書，清醒卻無法。當中更可貴者，則是昏醉當時亦能書寫小楷。此呼應蘇軾所謂創作時若能通其意，醉時創作力亦不減的說法。此外，蘇軾還曾記錄文與可之墨竹，並同時討論創作時，必待「意」之全，才能憤筆揮灑：

> 昔時，與可墨竹，見精縑良紙，輒憤筆揮灑，不能自已，坐客爭奪持去，與可亦不甚惜。後來見人設置筆硯，即逡巡避去。人就求索，至終歲不可得。或問其故。與可曰：「吾乃者學道未至，意有所不適，而無所遺之，故一發於墨竹，是病也。今吾病良已，可若何？」然以余觀之，與可之病，亦未得爲已也，獨不容有不發乎？余將伺其發而掩取之。彼方以爲病，而吾又利其病，是吾亦病也。
> 〔註157〕

蘇軾提到當文與可心中產生創作意念，每每不能自已，憤筆揮灑，淋漓成幅，此種自然而然完成的作品，毫無虛情假意，以致人相爭奪。然當刻意爲文與可架筆設墨，他反而無法自由創作。何以如此？文與可的答覆饒富哲理，所謂「學道未至，意有所不適，而無所遺之，故一發於墨竹，是病也。今吾病良已，可若何？」發於竹墨，隨意之所致，即興爲之，主要來自於「學道未至」，此「道」就蘇軾與文與可而言乃人生審美之道，因「意有所不適」，意指身爲創作者的文與可有所感，靈感萌發，產生意念，而此意念在心中鬱結，無以發抒，故發墨寫竹以通其道，當墨竹躍然於紙上，意念之不適則藥到病除。此墨竹不帶有刻意爲之的喜樂好惡，隨興所至，筆墨點染豪情，無所爲而爲，乃蘇軾心中認定的佳作。蘇軾於文末嘆「彼方以爲病，而吾又利其病，是吾亦病也。」可知蘇軾亦如文與可心中產生意念無所發抒，故藉文與可墨竹以論述其藝術理念。

　　至於畫家產生靈感、心中有所意念，此靈光來自於何處？蘇軾曾就吳道子畫討論其文藝觀點：

> 智者創物，能者述焉，非一人而成也。君子之於學，百工之於技，自三代歷漢至唐而備矣。故詩至於杜子美，文至於韓退之，書至於顏魯公，畫至於吳道子，而古今之變，天下之能事畢矣。道子畫人

<hr>

〔註156〕〈題醉草〉，《蘇軾文集》卷六十九，頁2184。
〔註157〕〈跋文與可墨竹〉，《蘇軾文集》卷七十，頁2209。

物，如以燈取影，逆來順往，旁見側出，橫斜平直，各相乘除，得
自然之數，不差毫末。出新意於法度之中，寄妙理於豪放之外。所
謂游刃餘地，運斤成風，蓋古今一人而已。余於他畫，或不能必其
主名，至於道子，望而知其眞僞也。然世罕有眞者，如史全叔所藏，
平生蓋一二見而已。〔註158〕

蘇軾認爲自然萬物皆有高權位的神靈以創造，而藝術家上與天接，也唯有藝
術家才能藉由藝術的本質，理解並闡述造物主造物的眞義。詩、文、書、畫
中，特別是人物畫，尤其是畫聖吳道子人物畫，完全是渾然天成，自然成理，
上與造物者同遊，也爲「高峰體驗」下創作的藝品，更符合《文心雕龍・神
思》的創作規律。蘇軾將世界眞理由隱及顯，由表象價值的傳遞至核心價值
的全過程加以表述：造物者創物，唯有能者可理解且以天賦才秉將之轉述，
此天賦才秉之人亦有其天生才情，蘇軾以爲從三代以來所發展的藝術至唐代
達到最高峰，杜甫以詩傳遞造物者的創物眞理，韓愈則以文傳遞，顏眞卿以
書傳遞，吳道子以畫傳遞，各種摹寫萬物的技法，各類藝術家已具備得宜。
蘇軾對於吳道子畫特別讚賞，不只在物體之「形似」上能充分掌握，說吳道
子畫中人物「如以燈取影，逆來順往，旁見側出，橫斜平直，各相乘除，得
自然之數，不差毫末」，是仔細端詳觀察後動筆創作的作品。在「神似」方面，
吳道子則是「出新意於法度之中，寄妙理於豪放之外」，依照天理而畫，卻又
能表達自己的理念，風格獨創，流露出吳道子與普通畫家不同之處：於「法
度」之中能顯現「新意」，在「豪放」之外亦能有「妙理」，此即爲蘇軾讚賞
吳道子的主因，亦爲蘇軾論畫詩文的主調——藝術家在普遍的物相裡，能表
達殊相；在所有藝術家共性之中，亦能彰顯自己的個性。由於吳道子「無所
爲而爲」，其作品能呈現一般藝術家所沒有的特殊氣質——「游刃有餘，運斤
成風」，如同莊子〈養生主〉裡的庖丁，解牛時輕鬆自如，毫無板滯拖累。是
故，蘇軾以吳道子人物畫爲古今第一，由於吳道子畫獨具特色，蘇軾能一眼
清楚辨析吳道子作品之眞僞。

　　由此可知，蘇軾認爲畫家創作藝術之「高峰體驗」，是透過畫家一觸即覺
得靈感，當畫家親臨客體環境，並整合主觀意識，當下的創作即爲畫家的心
靈書寫，乃他人無法複製，更是視辨此藝術家異於其他藝術家之殊相。

〔註158〕〈書吳道子畫後〉，《蘇軾文集》卷七十，頁2210。

第三節　物我合一之意境

　　藝術創造的傳達階段，爲藝術家將心象轉變成爲作品的過程，亦可說爲意象落實的階段。於此階段中藝術家必須充分運用才能與技巧，掌握並處理藝術材料與媒介，更要克服形象載體的局限與束縛，將構思中想像的意象世界，以可見、可感、可知的形式確定下來，成爲現實存在的藝術品。而此意象形成藝術構思階段，展現藝術家創造性想像，端視於藝術家才能技巧與處理藝術媒介的掌握。

　　蘇軾曾於文中提及藝術家創作時，心、口、手必須加以靈活運用：

　　　　所示書教及詩賦雜文，觀之熟矣。大略如行雲流水，初無定質，但
　　　　常行於所當行，常止於所不可不止，文理自然，姿態橫生。孔子曰：
　　　　「言之不文，行而不遠。」又曰：「辭達而已矣。」夫言止於達意，
　　　　即疑若不文，是大不然。求物之妙，如繫風捕影，能使是物了然於
　　　　心者，蓋千萬人而不一遇也。而況能使了然於口與手者乎？是之謂
　　　　辭達。辭至於能達，則文不可勝用矣。〔註159〕

蘇軾於文中提及藝術家使用工具以表情達意，其討論別具意義：其一，藝術家對於表達自己情感之所有形式宜掌握自如，好比水行雲舒卷自如，遇形成形。藝術家的創作情感亦應如此，代物立言，自自然然，有其源本，無論使用何者創作形式或媒材，都能物盡其性，運用得宜。其二，藝術家代物立言的最佳狀態爲「辭達」。藝術作爲情感表達工具，能運用符號充分傳達藝術家創作情感，此件藝術作品已能堪稱佳作。其三，藝術作品的傳達，除了必須要有當下的創作靈感，有時靈感的到來就像「繫風捕影」一般，可遇而不可求。其四，靈感難遇，若遇靈感，而沒有純熟的描繪技巧，靈感亦無法捕捉，無法我手寫我口，我口表我心。所有條件都已到位，才稱得上「辭達」。

　　藝術才能技巧即藝術家在實踐藝術的當下，對於材料與媒介能夠充分掌握和運用的本領，黑格爾曾說「每一種藝術形式都需要有某種藝術技巧。」〔註160〕畫家必須具備運用筆墨的技巧，可以控制筆跡粗細的方法，還必須具有把握線條特質與色彩微妙的差別，注意物質世界強弱特徵，或畫面上微小

〔註159〕〈與謝民師推官書〉，《蘇軾文集》卷四十九，頁1418。
〔註160〕黑格爾《美學》第一卷，頁362～363。

缺陷的識別能力。如作家必須了解各種文體傳達情感的差異與局限，留意用字遣詞，將一切的文字視爲傳情達意的形式特徵，並相信文字所傳達藝術家的創作理念，能影響當代人們的思想。然而，唯有經過長期藝術實踐的嚴格訓練，且具有熟練、靈活技巧的藝術家，才能將構思的意象物態化、具體化。正如畫家將感受和想像的空間意象變成形狀和顏色；音樂家捕捉時間意象、情感符號以譜成曲調；作家將情感體驗與想像鋪寫成場景情節。由此理可證明，藝術家必須具備一定程度的才能與技巧，方能將藝術作品中的情感與思想得到恰如其分的顯現。

藝術技巧對於藝術傳達固然重要，然而若無藝術家的獨特情感投注於全人類生命，無藝術家個人心靈的運流創造，此作品僅能是工匠的作品而非藝術家的創造。首先，意象本爲精神活動，前述所謂將意象物態化，即以某種物質形式爲媒介，將精神生產活動凝結爲物態產品。其次，作爲精神文化的藝術作品，大都以形狀、線條、色彩、聲音、語言、形體、動作或其他物質材料作爲藝術媒介，依黑格爾的語言即是「心靈化」、「精神性」的東西，已非純「物質性」的東西。因此，藝術材料與藝術媒介成爲藝術作品的成因，已不在於其本身的物質性，反而在於其中已凝結的精神內容且成爲藝術家創作的精神載體。關於將精神呈現於繪畫藝術作品，黃光男認爲：

> 繪畫美學的內容，除了是意象的精神領域，也包括了視覺上的形象實體。所以喜歡繪畫的人，透過繪畫，通常可以表現出兩種面向：一是利用自己與生俱來的天賦與靈巧能力，將物象如實的描繪出來；二則是能從他人所描繪的圖像，讀出與感受到描繪者欲表達的心理狀況，因而與創作者及觀賞者，產生相互共鳴，這即所謂繪畫意象，或稱之爲意境的相互交流。〔註161〕

畫家能「表達」自己的思想感情，亦能「理解」他人作品中的思想感情，「創作者」與「觀賞者」的身分轉換得宜，使得繪畫「意境」能充分交流，眞正體現造物主之奧祕。

蘇軾論畫詩文裡強調，藝術家必須將自己的生活、思想、技巧化爲自己的血肉靈魂，爲自己的藝術個性加以點染，才得以創造完美的作品，達到物我合一的意境。

〔註161〕黃光男《畫境與化境──繪畫美學與創作》，台北：典藏藝術家庭，2007年，頁60。

一、素材之運用

美學家奧爾德里奇（Virgil C. Aldrich，1903～1998）曾有論藝術素材的觀點，他認為藝術作品的產生，必須先知曉藝術「材料」與「媒材」有所不同：材料（包含工具）」為創作藝術作品時物質的依託（載體）和手段；「媒材」則是使藝術家心中意象化為作品的要素，已是心靈化的物質。藝術家若想準確表達意象，必須對「材料」有相當的認識與選擇。藝術「媒材」則有兩特點：其一，必須為有機整體；其二，需與媒介〔註162〕、表達意象、作品內容緊密融合，藝術家還必須就媒介創造「藝術符號」〔註163〕。關於「藝術符號」，蘇珊‧朗格（Susanne K. Langer，1895～1985）曾定義之：「藝術家創造的是一種符號——主要用來捕捉及掌握自己經過組織的情感想像、生命節奏、情感形式的符號。」〔註164〕並且須了解「藝術作品作為一個整體來說，就是情感的意象，此意象則稱為藝術符號。」〔註165〕由蘇珊‧朗格的說法得知，藝術家創作的種種符號，含有藝術家特殊的情感意象，代表的是藝術創作的整體性。

至於蘇軾論畫詩文，強調藝術家創造的符號，亦為藝術家的情感載體，而符號所涵蓋的意義，則是藝術家創作理念的體現。蘇軾認為藝術家有獨特的情感，因此用以作為情感載體的符號，「美」與「醜」可以相互轉化，而作為理念傳達的「意」與「境」必須在畫外獲得。

（一）「美」與「醜」得以轉化

目前蘇軾僅存〈枯木怪石圖〉（圖4-3），當中僅畫一怪石和一棵虯曲的古樹。此古樹傾斜向右，石頭與古樹勾法與皴法相結合，且以鬆散、空靈的筆法畫出，由此體現出蘇軾對古樹與怪石形象之理解與其自由的創作理念。石頭本為堅硬物體，蘇軾卻以類似卷雲皴法，在堅硬的石頭中透出一絲柔軟（圖

〔註162〕 媒介，「意指藝術家對於審美客體有所領悟，而被賦予特徵。」（〔美〕奧爾德里奇（Virgil C.Aldrich）《藝術哲學》，中國社會科學出版社，1980年，頁56）

〔註163〕 〔美〕奧爾德里奇對於媒介的定義是：「藝術家首先領悟每種材料要素：顏色、聲音、結構之特質，然後將這些材料和諧的結合起來，構成一種合成的調子（Composite tonality）。此即為藝術作品形成的媒介，藝術家以此向領悟者展示作品。」（《藝術哲學》，頁57）

〔註164〕 〔美〕蘇珊‧朗格著《情感與形式》，劉大基、傅志強、周發祥譯，台北：商鼎文化，1991年，頁455。

〔註165〕 蘇珊‧朗格《情感與形式》，頁129。

4-3-1）。而在石頭右邊的古樹底下轉折處，則以堅直的線條處理畫面（圖
4-3-2），而在此上方轉折處則以彈性曲線表現，使樹柔中帶剛（圖 4-3-3）。石
頭與樹雖形成一種對比，但彼此卻也擁有共同性，於是在整個畫面當中形成
一種瀟灑疏曠的美感（圖 4-3-4）。

（圖 4-3）蘇軾〈枯木怪石圖〉，日本私人收藏

（圖 4-3-1）〈枯木怪石圖〉筆觸解讀一

（圖 4-3-2）〈枯木怪石圖〉筆觸解讀二

（圖 4-3-3）〈枯木怪石圖〉筆觸解讀三

（圖 4-3-4）〈枯木怪石圖〉筆觸解讀四

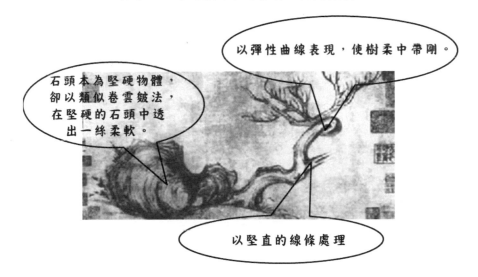

　　本章第一節筆者引法‧程抱一「大小循環相容圖」〔註166〕，將蘇軾木怪
石圖重新理解，宇宙自然中的怪石（圖 4-3-5）與枯木（圖 4-3-6）以蘇軾的角
度重新詮釋（圖 4-3-7），將自然中的柔與剛融合成為一整體（圖 4-3-8），人亦
是此整體之一環，因此框架趨於無形（圖 4-3-9）。

〔註166〕見本文第肆章第一節，（圖 4-1）程抱一大小循環相容圖，頁 138。

（圖 4-3-5）〈枯木怪石圖〉
以程抱一大小循環相容圖解析一

（圖 4-3-6）〈枯木怪石圖〉
以程抱一大小循環相容圖解析二

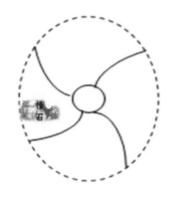

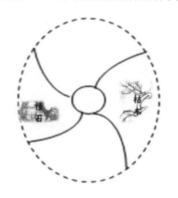

（圖 4-3-7）
〈枯木怪石圖〉
以程抱一大小循環
相容圖解析三

（圖 4-3-8）
〈枯木怪石圖〉
以程抱一大小循環
相容圖解析四

（圖 4-3-9）
〈枯木怪石圖〉
以程抱一大小循環
相容圖解析五

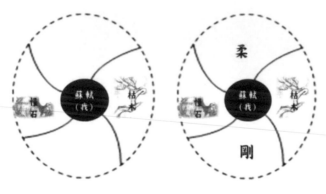

　　蘇軾以自己的畫說明其論畫藝術思想，「不求形似」之觀點則爲中國水墨畫裡不應受到有限形象的限制提供理論基礎。就蘇軾而言，所謂的「美」與「醜」是同時並存於自然物象中，不能刻意強調「美」，而忽視「醜」，是因此就畫家看來，表述自己意象的媒材符號，當然可以是比例恰當、追求形似的「美」，亦可以是打破比例、追求神似的「醜」。黃庭堅對此曾題寫〈題子瞻枯木〉「胸中元自有丘壑，故作老木蟠風霜。」〔註167〕說明蘇軾在作畫當下，

〔註167〕〔宋〕黃庭堅《豫章黃先生文集》卷五，台灣：商務印書館，1967 年，頁115。

心中已有定見，而藉斑剝多折的枯木，歷經風霜摧殘的形象，傳達其創作自由，乾筆皴擦，筆墨豪邁，以繪畫紀錄不拘泥於表象的真實情態。

關於「美」、「醜」，由中國美學史追本溯源，以老子提出的「美」與「醜」概念廣為學者所討論，老子認為「美」乃相對於「醜」而存在。之後，莊子發展老子思想，認為作為宇宙本體的「道」是最高、絕對的美，現象界中的「美」和「醜」在本質上是無差別的。莊子在〈秋水〉舉焉河伯與北海若之對談為喻，表達「美」、「醜」是具有比較性；而在〈齊物論〉則以毛嬙、麗姬等人類以為美的事物而動物卻不領情為喻，說明人和動物美感的差異，故「美」、「醜」有相對性；在〈山水〉則以逆旅二妻，一者自美、一者自醜，說明「美」、「醜」可互相轉化。由此可見，人的好惡會影響「美」、「醜」；然而就美學角度言，「美」、「醜」本質上是相同的。

清‧鄭板橋〈題畫〉曾畫石而對米芾論石探討：

> 米元章論石，曰瘦，曰縐，曰漏，曰透，可謂盡石之妙矣。東坡又曰：石文而醜。一「醜」字則石之千態萬狀，皆從此出。彼元章但知好之為好，而不知陋劣之中有至好也。東坡胸次，其造化之爐冶乎。變畫此石，醜石也，醜而雄，雄而秀。〔註168〕

鄭板橋針對米芾和蘇軾觀點論述，米芾認為石頭必須「瘦」、「縐」、「漏」、「透」，蘇軾則認為石頭本應「醜」，鄭板橋認為米芾站在喜物及物的立場談石頭，蘇軾則能客觀的就石文提出觀點，因此較肯定蘇軾說法，且認為自己所畫的石頭含有「醜」、「雄」、「秀」的特點。清‧劉熙載《藝概‧書概》針對鄭板橋論述提出怪石之醜實為美：「怪石以醜為美，醜到極處，便是美到極處。一『醜』字中丘壑未易盡言。」〔註169〕「醜」未能盡言，而「醜」確是「一塊元氣結而石」，展現宇宙大化流行。

中西方文藝學史上記載藝術家特立獨行，故意展現「醜」。如：韓愈以艱澀拗口詩句描繪事物，劉熙載〈詩概〉冠以「昌黎詩往往以醜為美」；杜甫詩亦經常描繪醜，並使用「醜」、「老醜」之字眼。書法家王羲之、張旭等追求「醜」甚於人更多，清‧傅山直接喊出「寧醜勿媚」之口號。西方藝術家梵谷（Vincent Willem van Gogh，1853～1890）畫〈農鞋〉（A Pair of Shoes，1886）、

〔註168〕〔清〕鄭燮《鄭板橋全集》，中洲古籍出版社，1992年，頁251。
〔註169〕〔清〕劉熙載《藝概》，王水照編《歷代文話》第六冊，上海：復旦大學，2007年，頁1207。

米羅（Joan Miró，1893～1983）圖像裡的色線、杜象（Marcel Duchamp，1887～1968）以小便斗作為藝術的〈噴泉〉（Fountain，1917）等。其中之所以以「醜」為「美」，主要因「醜」在宇宙事物中真正能展現藝術家迥異於常人的獨到眼光，體驗常人所無以經歷的人生艱難，表達堅強淬鍊的生命力量，更能展現出如葉燮《原詩》所陳述：藝術家必須具備「才」、「膽」、「識」、「力」，自然胸中能夠擁有與眾不同且無以複製的創作能量。

關於「醜」進入近代中國美學領域，主要來自於劉東自撰新名詞「醜學」，以重新揭示西方美學（esthetics：亦翻譯為「感性學」）。劉東強調：

> 因醜的介入，人類感性心理的空間得以發展。……醜在近代感性中卻有新的不同的意義。它越來越清楚地表明，自己並非是美的一種陪襯，因而同樣可以獨力地吸引藝術家的注意力。……醜，就是那樣像貝多芬（Ludwig van Beethoven，1770～1827）〈命運交響曲〉裡著名的三連音一樣，來勢洶洶地敲著藝術的大門。〔註170〕

關於上文，貝多芬曾說其〈命運交響曲〉第一樂章的前八個音符是「命運的敲門聲」，利用「美」、「醜」的反襯對比，擴大藝術創造與欣賞領域，為人類習慣的二元思考，甚至只取「良善」的道德慣性，開啟更為開闊、多元的審美標準。法國雕塑家羅丹（Auguste Rodin，1804～1917）對於「醜」在藝術中的角色也說：「在藝術裡人們必須克服某一點。人需有勇氣，醜的也須創造，因沒有這一勇氣，人們仍然是停留在牆的這一邊。只少數人越過牆到另一邊去。」〔註171〕西方藝術家與美學家試圖打破古希臘「不准表現醜」的清規戒律，使「美」「醜」對舉、「善」「惡」相對、「哀」「樂」共生。人類感性心理的蛻變歷程，早已能夠凌越只呈現和諧、比例恰當的美感印象，而將真實的世界透過藝術家的感官神經具體將歷程化形於符號。

「美」、「醜」的對舉與轉化，雖然直至近現代理論才逐漸形成，尤其在工業革命之後，由於人類的生活更為便利，關於人性的種種思想，「美」與「醜」觀點的產生和傳統不同位階。蘇軾論畫詩文亦曾探討「美」「醜」問題，蘇軾以為藝術家將對於世界的真實情感化形於符號，宜應擺落形體之跡：

〔註170〕 劉東《西方的醜學——感性的多元取向》，北京：北京大學出版社，2007年，頁123。

〔註171〕 〈羅丹在談話和信札中〉，《文藝論叢》第十輯，上海：上海文藝出版社，頁404。

　　筆墨之跡，託於有形。有形則有敝，苟不至於無。而自樂於一時，
　　聊寓其心，忘憂晚歲，則猶賢於博奕也。雖然，不假外物而有守於
　　內者，聖賢之高致也。唯顏子得之。〔註172〕

蘇軾認為藝術家本來任務在於化無形情感於筆墨之端，情感一旦化為有形，
則有其弊端，事實上無論是「有形」或「無形」、「有用」或「無用」，在整體
創作裡皆有其特殊意義，有形可知藝術家真正的創作意圖，但易流於過分追
求。衛夫人〈筆陣圖〉將書法的基本功夫化繁為簡，要求王羲之以心靈感受
「高峰墜石」、「千里陣雲」、「萬歲枯藤」，藉以體會書法筆畫中的：點、橫、
豎。正如蘇軾所謂「自樂於一時」，沒有刻意的臨摹，猶如席勒文藝理論「藝
術起源於遊戲」，胸無丘壑，「忘憂晚歲」，不假拖於外而內自得也。

　　蘇軾所認為的美，必須於字裡行間嗅出創作者真誠情緒起伏：

　　余評近歲書，以君謨為第一。而論者或不然，殆未易與不知者言也。
　　書法當自小楷出，豈有正未能而以行、草稱也。君謨年二十九而楷
　　法如此，知其本末矣。〔註173〕

蘇軾認為蔡君謨的書法為當世第一，許多評論家卻不以為然，認為蔡君謨未
能從小楷入門，小楷才為正途，而以行、草著稱。蘇軾卻認為，必須通曉本
末者方可將真誠情緒表達於字裡行間，事事若按規矩、次第，反而無法自由
自在，且讓心境受困。因此在〈跋君謨書〉言：「僕論書以君謨為當世第一，
多以為不然，然僕終守此說也。」〔註174〕蘇軾堅定自己對於蔡君模的評斷，
又指出：

　　歐陽文忠公論書云：「蔡君謨獨步當世。」此為至論。言君謨行書第
　　一，小楷第二，草書第三。就其所長而求其所短，大字為小疎也。
　　天資既高，輔以篤學，其獨步當是，宜哉！近歲論君謨書者，頗有
　　議論，故特明之。〔註175〕

蘇軾肯定蔡君模的行書第一、小楷第二、草書第三，雖與他人眼光不同，始
終堅持自己的判定：人各有其所長，應就其所長評斷之。針對書體之「美」
與「醜」，蘇軾曾對李公澤學習書體一事，提出自己的見解：

　　李公澤初學草書，所不能者，輒雜以真、行。劉貢父謂之鸚哥嬌。

〔註172〕〈題筆陣圖（王晉卿所藏）〉，《蘇軾文集》卷六十九，頁2170。
〔註173〕〈跋君謨書賦〉，《蘇軾文集》卷六十九，頁2182。
〔註174〕〈跋君謨書〉，《蘇軾文集》卷六十九，頁2182。
〔註175〕〈論君謨書〉，《蘇軾文集》卷六十九，頁2181。

其後稍進，問僕，吾書比來何如？僕對：「可謂秦吉了矣！」與可聞
之大笑。是日，坐人爭索，與可草書落筆如風，初不經意。劉意鸚
鵡之於人言，止能道此數句耳。〔註176〕

可見蘇軾認爲無論是鸚哥或是秦吉了，皆指亦步亦趨、習人步伐而無自己創
見的藝術創作。反觀文與可「草書落筆如風」，讚賞文與可落筆之後的瀟灑，
無需習人筆畫，優遊創作，揮灑自如。蘇軾論書法藝術整體之精妙：

書必有神、氣、骨、肉、血。五者闕一，不爲成書也。〔註177〕

蘇軾認爲書法爲神、氣、骨、肉、血之整體生命形象，〔註178〕缺一不可，從
形質上言書法的間架結構，筆畫瘦勁豐腴，向背呼應流暢與否。在蘇軾之前
有衛鑠〈筆陣圖〉談書法形象：「善筆力者多骨，不善筆力者多肉；多骨爲肉
謂之筋書，多肉爲骨謂之墨豬；多力豐筋者聖，無力無筋者病。」〔註179〕標
舉出「骨」、「肉」爲書法審美指標，多骨者爲「筋書」，多肉者爲「墨豬」；
張懷瓘〈書斷〉記載衛瓘之說：「我得伯英之筋，恒得其骨，靖得其肉。」
〔註180〕與徐浩〈論書〉評論唐初三家書法：「人謂虞得其筋，褚得其肉，歐得
其骨，當矣。」〔註181〕同樣皆藉「筋」、「骨」、「肉」審美墨書。唯蘇軾提出
「神」、「氣」、「筋」、「骨」、「肉」、「血」審美墨書，認爲此五者爲生命一體
之形象，若只有「筋」、「骨」、「肉」，未及生命現象之整一，因此必須加上
「神」、「氣」、「血」，誠如近代書法家熊秉明言：「血的循環、氣的吐納、神
的閃顯。」〔註182〕才能完整審美墨書之價值。此外，蘇軾更從精神、氣韻之
流向，體會主體創作之生命人格內涵，如〈跋錢君倚書遺教經〉自言：「人貌

〔註176〕〈跋文與可草書〉，《蘇軾文集》卷六十九，頁 2183。《太平廣記》卷四百六
　　　　十三〈禽鳥四・秦吉了〉：「秦吉了，容、管、廉、白州產此鳥，大約似鸚鵡，
　　　　嘴腳皆紅，兩眼後夾腦，有黃肉冠，善效人言，語音雄大，分明於鸚鵡。以
　　　　熟雞子和飯如棗飼之。或云，容州有純赤、純白色者，俱未之見也。」同見
　　　　於唐・劉向《嶺表錄異》，古籍《桂海禽誌》則曰秦吉了：「目下連項有深黃
　　　　紋，頂毛有縫如人分髮。能人言，比鸚鵡尤慧。大抵鸚鵡聲如兒，秦吉了聲
　　　　則如丈夫，邑州溪峒中。」明・李時珍《本草綱目》：「秦吉了，即了哥也。
　　　　出嶺南容管廉邕諸州峒中。」
〔註177〕〈論書〉，《蘇軾文集》卷六十九，頁 2183。
〔註178〕朱孟庭〈論蘇東坡書法美學思想〉，彰化師範大學國文系《國文學誌》第三期
　　　　（宋代文化專號），1999 年 6 月，頁 263～283。
〔註179〕衛鑠〈筆陣圖〉，《歷代書法論文選》，台北：華正書局，1965 年，頁 20。
〔註180〕張懷瓘〈書斷〉，《歷代書法論文選》，頁 163。
〔註181〕徐浩〈論書〉，《歷代書法論文選》，頁 251。
〔註182〕熊秉明《中國書法理論體系》，新店：谷風出版社，1987 年，頁 17。

有好醜，而君子小人之態不可掩也；言有辯訥，而君子小人之氣不可欺也；書有工拙，而君子小人之心不可亂也。」〔註183〕書法有工拙之分，品德人格有差別，雖蘇軾論柳公權時曾說：「心正則筆正，非獨諷諫，理固然也。」〔註184〕認為人品、人格與字體有絕對的關係，蘇軾所謂「工拙」，非專指形式而已，方圓規矩、筆畫點捺皆與字帖齊，「拙」非自以為一家之定論，非假創造之名為自己藝術理論強加辯說之辭，蘇軾之「工」、「拙」乃創作主體面對廣漠川谷，心中有所領悟，自然而然呈現於筆端，乃他人無法複製的創作爆發力。因此，蘇軾的書法「美」「醜」觀，兼及儒家教化觀與道家表現觀，前者乃從實用功能性角度而言，後者則從抒情審美性角度言。

針對書法「美」「醜」觀提及的結構間架，蘇軾提出一套技巧訓練理論，但又非全然可按技巧所得而成：

> 東坡平時作字，骨撐肉、肉沒骨，未嘗作此瘦妙也。宋景文公自名
> 其書鐵線，若東坡此帖，信可謂云爾已矣。元符三年九月二十四日，
> 游三州崑回，舟中書。〔註185〕

蘇軾認為自己的字體間架均勻：「骨」能架起「肉」而非「墨豬」；「肉」亦能掩蓋「骨」而非瘦硬。書法乃以豐富結構、生動變化相統一的形式，以超越抽象的整體形象線條之組合與變化，反應創作主體的精神境界與美學趣味，並使漢字本身所包含之思想、意識、情感熠熠生輝。因此，蘇軾所體認的墨書藝術，應飽含創作主體的個人意味。再視蘇軾討論歐陽脩墨書擁有「神采秀發」特點，正如其人「清眸豐頰」：

> 文忠公用尖筆乾墨，作方闊字，神采秀發，膏潤無窮。後人觀之，
> 如見其清眸豐頰，進趨裕如也。〔註186〕

蘇軾認為歐陽脩以筆鋒乾墨書寫，乾墨較易產生飛白效果，因此歐陽脩「作方闊字」，則讓字體顯現「神采秀發」、「膏潤無窮」，令觀者見其字如見其人，正所謂「清眸豐頰」、「進趨裕如」。觀者由其字形觀想，產生其人之神態，主要在於歐陽修墨書能揭示「形神」觀。繪畫領域中以顧愷之「以形寫神」、「形神皆備」為著稱；在哲學領域中，《易經‧繫辭上》裡探討「神」的義涵，無論指變化之規律，如「陰陽不測之謂神」，或指神明、神奇、神妙之

〔註183〕蘇軾〈跋錢君倚書遺教經〉，台北：廣文書局，1971年，頁19。
〔註184〕蘇軾〈書唐氏六家書後〉，頁42。
〔註185〕〈題自作字〉，《蘇軾文集》卷六十九，頁2203。
〔註186〕〈跋歐陽文忠公書〉，《蘇軾文集》卷六十九，頁2185。

意，如「於是始作八卦，以通神明之德，以類萬物之情」〔註187〕，或指思維想像力，如「易，吾思也，無爲也，寂然不動，感而歲通天下之故……唯神也，故不疾而素，不行而至。」〔註188〕皆可見「神」有多種義涵；直至漢代，「神」與「形」往往作爲一組範疇加以討論，並主要用以表達人內在精神與外在形體之間的關係，如司馬談〈論六家要旨〉：「凡人所生者，神也；所托者，形也。神大用則竭，形大勞則敝，形神離則死。……由是觀之，神者，生之本也；形者，生之具也。」〔註189〕將「形」、「神」與人之關係結合。墨書審美有「形」、「神」觀點，蘇軾贊歐陽脩之辭，恰是體現其字格即人格的美學意義。

由此可知，蘇軾論畫藉由探討畫石「石文而醜」，墨書審美含有「神」、「氣」、「骨」、「肉」、「血」等命題，揭示「美」「醜」得以轉化的原委。

（二）「意」與「境」存在於畫外

蘇軾認爲「形」與「神」皆重要，就藝術家的創作而言，能創作出一件令品賞者感受畫不盡言、言外之作，才能算是一件好作品。而創作一件中國水墨畫，韓璐曾歸納藝術家創作過程爲「象與境」：

> 象與境是中國畫自萌生以來不可或缺的兩個重要核心內容，兩者相互依托，相互包容，成爲一個整體。就像《易傳・繫辭上傳》所指：「易有太極，是生兩儀。」如果將中國畫比喻爲「太極」，「象」與「境」就是中國畫的兩儀，也就是「實」和「虛」。中國畫就是由象和境或者說是虛實構成的一門獨特的藝術樣式。應用此理，再進一步化分，將「象」寓爲「太極」，「象」中同樣也包含了虛實，即虛象和實象，從繪畫的角度可以將其命名爲心象和物象。「境」也是如此，分爲實境和虛境，在繪畫上分別謂之物境和心境。至此，便形成了中國畫的物象、心象、物境、心境，並且可以「虛實相生」來形容。中國畫也可以理解爲物象與心象、物境與心境虛實相生的藝術。〔註190〕

〔註187〕 莊申編《中國畫史研究》，頁 28。
〔註188〕 莊申編《中國畫史研究》，頁 32。
〔註189〕 〔漢〕司馬遷《史記・太史公自序》，瀋陽：遼寧電子圖書有限公司，2003年。
〔註190〕 韓璐〈中國畫之象・境詮釋〉，中國美術學院中國畫系編《中國畫學研究——品格與意境》，杭州：中國美術學院出版社，2008 年，頁 208。

上述「象」與「境」的美學理念，體現在中國水墨畫中，更發展出「心」與「物」的境象範疇。韓璐論述畫家創作時含有兩個環節：一為「外師造化」，即物境、物象，以大自然的一切景象作為學習繪畫的範本，此真實景象即物象與物境；一為「中得心源」，即心境、心象，藝術家主體對於對於客觀對象進行內在悟化、思辨、融通的過程，通過抽象思維取得藝術的「象」與「境」，藝術家心中象與心中境為藝術創作從提煉表現與悟化再現的過程。依此原則，合看「外師造化，中得心源」，在藝術創作的過程中，藝術家自身必須不斷的深入生活，從大自然中汲取創作素材，此即對於物象與物境之搜索取材，並以此為作品，深究物理，在生活中培養、發掘、捕捉創作靈感；之後，通過藝術家主觀意識活動，將蒐集、體驗到的創作素材進行藝術處理與安排，主客觀整合，心與物提煉，形成能夠凸顯藝術家心性的心象與心境，並將這些最能展現客觀特徵，及最能反映藝術家主觀情感的心象與心境，通過屬於藝術家個性化的藝術語彙呈現在作品中。

　　由此一路徑，再檢視蘇軾論畫詩文時，則可以細細體會藝術家在面對自然萬物時所產生的真實情感，與呈現筆下毫無保留的心情，更能了解意在言外的感動精神。至於體現畫家精神，蘇軾曾討論周昉畫：

　　李仲謀家有周昉畫背面欠伸內人，極精，戲作此詩。

　　深宮無人春日長，沉香亭北百花香。美人睡起薄梳洗，燕舞鶯啼空斷腸。畫工欲畫無窮意，背立東風初破睡。若教回首卻嫣然，陽城下蔡俱風靡。杜陵飢客眼長寒，蹇驢破帽隨金鞍。隔花臨水時一見，只許腰肢背後看。心醉歸來茅屋底，方信人間有西子。君不見孟光舉案與眉齊，何曾背面傷春啼。〔註191〕

關於上文周昉仕女畫，杜甫曾以相同內容寫下〈麗人行〉一詩：

　　三月三日天氣新，長安水邊多麗人。態濃意遠淑且真，肌理細膩骨肉勻。繡羅衣裳照暮春，蹙金孔雀銀麒麟。頭上何所有？翠微盍葉垂鬢唇。背後何所見？珠壓腰衱穩稱身。就中雲幕椒房親，賜名大國虢與秦。紫駝之峰出翠釜，水精之盤行素鱗。〔註192〕

合看蘇軾論周昉畫與杜甫詩，可知蘇軾以唐代周昉畫背立欠伸之美人，最為妍絕，並以杜甫此詩為題，加以論述周昉美人。據說身為貴族的周昉以倣效

〔註191〕〈續麗人行，並引〉，《蘇軾詩集》卷十六，頁 811。
〔註192〕〔唐〕杜甫《杜工部詩集》，台北：中華書局，1966 年，頁 286。

張萱爲始，每完成一畫，必虛心接受旁人指教，後遂成就自己獨創風格。杜甫所見爲自然景物，在其心中產生麗人之物象、物境，寫下〈麗人行〉則爲杜甫的心象、心境。周昉畫與蘇軾題寫周昉畫，皆是兩人當下有所感觸，完成作品。因感觸而發者，再視蘇軾論晁說〈考牧圖〉：

> 我昔在田間，但知羊與牛。川平牛背穩，如駕百斛舟。舟行無人岸自移，我臥讀書牛不知。前有百尾羊，聽我鞭聲如鼓鼙。我鞭不妄發，視其後者而鞭之。澤中草木長，草長病牛羊。尋山跨坑谷，騰趁筋骨強。煙簑雨笠長林下，老去而今空見畫。世間馬耳射東風，悔不長作多牛翁。〔註193〕

清‧方東樹曾對蘇軾上文加以評論：

> 〈書晁說之〈考牧圖〉後〉此方是眞妙。「我臥」句仙語。「澤中」三句見道：凡民逸則生患，勤則生善。「老去」一句爲一段章法，收入另一段，總分三段，一眞、一畫、一議耳。細分之，則一眞之中，起，次分，次議，凡四段，大宮包小宮。一路如長江大河，忽然一束，又忽然一放。此詩具三十二相，分合章法，變化不測。一句入便住，所謂「將軍欲以巧服人，盤馬彎弓惜不發」。眞形之，題畫老法，坡入妙。半山章法杜公，入神。《詩‧無羊》，考牧也。
> 〔註194〕

方東樹所謂「一眞」道出蘇軾〈書晁說之〈考牧圖〉後〉能觀察世間物象，體會物境；「一畫」則說蘇軾能將悟境、物象，吸收吐納，反芻體驗出心象與心境；「一議」更說明蘇軾融合物象、物境、心象、心境，藉晁說之畫解析論畫藝術。蘇軾寫〈晁說之考牧圖〉，能就〈考牧圖〉反推晁說之創作心境，如查愼行所言「上下神氣已足」〔註195〕。

　　繪畫「意」「境」得之於象外，蘇軾曾寫歐陽少師石屏風：

> 何人遺公石屏風，上有水墨希微蹤。不畫長林與巨植，獨畫峨嵋山西雪嶺上萬歲不老之孤松。崖崩澗絕可望不可到，孤煙落日相溟濛。

〔註193〕　〈書晁說之〈考牧圖〉後〉，《蘇軾詩集》卷三十六，頁1966。
〔註194〕　〔清〕方東樹《昭昧詹言》卷十二，收於曾棗莊、曾濤編《蘇詩彙評》（三），《蘇文忠公詩集》卷三十六，台北：文史哲出版社，1998年，頁1543～1544。
〔註195〕　查愼行《初白庵詩評》卷中，收於曾棗莊、曾濤編《蘇詩彙評》（三），《蘇文忠公詩集》卷三十六，台北：文史哲出版社，1998年，頁1542。

含風僵寒得眞態，刻畫始信天有工。我恐畢宏、韋偃死葬虢山下，
骨可朽爛心難窮。神機巧思無所發，化爲煙霏淪石中。古來畫師非
俗士，摹寫物像略與詩人同。願公作詩慰不遇，無使二子含憤泣幽
宮。〔註196〕

蘇軾此詩作於宋神宗熙寧四年（1071年）十一月，爲避開黨爭，要求離京外
任，該年蘇軾爲杭州通判，此時歐陽脩以太子少師致仕，退居穎州，蘇軾在
路過穎州時謁見歐陽脩，爲歐陽脩收藏之石屏寫下此作。此詩展現蘇軾獨特
文墨，誠如紀昀說蘇軾慣於「移空作有」，將石頭上的紋路想像爲名家水墨，
以應證其「石文而醜」。蘇軾見石屏上之紋路，想像爲水墨畫中景，不選擇一
般屏風上的「長林」、「巨植」，反而選擇「峨嵋山」、「雪嶺」、「孤松」、「孤煙」
等景物，無一不是表達文人懷才不遇之怨懟，並寄予自己無限期許之胸懷。
特以畫家畢宏、韋偃爲例，而以「神機巧思無所發，化爲煙霏淪石中」表達
石可萬古常存，對家國之忠誠亦如石之常存。文末強調藝術形式可以轉圜，
但藝術家心境卻是萬古長存，特別是「古來畫師非俗士，摹寫物像略與詩人
同。」由此可明證蘇軾認爲畫家宜應含有文學修養，使得筆下畫境如詩境，
詩境如心境，得意境於象外。

蘇軾另首因於牆上題畫竹木怪石而寫下論畫藝術之名作：

空腸得酒芒角出，肝肺槎牙生竹石。森然欲作不可回，吐向君家雪
色壁。平生好詩仍好畫，書牆涴壁長遭罵。不瞋不罵喜有餘，世間
誰復如君者。一雙銅劍秋水光，兩首新詩爭劍鋩。劍在床頭詩在手，
不知誰作蛟龍吼。〔註197〕

此詩作於宋神宗元豐七年（1084年），郭祥正以汀州通判、奉議郎勒停居於
安徽當塗家中，是年蘇軾路過當塗，在郭祥正家牆壁上醉畫竹木怪石，郭祥
正爲表達謝意，賦詩二首，並以古銅劍一雙相贈，蘇軾隨興之所致，又寫此
作。周必大強調此作能於當下捕捉神韻之美：「英氣自然，乃可貴重。五日一
石，豈知此耶。」〔註198〕可見蘇軾經過思索之後才於靈感來臨時，揀擇最能
展現其心意的竹木怪石以傳達情感。周必大並藉杜甫〈戲題畫山水圖歌〉論

〔註196〕〈歐陽少師令賦所蓄石屏〉，《蘇軾詩集》卷六，頁277。
〔註197〕〈郭祥正家，醉畫竹石壁上，郭作詩爲謝，且遺二古銅劍〉，《蘇軾詩集》卷
　　　二十三，頁1234。
〔註198〕周必大《題張志寧所藏東坡畫》（《廬陵周益國文忠公集·平園續稿》卷七），
　　　《蘇詩彙評》（二），頁1030。

蘇軾此作：

> 十日畫一水，五日畫一石。能事不受相促迫，王宰始肯留真跡。壯哉崑崙、方壺圖，掛君高堂之素壁。巴陵、洞庭、日本東，赤岸水與銀河通，中有雲氣隨飛龍；舟人、漁子入浦漵，山木盡亞洪濤風，尤工遠勢古莫比，咫尺應須論萬里。焉得并州快剪刀，剪取吳松半江水。〔註199〕

周必大引杜甫詩句，強調創作當下的靈感迸發，與技巧純熟的藝術家在創作時的十足豪氣。其他如汪師韓說蘇軾此文「畫從醉出，詩特為醉筆洗剔精神，讀起四句森然動魄也。」〔註200〕認為蘇軾醉筆顯真態，周亮公評此為「不必見其畫，覺十指酒氣，沸沸滿壁。」〔註201〕詩已能得畫真精神，葉矯然「手快風雨，下筆有神者矣。」〔註202〕紀昀「奇氣縱橫，不可控制。」〔註203〕名家評解蘇軾此詩，認為文中帶有莊子庖丁解牛、躊躇滿志、收刀昂立之豪邁氣，事實上蘇軾此詩表達藝術家將創作時的心境，毫無保留地躍然於作品之中，而其中意境則呈現於作品之外。

二、作品來自真誠，意境為心靈展現

蘇軾認為作品必須要展現畫家的真誠意境，作品涵蓋畫家的深度思索與創作理念。宋・郭若虛《圖畫見聞誌》認為作品為藝術家的心靈軌跡，提出「畫乃心印」之說：

> 繫乎得自天機，出於靈府也。且如世之相押字之術，謂之心印。本自心源，想成形跡，跡與心合，是之謂印。矧乎書畫發之於情思，契之於銷楮，則非印而何？書畫豈逃乎氣韻高卑，夫畫猶書也。楊子曰：言，心聲也；書，心畫也。聲畫形，君子小人見矣。〔註204〕

郭若虛上述山川風貌與人不同體驗，使藝術家產生不同情感，此藝術形象即成為個性迥異藝術家的審美意境，甚至可依作品內容作德性之判斷。關於心聲、心畫、心印，可參照唐・符載評張璪的說詞：「物在靈府，不在耳目，故

〔註199〕 杜甫〈戲題畫山水圖歌〉，《杜工部集》，頁243。
〔註200〕 汪師韓《蘇詩評選箋釋》卷三，《蘇詩彙評》（二），頁1030。
〔註201〕 周亮公《書影》卷十，《蘇詩彙評》（二），頁1030。
〔註202〕 葉矯然《龍性堂初集》，《蘇詩彙評》（二），頁1030～1031。
〔註203〕 紀昀《蘇文忠公詩集》卷二三，《蘇詩彙評》（二），頁1030～1031。
〔註204〕 〔宋〕郭若虛《圖畫見聞誌》，莊申編《中國畫史研究》，台北：正中書局，1966年，頁159。

得於心，應於手。孤姿絕狀，觸毫而出，氣交沖漠，與神爲徒。」〔註205〕眞
實感受自然萬物者乃爲藝術家的靈府，而靈府感悟，則得於藝術家之心，作
品傳達藝術家對於自然萬物體悟之情。

　　繪畫語言中的藝術符號主要爲傳達藝術家的心緒與理念，因此寄託藝術
家襟懷之「興」，乃藝術家個人性情的跡化與宣洩，更是超脫創作媒材之外而
存在。郭若虛強調藝術家有所思才能有所爲，是故「畫乃心印」，意指筆墨乃
情感心境輸送和傳達的橋梁，藝術創作中隨機生發的筆墨表現過程總在藝術
家「心境」觀照中運行。傳統中國山水畫中可遊、可行、可居的物理空間，
則成爲能品、能識、能思的自由精神之想像空間，繪畫語言裡藝術表象上的
符號既構成客觀世界，同時亦反應客觀世界。

　　由此以探討爲何蘇軾常寫孤木怪石？原因來自於枯木怪石乃蘇軾心中意
境之呈現，而蘇軾論畫詩文則進一步討論，能夠掌握瞬間的靈感，進行美的
創造爲藝術家創作藝術的最終目的，並在創作過程中展現其藝術理念。

（一）繫風捕影追求妙理

　　「風」與「影」皆爲自然界中隨時間流轉變化之物，稍縱即逝，蘇軾曾
在文章裡表示藝術家最特出的長才，即能瞬間捕捉「風」與「影」，並進行體
認與創作，傳達自己思想情感，並使作品富含個人印記。

　　中國水墨畫的意象表現形式，在追求形神兼備的同時，也注重寓意抒情，
求象外之意，給人畫外的精神聯想，而非單純的客觀描摩，此重「傳神」輕
「狀物」的理想，主要因爲藝術家心境能夠對物象隨時進行轉化作用。進一
步來說，物象是客觀的、穩定的表現概念，藝術家心境則是主觀的、變化的
意象概念，兩者同時與藝術家生存狀態和創作環境互動共變，物隨心移。宋・
郭若虛有段文字描述藝術家創作時的眞實狀態：

> 世人只知吾落筆作畫，卻不知畫非易事。莊子說，畫史解衣盤礴，
> 此眞得畫家之法。人須得胸中寬快，意思悅適，如所謂易直於諒，
> 油然之心生。則人之笑啼情狀、物之尖斜偃側，自然布列於心中，
> 不覺見之於筆下。晉人顧愷之，必構層樓以爲畫所，此眞古之達士。
> 不然，則志意已抑鬱沉滯，局在一曲，如何得寫貌物情，攄發人思
> 哉？然不因靜居燕坐，明窗淨几，一炷爐香，萬慮消沉，則佳句好

〔註205〕莊申編《中國畫史研究》，頁72。

意，亦看不出；幽情美趣，亦想不成；即畫之主意，易豈易及乎？
境界已熟，心手已應，方始縱橫中度，左右逢源，世人將就率意，
觸情草草便得。……有發於佳思而可畫者。〔註206〕

上文敘述作畫絕非容易之事，藝術家在心靜的狀態下，可體察自然萬物之幽
微變動，吟詠思索，體現「當其手下風雨快，筆所未到氣已吞」之感，思慮
成熟的藝術家捕捉瞬間即逝的靈感，倏忽進行創作。文中提及「解衣」，即袒
胸露臂，而「盤礴」，即隨地盤坐，意謂全神貫注於繪畫。上文更隱含《莊子‧
田子方》所載：「昔宋元君將畫圖，眾史皆至，受揖而立，舐筆和墨，在外者
半，有一史後至，儃儃然不趨，受揖不立，因之舍，公使人視之，則解衣盤
礴，臝。君曰：『可矣，是眞畫者也。』」〔註207〕對莊子所提到的宋元君作畫，
清‧惲壽平曾解析道：「作畫須有解衣盤礴，旁若無人，然後化機在手，元氣
狼籍。」〔註208〕表示畫家在作畫的同時，心中需澄明清淨，因此郭若虛文中
所謂「須得胸中寬快，意思悅適，如所謂易直於諒，油然之心生。」畫家心
境澄明，才能直接審視自然萬物，從中提取所欲傳達情感之物態，之後「人
之笑啼情狀、物之尖斜偃側，自然布列於心中，不覺見之於筆下。」由於畫
家和自然物象之間可以「物我同一」，兩者渾然無所界限，再經由畫家釐清思
路，經過巧妙構思，將情感全然呈現於作品中。

　　蘇軾認爲眞誠心境呈現畫家眞誠情態，曾針對魚圖深入觀點：

天寒水落魚在泥，短鉤畫水如耕犁。渚蒲披折藻荇亂，此意豈復遺
鰍鯢。偶然信手皆虛擊，本不辭勞幾萬一。一魚中刃百魚驚，蝦蟹
奔忙誤跳擲。漁人養魚如養雛，插竿冠笠驚鵁鶄。豈知白挺鬧如雨，
攪水覓魚嗟已疏。〔註209〕

文中表達畫家描繪水中魚，仔細審視魚在水中受擾之景，畫家因心無旁騖，
能夠直指自然物態。查愼行曾評此詩：「短篇故作波瀾，一味蒼茫，初學何自
窮其涯岸？」〔註210〕雖是短篇，卻讓人感受波瀾，而汪師韓亦就短篇著墨：
「其繪事如畫，筆端有神，雖寥峭短章，讀其詞如有千百言在腕下。」〔註211〕

〔註206〕〔宋〕郭若虛《圖畫見聞誌》，莊申編《中國畫史研究》，頁160。
〔註207〕《莊子‧田子方》，莊申編《中國畫史研究》，頁86。
〔註208〕莊申編《中國畫史研究》，頁193。
〔註209〕〈畫魚歌──湖州道中作〉，《蘇軾詩集》卷八，頁398。
〔註210〕查愼行《初白庵詩評》卷中，《蘇詩彙評》（一），頁298。
〔註211〕汪師韓《蘇詩評選箋釋》卷二，《蘇詩彙評》（一），頁298。

言及蘇軾描繪傳神，眞如一幅豐富多貌的圖畫。蘇軾此文將水中游魚之神態活靈活現，亦如一幅魚游戲水圖，加上人爲之擾水，殊不論其是否有政治諷喻意，〔註212〕對於物象、心象之掌握，轉而成爲物境、心境之作，此一篇表達淋漓。至於畫山圖，蘇軾亦發表言論：

> 平生自是個中人，欲向漁舟便寫眞。詩句對君難出手，雲泉勸我早抽身。年來白髮驚秋速，長恐青山與世新。從此北歸休悵望，囊中收得武陵春。〔註213〕

上文中提到畫家李頎，《春渚紀聞》卷五簡述道：

> 李欣字粹老，不知何許人。少舉進士，當得官，棄去。烏巾布裘爲道人。遍歷湖湘間，晚樂吳中山水之勝，遂隱於臨安大滌洞天，往來苕溪之上，遇名人勝士，必與周旋。素善丹青，而間作小詩。東坡倅錢塘日，粹老以幅絹作〈春山〉橫軸，且書一詩其後，不通姓名，付樵者，令俟坡之出投之。坡展視詩畫，蓋已奇之矣。及問樵者：「誰遣汝也？」曰：「我負薪出市，始經公門，有一道人，與我百錢，令我呈此，實不知何人也。」坡益驚異之，即散問西湖名僧輩，云是粹老。久之，偶會於湖山僧居，相得甚喜。坡因和其詩，云「詩句對君難出手，雲泉勸我早抽身」是也。〔註214〕

《春渚紀聞》描述蘇軾與李頎巧遇之情境，李頎隱居的心志爲當時任杭州通判的蘇軾所嚮往，因此兩人之偶合可謂替蘇軾找到官途中的一劑清涼藥。〈李頎秀才善畫山，以兩軸見寄，仍有詩，次韻答之〉詩中描述，李頎捕捉隱身魚樵當下之心境，而轉化爲畫；蘇軾則快意體會之，轉化爲論畫詩文。中國傳統山水畫含有一種穩定現象，無論山水氣魄如何宏大，表現如何雄健，最終總是以淨化、和諧、內省爲依歸。蘇軾此首論畫詩文，藉由李頎所繪山水圖象中取神，表達透過畫中物感受物外之情的洞察力，蘇軾對畫中特定物象山水自然中寄寓山林之志，渴望擺脫官場禁錮的生活，因此能夠洞察李頎「欲向漁舟便寫眞」的創作動機，把握畫中的眞實思想，產生強烈共鳴，於是發出「雲泉勸我早抽身」之嘆。

　　畫家和身於自然之中，對大自然欽嘆，山水亦詩，筆墨亦詩也，山水以

〔註212〕昇汪師韓《蘇詩評選箋釋》卷二，《蘇詩彙評》（一），頁298。
〔註213〕〈李頎秀才善畫山，以兩軸見寄，仍有詩，次韻答之〉，《蘇軾詩集》卷十一，頁527。
〔註214〕何薳《春渚紀聞》卷五《李朱畫得坡仙賞識》，《蘇詩彙評》（一），頁412。

表現畫家心志，然而花卉亦能成爲畫家心志之投射。蘇軾曾爲尹白以水墨畫花圖寫詩，詩序提到「世多以墨畫山水竹石人物者，未有以畫花者也。汴人尹白能之，爲賦一首。」較少人描繪花卉，故尹白引起蘇軾關注。詩的內容則如是描繪：

> 造物本無物，忽然非所難。花心起墨暈，春色散毫端。縹緲形纏具，
> 扶疏態自完。蓮風盡傾倒，杏雨半披殘。獨有狂居士，求爲黑牡丹。
> 兼書平子賦，歸向雪堂看。〔註215〕

從唐代即有以墨色畫花卉的紀錄，宋代以水墨畫花卉者多半是文人畫家，《宣和畫譜・墨竹敘論》談到詞人捨丹青以墨圖：「故有以淡墨揮掃，整整斜斜，不專於形似，而獨得於象外者，往往不出於畫史，而多出於詞人墨清之作。」〔註216〕尹白即是專攻墨花的畫家。蘇軾在詩中表達當時以水墨畫山水竹石人物爲尚，畫花者不多，伊白卻能因物起興，爲物所感，勇於獨創。詩中讚揚尹白墨花技法，「造物本無物，忽然非所難」，蘇軾認爲繪畫藝術非靠造物者主宰，純由畫家隨物感興，是一件不容易的事，畫家筆下描繪的眞實，隱含畫家的感情思想，有時比自然物態更能反應出眞實樣貌。蘇軾認爲尹白墨花從花心開始以醞墨染畫，從筆端挑染之墨色可感染著春光，而其捕捉春色光輝與神韻，將物態盡顯於畫面之中，令人感受到生命的律動。

蘇軾認爲畫家筆下描繪的眞實，有時比自然更眞實，因此爲郭熙秋山平遠圖寫下心得：

> 玉堂晝掩春日閑，中有郭熙畫春山。鳴鳩乳燕初睡起，白波青嶂非
> 人間。離離短幅開平遠，漠漠疏林寄秋晚。恰似江南送客時，中流
> 回頭望雲巘。伊川佚老鬢如霜，臥看秋山思洛陽。爲君紙尾作行草，
> 炯如嵩洛浮秋光。我從公遊如一日，不覺青山映黃髮。爲畫龍門八
> 節灘，待向伊川買泉石。〔註217〕

蘇軾於詩中表達郭熙能將景物表現於畫面之中，山川人物、鳥語花香各有巧態，除了畫面逼眞，更眞誠地呈現畫家的理念。因此了解蘇軾認爲藝術家能於創作時，將自己化身爲自然之一份子，才能將自然景物神態描繪動人，誠如宋・郭熙《山水訓》言：

〔註215〕 〈墨花・并敘〉，《蘇軾詩集》卷二十五，頁 1353。
〔註216〕 《宣和畫譜・卷二十・墨竹敘論》，《畫史叢書》（一），頁 621。
〔註217〕 〈郭熙畫秋山平遠〉，《蘇軾詩集》卷二十八，頁 1509。

> 春山煙雲連綿人欣欣，夏山嘉木繁陰人坦坦，秋山明淨搖落人蕭
> 蕭，冬山昏霾塞人寂寂。看此畫令人生此意，如真在此山中，此畫
> 之景外意也。見青煙白道而思行，見平川落照而思望，見幽人山客
> 而思居，見岩扃泉石而思游。看此畫令人起此心，如將真即其處，
> 此畫之意外妙也。〔註218〕

上文描述藝術家能將自己與自然渾同以創作，作品才能生動，有人存在的自
然才能感人。正如蘇軾詩：「真態生香誰畫得，玉如纖手嗅梅花。」〔註219〕
因人的融入，使物境之存在更為真實，呈現於作品意境韻味無窮。所謂「看
此畫令人生此意，如真在此山中，此畫之景外意也。」所見自然是真實山
水，但能得到郭熙對山水的思想情感；「看此畫令人起此心，如將真即其處，
此畫之意外妙也。」山中輕煙白道、平川落照、幽人山客、岩扃泉石，令人
想望其中，並與郭熙一同體驗優遊山水之樂。

　　由此可知，蘇軾認為作品來自於畫家真誠心境，當畫家靈感生發的當
下，隨即將意念呈現於畫面，此時作品中所隱含的妙理，有時比自然更為
真實。

（二）「無意於佳乃佳」

　　因為作品純然毫無雜質，反映出畫家的真情樣態，因此蘇軾認為畫家應
無意於創作，不刻意營造美感氛圍，僅單純將真誠投入，畫中所呈現之美感
便能自然流露。

　　蘇軾論畫詩文中提及美感氛圍，若將繪畫語言視為符號之呈現，藉西方
美學家蘇珊・朗格（S. Langer）之說以理解。蘇珊・朗格長期投身研究藝術符
號與藝術家創作情感，曾認為藝術符號與生命結構極為類似：

> 你愈是深入地研究藝術品的結構，你就愈加清楚地發現藝術結構與
> 生命結構的相似之處，這裡所說的生命結構，包括著從低級生物的
> 生命結構到人類感情和人類本性這樣一些複雜的生命結構（情感和
> 人性正是最高級的藝術所傳達的意義）。由於這兩種結構之間的相似
> 性，才使得一幅畫、一支歌或一首詩與一件普通的事情區別開來

〔註218〕　〔宋〕郭熙《山水訓》，《宋人論畫》，頁14。
〔註219〕　〈四時詞四首〉（錄一），原詩為「霜葉蕭蕭鳴屋角，黃昏斗覺羅衾薄。夜風
　　　　　搖動鎮帷犀，酒醒夢回聞雪落。起來呵手畫雙鴉，醉臉輕勻襯眼霞。真態生
　　　　　香誰畫得，玉如纖手嗅梅花。」（《蘇軾詩集》卷二十一，頁1092）

　　──使他們看上去像是一種生命形式，而不是用機械的方法製造出
　　來的；使他的表現意義看上去像是直接包含在藝術品之中（這個意
　　義就是我們自己的感性存在，也就是現實存在）。〔註220〕

論述中道出藝術家在創作上有很大一部分來自於情感之奔流。在中國傳統美學裡，莊子擴大美的範圍，把「醜」引進「美」的領域，任何事物不管形貌如何，都可以成為美學客體，成為人的審美對象，例如詩文中的拗體、書畫中的拙筆、園林中的怪石、戲劇中的奇構，以及各種打破甜膩的人際和諧，甚至如莊子〈天下〉「謬攸之說，荒唐之言，無端崖之辭」等，皆可成為審美對象。對此，李澤厚認為由於莊子把醜引進美的領域，使得中國藝術得到「大解放」，不再拘泥於一般的繩墨規矩，不再斤斤計較於人工纖巧的計慮，更說：

　　藝術中的大巧之拙，成為比工巧遠為高級的審美標準。因為所欣賞
　　的並非其外形，而是透過其形，欣賞其「德」──「使其形者」，這
　　也就是「道」。欣賞所得也並不是耳目心意的愉悅感受，而是「與道
　　冥一」的形上品格。〔註221〕

李澤厚一再強調中國美學因莊子美學的產生，使得審美超越儒家定於一尊的倫理學範圍，成為純心靈的審美感受。因此藝術的呈現，勢必要有一種超越藩籬的量尺，需要「正確的情──美感感情態度是藝術典型化的必要條件。」李澤厚解釋藝術家「正確的情」是藝術典型化的必然：

　　只有充分具備和抒發正確優美的主觀情感態度，才能真正完滿客觀
　　地反應事物的本質真實。情感愈真愈強，就愈有反應的能力，就愈
　　能正確巧妙地進行選擇、集中和提煉；情感卑下的虛偽，就必然造
　　成形象的虛假、淫濫。〔註222〕

虛偽的感情無法造就真實的作品，對照《文心雕龍》對藝術家創作時的真情加以描述：「故情者，文之經……詩人什篇，為情而造文，詞人賦頌，為文而造情……為情者要約而寫真，為文者淫麗而煩濫。」〔註223〕強調真情才有真作品，又說「夫以草木之微，依情待實……言與志反，文豈族微。」〔註224〕

〔註220〕〔美〕蘇珊‧朗格《藝術問題》，北京：中國社會科學出版社，1983年，頁55。
〔註221〕李澤厚《華夏美學》，台北：三民書局，1996年，頁103。
〔註222〕李澤厚《美學論集》，台北：三民書局，1996年，頁253。
〔註223〕《文心雕龍‧情采‧第三一》，頁203。
〔註224〕《文心雕龍‧情采‧第三一》，頁204。

認為藝術家的創作必有主要動機與目的，此即為《文心》所言之「情」，無論是「為文造情」或是「為情造文」皆有藝術家該有的主觀表現精神，因此藝術家要能見微知著，以恰當的情感表達恰當的事物。

因而檢視蘇軾對墨書的見解，表達藝術家無須刻意創作：

> 書初無意於佳乃佳爾。草書雖是積學乃成，然要是出於欲速。古人
> 云匆匆不及草書，此語非是。若匆匆不及，乃是平時亦有意於學。
> ……書雖不甚佳，然乃自出新意，不踐古人，是一快也。〔註225〕

蘇軾強調「無意之意」，講求無意、重感性的靈感，早已跳脫「意在筆先」。蘇軾所謂「無意」，更於其詩中提及「興來一揮百紙盡，駿馬倏忽踏九州。」〔註226〕強調速度、「繫風捕影」般的創作激情，而當中對於懷素「不求工」、「無意於濟否」的創作方式十分激賞，認為懷素「為人儻蕩，本不求工，所以能工此，如沒人操舟，無意於濟否，是以覆卻萬變，而舉止自若。」〔註227〕不特意求工，反而呈現草書豪邁調性，所謂「無法」、「無意」乃為「心法」，正如禪宗「我心即佛」，藝術創作必須擺落法度束縛，靈動活潑以表達「新意」。從蘇軾除了讚賞柳少師「本出於顏，而能自出新意，一字百金，非虛語也。」〔註228〕又贊吳道子畫「出新意於法度之中，寄妙理於豪放之外。」〔註229〕可見蘇軾力求藝術之創造精神。至於蘇軾所謂「新法」、「新意」乃在客觀規律外合理對藝術創造追求，有新意才能開啟發展，創作才能舒展自如。

蘇軾認為藝術創造的追求，先有其規律性，之後才能無意為之而得真理：

> 筆成冢，墨成池，不及羲之即獻之。筆禿千管，墨磨萬錠，不作張

〔註225〕〈評草書〉，《蘇軾文集》，卷六十九，頁2183。
〔註226〕〈石蒼舒醉墨堂〉，《蘇軾詩集》，頁236。
〔註227〕〈跋王鞏所收藏真書〉，《東坡題跋》，頁96。〈跋王鞏所收藏真書〉：「僧藏真書七紙，開封王君鞏所藏。君侍親平涼，始得其二，而兩紙在張鄧公家，其後馮公當世又獲其三，雖所從分異者不可考，然筆勢奕奕，七紙意相屬也。君，鄧公外孫，而與當世相善，乃得而合之。余嘗愛梁武帝評書，善取物象，而此公尤能自譽，觀者不以為過，信乎其書之工也。然其為人儻蕩，本不求工，所以能工此，如沒人之操舟，無意於濟否，是以覆卻萬變，而舉止自若，其近於有道者耶？」
〔註228〕〈書唐氏六家書後〉，《東坡題跋》，頁92。
〔註229〕〈書吳道子畫後〉，《東坡題跋》，頁95。

芝作索靖。〔註230〕

書法發展至唐代，與唐詩一樣，格律已臻完備，不僅楷書登峰造極，張旭、懷素之狂草筆法亦嚴謹。《宣和書譜》記張旭：「其草書雖奇怪百出，而求祇園留，無一點畫不該規矩者，或謂張顛不顛是也。」〔註231〕認爲張旭重視主觀心靈自由，自在揮灑，直抒胸臆。蘇軾在上文中主要藉書法名家，說明創作時能超越客觀法則規矩之侷限，使主觀心靈毫無窒礙，若創作時依照法則，曾陷入成套之規矩方圓系統中，落入如李邕言「學我則死」，失去藝術創造的原有意義，遑論藝術創造之原創性與不可複製性。

蘇軾認爲藝術創作乃不可學、不可複製，創作時宜適應多種多樣媒材。除此之外，「無意於佳乃佳」的關鍵在於專心一致：

> 獻之少時學書，逸少從後取其筆而不可，知其長大必能名世。僕以爲不然。知書不在於筆牢，浩然聽筆之所之而不失法度，乃爲得之。然逸少所以重其不可取者，獨以其小兒子，用意精至，猝然掩之，而意未始不在筆。不然則天下有力者，莫不能書也。治平甲辰十月二十七日，自岐下罷過謁石才翁，君強使書此數幅。僕豈曉書，而君最關中知名書者，幸勿出之，令人笑也。〔註232〕

文中針對王羲之對其子握筆之牢以預想未來必將爲名筆事件，表達不以爲然。蘇軾認爲能精通書法不在於握筆牢固，而只是一位父親對兒子掩飾缺失，以展現鋒芒之贊語。蘇軾進一步認爲力大者亦能牢握筆，但未必能成爲書家，因此，能掌握筆墨的重點在於「不失法度」，而蘇軾所謂「不失法度」者，乃因心中已誠然無外物，專心致之，經年累月專注於墨書，即能通曉名書。

蘇軾以爲作字的態度在於心無旁鶩，才能眞正無意爲之，提出：

> 作字要手熟，則神氣完實而有餘韻，於靜中自是一樂事。然常患少暇，豈於其所樂，常不足耶？〔註233〕

蘇軾提及藝術家若能技巧純熟，且保持處之泰然的心境，當心處於靜，自然學問有得，融會貫通。而那些托言無暇於樂者，乃因心蔽眼矇，無法於墨書中找尋樂趣。蘇軾論藝術家雖身處於動境，而其心宜處於靜境：

〔註230〕〈題二王書〉，《蘇軾文集》卷六十九，頁2170。
〔註231〕〔宋〕《宣和書譜》卷十八，台灣商務印書館，1983年，頁793。
〔註232〕〈書所作字後〉，《蘇軾文集》卷六十九，頁2180。
〔註233〕〈記與君謨書〉，《蘇軾文集》卷六十九，頁2193。

> 將至曲江，船上灘攲側，撐者百指，篙聲石聲犖然。四顧皆濤瀨。
> 士無人色，而吾作字不少衰。何也？吾更變多矣！置筆而起，終不
> 能一事，孰與且作字乎！〔註234〕

於顛簸江水上，船夫齊力前行，可知船已處於波濤洶湧之境，但蘇軾卻能提筆行走，絲毫不受干擾，主要在於心境不受環境動搖。蘇軾亦論述「心安則筆安，心正則筆正」的藝術觀點：

> 把筆無定法，要使虛而寬。歐陽文忠公謂余：當使指運而腕不知。
> 此語最妙。方其運也，左右前後，卻不免攲側；及其定也，上下如
> 引繩。此之謂筆正。〔註235〕

文中談到握筆無他法，唯有放鬆指掌之力使筆能游刃有餘。蘇軾認爲歐陽脩說法最能與其理相應：運筆應以指運而非以腕力。運筆之時，無論前後左右，指運靈活，待定筆之時，則上下筆直如取繩索，此則爲筆正，而藝術家心境確實能控制運筆。

　　蘇軾以爲畫家專心一意爲其靈感帶來助力，當靈感到來迅速地將情感投注於筆端，不刻意於技巧工拙，筆下自然呈現眞實。

小　結

　　蘇軾認爲藝術家創作爲一動態過程，其特殊性十分強烈，種類不同、媒材不同，甚至藝術家的個性、創造藝術作品的方法不同，便能使創造過程豐富多樣，各有千秋，難以找到共同模式。因此，藝術家創作的過程爲：先具備「詩畫一律之思維」，此爲準備階段，深入生活，儲藏表象，激發創造欲望；經由「一觸即覺之靈感」，歷經藝術家縝密的構思，意匠經營，構建藝術意象；最後則在畫面的呈現上產生藝術家與所欲傳達客體「物我合一之意境」，將意象落實，由「心象」成爲「物象」。此三階段爲相互滲透的有機結構，先是心中有意爲之，但卻是專心致之，以蘇軾的語言說來即是「無意於佳乃佳」，以傳達藝術所欲傳達的眞理。

　　蘇軾曾提及「觀士人畫，如閱天下馬。」士人畫的精神與筆墨意趣盡顯於其中：「詩畫一律之思維」，強調的是創作之形象與思維，藝術家積累素材，

〔註234〕〈書舟中作字〉，《蘇軾文集》卷六十九，頁2203。
〔註235〕〈記歐公論把筆〉，《蘇軾文集》卷七十，頁2234。

猶如在自然中尋找與自己心靈相應之意象;「一觸即覺之靈感」,強調靈感與
豪情,藝術家運用創造性想像,將生活中積累豐富的表象素材,經過體驗與
理解,依情感與邏輯加工,此新意象形成的過程,即觀念與情感落實的過程;
「物我合一之意境」,強調過程與傳達,藝術家充分運用才能與技巧,掌握並
處理藝術材料與媒介,克服形象載體的局限與束縛,將構思中想像的意象世
界,以含有自我表徵的的形式確定下來,成為現實存在的藝術品。

　　是故可理解,蘇軾以為士人畫原創筆墨,體現在表現形態上有幾種元素:
一為表現自然的形、質、理、韻;二為表現創作者的氣質、人格品質、學識
修養、藝術品味。兩者交融,則可說為文人對於自然、藝術、人生三者基本
態度之體現。此即是蘇軾論畫詩文中關於創作理念要點,亦可說是蘇軾論畫
詩文之主要特點。

第伍章　蘇軾論畫之鑑賞觀

　　有宋一代出現繪畫文學化的傾向，並隨之產生詩畫相通、詩畫互補的理論。宋·鄧椿《畫繼·雜說·論遠》曾說：

> 畫者，文之極也。故古今之人，頗多著意……唐則少陵題詠，曲盡
> 形容；昌黎作記，不遺毫髮。本朝文忠歐公、三蘇父子、兩晁兄弟、
> 山谷、後山、宛丘、淮海、月巖、漫仕、龍眠，或品評精高，或揮
> 染超拔，然則畫者豈獨藝之云乎？難者以爲自古文人，何止數公？
> 有不能且不好者。將應之曰：「其爲人也多文，雖有不曉畫者寡矣；
> 其爲人也無文，所有曉畫者寡矣。」〔註1〕

在此說明了宋代文人兼具點染墨彩的嗜好，懂畫、品畫、賞畫，已形成宋代
騷人墨客的群體交流文化，更影響繪畫思想內涵的深化與雅化。晉·陸機
《文賦》曾說：「宣物莫大於言，存形莫善於畫。」〔註2〕將詩與畫的個別功
能一語道盡。詩與畫除了替藝術家爲萬物作造型的功能，更含有藝術家抒情
表物的用意，誠如宋·胡仔《苕溪漁隱叢話》前集卷三十曾引《西清詩話》：
「丹青吟詠，妙處相資。昔人謂詩中有畫，畫中有詩者，蓋畫手能狀，而詩
人能寫之。」〔註3〕元·楊公遠自編詩集《野趣有聲畫·序》寫道：「畫難畫
之景，以詩湊成；吟難吟之詩，以畫補足。」〔註4〕詩與畫實則可以相互補足

〔註1〕〔宋〕鄧椿《畫繼》，《畫史叢書》（一），台北：文史哲出版社，1983 年，頁
　　　339。
〔註2〕〔晉〕陸機著，楊牧校釋《陸機文賦校釋》，台北：洪範書店，1985 年，頁
　　　56。
〔註3〕〔宋〕胡仔《苕溪漁隱叢話前集》，台北：世界書局，2009 年，頁 206。
〔註4〕〔元〕楊公遠編《野趣有聲畫》，台北：商務印書館，1971 年，頁 93。

功能，雖然題畫詩在元代之後更爲盛行，詩、書、畫、印相結合亦在元代，然而詩畫互補卻在人文精神昂揚、以文學影響繪畫的宋代時，便開始作有意提倡。

　　兼具畫家與詩人身分的王維與蘇軾深知詩與畫並用的功能，將繪畫思想提升至文學化審美的高度。蘇軾論王維：「謂摩詰之詩，詩中有畫；觀摩詰之畫，畫中有詩。」爲文藝美學史上重要的藝術批評。在此命題中，蘇軾身爲讀者，但如何能將王維作品的意境與其創作心境通透了解？蘇軾在其論畫鑑賞觀中，早已不經意地流露出類於後代西方讀者反應論的藝術審美觀點。讀者批評理論注重的是讀者參與藝術作品認知、理解、創造的經驗，批評者首要關注的不再是「作品的意義是什麼」，而是「讀者如何使意義產生」的問題。英國學者沃爾特・佩特（Walter Pater，1839～1894）《文藝復興》一書曾言：

That clear perpetual outline of face and limb is but an image of ours. 〔註5〕
（那清晰、永恆的面部和肢體的輪廓不過是我們自己的形象）

意謂著從藝術作品中減慢閱讀速度，因此在原本閱讀中不被注意的事實，卻在讀者閱讀經驗中重新被找到意義與價值。是故作品須由讀者完成最後的詮釋，其藝術意義才算完成。

　　亦可將此觀點運用於觀賞一幅畫作，當作品本身已經成爲作者化身，觀者的聆賞則成爲一種再創造的解讀。

　　蘇軾本人對於畫作提出其觀點，雖與畫工畫有所區別，但蘇軾並不一味抹殺畫工畫，以蘇軾論畫之鑑賞觀解讀藝術作品，更可作爲鑑賞畫家作品的重要參考指標。欣賞繪畫作品所產生的美感，必須透過畫面整體呈現的感動集合而生。此感動的產生，如物象和意象共鳴，才能造就使人得以寄寓情思的場景，能在作者與讀者之間產生互動。於是繪畫作品反射出的情感，便能在讀者與作者體悟間展開，讀者接受反應出作品意義，也重新詮釋作者創作藝術作品之意義。

〔註5〕　〔英〕沃爾特・佩特（Walter Pater，1839～1894），唯美主義運動的理論家和代表人物。《文藝復興》匯集其歷年發表關於歐洲文藝復興代表人物的研究成果，研究的對象既包括皮科、波提切利、達・芬奇、米開朗基羅、喬爾喬內畫派、杜倍雷、溫克爾曼等著名人物，佩特在有限的篇幅中勾勒出了他心目中的文藝復興的全貌，構成了一種對文藝復興的總體認識。（北京：外語教學與研究出版社，2010年，頁82）

本章針對蘇軾作爲讀者角度，透過其親眼所見或對他人收藏的歷代繪畫作品進行理解與分析，研究蘇軾論畫鑑賞之標準，並與蘇軾文藝理論與其論畫藝術詩文相應證。

第一節　持平心態──「寓意於物」甚於「留意於物」

由於蘇軾曾說「詩畫本一律，天工與清新」，可推知蘇軾認爲一首詩與一幅畫有著相同的創作歷程，藝術家觀察萬事萬物以進行理解、想像，進而創作出一件藝術作品。因此，可以了解蘇軾對於鑑賞詩與畫之思維理路應當相同，故其鑑賞詩與鑑賞畫的審美標準當可相互參照，一以貫之。雖說詩與畫爲不同的表現媒材，然其皆爲藝術家情感與理念之抒發，是故借蘇軾鑑賞詩的原則以推研其對於繪畫作品之鑑賞。

蘇軾對於鑑賞藝術作品評論曾言：

> 詩人有寫物之功。「桑之未落，其葉沃若。」他木殆不可以當此。林逋〈梅花〉詩云：「疏影橫斜水清淺，暗香浮動月黃昏。」決非桃、李詩。皮日休〈白蓮〉詩云：「無情有恨何人見，月曉風清欲墜時。」決非紅蓮詩。此乃寫物之功。若石曼卿〈紅梅〉詩云：「認桃無綠葉，辨杏有青枝。」此至陋語，蓋村學中體也。〔註6〕

此爲元祐三年蘇軾寫給蘇過的文章，可以發現文中流露出讀者參與閱讀可以完善且補足作品的完成。得知身爲讀者的蘇軾將前人作品作一番解讀，並將內容同樣是描寫花卉的詩作比較：一爲「詩人有寫物之功」，以詩人特有的細膩觀察能力，細緻地描寫物態；二爲「村學中體」，直露表達物態樣貌。既是「詩人有寫物之功」則不直寫物，側寫花卉身處的環境，將詩的境界提升。文中蘇軾以林逋「疏影橫斜」將梅枝孤寂感呈現，「暗香浮動」則將梅花暗藏香氣隱約表態，「水清淺」的主因在於歲末冬季，「月黃昏」則更反襯梅花之孤冷與背景環境之紅醞。蘇軾再舉皮日休寫白蓮爲例，「無情有恨無人見」含蓄表達情思，「月曉風清欲墜時」則將白蓮之清新、欲墜未墜之遺憾顯現。而蘇軾最末舉石曼卿描寫紅梅，借桃與綠葉、杏與青枝以呈現畫面，蘇軾則認爲太過直白，粗鄙俗態，毫無細膩美感。透過蘇軾鑑賞詩人作品可理解蘇軾詩畫的鑑賞原則相通，以相當的知能理解詩畫作品，並給予新的詮釋，以創

〔註6〕　〈評詩人寫物〉，《蘇軾文集》卷六十八，頁2143。

造出讀者鑑賞的樂趣。

　　蘇軾此鑑賞原則與西方讀者批評理論實相呼應。對應西方讀者批評理論，讀者批評屬於接受美學，德國文學教授堯斯（Hans Robert Jauss，1921～1997）〔註7〕由研究文學走上研究接受美學之路。堯斯將文學史看成爲「讀者的文學史」，認爲「文學作品從根本上講是注定爲這種接受者而創作」，因此在「作家、作品、讀者」三角關係中，讀者的地位被提高，讀者並不只是被動因素，不是單純的作出反應的環節，更是一種創造歷史的力量。

　　另一位接受美學代表研究英國文學的伊瑟爾（Wolfgan Iser，1926～2007）〔註8〕，依照現象學思路，將閱讀過程視爲文本與讀者間之活絡關係，認爲文學作品作爲審美對象，在閱讀過程中是被動態地構成。他又認爲文學作品有兩極：分別爲藝術之極與審美之極。藝術一極爲作者文本，審美一極則由讀者實現文本的意義，文本與讀者的結合才產生文學作品。由此可以得出依瑟爾理論重點：文學作品爲一交流形式、審美反應論根植於作品之中〔註9〕。

　　蘇軾論畫詩文雖無西方理論研究之科學性，但其散見於詩文的繪畫鑑賞，已道出欣賞藝術作品如何獲得審美感知，實與西方讀者反應理論思路相呼應。鑑賞時由「持平心態」先作標準，再由讀者「觸物興發」之感受理解此作品，可藉由蘇軾的解讀繪畫的詩文，補足畫面的深層美感。

一、「煙雲之過眼，百鳥之感耳」

　　鑑賞一件藝術作品時，蘇軾要求鑑賞的讀者，必須要全然進入作品的精神意識中，一位鑑賞者等同於作者的知音，而非只是占有藝術作品。因此蘇軾在〈寶繪堂記〉裡說明一位鑑賞者應有的心態：

〔註7〕　〔德〕堯斯，聯邦德國康士坦茨大學法國文學教授，接受美學主要創立、代表之一。以《文學史作爲向文學理論的挑戰》開始，其論文接圍繞文學史研究中心，接受美學理論由這些研究中產生。後來堯斯所發表的這一系列研究，集結成論文集《論接受美學》一書，並於70年代初出版。再者，堯斯將研究中心轉移至接受美學思想發展之深化，研究課題則轉向審美經驗及其歷史，於1979年出版《審美經驗與文學解釋學》（上海：上海譯文出版社，1997年）一書。

〔註8〕　〔德〕伊瑟爾，聯邦德國康士坦茨大學法國文學教授，接受美學主要創立、代表之一。主要著述爲《文本的召喚結構》、《隱含的讀者》、《閱讀行爲》等。

〔註9〕　Wolfgang Iser, "The act of reading: a theory of aesthetic response", Baltimore: Johns Hopkins University Press, 1978, p107~108.

> 君子可以寓意於物，而不可以留意於物。寓意於物，雖微物足以爲
> 樂，雖尤物不足以爲病。留意於物，雖微物足以爲病，雖尤物不足
> 以爲樂。老子曰：「五色令人目盲，五音令人耳聾，五味令人口爽，
> 馳騁田獵令人心發狂。」然聖人未嘗廢此四者，亦聊以寓意焉耳。
> 劉備之雄才也，而好結髦。嵇康之達也，而好鍛鍊。阮孚之放也，
> 而好蠟屐。此豈有聲色臭味也哉，而樂之終身不厭。〔註10〕

蘇軾在此評論兩種概念：一爲「寓意於物」，一爲「留意於物」。由審美鑑賞
的角度言，作爲讀者時聆賞的心意寄託在藝術作品中，比起將心意留滯於藝
術作品中要來的高明，且就算是作品中微小事物也能產生自我愉悅感，正如
具有雄才大略的劉備喜愛編織、恬靜寡欲的嵇康衷於打鐵、狂放不羈的阮孚
則好製鞋。其次又說：

> 凡物之可喜，足以悅人而不足以移人者，莫若書與畫。然至其留意
> 而不釋，則其禍有不可勝言者。鍾繇至以此嘔血發塚，宋孝武、王
> 僧虔至以此相忌，桓玄之走舸，王涯之複壁，皆以兒戲害其國，凶
> 其身。此留意之禍也。〔註11〕

若是以「留意於物」的心態欣賞作品，就算是特異的事物亦不會產生欣賞價
值，對於書畫收藏還有可能衍生禍害。鍾繇因書畫吐血盜墓、宋孝武帝和王
僧虔因書畫互相猜忌、桓玄打仗時把書畫帶在身邊、王涯把書畫藏在夾牆內，
此皆是留意於物的禍害，蘇軾以「兒戲害國」稱之。再說自己的經歷：

> 始吾少時，嘗好此二者，家之所有，惟恐其失之，人之所有，惟恐
> 其不吾予也。既而自笑曰：吾薄富貴而厚於書，輕死生而重於畫，
> 豈不顛倒錯繆失其本心也哉？自是不復好。見可喜者雖時復蓄之，
> 然爲人取去，亦不復惜也。譬之煙雲之過眼，百鳥之感耳，豈不欣
> 然接之，然去而不復念也。於是乎二物者常爲吾樂而不能爲吾病。
> 〔註12〕

眞正藝術作品的鑑賞知己，不會被「五色」、「五味」、「五音」、「馳騁田獵」
所圉，世界萬物的繽紛多樣，只是聆賞者暫時用以寄託心意之物罷了。蘇軾
由於曾經也是收藏書畫而占有之，驚覺自己居然「薄富貴而厚於書，輕死

〔註10〕　〈寶繪堂記〉，《蘇軾文集》卷十一，頁356。
〔註11〕　《蘇軾文集》卷十一，頁356。
〔註12〕　《蘇軾文集》卷十一，頁356。

生而重於畫」，真是「顛倒錯繆失其本心」。因此蘇軾強調真正想要鑑賞書畫，心態要有如「煙雲之過眼，百鳥之感耳」般，就算消失亦不掛記，體認萬事萬物都只是暫時的存有，於是鑑賞藝術作品時便能進入作品營造的精神世界中，得到真正的快樂而遠離禍害。最末，則告誡王詵莫犯自己年少時的過失：

> 駙馬都尉王君晉卿雖在戚里，而其被服禮義，學問詩書，常與寒士角。平居攘去膏粱，屏遠聲色，而從事於書畫，作寶繪堂於私第之東，以蓄其所有，而求文以為記。恐其不幸而類吾少時之所好，故以是告之，庶幾全其樂而遠其病也。〔註13〕

在蘇軾的陳述中，言及自己年輕時曾犯的過失，藉著寶繪堂的興建撰文，提醒駙馬王詵，別落入自己年輕時占有藝術作品卻無法真正聆賞藝術的謬誤中。因為占有藝術作品，最終會造成二元對立，陷入自我侷限中，學者張世英曾說：「萬物一體本是人生的家園，人本根植於萬物一體之中。只是由於人執著自我而不能超越自我，執著於當前在場的東西而不能超出其界線，人才不能投身於大全（無盡的整體）之中，從而喪失自己的家園。」〔註14〕所謂的自由，為精神的自由，人本處於世界萬物一體之中，在精神上本沒有限隔，人本應該自由，但由於長期處於主客體二元對立的思維框架中，人被侷限在「自我」的有限空間中，反而失去自由。本以為鑑賞藝術作品應該是分割成「物」與「我」，作品與讀者，然而此卻形成另一種形式的割裂，因此蘇軾提醒王詵欣賞藝術作品的態度，應該是「寓意於物」甚過「留意於物」，以免造成物我對立的狀態，形成二元割裂的侷限。

不僅鑑賞他人作品需要有「煙雲之過眼，百鳥之感耳」之心態，蘇軾並論述「留意於物」與「寓意於物」之次第差別：「留意於物」或許能一時悟出創作之理，短暫獲得樂趣，但「寓意於物」卻能深入理解藝術作品，獲得精神上的滿足，進行形而上的體悟，此時的鑑賞非只停留在作品語彙的表層理解。蘇軾舉自己見鬥蛇悟草書書寫之道：

> 余學草書凡十年，終未得古人用筆相傳之法。後因見道上鬥蛇，遂得其妙，乃知顛、素之各有所悟，然後至於如此耳。留意於物，往往成趣。昔人有好草書，夜夢則見蛟蛇糾結。數年，或晝日見之，

〔註13〕 《蘇軾文集》卷十一，頁 356。
〔註14〕 張世英《哲學導論》，北京：北京大學出版社，2002 年，頁 337。

草書則工矣，而所見亦可患。與可之所見，豈眞蛇耶，抑草書之精
也？予平生好與與可劇談大噱，此語恨不令與可聞之，令其捧腹絕
倒也。〔註15〕

蘇軾在〈寶繪堂記〉提到文藝創作之悟「寓意於物」，由於不執著於原物，因
此萬物靜觀皆有得，也符合唐・張璪「外師造化，中得心源」。在〈跋文與可
論草書後〉則提出自己學草書多年，終未能有所得，見道路蛇鬥才悟出筆法，
因此能欣賞草聖張旭每每在醉後創作，筆法粗細不一，含有強烈的筆法走勢
〔註16〕，且能領會廣種芭蕉並以芭蕉葉習字〔註17〕的懷素草書，無論前代草
書大家或是文與可與蘇軾自己皆能從自然中悟出創作法理，對一位讀者而
言，保有作者同樣的創作心態，更能理解作品。

　　然值得留意的是，〈跋文與可論草書後〉一文裡蘇軾的用詞爲「留意於
物，往往成趣」，此與其〈寶繪堂記〉強調「寓意於物」的語彙用詞有些不
同，其實蘇軾在〈寶繪堂記〉中乃藉著比較「寓意」與「留意」不同的鑑賞
心態，告知鑑賞的態度乃「寓意於物」甚於「留意於物」；而〈跋文與可論草
書後〉一文則說明作者對於創作之悟，必先「留意於物」，待終日觀察，以之
「成趣」，才得以悟出創作之道，而一旦達到某種獨特的創造，則必須凌駕於
「留意」之上，否則如〈跋文與可論草書後〉文中「所見亦可患」。故文末蘇
軾以問句，點出鑑賞文與可草書與其他草書家不同的精神風格。

二、「不留於一物，故其神與萬物交，其智與百工通」

　　蘇軾認爲藝術家在創作前必須要感受直觀萬物，誘發審美情趣，進行審
美鑑賞，此觀點有類似於王國維《人間詞話》裡談到「赤子遊戲外物」的精
神境界，對於進行鑑賞的讀者而言，亦必須保有「赤子之心」。蘇珊玉以《人
間詞話》十六則說明鑑賞時應保有「赤子之心」，強調眞情實感，無妝束之
態，又如五十二則所言「須以自然之眼觀物，以自然之舌言情」；而「赤子遊
戲外物」則是強調「詩人必有輕視外物之意，故能以奴僕命風月，重視外物，
故能與花鳥共憂樂」的審美自由心理。合二者言之：

〔註15〕　〈跋文與可論草書〉，《蘇軾文集卷》六十九，頁 2191。
〔註16〕　《舊唐書》：「吳郡張旭善草書，好酒。每醉後，號呼狂走，索筆揮灑，變化
　　　　　無窮，若有神助。」（《二十五史》，台北：藝文印書館，1978 年，頁 427）
〔註17〕　〔唐〕陸羽〈僧懷素傳〉：「貧無紙可書，嘗於故里種芭蕉萬餘株，以供揮灑。」
　　　　　《全唐文・卷四三三》，台北：匯文書局，1961 年。

赤子之心，以自由、活潑之心理，熱誠、投注之態度，「欣賞」萬象紛呈、悲喜交加的生命，故具「詼諧」之智慧。又因能「視一切外物，皆遊戲之材料也」，故觀物能入內出外；感物能涵攝時空；體物能感而後思。如此一來，不但具備洞燭機先、觀照萬物的能力，也有悲天憫人的情懷，故具「嚴重」之誠敬。「二性質，亦不可缺一也」，正是審美活動深入宇宙人生，出入自由，互不粘滯的表現。
〔註18〕

因為能夠「寓意於物」，真誠地以活潑的心境面對萬事萬物，且能超脫地以欣賞的角度洞察萬事萬物，其能力是「洞燭機先」，其情懷是「悲天憫人」，故能深層體察，出入自由，真正領會事物之不平凡之處。

　　一般人對於瞿塘峽口的灩澦堆抱持著負面的評價，〔註19〕唯有蘇軾以「赤子之心」、「寓意於物」的態度，勇於從不同的角度提出對灩澦堆的看法。其序言：

世以瞿塘峽口灩澦堆為天下之至險，凡覆舟者，皆歸咎於此石。以余觀之，蓋有功於斯人者。夫蜀江會百水而至於夔，瀰漫浩汗，橫放於大野，而峽之大小，曾不及其十一。苟先無以齟齬於其間，則江之遠來，奔騰迅快，盡銳於瞿塘之口，則其嶮悍可畏，當不啻於今耳。因為之賦，以待好事者試觀而思之。〔註20〕

〔註18〕 蘇珊玉《人間詞話之審美觀》，台北：里仁書局，2009年，頁265。
〔註19〕 三峽中最雄偉壯觀卻險峻的瞿塘峽，西起夔州的白帝城，東達巫山縣的大溪，全長約八公里，峽谷兩岸懸崖高出江面五百至七百米，而山峰則高達一千四百米。在瞿塘峽入口處的江中心，有一塊川江船工望而生畏的巨石，此即為灩澦堆。冬季時，灩澦堆出水長約三十米，寬約二十米，高達四十米；夏季時水漲時，則幾乎完全沒入水中，石的周圍水勢險急，激成漩渦，形成多股紊亂的水流。晉代即流傳歌謠〈灩澦歌〉：「灩澦大如象，瞿塘不可上。灩澦大如牛，瞿塘不可留。灩澦大如馬，瞿塘不可下。灩澦大如襆，瞿塘不可觸。灩澦大如龜，瞿塘不可窺。灩澦大如鱉，瞿塘行舟絕。」唐·李白〈長干行〉：「十六君遠行，瞿塘灩澦堆。五月不可觸，猿聲天上哀。」（《唐詩三百首·四三》，頁79）中唐·杜甫更有五律〈灩澦堆〉：「巨石水中央，江寒出水長。沉牛答雲雨，如馬戒舟航。天意存傾覆，神功接混茫。干戈連解纜，行止憶垂堂。」（《全唐詩·卷二二九》，頁687）唐末·劉隱辭〈詠灩澦堆〉：「灩澦崔巍百萬秋，年年出沒幾時休。未容寸土生纖草，能向當江覆巨舟。無事便騰千尺浪，與人長作一堆愁。都緣不似蟠溪石，難使漁翁下釣鉤。」（《全唐詩續補遺·卷十三》，頁236）
〔註20〕 〈灩澦堆賦〉敘，《蘇軾文集》卷一，頁1。

瞿塘峽氣勢磅礴，山勢雄峻，兩岸連山，重巖疊嶂。山勢之外，瞿塘水勢亦險急，其峽口稱夔門，自古有夔門天下雄之說。蘇軾泊舟於此，目擊江流與「灩澦堆」相激，白浪滔天的景象，摹寫經歷瞿塘峽口的山水景觀。正文則道：

> 天下之至信者，唯水而已。江河之大與海之深，而可以意揣。唯其不自爲形，而因物以賦形，是故千變萬化而有必然之理。掀騰勃怒，萬夫不敢前兮，宛然聽命，惟聖人之所使。余泊舟乎瞿塘之口，而觀乎灩澦之崔嵬，然後知其所以開峽而不去者，固有以也。蜀江遠來兮，浩漫漫之平沙。行千里而未嘗齟齬兮，其意驕逞而不可摧。忽峽口之逼窄兮，納萬頃於一盃。方其未知有峽也，而戰乎灩澦之下，喧豗震掉，盡力以與石鬥，勃乎若萬騎之西來。忽孤城之當道，鈎援臨衝，畢至於其下兮，城堅而不可取。矢盡劍折兮，迤邐循城而東去。於是滔滔汩汩，相與入峽，安行而不敢怒。嗟夫，物固有以安而生變兮，亦有以用危而求安。得吾說而推之兮，亦足以知物理之固然。〔註21〕

蘇軾道出一位欣賞者大膽且多元的角度，在其筆下，水彷彿是一個有生命的個體。水形體不定，其形體乃「因物賦形」，陡峭斷壁殘垣形成與水相抗衡的屏障，水必須繞過重巒疊嶂，本具形象性水繞石垣的自然景象，在此被蘇軾描摹成四面楚歌禦敵的大軍，而灩澦堆的功能則是正面抵禦大軍，直搗黃龍，真正削弱大軍武力，水因此「安行而不敢怒」。蘇軾哲學式地思索瞿塘峽現象，認爲物質各有其存在必然之道：「以安而生變」、「以用而求安」。清·葉燮《原詩》提出創作者必須要有「才膽識力」〔註22〕：「無才則心思不出」〔註23〕、「無膽則筆墨畏縮」〔註24〕、「無識不能取捨」〔註25〕、「無力則不能自成一家」〔註26〕對讀者而言，沒有膽大心細之識能，亦無法識見作品裡各項元素的多元價值。無怪乎宋孝宗曾讚蘇軾「負其豪氣，志在行其所學。」

〔註21〕〈灩澦堆賦〉，《蘇軾文集》卷一，頁1。
〔註22〕清·葉燮《原詩》，《清詩話·原詩·卷二·內篇下》，台北：木鐸出版社，1988年，頁579。
〔註23〕《清詩話·原詩·卷二·內篇下》，頁582。
〔註24〕《清詩話·原詩·卷二·內篇下》，頁581。
〔註25〕《清詩話·原詩·卷二·內篇下》，頁580。
〔註26〕《清詩話·原詩·卷二·內篇下》，頁582。

〔註27〕無懼與他人不同之見解，讀者的心態亦應如此。

「赤子之心」所包含者，除膽大心細，更須認真思索，品味再三，才能真正理解作者創作之原委。蘇軾曾寫欣賞王維作品經歷：

> 嘉祐癸卯上元夜，來觀王維摩詰筆。時夜已闌，殘燈耿然，畫僧踽踽欲動，恍然久之。〔註28〕

蘇軾任鳳翔簽判時，經常在開元寺飽覽王維竹叢及吳道子畫佛，此於嘉祐八年正月十五日，夜遊鳳翔東院又再度仔細端詳王維畫，欲從中得出畫理，而非只是浮泛瀏覽。文藝史上著實因為蘇軾對王維之評價，讓後世讀者對王維的詩與畫產生連結：

> 味摩詰之詩，詩中有畫。觀摩詰之畫，畫中有詩。詩曰：「藍谿白石出，玉川紅葉稀。山路元無雨，空翠濕人衣。」此摩詰之詩，或曰非也。好事者以補摩詰之遺。〔註29〕

詩補足畫面無法道盡之的美感經驗，色彩繽紛，山嵐水氣濕潤人衣，此人獨步前行，調和了冷色調性的藍白，與暖色調性的紅，襯托出畫中人物氣宇非凡。詩意畫境，畫境詩意，已成為蘇軾品賞藝術作品之標準，亦為後世文人畫風格之前導。

其次，透過觀賞李公麟〈山莊圖〉，蘇軾說明一位觀賞者「寓意於物」品賞藝術作品所應把持的心態：

> 或曰：「龍眠居士作〈山莊圖〉，使後來入山者信足而行，自得道路，如見所夢，如悟前世，見山中泉石草木，不問而知其名，遇山中漁樵隱逸，不名而識其人，此豈強記不忘者乎？」曰：「非也。畫日者常疑餅，非忘日也。醉中不以鼻飲，夢中不以趾捉，天機之所合，不強而自記也。居士之在山也，不留於一物，故其神與萬物交，其智與百工通。雖然，有道有藝，有道而不藝，則物雖形於心，不形於手。吾嘗見居士作華嚴相，皆以意造，而與佛合。佛菩薩言之，居士畫之，若出一人，況自畫其所見者乎？」〔註30〕

善畫佛道人物、馬相、山水的李公麟，深得蘇軾喜愛，北宋同一時期的文

〔註27〕宋孝宗〈御製文集序〉，〔宋〕郎曄注《經進東坡文集事略》卷首，台北：世界書局，1975年，頁2。

〔註28〕〈題鳳翔東院王畫壁〉，《蘇軾文集》卷七十，頁2209。

〔註29〕〈書摩詰藍田煙雨圖〉，《蘇軾文集》卷七十，頁2209。

〔註30〕〈書李伯時山莊圖後〉，《蘇軾文集》卷七十，頁2211。

人，因文會友，以友輔仁，形成「西園雅集」〔註31〕。李公麟此幅〈山莊圖〉〔註32〕讓夢境如實景，「使後來入山者信足而行，自得道路」，一幅圖畫竟讓觀者產生「見山中泉石草木，不問而知其名」、「遇山中漁樵隱逸，不名而識其人」之功效，究竟是什麼因素？蘇軾文中應證其繪畫創作及鑑賞理論「不留於一物，故其神與萬物交，其智與百工通」，畫中人物神態與樹叢巖穴鬼斧神工，李公麟在此圖精準描摹景物之地理位置，見自然之景，且深入思索其理，鑑賞者因此而得精神之滿足豐沛，似乎已達另一高境，蘇軾以為鑑賞李公麟〈山莊圖〉得以得到李公麟創作的真正精神。

第二節　觸物興發──「意在筆先，貴有畫態」

創作之所以能讓人產生愉悅，主要原因在於此種愉悅是人和自然萬物的本然狀態，在哲學與美學中，「真」即是自然，亦是存在的本來面貌。由於自然為存在的本來面貌，富有生命，且與人的生存與命運緊密相連，並充滿情趣。

由於作者能將自然萬物之「真」傳達得宜，鑑賞者從作者所創造圖畫所

〔註31〕 關於「西園雅集」的真實性向來眾說紛紜，學者已做過許多大量的考證，有的認為不存在，有些則相信存在，相關論文參考：（美）Ellen Johnston Laing（梁愛詩論）"Real or Ideal: The Problem of the Elegant Gathering in the Western Garden in Chinese Historical and Art Historical Records", J. of the American Oriental Society, Vol. 88, No.3（Jul.~Sep., 1968），p.419~435. 衣若芬〈一樁歷史的公案──「西園雅集」〉（台北：中央研究院《中國文哲研究集刊》第十期，1997 年 3 月，頁 221～268），一般學者所採為〔清〕王文誥撰《蘇文忠公詩編註集成總案》（台北：台灣學生書局，1987 年，卷 28，頁 1002），最近一篇考證論文為祝開景〈考證北宋「圓通大師」──兼談「西園雅集」的真實性〉（《歷史文物》月刊，第二十一卷第九期（No.218）2011 年 9 月，頁 30 ~43）。

〔註32〕 〈山莊圖〉為李公麟描繪其居所龍眠山莊之作，有多本存世，大多被認為是後世摹本，《宣和畫譜》或《宋史》中談到李公麟，必提及〈山莊圖〉。蘇軾、蘇轍都曾對〈山莊圖〉加以題贊，蘇轍更針對畫中各景一一賦詩配對（〈題李公麟山莊圖〉，《欒城集》，《四部叢刊續編》第 53 冊，台北：台灣商務印書館，1965 年，頁 192～193）。現存於台北故宮博物院之〈山莊圖〉（卷，28.9×364.6cm，紙本，水墨），哥倫比亞大學學者韓文彬（Robert Harrist）在其博士論文中，則對比存世的〈山莊圖〉做考證及相關研究（Robert E. Harrist, "Li Kung-Lin and Shan-Chung T'u:A Scholar's Langdscape", Ph. D. dissertation, Princeton: Princeton University, 1987）。

承載的意義進行鑑賞。而蘇軾論畫之鑑賞觀對於創作者不同技法、不同的表現方式，鑑賞原則是否與其鑑賞詩文作品、書法作品的原則相同？又是否與其主張品味作者、貼近自然、表達眞情的理論相通？

蘇軾將鑑賞書法與鑑賞詩歌並列討論：

> 潘延之謂子由曰：乃知與魯公不二。嘗評魯公書與杜子美詩相似，一出之後，前人皆廢。若予書者，乃似魯公而不廢於前人者也。〔註33〕

《南齊書・文學傳論》言：「如無新變，不能代雄。」因此蘇軾對於文藝創作正是身體力行創新之舉。如其評吳道子畫云：「出新意於法度之中，寄妙理於豪放之外。」而創新之法：其一，發人之所未發，見人之所未見。如〈書張長史書法〉：「見擔夫與公主爭路，得草書之法。」其二，以師法萬師爲基礎，並加上自己新體悟，如文中所言「若予書，乃似魯公而不廢於前人者也。」言及自己書法包含諸多書法家特點。黃庭堅曾對蘇軾學書淵源做了簡介：「東坡少時規摹徐會稽，筆圓而姿媚有餘；中年喜臨寫顏尚書，眞行造次爲之，變欲窮本；晚乃喜學李北海，其豪勁多似之。」〔註34〕由此可以確知蘇軾「轉益多師是吾師」，廣博吸收前人之長。由於轉益多師，故能辨別字體之樣態，而將諸家之長融會貫通。

蘇軾將魯公書與杜子美詩相比較，由此可知其通觀藝術作品之鑑賞原則。在繪畫作品中，蘇軾藉由友人收藏、或羈旅行役中親見畫家眞跡，因而題寫畫家作品，論及畫家作品精神及該畫家擅長風格，筆者依蘇軾所提寫畫家擅長風格，分爲「花鳥草蟲類」、「山水風景類」、「人物肖像類」三類，梳理蘇軾鑑賞畫作之理路。前兩類畫家在創作時有實景可考察，可貼近自然物態；後一類畫家無實景可考察，甚至必須透過想像。再者，分爲三類的用意義在於：三類之繪畫技巧有所不同：花鳥草蟲必須細筆推敲，仔細琢磨；山水風景則是大筆揮灑，運染筆墨；人物肖像則除了觀察想像，還必須在表情神態上呈現畫中人物氣宇。是以筆者分爲三類以探究蘇軾論不同門類繪畫之鑑賞觀。

〔註33〕〈記潘延之評予書〉，《蘇軾文集》卷六十九，頁 2189。
〔註34〕〔宋〕黃庭堅〈跋東坡自書所賦詩〉，《山谷題跋》卷九，上海：上海遠東，2011 年，頁 376。

一、花鳥草蟲類

蘇軾在鑑賞擅於描繪花鳥草蟲圖一類畫家作品時，常以品評畫中花鳥草蟲為主，但經常根據此畫中花鳥草蟲於歷史文化的意義，形成蘇軾作為讀者重新詮釋的理解意義。下文則藉表格整理相關詩文，並以「形象特徵」、「圖像背景」、「歷史意義」為軸分析之。

（一）雍秀才之草蟲八物——透過形象說明歷史意義

蘇軾曾針對雍秀才〔註35〕所繪〈草蟲八圖〉提出自己的見解。說明草蟲在畫面之呈現，與其所在背景相合，形成特有的歷史意義：

〈促織〉

　月叢號耿耿，露葉泣溥溥。夜長不自暖，那憂公子寒。〔註36〕

〈蟬〉

　蛻形濁污中，羽翼便翩好。秋來間何闊，已抱寒莖槁。〔註37〕

〈蝦蟆〉

　睅目知誰瞋，皤腹空自脹。愼勿困蜾蚣，飢蛇不汝放。〔註38〕

〈蜮螂〉

　洪鐘起暗室，飄瓦落空庭。誰言轉丸手，能作殷床聲。〔註39〕

〈天水牛〉

　兩角徒自長，空飛不服箱。為牛竟何事，利吻穴枯桑。〔註40〕

〈蝎虎〉

　跂跂有足蛇，脈脈無角龍。為虎君勿笑，食盡蠆尾蟲。〔註41〕

〔註35〕　〔南宋〕鄧椿《畫繼》：「雍秀才，不知何許人。坡有詠所畫〈草蟲八物〉詩。詩意每一物，譏當時用事者一人，如『升高不知回，竟作粘壁枯』，以比介甫；『初來花爭妍，倏去鬼無跡』，以比章惇。今詩與畫俱刊石流傳於世。又作畫〈捕魚圖贊〉，載集中。」（《畫史叢書》（一），頁298）筆者無意從政治詩來理解蘇軾讀完庸秀才畫之感悟，但文史資料中僅以《畫繼》對於庸秀才著墨較多。

〔註36〕　〈雍秀才畫草蟲八物〉，《蘇軾詩集》卷二十四，頁1299。

〔註37〕　〈雍秀才畫草蟲八物〉，《蘇軾詩集》卷二十四，頁1300。

〔註38〕　〈雍秀才畫草蟲八物〉，《蘇軾詩集》卷二十四，頁1300。

〔註39〕　〈雍秀才畫草蟲八物〉，《蘇軾詩集》卷二十四，頁1300。

〔註40〕　〈雍秀才畫草蟲八物〉，《蘇軾詩集》卷二十四，頁1301。

〔註41〕　〈雍秀才畫草蟲八物〉，《蘇軾詩集》卷二十四，頁1301。

〈蝸牛〉

　　腥涎不滿殼，聊足以自濡。升高不知回，竟作黏壁枯。〔註42〕

〈鬼蝶〉

　　雙眉卷鐵絲，兩翅暈金碧。初來花爭妍，忽去鬼無跡。〔註43〕

以表格（表 5-1）「蘇軾評論雍秀才畫草蟲八物要點分析表」整理且比較出蘇軾評論庸秀才畫草蟲之相關資料，再進行文字說明。表格如下：

（表 5-1）蘇軾評論雍秀才畫草蟲八物要點分析表

名稱	形象特徵	圖像背景	歷史意義	備註
促織	月叢虩耿耿， 露葉泣溥溥。	夜長不自暖，	那憂公子寒。	
蟬	蛻形濁污中， 羽翼便翩好。	秋來間何闊，	已抱寒莖槁。	
蝦蟆	睅目知誰瞋， 皤腹空自脹。	慎勿困蜈蚣， 飢蛇不汝放。		
蛣蜣		洪鐘起暗室， 飄瓦落空庭。	誰言轉丸手， 能作殷床聲。	
天水牛	兩角徒自長， 空飛不服箱。		爲牛竟何事， 利吻穴枯桑。	道德評價
蝎虎	跂跂有足蛇， 脈脈無角龍。		爲虎君勿笑， 食盡蠆尾蟲。	道德評價
蝸牛	腥涎不滿殼， 聊足以自濡。		升高不知回， 竟作黏壁枯。	
鬼蝶	雙眉卷鐵絲， 兩翅暈金碧。		初來花爭妍， 忽去鬼無跡。	

此處「形象特徵」意指蘇軾在鑑賞庸秀才草蟲圖時，在其心中所產生的直覺印象，〔註44〕但在其直覺印象中實已經過蘇軾思維創造，於是在蘇軾進行鑑

〔註42〕 〈雍秀才畫草蟲八物〉，《蘇軾詩集》卷二十四，頁 1302。

〔註43〕 〈雍秀才畫草蟲八物〉，《蘇軾詩集》卷二十四，頁 1302。

〔註44〕 直覺，即心理學中常說的直接理解。依據俄國心理學家巴甫洛夫（Иван Петрович Павлов，1849～1936）的看法，直覺的主要特徵即是人類記憶中的

賞的當下，所產生者爲「藝術形象」之特徵。關於「藝術形象」，學者胡經之曾專文論述：「藝術形象，是藝術反映現實的特殊形式，藝術創造的結果。」〔註45〕至於在現實物質中，「藝術形象的有無，是區別藝術還是非藝術的標誌。」〔註46〕透過蘇軾對庸秀才圖中的草蟲思索，以進行審美意義之創造。「圖像背景」則表達蘇軾在瀏覽庸秀才畫作之後，其用以烘托主題之輔助意象。由「形象特徵」與「圖像背景」之交互作用之下，再考量傳統文化所賦予的圖像義涵，而產生「歷史意義」，帶有歷史文化的創造與解讀。

　　第一首〈促織〉中，蘇軾從蟋蟀晝伏夜出，雙翅顫動發出聲響的形象做草蟲圖的解讀。促織又名「絡緯」、「紡織娘」，蘇軾把草叢促織和辛勤紡織的織婦倆相類比，以象徵勞者之辛苦，而「夜長不自暖，那憂公子寒。」之不平之鳴，表達上位者與勞動者生活的不均等。唐‧孟郊〈織婦辭〉：「如何織紈素，自著藍縷衣。」〔註47〕唐‧杜荀鶴〈蠶婦〉：「年年道我蠶辛苦，底事渾身著苧麻。」〔註48〕皆透過製衣促織，與賞玩之促織強烈反差而發出喟嘆。對於鬥蟋蟀之文化歷史定位，是蘇軾對圖像理解後所產生的審美感興。關於蟋蟀的歷史意義《詩經‧唐風‧蟋蟀》寫道：

> 蟋蟀在堂，歲聿其莫。今我不樂，日月其除。無已大康，職思其居。好樂無荒，良士瞿瞿。蟋蟀在堂，歲聿其逝。今我不樂，日月其邁。無已大康，職思其外。好樂無荒，良士蹶蹶。蟋蟀在堂，役車其休。今我不樂，日月其慆。無已大康，職思其憂。好樂無荒，良士休休。〔註49〕

最後結論，卻在其不計時中準備與接觸的歷程。在審美直覺中，思索、理解的過程極爲迅速、隱密，顯得好像沒有經過思索。其實乃因過去已產生審美經驗，對此早已有思索和理解。

〔註45〕　胡經之〈論藝術形象〉，《文藝美學論》，武漢：華中師範大學出版社，2000年，頁74。

〔註46〕　《文藝美學論》，頁75。

〔註47〕　〔唐〕孟郊〈織婦辭〉：「夫是田中郎，妾是田中女。當年嫁得君，爲君秉機杼。筋力日已疲，不息窗下機。如何織紈素，自著藍縷衣。官家牓村路，更索栽桑樹。」（《全唐詩》，http://cls.hs.yzu.edu.tw/tang/index.html （國科會數位典藏國家型科技計畫）2013/11/22 複查）

〔註48〕　〔唐〕杜荀鶴〈蠶婦〉：「粉色全無飢色加，豈知人世有榮華。年年道我蠶辛苦，底事渾身著苧麻。」（《全唐詩》卷六九三，http://cls.hs.yzu.edu.tw/tang/index.html （國科會數位典藏國家型科技計畫）2013/11/22 複查）

〔註49〕　《詩經‧國風‧唐‧蟋蟀》，頁98。

〈毛詩序〉云：「〈蟋蟀〉，刺晉僖公也。儉不中禮，故作是詩以閔之。欲其及時以禮自虞樂也，此晉也而謂之唐，本其風俗，憂深思遠，儉而用禮，乃有堯之遺風焉。」上位者理應心繫人民，當朝者實應知所警惕。由此可知蘇軾藉促織的歷史意義，表達自己獨立思考促織圖的結果。

第二首，蘇軾欣賞庸秀才〈蟬〉圖，表達蟬破土而出的羽化形象，留下的蟬蛻如枯木一般。唐代詩人亦寫蟬，如：虞世南〈蟬〉：「垂緌飲清露，流響出疏桐。居高聲自遠，非是藉秋風。」〔註50〕蟬居高聲遠，孤獨飲清露，而李商隱〈蟬〉：「本以高難飽，徒勞恨費聲。五更疏欲斷，一樹碧無情。薄宦梗猶泛，故園蕪已平。煩君最相警，我亦舉家清。」〔註51〕從「高難飽」、「恨費聲」皆可了解蟬在詩人眼中的形象。蘇軾論畫詩文則針對庸秀才蟬圖，將蟬孤高淒冷的形象並參以蟬在詩人心中的形象進行繪畫鑑賞。

第三首，先比較唐·白居易所寫〈蝦蟆和張十六〉：

> 嘉魚薦宗廟，靈龜貢邦家。應龍能致雨，潤我百谷芽。蠢蠢水族中，無用者蝦蟆。形穢肌肉腥，出沒於泥沙。六月七月交，時雨正滂沱。蝦蟆得其誌，快樂無以加。地既蕃其生，使之族類多。天又鳴與其聲，得以相喧嘩。豈惟玉池上，汙君清冷波。可獨瑤瑟前，亂君鹿鳴歌。常恐飛上天，跳躍隨姮娥。往往蝕明月，遣君無奈何。
>
> 〔註52〕

白居易文中先賦予蝦蟆神靈意義，並說明蝦蟆生長於濕潤的生態環境，鳴叫聲中使人感受其生活快樂無比，並加入明月與嫦娥的民間傳說與想像，使蝦蟆的形象增添一層神祕色彩。而蘇軾為庸秀才畫所題寫〈蝦蟆〉，較貼近日常本色，蝦蟆大眼瞠目，雪白大肚，若只貪圖眼前利益（蜈蚣），昧於無視身後禍患（蛇），似乎想將蝦蟆身形附上短視近利的負面形象。

第四首〈蜣蜋〉，蘇軾透過庸秀才畫，將糞金龜暗室成長、轉動糞球，在洞穴裡發出聲響的背景描繪出，南宋·羅願《爾雅翼》中曾記載：「蜣蜋轉丸，一前行以後足曳之，一自後而推致之，乃坎地納九，不數日有小蜣蜋自其中

〔註50〕 〔唐〕虞世南〈蟬〉，《全唐詩》卷三六，http://cls.hs.yzu.edu.tw/tang/index.html（國科會數位典藏國家型科技計畫）2013/10/08 複查。

〔註51〕 〔唐〕李商隱〈蟬〉，《全唐詩》卷五三九，http://cls.hs.yzu.edu.tw/tang/index.html（國科會數位典藏國家型科技計畫）2013/10/08 複查。

〔註52〕 〔唐〕白居易《白居易詩全集》卷一，《唐詩百家全集》第十一冊，海口：海南出版社，1992 年，頁 46。

出。」〔註53〕蘇軾鉅細靡遺之解讀，描寫蜣螂圖的特點，以嘲弄自以為轉動彈丸則為大事的蜣螂，其實是何等渺小，並暗諷才高八斗實則才幹小之人士。清‧方東樹高度評價此詩：「雜以嘲戲，諷諫諧謔，莊語悟語，隨事而發，此東坡之獨有千古也。」〔註54〕知事而論人，知人而論世，給予蜣螂藝術典型的形象。

第五首，蘇軾發表對於天牛的道德評價。在鑑賞庸秀才圖題寫〈天水牛〉，提及天牛兩觸角特別長，因其力大如牛能飛走，故稱為天牛。但只要天牛棲息過的樹木，必被其利吻傷害枯亡，因此在歷史上人們視天牛為害蟲。蘇軾見庸秀才畫，在鑑賞中諷刺天牛，庸秀才草蟲圖傳神，蘇軾仍作人類的道德評價，由此可知，蘇軾進行繪畫的審美鑑賞，是以帶有「人化」〔註55〕的自然評價，得以彰顯藝術作品的價值。

第六首〈蝎虎〉，蝎虎為爬行動物，宋‧陸佃《埤雅》謂其：「蜥蜴十二時變，有蛇醫之號，俗謂之蝎虎，喜緣籬壁者是。」〔註56〕同樣含有蘇軾道德評價，道盡壁虎行為如有腳之蛇、無腳之龍，雖名之為虎，但卻無虎之兇猛殘生，且為人類食盡害蟲，一句「為虎君勿笑」，似乎提醒人類不可因名為「虎」而取笑壁虎，倒是應該感謝對人類有功的壁虎。

第七首提及蝸牛如涎的黏液用以濕潤己身，身體大於殼、行動緩慢的蝸牛，離開濕潤的環境，向牆壁上端爬行，竟乾死在牆上。蘇軾在〈蝸牛〉中，除了對蝸牛圖進行理解，也將蝸牛生態實況做詳盡觀察並作評價，所謂「不滿殼」用以道出蝸牛腹中並無貨色，「聊足以自濡」則說蝸牛不能正確估量自身的價值，「升高不知回」則表達蝸牛不斷向上爬，只顧身分顯貴，終將為高所困，涎乾命絕。

第八首，蘇軾以〈鬼蝶〉鑑賞庸秀才之蝴蝶，言及蝴蝶兩觸角細如眉絲，細薄羽翼粉彩如金碧，飛翔於花叢間與百花爭奇鬥妍，旋即飛去猶如鬼魂般消失。蘇軾用以嘲笑只憑表面艷麗譁眾取寵者，僅為曇花一現的投機份子。

蘇軾鑑賞庸秀才畫，不只見出草蟲於自然中的意義，更將草蟲於歷史文

〔註53〕〔南宋〕羅願《爾雅翼》，北京：中華書局，1985年，頁372。
〔註54〕〔清〕方東樹《昭昧詹言》，《蘇軾資料彙編》，頁1467。
〔註55〕李澤厚在《美的歷程》中的用語，意指人類以其獨特的思考能力，賦予自然萬物帶有人類生活意義的新詮釋。
〔註56〕〔宋〕陸佃《埤雅》卷十一，《欽定四庫全書》本，影印古籍電子版。

化中的意義與自己的道德評價投射於庸秀才所描繪的草蟲圖象中。魯迅說「只有用思理以美化天物」，才得以稱之爲藝術，「倘其無思，即無美術（藝術）……象齒方寸、文字千萬，核桃一丸，台榭數重，精矣，而不得爲之美術（藝術）。」〔註57〕精美物件非爲藝術，主要原因在於「無思」，沒有表現思想情感，在審美過程中，即是沒有表現審美意象。由蘇軾的鑑賞庸秀才草蟲八圖可得出：審美鑑賞者亦須具備相當的歷史文化素養。

德國哲學家馬克思（Karl Heinrich Marx，1818～1883）曾將建築師和蜜蜂做比較：

> 最資淺的建築師從一開始就比最靈巧的蜜蜂高明的地方，即是在蜜蜂開始以蜂蠟建築蜂房前，建築師早已在自己的腦海中將建築作品完成。建築過程的結果，在實際進行建築活動開端時，已在建築師腦中以觀念的形式存在著。〔註58〕

上述蜜蜂僅以蜂蠟蓋房，然而建築師造房卻含有主觀的審美意識，賦予建築物藝術化，甚至具有歷史文化的意義。在蘇軾進行繪畫鑑賞時，已能藉由藝術家在畫面所提供草蟲的形象，進行精神交會，產生審美意象。南朝・梁・劉勰《文心雕龍・神思》以「窺意象而運斤」而說明文章謀篇定墨，蘇軾進行藝術鑑賞，亦是以畫面所得影響其精神，滿足其精神需要，進而透過相當的歷史文化知識進行理解，並得以創造出自己的詮釋意義。

（二）趙昌、徐熙之花卉圖──四時鈞轉，不言而傳

蘇軾藉由王伯敭及王進叔所收藏，鑑賞趙昌和徐熙的花卉圖，蘇軾認爲花卉圖的優劣，主要視畫家所描繪的花卉，是否得以展現出四季運行不已的意義。關於趙昌的記載，見《宣和畫譜・卷十八・花鳥四・趙昌》：

> 趙昌字昌之，廣漢人。善畫花果，名重一時。作折枝極有生意，傅色尤造其妙。兼工於草蟲，然雖不及花果之爲勝，蓋晚年自喜其所得，往往深藏而不市，既流落則複自購以歸之，故昌之畫，世所難得。且畫工特取其形耳，若昌之作，則不特取其形似，直與花傳神者也。又雜以文禽貓兔，議者以謂非其所長，然妙處正不在是，觀者可以略也。〔註59〕

〔註57〕　《魯迅全集》第八卷，北京：人民文學出版社，1981年，頁45。
〔註58〕　〔德〕《馬克思　恩格斯全集》，北京：人民文學出版社，1965年，頁202。
〔註59〕　《宣和畫譜・卷十八・花鳥四・趙昌》，《畫史叢刊》（一），頁591。

由此可知趙昌之作品十分珍貴，不易取得，其中更說明趙昌花卉不特意形似，而追求神似精神。〔註60〕再以對照徐熙的畫風，《宣和畫譜・卷十七・花鳥三・徐熙》載明：

> 徐熙，金陵人，世爲江南顯族。所尚高雅，寓興閒放，畫草木蟲魚，妙奪造化，非世之畫工形容所能及也。徜徉遊於園圃間，每遇景輒留，故能傳寫物態，蔚有生意。至於芽者、甲者、華者、實者，與夫濠梁喁唼之態，連昌森束之狀，曲盡眞宰轉鈞之妙，而四時之行，蓋有不言而傳者。江南僞主李煜衒璧之初，悉以熙畫藏之於內帑。且今之畫花者，往往以色暈淡而成，獨熙落墨以寫其枝葉蘂萼，然後傅色，故骨氣風神，爲古今之絕筆。議者或以謂黃荃、趙昌爲熙之後先，殆未知熙者。蓋荃之畫則神而不妙，昌之畫則妙而不神，兼二者一洗而空之其爲熙歟。〔註61〕

此段說明徐熙畫「妙奪造化」，並將同時期畫家黃荃、趙昌、徐熙加以比較評論，在畫鳥畫家中可知《宣和畫譜》特別推崇徐熙。

蘇軾曾有多首提及鑑賞趙昌和徐熙花卉畫作後之感想：

〈黃葵〉

> 弱質困夏永，奇姿蘇曉涼。低昂黃金杯，照耀初日光。檀心自成暈，翠葉森有芒。古來寫生人，妙絕誰似昌。晨妝與午醉，眞態含陰陽。君看此花枝，中有風露香。〔註62〕

〈芙蓉〉

> 清飆已拂林，積水漸收潦。溪邊野芙蓉，花水相媚好。坐看池蓮盡，獨伴霜菊槁。幽姿強一笑，暮景迫摧倒。凄涼似貧女，嫁晚驚衰早。誰寫少年容，樵人劍南老。〔註63〕

〈山茶〉

> 蕭蕭南山松，黃葉隕勁風。誰憐兒女花，散火冰雪中。能傳歲寒

〔註60〕當時趙昌畫不被文人認定爲「神似」，反而爲「形似」，唯有蘇軾稱其畫「傳神」。衣若芬認爲蘇軾謂趙昌畫「傳神」，主要因爲趙昌寫眞的作畫態度，合乎蘇軾「常理」的評賞標準，因此斷定蘇軾並不認爲畫家描摹物象逼眞不妥。（《蘇試題畫文學研究》，台北：文津出版社，1999年，頁248）

〔註61〕《宣和畫譜・卷十七・花鳥二・徐熙》，《畫史叢刊》（一），頁577。

〔註62〕〈王伯敭所藏趙昌花四首〉，《蘇軾詩集》卷二十五，頁1334。

〔註63〕〈王伯敭所藏趙昌花四首〉，《蘇軾詩集》卷二十五，頁1335。

姿，古來惟丘翁。趙叟得其妙，一洗膠粉空。掌中調丹砂，染此鶴頂紅。何須誇落墨，獨賞江南工。〔註64〕

〈梅花〉

南行度關山，沙水清練練。行人已愁絕，日暮集微霰。殷勤小梅花，仿佛吳姬面。暗香隨我去，回首驚千片。至今開畫圖，老眼淒欲泫。幽懷不可寫，歸夢君家倩。〔註65〕

〈趙昌四季・芍藥〉

倚竹佳人翠袖長，天寒猶著薄羅裳。揚州近日紅千葉，自是風流時世妝。〔註66〕

〈趙昌四季・躑躅〉

楓林翠壁楚江邊，躑躅千層不忍看。開卷便知歸路近，劍南樵叟為施丹。〔註67〕

〈趙昌四季・寒菊〉

輕肌弱骨散幽葩，真是青裙兩髻丫。便有佳名配黃菊，應緣霜後苦無花。〔註68〕

〈趙昌四季・山茶〉

遊蜂掠盡粉絲黃，落蕊猶收蜜露香。待得春風幾枝在，年來殺菽有飛霜。〔註69〕

〈徐熙杏花〉

江左風流王謝家，盡攜書畫到天涯。卻因梅雨丹青暗，洗出徐熙落墨花。〔註70〕

筆者先陳列（表 5-2）「蘇軾評論趙昌與徐熙畫要點分析表」以進行分析與比較：

〔註64〕 〈王伯敭所藏趙昌花四首〉，《蘇軾詩集》卷二十五，頁 1336。
〔註65〕 〈王伯敭所藏趙昌花四首〉，《蘇軾詩集》卷二十五，頁 1334。
〔註66〕 〈跋王進叔所藏畫五首〉，《蘇軾詩集》卷四十四，頁 2396。
〔註67〕 〈跋王進叔所藏畫五首〉，《蘇軾詩集》卷四十四，頁 2396。
〔註68〕 〈跋王進叔所藏畫五首〉，《蘇軾詩集》卷四十四，頁 2397。
〔註69〕 〈跋王進叔所藏畫五首〉，《蘇軾詩集》卷四十四，頁 2397。
〔註70〕 〈跋王進叔所藏畫五首〉，《蘇軾詩集》卷四十四，頁 2395。

（表 5-2）蘇軾評論趙昌與徐熙畫要點分析表

名稱	形象特徵	圖像背景	歷史意義	備註
王伯敭藏趙昌畫				
黃葵	弱質困夏永， 奇姿蘇曉涼。 低昂黃金杯， 照耀初日光。	檀心自成暈， 翠葉森有芒。	晨妝與午醉， 真態含陰陽。 君看此花枝， 中有風露香。	
芙蓉	清飆已拂林， 積水漸收潦。 溪邊野芙蓉， 花水相媚好。	坐看池蓮盡， 獨伴霜菊槁。 幽姿強一笑， 暮景迫摧倒。	淒涼似貧女， 嫁晚驚衰早。 誰寫少年容， 樵人劍南老。	
山茶	誰憐兒女花， 散火冰雪中。	蕭蕭南山松， 黃葉隕勁風。 能傳歲寒姿， 古來惟丘翁。	趙叟得其妙， 一洗膠粉空。 掌中調丹砂， 染此鶴頂紅。 何須誇落墨， 獨賞江南工。	*
梅花	殷勤小梅花， 仿佛吳姬面。 暗香隨我去， 回首驚千片。	南行度關山， 沙水清練練。 行人已愁絕， 日暮集微霰。	至今開畫圖， 老眼淒欲泫。 幽懷不可寫， 歸夢君家倩。	
王進叔藏趙昌畫				
芍藥	倚竹佳人翠袖長， 天寒猶著薄羅裳。	揚州近日紅千葉，	自是風流時世妝。	
躑躅	楓林翠壁楚江邊， 躑躅千層不忍看。	開卷便知歸路近，	劍南樵叟為施丹。	
寒菊	輕肌弱骨散幽葩， 真是青裙兩鬢丫。	便有佳名配黃菊，	應緣霜後苦無花。	
山茶	遊蜂掠盡粉絲黃， 落蕊猶收蜜露香。	待得春風幾枝在，	年來殺菽有飛霜。	*
王進叔藏徐熙畫				
杏花	江左風流王謝家， 盡攜書畫到天涯。	卻因梅雨丹青暗，	洗出徐熙落墨花。	

　　趙昌又字劍南〔註71〕，其畫師法滕昌祐，亦學徐熙之孫徐崇嗣「沒骨」法。相傳常於清晨曉露未乾時，細心觀察花卉，對花調色摹寫，自號「寫生趙昌」，作品精於暈染，明潤勻薄，特工敷彩，色若堆起，惟筆跡較爲柔弱。從表（表5-2）中可知蘇軾爲王伯敭所藏之趙昌山茶畫，與王進叔所藏趙昌山茶畫，同樣寫下自己的鑑賞心得。蘇軾寫王進叔所藏之趙昌山茶，多從實際山茶花自然形態描寫，山茶花盛開期爲一至三月，花落凋零，又可爲蜜蜂所釀花蜜中復尋山茶芬芳。對比蘇軾寫王伯敭所藏之趙昌畫山茶，則從山茶所在地的自然生態寫起，將其盛開期比作白雪靄靄之「散火」，讚賞王伯敭能識得趙昌山茶花價值，使山茶精神在歲寒之際傳揚其姿態，更讚賞趙昌的山茶技法，將丹砂調和成鶴頂紅，以暈染出山茶特有的風韻。趙昌在北宋初期雖然名聲顯赫，但只有蘇軾譽其畫「傳神」〔註72〕，李廌《德隅齋畫品》題趙昌〈菡萏圖〉：「昌善畫花，設色明潤，筆跡柔美，國朝以來有名於蜀。士大夫舊云：『徐熙畫花傳花神，趙昌畫花寫花形。』然比之徐熙，則差劣。」〔註73〕可知當時人認爲能傳花神者爲徐熙，趙昌僅能傳花形，歐陽脩更認爲「趙昌花果寫生逼眞，而筆法軟俗，殊無古人格致。」〔註74〕米芾則認爲「趙昌、王友之流如無才而善佞士，出甚可惡，終須憐而收錄。」〔註75〕對於趙昌皆不予青睞，唯有蘇軾欣賞趙昌畫，證明蘇軾的審美標準非以時人眼光爲依歸，敢發他人所未發，由自己獨特的鑑賞角度識見藝術作品之價值，由此畫家所擅長的風格爲經，傳達畫中物象眞精神爲緯，爲畫家構築鑑賞圖譜。

　　蘇軾寫趙昌所繪「黃葵」、「芙蓉」、「梅花」、「芍藥」、「躑躅」「寒菊」皆可見蘇軾欣賞趙昌作畫時觀察細膩的精神。無論是「黃葵」屛弱體質受困於炎炎夏日，但其花朵可隨陽光高低變化，檀心成暈，翠葉有芒，眞正能顯示

〔註71〕 〔宋〕郭若虛《畫圖見聞誌・卷四》：「趙昌，字昌之，廣漢人。工畫花果，其名最著。然則生意未許，全株折枝，多從定本，惟於傳彩，曠代無雙，古所謂失於妙而後精者也。昌兼畫草蟲，皆云盡善，苟圖禽石，咸謂非精。昌家富，晚年復自購己畫，故近世尤爲難得。」（《畫史叢刊》（一），頁204）

〔註72〕 蘇軾〈書鄢陵王主簿所畫折枝〉：「邊鸞雀寫生，趙昌花傳神。」（《蘇軾詩集》卷二十九，頁1525）

〔註73〕 〔宋〕李廌《德隅齋畫品》，《文津閣四庫全書・第269冊・子部・藝術類》。

〔註74〕 〔宋〕歐陽脩《歐陽脩全集・第五冊・歸田錄・卷二》，北京：中華書局，頁1929。

〔註75〕 〔宋〕米芾《畫史》，台灣：商務印書館，1983年。

其「風露香」；與水相媚好的野「芙蓉」，看盡花期盛衰，與霜菊相伴，而唯獨趙昌能將芙蓉形態與背景做最妥善的融合；「梅花」彷彿「吳姬面」，花瓣隨者白雪飛散，暗香之幽懷無法在紙上呈現，只有在夢中見其倩影；「芍藥」與牡丹外型相似，深受揚州人喜愛，其「翠袖長」、「薄羅裳」，當然爲「風流時世妝」；「躑躅」爲杜鵑別稱，蘇軾由趙昌畫裡杜鵑形象聯想到杜鵑鳥，「不忍看」實因杜鵑鳥啼血，其如「不如歸去」的啼叫，聲聲催促異鄉遊子「歸路近」；「寒菊」如著青裙梳髮髻丫環，在綻放的季節裡顯露其姿態，把握與茗茶相伴的時機。蘇軾由趙昌描繪花形，與圖畫背景相融，並由花朵之歷史義涵，爲趙昌花圖找到審美定位。

　　徐熙畫風格質樸簡練，他創作了水墨淡彩的繪畫方法，運用墨的濃淡變化，勾點兼施，畫出花卉的枝葉蕚蕊，略施淡彩，使色不礙墨，不掩筆跡而生氣動人。五代十國時花鳥畫共分爲兩派：一派以黃筌爲代表，「鉤勒重彩，濃艷富麗」，「細筆勾勒、塡彩暈染」；另一派則以徐熙爲代表，「沒骨漬染，輕淡野逸」、「下筆成珍，揮毫可范」，風格「清新洒脫」。因此被評爲「黃家富貴，徐家野逸」，當時黃筌主持畫院，貶斥徐熙爲「粗惡不入格」〔註76〕，不允許徐熙入畫院。後到宋代，徐熙畫大受讚賞，宋太祖曾經認爲：「花果之妙，吾獨知有熙」。宋·米芾更評價：「徐熙、徐崇嗣花皆如生。黃筌惟蓮差勝，雖富艷皆俗。」又「黃筌畫不足收，易摹；徐熙畫不可摹。」〔註77〕郭

〔註76〕〔宋〕沈括《夢溪筆談·卷十七·書畫》：「國初，江南布衣徐熙、僞蜀翰林待詔黃筌，皆以善畫著名，尤長於畫花竹。蜀平，黃筌並二子居寶、居實，弟惟亮，皆隸翰林圖畫院，擅名一時。其後江南平，徐熙至京師，送圖畫院品其畫格。諸黃畫花，妙在賦色，用筆極新細，殆不見墨跡，但以輕色染成，謂之寫生。徐熙以墨筆畫之，殊草草，略施丹粉而已，神氣迥出，別有生動之意。筌惡其軋已，言其畫粗惡不入格，罷之。熙這子乃效諸黃之格，更不用墨筆，直以彩色圖之，謂之『沒骨圖』。工與諸黃不相下，筌等不復能瑕疵，遂得齒院品。然其氣韻皆不及熙遠甚。」（《新校正夢溪筆談》，香港：中華書局，1975年，頁184）

〔註77〕〔宋〕郭若虛《畫圖見聞志·論黃徐體異》：「諺云：『黃家富貴，徐熙野逸。』不唯各言其志，蓋亦耳目所習，得之於心而應之於手也。何以明其然？黃筌與其子居采，始並事蜀爲待詔。筌後累遷如京副使，既歸朝，筌領眞命爲宮贊（或曰，筌到闕未久物故。今之遺跡，多是在蜀中日作，故往往有廣政年號。宮贊之命，亦恐傳之誤也），居采復以待詔錄之，皆給事禁中。多寫禁所有珍禽瑞鳥、奇花怪石。今傳世〈桃花鷹鶻〉、〈純白難兔〉、〈金盆鵓鴿〉、〈孔雀龜鶴〉之類是也。又翎毛骨氣尚豐滿，而天水分色。徐熙江南處士，志節高邁，放達不羈。多狀江湖所有。汀花野竹，水鳥淵魚。今傳世〈鳧雁鷺鷥〉、

若虛稱之爲「江南處士」，沈括稱之爲「江南布衣」。蘇軾在鑑賞徐熙杏花圖，點出徐熙「落墨花」，將歷代對於徐熙畫之評價一語道盡，主要因爲徐熙所畫花木，改變前人細筆鉤勒、填彩暈染方法，而改用粗筆濃墨，草草寫枝葉萼蕊，略施雜彩，色不礙墨，不掩筆跡，人稱「落墨花」。徐熙的杏花圖，在蘇軾鑑賞中更被釋放出其清新可人的模樣。

蘇軾欣賞同畫花卉的徐熙與趙昌畫，認爲趙昌和徐熙能將花形與花態呈現於畫中，將四季運轉的美好藉由花形表態。

（三）艾宣之畫——天然野趣

以上所論述爲蘇軾欣賞畫家單一蟲鳥花卉，而蘇軾題寫艾萱畫則以一植物搭配一動物，藉由兩圖像之相合呈現「天然野趣」。

記載宋徽宗時期內府藏畫之《宣和畫譜·卷十八》有記錄云：

> 艾宣，金陵人。善畫花竹禽鳥，能傅色暈淡有生意，捫之不觀人指，其孤標雅致，非近時之俗工所能到。尤喜作敗草荒榛、野色凄涼之趣。以畫鵪鶉著名於時。雖居徐熙、趙昌輩之亞，神考嘗令崔白、葛守昌、丁貺與宣等四人同畫〈垂拱御扆圖〉，雖非入譜之格，緣熙寧所取，故特入譜。〔註78〕

由於宋神宗喜愛艾宣花鳥畫，故其作品得以被收藏。北宋·郭若虛《畫圖見聞誌·卷四·紀藝下·花鳥門》則記艾宣：「工畫花竹、翎毛。孤標高致，別是風規。敗草荒榛，尤長野趣。鵪鶉一種，特見精絕。」〔註79〕則說明艾宣作品中花鳥呈現「孤標高致」之氣質，爲主圖輔助的「敗草荒榛」在艾宣筆下，更能襯托出「野趣」，在荒野中更顯現本有的自然天趣。

蘇軾讀艾宣畫作後記錄自己想法：

〈蒲藻魚〉、〈叢豔折枝〉、〈園蔬藥苗〉之類是也。又翎毛形骨貴輕秀，而天水通色（言多狀者，緣人之稱。聊分兩家作用，亦在臨時命意。大抵江南之藝，骨氣多不及蜀人。而蕭灑過之也）。二者猶春蘭秋菊，各擅重名。下筆成珍，揮毫可觀。複有居采兄居寶，徐熙之孫曰崇嗣、崇矩，蜀有刁處士（名光胤）、劉贊、滕昌、夏侯延、李懷袞，江南有唐希雅，希雅之孫曰中祚、曰宿、及解處中輩，都下有李符、李吉之儔。及後來名手間出，望徐生與二黃，猶山水之有正經（校，汲本作「縣山水之有三家」）也（黃筌之師刁處士，猶關同之師荊浩）。」《畫史叢刊》（一），頁 158）

〔註78〕《宣和畫譜·卷十八》，《畫史叢刊》（一），頁 232。
〔註79〕〔宋〕郭若虛《畫圖見聞誌·卷四·紀藝下·花鳥門》，《畫史叢刊》（一），頁 60。

〈竹鶴〉

　此君何處不相宜，況有能言老令威。誰識長身古君子，猶將緇布緣深衣。〔註80〕

〈黃精鹿〉

　太華西南第幾峰，落花流水自重重。幽人只采黃精去，不見春山鹿養茸。〔註81〕

〈杏花白鷳〉

　天工剪刻爲誰妍，抱蕊游蜂自作團。把酒惜春都是夢，不如閑客此閑看。〔註82〕

〈蓮龜〉

　半脫蓮房露壓攲，綠荷深處有游龜。只應翡翠蘭苕上，獨見玄夫曝日時。〔註83〕

蘇軾寫艾宣畫，先以（表5-3）「蘇軾評論艾宣畫要點分析」進行比較：

（表5-3）蘇軾評論艾宣畫要點分析表

名稱	形象特徵	圖像背景	歷史意義	備註
竹鶴		此君何處不相宜，況有能言老令威。	誰識長身古君子，猶將緇布緣深衣。	
黃精鹿		太華西南第幾峰，落花流水自重重。	幽人只采黃精去，不見春山鹿養茸。	
杏花白鷳		天工剪刻爲誰妍，抱蕊游蜂自作團。	把酒惜春都是夢，不如閑客此閑看。	
蓮龜		半脫蓮房露壓攲，綠荷深處有游龜。	只應翡翠蘭苕上，獨見玄夫曝日時。	

蘇軾本身並無留下花鳥畫創作，然而其對於屬於花鳥畫家艾宣作品的鑑賞，確有其文人筆墨之本色。德國文學家歌德（Joharln Wolfgang von Goethe，1749～1832）曾說：「藝術的眞正生命在於對個別特殊事物的掌握和描述。」

〔註80〕〈書艾宣畫四首之一〉，《蘇軾詩集》卷三十，頁1574。
〔註81〕〈書艾宣畫四首之一〉，《蘇軾詩集》卷三十，頁1574。
〔註82〕〈書艾宣畫四首之一〉，《蘇軾詩集》卷三十，頁1575。
〔註83〕〈書艾宣畫四首之一〉，《蘇軾詩集》卷三十，頁1575。

〔註 84〕而藝術家對於個別事務卻能掌握其普遍規律,並將自己的情感投射其中,因此普遍性又帶有藝術家的特殊性。

　　蘇軾在此提出艾宣畫中兩項主要元素「圖像背景」、「歷史意義」,而「形象特徵」雖未在詩中表明,卻能自然流露。第一首〈竹鶴〉裡,蘇軾讀出艾宣將竹與鶴兩形象放置一起,本有吉祥賀壽象徵,竹給人中通外直、不蔓不枝之君子形象,鶴鳥身形細瘦,步履翩躚,與人優雅、長壽之意。第二首〈黃精鹿〉中,出現兩種中藥材,鹿茸之療效為滋補強壯,黃精則為補脾潤肺、防老抗衰、延年益壽之功效,詩中提及山勢險峻,幽人進入深山不為質精珍貴的鹿茸,反而為「黃精」,杜甫有〈丈人山〉詩:「自為青城客,不唾青城地。為愛丈人山,丹梯近幽意。丈人祠西佳氣濃,緣雲擬住最高峰。掃除白髮黃精在,君看他年冰雪容。」〔註 85〕採食黃精主要為延年。蘇軾見艾宣畫將黃精與鹿茸兩相對照,可知艾宣畫表達閒逸意境。第三首〈杏花白鷴〉,白鷴因行止閒暇,故名之「閒客」,把握春宵綻放的杏花,或許只能盛開一時,不如白鷴之出沒,無論光陰,優游自在。杏花因春而發,春盡而逝,既有絢麗燦爛,亦有悲楚悽愴。蘇軾讀完艾宣杏花白鷴圖,在其詩中映投射出蘇軾鑑賞艾宣畫閒情之好。第四首〈蓮龜〉,將蓮花與烏龜兩形象放置一起,水面有含包待放的蓮花,水底有游龜,岸上則有翡翠鳥、蘭花、茗花相映成趣,一隻巨大的靈龜正在享受陽光。藉由蘇軾解讀艾宣畫作,體會艾宣花鳥畫所隱含閒逸幽微的天然野趣。

二、山水風景類

　　「仁者樂山,智者樂水」,山水一直是知識分子寫情寓德之寄託,自人物畫用以宣揚宗教道化,山水畫原只為人物畫背景,時至日久,竟也脫離人物畫獨立成一門。南朝・宋・宗炳《畫山水序》說「山水以形媚道」,文人雅士登山臨水的終極理想不再全為暢情寄歡,而在體道悟玄。山水畫自唐朝分為兩大流派:無論是以李思訓為首,採用大斧劈皴,石青敷色,表現北方俊俏山嶺的北派;抑或以王維為首,採用披麻皴、雨點皴,多用墨色表現南方雨後山林,皆能展現畫家對自然的觀察與體悟。蘇軾題寫宋代山水畫作的論畫詩文為數極多,僅就蘇軾題寫山水畫詩文且能融合其「詩中有畫,畫中有詩」

〔註 84〕〔德〕歌德《歌德談話錄》,北京:人民文學出版社,1978 年,頁 10。
〔註 85〕〔唐〕杜甫〈丈人山〉,《全唐詩》二一九,http://cls.hs.yzu.edu.tw/tang/index. html(國科會數位典藏國家型科技計畫)2013/10/08 複查。

鑑賞觀之數首加以分析。

（一）李世南（唐臣）之秋景──平遠山水

傳統水墨畫裡山之表達技法有三遠，根據宋・郭思《林泉高致》說法：「山有三遠：自山下而仰山巔，謂之『高遠』；自山前而窺山后，謂之『深遠』；自近山而望遠山，謂之『平遠』。」〔註86〕而宋・韓拙《山水純全集》加以申論：「郭氏謂山有三遠，愚又論三遠者：有近岸廣水，曠闊遙山者，謂之『闊遠』；有煙霧溟漠，野水隔而仿佛不見者，謂之『迷遠』；景物至絕，而微茫縹緲者，謂之『幽遠』。」〔註87〕後人合稱爲「六遠」。直至元・黃公望《寫山水訣》綰合兩家之說，謂「山論三遠，從下相連不斷謂之平遠；從近隔開相對謂之闊遠；從山外遠景謂之高遠。」〔註88〕畫面中群山是否能呈現遠近，爲鑑賞山水畫優劣極爲重要的條件，藉由經營山崖位置，運用筆墨濃淡，在平面、有限的紙面上，構築立體、無限的空間，一直是畫家努力的目標，也是蘇軾論畫鑑賞觀所關注的焦點。

蘇軾曾爲李世南所繪秋景山水題寫觀點：

第一首

野水參差落漲痕，疏林欹倒出霜根。扁舟一櫂歸何處，家在江南黃葉村。

第二首

人間斤斧日創夷，誰見龍蛇百尺姿。不是溪山成獨往，何人解作挂猿枝。〔註89〕

上文中蘇軾生動再現北宋畫家李世南秋景圖。第一首，先客觀重述畫作內容，「野水參差」、「疏林欹倒」至「落漲痕」、「出霜根」，空間由遠而近，大而小，動中有靜，色彩鮮明，描繪秋景蕭條。蘇軾針對畫中一葉扁舟展開奇想，問道「歸何處」，「歸」一字集中體現觀畫者蘇軾對此畫的理解，更引發觀賞者對此詩及此畫的遐想，「家在江南黃葉村」則寫意筆法表達一葉扁舟目的地，更將觀賞者帶領至畫外世界，並與秋景和諧相融。第二首，則先提問李世南爲何能畫出像「龍蛇」姿態一般的百尺樹幹？主要因爲李世南能仔細觀察現

〔註86〕　〔宋〕郭熙、郭思《林泉高致》，《中國畫論類編》，頁631。

〔註87〕　〔宋〕韓拙《山水純全集》，《中國畫論類編》，頁659。

〔註88〕　〔元〕黃公望《寫山水訣》，《中國畫論類編》，頁696。

〔註89〕　〈書李世南所畫秋景二首〉，《蘇軾詩集》卷二十九，頁1524。

實生活，見過「人間斤斧日創夷」，實際觀察斧頭伐木的情況。後一連又再次提問爲何李世南能畫出猿臂攀掛的長枝，因爲「不是溪山成獨往」，表明李世南獨自前往溪山，認眞地觀察樹枝。蘇軾不斷強調藝術家必須要從實際生活中進行觀察與體驗，才能獲得眞實感受，予以創作，誠如張璪「外師造化，中得心源」，外師造化乃境入於心，中得心源則因心造境，兩者構成完整的審美過程。

清・查愼行《初白庵蘇詩補注》曾對此組詩紀錄：

> 《畫繼》：「李世南，字唐臣，安肅人。明經及第，終大理寺丞。長於山水。」東坡題其〈秋景平遠〉云云。於常見其孫皓云：「此圖本寒林障，分作兩軸：前三幅畫寒林，東坡所以有龍蛇姿之句；後三幅畫平遠，所以有家在江南黃葉村之句。其實一景，而坡作兩意。」
> 〔註90〕

查愼行採李皓之說，認爲李世南主要由山水遠近表達山水在秋霜時之意境。就蘇軾此題而言，其所欣賞者爲李世南在畫面水景的安排，「野水」、「疏林」營造秋季人跡罕至、水闊林疏的氛圍，加以「參差落漲痕」、「疏林敲倒出霜根」，水紋之變化與樹枝挑染，呈現一片秋霜寥落的景象，一葉扁舟中的撐竿人浩歌，形成迷景，最末一語道破蘇軾對畫中撐竿人的應答想像：家住江南黃葉村。「人間斤斧」則表達山勢陡峭的鬼斧神工，幽人獨往，只聽見猿聲。意境之高微，別有雋致。

（二）王詵（晉卿）之山水——心境影響畫境

蘇軾多首與王晉卿有關的山水畫作品，或爲王晉卿所藏，或爲王晉卿所畫，由此可知身爲山水畫家的王晉卿除雅好山水，亦與蘇軾有詩文往來。蘇軾藉此以提出鑑賞山水畫的觀點。在幾首王晉卿所繪山水畫，蘇軾寫道：

> 江上愁心千疊山，浮空積翠如雲煙。山耶雲耶遠莫知，煙空雲散山依然。但見兩崖蒼蒼暗絕谷，中有百道飛來泉。縈林絡石隱復見，下赴谷口爲奔川。川平山開林麓斷，小橋野店依山前。行人稍度喬木外，漁舟一葉江吞天。使君何從得此本，點綴毫末分清妍。不知人間何處有此境，徑欲往買二頃田。君不見武昌樊口幽絕處，東坡先生留五年。春風搖江天漠漠，暮雲卷雨山娟娟。丹楓翻鴉伴水宿，

〔註90〕〔清〕查愼行《初白庵蘇詩補注》卷二九，《蘇詩彙評》，頁1228。

長松落雪驚醉眠。桃花流水在人世，武陵豈必皆神仙。江山清空我
塵土，雖有去路尋無緣。還君此畫三歎息，山中故人應有招我歸來
篇。〔註91〕

本詩的前十二句蘇軾就王晉卿〈煙江疊嶂圖〉（圖 5-1）中景色作如實描繪。
起首四句描繪畫面迷遠，峰巒聳立，草木蓊鬱（圖 5-1-1）。其次，就遠、
中、近景分述山水，遠望山崖陡峭，稍近則飛泉奔騰，近處則有小橋茅舍，
行人穿梭，捕魚小舟竹水駛向廣遠（圖 5-1-2）。蘇軾遠近相合，以勾勒整幅山
水圖景。後十二句則書寫蘇軾觀圖後的心得與感慨（圖 5-1-3）。「使君何從得
此本，點綴毫末分清妍」表達此畫乃畫家觀察眞實山水所得，使畫眞切動
人，「不知人間何處有此境，徑欲往買二頃田」則將畫景轉爲實景，欲買如此

（圖 5-1）王詵〈煙江疊嶂圖〉

45.2cm×166cm，現藏於上海博物館

（圖 5-1-1）〈煙江疊嶂圖〉與蘇軾解析一

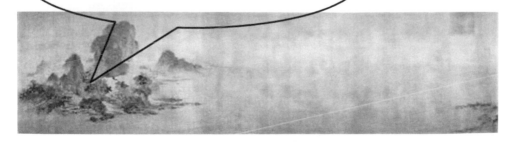

江上愁心千疊山，浮空積翠如雲煙。
山耶雲耶遠莫知，煙空雲散山依然。

〔註91〕　〈書王定國所藏〈煙江疊嶂圖〉〉（王晉卿畫），《蘇軾詩集》卷三十，頁 1606。

（圖 5-1-2）〈煙江疊嶂圖〉與蘇軾解析二

行人稍度喬木外，
漁舟一葉江吞天。

（圖 5-1-3）〈煙江疊嶂圖〉與蘇軾解析三

江山清空我塵土，雖有去路尋無緣。還君
此畫三歎息，山中故人應有招我歸來篇。

之人間仙境，以歸隱躬耕。最末則發語「還君此畫三歎息，山中故人應有招
我歸來篇」，上句承圖，下句承觀畫者，感嘆自己與理想世界無緣。

中國山水畫以「七觀法」再現山水：一是步步看，二是面面觀，三是以
大觀小（推遠看），四是以小觀大（拉近看），五是專一看，六是取移觀，七

是合「六遠」。〔註92〕眞實山水在畫面的呈現，主要採用散點透視法，以表達空間的無限開闊，此既可打破固定的空間限制，更可打破內容連續性上的時間限制，創造出可觀、可遊、可居的藝術境界。蘇軾此詩則是以此觀點重新詮釋王晉卿畫。

駙馬都尉王晉卿所畫〈煙江疊嶂圖〉，傳世不止一本，由於王晉卿書畫作品傳世不多，今日上海博物館鎮館之寶爲王晉卿所繪〈煙江疊嶂圖〉。王晉卿此作畫法略用青綠設色，石皴則在不方不圓之間，小樹多夾葉，畫面呈現蕭疏清遠，表現煙霧迷濛之水景；在構圖上，則遠近疏離，山水似有透視感，遠山隱映於雲霧之中，悠遠秀麗。上海博物館本無款印，而有宋徽宗趙佶標題：「內府所藏王詵四卷中此爲第一」。王晉卿以墨筆皴山畫樹，用青綠重彩渲染，既有李成之清雅，又兼李思訓之富麗，宋・鄧椿《畫繼》謂王詵「所畫山水學李成皴法，以金綠爲之，似古」〔註93〕。

蘇軾在鑑賞王晉卿畫作後寫下此雜言詩，爲畫作記，一方面補足了賞畫者對此畫的想像，一方面也說明蘇軾鑑賞此畫的心境。清・汪師韓《蘇詩評選箋釋》卷四：「竟是爲畫作記，然摹寫之神妙，恐作記反不能如韻語之取進而有情也。『君不見』以下，煙雲卷舒，與前相稱，無非以自然爲祖，以元氣爲根。」〔註94〕爲畫作記，描摹功力甚深。清・方東樹《昭昧詹言》卷十二：「起段以寫爲敘，寫得入妙而筆勢又高，氣又遒，神又王（旺）。」〔註95〕「以寫爲敘」指實質上此段乃敘述〈煙江疊嶂圖〉的內容，然沒有抽象敘述，而爲形象描寫。首先，著眼於高處遠處，寫煙江疊嶂全貌，「千疊山」積蓄濃厚翠色，在遠空浮動，像煙也像雲，而煙消雲散之後，則山形依然。再者，突現蒼蒼兩崖，從兩崖的絕谷中飛出百道泉水，縈林繞石，時隱時現，終於「下赴口」匯爲巨川，奔騰前進。兩崖之間無數幽谷，因暗而不見，只寫百泉飛來，林木扶疏，奇石磊落，本可一番細膩描摹，蘇軾卻只寫百泉之隱。蘇軾再將視線從百泉的合流出谷引向近景，呈現三個視角定點：「林麓斷」、「小橋野店」、「行人喬木」，每一個定點連接形成一片景象。「漁舟一葉」則把視線推向開闊的煙江，「呑江天」三字涵蓋「煙江疊嶂」全景。「使君」以

〔註92〕　王伯敏〈中國山水畫「七觀法」諍義〉，《新美術》，1980 年第 2 期，頁 43～49。

〔註93〕　〔宋〕鄧椿《畫繼・卷二》，《畫史叢刊》（一），頁 278。

〔註94〕　《蘇詩彙評》，頁 1293。

〔註95〕　《蘇詩彙評》，頁 1293。

下四句，紀昀評價「節奏之妙，純乎化境。」方東樹說「四句正鋒」。「使君何從得此本」一句則回到原題，既將眞景轉爲畫景，又點出此畫是王定國所藏，而此畫「點綴毫末分清妍」巧奪天工。「不知人間何處有此境」，希望於人間尋求如此美好的江山，買田退隱，而把全篇佈局，從寫景轉向抒情和議論。

從「君不見」句開始，蘇軾感慨烏臺詩案，在黃州度過辛酸歲月，蘇軾讀了〈煙江疊嶂圖〉而有所感觸。「武昌樊口幽絕處」說明貶謫地幽深，「東坡先生留五年」則言貶謫時間漫長，漫長五年在生命價值上是交白卷的，以四時美景道盡貶謫生涯與貶謫心情，感嘆年華虛度。以下四句，概括了蘇軾於貶謫地的經歷和感受：春季「春風搖江天漠漠」；夏季「暮雲卷雨山娟娟」；秋夜「丹楓翻鴉伴水宿」；冬日「長松落雪驚醉眠」，對江天的四季變化作了想像之描寫。陶淵明「桃花源」乃苦於暴政之民所追求的理想社會，蘇軾說桃花源即「在人世」，此處人民卻也不見得都是「神仙」。而「雖有去路」以下數句，則是此線之延伸。「尋無緣」之「尋」，正是「尋」退隱之處，因爲欲「尋」而「無緣」，所以「還君此畫三歎息」，雖「無緣」而仍欲「尋」，故「山中故人應有招我歸來篇」，歸隱無期之無奈，以友人盛情突破孤寂。

王鞏（定國）、王詵（晉卿）與蘇軾來往頻繁，皆因烏臺詩案受到不同波及。在事件之後，三人雖對人生產生深層感慨，卻在藝文創作意境大有提升。蘇軾在鑑賞作品時，藝術鑑賞的思維投入自己曾遭遇的經歷，將眼前所見圖像與眞實的景象做了虛實相映的鑑賞，再由圖像、景象與自己的回憶做連結，使圖像、景象含有蘇軾的情感寄託。蘇軾在鑑賞畫作詩文裡所表現的，除了對原圖像的理解，更多的是自己感悟性的解讀詮釋，使山水畫作品產生蘇軾的情懷寄興（圖5-1-4）。

由於王晉卿和韻，另首關於王晉卿〈煙江疊嶂圖〉的鑑賞，則展現了至情至性的蘇軾讀畫鑑賞之延伸：

> 山中舉頭望日邊，長安不見空雲煙。歸來長安望山上，時移事改應淒然。管絃去盡賓客散，惟有馬埒編金泉。渥洼故自千里足，要飽風雪輕山川。屈居華屋啗棗脯，十年俯仰龍旂前。卻因瘦病出奇骨，鹽車之厄寧非天。風流文采磨不盡，水墨自與詩爭妍。畫山何必山中人，田歌自古非知田。鄭虔三絕君有二，筆勢挽回三百年。欲將

（圖 5-1-4）〈煙江疊嶂圖〉與蘇軾解析四

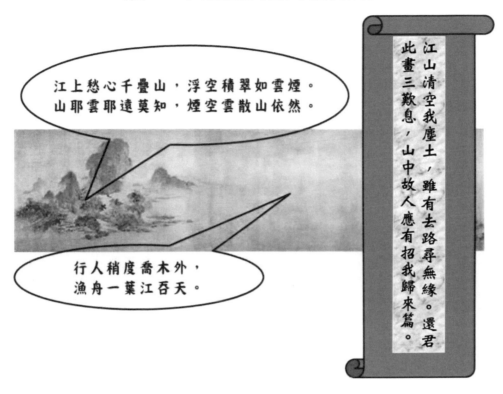

> 江上愁心千疊山，浮空積翠如雲煙。
> 山耶雲耶遠莫知，煙空雲散山依然。

> 行人稍度喬木外，
> 漁舟一葉江吞天。

> 江山清空我塵土，雖有去路尋無緣。還君
> 此畫三歎息，山中故人應有招我歸來篇。

巖谷亂窈窕，眉峰修嫮誇連娟。人間何有春一夢，此身將老蠶三眠。
山中幽絕不可久，要作平地家居仙。能令水石長在眼，非若好我當
誰緣。願君終不忘在莒，樂時更賦〈囚山篇〉。〔註96〕
蘇軾因讀王晉卿〈煙江疊嶂圖〉而回憶起自己烏臺詩案遭遇，當中提及唐代
「鄭虔三絕」與柳宗元〈囚山賦〉，鄭虔和柳宗元亦曾經是貶謫文人。鄭虔曾
為唐玄宗作山水畫，唐玄宗題詩讚譽，御署「鄭虔三絕」。鄭虔還曾拒絕安祿
山受爵位，安史之亂後為表達忠貞，曾為玄宗題為「鄭虔三絕」〔註97〕。鄭

〔註96〕　〈王晉卿作〈煙江疊嶂圖〉，僕賦詩十四韻，晉卿和之，語特奇麗。因復次韻，
　　　　　不獨紀其詩畫之美，亦為道其出處契闊之故，而終之以不忘在莒之戒，亦朋
　　　　　友忠愛之義也。〉，《蘇軾詩集》卷三十，頁 1609。
〔註97〕　〔唐〕張彥遠《歷代名畫記・卷九》有錄：「鄭虔，高士也。蘇許公為宰相，
　　　　　申以忘年之契，薦為著作郎。開元二十五年為廣文館學士，肌窮轗軻，好琴
　　　　　酒篇詠。工山水，進獻詩篇及書畫。玄宗御筆題曰：『鄭虔三絕。』與杜甫、
　　　　　李白為詩酒友。祿山授以偽水部員外郎，國家收復，貶台州司戶。」（《畫史
　　　　　叢刊》（一），頁 118）

虔在長安期間和杜甫交好，杜甫稱之「鄭老」、「老畫師」，其水墨、山水畫、壁畫、人物畫、書法作品備受推崇。蘇軾說王晉卿含有鄭虔三絕中之兩絕，可知蘇軾對王晉卿評價甚高。

唐代柳宗元因遭逢「永貞之變」而被貶謫，貶謫之後寫下〈囚山賦〉描述自己顛沛流離的遭遇：

> 楚越之郊環萬山兮，勢騰湧夫波濤。紛對回合仰伏以離迾兮，若重墉之相襃。爭生角逐上軼旁出兮，其下圻裂而爲壕。欣下頽以就順兮，曾不畝平而又高。遝雲雨而漬厚土兮，蒸鬱勃其腥臊。陽不舒以擁隔兮，群陰冱而爲曹。側耕危獲苟以食兮，哀斯民之增勞。積林麓以爲叢棘兮，虎豹咆嘷代狴牢之吠嗥。予胡眢以管視兮，窮坎險其焉逃。顧幽昧之罪加兮，雖聖猶病夫嗷嗷。匪兕吾爲柙兮，匪豕吾爲牢。積十年莫吾省者兮，增蔽吾以蓬蒿。聖日以理兮賢日以進，誰使吾山之囚吾兮滔滔？〔註98〕

由柳宗元強烈用詞可感受他的困惑、迷惘、怨嘆、悲憤。蘇軾此首關於王晉卿〈煙江疊嶂圖〉的鑑賞聯想起柳宗元〈囚山賦〉，除了藉此感興之外，當中「風流文采磨不盡，水墨自與詩爭妍」與「畫山何必山中人，田歌自古非知田」，表達自己的鑑賞觀：無論貶謫與否，心境之高雅爲文墨永傳萬世之要件。此外，蘇軾亦在鑑賞中流露保持心境高雅爲上道。蘇軾藉由王晉卿山水畫提出自己看法，「山中幽絕不可久，要作平地家居仙」、「願君終不忘在莒，樂時更賦〈囚山篇〉」，從貶謫時的遭遇經歷儲存創作能量。蘇軾更領悟出：人常在藝術創作中，尋找自己對人生的疑惑，期望自己能藉由創作文藝覓得解答，無論最終是否能得到解疑，留與後代世人共同追尋解答的目標，則是此作品能永遠流傳之價值所在。

（三）宋迪（復古）之瀟湘晚景圖──細看「幽意」

宋代山水畫家中，宋迪亦爲蘇軾論畫鑑賞之座上賓，其〈瀟湘晚景圖〉爲蘇軾所讚賞，認爲其山水畫作具有「幽意」。

宋‧沈括《夢溪筆談》曾記錄一段宋迪教畫軼事：

> 度支員外郎宋迪工畫，尤善爲平遠山水，其得意者有「平沙雁落」、「遠浦帆歸」、「山市晴嵐」、「江天暮雪」、「洞庭秋月」、「瀟湘夜

〔註98〕 〔唐〕柳宗元〈囚山賦〉，《全唐文》卷五六九（北京：中華書局，1982年），頁5758。

雨」、「煙寺晚鐘」、「漁村落照」，謂之「八景」，好事者多傳之。往
歲小村陳用之善畫，迪見其畫山水，謂用之曰：「汝畫信工，但少天
趣。」用之深伏其言，曰：「常患其不及古人者，正在於此。」迪曰：
「此不難耳，汝先當求一敗牆，張絹素訖，倚之敗牆之上，朝夕觀
之。觀之既久，隔素見敗牆之上，高平曲折，皆成山水之象。心存
目想：高者爲山，下者爲水；坎者爲谷，缺者爲澗；顯者爲近，晦
者爲遠。神領意造，怳然見其有人禽草木飛動往來之象，瞭然在目。
則隨意命筆，默以神會，自然境皆天就，不類人爲，是謂活筆。」
用之自此畫格進。〔註99〕

由此可以得知，宋迪繪畫風格強調「天趣」，此「天趣」非刻意爲之，非筆筆
描摹極爲眞似，而爲「隨意命筆，默以神會」，不刻意要求筆下山水，「自然
境皆天就，不類人爲，是謂活筆。」活筆即表達活活潑潑的自然天成。關於
瀟湘八景，宋・沈括提出此八景爲：「平沙雁落」、「遠浦帆歸」、「山市晴嵐」、
「江天暮雪」、「洞庭秋月」、「瀟湘夜雨」、「煙寺晚鐘」、「漁村落照」，宋迪即
是畫下如此之美景。蘇軾在欣賞宋迪瀟湘八景圖山水畫時寫道：

第一首

西征憶南國，堂上畫瀟湘。照眼雲山出，浮空野水長。舊游心自
省，信手筆都忘。會有衡陽客，來看意渺茫。〔註100〕

第二首

落落君懷抱，山川自屈蟠。經營初有適，揮灑不應難。江市人家
少，煙林古木攢。知君有幽意，細細爲尋看。〔註101〕

第三首

咫尺殊非少，陰晴自不齊。徑蟠趨後崦，水會赴前溪。自說非人
意，曾經入馬蹄。他年宦遊處，應指劍山西。〔註102〕

有關「瀟湘八景圖」的相關考證，衣若芬〈閱讀風景：蘇軾與「瀟湘八景圖」
的興起〉研究十分詳盡，衣若芬歸納出藝術史研究者累積多年研究瀟湘八景
之成果，大致可理出下列方向：其一，宋迪與「瀟湘八景圖」的創作，其二，

〔註99〕　〔宋〕沈括《夢溪筆談・卷十七・書畫》，《新校正夢溪筆談》，頁278。
〔註100〕　〈宋復古畫〈瀟湘晚景圖〉三首：其一〉，《蘇軾詩集》卷十七，頁900。
〔註101〕　〈宋復古畫〈瀟湘晚景圖〉三首：其二〉，《蘇軾詩集》卷十七，頁900。
〔註102〕　〈宋復古畫〈瀟湘晚景圖〉三首：其三〉，《蘇軾詩集》卷十七，頁900。

由宋迪之後的「瀟湘八景圖」設想或重建宋迪作品的原貌，形塑「瀟湘八景圖」的基本樣式；其三，以「瀟湘八景圖」為例，從繪畫風格與筆墨技法探討宋代畫家如何經營空間及表現光影的變化；其四，追溯「瀟湘八景」的政治文化背景。衣若芬舉出蘇軾其他作品〈虔州八景〉、「鳳翔八觀」與「瀟湘八景」中的「八」作推論，認為「八」的觀念「可能與近體詩的格律成熟有關」，〔註103〕筆者肯定衣若芬理論推演和大膽假設小心求證的研究精神，然而圖景中的數字或實際景物考證非本論文的重點核心，反而是衣若芬的論文題目「閱讀風景」引人思考，衣若芬在文末說：

中國人的風景觀念是從閱讀文學作品的經驗塑造而成，尤其以山水文學浸潤最深，山水詩人的寫作筆法中已經建立了一種觀看的角度與視線的移轉過程，諸如遠景、近景和中景等的文字描繪，以及興象抒懷，即景生情的習慣，促使遊覽的旅人摘取天地萬物的某一個面向成為景點。〔註104〕

蘇軾讚王維「詩中有畫，畫中有詩」，除了山水比德，文人賞文的視角同樣會影響賞景的視角，宋迪賞景的視角與蘇軾賞畫的視角，皆來自詩文創作基點，以此可藉以清楚理解蘇軾題寫宋迪瀟湘八景圖時，當中隱含文人的情感寓託。

元‧夏文彥《圖畫寶鑑》介紹宋迪：「師李成，畫山水，運思高妙，筆墨清潤。又喜畫松，或高或偃，或孤或雙，以至於千萬株森森然，殊可駭。」〔註105〕蘇軾所寫第一首表達了宋迪〈瀟湘晚景圖〉的渺茫意境，以繪圖之景表達記憶之景，山高水長、氣象恢弘、境界開闊。關於畫裡「氣象」，南齊‧謝赫《古畫品錄》「六法」提及「氣韻生動」〔註106〕，唐‧張彥遠《歷代名畫記》亦提到：「若氣韻不周，空陳形似，筆力未遒，空善賦彩，謂非妙也。」〔註107〕明‧王世貞《藝苑卮言》則云：「山水以氣韻為主……若形似無生

〔註103〕 衣若芬〈閱讀風景：蘇軾與「瀟湘八景圖」的興起〉，《天光雲影——瀟湘山水之畫意與詩情》，台北：里仁書局，2013年8月，頁83～110。此篇論文為曾任中央研究院研究員，目前任教於南洋理工大學的衣若芬，於2001年東坡逝世九百年學術研討會上所發表。

〔註104〕 衣若芬〈閱讀風景：蘇軾與「瀟湘八景圖」的興起〉，《天光雲影——瀟湘山水之畫意與詩情》，頁110。

〔註105〕 〔元〕夏文彥《圖繪寶鑑》，《畫史叢刊》（二），頁722。

〔註106〕 南齊‧謝赫〈古畫品錄序〉，《古畫品錄》，于安瀾編《畫品叢書》，上海：人民美術出版社，1982年，頁6。

〔註107〕 〔唐〕張彥遠〈論畫六法〉，《歷代名畫記》卷一，《畫史叢刊》（一），頁19。

氣，神采致胱格皆病也。」〔註108〕而所謂景象，自然景象雖爲物象之一，但當景中含有一個「我」在，景則變得有生氣，「來看意渺茫」則將萬里之遙於方寸之中遍尋得味，令人神思無窮。

第二首中，蘇軾從畫面的位置結構與其中所表現出的情調展開繪畫鑑賞。繪畫爲空間藝術，詩歌爲時間藝術；繪畫呈現了藝術家對自然物象的經營描摹，詩歌則記錄了藝術家對自然景物的思索流程，兩者相輔相成。蘇軾在本詩裡欣賞宋迪將景物作巧妙布置與經營，關於山水位置的經營，南齊・謝赫《古畫品錄》「六法」中雖以「氣韻生動」爲第一條目，但以「經營位置」來討論構圖，說明繪畫中的空間安排，物象在虛與實之間的處理得宜，蘇軾說宋迪「經營初有適，揮灑不應難」，處理好空間安排，自然揮灑自如。爲歷代畫家口耳相傳的山水畫法但託名王維所作，實已證實爲僞託的《畫學秘訣》則說：

> 主峰最宜高聳，客山須是奔趨。迴報處僧舍可安，水陸邊人家可置。……凡畫山水，意在筆先。丈山尺樹，寸馬分人。遠人無目，遠樹無枝，遠山無石，隱隱如眉，遠水無波，高與雲齊，此是訣也。山腰雲塞，石壁泉塞，樓台樹塞，道路人塞。石看三面，路看兩頭，樹看頂顆，水看風腳，此是法也。〔註109〕

畫家必須藉由二元的水墨以展現三元的山水空間，因此山要分主客，畫面中的人、樹、石、物像等，皆必須按照物像於空間中的空間關係，安排其於畫面中該呈現的遠近關係。清・石濤《畫譜・境界章》亦曾表達山水畫法：

> 分疆三疊兩段，似乎山水之失。然有不失者，如自然分疆者，「到江吳地近，隔岸越山多」是也。……爲此三者，先要貫通一氣，不可拘泥。〔註110〕

意謂將景深變化作考量，以符合自然山水之佈局。雖說中國山水畫沒有以西方焦點透視法描繪景物，反而採取散點透視原則，將景物的深淺、高下、動靜作精心經營，使意境自然呈現。蘇軾論畫中並無專文介紹筆墨技法，雖然蘇軾自己也爲繪畫實踐者，但經常將技法處理心得散見於鑑賞他人畫作的題文中。本詩後半更具體表達畫面的經營位置，江邊人家疏落，煙霧繚繞的村

〔註108〕〔明〕王世貞《藝苑巵言》，台北：新文豐出版社，1988年，頁273。
〔註109〕〈山水論〉，《畫學秘訣》，《中國畫論類編》，頁596。
〔註110〕〔清〕石濤《畫譜・境界章第十》，台灣：學生書局，1979年，頁49。

莊簇聚老樹，俯視的視角呈現出畫面主次、輕重、遠近、高低，符合傳統山水畫所強調的「可行」、「可居」。至此，「使君有幽意，細細爲尋看」，使畫面富有神韻，書寫主觀情趣，表達若要欣賞一幅山水畫，必須要細細讀出其中幽意。

第三首則從「咫尺」、「陰晴」（明暗）、「遠近」鑑賞宋迪〈瀟湘晚景圖〉，「徑蟠趨後崦，水會赴前溪」，讚賞宋迪能以咫尺之幅，圖萬里之遙，使得近景、遠景之組合具有層次，視角廣且景深長。後半則表達此幅之所以能感動人，時因宋迪曾經從生活中得到眞實感受，不忘向宋迪推薦自己的家鄉劍山（四川）。

蘇軾分別從不同的角度鑑賞宋迪的〈瀟湘晚景圖〉，並從中提及自己創作繪畫的心得，認爲宋迪山水畫在畫出山水遠近，使人想遊其中，獨具深意。

（四）孔宗翰（太守）之虔州八境圖──茫然而思，粲然而笑

《宋史・孔宗翰傳》載虔州臨章水、貢水，虔州知府爲孔子第四十六代子孫孔宗翰，有鑑於「州城歲爲水齧，東北尤易墊圮」，乃「伐石爲址，冶鐵錮基」，將土城修葺成磚石城，建城樓於其上。蘇軾於元豐元年因虔州知府孔宗翰所託，題寫孔宗翰所繪製的虔州八境圖序言：

> 〈南康八境圖〉者，太守孔君之所作也。極其城上樓觀臺榭之所見而作是圖也，東望七閩，南望五嶺，覽群山之參差，俯章貢之奔流，雲煙出沒，草木蕃麗，邑屋相望，雞犬之聲相聞。觀此圖也，可以茫然而思，粲然而笑，慨夫日乎，其旦如盤，其中如珠，其夕如破壁，此豈三日也哉。苟知夫境之爲八也，則凡寒暑、朝夕、雨暘、晦明之異，坐作、行立、哀樂、喜怒之便，皆於吾目而感於吾心者，有不可勝數者矣，豈特八乎。如知夫八之出乎一也，則夫四海之外，誄詭譎怪，《禹貢》之所書，鄒衍之所談，相如之所賦，雖至千萬未有不一者也。後之君子，必將有感於斯焉。乃作詩八章，題之圖上。〔註111〕

從序裡可知蘇軾舉眼見之日爲例，無論是上午、正午、傍晚，如盤、如珠、如破壁皆是同一日，只是不同時間取向，且由不同視角觀察罷了，因此認爲八境其實一境，無論是天氣的變遷、時間的早晚、天氣的變化、光線的

〔註111〕 〈〈虔州八境圖〉八首〉序，《蘇軾詩集》卷十六，頁791。

不同，或是觀景的高度與角度，以至於人心情的變化，都會對眼前景色產生不同的美感經驗。孔宗翰畫所觀看之八景，邀請蘇軾題詩。宋代贛州八景乃：石樓、章貢台、白鵲樓、皂蓋樓、鬱孤台、馬祖岩、塵外亭和峰山。〔註112〕

其詩文第一首寫：

> 坐看奔湍遶石樓，使君高會百無憂。三犀竊鄙秦太守，八詠聊同沈隱侯。〔註113〕

將畫景當作實景描寫，流露出人與自然和諧相樂之閑散愉悅。坐看石樓上游景物，開闊遼遠，湍湧澎湃，氣勢恢宏，孔宗翰在此宴客，舉酒臨觴「百無憂」。褒揚孔宗翰築城御水之功績，以戰國時代秦蜀郡太守李冰大興水利之事蹟，與孔宗翰治水事蹟對舉，「竊鄙」突出孔宗翰勤官職守，造福百姓。此八首詩之作，蘇軾將自己「聊」比作南朝梁國的沈約，沈約為婺州南八詠樓刻立石碑撰寫碑文，蘇軾則為虔州石城八境而寫，並將聲、色、形、景、事、情鎔鑄於一爐。

第二首寫：

> 濤頭寂寞打城還，章貢臺前暮靄寒。倦客登臨無限思，孤雲落日是長安。〔註114〕

主要描繪「登高傷懷」，寫出登上章貢台所見之景。厭倦游宦生活的「倦客」之人登山臨水，眼見「濤頭寂寞」、「暮靄寒」，想見「無限思」。錢鍾書《管錐篇》曾說「寂靜之幽深者，每以得聲音補托而愈覺其深。」兩句皆烘托出倦客之孤寂落寞。此「無限思」則耐人尋味，悠悠江流，孤雲飛逝、夕陽西下的天涯，或許是京都汴梁之所在。無限倦遊的悵惘，迷茫、深遠、悲涼、沉重的氛圍，恰似綿延不絕的滔滔江水。

第三首：

> 白鵲樓前翠作堆，縈雲嶺路若為開。故人應在千山外，不寄梅花遠信來。〔註115〕

寫白鵲樓之景，營造出幽深若幻的境界。「翠作堆」表達登樓遠望，江水清

〔註112〕清代由於景觀發生變化，在八境臺上所見的八景是：三台鼎峙、二水環流、玉岩夜月、寶蓋朝雲、儲潭曉鏡、天竺晴嵐、馬崖禪影、雁塔文峰。
〔註113〕〈〈虔州八境圖〉八首〉，《蘇軾詩集》卷十六，頁791。
〔註114〕〈〈虔州八境圖〉八首〉，《蘇軾詩集》卷十六，頁791。
〔註115〕〈〈虔州八境圖〉八首〉，《蘇軾詩集》卷十六，頁791。

碧，幽草豐榮，畫面上的翠綠是一層一層的堆疊。雲霧繚繞著山巒，一片空
濛，山嶺之路蜿蜒顯現，立體展現了樓之高、嶺之翠、雲之飛、路之長。念
及友人在千里之遙，並想像山嶺上的梅花遍開，想必是友人將思念之情化作
點點梅花捎來。

第四首：

> 朱樓深處日微明，皀蓋歸時酒半醒。薄暮漁樵人去盡，碧溪青嶂遶
> 螺亭。〔註116〕

寫宴遊山水美景之自得樂趣。宴飲酣觴之樂，如同歐陽脩〈醉翁亭記〉「醉翁
之意不在酒，在乎山水之間也。山水之樂，得之於心而寓之於酒也。」〔註117〕
「酒半醒」畫寫出畫中孔宗翰頹然一醉之神態，更表達其遊覽山水自得之樂
趣。夕陽西下，薄雲暮靄，漁夫樵夫各各去盡，只剩孔太守在原處靜賞佳景，
更凸顯太守的「醉」，非因酒而醉，實因美景而醉。

第五首：

> 使君那暇日參禪，一望叢林一悵然。成佛莫教靈運後，著鞭從使祖
> 生先。〔註118〕

勉勵孔宗翰多參禪，佛教徒將散亂心念集定於一處，以成清靜專定的心境，
「一望叢林一悵然」則表達蘇軾勉勵孔宗翰參禪的主因，在於求得心靈寄
託。另一方面，蘇軾採用典故，以增加此題詩的深度。南朝‧謝靈運爲大量
創作山水詩的詩人，在玄言詩當道的時代，擴大了詩歌的題材，《南史‧謝靈
運傳》：「（會稽）太守孟顗，事佛精懇，而爲（謝）靈運所輕，嘗謂顗曰：『得
到應須慧業，丈人生天當在靈運前，成佛必在靈運後。』」〔註119〕《晉書‧劉
琨傳》云：「（劉琨）與范陽祖逖爲友，聞逖被用，與親故書曰：『吾枕戈待旦，
志梟逆，嘗恐祖生先吾著鞭。』」〔註120〕用意在於勉勵孔宗翰堅持習禪，相信
自己的才能，不擔心他人是否先吾著鞭。

第六首：

> 卻從塵外望塵中，無限樓臺煙雨濛。山水照人迷向背，只尋孤塔認

〔註116〕 〈《虔州八境圖》八首〉，《蘇軾詩集》卷十六，頁791。
〔註117〕 〔宋〕歐陽脩〈醉翁亭記〉，《歐陽脩全集》，北京：中華書局，2001年，頁
　　　　 576。
〔註118〕 〈《虔州八境圖》八首〉，《蘇軾詩集》卷十六，頁791。
〔註119〕 《南史‧謝靈運傳》，《二十五史》，頁762。
〔註120〕 《晉書‧劉琨傳》，《二十五史》，頁659。

西東。〔註121〕

寫登高臨遠，所見山水景物卻渾然一體，形成朦朧美。「從塵外望塵中」一句，盡顯蘇軾審美觀照命題，蘇軾〈超然臺記〉曾提及鑑賞宜「遊於物外」而非「遊於物內」，若受自身所處環境侷限，無法清楚辨別眼前之景，更無法冷靜判斷美醜，故其言「物非有大小也，自其內而觀之，未有不高且大者也。彼其高大以臨我，則我常眩亂反覆，如隙中之觀鬥，又焉知勝負之所在？是以美惡橫生而憂樂出焉，可不大哀乎！」〔註122〕唯有保持適當距離，才能全覽樓台煙雨之朦朧美。宋‧郭熙、郭思《林泉高致‧山水訓》云：「真山水之風雨，遠望可得，而近者玩習不能究錯踪起止之勢；真山水之陰暗，遠望可盡，而近者不能得明晦隱見之跡。」〔註123〕蘇軾在鑑賞孔宗翰圖時，道出鑑賞之理，流露「距離」能產生理性美的眼光。

第七首：

> 雲煙縹緲鬱孤臺，積翠浮空雨半開。想見之罘觀海市，絳宮明滅是蓬萊。〔註124〕

先乃描寫畫中所見之鬱孤臺。先從他處遠望鬱孤臺，煙雲繚繞飄渺，陰雨稍住，晴空半開，翠色漫漫，彷彿飄逸在半天空。再想像登臺遠望，之罘山（登州牟平縣）上雲氣變化多端，海市蜃樓，明暗虛實，可望而不可及，如蓬萊仙境一般。蘇軾在此詩展現了觀畫時的美感體驗與其神思悠然飄忽之意境。

第八首：

> 回峰亂嶂鬱參差，雲外高人世得知。誰向空山弄明月，山中木客解吟詩。〔註125〕

從大處落筆，描寫高遠清幽的夜晚圖景。山巒起伏，樹木蓊鬱，煙雲多姿，但流露棲息之人曠達胸襟與隨遇而安的品德操守，正如《論語‧泰伯》「天下有道則見，無道則隱」之真諦。皎潔明月掛天空，銀白月光灑落，盪滌山林成一片純淨世界，遠離塵囂的木客樵夫，賞玩星月，行坐吟唱，自有一番超然物外、斷絕塵想之幽情雅趣。

綜觀此八首，蘇軾雖沒能親自登覽八境之圖，光從孔宗翰畫想像登覽美

〔註121〕　〈《虔州八境圖》八首〉，《蘇軾詩集》卷十六，頁791。
〔註122〕　〈超然臺記〉，《蘇軾文集》十一，頁351。
〔註123〕　〔宋〕郭熙、郭思《林泉高致‧山水訓》，《中國畫論類編》，頁634～635。
〔註124〕　〈《虔州八境圖》八首〉，《蘇軾詩集》卷十六，頁791。
〔註125〕　〈《虔州八境圖》八首〉，《蘇軾詩集》卷十六，頁791。

景，無論是登臺遠望，或是從遠處觀台；無論是白天煙霧瀰漫，或是夜晚月光皎潔，遠離塵物經心，希冀藉由登高望遠、飄渺山林得以洗滌心靈的解讀，提出自己審美鑑賞觀。

蘇軾於元豐元年題寫八首組詩時，蘇軾只見孔宗翰畫並未親覽八境，之後十七年蘇軾經過虔州，又寫後敘：

> 南康江水，歲歲壞城。孔君宗翰爲守，始作石城，至今賴之。軾爲膠西守，孔君實見代，臨行出「八境圖」求文與詩，以遺南康人，使刻諸石。其後十七年，軾南遷過郡，得遍覽所謂八境者，則前詩未能道其萬一也。南康士大夫相與請於軾曰：「詩文昔嘗刻石，或持以去，今亡矣。願復書而刻之。」時孔君既沒，不忍違其請。紹聖元年八月十九日眉山蘇軾書。〔註126〕

此後敘使臥遊「虔州八境圖」與遊歷「虔州八境」形成一種對照，前者爲蘇軾觀圖創作，後者爲觀景創作；前者爲當下初次之觀圖創作，後者爲時至日久再次想望之觀景創作。一來證明蘇軾認爲鑑賞時「空間的距離」會影響欣賞的角度，二者蘇軾此文也證明「時間的距離」也會影響欣賞時的藝術感染力。撰寫此文時孔宗翰已不在世，但詩文卻因刻石而不毀，蘇軾在文中實暗示：藝術生命將永垂不朽，應證觀虔州八境圖，可「茫然而思，粲然而笑」。

（五）李思訓（建見）之長江絕島圖──「沙平風軟望不到」之趣

蘇軾曾品評唐代山水畫家李思訓之〈長江絕島圖〉，認爲此圖能讓人興起「沙平風軟望不到」之樂趣。

唐・張彥遠《歷代名畫記》記李思訓：「早以藝稱於當時，一家五人，並善丹青。」其子昭道「變父之勢，妙又過之。」〔註127〕說明李思訓、李昭道父子在山水畫方面有卓越成就，因此被後人稱爲大小李將軍，而其以青綠或金粉增添畫面色彩的風格則被稱爲「青綠山水」或「金碧山水」，與王維畫風被稱「破墨山水」或「水墨山水」較強調水墨的風格不同，明・張丑《清河書畫舫》說李思訓畫法淵源「展子虔，大李將軍之師也。」〔註128〕認爲隋代

〔註126〕〈八境圖後敘〉，《蘇軾詩集》卷十六，頁795。
〔註127〕〔唐〕張彥遠《歷代名畫記》，《畫史叢刊》（一），頁114。
〔註128〕〔明〕張丑《清河書畫舫》，《中國歷代書畫藝術論著叢編》，北京：新華書店，1997年，頁3098。

展子虔始畫出合乎比例之山水樓台，結束「人大於山，水不容泛」〔註129〕之
稚拙階段，並說李思訓山水畫「湍漱潺湲，雲霞飄渺」，並以神仙故事點綴
岩嶺，「勾勒成山」以大青綠著色，〔註130〕山水畫家由「以形寫形」發展到
「以形寫神」，李思訓曾爲唐玄宗畫掩障，唐玄宗讚「卿所畫掩障，夜聞水
聲，通神之佳手也。」〔註131〕。蘇軾除了欣賞王維「詩中有畫，畫中有詩」，
也展現其多元鑑賞品味的特長，曾題元豐元年在徐州觀李思訓〈長江絕島圖〉
之心得：

> 山蒼蒼，水茫茫，大孤小孤江中央。崖崩路絕猿鳥去，惟有喬木攙
> 天長。客舟何處來？棹歌中流聲抑揚。沙平風軟望不到，孤山久與
> 船低昂。峨峨兩煙鬟，曉鏡開新粧。舟中賈客莫漫狂，小姑前年嫁
> 彭郎。〔註132〕

蘇軾將欣賞山水畫的心得，透過其生花妙筆，結合民歌善喻特色，使得鑑賞
亦可輕鬆詼諧，符合蘇軾於〈自評文〉所言「隨物賦形」或〈答謝民師書〉「繫
風捕影」之特點，此詩則巧妙以擬人手法，以物喻人，大小孤山喻爲美人，
峰巒爲其髮髻，江水爲其梳妝之明鏡，有遠景、近景不同之描摹，更善用民
歌諧音雙關，轉「孤」爲「姑」，轉「澎浪磯」爲「彭郎」，將小孤山與澎浪
磯則喻爲一對夫妻，在蘇軾筆下，畫境成爲實景，自然山水亦化爲動人幻想。
因此「沙平風軟」，遠望得以視見，短時間卻無法抵達，如此虛實交錯，飄飄
渺渺。清・方東樹評此詩「神完氣足，遒轉空妙。」〔註133〕由正入奇，奇中
溢趣。清・劉熙載則比較歷代詩家：「太白長於風，少陵長於骨，昌黎長於質，
東坡長於趣。」〔註134〕因此就算是鑑賞一幅山水畫，蘇軾亦能將其獨樹一格
之「趣」發揮極致，可說此「趣」發揮了蘇軾熱愛生活的美好氣質。朱光潛
曾說：「諧是人類拿來放鬆緊張的情景和解脫悲哀與困難的一種傾瀉劑。……
能諧所以能在醜中見出美，在失意中見出安慰，在哀怨中見出歡欣。」〔註135〕
〈長江絕島圖〉今日雖已不見，但透過蘇軾的描寫，彷彿原圖景諧趣地出現

〔註129〕　〔唐〕張彥遠《歷代名畫記》卷八，《畫史叢刊》（一），頁108。
〔註130〕　〔明〕張丑《清河書畫舫》，《中國歷代書畫藝術論著叢編》，頁972。
〔註131〕　〔唐〕張彥遠《歷代名畫記》卷九，《畫史叢刊》（一），頁114。
〔註132〕　〈李思訓畫〈長江絕島圖〉〉，《蘇軾詩集》卷十六，頁872。
〔註133〕　〔清〕方東樹《昭味詹言》卷十二，台北：廣文書局，1961年，頁87。
〔註134〕　〔清〕劉熙載《藝概・詩概》，台北：廣文書局，1964年，頁154。
〔註135〕　朱光潛《朱光潛美學文集・詩論》，上海：上海文藝出版社，1988年，頁
　　　　　170。

在目前。

（六）李公麟（伯時）之趙景仁琴鶴圖——「醜石寒松」之美醜轉換

李公麟爲北宋著名畫家、鑑賞家、收藏家，元符三年因病辭官，隱居桐城龍眠山，自號龍眠山人，好古博學，長於詩，對古文字、器物頗有研究，善畫人物、道釋、山水、花鳥、尤精鞍馬，曾臨摹顧愷之、閻立本、李昭道、吳道子、王維、韓幹等畫跡，吸取各家之長，最爲著稱爲「掃去粉黛，淡毫輕墨」之白描畫法，「不用縑素，不施丹粉」〔註136〕。相傳〈西園雅集圖〉極爲李伯時作品，記錄當時文人的藝文聚會。

蘇軾詩文紀錄中經常出現爲李伯時畫作或收藏作品題寫文字，曾爲李伯時所畫的〈趙景仁琴鶴圖〉題詩：

第一首

清獻先生無一錢，故應琴鶴是家傳。誰知默鼓無絃曲，時向珠宮舞幻仙。〔註137〕

第二首

醜石寒松未易親，聊將短曲調長人。乘軒故自非明眼，終日傲傲舞爨薪。〔註138〕

關於趙景仁生平，《虔州志》與南宋施元之注本皆有記，〔註139〕而以清・王文誥注本得以清楚明示趙景仁與琴鶴之關係：「石林先生云：『趙清獻公以清德服一世，平生蓄雷氏琴一張，鶴與白龜各一，所向與之俱。始除帥成都，公單車就道以琴、鶴、龜自隨。元豐間，再移蜀。前已放鶴，至是以龜投淮中。故其詩曰：馬尋舊路知歸去，龜放長淮不復來。』」〔註140〕趙景仁以清德著稱，平時深居簡出，蓄有雷氏琴、鶴鳥、白龜，在其行旅中將鶴與龜放生，表現

〔註136〕〔宋〕鄧椿《畫繼》，《畫史叢刊》（一），頁283。

〔註137〕〈題李伯時畫〈趙景仁琴鶴圖〉二首：其一〉，《蘇軾詩集》卷三十，頁1606。

〔註138〕〈題李伯時畫〈趙景仁琴鶴圖〉二首：其二〉，《蘇軾詩集》卷三十，頁1606。

〔註139〕《虔州志》：「趙抃，西安。嘉祐六年，爲右司諫，極論內侍，出知虔州。有《清獻集》。」（《蘇軾詩集合注》，頁1523）南宋施元之注本：「趙清獻，名抃，字閱道，西安人。爲殿中侍御史，京師目爲鐵面御史。知成都，以一琴一龜自隨。爲政簡易。擢參知政事時，王介甫行新法，閱道屢斥其不便，最後上言，致置條例司遣使者四十輩，騷動天下。奏入，懇乞去位。拜資政殿學士知杭州，移青，再帥置，歸知越州，復徙杭，遂以太子少保制仕，薨年七十七，諡曰清獻。」（《蘇軾詩集合注》，頁1523）

〔註140〕〔清〕王文誥注本（《蘇軾詩集合注》，頁1523）。

兩袖清風之逸氣。

　　第一首說明清獻先生爲官清廉，以形物表達令人嚮往飄飄欲仙之境界。第二首則提及畫苑常見之描繪物：醜石、寒松、白鶴，清・鄭績《夢幻居畫學簡明》曾論水禽：「鶴爲仙禽，能運氣多壽，性高潔，不與凡鳥郡。行依洲渚，少集林木，雖曰栖松，原爲水鳥。」又「朱頂赤目，紅頰青腳，尾凋膝粗，白羽黑翎，至美至善。」〔註 141〕南朝・宋・鮑照曾寫〈舞鶴賦〉：「散幽經以驗物，偉胎化之仙禽。鍾浮曠之藻質，抱清迴之明心。」〔註 142〕從中可知無論在畫或在詩文中，鶴鳥與人仙靈神質之感。目前僅存的蘇軾畫作，亦爲經常被學者所談論〈枯木怪石圖〉，最能彰顯蘇軾獨樹一格之畫學品味。以旋轉筆鋒刻畫一怪石，石後有焦墨細竹，枯木扎屈的姿態，使得畫面呈現荒空沉鬱。黃庭堅〈題子瞻枯木〉云：「折衝儒墨陣堂堂，書入顏楊鴻雁行。胸中元自有丘壑，故作老木蟠風霜。」〔註 143〕米芾《畫史》亦云：「子瞻作枯木，枝幹屈蚪無端，石皴硬，亦怪怪奇奇無端，如胸中盤鬱也。」〔註 144〕枯木老而勁，疏竹老而活，醜石怪而存，和而不同，正是蘇軾象外之趣「胸中元自

〔註 141〕〔清〕鄭績《夢幻居畫學簡明》，《續修四庫全書・子・藝術類》，上海：上海古籍，影印本，2002 年。

〔註 142〕〔南朝・宋〕鮑照〈舞鶴賦〉：「散幽經以驗物，偉胎化之仙禽。鍾浮曠之藻質，抱清迴之明心。指蓬壺而翻翰，望崑閬而揚音。而日域以迴騖，窮天步而高尋。踐神區其既遠，積靈祀而方多。精含丹而星曜，頂凝紫而煙華。引員吭之纖婉，頓脩趾之洪姱。疊霜毛而弄影，振玉羽而臨霞。朝戲於芝田，夕飲乎瑤池。厭江海而游澤，掩雲羅而見羈。去帝鄉之岑寂，歸人寰之喧卑。歲崢嶸而愁暮，心惆悵而哀離。於是窮陰殺節，急景凋年。涼沙振野，箕風動天。嚴嚴苦霧，皎皎悲泉。冰寒長河，雪滿群山。既而氛昏夜歇，景物澄廓。星翻漢迴，曉月將落。感寒雞之早晨，憐霜鴈之違漠。臨驚風之蕭條，對流光之照灼。唳清響於丹墀，舞飛容於金閣。始連軒以鳳蹌，終宛轉而龍躍。躑躅徘徊，振迅騰摧。驚身蓬集，矯翅雪飛。離綱別赴，合緒相依。將興中止，若往而歸。颯沓矜顧，遷延遲暮。逸翮後塵，翱翥先路。指會規翔，臨岐矩步。態有遺妍，貌無停趣。奔機逗節，角睞分形。長揚緩騖，並翼連聲。輕跡凌亂，浮影交橫。眾變繁姿，參差洊密。煙交霧凝，若無毛質。風去雨還，不可談悉。既散魂而盪目，迷不知其所之。忽星離而雲罷，整神容而自持。仰天居之崇絕，更惆悵以驚思。當是時也，燕姬色沮，巴童心恥。巾拂兩停，丸劍雙止。雖邯鄲其敢倫，豈陽阿之能擬。入衛國而乘軒，出吳都而傾市。守馴養於千齡，結長悲於萬里。」（《文選》卷十四，台北：商務印書館，1968 年，頁 394）

〔註 143〕黃庭堅〈題子瞻枯木〉，《山谷全集》，台北：中華書局，1970 年，頁 261。

〔註 144〕〔宋〕米芾《畫史》，《畫品叢書》，頁 200。

有丘壑」之寫照，已將性情、情感、思想投射於所描繪之物中。因此蘇軾鑑賞李伯時圖時，對於李伯時能如實將畫中主人的形象特徵呈現於畫面，更將自己對於枯木醜石的見解隱約流露，所謂「枯」、「寒」、「醜」，透過畫家著墨，將其精神意境作轉換，「枯」正能表達「勁」，「寒」正能表達「忠」，因而外型雖「醜」，正能體現出「誠心正意」。

上論蘇軾對於山水畫家筆下的世界提出見解，可知蘇軾擅以不同的角度與觀點品賞畫作，除了藉傳統山水技法以了解畫家山水畫作，更寄託蘇軾對山水畫境之外的想望，有別於一般僅從畫中賞畫，僅理解畫中山水意義的眼光。對照西方審美理論，瑞士心理學家布洛（Edward Bullongh，1880～1934）所謂「心理的距離」，德國哲學家叔本華（Arthur Schopenhauer，1788～1860）也說「丟尋常看待事物的方法」，以尋常看待事物的方式，看見的只是事物的「常態」，若能丟開實用的眼光，則能見到事物不尋常的一面，因此中國美學家朱光潛說：「天天遇見的、素以為平淡無奇的東西，例如破牆角伸出來的一枝花，或是林間一片陰影，便突然現出奇姿異彩，使我們驚訝它的美妙。」〔註145〕轉換視角，能見到不同的價值。誠如清・張潮《幽夢影》所說：「春風如酒，夏風如茗，秋風如煙，冬風如姜芥。春聽鳥聲，夏聽蟬聲，秋聽蟲聲，冬聽雪聲，白晝聽棋聲，月下聽簫聲，山中聽松聲，水際聽欸乃聲，方不虛此生爾。」〔註146〕風在四季皆有可能出現，然因季節的不同，風與人的感受則不同，四季所聽見的自然聲響亦不同。而清・李漁《閒情偶寄》不也曾說：「若能實具一段閒情，一雙慧眼，則過目之物，盡在畫圖，入耳之聲，無非詩料。」〔註147〕以詩人閒情品賞山水畫家作品，更能進入山水意境。蘇軾解讀山水畫作，除了眼觀，更有耳察，重要的是加入蘇軾的寄託和想像，讀畫的品味已含有蘇軾的詮釋和情感。

三、人物肖像類

蘇軾論畫鑑賞觀主要凸顯其對畫家所擅長處，賦予圖像詮釋，增添讀者對畫的理解，給予美感以創造。誠如李澤厚、劉綱紀《中國美學史》曾為美的創造下定義：「美就其本質而言，既具有合規律性，又具有合目的性，它是

〔註145〕朱光潛《朱光潛美學文集》第一卷，上海：上海文藝出版社，1982年，頁21。
〔註146〕〔清〕張潮《幽夢影》，台北：文津出版社，1991年，頁162。
〔註147〕〔清〕李漁《閒情偶寄》，浙江：浙江古籍出版社，出版年不詳，頁489。

合規律性與和目的性的統一，也可以說是必然與自由的統一。」又「藝術創造活動是一種合規律性的活動，同時又是一種不受規律束縛的自由活動。」〔註148〕蘇軾論畫鑑賞觀之特點即與此種規律不謀而合，得以貼近藝術創作者心靈，又可由讀者角度重新對作品再創作。

　　蘇軾除了爲細筆描繪的花鳥草蟲、大筆揮毫的山水風景給予鑑賞，蘇軾對於人物畫亦有其獨特見解。筆者將蘇軾論人物畫之詩文，區分爲眞實歷史人物與佛道神靈兩類，由於早在照相機發明之前，不可能以科技方式留相，僅能從畫家筆下描摹人物紀錄，因此人物畫經常帶有畫家想像與畫家對此畫中人物傳神摹寫之理想，蘇軾對人物畫之鑑賞必然寄託其「以神寫形」之特色。以下則分析蘇軾評賞人物畫家李伯時、閻立本、吳道子之人物畫作品，及不同作者所畫之十八羅漢畫，說明蘇軾對於人物畫之鑑賞觀。

（一）李伯時之淵明東籬圖——「意不在芳醪」

　　蘇軾在題寫人物畫作品中，經常強調畫中人物的歷史地位，除了一方面補足畫面無法言盡畫外之意，二方面也說明畫中人物在畫家與讀畫者心中的地位。試觀蘇軾爲李伯時所繪〈淵明東籬圖〉之見：

> 彼哉嵇、阮曹，終以明自膏。靖節固昭曠，歸來侶蓬蒿。新霜著疏柳，大風起江濤。東籬理黃菊，意不在芳醪。白衣挈壺至，徑醉還遊遨。悠然見南山，意與秋氣高。〔註149〕

從此詩可知蘇軾對陶淵明高尚的品格與寄情詩酒的曠達行爲，表達了欽羨與推崇之意。蘇軾追和陶詩一百零九首，可說爲中國文學史上將陶淵明讚賞最多的文人，對陶淵明「豈能爲五斗米折腰向鄉里小兒」之精神，以及對陶淵明孤芳自賞、飲酒作樂、高曠閒適的精神生活，可謂推崇備至。本詩起首先敘寫社會政治腐敗，剛正不阿名垂一時的嵇康、阮籍遭到無情迫害，引出認眞自得，「歸來侶蓬蒿」矢志隱居的陶淵明，並使用藏詞修辭格將陶淵明著名詩句〈飲酒〉：「採菊東籬下，悠然見南山。山氣日夕佳，飛鳥相與還。」〔註150〕引入鑑賞中，將畫中人物的歷史地位與畫面作相當緊密的結合，蘇軾企圖從詩與畫裡追隨陶淵明，藉以消弭現實生活中的苦悶，作爲精神之寄託。

〔註148〕李澤厚、劉綱紀《中國美學史》第一冊，頁 208。
〔註149〕〈題李伯時〈淵明東籬圖〉〉，《蘇軾詩集》卷四十七，頁 1542。
〔註150〕陶淵明〈飲酒〉，《陶淵明全集》，台北：里仁書局，1985 年，頁 186。

（二）閻立本之職貢圖——「貞觀之德來萬邦」

　　唐代人物畫畫家閻立本，善畫人物、車馬、台閣，其以歷史畫與肖像畫著名，筆力剛健，線條如屈鐵盤繫，以簡練筆法刻畫人物神態。唐・朱景玄《唐朝名畫錄》紀錄閻立本：「有應務之才，兼工畫，號為丹青神化。」〔註151〕蘇軾在嘉祐六年（1061年）曾寫〈次韻水官詩〉大力讚美閻立本：「高人豈學畫，用筆乃其天。譬如善游人，一一能操船。閻子本縫掖，疇昔慕雲、淵。丹青偶為戲，染指初嘗黿。愛之不自己，筆勢如風翻。」〔註152〕說明閻立本學畫乃天成，當中化用《舊唐書・閻立本傳》所載典故：

> 太宗與侍臣泛舟春苑池，見異鳥容與波上，悅之。詔坐者賦詩，而召立本俾狀。閣外傳呼畫師閻立本。是時，已為主爵郎中，俯伏池左，研吮丹粉，望坐者，羞悵流汗。歸戒其子曰：「吾少讀書，文辭不減儕輩，今獨以望畫見名，與廝役等，若曹慎毋習。」然性所好，雖被訾屈，亦不能罷也。既輔政，但以應務俗材，無宰相器。〔註153〕

說明閻立本「丹青為偶戲」，實則讚揚其對繪畫之熱愛與繪畫藝術之功力，「筆試如風翻」，筆力如風一般快速有力。蘇軾見閻立本〈職貢圖〉題寫鑑賞畫中人物之心得：

> 貞觀之德來萬邦，浩如滄海吞河江，音容傖獰服奇厖。橫絕嶺海逾濤瀧，珍禽瑰產爭牽扛，名王解辮卻蓋幢。粉本遺墨開明窗，我嘳而作心未降，魏徵封倫恨不雙。〔註154〕

職貢圖意義主要用以紀錄進貢時各個進貢使者的特點，因此歷代皆有職貢圖之創作，相傳最早的職貢圖為南北朝・蕭繹所畫。至於唐代〈職貢圖〉的作者，歷代學者有不同意見。認為為閻立本所畫，如宋・葛立方《韻語陽秋》：「是傳〈職貢圖〉乃閻立本所畫」〔註155〕；認為為閻立本之弟閻立德所畫，如唐・朱景玄《唐朝名畫錄》：「其弟立德所作。立本所畫，諸國王粉本耳。」〔註156〕而根據《新唐書・南蠻傳》記太宗貞觀三年（629）有東謝蠻酋謝元深

〔註151〕〔唐〕朱景玄《唐朝名畫錄》，《畫品叢書》，頁77。

〔註152〕〈次韻水官詩〉，《蘇軾詩集》卷二，頁86。

〔註153〕《舊唐書・閻立本傳》，《二十五史》，頁937。

〔註154〕〈閻立本職貢圖〉，《蘇軾詩集》卷三十四，頁1831。

〔註155〕〔宋〕葛立方《韻語陽秋》，《景印文淵閣四庫全書・集部・767》，台北：台灣商務，1986年。

〔註156〕〔唐〕朱景玄《唐朝名畫錄》，《畫品叢書》，頁77。

入朝，太宗命閻立德作畫。《唐朝名畫錄》：「職貢圖鹵簿等圖，與立德皆同製之。」〔註 157〕另外，北宋徽宗時《宣和畫譜》已記載閻氏〈職貢圖〉且畫中有北宋宣和印記，可見此件〈職貢圖〉於宋代或宋代之前即有。

現存於台北故宮博物院閻立本〈職貢圖〉，根據李霖燦研究，畫中所繪是唐太宗時，爪哇國東南有婆利國、羅刹二國前來朝貢，途中又與林邑國結隊於貞觀五年（631）抵達長安。全幅共二十七人，畫中人馬各自成組，由右往左前行。一臉虬鬚騎白馬，後有僕人持傘蓋掌羽扇隨從，用以顯示出不凡地位，後隨抬一籠裏鸚鵡，極可能為林邑國使者。畫左端亦有傘蓋隨侍者，手捧怪石，旁有黑膚卷髮崑崙奴，則可能為婆利國使者。畫中人物穿耳附璫、持象牙，著古貝布、有孔雀扇、耶葉、琉璃器（雙重罐）、臂釧、敬浮屠、假山石（蚶貝羅）、香料、革屣、珊瑚、花斑羊等，畫中貢品樣式多，令人目不暇給，充滿異國色彩，畫的時代雖未必是唐，但存在於唐代之真實性則無可撼動，作為研究唐代史料而言，讓人得以一窺此畫所展現唐朝時代不同文化之多元性，彌足珍貴。

蘇軾〈閻立本職貢圖〉寫於元祐七年（1092 年），描繪唐朝貞觀年間國勢鼎盛、雄冠當時，萬邦朝貢的承平景象。貞觀之治形成一種開放友好的外交氛圍，職貢使者因貞觀之德前來中國朝貢，侍者形貌「音容儯獰服奇厖」，排場熱鬧，所進獻之供品「珍禽瑰產爭牽扛」，最末三句則表達從圖像所無法見到景象，貞觀之治之所以能夠讓萬邦朝貢，主要因為唐太宗能重用如魏徵與封倫之忠臣，勇於接納臣子之直言上諫。

（圖 5-2）閻立本〈職貢圖〉

61.5cm×191.5cm，現藏台北國立故宮博物院

〔註 157〕　《新唐書・南蠻傳》，《二十五史》，頁 845。

（三）吳道子之西方變相圖——「畫佛本神受」

吳道子因人物畫被譽爲「畫聖」，又被民間畫工稱爲「祖師」。蘇軾曾寫吳道子畫佛能力爲神所受：「吳生畫佛本神授，夢中化作飛空仙。覺來落筆不經意，神妙獨到秋毫顛。」〔註158〕推崇吳道子佛畫，認爲其畫佛能力非常人所有，因此蘇軾只要有機會能見到吳道子佛畫，必定潸然淚流，感動讚嘆。

蘇軾曾在詩文中流露繪畫門類品味，其於嘉祐六年（1061 年）任鳳翔簽判時作詩，以比較繪畫史上以山水畫盛名的王維，與以人物畫著的吳道子：

> 何處訪吳畫？普門與開元。開元有東塔，摩詰留手痕。吾觀畫品中，莫如二子尊。道子實雄放，浩如海波翻。當其下手風雨快，筆所未到氣已吞。亭亭雙林間，彩暈扶桑暾。中有至人談寂滅，悟者悲涕迷者手自捫。蠻君鬼伯千萬萬，相排競進頭如黿。摩詰本詩老，佩芷襲芳蓀。今觀此壁畫，亦若其詩清且敦。祇園弟子盡鶴骨，心如死灰不復溫。門前兩叢竹，雪節貫霜根。交柯亂葉動無數，一一皆可尋其源。吳生雖妙絕，猶以畫工論。摩詰得之於象外，有如仙翮謝籠樊。吾觀二子皆神俊，又於維也斂衽無間言。〔註159〕

蘇軾針對「鳳翔八觀」一一進行吟詠，此首爲八觀中其中兩項畫品文物，但也展現了蘇軾對畫壇二神人之看法。

先瞭解畫史上對王維及吳道子的評價。王維山水畫技法吸收李思訓「密體」（工筆畫）與吳道子「疏體」（寫意畫）但不過分雕飾，亦不過份豪邁，而疏密相兼，另外開創自己的風格。〔註160〕明·董其昌《畫旨》稱王維畫：「右丞以前作者，無所不工，獨山水神情傳寫，猶隔一塵。自右丞始用皴法，用渲運法。」〔註161〕以皴法勾勒山水輪廓，再渲運濃墨淡彩，使畫面各部份產

〔註158〕 〈僕囊於長安陳漢卿家，見吳道子畫佛，碎爛可惜。其後十餘年，復見之於鮮于子駿家，則已裝背完好。子駿以見遺，作詩謝之。〉：「貴人金多身復閑，爭買書畫不計錢。已將鐵石充逸少，更補朱繇爲道玄。煙薰屋漏裝玉軸，鹿皮蒼璧知誰賢。吳生畫佛本神授，夢中化作飛空仙。覺來落筆不經意，神妙獨到秋毫顛。昔我長安見此畫，歎息至寶空潸然。素絲斷續不忍看，已作蝴蝶飛聯翩。君能收拾爲補綴，體質散落嗟神全。誌公彷彿見刀尺，修羅天女猶雄妍。如觀老杜飛鳥句，脫字欲補知無緣。問君乞得良有意，欲將俗眼爲洗湔。貴人一見定羞怍，錦囊千紙何足捐。不須更用博麻縷，付與一炬隨飛煙。」《蘇軾詩集》卷十六，頁 829。
〔註159〕 〈鳳翔八觀：王維吳道子畫〉，《蘇軾詩集》卷三，頁 108。
〔註160〕 俞崑編著《中國繪畫史》，台北：華正書局，1984 年，頁 107。
〔註161〕 〔明〕董其昌《畫旨》，《中國畫論類編》，頁 720。

生空間感，氣韻生動以成渾然一體之藝術效果。《舊唐書·王維傳》曾記王維：「畫思入神，至山水平遠，雲勢石色，繪工以爲天機所到，學者不及也。」〔註162〕皆說王維能以神思入畫，使山水呈現平遠特色。而根據《宣和畫譜》記載，直至宋朝宣和年間尚存王維畫作一百二十六幅，其中含有肖像、山水、羅漢等多種題材〔註163〕。

　　至於吳道子，則爲盛唐時期畫師，初學書於張旭、賀知章，因學書不成改學丹青。善畫佛像、山水、鳥獸、草木、台閣。唐·張彥遠《歷代名畫記》認爲吳道子畫人乃「虯鬚雲鬢，數尺飛動。毛根出肉，力健有餘。」〔註164〕描繪人物之毛鬚，細膩生動。宋·郭若虛《畫圖見聞志》則記其「輕拂丹青」，其作品被稱譽爲「吳裝」，主要原因來自於其所繪人物衣帶隨風飄舉，故畫史

〔註162〕　《舊唐書·王維傳》，《二十五史》，頁904。

〔註163〕　《宣和畫譜·卷十·山水一》：「王維字摩詰，開元初擢進士，官至尚書右丞，《唐史》自有傳，其出處之詳，此得以略也。維善畫，尤精山水。當時之畫家者流，以謂天機所到，而所學者皆不及。後世稱重，亦云：『維所畫不下吳道玄也。』觀其思致高遠，初未見於丹青，時時詩篇中已自有畫意。由是知維之畫出於天性，不必以畫拘，蓋生而知之者。故『落花寂寂啼山鳥，楊柳青青渡水人』，又與『行到水窮處，坐看雲起時』，及『白雲回望合，青靄入看無』之類，以其句法皆所畫也。而『送元二使安西』者，後人以至鋪張爲《陽關曲圖》。且往時之士人，或有占其一藝者，無不以藝掩其德，若閻立本是也。至人以畫師名之。立本深以爲恥。若維則不然矣。乃自爲詩云：『夙世謬詞客，前身應畫師。』人卒不以畫師歸之也。如杜子美作詩品量人物，必有攸當，時猶稱維爲高人王右丞也，則其他可知。何則？諸人之以畫名於世者，止長於畫也，若維者妙齡屬辭，長而擢第，名盛於開元、天寶間，豪英貴人虛左以迎，寧薛諸王，待之若師友。兄弟乃以科名文學冠絕當代，故時稱『朝廷左相筆，天下右丞詩』之句，皆以官稱而不名也。至其葺築輞川，亦在圖畫中，是其胸次所存，無適而不瀟灑，移志之於畫，過人宜矣。重可惜者，兵火之餘，數百年間而流落無幾，後來得其髣髴者，猶可以絕俗也，正如《唐史》論杜子美謂『殘膏賸馥，霑丐後人』之意，況乃真得維之用心處耶？今禦府所藏一百二十有六：太上像二，山莊圖一，山居圖一，棧閣圖七，劍閣圖三，雪山圖一，喚渡圖一，運糧圖一，雪岡圖四，捕魚圖二，雪渡圖三，漁市圖一，驟綱圖一，異域圖一，早行圖二，村墟圖二，度關圖一，蜀道圖四，四皓圖一，維摩詰圖二，高僧圖九，渡水僧圖三，山谷行旅圖一，山居農作圖二，雪江勝賞圖二，雪江詩意圖一，雪崗渡關圖一，雪川羈旅圖一，雪景餞別圖一，雪景山居圖二，雪景待渡圖三，羣峰雪霽圖一，江皋會遇圖二，黃梅出山圖一，淨名居士像三，渡水羅漢圖一，寫須菩提像一，寫孟浩然眞一，寫濟南伏生像一，十六羅漢圖四十八。」（《畫史叢書》（一），頁101～104）

〔註164〕　〔唐〕張彥遠《歷代名畫記》，《畫史叢書》（一），頁159。

常有「吳帶當風」之稱。畫史更曾記錄吳道子受唐玄宗重用：天寶年間唐明皇忽思蜀道嘉陵江水，遂令吳道子爲其寫之，「帝問其狀，奏曰：『臣無粉本，並記在心。』後宣令於大同殿壁圖之，三百餘里山水，一日而畢。李思訓圖之，累月方畢。明皇云：『李思訓數月之功，吳道子一日之跡，皆極其妙。』」〔註165〕從中可以了解吳道子繪畫功力無與倫比，深受唐玄宗喜愛，李思訓得花個把月才能完成的山水，吳道子只花費一日即能畫盡三百餘里。

了解王維、吳道子在畫史上的地位後，則針對蘇軾〈王維吳道子〉詩作分析，本詩可分爲四部份：先總論王維、吳道子在畫史上地位，再分別針對兩人不同的畫家特質與繪畫風格著墨，最末則比較兩人藝術特點並提出自己的觀點。先由鳳翔東門外的普門寺與城內北街的開元寺〔註166〕，見到吳道子、王維畫作之所在地，點出兩人在畫苑中的尊貴地位，並表達自己對兩人的推崇。

再者，先論吳道子畫：以「雄放」稱吳畫，筆力如其人「浩如海波翻」，下筆迅速。且在下筆之前，其畫中人物的特徵與特質早已醞釀成形。荊浩〈筆法記〉中所提六要之一「氣韻生動」，認爲畫家的「氣」將是影響畫作「氣」高低的最大因素，「氣」指藝術家在進行文藝創作時的思想境界、人格力量、性情才調以及創作的熱情、勇氣等心理特質，「氣」決定藝術家的藝術性。無論是畫作中出現釋迦牟尼佛說法入涅槃的雙林〔註167〕或是佛陀的光暈，甚至是「至人談寂滅」、「悟者悲涕」、「迷者手自捫」、「蠻君鬼伯千萬萬」〔註168〕，各有各的特徵，吳道子並選擇最能表達此傳中人物的表情動作，以凸顯此人在畫面中的意義。次論王維畫：「本詩老」點明王維詩人兼畫家的身分，因而其筆下呈現「佩芷襲芳蓀」，神姿澄澈而人格高尚，主要原因來自於王維本身

〔註165〕 俞崑編著《中國繪畫史》，頁104。

〔註166〕 關於普門寺，根據〔宋〕邵博《聞見後錄》卷二十八記錄：「鳳翔府開元寺大殿九間，後壁吳道玄畫，自佛始生修行說法至滅度，山林、官室、人物、禽獸數千萬種，極古今天下之妙。」（北京：中華書局，1983年，頁182）而開元寺則根據《名勝記》：「王右丞畫竹，兩叢交柯，亂葉飛動若舞，在開元寺東塔。」（《蘇軾詩集合注》，頁153）

〔註167〕 《傳燈錄》：「釋迦摩尼佛欲入涅槃，往婆羅雙樹下，泊然宴寂。」（上海：上海書店，2009年，頁1352）

〔註168〕 〔南北朝・梁〕釋僧祐《釋迦譜》卷九載釋迦涅槃時：「八十百千諸比丘，六十億比丘尼，一恆河沙菩薩摩訶薩」甚至「一億恆河沙貪色鬼魅，百億恆砂天諸采女，千億恆河沙地諸鬼王，十萬億河沙諸天王及四天王等」紛紛前來（台北：新文豐出版社，2008年，頁287）。

具有文人的品德及學識修養。畫中的「祇園弟子」能心如死灰，隱而忘言，呈現出恬淡清寂的精神境界；畫中的竹叢能夠經冬不凋，竹葉可一一尋源。由以上分析，可見蘇軾強調「人品即畫品」的鑑賞觀，因此認為王維的畫特別具有說服力。

　　最末則比較王維與吳道子，認為吳道子畫猶似「畫工」，而王維畫則「得之於象外」，似乎透露出對王維含有較高敬佩之意。首先，由蘇轍〈汝洲龍興寺吳畫殿記〉了解一般對畫的品評：「畫格有四，曰能、妙、神、逸。蓋能不及妙，妙不及神，神不及逸。」〔註169〕依序將畫分為能、妙、神、逸四品，以「逸」品為最高，從唐・朱景玄《唐朝名畫錄》開始早已將吳道子畫列為「神品上」，王維畫列為「妙品上」〔註170〕，可見朱景玄認為王優於吳。蘇轍也曾寫〈王維吳道子畫〉：「勇怯不必同，要以各善耳……優柔自好勇自強，各自勝絕無彼此。誰言王摩詰，乃過吳道子？是謂道子來到，置女所挾從軟美。道子掉頭不肯應，剛傑我已足自恃。雄奔不失馳，精妙實無比。」〔註171〕不認為王維優於吳道子。

　　歷代詩評家對蘇軾〈王維吳道子〉詩中討論兩畫家優劣的言論，有不同評價：其一，採取蘇軾以王優於吳的角度，提出真見，如清・查慎行認為蘇轍的詩「與東坡結意正相反」〔註172〕兄弟二人各自有各自持論，仍採取蘇軾以王優於吳的說法；其二，採取蘇軾並無對王吳提出優劣論，此乃就詩文寫作立場言，如清・紀昀「摩詰、道子畫品，為易低昂。」〔註173〕不認為蘇軾在詩中發表王吳優劣論，反而認為一首好詩實在不必太過在意評論者心中畫家地位之優劣。另有清・汪師韓從此詩筆法論及「以史遷合傳論讚之體作詩，開合離奇，音節疏古。道子下筆如神，篇中摹寫亦不遺餘力。將言吳不如王，乃先於道子極意形容，正是尊題法也。後稱王維只云畫如其詩，而所以譽其畫筆者甚淡。顧其妙在筆墨之外者，自能使人於言下領悟，更不必如《畫斷》鑿鑿指為神品妙品矣。」〔註174〕認為蘇軾其實沒有針對王維及吳道

〔註169〕 蘇轍〈汝洲龍興寺吳畫殿記〉，《蘇轍集・欒城集後集》卷二十一，頁1106。

〔註170〕 〔唐〕朱景玄《唐朝名畫錄》，《畫品叢書》，頁66。朱景玄開始將畫分為能、妙、神、逸等四品，前三品各分三等，而逸品不分等，朱景玄於《唐朝名畫錄・序》言：「蓋既稱逸，則無由更分等差也。」

〔註171〕 《蘇詩彙評》（一），頁117～118。

〔註172〕 《初白庵詩評》，《蘇詩彙評》（一），頁118。

〔註173〕 〔清〕紀昀評《蘇文忠公詩集》卷四，《蘇詩彙評》（一），頁118。

〔註174〕 《蘇詩評選箋釋》卷一，《蘇詩彙評》（一），頁118。

子評價優劣，吳道子之優點在其筆下人物形容精巧，而王維則優於意在畫外；其三，認為蘇軾是以文人角度評王吳，此乃就文人視角立場言，如清・王文誥提出不同於前兩種之觀點：

> 道玄雖畫聖，與文人氣其不通；摩詰非畫聖，與文人氣息相通，此終極有區別。自宋、元以來，為士大夫畫，辦香摩詰則有之，而傳道玄衣缽者則絕無其人也。公畫竹始於摩詰，今讀此詩，知其不但詠之論之，並已摹之繪之矣。非久，與文同遇於歧下，自此畫益進，而發源於此詩也。……此詩乃畫家一本清帳，使以文人之擅長繪事者，如米芾、吳鎮、黃公望、董其昌、王時敏之流讀之，即無不了然胸中矣。〔註175〕

當中提出蘇軾以自己較擅長的文人風格品評王維與吳道子，由於熟稔文人氣質，評論王維畫當然了然於胸、如魚得水，王維本為詩人，吳道子本為畫聖，畫聖與文人的氣質本不同，即便讓同樣具有文人氣質如米芾、吳鎮等畫家來評論王維、吳道子，仍會與蘇軾看法一致。

　　無論蘇軾是否透過此詩品評王維與吳道子之優劣次第，筆者以清・趙翼之評論作為蘇軾解讀王維與吳道子之定論：「坡詩不上雄傑一派，其絕人處在乎議論英爽，筆鋒精銳，舉重若輕，讀之似不甚用力而力已透十分，此天才也。」〔註176〕能以詩的體材作藝術家評論，若非有極高的知識基礎，且全然了解畫家風格與技法，無法以短短數言評論精確到位。可知，本身兼具文人與畫家身分的蘇軾，必須精通作畫技巧，且學識涵養豐富，才能在簡短詩篇裡評論王維與吳道子。

　　蘇軾論畫經常是針對畫家特長提出鑑賞，因此讚賞吳道子人物畫有其特出風格，曾寫〈書吳道子畫後〉：

> 道子畫人物，如以燈取影，逆來順往，旁見側出，橫斜平直，各相乘除，得自然之數，不差毫末。出新意於法度之中，寄妙理於豪放之外，所謂游刃餘地，運斤成風，蓋古今一人而已。〔註177〕

能夠迅速地畫出人物的神態，且「不差毫末」，可見蘇軾對吳道子的評價極高，當中以「出新意於法度之中，寄妙理於豪放之外」二句，表達吳道子能毫無

〔註175〕《蘇文忠公詩編注集成》卷三，《蘇詩彙評》（一），頁120。
〔註176〕《甌北詩話》卷五《蘇東坡詩》，《蘇詩彙評》（一），頁119。
〔註177〕〈書吳道子畫後〉，《蘇軾文集》卷七十，頁2210。

差距的畫出人物形象，但又能在畫中含有其獨特的精神與風格，非僅是機械
式的描摹物態，故蘇軾文裡稱許吳道子「蓋古今一人而已」，不以文人本色作
爲唯一評論標準，而由人物畫畫家之標準論吳道子。蘇軾對於吳道子筆力之
讚揚，亦見於〈跋文勛扇畫〉：

> 舊聞吳道子畫〈西方變相〉，觀者如堵。道子作佛圓光，風落電轉，
> 一揮而成。嘗疑其不然。今觀安國作方界，略不抒思，乃知傳者之
> 不謬。〔註178〕

吳道子於長安景雲寺的名作〈地獄變相圖〉，根據唐・朱景玄《唐朝名畫錄》
記載「變狀陰慘，竟使京都屠沽，漁罟之輩，見之而懼罪改業者，往往有之。」
〔註179〕畫中描繪佛典中地獄慘相，讓有過者見之色變，無不懺悔，痛改前非，
一幅地獄圖象竟有如此的影響力，可見吳道子神妙畫功。俞崑《中國繪畫史》
中提到吳道子作壁畫：「寺觀之中，圖畫牆壁，凡三百餘間。變相人物，奇縱
異狀，無有同者。又數處圖壁，只以蹤墨爲之，近代沒能加其彩繪。凡圖員
光，皆不用尺度規畫，一筆而成。每畫員光，觀者如堵。力筆揮掃，勢若風
旋，人皆謂之神助。」〔註180〕說吳道子當時爲三百多間的佛寺道觀作壁畫，
畫中人物無一相同，又說吳道子縱筆揮毫，色彩鮮明，不需要尺規丈量，迅
速精準，每每作畫吸引圍觀民眾如堵。

就吳道子作畫的過程與畫成之後的影響力而言，吳道子被譽爲「畫聖」
的地位不可動搖，蘇軾亦體認此理，然而天堂、地獄中的人物有誰眞實見過，
是否只爲吳道子想像力作？蘇軾亦有一番討論：

> 西方眞人誰所見？衣被七寶從雙猰。當時修道頗辛苦，柳生兩肘烏
> 巢肩。初如濛濛隱山玉，漸如濯濯出水蓮。道成一旦就空滅，奔會
> 四海悲人天。翔禽哀響動林谷，獸鬼蹢躅淚迸泉。龐眉深目彼誰
> 子，繞床彈指性自圓。隱如寒月墮清晝，空有孤光留故躔。春遊古
> 寺拂塵壁，遺像久此靃香煙。畫師不復寫名姓，皆云道子口所傳。
> 縱橫固已蔑孫鄧，有如巨鱷吞小鮮。來詩所誇孰與此，安得攜掛其
> 旁觀。〔註181〕

本詩作於嘉祐八年（1063 年），於開元寺見到吳道子佛畫，並與子由討論文

〔註178〕〈跋文勛扇畫〉，《蘇軾文集》卷七十，頁 2212。
〔註179〕〔唐〕朱景玄《唐朝名畫錄》，《畫品叢書》，頁 72。
〔註180〕俞崑編著《中國繪畫史》，頁 104～105。
〔註181〕〈記所見開元寺吳道子畫佛滅度，以答子由〉，《蘇軾詩集》卷四，頁 170。

殊、普賢菩薩畫像。子由曾寫〈畫文殊普賢〉詩：

> 誰人畫此二菩薩，趺坐花心乘象狻。弟子先後執盂缶，老僧槎牙森
> 比肩。出林修道幾世劫，顏貌偉麗如開蓮。重崖宛轉帶林樹，野水
> 荒蕩浮雲天。峨眉高處不可上，下有絕澗鋦九泉。朝陽未出白霧
> 起，有光升天如月圓。靈仙居中粗可識，有類白兔依清矔。遊人禮
> 拜千萬萬，迤邐漸遠如飛煙。五臺不到想亦爾，今之畫圖誰所傳。
> 吾兄子瞻苦好異，敗繒破紙收明鮮。自從西行止得此，試與記錄代
> 一觀。〔註182〕

兄弟兩人同見吳道子文殊菩薩畫，比較兩人所寫：蘇軾針對文殊普賢修道
而成的過程及文殊菩薩在畫中的面容型態作描述，而蘇轍則記錄時人觀此
畫的盛況，觀察到當時觀看此畫的遊人千萬，排列隊伍之長，甚至見不到
盡頭。

　　就畫作題材而言，西方變相意指畫佛滅度，根據宋·邵博《聞見後錄》
記開元寺吳道子畫佛滅度：

> 鳳翔開元寺大殿九間。後壁吳道玄畫。自佛始生修行說法至滅度，
> 山林宮室，人物禽獸，數千萬種。如佛滅度，比丘眾躄踴哭泣，皆
> 若不自勝者，雖飛鳥走獸，亦作號頓之狀，獨菩薩淡然在傍，如平
> 時，略無哀戚之容。豈以其能盡生死之致者歟？〔註183〕

說明吳道子由佛始生、修行、說法，至畫佛陀滅度之景，畫中人物、山林、
動物，種類繁多，無有重複，而佛滅度時，千萬眾生見此無不號頓。關於佛
滅度，根據《釋迦氏譜》曾錄釋迦入定涅槃：「世尊入出禪二三四禪，至非非
想定，入滅盡定。從定起已入涅槃。於是大地震動，幽冥大明，諸比丘等悲
痛殞絕。阿耶律告止諸天滿空，比丘等悲號搔擾，恐有責怪，既聞此喻，互
相裁抑。」〔註184〕描述佛入定涅槃後，天搖地動，眾比丘傷心悲痛。

　　在〈記所見開元寺吳道子畫佛滅度，以答子由〉詩中，蘇軾藉由吳道子
佛像畫，展開對佛國境界的逼真描寫，呈現濃厚宗教色彩與神話世界虛幻飄
渺的氛圍。先對吳道子畫佛滅度的佛畫內容加以敘寫：由佛陀始生起首；「初
如濛濛隱山玉，漸如濯濯出水蓮」，以形象說明佛陀出生；「當時修道頗辛

〔註182〕蘇轍〈畫文殊普賢〉，《蘇轍集·欒城集》卷二，頁 20。
〔註183〕〔宋〕邵博《聞見後錄》，《蘇軾詩集合注》，頁 134。
〔註184〕《釋迦氏譜》，《蘇軾詩集合注》，頁 134。

苦」則描述畫中佛陀苦行修道、萬緣俱斷、身心清苦；「道成一旦就空滅」，據《大智度論》：「佛在陰庵羅雙樹間入般涅槃，臥北首，大地震動。諸三學人僉然不樂，郁伊交涕，諸無學人但念諸法，一切無常。」〔註185〕可知佛陀滅度，比丘哭泣、飛鳥悲號、走獸徘徊，眾生淚如奔泉。「龐眉深目彼誰子，繞床彈指性自圓」，則顯示出在佛滅度後，只有菩薩淡然處之，無哀戚之斂容，實因菩薩性情圓通；文中以「月墮清晝」譬佛之滅度，以「光留故躔」譬佛雖寂滅而靈光猶在。最末蘇軾針對吳道子此畫提出評價：由古寺見吳壁畫，雖無署名，由他人口中得知為吳道子所畫，可見吳道子佛畫對人們的影響力。蘇軾更將吳道子與宋代兩位佛教畫畫家孫知微、鄧隱作比較，《畫圖見聞志》說孫知微「凡畫聖像，必先齋戒疏瀹，方始援筆。」〔註186〕習慣淨身沐浴後才畫佛，又說鄧隱「工畫佛像鬼神。」〔註187〕工於雜畫，兼畫佛像鬼神，孫、鄧兩人皆有各自特色。蘇軾以「巨鱷吞小鮮」誇喻吳道子畫聖地位，且「攜掛其旁觀」，因為喜愛吳道子畫，希望能長時間隨時鑑賞吳道子畫，應證蘇轍於〈畫文殊普賢〉詩中實錄：「吾兄子瞻苦好異，敗繪破紙收明鮮。自從西行止得此，試與記錄代一觀。」蘇軾經常以畫隨行，隨時對畫進行苦思。

　　由此可見，中年之後的蘇軾對天才神授的吳道子評價極高，年輕時雖曾認為王維文人畫高於吳道子肖像畫，然中年之後視野開闊，處事更圓潤，行事更圓融，而就宋代民眾爭相觀看唐代吳道子佛畫的盛況，民眾對吳道子熱烈喜愛，且受吳道子佛影響甚深。

　　因此得以推論：蘇軾對畫家進行鑑賞時，會以畫家所擅長的畫題與技法作為品賞標準，且參酌時人品賞盛況，進行多元鑑賞，而非以畫家身分或學識涵養品評其畫之優劣。

（四）十八羅漢圖——「各即其體像，而窮其思致」

　　關於佛教畫的歷史沿革，根據鄭昶所編《中國畫學全史》將中國畫的發展區分為：實用時期、禮教時期、宗教化時期、文學化時期。〔註188〕漢朝時繪畫的功能僅在宣達政教、揚名君威，此時期的繪畫「以累代帝王用以章

〔註185〕　《大智度論》，《蘇軾詩集合注》，頁136。
〔註186〕　〔宋〕郭若虛《畫圖見聞志》，《畫史叢刊》（一），頁186。
〔註187〕　〔宋〕郭若虛《畫圖見聞志》，《畫史叢刊》（一），頁212。
〔註188〕　鄭昶編《中國畫學全史》，台北：台灣中華書局，1982年，頁4～6。

飾典制，獎崇風教之故。及其敝也，致一般畫家思想，被禮教所囿，只是從事關於激揚禮教之制作，無有能出新立異，別開生面者。」〔註189〕畫只作爲工具，無有別開生面意義。漢朝之後，「三國爲漢族與漢族相爭，兩晉爲漢族與諸胡相爭，兵伐縱橫，殺伐無已。在上而當其事者，既力疲於運籌決勝之艱難，皆欲有所自譴；在下而受其害者，又恨切於亂離死亡之頻仍，亦欲有所自慰，於是相率而逃於清淨。」〔註190〕由於時代的紛爭，戰爭亂象頻繁，無論是統治者或被統治者，皆想在心靈思想上有所滌淨，因此帶動宗教發展，而繪畫受此影響。就當時畫材而論，以人物畫最爲流行，三國時代吳國畫家曹不興，因受到天竺僧康僧會影響，曾設像行道，〔註191〕爲中國畫家中最早接觸「西國佛畫」，因此在繪畫史中被稱爲中國佛像畫史祖。〔註192〕晉‧顧愷之、南朝‧陸探微、張僧繇曾創作大量佛教畫，被譽爲「六朝三傑」。佛教畫中有很大一部分來自於寺院壁畫，而佛教畫最初勝行佛陀本生故事畫，至唐代變經故事畫逐漸興盛，佛教畫的內容更爲豐富。初唐尉遲乙僧擅長西域畫法，在長安、洛陽寺院大量繪製佛教畫，並多次以〈西方淨土變〉爲主題製作壁畫。盛唐時期吳道子正逢壁畫盛行之時，以「焦墨薄彩」創建「白畫」，其「吳帶當風」〔註193〕之美譽成爲開元天寶後佛像畫的楷模。

　　蘇軾如何爲佛像人物畫進行鑑賞？以《蘇軾文集》中兩首蘇軾爲不同作者的十八羅漢畫所贊頌進行比較分析。

　　首先，了解十八羅漢名稱由來。筆者由查詢所得之相關資料，爲蘇軾十八羅漢畫品賞詩文梳理出三疑惑：

1. 何謂「羅漢」？

　　羅漢即阿羅漢，巴利語爲「Arahant」，梵語爲「Arhat」，是漢語音譯名詞，有殺賊、不生、無學、真人等意思，達到佛教聲聞四果中最高階位者即爲阿羅漢果。大乘經典認爲羅漢具有殺賊（斷惑）、不生（不復受生）、應供

〔註189〕鄭昶編《中國畫學全史》，頁 5。
〔註190〕鄭昶編《中國畫學全史》，頁 41～42。
〔註191〕〔唐〕張彥遠《歷代名畫記》，《畫史叢書》（一），頁 6。
〔註192〕鄭昶編《中國畫學全史》，頁 44。
〔註193〕〔宋〕郭若虛《畫圖見聞志‧論曹吳體法》：「吳（吳道子）之筆，其勢圓轉，而衣服飄舉；曹（曹不興）之筆，其體稠疊，而衣服緊窄，故後輩稱之曰：『吳帶當風，曹衣出水。』」（《畫史叢書》（一），頁 156）

（受人天供養）三種語義，稱爲「羅漢三義」。早期佛教認爲，證得「阿羅漢果」者，能斷盡一切煩惱而得「盡智」，且得「無學應果法」〔註194〕。達到四智圓融而無法可學，是初期佛教修行最高境界，在大乘佛教出現之前是出家人追求的最高目標，亦即可證取之極果。大乘佛教實踐慈悲，擴大眾生「自我解放」的能力，認爲人人皆可成佛，但並不否定羅漢，甚至認爲羅漢具有在世弘揚佛法的任務，羅漢屬於「聲聞」，與佛、菩薩、緣覺合稱「佛教四聖」。

2. 羅漢數量應爲「十六」或「十八」？

十六羅漢爲中國最早的羅漢信仰內容，並非十八羅漢。從漢譯佛典可見，西元五世紀時北涼道秦所譯《入大乘論》有「十六人諸大聲聞」等字樣。《入大乘論》則說：「賓頭盧、羅睺羅等十六無學羅漢，及九十九億羅漢，皆於佛前受籌住法。」〔註195〕可知十六羅漢是佛陀的弟子，受佛陀所囑不入涅槃，常住世間，此乃十六羅漢最之早記載。

3. 十八羅漢的名稱分別爲何？

十八羅漢之名稱前身爲十六羅漢，〔註196〕而「十六羅漢」之名，根據《四部叢刊本》所輯《法苑珠林・卷四十・羅漢部》收錄數種說法，《法藏傳》錄有：

> 佛以正法付大迦葉，令其護持，不使天摩、龍、鬼、邪見王臣所有
> 傾毀。既受囑已，結集三藏，流布人天。迦葉又以法囑累阿難。如
> 是，乃至獅子，和二十五人，並閻浮洲中六通者。大迦葉今在靈鷲
> 山西峰岩中坐，入滅盡定。經五十六億七千萬歲，慈氏佛降，傳釋
> 迦佛所付大衣，廣獻神變，然後涅槃。〔註197〕

于闐國南二千里沮渠國，有三位無學羅漢，在山入定，數年來卓然如生。按諸經律，每三天下福利群生，令出生死。而依唐代玄奘《新翻大阿羅漢難題密多羅所說法住記》記述作者阿羅漢難提蜜多羅（意譯爲「慶友」）回答比丘詢問十六羅漢，列寫十六羅漢名字，並謂他們能以神通力自我延壽，佛並遵

〔註194〕劉瑞明〈含假「羅漢」、「觀音」的趣難系列詞〉，《語言科學》，2003 年 7 月，頁 81～82。

〔註195〕道泰等譯《入大乘論》，《大藏經》，第 32 冊，卷 1，頁 39b。

〔註196〕郭錦鴻〈十六羅漢與十八羅漢略考〉，《香港佛教》第 596 期。

〔註197〕《四部叢刊本》所輯《法苑珠林・卷四十・羅漢部》。

囑十六羅漢應住正法及常隨護持：

> 薄伽梵般若涅槃後，八百年中，執獅子國勝軍王都有阿羅漢，名難
> 提密多羅（唐云慶友）化緣既畢，將般涅槃。集諸苾當、苾當尼等，
> 但有疑者，應可速問。承告涕噎，良久乃問：我等未知世尊釋迦牟
> 尼與上正法當在幾時？時尊者告曰：汝等諦聽。如來先已説法住經，
> 今當爲汝粗更宣説。佛薄伽梵般涅槃時，以無上法付囑十六大阿羅
> 漢并眷屬等，令其護持，使不滅沒。及敕其身，與諸施主，作眞福
> 田，令彼施者，得大果報。時與大眾，聞是語已，少解憂悲。復重
> 請言，所説十六大阿羅漢，我輩不知其名何等。〔註198〕

之後，慶友一一爲十六羅漢正名，而此十六羅漢在於「一切具三明、六通、
八解脱，等無量功德，離三界染，誦持三藏，博通外典。承佛敕故，以神通
力，延自壽量，乃至世尊，正法應住，常隨護持……」〔註199〕協助佛法在世
間的傳遞。

經過乾隆皇帝於《秘殿珠林續編》欽定十八羅漢爲：賓度羅跋囉惰闍
（Pindola-bharadvaja）、迦諾迦伐蹉（Kanaka-vatsa）、迦諾迦跋厘惰闍
（Kanaka-bharadvaja）、蘇頻陀（Suvinda）、諾距羅（Nakula）、跋陀羅（Bhadra）、
迦理迦（Karika）、伐闍羅弗多羅（Vajra-putra）、戍博迦（Svaka）、半託迦
（Panthaka）、羅怙羅（Rahula）、那伽犀那（Nagasena）、因揭陀（Ingata）、伐
那婆斯（Vanavasin）、阿氏多（Ajita）、注荼半託迦（Cuda-panthaka）、嘎沙鴉
巴尊者（Kasyapa 迦葉尊者）、納答密答喇尊者（Maitreya 彌勒尊者）。〔註200〕

〔註198〕《四部叢刊本》所輯《法苑珠林·卷四十·羅漢部》以慶友之言道出十六羅
　　　　漢與其眷屬，並説明十六羅漢各自所在布法之地，十六羅漢譯名分別爲：賓
　　　　度羅跋惰闍、迦諾迦伐蹉、迦諾跋梨惰闍、蘇頻陁、諾矩羅、跋陁羅、迦理
　　　　迦、伐闍羅弗多羅、戍博迦、半托迦、羅怙羅、那伽犀那、因揭陁、伐那婆
　　　　斯、阿氏多、注荼半托迦。
〔註199〕《四部叢刊本》所輯《法苑珠林·卷四十·羅漢部》。
〔註200〕另有民間説法：1.降龍羅漢：慶友尊者，傳説曾降伏惡龍。據説曾經降世於
　　　　一凡人身上，該人就是濟公。2.坐鹿羅漢：賓羅跋羅多尊者，曾乘鹿入皇宮
　　　　勸喻國王學佛修行。3.舉缽羅漢：迦諾迦跋厘隋闍，是一位托化緣的行者。
　　　　4.過江羅漢：跋陀羅尊者，過江似蜻蜓點水。5.伏虎羅漢：賓頭盧尊者，曾降
　　　　伏過猛虎。6.靜坐羅漢：諾距羅尊者，又爲大力羅漢，因過去乃武士出身，
　　　　故力大無窮。7.長眉羅漢：阿氏多尊者，傳説出生時就有兩條長眉。魏晉南
　　　　北朝的梁武帝，據説是其化身受難。8.布袋羅漢：因揭陀尊者，常背一布袋
　　　　笑口常開。又有名稱爲布袋和尚。9.看門羅漢：注荼半托迦尊者，爲人盡忠

漢譯佛經並沒有十六羅漢表情樣貌、衣著服飾的記載，不過這不但未箝制當時畫家和雕塑家的取材，反而為藝術家提供無限想像與創作空間。畫家和雕塑家藉想像創作羅漢，羅漢的形象開始跟隨創作者之的心靈圖象予以世人清晰面容。〔註 201〕

其次，再比較蘇軾品評不同作者所畫的十八羅漢像。

無論是蘇軾所處時代或是蘇軾家庭、〔註 202〕交友，〔註 203〕都給予蘇軾製造許多與佛結緣的土壤，蘇軾於潛在人格特質中，則對佛教產生喜愛之情，〔註 204〕於其多元才能中創作出富含佛學哲理的藝術作品，甚至於人生困頓時，佛理哲思給予蘇軾精神上以清涼。〔註 205〕蘇軾曾針對十八羅漢畫書寫〈十八大阿羅漢頌〉及〈自海南歸過清遠峽寶林寺敬贊禪月所畫十八大阿羅漢〉兩篇文章，原文甚長，為保留原貌又避免重出，筆者以表（表 5-4）「蘇軾題寫十八羅漢畫對照表」作全文列出，先分別了解兩首詩寫作背景及畫家相關資料，再進行兩文之比較分析，以了解蘇軾對於同為十八羅漢畫但不同作者之鑑賞有何異同。

職守。10.探手羅漢：半托迦尊者，因打坐完常只手舉起伸懶腰，而得此名。11.沉思羅漢：羅怙羅尊者，佛陀十大弟子中，以密行居首。12.騎象羅漢：迦理迦尊者，本是一名馴象師。13.歡喜羅漢：迦諾伐蹉尊者，原是古印度一位雄辯家。14.笑獅羅漢：羅弗多尊者，原為獵人，因學佛不再殺生，獅子來謝，故有此名。15.開心羅漢：戌博迦尊者，曾袒露其心，使人覺知佛於心中。16.托塔羅漢：蘇頻陀，是佛陀所收最後一名弟子，他因懷念佛陀而常手托佛塔。17.芭蕉羅漢：伐那婆斯尊者，出家後常在芭蕉樹下修行用功。18.挖耳羅漢：那迦犀那尊者，以論「耳根清淨」聞名，故稱挖耳羅漢。

〔註 201〕郭錦鴻〈十六羅漢與十八羅漢略考〉，《香港佛教》第 596 期。

〔註 202〕蕭占鵬〈前言〉，《蘇軾禪意詩校注》，天津：天津教育出版社，2010 年，頁 2～4。提及蘇軾由青年時期的「遊禪」，至中年的「近禪」，「到晚年佛教已是蘇軾被迫為自己選擇暮年最好的人生寄託」，因此對於佛教的態度為「逃禪」。

〔註 203〕陳中漸〈蘇軾與佛教的因緣〉，《蘇軾書畫藝術與佛教》，北京：商務印書館，2004 年，頁 23～123。

〔註 204〕〔明〕徐長孺輯蘇軾關於佛教相關作品為《東坡禪喜集》（合肥：黃山書社，2010 年）。所選版本為明朝天啟元年（1621 年），凌蒙初增訂，馮夢禎批點。凌氏刻印「頗工」，馮氏朱批，字跡瀟灑飄起。

〔註 205〕陳中漸〈蘇軾與佛教的因緣〉說：「蘇軾認識佛教，基本上是對哲理性的認同多於宗教性。」（《蘇軾書畫藝術與佛教》，頁 82）

（表5-4）蘇軾題寫十八羅漢畫對照表

唐·張玄		畫家	唐·貫休	
描　　述	十八大阿羅漢頌	詩名	自海南歸過清遠峽寶林寺敬贊禪月所畫十八大阿羅漢	名
結跏正坐，蠻奴側立。有鬼使者，稽顙于前，侍者取其書通之。	頌曰 月明星稀，孰在孰亡。 煌煌東方，惟有啓明。 咨爾上座，及阿闍黎。 代佛出世，惟大弟子。	第一尊者	白氎在膝，貝多在巾。自視超然，忘經與人。面顱百皺，不受刀補。無心掃除，留此殘雪。	度羅跋囉墮
合掌趺坐，蠻奴捧牘于前。老人發之，中有琉璃器，貯舍利十數。	頌曰 佛無滅生，通塞在人。 牆壁瓦礫，誰非法身。 尊者斂手，不起于坐。 示有敬耳，起心則那。	第二尊者	耆年何老，粲然復少。我知其心，佛不妄笑。瞋喜雖幻，笑則非瞋。施此無憂，與無量人。	迦諾迦代蹉
抹烏木養和。正坐。下有白沐猴獻果，侍者執盤受之。	頌曰 我非標人，人莫吾識。 是雪衣者，豈具眼隻。 方食知獻，何愧於猿。 爲語柳子，勿憎王孫。	第三尊者	揚眉注目，拊膝橫拂。問此大士，爲言爲默。默如雷霆，言如牆壁。非言非默，百祖是式。	迦諾迦跋梨隨闍
側坐屈三指，答胡人之問。下有蠻奴捧函，童子戲捕龜者。	頌曰 彼問云何，計數以對。 爲三爲七，莫有知者。 雷動風行，屈信指間。 汝觀明月，在我指端。	第四尊者	聃耳屬肩，綺眉覆顴。佛在世時，見此耆年。開口誦經，四十餘齒。時聞雷電，出一彈指。	蘇頻陀
臨淵濤，抱膝而坐。神女出水中，蠻奴受其書。	頌曰 形與道一，道無不在。 天宮鬼府，奚往而礙。 婉彼奇女，躍于濤瀧。 神馬居輿，攝衣從之。	第五尊者	善心爲男，其室法喜。背癢孰爬？有木童子。高下適當，輕重得宜。使真童子，能如茲乎？	諾矩羅
右手支頤，左手拊稚師子。顧視侍者，擇瓜而剖之。	頌曰 手拊郭猊，自視歔歟。 甘芳之意，若達于面。 六塵並入，心亦遍知即 此知者，爲大摩尼。	第六尊者	美狠惡婉，自昔所聞。不圓其輔，有圓者存。現六極相，代眾生報。使諸佛子，具佛相好。	跋陀羅
臨水側坐。有龍出焉，吐珠其手中。胡人持短錫杖，蠻奴捧缽而立。	頌曰 我以道眼，爲傳法宗。 爾以顧力，爲護法龍。 道成願滿，見佛不怍。 盡取玉函，以畀思邈。	第七尊者	佛子三毛，髮眉與須。既去其二，一則有餘。因以示眾，物無兩遂。既得無生，則無生死。	迦理迦

並膝而坐，加肘其上。侍者汲水過前，有神人湧出於地，捧槃獻寶。	頌曰 爾以捨來，我以慈受。 各獲其心，寶則誰有。 視我如爾，取與則同。 我爾福德，如四方空。	第八尊者	兩眼方用，兩手自寂。用者注經，寂者寄膝。二法相忘，亦不相捐。是四句偈，在我指端。	代闍羅弗多
食已撲缸，持數珠，誦咒而坐。下有童子，構火具茶，又有埋筒注水蓮池中者。	頌曰 飯食已畢，襆蘇而坐。 童子茗供，吹籥發火。 我作佛事，淵乎妙哉。 空山無人，水流花開。	第九尊者	一劫七日，剎那三世。何念之勤，屈指默計。屈者已往，伸者未然。孰能住此？屈伸之間。	戒博迦
執經正坐。有仙人侍女焚香于前。	頌曰 飛仙玉潔，侍女雲眇。 稽首炷香，敢問至道。 我道大同，有覺無修。 豈不長生，非我所求。	第十尊者	垂頭沒肩，儳自注視。不知有經，而況字義。佛子云何，飽食晝眠。勤苦功用，諸佛亦然。	半託迦
趺坐焚香。侍者拱手，胡人捧函而立。	頌曰 前聖後聖，相喻以言。 口如布穀，而意莫傳。 鼻觀寂如，諸根自例。 孰知此香，一炷千偈。	第十一尊者	面門月滿，瞳子電爛。示和猛容，作威喜觀。龍象之姿，魚鳥所驚。以是幻身，爲護法城。	羅怙羅
正坐入定枯木中。其神勝出于上，有大蟒出其下。	頌曰 默坐者形，空飛者神。 二俱非是，孰爲此身？ 佛子何爲，懷毒不已。 願解此相，問誰縛爾。	第十二尊者	以惡轢物，如火自蒸。以信入佛，如水自濕。垂眉捧手，爲誰虔恭。大師無德，水火無功。	那伽犀那
倚杖垂足側坐。侍者捧函而立，有虎過前，有童子怖匿而竊窺之。	頌曰 是與我同，不嘆其妃。 一念之差，墮此鬒髮。 而導師悲愍，爲爾顰蹙。 以爾猛烈，復性不難。	第十三尊者	捧經持珠，杖則倚肩。植杖而起，經珠乃閑。不行不立，不坐不臥。問師此時，經杖何在？	因揭陀
持鈴杵，正坐誦咒。侍者整衣于右，胡人橫短錫跪坐于左。有虯一角，若仰訴者。	頌曰 彼蠢而蚪，長跪自言。 特角亦來，身移怨存。 以無言音，誦無說法。 風止火滅，無相仇者。	第十四尊者	六塵既空，出入息滅。松摧石隕，路迷草合。逐獸于原，得前忘弓。偶然汲水，忽然相逢。	伐那婆斯
鬚眉皆白，袖手趺坐。胡人拜伏于前，蠻奴手持拄杖，侍者合掌而立。	頌曰 聞法最先，事佛亦久。 毫然眾中，是大長老。 薪水井臼，老矣不能。 摧伏魔軍，不戰而勝。	第十五尊者	勞我者晢，休我者黔。如晏如岳，鮮不僻淫。是哀駘它，澹臺滅明。各妍于心，得法眼正。	阿氏多

横如意趺坐。下有童子發香篆，侍者注水花盆中。	頌曰 盆花浮紅，篆煙繚青。 無問無答，如意自横。 點瑟既希，昭琴不鼓。 此間有曲，可歌可舞。	第十六尊者	以口說法，法不可說。以手示人，手去法滅。生滅之中，自然真常。是故我法，不離色聲。	注茶半託迦
臨水側坐，仰觀飛鶴。其一既下集矣，侍者以手拊之。有童子提竹籃，取果實投水中。	頌曰 引之浩茫，與鶴皆翔。 藏之幽深，與魚皆沉。 大阿羅漢，入佛三昧。 俯仰之間，再拊海外。	第十七尊者	以口誦經，以手歎法。是二道場，各自起滅。孰知毛竅？八萬四千。皆作佛事，說法熾然。	慶友
植拂支頤，瞪自而坐。下有二童子，破石榴以獻。	頌曰 植拂支頤，寂然跏趺。 尊者所游，物之初耶。 聞之於佛，及吾子思。 名不用處，是未發時。	第十八尊者	右手持杖，左手拊右。為手持杖，為杖持手。宴坐石上，安以杖為。無用之用，世人莫知。	賓頭盧

蘇軾於〈十八大阿羅漢頌〉前序，說明自己寫詩的原委：

> 蜀金水張氏，畫十八大阿羅漢。軾謫居儋耳，得之民間。海南荒陋，不類人世，此畫何目至哉！久逃空谷，如見師友，乃命過躬易其裝標，設燈塗香果以禮之。張氏以畫羅漢有名，唐末蓋世擅其藝，今成都僧敏行，其玄孫也。梵相奇古，學術淵博，蜀人皆曰：「此羅漢化生其家也。」軾外祖公程公，少時游京師，還，遇蜀亂，絕糧不能歸，困臥旅舍。有僧十六人往見之，曰：「我，公之邑人也。」各以錢二百貸之，公以是得歸，竟不知僧所在。公曰：「此阿羅漢也。」歲設大供四。公年九十，凡設二百餘供。今軾雖不親睹至人，而困厄九死之餘，鳥言卉服之間，獲此奇勝，豈非希闊之遇也哉？乃各即其體像，而窮其思致，以為之頌。〔註206〕

蘇軾序中先說明自己如何取得此羅漢畫，並追溯外祖父程公遇蜀亂，得到十六位僧人協助脫困，從此與「十六羅漢」結下不解之緣。蘇軾遙想外祖父當時情景，寫下十八羅漢頌，替自己現實生活中的精神困境找到脫離的棲息地，因而「各即其體像，而窮其思致，以為之頌。」蘇軾分別為十八位尊者作頌。另記後跋：

> 佛滅度後，閻浮提眾生剛狠自用，莫肯信入。故諸賢聖皆隱不現，獨以像設遺言，提引未悟，而峨眉、五臺、盧山、天台猶出光景變

〔註206〕《〈十八大阿羅漢頌〔有跋〕〉，《蘇軾文集》卷二十，頁586。

異，使人了然見之。軾家藏十六羅漢像，每設茶供，則化爲白乳，
或凝爲雪花桃李芍藥，僅可指名。或云：羅漢慈悲深重，急於接
物，故多現神變。儻其然乎？今於海南得此十八羅漢像，以授子由
弟，使以時修敬，遇夫婦生日，輒設供以祈年集福，並以前所作頌
寄之。子由以二月二十日生，其婦德陽郡夫人史氏，以十一月十七
日生。是歲中元日題。〔註207〕

〈十八大阿羅漢頌〉組詩作於元符二年（1099年）蘇軾六十四歲，四月十五
日頌緣蜀金水張氏之畫而作，〔註208〕同年七月十五日以金水張氏所畫羅漢並
頌寄弟轍，作跋。關於金水張氏，即畫家張玄，根據《益州名畫記》所錄：

張玄者，簡州金水石城山人也。功畫人物，尤善羅漢。當王氏偏霸
武成年，聲跡赫然，時呼玄爲張羅漢，荊湖淮浙令人入蜀，縱價收
市，將歸本道。前輩畫佛像羅漢，相傳曹樣、吳樣二本，曹起曹弗
興，吳起吳暐。曹畫衣紋稠疊，吳畫衣紋簡略。其曹畫，今昭覺寺
孫位戰勝天王是也；其吳畫，今大聖慈寺盧楞伽行道高僧是也。玄
畫羅漢無樣矣。今大聖慈寺灌頂院羅漢一堂十六軀，現存。〔註209〕

黃休復認爲張玄在人物畫方面得曹吳優點，但偏重吳樣，當時寺院中存有張
玄的人物畫作品，特別是羅漢畫作品爲人所識。

另一首〈自海南歸過清遠峽寶林寺敬贊禪月所畫十八大阿羅漢〉〔註210〕
則分別提出羅漢名稱，再一一給予評論。此文作於元符三年（1100年），蘇軾
六十五歲，在十月十四日到過清遠峽寶林寺，因見禪月禪師所畫十八大阿羅
漢而作。〔註211〕根據《益州名畫記》所錄：「禪月大師，婺州金溪人也。俗姓
姜氏，名貫休，字德隱。」〔註212〕禪月大師即貫休，灌休畫佛弟子之淵源，

〔註207〕 《〈十八大阿羅漢頌〔有跋〕〉，《蘇軾文集》卷二十，頁586。
〔註208〕 《蘇軾年譜》卷三十八，頁1037。
〔註209〕 〔宋〕黃休復《益州名畫記·卷中·妙格下品》，《畫史叢書》（三），頁1395
　　　　　～1396。當中所指「曹」爲「曹不興」、「吳」爲「吳暐」，現今學界一般多採
　　　　　《畫圖見聞志》說法，「曹」爲「曹仲達」、「吳」爲「吳道子」。
〔註210〕 〈自海南歸過清遠峽寶林寺敬贊禪月所畫十八大阿羅漢〉，《蘇軾文集》卷一
　　　　　十二，頁626。另有題〈書羅漢頌後〉，只簡單交代寫作緣由卻無內容，見《蘇
　　　　　軾文集》卷八十六，頁2073。
〔註211〕 《蘇軾年譜》卷三十九，頁1359。《蘇軾年譜》所記爲十月十四日，而《蘇
　　　　　軾文集》卷六十六卻記十一月十四日（頁2073）。
〔註212〕 〔宋〕黃休復《益州名畫記·卷下·能格下品》，《畫史叢書》（三），頁1413。
　　　　　同錄於《蘇軾年譜》卷三十九，頁1359。

參照《益州名畫記》說法：

> 天復年入蜀，王蜀先主賜紫衣師號，師之詩名高節，宇內咸知。善
> 草書畫圖畫，時人比諸懷素。師閣立本畫羅漢十六幀，龐眉大目者，
> 朵頤隆鼻者，椅松石者，坐山水者，胡貌梵相，曲盡其態。或問之，
> 云：『休自夢中所睹爾。』又畫釋迦十弟子，亦如此類，人皆異之，
> 頗爲門弟子所寶。當時卿相皆有歌詩，求其筆唯可見而不可得也。
> 大平興國年初，太宗皇帝搜訪古書日，給事中程公羽牧蜀，將貫休
> 羅漢十六幀爲古畫進呈。〔註213〕

黃休復道出時人將貫休與懷素比擬，描述貫休擅長畫羅漢圖，無論是臉部細
微表情，或是肢體動作，皆是「胡貌梵相」，各有其神態，有人曾因貫休之羅
漢畫唯妙唯肖，問起貫休依據何人而畫，貫休一律回答在夢中所見。貫休作
品難求，人人皆視爲珍寶，因而貫休畫被進呈皇室，入宮館藏。蘇軾本文雖
無寫敘，但在文題中則清楚說明見此畫之地點。

　　了解蘇軾寫作背景及兩位畫家相關資料之後，以（表 5-4）「蘇軾題寫十
八羅漢畫對照表」將兩文作比較分析，以理解作爲讀者的蘇軾如何解讀不同
畫家的十八羅漢圖。

　　蘇軾寫作兩篇文章的時間只相隔一年，於〈十八大阿羅漢頌〉文末說明
自家亦供俸十六羅漢，並曾撰文〈羅漢贊十六首〉，當中表達了自己對於十六
位尊者的想法〔註214〕。蘇軾對於佛學的取向偏向於哲理〔註215〕，因此對照兩
文的書寫，蘇軾雖描述羅漢的坐姿、神情、動作，但仍將撰文的焦點導向於
哲學的探索。

　　〈十八大阿羅漢頌〉沒有單一爲尊者定名，而針對尊者的坐姿與神態做
細部描述，無論是正坐的形象：「結跏正坐」、「合掌趺坐」、「正坐入定枯木中」；
或是側坐：「側坐屈三指」、「臨水側坐」；或身旁有他人：「蠻奴側立」、「老人
發之」、「答胡人之問」、「有仙人侍女焚香于前」、「有童子怖匿而竊窺之」，在
在表達尊者爲釋迦於人間傳遞佛法的任務，因此在頌裡，則針對此尊者在張
玄畫中形象，給予精練的讚賞，如：「代佛出世，惟大弟子」、「尊者斂手，不

〔註213〕〔宋〕黃休復《益州名畫記・卷下・能格下品》，《畫史叢書》（三），頁 1413
　　　　～1414。
〔註214〕〈羅漢贊十六首〉，《蘇軾文集》卷二十二，頁 624。由於此詩非蘇軾見到羅
　　　　漢畫而寫，故筆者略而不論。
〔註215〕陳中漸〈蘇軾與佛教的因緣〉，《蘇軾書畫藝術與佛教》，頁 82。

起于坐」、「汝觀明月，在我指端」、「形與道一，道無不在」，使見畫者能感受到羅漢將佛法不言而傳的精神。

〈自海南歸過清遠峽寶林寺敬贊禪月所畫十八大阿羅漢〉則一一為尊者定名，且直接由禪月禪師所畫羅漢圖給予十八羅漢生動刻畫，如：「目視超然，忘經與人」，從羅漢眼神可了悟超然之理；「施此無憂，與無量人」，則說羅漢以歡笑與人無憂之度量；「默如雷霆，言如牆壁」，說明羅漢為言為默，非言非默，使觀者在言與默中感受佛法；「因以示眾，物無兩遂。既得無生，則無生死」，則表達唯有生死兩忘才能真解脫；從尊者「右手持杖，左手拊右」的動作，讓人了悟無用之理。

參引王聖俞評選《蘇長公小品》：「東坡所作禪家文字多，然皆一時率筆成趣，讀此十八贊沉思而得之，景既幽澹，句復淵妙，當為獨步。」〔註216〕蘇軾對於羅漢畫鑑賞眼光獨到，心性超朗，因此王聖俞言此為「俱意外有會」。

蘇軾以讀者的角度鑑賞羅漢畫，並引人對於其中佛學哲理給予沉思，語復柔澹，冥然忘言。

小　結

蘇軾無繪畫鑑賞的專著，然其散見於詩文的繪畫鑑賞觀點，卻道出一位賞畫者如何獲得審美感知，並給予理解及詮釋，與西方讀者反應理論遙相呼應。

蘇軾論畫之鑑賞觀，先由心態的持平作為鑑賞繪畫作品的準備，秉持「寓意於物」甚於「留意於物」的態度，將藝術作品視為「雲煙之過眼」、「百鳥之過耳」，才能以自由活潑的欣賞角度品味作品。

其次，以自由活潑的欣賞角度細察各門類繪畫作品，不因畫家身分或學識地位評定優劣，反而應該根據此畫家所擅長的技法，給予不同的品評標準，運用多元鑑賞角度以品賞作品。

藉由蘇軾解讀畫作的詩文，補足了畫面無法觀察到的深層美感，引領後世讀者真正鑑賞一幅繪畫作品的視野與精神。

〔註216〕《蘇文彙評》，頁 481。

第陸章 結 論

　　本文將研究重點置放於「蘇軾論畫」，透過對蘇軾散見於詩文中的論畫文字進行討論後，可分為兩大面向撰述結論：

一、研究成果與考察

　　首先，必須先釐清「論畫」一詞。蘇軾創作書畫本為其文藝理念之實踐，但他並沒有以繪畫實踐作為主要理念之展現。在歷代畫家中，頗多將實踐繪畫的體驗集結成論著者，如：宗炳〈畫山水序〉、張彥遠《歷代名畫記》、荊浩《筆法記》、郭熙與郭思《林泉高致集》，然蘇軾並未如此。此外，蘇軾亦沒有如其他繪畫評論家主要針對繪畫評論，甚至品評畫格優劣的論著，如：謝赫《古畫品錄》、朱景玄《唐朝名畫錄》、黃休復《益州名畫錄》、郭若虛《畫圖見聞志》。蘇軾所撰寫關於繪畫的文字，大多是與親友的詩文往來中流露出其繪畫創作理念與實踐精神，而蘇軾所撰寫關於品評畫作的文字，大多是在其貶官遊歷、行跡千里、交友廣闊中，有機會見到古代名家畫作真跡的一種心得感悟，並與友人分享。因此，關於蘇軾繪畫文字的撰寫，沒有自成體系，文字所傳達亦有些許矛盾之處，甚至與當下觀賞的心情感受高度相關，嚴格說起來不足以稱之為「畫論」。因此本文以「論畫」，凸顯蘇軾藉由其感悟式筆調，為自己繪畫創作理念及鑑賞繪畫作品留下紀錄，並形成後代繪畫理論之基礎。

　　其次，說明本文論述取向與考察結果。筆者將蘇軾論畫文字，以蘇軾立場作為思考起點，並由亞伯拉罕對於文藝考察三面向：作者、文本、讀者的方式，思索蘇軾作為作者、創作者、讀者會如何論述自己的繪畫理念？並參

以中西方近現代美學理論作爲工具，構築蘇軾論畫。參引西方美學理論的用途，並非在於說明遙在宋代的蘇軾受到西方美學理論影響而產生其繪畫理論，此在交通及科技不發達的宋代根本難以發生，而是筆者以近現代的美學觀點分析、整理蘇軾論畫文字，希冀將宋代的蘇軾論畫文字以比較現代的方式爲人所了解。因此筆者先思索蘇軾藝術性靈如何受到啓蒙？以王國維人生三境界作有次第的論述，然後將焦點置放於蘇軾論畫的主體精神、創作理念、鑑賞觀等分項述評。

（一）「獨覺」、「堅持」、「頓悟」為蘇軾藝術性靈蒙養之三境界

藉王國維《人間詞話》之人生閱歷三境界論蘇軾藝術性靈之養成，產生蘇軾藝術性靈三境界，且以蘇軾詞作定義其藝術性靈三境界，依次分別爲：「獨覺——欲待曲終尋問取，人不見，數峰青」、「堅持——密意難傳，羞容易變，平白地、爲伊斷腸」、「頓悟——回首向來蕭瑟處，歸去，也無風雨也無晴」。

蘇軾以冒險家精神，審美人生，代表蘇軾在藝術性靈蒙養的第一境界「欲待曲終尋問取，人不見，數峰青」，蘇軾能獨自察覺並感受樂曲之美妙，而當中苦尋來源卻不得，只見寂寥青峰。將視角拉向遠方，饒富獨自追尋思索的意味，與王國維人生閱歷三境界中的第一境界「昨夜西風凋碧樹，獨上高樓，望斷天涯路」相吻合。王國維此境界表達登上制高點凝望，由上向下追尋的觀察視角，筆者則以蘇軾與友人同遊西湖，於舟中賞景，耳邊傳來娉婷女子演奏樂曲，對其來源卻苦尋不得，只有凝望遠方青翠寂寥的山峰，表達由點向面、由近向遠、由聽覺轉向視覺的觀察視角。以爲蘇軾能堅持自我，忍辱負重，眞實將自己對環境外在的感受，詳實描述，此種自覺，使得蘇軾能掌握創作藝術之關鍵，故以「獨覺」言之。

第二境界「密意難傳，羞容易變，平白地、爲伊斷腸」，筆者藉以說明蘇軾藝術心靈蒙養之第二階段。蘇軾描述倩奴爲情生煩惱，隱藏的情感難以傳達，羞愧的面容怕是容易被察覺，直接流露：平白地爲此肝腸寸斷！蘇軾一語道破，倩奴坦誠而沉痛，明知道無法得到回應，卻仍舊在內心世界一番獨白，堅持坦然面對自己的眞情感。蘇軾以男子角度，卻能細膩描繪倩奴的感情，此與發生烏臺詩案後，蘇軾無悔的欲求神宗賞識，有著「同是天涯淪落人」的情意。作爲論畫主體的蘇軾不再囿於自然環境與社會價值，敢於求新、求變，面對逆境，更具有創造性，形成對自然環境的再造。從藝術生命

言之：蘇軾的人生不盡然處處順境，卻能堅持心靈意志，堅苦卓絕，固窮甘飴，除有超越個人得失勝敗的審美直覺，更須沉著內斂的理智思辨，才能孤寂堅忍，關照全局，展露「士不可不弘毅」的存在價值，故以「堅持」定義之。

蘇軾經過一連串打擊，體會笑吟苦難，低首默然，呈現智慧，其藝術性靈之提升則符合王國維人生第三境界「驀然回首，那人卻在燈火闌珊處」，雖是寂寞冷落，卻能淡泊寧靜，情懷致遠，過眼繁華，轉瞬成空，以此毫無雜質之審美性靈創造出論畫藝術理論與藝術創作的實際參與，故以「頓悟——回首向來蕭瑟處，歸去，也無風雨也無晴」論之，雨打風吹，處之泰然，毫無憂慮；放晴斜照，超越悲喜、歡愁，在淡然無憂樂的境界中，擺脫外物束縛，以更爲自在舒展的性靈面對人世間美的感受。

人生的重大事件，皆是由小事件慢慢累積而形成。蘇軾藝術性靈蒙養的三境界分期非由時間作爲區隔，更重要的是由蘇軾紛然多樣的人生閱歷，與其多才多藝的藝術表現，探究其藝術思想的來源，其中可以得知的是，有很大一部分仍舊來自於蘇軾無懼逆境的藝術家人格，與其呈現人之爲人所擁有的情感價值所在。更要說明的是，蘇軾藝術性靈三境界並非截然畫分，反而是一種漸進式、相互影響的發展，蘇軾最特別之處就在於其「通權」、「通變」、「通達」的人格特質，造就其於文、於畫、於書皆可由其藝術性靈追本溯源，是故筆者藉蘇軾詞作以爬梳其藝術性靈之蒙養。

（二）「崇尚眞樸」、「專注執著」、「寄興賢哲」爲蘇軾論畫之主體精神

在蘇軾論畫的主體精神上，筆者透過蘇軾對文藝家之評論，以歸納蘇軾所謂創作主體應具備的素養內涵，必須包含：「崇尚眞樸」、「專注執著」、「寄興賢哲」。

首先，說明「崇尚眞樸」爲藝術家首要涵養。蘇軾以爲創作主體必須誠於心、顯於形，若沒有經過此修養功夫，無以析辨古賢先聖之優劣得失，在藝術創作上則無以成爲令人嚮往之作品，蘇軾描述自己爲文「隨物賦形」，藝術家必須依據所描寫客體的要求，並能發揮自己的自由意志，有高格之人始有高格之文。在諸多孤獨自處的情況下，如何能要求自己保有獨立的人格與意志，存有古人的高尚風骨，並且相信人品即文品、文品即畫品？蘇軾藉朱象先之口道出爲藝者之心志：「文以達吾心，畫以適吾意而已。」至於藝術家

的人格要如何展現？是應該護家衛國以犧牲小我？還是只需要作到暢懷我心表達自我？何以調解蘇軾看似矛盾的雙向度，筆者則以蘇軾見李伯時孝經圖所產生「易直子諒之心」感悟，認為蘇軾仍希望將知識分子對整體社會的責任寄託在藝文作品中，因此既然畫孝經圖，人物當然要有其該有的端正形象，重點是要將孝經的真正功能發揮，此與亞伯拉罕藝術起源有其「實用性」高度相關。

第二，理解「專注執著」為藝術家必要的態度。蘇軾認為藝術家對自己的要求必須是重精神甚於物質，苦難的經歷造就出無畏的人格，經驗越是痛苦，作為藝術主體精神越能作深度、細膩的思考，越能在表達藝術作品地同時呈現其思考深度。蘇軾認為要涵養主體精神，可透過「八面受敵讀書」，反覆吟詠書中義理，還必須「筆冢墨池習技」，在技巧上還是得充分練習，因此可以了解蘇軾雖也認同藝術家具備他人無及的天賦能力，但在養成之路上仍要亦步亦趨，要求自己提高技能，以求詳實表達自己對世界的看法。其次，才得以擺落前人窠臼，不希冀自己為他人所知的進行創作，使作品的形成乃非功利性的創作，在畫中展現畫家的主體精神，此精神已能代表全人類對宇宙生命讚賞的精神。

第三，「寄興賢哲」為藝術家作品積累情感。蘇軾認為藝術家在作品中呈現的情感，筆者以為含有「無形的畫理」與「有形的筆墨」兩大區塊。「無形的畫理」來自於蘇軾〈送錢塘僧思聰歸孤山敘〉：「能如水鏡以一含萬，則書與詩當益奇。」將畫家主體精神融入畫理中，無論畫家以何種藝術表達方式皆能展現其精神；至於蘇軾認為畫家「有形的筆墨」，早已是其無形畫理之形，因此無論是清醒時的創作，或是藉酒助興的作品，富含畫家「寄興哲賢」的主體精神，呈現於筆墨的走筆型態無人能撼動。

（三）「詩畫一律之思維」、「一觸即覺之靈感」、「物我合一之意境」為蘇軾論畫之創作理念

在蘇軾論畫的創作理念上，蘇軾曾於〈跋宋漢傑畫山〉文中提及「觀士人畫，如閱天下馬。」蘇軾論畫文字中對於文人的要求極高，因此筆者以為蘇軾認為畫家創作理念宜涵蓋：「詩畫一律之思維」、「一觸即覺之靈感」、「物我合一之意境」。

其一，在「詩畫一律之思維」方面，由於文人將筆墨視為遊戲三昧，以墨為戲，以文為戲的文墨生活中，形成獨特藝術風格，諧趣筆法，近禪趣的

畫境，熔詩意、書理、畫面於一體的形象，含有令人品挹無盡的韻味。特別是蘇軾於〈書鄢陵王主簿所畫折枝〉二首：「論畫以形似，見與兒童鄰。賦詩必此詩，定非知詩人。」筆者以蘇軾文人身分觀察自然的視角加以探討：所謂文人者，無是非到耳，詩書滿胸，點墨盈懷，因此以其胸懷觀察自然萬物，產生無名、無利、無欲之創造，是故蘇軾論及士人畫，必須是臨駕於層次之上的繪畫審美，否則只流於表象，無以透視士人畫境與心境。筆者以為蘇軾認為的士人畫猶如一首意象隨時疊遞的詩，畫面所呈現則為一種自然意象，巧奪天工，清新脫俗，畫家能以詩境入畫境，呈現萬物於自然中本來面貌，顯現畫家對於自然萬物的觀察與思索，由於把握自然，賦予自然新生命，同時亦擴大畫家自己的生命，使主觀與客觀在審美創造的融合中得到昇華。

　　先理解「詩」與「畫」的疆界。蘇軾認為畫家必須真真切切的進入生活，深刻的感受宇宙自然的變化，了解人與自然的循環法則。因此蘇軾在評論王維時，於〈書摩詰藍田煙雨圖〉說：「味摩詰之詩，詩中有畫。觀摩詰之畫，畫中有詩。」將畫境與詩境合而為一，既是「師法自然」，蘇軾以為王維正是通過表現似有若無的自然，似實而虛的境象，使自己的畫充滿冷寂、空幻的詩意，從而傳達出其尚禪思想，使人有「身世兩忘，萬念俱寂」之感，而此即蘇軾認定王維繪畫具有象外之意。蘇軾又曾在〈跋蒲傳正燕公山水〉文中表示，人物畫以「神」為上，花鳥畫以「妙」為上，宮室器用以「巧」為上，山水以「勝」為上；山水畫中要能展現清雄奇富之變化萬千：藉宮廷畫家簡文貴說明畫家的創作理念以「離畫工之度數，而得詩人之清麗」為上；文與可畫竹，令人聯想其「屈而不撓」的風骨；顧愷之「傳神寫照」命題，在蘇軾看來必須是符合〈書陳懷立傳神〉所說「凡人意思，各有所在」。因此可以了解，蘇軾要求畫家創作理念的「不求形似」，即是指該突出的突出、該誇張的誇張、該省略的省略，啟發觀賞者的聯想和想像，讓形象所象徵的意義浮現出來。因此除了畫面中的藝術形象之外，還存在一個意義上的象，使有形之象因象外之象而獲得更高一層的審美價值，具有更高的藝術魅力。

　　蘇軾獨稱「士人畫」一詞，並在論畫藝術詩文中討論「士人畫」與「畫工畫」之差異，於傳統繪畫裡的文人畫強調畫神韻，畫工畫則精雕細琢。蘇軾認為士人畫並非不重視形似，反而是在形似的基礎之上，加入文人平日讀

書、游賞於山水之間的領會，因此士人畫重視「意氣」之存在與否，而非如〈又跋漢傑畫山〉所言在畫面中只見「鞭策皮毛槽櫪芻秣」，使得士人畫與畫工畫有了明顯的差異。士人畫所表達的是畫家眼中所觀察的世界，並非為描摹自然而顯現毫釐不差的世界，就算是描摹自然也已經是士人畫家自己真切的體驗，反覆思索與吟詠，並且帶有詩意的創作理念。

其二，在「一觸即覺之靈感」方面，必先掌握畫家靈感從何而生？蘇軾認為畫家在創作時的靈感與豪情，以稱吳道子論言之，則為「出新意於法度之中，寄妙理於豪放之外」。畫家在創作時，宜有「法度」，仍須具備形理，但卻是畫家本人對於創作客體所提出的「新意」；宜有「豪放」，在形似的基礎上具備豪情，但卻是畫家寄予筆墨紙硯之外的「妙理」精神。筆者重新解讀蘇軾論畫詩文裡常被提及「隨物賦形」、「常形」、「常理」、「神似」、「形似」等創作美學論點，蘇軾所謂「常形」，指「人禽宮室器用」；「常理」為「無常形者」，指「山石竹木，水波煙雲」。前者乃意指於客觀上具體的、可視的、表象的、外在的部分，可以且必須被畫出來；後者乃意指在外貌上不能或不必要完全為單一絕對標準所束縛，但雖無常形卻是有常理。蘇軾提出的「常形」理論，為其創作藝術作品之深切體悟，「常形」是為了讓觀賞者與創作者之間有共同的溝通符號，以做為相互理解的基礎。而蘇軾所謂「常理」，一指「物理」，畫家在進行創造時，必須找到變化規律，畫出此無常形但「合於天造」的部分；一指「非物理」，畫家之主體情思得以借繪畫表達，傳達藝術家對於自然萬物獨特的感性創造。以此藉由討論畫水時蘇軾提出「死水」與「活水」之命題，了解「常形」、「常理」，提到水的「常形」──〈畫水記〉：「多作平遠細皺」，蘇軾認為上乘之畫水，乃為逸格之態，必須與畫家人格相符，其所讚賞的畫家之「道」，主要意指「畫以適吾意」的創作態度，否則僅求「形似」的水，只能稱為「死水」而非「活水」。

其三，就蘇軾在觀馬圖時留下的詩作，可以應證蘇軾論畫創作理念，一方面體現出圖像表達的逼真，二方面更體現出其中畫家對於繪畫帶來典型性的重要價值理論。所謂「形似」，乃由「逼真」之義奪胎，〈書韓幹牧馬圖〉：「肉中畫骨誇尤難」、「不如此圖近自然」，蘇軾讚賞韓幹逼真描寫皇室名馬。在蘇軾所有觀韓幹馬圖的詩文、蘇轍〈韓幹三馬〉、黃庭堅〈次韻子瞻和子由觀韓幹馬因論伯時畫天馬〉都曾對韓幹馬圖進行討論，由此可以理解，蘇軾認為畫馬當然要先掌握馬形，因此韓幹所畫的馬各有其形，然而韓幹最特出

處則在於能畫出馬之心中事，故〈韓幹馬十四匹〉所謂「韓生畫馬眞是馬，蘇子作詩如見畫。」韓幹能將自己對馬的藝術理念傳達於馬形之中。蘇軾認爲畫家創作藝術之高峰體驗，即爲畫家的心靈書寫，乃他人無法複製，更是視辨此畫家優於其他畫家的特殊表現。

其四，蘇軾認爲藝術家應無意於創作，不刻意營造美感氛圍，僅單純將眞誠投入，畫中美感自然流露。「無法」、「無意」乃爲「心法」，擺落法度束縛，如此靈動活潑，以表達「新意」。蘇軾力求藝術創造精神，而「新法」、「新意」乃在客觀規律之外的合理藝術創造追求，有新意才謂有藝術發展，而豪放之中自有妙理存在。因此能「本不求工」，創作才能舒展自如，並最終達成「物我合一」境界。

（四）先能「持平心態」，後則「觸物興發」，為蘇軾論畫之鑑賞觀

在蘇軾論畫的鑑賞觀上，筆者針對蘇軾作爲讀者角度，透過其對所見或他人收藏的歷代繪畫作品進行理解與分析，了解蘇軾鑑賞標準：持平心態——「寓意於物」甚於「留意於物」、觸物興發——「意在筆先，貴有畫態」。

首先，蘇軾論畫詩文道出一位欣賞藝術作品者如何獲得審美感知，鑑賞時由「持平心態」先作爲鑑賞一件藝術作品之準備，再由藝術作品所能給予讀者「觸物興發」之感受理解此作品，藉由蘇軾的解讀畫作，補足了畫面無法察覺的深層美感。

其次，鑑賞一件藝術作品時，蘇軾要求鑑賞的讀者，必須要全然進入作品的精神意識中，一位鑑賞者等同於作者的知音，而非只是占有藝術作品。在〈寶繪堂記〉裡蘇軾評論兩範疇：一爲「寓意於物」，一爲「留意於物」。由審美鑑賞的角度言，作爲讀者時聆賞的心意寄託在藝術作品中，比起將心意留滯於藝術作品中要來的高明，且就算是作品中微小的事物也能產生自我愉悅感；若是以「留意於物」的心態欣賞作品，就算是特異的事物亦不會產生欣賞價值，甚至對於書畫的收藏還有可能衍生禍害。眞正藝術作品的鑑賞知己，不會被「五色」、「五味」、「五音」、「馳騁田獵」所圍，世界萬物的繽紛多樣，只是聆賞者暫時用以寄託心意之物罷了。體認萬事萬物都只是暫時的存有，於是鑑賞藝術作品時便能進入作品營造的的精神世界中，得到眞正的快樂而遠離禍害。不僅鑑賞他人作品需要有「煙雲之過眼，百鳥之感耳」之心態，「留意於物」雖然暫時能悟得創作之理，而「寓意於物」則對他人作品的美感價值更能深入理解，獲得精神上的滿足。

最末，由於畫家能將自然萬物之「真」傳達得宜，鑑賞者由作者所創造的意義進行鑑賞。針對畫家不同技法、不同的表現方式，藉由蘇軾廣博哲理推演，其鑑賞原則可相互貫通，「意在筆先，貴有畫態」即是表達畫家運用筆墨傳達自己對自然觀察的心得，無論是花鳥、山水、人物，皆為畫家個人的心靈表達。筆者藉蘇軾鑑賞不同門類的繪畫作品，以說明蘇軾會針對畫家所擅長的技法，給予不同的品評標準：庸秀才草蟲八物圖透過形象說明歷史意義、趙昌和徐熙花卉圖展現「四時鈞轉，不言而傳」、艾宣畫出天然野趣、李世南展現秋天的平遠山水、王詵所畫山水可知當下心境、宋迪瀟湘晚景圖能讓人在細看之下產生「幽意」、孔宗翰虔州八境圖讓觀者「茫然而思，粲然而笑」、李思訓長江絕島圖則產生「沙平風軟望不到」之趣、李公麟趙景仁琴鶴圖傳達「醜石寒松」之美醜轉換的價值觀、李伯時之淵明東籬圖讓觀者產生「意不在芳醪」的陶淵明形像、閻立本之職貢圖畫出「貞觀之德來萬邦」的盛況、吳道子之西方變相圖讓蘇軾體認吳道子「畫佛本神受」、表達佛教人物的十八羅漢畫則是「各即其體像，而窮其思致」。在繪畫表現中，本含有不同的繪畫表達方式，蘇軾提醒鑑賞者在解讀繪畫時，不同的繪畫元素產生不同的意境效果，因此鑑賞時應運用多元的鑑賞角度。

二、前瞻與展望

筆者一方面為蘇軾論畫文字進行整理及爬梳，同時也發現蘇軾文字相互矛盾處，並因此提出幾點看法：

（一）蘇軾未有專論繪畫之著作

蘇軾並未在論畫詩文裡，針對對自己的繪畫技法或歷代畫家的繪畫技巧，作系統性的分析或介紹。蘇軾沒有如歷代畫家一般以繪畫實踐作為主要理念之展現，歷代畫家將實踐繪畫的體驗集結成專著；蘇軾亦沒有其他繪畫評論家主要針對繪畫評論，甚至品評優劣與次第的專著。蘇軾所撰寫關於繪畫的文字，是一種心得感悟，因此蘇軾關於繪畫文字的撰寫，沒有自成體系，甚至與當下觀賞的心情感受高度相關。蘇軾博雜的論畫藝術文字，受其廣博學識、廣泛交友、廣闊遊歷之影響，其駁雜的論畫藝術文字，基本上可以作為詩畫創作與鑑賞通論，此乃蘇軾論畫文字之特點。

（二）蘇軾論畫非以畫家技法為唯一品評標準

蘇軾論畫雖贊賞士人畫甚於畫工畫，但蘇軾對畫工類畫家作品卻仍大力

推崇，由此可以了解蘇軾讚賞繪畫的標準並非由技法得來，而是由該畫家是否能在畫作中展現其繪畫特長與人格特質。

蘇軾論畫觀點駁雜，故有其無法克服的問題。究其理，大抵可歸因其「通」，是故創作理念與其鑑賞觀可一以貫之；但也因其「通」，雖說「論畫以形似，見與兒童鄰」，以「形似」原則鑑賞畫作，只能說與小兒繪畫要求形似一般，無法深入畫作核心價值，但論及吳道子畫人物，則說「得自然之數，不差毫末」，卻又要求畫與現實中的人物即為相似，此處是否相互矛盾？對此蘇軾自我解套，說吳道子「出新意於法度之中，寄妙理於豪放之外」，既然是人物畫，當然要讓觀賞者知道畫家畫中人物所畫為何，因此要求「不差毫末」是理所當然，但蘇軾認為一定要能「出新意」，所謂「新意」則應含有畫家對畫中人物的獨特角度與眼光，在「法度」之中有規範地呈現此「新意」；在讀者的解讀上，則能夠讀出畫家埋藏在「豪放之外」的「妙理」，而此「妙理」則來自於畫家獨特的藝術風格。

蘇軾心中最推崇唐代王維，但並非每位畫家都能擁有如王維般詩人的心思，及能完全傳達想法的繪畫技巧。因此蘇軾論畫文字中，筆者以為蘇軾提出「士人畫」一詞，並非用來作為日後評賞繪畫的唯一標準，蘇軾名氣高，所說的每一句話會被當代或後代學者放大檢視，「士人畫」一詞或許只能說蘇軾在欣賞眾多類型繪畫作品中的一種，因為自己也是文人出身，是故特別喜愛罷了。宋代崇文抑武，整個時代的審美風尚較偏重於文，與唐代色彩紛然的活潑風尚有別，因此以作詩為主的文人，若偶爾能創作非用以謀生的畫作，或許造型無法非常逼真，卻傳達了文人遊戲點染的樂趣，此與蘇軾性格十分接近，與蘇軾文中經常強調的理念相符，與其在困頓的生活裡自怨自憐，不如將精力花費在創作能流傳永恆的藝術作品上。蘇軾說「觀士人畫，如閱天下馬」，可見是在「觀」士人畫，好比「閱」天下馬，其著重者非在說明要成為士人畫的原則是不求形似，而是說明自己在鑑賞士人畫時，體悟到鑑賞士人畫的心態應該有如細讀馬匹一般，觀看的重點不在於「是不是馬？」的是非問題，前提在「這一群都是馬」的範疇之中，觀看的重點應該落在「這一群馬的共同特色是什麼？」由此一理路，可以說明蘇軾論「士人畫」已非在身份別上對畫作分類，而是對「士人畫」提出一個鑑賞的最大公約數，此公約數即是「意氣」，能否在畫中呈現士人專屬之「意氣」。所謂「意」，為畫家所傳達的理念；而「氣」，則是在畫中自然呈現的士人氣質，兩者皆模仿不

來。而所謂「畫工」，則將繪畫的重點放在描摹，因此其描繪「鞭策皮毛槽櫪芻秣」，雖都是與馬相關的物品，卻無法呈現「意氣」。

或許這類的問題，以目前筆者的研究功力尚不足以克服難題、獲得解疑，期望來日繼續研究，爲蘇軾論畫詩文思索更清晰的理路。

徵引書目

一、古典文獻（依朝代先後排列）

（一）蘇軾專著

1. 〔宋〕蘇軾著、〔明〕茅維編、〔民國〕孔凡禮點校：《蘇軾文集》（全六冊），北京：中華書局，1999 年重印。
2. 〔宋〕蘇軾著、〔清〕王文誥：《蘇文忠公詩編著集成》，台北：台灣學生書局，1987 年。
3. 〔宋〕蘇軾著、〔清〕王文誥輯註、〔民國〕孔凡禮點校：《蘇軾詩集》（全八冊），北京：中華書局，2007 年重印。
4. 〔宋〕蘇軾著、〔民國〕鄒同慶、王宗堂：《蘇軾詞編年校註》（全三冊），北京：中華書局，2002 年。
5. 〔宋〕蘇軾著，〔清〕馮應榴輯註、〔民國〕黃任軻、朱懷春點校：《蘇軾詩集合注》（全六冊），上海：上海古籍出版社，2001 年。
6. 〔宋〕蘇軾：《蘇氏易傳》，北京：中華書局，1985 年。

（二）古籍資料

1. 〔周〕莊周：《莊子》，清光緒元年湖北崇文書局刊本，台北：國家圖書館。
2. 〔周〕《周禮・儀禮・禮記》，陳戍國點校，長沙：岳麓書社，1989 年。
3. 〔漢〕許慎著、〔清〕段玉裁注：《說文解字注》，台北：大工書局，1996 年。
4. 〔漢〕司馬遷：《史記》，台北：台灣商務印書館，1965 年。
5. 〔晉〕陶淵明：《陶淵明全集》，台北：里仁書局，1985 年。
6. 〔劉宋〕劉義慶撰、〔梁〕劉孝標注：《世說新語》，台北：國立中央圖書

館，1980 年。

7. 〔梁‧陳〕劉勰：《文心雕龍》，上海：上海古籍出版社，1993 年。

8. 〔梁〕釋僧祐：《釋迦譜》，台北：新文豐出版社，2008 年。

9. 〔唐〕杜甫著、〔清〕仇兆鰲注：《杜詩詳注》，北京：中華書局，1999 年。

10. 〔唐〕白居易：《白居易詩全集》，《唐詩百家全集》，海口：海南出版社，1992 年。

11. 〔金〕王若虛：《滹南遺老集》，北京：中華書局，1985 年。

12. 〔宋〕黃庭堅：《山谷全集》，台北：中華書局，1987 年。

13. 〔宋〕胡仔：《苕溪漁隱叢話》，台北：長安出版社，1978 年。

14. 〔宋〕黃伯思：《東觀餘論》，北京：中華書局，1988 年。

15. 〔宋〕黃庭堅：《山谷題跋》，上海：上海遠東，2011 年。

16. 〔宋〕歐陽脩：《歐陽脩全集》，北京：中華書局，2001 年。

17. 〔宋〕司馬光：《涑水記聞》，舊鈔本，台北：國家圖書館。

18. 〔宋〕張方平：《樂全集》，上海商務印書館景印文淵閣，影印本，台北：國家圖書館。

19. 〔宋〕孔平仲：《孔氏談苑》，清嘉慶間南吳氏聽堂刊本，台北：國家圖書館。

20. 〔宋〕朱弁：《曲洧舊聞》，明萬曆間刊寶顏堂秘笈本，台北：國家圖書館。

21. 〔宋〕葉夢得：《石林燕語》，明萬曆間會稽商氏刊稗海本，台北：國家圖書館。

22. 〔宋〕陸游：《老學庵筆記》，清康熙間振鷺堂重編補刊本，台北：國家圖書館。

23. 〔宋〕曾慥：《高齋漫錄》，影印本，台北：國家圖書館。

24. 〔宋〕葉寘：《愛日齋叢鈔》，影印本，台北：國家圖書館。

25. 〔宋〕吳曾：《能改齋漫錄》，舊鈔本，台北：國家圖書館。

26. 〔宋〕邵博：《河南邵氏聞見後錄》，舊鈔本，台北：國家圖書館。

27. 〔宋〕周必大：《二老堂詩話》，藍格舊鈔本，台北：國家圖書館。

28. 〔宋〕羅大經：《鶴林玉露》，明刊本，台北：國家圖書館。

29. 〔宋〕張炎編：《詞源》，清咸豐三年南海伍氏刊本，台北：國家圖書館。

30. 〔宋〕沈括：《新校正夢溪筆談》，香港：中華書局，1975 年。

31. 〔宋〕蘇轍：《欒城集》，明嘉靖二十年蜀藩刊本，影印本，台北：國家圖書館。

32. 〔宋〕李燾：《續資治通鑑長編》，舊鈔本，台北：國家圖書館。

33. 〔宋〕費袞：《梁谿漫志》，舊鈔本，台北：國家圖書館。

34. 〔宋〕吳子良：《林下偶談》，鈔本，台北：國家圖書館。

35. 〔宋〕陳錄編：《善誘文》，明末刊本，台北：國家圖書館。

36. 〔宋〕蔡絛：《鐵圍山叢談》，明嘉靖甲辰雲間陸氏儼山書院刊本，台北：國家圖書館。

37. 〔宋〕俞文豹：《吹劍錄外集》，清光緒壬午嶺南芸林仙館刊本，台北：國家圖書館。

38. 〔宋〕佚名：《瑞桂堂暇錄》，藍格舊鈔本，台北：國家圖書館。

39. 〔宋〕釋洪惠：《冷齋夜話》，明刊本，台北：國家圖書館。

40. 〔宋〕楊萬里：《誠齋詩話》，舊鈔本，台北：國家圖書館。

41. 〔宋〕郎曄注：《經進東坡文集事略》，台北：世界書局，1975 年。

42. 〔宋〕董逌：《廣川畫跋》，台北：台灣商務，1966 年。

43. 〔宋〕羅願：《爾雅翼》，北京：中華書局，1985 年。

44. 〔元〕脫脫：《宋史》，明成化十六年兩廣巡撫朱英刊嘉靖間南監修補本，台北：國家圖書館。

45. 〔元〕楊維楨：《東維子集》，《景印文淵閣四庫全書》，台北：台灣商務，1986 年。

46. 〔明〕商輅：《續資治通鑑綱目》，明萬曆庚子蘇州知府朱元刊本，台北：國家圖書館。

47. 〔明〕曹學佺：《名勝志》，明萬曆間侯官曹氏刊本，影印本，台北：國家圖書館。

48. 〔明〕顧可學（序）、黃叔度（跋）：《合璧事類》，明嘉靖間刻本，台北：國家圖書館。

49. 〔明〕胡應麟：《詩藪》，明崇禎延陵吳國琦等重刊少室山房全集本，台北：國家圖書館。

50. 〔明〕張丑：《清河書畫舫》，《中國歷代書畫藝術論著叢編》，北京：新華書店，1997 年。

51. 〔明〕徐渭：《徐渭文集》，《徐文長逸稿》，北京：中華書局，2003 年。

52. 〔明〕李贄：《焚書》，台北：漢京文化，1984 年。

53. 〔清〕王文誥：《蘇文忠公詩編註集成》，台北：台灣學生書局，1987 年。

54. 〔清〕沈雄：《古今詞話》，影印本，北京：中國國家圖書館。

55. 〔清〕沈際飛：《草堂詩餘正集》，明末刻本，台北：國家圖書館。

56. 〔清〕方東樹：《昭昧詹言》，台北：廣文書局，1952 年。

57. 〔清〕沈德潛《說詩晬語》，〔清〕呂璜《古文緒論》，台北：台灣中華書局，1970 年。

58. 〔清〕石濤：《畫譜》，台北：台灣學生書局，1979 年。

59. 〔清〕董誥等編：《(欽定) 全唐文》，台北：大通書局，1979 年。

60. 〔清〕劉鶚：《老殘遊記》，台北：遠博出版社，1987 年。

61. 〔清〕劉熙載：《藝概》，續修四庫全書編纂委員會《續修四庫全書‧子部‧藝術類》，上海：上海古籍出版社，1995 年。

62. 〔清〕鄒一桂：《小山畫譜》，《文淵閣四庫全書》第 838 冊，台北：台灣商務，1983～1986 年。

63. 〔清〕葉燮：《己畦文集》，《中國古典美學叢編》，北京：中華書局，1998 年。

64. 〔清〕鄭燮：《鄭板橋集》，上海：上海古籍出版社，1979 年。

65. 〔清〕王夫之等撰、丁福保編：《清詩話》，台北：明倫出版社，1976 年。

66. 〔清〕張潮：《幽夢影》，台北：文津出版社，1991 年。

67. 〔清〕王國維：《人間詞話》，〔民國〕徐調孚校著《校注人間詞話》，台北：頂淵文化，2001 年。

二、現代文獻（依出版先後排列）

（一）中文專書

蘇軾相關專著

1. 凌琴如：《蘇軾思想探討》，台北：中華書局，1964 年。

2. 徐中玉：《論蘇軾的創作經驗》，上海：華東師範大學（新華書店發行），1981 年。

3. 劉乃昌：《蘇軾選集》，山東：齊魯書社，1982 年。

4. 劉國珺：《蘇軾文藝理論研究》，天津：南開大學（新華書局發行），1984 年。

5. 張志烈等：《東坡文論叢》，四川文藝出版社，1986 年。

6. 謝桃坊：《蘇軾詩研究》，成都：巴蜀書社，1987 年。

7. 葉嘉瑩：《蘇軾》，台北：大安出版社，1988 年。

8. 王水照：《蘇軾選集》，台北：萬卷樓，1993 年。

9. 石聲淮、唐玲玲：《東坡樂府編年箋注》，台北：華正書局，1993 年。

10. 楊勝寬等：《蘇軾人格研究》，四川大學出版社，1994 年。

11. 四川大學中文系唐宋文學研究室編：《蘇軾資料彙編》（全五冊），北京：中華書局，1994年。

12. 曾棗莊、曾濤編：《蘇詩彙評》（全四冊），台北：文史哲出版社，1998年。

13. 于風：《文同蘇軾》，上海：人民美術出版社（新華書局發行），1998年。

14. 曾棗莊、曾濤編：《蘇文彙評》，台北：文史哲出版社，1998年。

15. 曾棗莊、曾濤編：《蘇詞彙評》，台北：文史哲出版社，1998年。

16. 孔凡禮：《蘇軾年譜》（上、中、下），北京：中華書局，1998年。

17. 木齋等：《蘇東坡研究》，廣西師範大學出版社，1998年。

18. 衣若芬：《蘇軾題畫文學研究》，台北：文津出版社，1999年。

19. 姜聲調：《蘇軾的莊子學》，台北：文津出版社，1999年。

20. 董治祥、劉玉芝等：《鶴兮歸來——蘇東坡在徐州》，中國戲曲出版社，2000年。

21. 陳新雄：《東坡詞選析》，台北：五南出版社，2000年。

22. 王靜芝、王初慶等：《千古風流——東坡逝世九百年學術研討會》，台北：紅葉文化，2001年。

23. 吳雪濤輯錄：《蘇軾交游傳》，石家莊：河北教育出版社，2001年。

24. 黃啓方：《東坡的心靈世界》，台北：學生書局，2002年。

25. 王洪、張愛東等：《中國第十二屆蘇軾學術研究討論會論文集》，中央文獻出版社，2003年。

26. 陳新雄：《東坡詩選析》，台北：五南出版社，2003年。

27. 王水照‧朱剛：《蘇軾評傳》，南京：南京大學出版社，2004年。

28. 陳中漸：《蘇軾書畫藝術與佛教》，北京：商務印書館，2004年。

29. 孔凡禮：《蘇軾年譜》（全三冊），北京：中華書局，2005年重印。

30. 張惠民、張進：《士心文心：蘇軾文化人格與文藝思想》，北京：人民文學出版社，2005年。

31. 戴麗珠：《蘇東坡詩畫合一之研究》，台北：文津出版社，2007年。

32. 王啓鵬：《蘇軾文藝美學論》，廣州：中山大學出版社，2007年。

33. 李順福編著：《蘇軾與書畫文獻集》，北京：榮寶齋出版社，2008年。

34. 中國人民大學中文系編‧《中國蘇軾研究》（一～四），北京：學苑出版社，2008年。

35. 鄒同慶、王宗堂：《蘇軾詞編年校註》（全三冊），北京：中華書局，2010年重印。

36. 蕭占鵬：《蘇軾禪意詩校注》，天津：天津教育出版社，2010年。

37. 許外芳：《論蘇軾的藝術哲學》，廣州：暨南大學出版社，2012 年。

美學相關專著

1. 伍蠡甫編著：《山水與美學》，台北：丹青出版社，不具出版年月。
2. 王朝聞：《美學概論》，北京：人民出版社，1981 年。
3. 朱孟實譯：《黑格爾美學》，台北：里仁出版社，1981 年。
4. 丁履譔：《美學新探》，台北：成文出版社，1981 年。
5. 復旦學報（社會科學版）編輯部編：《中國古代美學史研究》，上海：復旦大學出版社，1983 年。
6. 王進祥：《中國美學史資料編選》，台北：漢京文化，1983 年。
7. 〔美〕蘇珊·朗格（Susanne K. Langer）：《藝術問題》，北京：中國社會科學出版社，1983 年。
8. 〔德〕黑格爾（Georg Wilhelm Friedrich Hegel）著、朱孟實譯《美學》（Asthetik），台北：里仁出版社，1983 年。
9. 呂熒：《呂熒文藝與美學論集》，上海：上海文藝出版社，1984 年。
10. 郭因：《中國古典繪畫美學》，台北：丹青出版社，1986 年。
11. 黃賓虹：《黃賓虹畫語錄》，台北：華正書局，1986 年。
12. 林同華《中國美學史論集》（上～下），台北：丹青圖書公司，1986 年。
13. 劉昌元：《西方美學導論》，台灣：聯經出版社，1986 年。
14. 王朝聞：《美學概論》，台灣：谷風出版社，1986 年。
15. 劉文潭：《現代美學》，台灣：商務印書館，1986 年。
16. 敏澤：《中國美學思想史》，山東：齊魯書社，1986 年。
17. 〔俄〕托爾斯泰（Лев Николаевич Толстой）著、耿濟之譯：《藝術論》（Chto takoye iskusstvo？），台北：大鴻圖書，1987 年。
18. 谷風出版社編輯部：《美學的思索》，台北：谷風出版社，1987 年。
19. 曾祖蔭：《中國古代美學範疇》，台北：丹青圖書公司，1987 年。
20. 漢寶德等：《中國美學論集》，台北：南天書局，1987 年。
21. 宗白華：《美學的散步》，台北：洪範書局，1987 年。
22. 朱光潛：《文藝心理學》，台北：金楓出版社，1987 年。
23. 朱光潛：《談美》，台北：金楓出版社，1987 年。
24. 周來祥：《論中國古典美學》，山東：齊魯書社，1987 年。
25. 曾祖蔭：《中國古代文藝美學範疇》，台北：文津出版社，1987 年。
26. 劉剛強輯：《王國維美論文選》，長沙：湖南人民出版社，1987 年。
27. 蔣孔陽：《蔣孔陽美學藝術論集》，南昌：江西人民出版社，1988 年。

28. 夏放：《美學：苦惱的追求》，福建：海峽文藝出版社，1988 年。

29. 朱狄：《當代西方美學》，台北：古風出版社，1988 年。

30. 顧俊：《西方美學名著引論》，台北：木鐸出版社，1988 年。

31. 趙士林：《當代中國美學研究概述》，台北：谷風出版社，1988 年。

32. 胡經之：《西方文藝理論名著教程》，北京：北京大學出版社，1989 年。

33. 袁濟喜：《六朝美學》，北京：北京大學出版社，1989 年。

34. 李澤厚：《美學、哲思、人》，台北：風雲時代出版，1989 年。

35. 邵洛羊主編：《十大畫家》，上海：古籍出版社，1989 年。

36. 敏澤編：《中國美學思想史》，山東：齊魯書社，1989 年。

37. 樓昔勇：《普列漢諾夫（Георгий Валентинович Плеханов）美學思想研究》，上海：人民出版社，1990 年。

38. 田曼詩：《美學》，台北：三民書局，1990 年。

39. 〔美〕蘇珊‧朗格（Susanne K. Langer）著、劉大基、傅志強、周發祥譯：《情感與形式》，台北：商鼎文化，1991 年。

40. 云告：《從老子到王國維——美的神游》，湖南：湖南出版社，1991 年。

41. 易杰雄：《康德》，台灣：書泉出版社，1991 年。

42. 張文勛：《華夏文化與審美意識》，雲南人民出版社，1991 年。

43. 方東美：《生命理想與文化類型》，北京：中國廣播電視，1992 年。

44. 潘知常：《中國美學精神》，江蘇：人民出版社，1993 年。

45. 胡經之、王岳川主編：《文藝學美學方法論》，北京：北京大學出版社，1994 年。

46. 葉朗：《中國美學史》，台北：文津出版社，1996 年。

47. 葉朗：《現代美學體系》，台灣：書林出版社，1996 年。

48. 李澤厚：《批判哲學的批判——康德述評》，台灣：三民書局，1996 年。

49. 李醒塵：《西方美學史教程》，台北：淑馨出版社，1996 年。

50. 李澤厚：《華夏美學》，台北：三民書局，1996 年。

51. 張少康：《中國古代文學創作論》，台北：文史哲出版社，1997 年。

52. 〔德〕堯斯（Hans Robert Jauss）：《審美經驗與文學解釋學》，上海：上海譯文出版社，1997 年。

53. 童慶炳主編：《現代心理美學》（Modern Psychological Aesthetics），北京：中國社會科學出版社，1999 年。

54. 陳偉：《中國現代美學史綱》，上海：人民出版社，1999 年。

55. 朱光潛：《談美書簡二種》，上海：上海藝文出版社，1999 年。

56. 〔英〕瓦倫汀（Valentine, Charles Wilfred）著、潘智彪譯：《實驗審美心理學》（The Experimental Psychology of Beauty），台北：商頂文化出版社，1999 年。

57. 李澤厚：《美的歷程》，台北：三民書局，2000 年。

58. 彭鋒：《美學的意蘊》，北京：中國人民大學出版社，2000 年。

59. 陳旭光：《藝術的意蘊》，北京：中國人民大學出版社，2000 年。

60. 張法：《中國美學史》，上海：上海人民出版社，2000 年。

61. 胡經之：《文藝美學論》，武漢：華中師範大學出版社，2000 年。

62. 蔣述卓等編：《宋代文藝理論集成》，北京：中國社會科學出版社，2000 年。

63. 〔德〕尼采（Nietzsche, Friedrich Wilhelm）著、周國平譯：《悲劇的誕生》（Geburt der Tragodie），台北：貓頭鷹出版社，2000 年。

64. 〔德〕萊辛（Gotthold Ephraim Lessing）著、朱光潛譯：《詩與畫的界線》（Laokoon），台北：駱駝出版社，2001 年。

65. 〔德〕尼采（Nietzsche, Friedrich Wilhelm）著、徐鴻榮譯：《查拉圖斯特拉如是說》（Also sprach Zarathustra），台北：志文出版社，2001 年。

66. 李澤厚：《美的歷程》（修訂插圖版），天津：社會科學出版社，2001 年。

67. 李澤厚：《美學四講》，台北：三民書局，2001 年。

68. 李澤厚：《華夏美學》，台北：三民書局，2001 年。

69. 余秋雨：《藝術創造工程》，台北：允晨文化，2001 年。

70. 蔡鍾祥：《美在自然》，南昌：百花洲文藝出版社，2001 年。

71. 陳良運：《文質彬彬》，南昌：百花洲文藝出版社，2001 年。

72. 袁濟喜：《和：審美理想之維》，南昌：百花洲文藝出版社，2001 年。

73. 涂光社：《原創在氣》，南昌：百花洲文藝出版社，2001 年。

74. 涂光社：《因動成勢》，南昌：百花洲文藝出版社，2001 年。

75. 袁濟喜：《興：藝術生命的激活》，南昌：百花洲文藝出版社，2001 年。

76. 汪湧豪：《風骨的意味》，南昌：百花洲文藝出版社，2001 年。

77. 胡雪岡：《意象範疇的流變》，南昌：百花洲文藝出版社，2001 年。

78. 古風：《意境探微》，南昌：百花洲文藝出版社，2001 年。

79. 曹順慶、王南：《窮渾與沈郁》，南昌：百花洲文藝出版社，2001 年。

80. 勞承萬：《審美中介論》，上海：上海文藝出版社，2001 年。

81. 張法：《文藝與中國現代性》，武漢：湖北教育出版社，2002 年。

82. 葉維廉：《歷史、傳釋與美學》，台北：東大圖書公司，2002 年。

83. 宗白華：《藝境》，北京：北京大學出版社，2003 年。

84. 賴賢宗：《意境美與詮釋學》，台北：國立歷史博物館，2003 年。

85. 劉墨：《中國畫論與中國美學》，北京：人民美術出版社，2003 年。

86. 吳中杰主編：《中國古代審美文化論》，上海：上海籍出版社，2003 年。

87. 宗白華：《意境》，北京：北京大學出版社，2003 年。

88. 金元甫主編：《文藝心理學》，北京：中國人民大學出版社，2003 年。

89. 郜華：《20 世紀中國美學研究》，上海：復旦大學出版社，2003 年。

90. 朱光潛著、童學潛改寫：《文藝心理學》，台北：漢湘文化，2003 年。

91. 周憲：《美學是什麼》，香港：天地圖書公司，2003 年。

92. 苟至效、陳創生：《從符號的觀點看——一種關於社會文化現象的符號學闡釋》，廣州：廣東人民出版社，2003 年。

93. 山東大學文藝美學研究中心編：《文藝美學研究》，濟南：山東大學出版社，2003 年。

94. 〔法〕貝爾特朗‧維爾熱里（Vergely, Bertrand）著、李元華譯：《論痛苦——追尋失去的意義》（La souffrance: recherche du sens perdu），杭州：浙江人民出版社，2003 年。

95. 朱榮志主編：《中國美學研究》，上海：上海三聯書店，2006 年。

96. 張晶：《美學的延展》，北京：商務印書館，2006 年。

97. 劉東：《西方的醜學——感性的多元取向》，北京：北京大學出版社，2007 年。

98. 朱志榮主編：《中國美學簡史》，北京：北京大學出版社，2007 年。

99. 李元洛：《詩美學》，台北：東大出版社，2007 年。

100. 〔德〕伊瑟爾（Iser, Wolfgang），朱剛、古婷婷、潘玉莎譯：《怎樣做理論》（How to do theory），南京：南京大學出版社，2008 年。

101. 蘇師珊玉：《人間詞話之審美觀》，台北：里仁書局，2009 年。

102. 葉朗：《美在意象》，北京：北京大學出版社，2010 年。

103. 〔美〕文哲（Wenzel, Christian Helmu）著、李淳玲譯：《康德美學》（An introduction to Kant's aesthetics: core concepts and problems），台北：聯經出版社，2011 年。

文學相關專著

1. 〔德〕歌德（Goethe, Johann Wolfgang von）著，〔德〕愛克曼（Johann Peter Eckermann）輯錄、朱光潛譯：《歌德談話錄》，北京：人民文學出版社，1978 年。

2. 葉維廉：《飲之太和——葉維廉文學論文二集》，台北：時報出版社，1980 年。

3. 劉若愚：《中國文學理論》，台北：聯經出版社，1981 年。

4. 葉維廉：《比較詩學》，台北：東大出版社，1984 年。

5. 宗白華：《宗白華全集》第二卷，合肥：安徽教育出版社，1994 年。

6. 張高評主持：《宋詩與化俗爲雅》，台北：行政院國科會科資中心，1995 年。

7. 張高評：《宋詩之新變與代雄》，台北：紅葉出版社，1995 年。

8. 葉嘉瑩：《王國維及其文學批評》（上、下），台北：桂冠圖書股份有限公司，2000 年

9. 蘇師珊玉：《盛唐邊塞詩的審美特質》，台北：文津出版社，2000 年。

10. 張杰：《心靈之約──中國傳統詩學的文化心理闡釋》，武漢：武漢大學出版社，2001 年。

11. 胡有清：《文藝學論綱》，南京：南京大學出版社，2001 年重印。

12. 張高評：《宋詩特色研究》，長春：長春出版社（新華書局經銷），2002 年。

13. 衣若芬、劉苑如合編：《世變與創化：漢唐、唐宋轉換期之文藝現象》，台北：中央研究院中國文哲研究所，2005 年。

14. 衣若芬：《觀看・敘述・審美：唐宋題畫文學論集》，台北：中央研究院中國文哲研究所，2005 年。

15. 路籽敍：《題畫詩》，北京：人民美術社，2008 年。

藝術相關專著

1. 周積寅：《中國畫論輯要》，江蘇：江蘇美術出版社，出版年月不詳。

2. 于安瀾編：《畫史叢書》，上海：上海人民美術出版社，1963 年。

3. 徐復觀：《中國藝術精神》，台北：台灣學生書局，1966 年。

4. 陳陵：《繪畫入門與素描入門》，台北：正文出版社，1969 年。

5. 裴景福：《壯陶閣書畫錄》，台北：中華書局，1971 年。

6. 趙博雅：《文學藝術心理學》，台北：藝術圖書公司，1976 年。

7. 蔡秋來：《宋代繪畫藝術成就之探討》，台北：文史哲出版社，1977 年。

8. 〔美〕奧爾德里奇（V.C.）：《藝術哲學》，中國社會科學出版社，1980 年。

9. 潘天壽：《潘天壽談藝錄》，台北：丹青有限公司，1981 年。

10. 〔法〕羅丹（Rodin, Auguste）口述、葛塞爾（Gsell, Paul）筆記：《羅丹藝術論》（Auguste Rodin's entretiens sur l'art），台北：雄獅圖書公司，1981 年。

11. 姜一涵：《石濤畫語錄研究》，台北：中國文化大學出版部，1982 年。

12. 伍蠡甫：《中國畫論研究》，北京：北京大學出版社，1982 年。

13. 《畫史叢書》（一～四），台北：文史哲出版社，1983 年。

14. 俞崑：《中國畫論類編》，台北：華正書局，1984 年。

15. 楊大年：《中國歷代畫論采英》，河南：河南人民出版社，1984 年。

16. 劉海粟：《齊魯談藝術》，濟南：山東美術出版社，1985 年。

17. 馬奇：《藝術哲學論搞》，山西：人民出版社，1985 年。

18. 楊永青：《歷代寫意人物畫欣賞》，上海：人民美術出版社，1985 年。

19. 李可染：《李可染畫論》，台北：丹青出版社，1986 年。

20. 張安治等：《歷代畫家評傳》，香港：中華書局，1986 年。

21. 黃賓虹：《黃賓虹畫語錄》，台北：華正書局，1986 年。

22. 潘天壽：《毛筆的常識》，台北：丹青圖書，1986 年。

23. 陳兆復：《中國畫研究》，台北：丹青出版社，1986 年。

24. 王向峰：《藝術的審美特性》，瀋陽：遼寧大學出版社，1986 年。

25. 何新：《藝術現象的符號──文化學闡釋》，北京：人民文學出版社，
    1986 年。

26. 陳兆復：《中國畫研究》，台北：丹青圖書公司，1986 年。

27. 張安治：《中國畫與畫論》，上海：上海人民美術版社，1986 年。

28. 王向峰：《藝術的審美特性》，瀋陽：遼寧大學出版社，1986 年。

29. 劉九洲：《藝術意境概論》，武昌：華東師範大學出版社，1987 年。

30. 俞劍華：《國畫研究》，台北：華正書局，1987 年。

31. 徐悲鴻：《徐悲鴻藝術文集》，台北：藝術家出版社，1987 年。

32. 葛路：《中國古代繪畫理論發展史》，台北：丹青圖書，1987 年。

33. 郎紹君：《論中國現代美術》，南京：江蘇美術出版社，1988 年。

34. 夏中義：《藝術鏈》，上海：文藝出版社，1988 年。

35. 吳道文：《藝術的興味》，台北：東大圖書公司，1988 年。

36. 高楠：《藝術心理學》，瀋陽：遼寧人民出版社，1988 年。

37. 楊仁愷主編：《中國書畫》，上海：古籍出版社，1990 年。

38. 中央美術學院美術史系中國美術史教研室編著：《中國美術簡史》，北
    京：高等教育出版社，1990 年。

39. 高木森：《中國繪畫思想史》，台灣：東大圖書公司，1992 年。

40. 黃光男：《美感與認知──美術論文集》，高雄：復文圖書公司，1993 年。

41. 黃光男：《宋代繪畫美學析論》，台北：漢光出版社，1993 年。

42. 李沛：《水墨山水畫創作之研究》，台北：文史出版社，1995 年。

43. 范瑞華：《中國佛教美術源流》，北京：國際文化出版社，1996 年。

44. 陳傳席：《中國繪畫理論史》，滄海美術藝術史 9，台北：東大書局，1997 年。

45. 朱玄：《中國山水畫美學研究》，台灣：學生書局，1997 年。

46. 徐復觀：《中國藝術精神》，台灣：學生書局，1998 年。

47. 蔣勳：《美的沈思——中國藝術思想芻論》，台北：雄師美術出版社，1998 年。

48. 〔美〕列維（Albert William Levi）、史密斯（Ralph A. Smith）著、王柯平譯：《藝術教育：批評的必要性》，成都：四川人民出版社，1998 年。

49. 蒲震元：《中國藝術意境論》，北京：北京大學出版社，1999 年。

50. 袁金塔編著：《中西繪畫構圖之比較》，台北：藝風堂出版社，1999 年。

51. 錢鍾書：《談藝錄》，北京：中華書局，1999 年重印。

52. 陳傳席：《六朝畫論研究》，台灣：學生書局，1999 年。

53. 薛永年主編、邵彥編著：《中國繪畫的歷史與審美鑑賞》，北京：中國人民大學出版社，2000 年。

54. 李霖燦：《藝術欣賞與人生》，台北：雄獅圖書，2000 年。

55. 韓林德：《石濤與《畫語錄》研究》，南京：江蘇美術出版社，2000 年。

56. 薛永年主編、邵彥編修：《中國繪畫的歷史與審美鑑賞》，北京：中國人民大學出版社，2000 年 7 月。

57. 丁寧：《美術心理學》，哈爾濱：黑龍江美術出版社，2000 年。

58. 鄧喬彬：《中國繪畫思想史》，貴州：貴州人民出版社，2001 年。

59. 何太宰編選：《現代藝術札記》，北京：人民文學出版社，2001 年。

60. 劉奇俊：《中國歷代畫派新論》，台北：藝術圖書公司，2001 年。

61. 劉思量：《中國美術新論》，台北：藝術家出版社，2001 年。

62. 施旭生：《藝術之維》，北京：北京廣播學院出版社，2001 年。

63. 梅墨生：《山水畫述要》，北京：北京圖書館出版社，2001 年。

64. 鄭午昌（鄭昶）：《中國畫學全史》，上海：上海古籍出版社，2001 年。

65. 劉千美：《差異與實踐：當代藝術哲學研究》，台北：立緒文化，2001 年。

66. 劉奇俊：《中國歷代畫派新論》，台北：藝術家出版社，2001 年。

67. 劉思量：《中國美術思想新論》，台北：藝術家出版社，2001 年。

68. 潘運吉編著：《元代書畫論》，長沙：湖南美術出版社，2002 年。

69. 許江主編：《人文藝術》，杭州：中國美術學院出版社，2002 年。

70. 王宏建主編《藝術概論》，北京：文化藝術出版社，2002 年。

71. 何志明、潘運告編著:《唐五代畫論》,長沙:湖南美術出版社,2002 年。

72. 潘運告主編:《元代書畫論》,長沙:湖南美術出版社,2002 年。

73. 雲告編著:《清代畫論》,長沙:湖南美術出版社,2002 年。

74. 〔法〕馬蒂斯(Henri Matisse)、李黎陽編著:《馬蒂斯論藝》(Matisse on art),北京:人民出版社,2002 年。

75. 潘天壽:《中國傳統繪畫的風格》,上海:中國書畫出版社,2003 年。

76. 何懷碩:《給未來的藝術家》,台北:立緒文化,2003 年。

77. 蔣勳:《美的沈思——中國藝術思想芻論》(修訂插圖版),台北:雄師美術出版社,2003 年。

78. 周時奮:《石濤畫傳》,濟南:山東畫報出版社,2003 年。

79. 劉墨:《中國畫論與中國美學》,北京:人民美術出版社,2003 年。

80. 于安瀾主編:《畫論叢刊》(一~四),台北:華正書局,2004 年。

81. 〔法〕程抱一(Cheng, Francoi)著、涂衛群畫:《中國詩畫語言研究》(L' écriture poétique chinoise),南京:江蘇人民出版社,2006 年。

82. 黃光男:《畫境與化境——繪畫美學與創作》,台北:典藏藝術家庭,2007 年。

83. 石守謙:《風格與世變:中國繪畫十論》,北京:北京大學出版社,2008 年。

84. 中國美術學院中國畫系編:《品格與意境》,杭州:中國美術學院出版社,2008 年。

85. 中國美術學院中國畫系編:《形神與筆墨》,杭州:中國美術學院出版社,2008 年。

86. 王玲娟:《詩畫一律:中國古代山水畫研究》,合肥:安徽美術出版社,2008 年。

87. 張建軍:《中國畫論史》,濟南:山東人民出版社,2008 年。

88. 葛路:《中國畫論史》,北京:北京大學出版社,2009 年。

89. 葛路:《中國繪畫美學範疇體系》,北京:北京大學出版社,2009 年。

90. 葉子:《中國歷代畫家圖表》,上海:上海人民美術出版社,2009 年。

91. 〔法〕布德爾(Bourdelle, Emile Antoine)著、嘯聲譯《布德爾論藝術與生活》(Écrits sur l'art et sur la vie de Antoine Bourdelle),上海:上海人民出版社,2009 年。

92. 王世襄:《中國畫論研究》,桂林:廣西師範大學出版社,2010 年。

93. 〔英〕沃爾特‧佩特(Pater, Walter):《文藝復興》(Renaissance),北京:外語教學與研究出版社,2010 年。

94. 葉子：《中國歷代書法家圖表》，上海：上海人民美術出版社，2011 年。

95. 邱振中主編：《書法與繪畫的相關性》，北京：中國人民大學出版社，2011 年。

其他

1. 伍蠡甫主編：《西方文論選》，上海：上海文藝出版社，1964 年。

2. 華正人編輯：《歷代書法論文選》，台北：華正書局，1965 年。

3. 魯迅：《魯迅全集》（1～10），北京：人民文學出版，1981 年。

4. 朱自清：《朱自清古典論文集》，上海：古籍出版社，1981 年。

5. 敏澤：《形象、意象、情感》，石家莊：河北教育出版社，1987 年。

6. 熊秉明：《中國書法理論體系》，台北：谷風出版社，1987 年。

7. 錢鍾書：《管錐篇》，台北：書林出版社，1990 年。

8. 蔡元培：《蔡元培文集》（1～10），台北：錦繡出版社，1995 年。

9. 蔡志忠編：《藝術家十句話》，北京：生活、讀書、新知三聯書店，1996 年。

10. 趙國祥：《心靈的奧秘》，開封：河南大學出版社，2001 年。

11. 張世英：《哲學導論》，北京：北京大學出版社，2002 年。

12. 張繼禹主編：《中華道藏》，北京：華夏出版社，2004 年。

13. 張立文主編：《空境——佛學與中國文化》，北京：人民出版社，2005 年。

14. 李咏吟：《審美與道德的本源》，上海：上海人民出版社，2006 年。

15. 〔法〕莫里斯・梅洛・龐蒂（Merleau-Ponty, Maurice）著、楊大春譯：《眼與心》（L'Oeil et l'Esprit），北京：商務印書館，2007 年。

16. 付長珍：《宋儒境界論》，上海：上海三聯書店，2008 年。

17. 余秋雨：《新文化苦旅》，台北：爾雅出版社，2008 年。

18. 衣若芬：《遊目騁懷：文學與美術的互文與再生》，台北：里仁書局，2011 年。

19. 衣若芬：《雲影天光——瀟湘山水之畫意與詩情》，台北：里仁書局，2013 年。

（二）外文專書

1. H. Abrams, "The Mirror and the Lamp: Romantic and the Critical Trandition", Oxford University Press, 1953.

2. Wolfgang Iser, "The Act of Reading", The Johns Hopkins University Press, 1978.

3. Robert E. Harrist, "Li Kung-Lin and Shan-Chung T'u: A Scholar's Langdscape", Ph. D. dissertation, Princeton: Princeton University, 1987.

（三）學位論文

1. 夏賢李：《金代書法之蘇軾與米芾傳統》，台灣：台灣大學（歷史語言研究所），1991 年。

2. 戴伶娟：《蘇軾題畫詩藝術技巧研究》，台灣：成功大學（歷史語言研究所），1993 年。

3. 衣若芬：《蘇軾題畫文學研究》，台灣：台灣大學（中國文學研究所），1994 年。

4. 謝惠芳：《蘇軾題畫文學之研究》，台灣：台灣師範大學（國文研究所），1994 年。

5. 劉怡明：《蘇軾淨因院畫記的常理研究》：台灣：成功大學（藝術研究所），1999 年。

6. 范如君：《喬仲常《後赤壁賦圖卷》研究：兼論蘇軾形象與李公麟白描風格的發展》，台灣：台灣師範大學（美術研究所），2001 年。

7. 崔在赫：《蘇軾文藝理論研究》，台灣：政治大學（中國文學研究所），2002 年。

8. 薛松華：《蘇軾的思想與文藝觀》，大陸：新疆大學（文藝學），2002 年。

9. 許外芳：《論蘇軾的藝術哲學》，大陸：復旦大學（中國語言文學系），2003 年。

10. 趙玉：《論蘇軾以意為主的藝術審美觀》，大陸：山東師範大學（文藝學），2003 年。

11. 林融嬋：《蘇軾超曠情懷與文化關係研究》，台灣：南華大學（文學研究所），2004 年。

12. 王浩瑩：《論寫意畫的自由性》，大陸：東北師範大學（美術學），2004 年。

13. 廖學隆：《蘇軾書法藝術研究》，台灣：台灣師範大學（國文學研究所），2005 年。

14. 楊翠琴：《論蘇軾的曠適人生》，大陸：內蒙古大學（中國古代文學），2005 年。

15. 劉曉歐：《古代文人畫對中國畫發展的消極影響》，大陸：東北師範大學（美術學），2005 年。

16. 吳文治：《宋代題畫詞總說》，大陸：河北大學（中國古代文學），2005 年。

17. 蕭寒：《論蘇軾的自然論文藝觀》，大陸：山東大學（文藝學），2005 年。

18. 李強：《中國繪畫藝術傳神與寫意的美學觀和時代演進》，大陸：陝西師範大學（美術學），2005 年。

19. 趙太順：《蘇軾及其書學》，台灣：中國文化大學（史學研究所），2006年。

20. 陳芳：《東坡筆下的日常生活情趣——蘇軾日常生活題材詩歌創作初探》，大陸：安徽大學（中國古代文學），2006年。

21. 庫萬曉：《文同和蘇軾關係研究》，大陸：吉林大學（中國古代文學），2006年。

22. 曹銀虎：《尚淡——蘇軾書學思想再認識》，大陸：南京師範大學（美術學），2006年。

23. 唐媛媛：《論文人畫家對自然的關注》，大陸：西南大學（美術學），2006年。

24. 劉小寧：《蘇軾題畫詩研究》，大陸：天津師範大學（古典文學），2006年。

25. 李放：《蘇軾書法思想研究》，大陸：首都師範大學（美術學），2007年。

26. 李天讚：《蘇軾詩詞中竹書寫研究》，台灣：中正大學（中國文學研究所），2007年。

27. 張永：《蘇軾書法藝術評介研究》，大陸：山東大學（中國古代史），2007年。

28. 盧冠燕：《蘇軾題畫詩類型主題研究》，台灣：台灣師範大學（國文研究所），2007年。

29. 曹英慧：《中國文人畫中的惆悵美——從八大山人的作品談起》，大陸：河北師範大學（美術學），2007年。

30. 向阿媚：《蘇軾文藝美學的道教情懷》，大陸：四川大學（中國哲學），2007年。

31. 李海軍：《禪與中國山水畫》，大陸：東北師範大學（美術學），2007年。

32. 鄔建雄：《論蘇軾的「尚意」美學思想》，大陸：四川師範大學（美學），2007年。

33. 卜曉娟：《論蘇軾文藝批評的思維方式》，大陸：湖南師範大學（文藝學），2007年。

34. 于水森：《論豪放》，大陸：山東師範大學（美學），2007年。

35. 杜美玲：《論蘇軾的生命體務及現實價值》，大陸：內蒙古大學（中國古代文學），2007年。

36. 劉艷紅：《通感——蘇軾詩意生活的審美心理》，大陸：西南大學（中國古代文學），2007年。

37. 金鵬：《宋代文人畫風格的生成及其發展研究》，大陸：武漢理工大學（美術學），2007年。

38. 胡秀芬：《從萊辛、蘇軾詩畫觀探析中西不同詩畫的必然性》，大陸：重慶西南大學（美術學），2007 年。

39. 張維紅：《明代書壇對蘇軾書法的接受研究——以「吳門書家」爲例》，大陸：首都師範大學（美術學），2007 年。

40. 鄭清堯：《蘇軾行書藝術之研究》，台灣：高雄師範大學（國文研究所），2008 年。

41. 李百容：《蘇軾詩畫通論之藝術精神研究》，台灣：淡江大學（中國文學研究所），2012 年。

（四）期刊論文

1. 蘇雪林：〈東坡詩論〉之二，《暢流》第 45 卷第 8 期，1972 年 6 月，頁 54～60。

2. 蘇雪林：〈東坡詩論〉之五，《暢流》第 45 卷第 11 期，1972 年 9 月，頁 12～14。

3. 朱靖華：〈前、後〈赤壁賦〉題旨新探〉，《黃岡師專學報》第一期，1983 年，頁 43。

4. 嚴恩紋：〈東坡詩分期之檢討〉，《責善半月刊》第二卷第一、二期，1941 年 4 月。

5. 王士博：〈蘇軾詩論〉，《吉林大學學報》第一期，1981 年，頁 13～29。

6. 王水照：〈論蘇軾創作的發展階段〉，《社會科學戰線》第一期，1984 年，頁 259～269。

7. 羅鳳珠：蘇軾黃州詩研究，《國立台灣師範大學國文研究所集刊》，1989 年，頁 767～940。

8. 盧廷清：寒食帖與蘇軾黃州時期書法，《故宮文物月刊》，1996 年，頁 100～125。

9. 衣若芬：〈一樁歷史的公案——「西園雅集」〉，台北：中央研究院《中國文哲研究集刊》第十期，1997 年 3 月，頁 221～268。

10. 朱孟庭：論蘇東坡書法美學思想，彰化師範大學國文系《國文學誌》第三期（宋代文化專號），1999 年 6 月，頁 263～283。

11. 許外芳與黃清發：〈真骨傲霜：淺論蘇軾的文化性格內涵〉，大陸：《中洲學刊》第 4 期，2002 年 7 月，頁 75～77。

12. 劉瑞明：〈含假「羅漢」、「觀音」的趣難系列詞〉，《語言科學》，2003 年 7 月，頁 81～82。

13. 尚永亮與洪迎華：〈柳宗元詩歌接受主流及其嬗變——從另一個角度看蘇軾「第一讀者」的地位與作用〉，大陸：《人文雜誌》第 6 期，2004 年，頁 92～100。

14. 楊勝寬：〈從崇杜到慕陶：論蘇軾人生與藝術的演進〉，大陸：《四川大學學報（哲學社會科學版）》第 2 期，2004 年，頁 98～101。

15. 陳曉春：〈蘇軾書法美學思想述略〉，大陸：《四川大學學報（哲學社會科學版）》第 2 期，2005 年 3 月，頁 112～117。

16. 韓湖初：〈論蘇軾對文心雕龍文學理論的繼承和發展〉，大陸：《華南師範大學學報（社會科學版）》第 4 期，2005 年 8 月，頁 49～56。

17. 劉鋒燾：〈從李煜到蘇軾——「士大夫詞」的繼承和自覺〉，大陸：《文史哲》第 5 期（總第 296 期），2006 年，頁 82～87。

18. 王明建與甘恆志：〈論蘇軾詩中有畫論的創作實踐舉隅〉，大陸：《河北大學學報（哲學社會科學版）》第 2 期第 31 卷（總第 128 期），2006 年，頁 105～107。

19. 周紅藝〈由感及情到悟：創作一幅中國畫的心理過程〉，《西北大學學報》（哲學社會科學版）第 37 卷第 144 期，陝西西安：西北工業大學，2007 年，頁 81。

20. 李純瑀：蘇軾黃州記遊詞探討，《中國語文》，2008 年，頁 63～79。

21. 林清鏡：〈象外之象的邂逅——繪畫創作研究〉，台灣：《書畫藝術學刊》第 5 期，2008 年 2 月，頁 207～231。

22. 楊勝寬：〈蘇軾幽默人生的文化個性〉，大陸：《西南民族大學學報（人文社科版）》，總第 200 期，2008 年 4 月，頁 142～148。

23. 吳炫：〈論蘇軾的中國式獨立品格〉，大陸：《文藝理論研究》第 4 期，2008 年，頁 8～17。

24. 劉千美：〈範疇與藝境：文人詩畫美學與藝術價值之反思〉，台灣：《哲學與文化》第 35 卷第 7 期，總號 410，2008 年 7 月，頁 17～36。

25. 王文捷：〈蘇軾山水詩中自然審美觀探析〉，大陸：《廣西民族大學學報（哲學社會科學版）》第 30 卷第 5 期，2008 年 9 月，頁 146～150。

26. 張高評：〈蘇軾題畫詩與意境之拓展〉，台灣：《成大中文學報》第 22 期，2008 年 10 月，頁 23～60。

27. 劉爲博：〈《薑齋詩話》對東坡詩的批評〉，台灣：《中國語文》第 103 卷第 4 期，總號 616，2008 年 10 月，頁 27～38。

28. 金炫廷：〈明代中後期文人的繪畫收藏活動〉，台灣：《逢甲人文社會學報》第 17 期，2008 年 12 月，頁 1～43。

29. 蔡顯良：〈宋代論書詩的主要題材與特色〉，台灣：《書畫藝術學刊》第 5 期，2008 年 12 月，頁 139～169。

30. 張高評：〈蘇軾黃庭堅題畫詩與詩中有畫——以題韓幹、李公麟畫馬詩爲例〉，台灣：《興大中文學報》第 24 期，2008 年 12 月，頁 1～34。

31. 李放：〈試論蘇軾的書法作品構成觀〉，大陸：《首都師範大學學報（社會

科學版)》第 6 期，2009 年，頁 132～138。

32. 陳宣諭：〈蘇軾〈虢國夫人夜遊圖〉賓主章法探析〉，台灣：《崇右學報》第 15 卷第 1 期，2009 年 5 月，頁 27～43。

33. 蔡志鴻：〈《蘇東坡突圍》之後設論述〉，台灣：《國文天地》第 25 卷第 1 期，總號 289，2009 年 6 月，頁 52～55。

34. 劉竹青與許碧珊：〈何不擇所安，滔滔天下是——由蘇東坡的詩文探索他的超然襟懷〉，台灣：《經國學報》第 27 期，2009 年 7 月，頁 1～13。

35. 陳葆真：〈中國繪畫研究的過去與現在〉，台灣：《漢學研究通訊》第 28 卷第 3 期，總號 111，2009 年 8 月，頁 1～16。

36. 陳池瑜：〈現代中國畫的傳統與變革〉，台灣：《書畫藝術學刊》第 7 期，2009 年 12 月，頁 27～40。

37. 余昭玟：〈蘇軾黃州時期的人生轉變與散文創作〉，台灣：《語文教育通訊》，2010 年，頁 3～9。

38. 黃彩勤：〈蘇軾黃州山水詩的心靈世界——歸隱情結的萌生與超曠胸懷的成型〉，台灣：《弘光人文社會學報》，2010 年，頁 35～56。

39. 張瑞君：〈從寒食帖看蘇軾詩書相通的審美需求〉，大陸：《中國書法》總 206 期，2010 年，頁 109～110。

40. 潘殊閑：〈論宋代蘇軾的文化性格〉，大陸：《寧夏大學學報（人文社會科學版）》第 32 卷第 2 期，2010 年 3 月，頁 118～132。

41. 趙復泉、甘玲：〈北宋繪畫中的詩畫同一性〉，大陸：《重慶教育學院學報》第 23 卷第 2 期，重慶：中國三峽博物館，2010 年 3 月，頁 120～122。

42. 潘殊閑：〈試論宋人的蘇軾心結〉，大陸：《寧夏社會科學》第 3 期（總第 160 期），2010 年 5 月，頁 154～160。

43. 黃彩勤：〈蘇軾題山水畫詩的題詠內涵與人生觀照〉，台灣：《遠東通識學報》第 4 卷第 2 期，總號 7，2010 年 7 月，頁 57～76。

44. 趙龍濤：〈蘇軾論書詩簡論〉，台灣：《書畫藝術學刊》第 9 期，2010 年 12 月，頁 311～326。

45. 劉衛林：〈盛唐詩的超越——蘇軾與嚴羽詩學理想追求的比較〉，台灣：《新亞學報》第 29 期，2011 年 3 月，頁 305～324。

46. 潘殊閑與敖慧斌：〈論蘇軾創新意識的形成原因〉，大陸：《南昌大學學報（人文社會科學版）》第 42 卷第 3 期，2011 年 5 月，頁 109～115。

47. 孟憲浦：〈論蘇軾率意為文創作現象的理論蘊含〉，大陸：《學術論壇》第 4 期（總第 243 期），2011 年，頁 85～89。

48. 祝開景：〈考證北宋「圓通大師」——兼談「西園雅集」的真實性〉，台灣：《歷史文物》月刊第二十一卷第九期（No.218），2011 年 9 月，頁 30～43。

三、學術網站資源（依筆畫順序排列）

1. 中國知識資源總庫：http://cnki50.csis.com.tw/kns50/。
2. 台灣宋史研究網：
   http://www.ihp.sinica.edu.tw/~twsung/twsung/twsungframe.html。
3. 台灣碩博士論文知識加值系統：http://ndltd.ncl.edu.tw/。
4. 台灣期刊論文索引系統：http://readopac.ncl.edu.tw/。
5. 全唐詩檢索系統：http://cls.hs.yzu.edu.tw/tang/Database/index.html。
6. 宋詩多媒體網路教學系統綜合檢索：
   http://cls.hs.yzu.edu.tw/qss/BD_srch.htm。
7. 唐宋詞全文資料庫：http://cls.hs.yzu.edu.tw/csp/W_DB/index.htm。
8. 國立故宮博物院——大觀　北宋書畫：http://tech2.npm.gov.tw/sung/。
9. 欽定詞譜：http://home.educities.edu.tw/f5101231/a1.html。
10. 〔寒泉〕古典文獻全文檢索資料庫：http://skqs.lib.ntnu.edu.tw/dragon/。
11. 華藝線上圖書館：http://www.airitilibrary.com/。
12. 詩詞曲典故檢索：http://cls.hs.yzu.edu.tw/orig/q_home.htm。
13. 萬芳數據知識服務平台：http://g.wanfangdata.com.hk/。
14. 漢典：http://www.zdic.net/。
15. 蘇軾文史地理資訊系統：http://cls.hs.yzu.edu.tw/su_shi/。

附錄：蘇軾藝術生平年譜

帝號	年號	年號年	西元	蘇軾年紀	所在地點	記 事
宋仁宗	景祐	3〔丙子〕	1036	1	四川眉山	1. 祖父蘇序，字仲先，六十四歲，祖母史氏。父蘇洵，字明允，二十八歲，布衣。母程夫人，二十七歲，外家爲眉山巨富。大伯父蘇澹，字希白（太白）。二伯父蘇渙，初字公群，晚字文甫，三十六歲。 2. 長兄景先（一作景山）。 3. 姊八娘，二歲。 4. 褓母任采蓮。 5. 陰曆十二月十九日，蘇軾誕生於四川眉州眉山縣城內紗縠行蘇宅。蘇軾字子瞻，因排行第二，一字和仲，又字子平。 6. 據蘇洵在《蘇氏族譜》中敘述，眉山蘇氏爲唐代蘇味道之後。蘇味道在聖曆初爲鳳閣侍郎，以貶爲眉州刺史，又遷爲益州長史，未行而卒。有子一人，不能歸，遂家於眉。但眉山蘇氏從世系上說是由趙郡蘇氏而來，所以蘇軾後來「自稱趙郡蘇軾」。蘇洵又自稱家有山田一頃。
		4〔丁丑〕	1037	2	四川眉山	1. 大伯父，蘇澹卒。
	寶元	1〔戊寅〕	1038	3	四川眉山	1. 長兄景先夭卒。
		2〔己卯〕	1039	4	四川眉山	1. 二月，弟蘇轍生。轍字子由，一字同叔，又稱卯君。
	康定	1〔庚辰〕	1040	5	四川眉山	

帝號	年號	年號年	西元	蘇軾年紀	所在地點	記　　　　事
	慶曆	1〔辛巳〕	1041	6	四川眉山	1. 二伯父蘇渙任閬中判官，父洵往訪，與當地父老賢士大夫遊。
		2〔壬午〕	1042	7	四川眉山	1. 自七八歲始知讀書，聞歐陽修之名。七歲時見眉州老尼，姓朱，忘其名，年九十餘，自言嘗其隨師入蜀之孟昶宮中。
		3〔癸未〕	1043	8	四川眉山	1. 入天慶觀北極院從道士張易簡讀小學。學童常百人，蘇軾與陳太初學業最優。 2. 石介《慶曆聖德詩》傳至鄉校，蘇軾從旁竊觀，深慕韓琦、富弼、范仲淹、歐陽修之為人。
		4〔甲申〕	1044	9	四川眉山	1. 讀小學。
		5〔乙酉〕	1045	10	四川眉山	1. 讀小學，蘇轍從學。 2. 父洵宦游四方，母程夫人親授以書。程夫人讀《漢書·范滂傳》，慨然太息。軾侍則，曰：「軾若為滂，夫人亦許之否乎？」程夫人曰：「汝能為滂，吾顧不能為滂母耶？」軾亦奮勵有當世志。
		6〔丙戌〕	1046	11	四川眉山	1. 在紗縠行本宅南軒讀書。 2. 父洵南遊，至虔州，鍾斐、鍾概兄弟從遊，同登馬祖岩，入天竺寺，觀白樂天墨跡。
		7〔丁亥〕	1047	12	四川眉山	1. 五月十一日，蘇序卒，年七十五。蘇序晚而好為詩，能敏捷立成，不求甚工，比沒，得數千首。 2. 父洵遊廬山東西二林，與雷簡夫訂交於九江。因父親蘇序去世，歸自江南。蘇軾於所居紗縠行宅隙地中與群兒鑿地為戲，得異石，扣之鏗然，父洵以為天硯，乃是文字之祥。 3. 父洵作〈名二子說〉。
		8〔戊子〕	1048	13	四川眉山	1. 二月，葬祖父於眉山縣修文鄉安道里先墓之側。 2. 春，與弟子由到城西社從眉州教授劉巨（字微之）學。同學家勤國、家安國、家定國。 3. 蘇軾曾修改老師劉巨的〈鷺鷥詩〉。
	皇祐	1〔己丑〕	1049	14	四川眉山	1. 從劉巨學。 2. 蘇軾少年頗知種松，手植數萬株。 3. 夏天，在學舍與程建用、楊堯咨、子由作大雨聯句。 4. 眉山矮道士李伯祥好為詩，嘗見蘇軾，嘆曰：「此郎君貴人也。」

帝號	年號	年號年	西元	蘇軾年紀	所在地點	記　　　　事
		2〔庚寅〕	1050	15	四川眉山	1. 在家讀書。程夫人親教軾、轍，常戒曰：「汝讀書勿效曹耦，止欲以書自名而已。」每稱引古人名節，以勵之，曰：「汝果能死直道，吾無戚焉。」 2. 二伯父蘇渙爲祥符縣令。
		3〔辛卯〕	1051	16	四川眉山	1. 讀書棲雲寺、華藏寺。曾於連鰲山石崖上作「連鰲山」三字，大如屋宇，雄勁飛動。 2. 父洵去犍爲訪吳中復通判。
		4〔壬辰〕	1052	17	四川眉山	1. 蘇軾與劉仲達往來於眉山。 2. 姊八娘嫁與舅父程浚之子程之才（字正輔）爲妻。
		5〔癸巳〕	1053	18	四川眉山	1. 在家鄉讀書。 2. 姊八娘事姑翁不得志，憂憤至死。 3. 八娘能屬文。父洵與程氏絕交，軾、轍兄弟共絕之。
至和		1〔甲午〕	1054	19	四川眉山	1. 蘇軾與青神縣鄉貢進士王方之女王弗結婚。王弗年十六，其始，未嘗自言知書，見蘇軾讀書，則終日不去。其後，蘇軾有所忘，王弗輒能記之。問其他書，則皆略知之。
		2〔乙未〕	1055	20	四川眉山	1. 蘇洵攜軾、轍遊學成都，謁府尹張方平，張一見待以國士，並以書荐蘇洵父子於歐陽修。 2. 蘇軾在成都又見文雅大師惟度，及其同門友惟簡。 3. 子由十七歲，與十五歲的史氏結婚。
嘉祐		1〔丙申〕	1056	21	四川眉山	1. 正月，蘇軾在成都淨眾寺爲張方平畫像留寺中，蘇洵爲此作〈張益州畫像記〉。 2. 三月，蘇洵帶領軾、轍，離家赴京師，參加禮部秋試。過扶風，次於逆旅。 3. 父子三人乘馬行至河南，馬死於二陵，騎驢至澠池，停歇於奉閑僧舍。 4. 五月抵京師，館於興國寺浴院。九月，與林希、王汾、顧臨、胡宗愈等同軾舉人景德寺。袁轂第一，蘇軾第二，子由亦中舉。 5. 蘇洵上書歐陽修，歐太愛其文辭，以爲賈誼、劉向不過。又以其書獻諸朝，公卿士大夫爭傳之。
		2〔丁酉〕	1057	22	四川眉山	1. 蘇軾應進士試，歐陽修得其〈刑賞忠厚之至論〉、以爲異人，欲冠多士，疑門下士曾鞏所爲，乃取爲第二。復試《春秋》對義居第一。及殿試章衡榜，中進士乙科。蘇轍亦中舉。

帝號	年號	年號年	西元	蘇軾年紀	所在地點	記　　事
						2. 蘇軾以書謝主考諸公，因歐陽修謁見文彥博、富弼、韓琦，皆以國士待之。
						3. 歐陽修命門生晁端彥與蘇軾訂交，并謂蘇軾必名世。
						4. 四月八日，母程夫人病故，年四十八。蘇洵父子奔喪回蜀。葬程夫人於武陽縣安鎮鄉可龍里。
						◎撰寫詩文：〈刑賞忠厚之至論〉、〈上歐陽內翰書〉、〈上梅龍圖書〉、〈上范舍人書〉、〈上梅直講書〉
		3〔戊戌〕	1058	23	四川眉山	1. 在家服母喪。
						2. 王素移鎮成都，蘇軾往謁，進《上知府王龍圖書》。
						3. 十月，蘇洵得雷簡夫書，聞召命將至。十一月五日，召命下，本州發遣，蘇洵稱病不起。
		4〔己亥〕	1059	24	眉山→嘉陵→荊州	1. 在家服母喪。
						2. 十月，啓稱還朝。蘇氏父子三人由眉山登舟，經嘉州、忠州，出三峽，歲暮抵荊州。王弗隨行，長子蘇邁生於是年。
						◎撰寫詩文：〈初發嘉州〉、〈屈原塔〉、〈巫山〉、〈黃牛廟〉等詩，〈南行前集敘〉
		5〔庚子〕	1060	25	荊州→洌陽→襄陽→許州→開封	1. 正月五日自荊州起程行陸路，由荊門宜城經襄陽、鄧州、唐州、許州，二月十五日蘇氏父子到達京師，寓於西岡。朝廷授蘇軾河南福昌縣主簿，不赴。舍人知諫院楊畋以蘇軾所作五十篇文奏上。
						2. 八月，蘇洵除授試校書郎。翰林學士歐陽修上其所著〈權書〉、〈衡論〉、〈機策〉二十二篇，宰相韓琦善之；召試舍人院，以疾辭。本路轉運使趙抃等荐其行義，修又言洵既不肯就試，乞除一官，故有是命。
						◎撰寫詩文：〈荊州詩〉、〈新渠詩序〉
		6〔辛丑〕	1061	26	荊州→洌陽→襄陽→許州→開封→鄭州→澠池→鳳翔	1. 蘇軾與子由寓居懷遠驛。
						2. 歐陽修以才識兼茂荐之秘閣，試〈王者不治夷狄〉、〈形勢不如德〉等六論。舊不起草，以故文多不工；軾始具草，文義粲然。
						3. 八月，蘇軾、蘇轍與王介應賢良方正直言極諫策問。蘇軾所對入第三等，王介第四等，蘇轍第四等次。及除官，王安石不肯撰蘇轍告詞，改命沈遘，乃爲之詞。

帝號	年號	年號年	西元	蘇軾年紀	所在地點	記　　　　事
						4. 蘇軾授大理評事、簽書鳳翔府節度判官。十一月赴鳳翔，子由送至鄭州。十二月十四日到任。 5. 蘇轍授商州軍事推官，因父洵被命修禮書，身旁無侍子，上奏乞留京師養親。 6. 蘇氏父子赫然名動京師，蘇氏文章遂擅天下，時文為之一變，目蘇洵為「老蘇」。 ◎撰寫詩文：〈上兩制書〉、〈上富丞相書〉、〈上曾丞相書〉、〈王者不治夷狄〉等六論 • 題畫文學：京師作〈次韻水官詩〉（詩集第二卷，頁86）提及閻立本、鳳翔作〈鳳翔八觀之三　王維吳道子畫〉（詩集第三卷，頁108）提及王維、吳道子。
		7 〔壬寅〕	1062	27	鳳翔	1. 在鳳翔簽判任，於其廨宇之北隙地為亭。 2. 二月，受命出府，至寶雞、虢、郿、盩厔四縣減決囚禁。 3. 春旱，於太白山上清宮祈雨。 4. 時太守為宋選。 5. 八月，二伯父蘇渙在提點利州刑獄任上病卒。 ◎撰寫詩文：〈和子由澠池懷舊〉、〈喜雨亭記〉、〈鳳鳴驛記〉、〈郿塢〉、〈歲晚〉等詩
宋仁宗 宋英宗	嘉祐	8 〔癸卯〕	1063	28	鳳翔	1. 在鳳翔簽判任。 2. 正月，宋選罷鳳翔任，陳希亮自京東轉運使來代。二月，過開安，見劉原父，留劇飲數日。三月，過寶雞。 3. 陳希亮作凌虛台，請蘇軾作〈凌虛台記〉。與陳希亮第四子陳慥訂交。王監府諸軍，居相陰，日相從。蘇軾喜佛，自王彭發之。見民之所最畏者，莫若衙前之役，作〈上韓魏公論場務書〉。修衙前規，衙前之害減半。 ◎撰寫詩文：〈和子由蠶市〉、〈李氏園〉等詩，〈思治論〉 • 題畫文學：鳳翔作〈題鳳翔東院王畫壁〉（文集第二卷，頁2209）提及王維、鳳翔作〈寄所見開元寺吳道子畫佛滅度，以答子由題畫文殊、普賢〉（詩集第四卷，頁17）提及吳道子。
宋英宗	治平	1 〔甲辰〕	1064	29	鳳翔	1. 正月，章惇為商洛令，與蘇旦、安師孟至終南山謁蘇軾，同遊仙遊潭。蘇軾於南溪之南竹林中新構一茅堂，名曰避世堂。 2. 蘇軾與文同相識。 3. 秋，與都巡檢柴貽勛左藏會獵葦園。

帝號	年號	年號年	西元	蘇軾年紀	所在地點	記事
						4. 十一月，詔籍陝西民丁爲義勇，蘇軾赴諸縣提舉。 5. 十二月十七日，罷簽判作，作詩與董傳留別。自鳳翔赴長安，訪石蒼舒。 ◎撰寫詩文：〈授經台〉、〈仙遊潭〉、〈和子由苦寒見寄〉等詩 • 題畫文學：鳳翔作〈石室先生畫竹贊並敘〉（文集第二一卷，頁 613）提及文同、長安作〈跋醉道士圖〉（文集第七○卷，頁 2220）
		2 〔乙巳〕	1065	30	開封	1. 正月，還朝，判登聞鼓院。 2. 英宗在藩邸聞蘇軾名，欲以唐故事召入翰林，宰相韓琦限以近例。欲召試秘閣，韓琦猶不可。及試二論，皆入三等，得直史館。 3. 三月，子由出爲大名府推官。 4. 五月二十八日，妻王弗病卒於京師，年二十七。 ◎撰寫詩文：〈孔子從先進論〉、〈春秋定天下之邪正論〉
		3 〔丙午〕	1066	31	開封	1. 春，直史館。 2. 四月二十五日，父蘇洵病逝於京師，年五十八。英宗聞而哀之，賜銀一百兩，絹一百匹，蘇軾辭之。六月，特贈光祿寺丞，特命有司具舟載其喪歸蜀。 3. 與曾鞏書，請撰祖父墓志銘。
宋英宗 宋神宗	治平	4 〔丁未〕	1067	32	開封	1. 在家居喪。 2. 八月，合葬父母於眉州蟆頤之東二十餘里老翁泉側。 3. 張方平爲撰〈文安先生墓表〉，歐陽修爲撰〈蘇明允墓志銘〉。
宋神宗	熙寧	1 〔戊申〕	1068	33	開封	1. 除服居家。 2. 娶王介幼女王閏之字季章爲妻，王年二十一，系王弗堂妹。 3. 十二月，蘇軾與子由還朝，攜家經由成都，自閬中至鳳翔，過長安至京師。 • 題畫文學：〈四菩薩閣記〉（文集第一二卷，頁 385）提及吳道子、〈書黃筌畫雀〉（文集第七○卷，頁2213）提及黃筌、〈書戴嵩畫牛〉（文集第七○卷，頁 2213）提及戴嵩、〈跋趙子雲畫〉（文集第七○卷，頁 2214）提及趙子雲、於長安作〈再跋醉道士圖〉（文集第七○卷，頁 2220）

帝號	年號	年號年	西元	蘇軾年紀	所在地點	記　　　事
		2〔己酉〕	1069	34	開　封（陳州→潁州→揚州）	1. 二月，蘇轍以殿中丞直史館、判官告院。 2. 三月，蘇轍爲制置三司條例司檢詳文字。 3. 五月，蘇軾反對變更取士之法，議奏，神宗即日召見，問「方今政令得失安在？」對曰：「陛下求治太急，聽言太廣，進人太銳。」軾退，言於同列，王安石不悅。神宗欲用蘇軾修中書條例，王安石以爲軾議論皆異，別試以事。乃命軾權開封府推官，將困之以事。軾決斷精敏，聲聞益遠。 4. 八月，蘇轍、蘇軾言均輸法。蘇轍罷條例司檢詳文字，除河南府推官。司馬光荐蘇軾爲諫官。 5. 十一月，神宗欲用蘇軾同修起居注，王安石潛之，乃罷軾不用，用蔡延慶、孫覺。 6. 十二月，中旨下開封府減價買浙燈四千餘枚，蘇軾勸諫，詔罷之。蘇軾因此上書極論新法不便，凡七千餘言。王安石見而深惡之。 ◎撰寫詩文：〈議學校貢舉狀〉、〈諫買浙燈狀〉、〈上神宗皇帝書〉、〈寄題石蒼舒醉墨堂〉、〈記與董傳論詩〉、〈章子平詩敘〉 • 題畫文學：於長安作〈九馬圖贊〉（文集第二一卷，頁 610）提及曹霸
		3〔庚戌〕	1070	35	開　封（陳州→潁州→揚州）	1. 蘇軾在京，以直史館權開封府推官。 2. 三月，呂惠卿等任廷試主考官，蘇軾等人爲編排官。蘇軾、劉攽與呂惠卿異見。神宗親擢葉祖洽爲第一。蘇軾謂：「祖洽詆祖宗以媚時君而魁多士，何以正風化！」乃擬進士策一篇獻之，神宗以示王安石，王安石數請黜之。 3. 蘇軾再上神宗皇帝書，反對新法。因考試開封進士，發策以「晉武平吳以獨斷而克，符堅伐晉以獨斷而亡，齊桓專任管仲而霸，燕噲專任子之而敗，事同而功異」爲問，王安石滋怒。 4. 八月，侍御史知雜事謝景溫劾奏蘇軾居喪服除，往復賈販，妄冒差借兵卒，窮治無所得。蘇軾不敢自明，乞補外。 5. 九月，送章衡出知鄭州，十一月，送文同出知陵州。 6. 二子蘇迨生。 ◎撰寫詩文：〈再上神宗皇帝書〉、〈和楊褒早春詩〉、〈送文與可出守陵州〉、〈玉堂硯銘〉 • 題畫文學：於京師作〈跋內教博士水墨天龍八部圖卷〉（文集佚文彙編第六卷，頁 2572）提及吳道子、於京師作〈淨因院畫記〉（文集第

帝號	年號	年號年	西元	蘇軾年紀	所在地點	記　　　　事
						一一卷，頁 367）提及文同、於京師作〈跋文與可墨竹〉（文集第七○卷，頁 2209）提及文同、於京師作〈題趙玘屏風與可竹〉（文集第二一卷，頁 2212）提及文同
		4〔辛亥〕	1071	36	開　封（陳州→潁州→揚州）→金山→杭　州（第一次）	1. 在京權開封府推官。 2. 四月，上批，蘇軾出通判杭州。〔按，蘇軾因受劾請求外任，神宗御批，與知州差遣，中書不可。擬令通判潁州。神宗又御批，改通判杭州。〕 3. 夏末秋初出都，過陳州，謁張方平，會子由。 4. 九月，子由送兄至潁州，兄弟二人同謁歐陽修於私第。 5. 十月，過廣陵，與劉貢父、孫巨源、劉莘老相會，遊金山寺、虎邱，十一月二十八日到杭州通判任。 6. 時沈立爲杭州太守。 ◎撰寫詩文：〈次韻張安道讀杜詩〉、〈濠州七絕〉、〈遊金山寺〉、〈除夜直都廳……題一詩於壁〉 • 題畫文學：於潁州〈歐陽少師令賦所蓄石屏〉（文集第六卷，頁 277）
		5〔壬子〕	1072	37	杭　州（第一次）	1. 在杭州通判任。 2. 蘇軾卻高麗使者入貢不稟正朔書，使者亟易書稱熙寧，然後受之。 3. 八月，杭州舉行貢試，蘇軾監試於中和堂。 4. 九月，聞歐陽修逝世，哭於孤山惠勤之室。 5. 十月，陳襄宴請貢士於中和堂，蘇軾作詩送之。赴湯村督開鹽河。 6. 十一月，因差往湖州，相度堤岸，與太守孫覺相見。 7. 是歲，沈立罷，陳襄來代知杭州。王季章生幼子過。 ◎撰寫詩文：〈雨中遊天竺靈感觀音院〉、〈望湖樓醉書五絕〉、〈監試呈諸試官〉、〈望海樓晚景五絕〉、〈孫莘老求墨妙亭詩〉、〈鴉種麥行〉、〈吳中田婦嘆〉、〈送進士詩敘〉、〈墨妙亭記〉、〈祭歐陽公文〉
		6〔癸丑〕	1073	38	杭　州（第一次）	1. 在杭州通判任。 2. 是時，四方行青苗、免役、市易，浙西兼行水利、鹽法，蘇軾於其間常因法以便民，民賴以少安。

帝號	年號	年號年	西元	蘇軾年紀	所在地點	記　　　　事
						3. 二月，循行屬縣，由富陽至新城。新城縣令晁君成之子晁補之從蘇軾學。
						4. 九月，至臨安，與同年蘇舜舉劇飲，與周邠、李行中同遊徑山。
						5. 十一月，赴常潤賑饑。
						6. 十二月除夜，野宿常州城外。蘇軾與杭州僧辯才、惠勤、惠思、清順、可久，以及秀才賈收等遊，並與八十餘歲的名詞人張子野唱和。
						◎撰寫詩文：〈法惠寺橫翠閣〉、〈飲湖上初晴後雨二首〉、〈新城道中二首〉、〈山村五絕〉、〈於潛女〉、〈有美堂暴雨〉、〈八月十五日看潮五絕〉、〈錢塘六井記〉、〈仁宗皇帝御飛白記〉、〈臨江仙·四大從來都遍滿〉
						• 題畫文學：於杭州作〈追和子由去歲試舉人洛下所寄九首之六至八：過廣愛寺，見三學演師，觀楊惠之塑寶山、朱瑤畫文殊、普賢〉（詩集第六卷，頁 459）提及楊惠之與朱瑤、於杭州〈跋蒲傳正燕公山水〉（文集第七○卷，頁 2212）提及燕肅、於杭州作〈李頎秀才善畫山，以兩軸見寄，仍有詩，次韻答之〉（文集第一一卷，頁 527）提及李頎。
		7〔甲寅〕	1074	39	杭州（第一次）→（金山→常州→潤州→蘇州→新城）→杭州→密州	1. 杭州通判任。
						2. 元日過丹陽。與柳子玉、刁景純遊金山，以劉道原見訪，滯留京口。
						3. 六月，自常潤回杭。
						4. 七月，楊繪自應天來代陳襄。
						5. 八月，以捕蝗至臨安、於潛。
						6. 九月，朝雲十二歲，入蘇軾家。
						7. 蘇軾以子由在濟南，求爲東州守，得請高密，罷杭州通判，以太常博士、直史館權知密州軍州事。
						8. 楊繪於中和堂餞別蘇軾。十月離杭北上，過京口、揚州、海州，十一月三日到密州任。
						◎撰寫詩文：〈無錫道中賦水車〉、〈聽賢琴詩〉、〈潤州甘露寺彈箏〉、〈虞美人·湖山信是東南美〉、〈訴衷情·錢塘風景古來奇〉、〈阮郎歸·一年三度過蘇台〉、〈採桑子·多情多感仍多病〉、〈沁園春·孤館燈青〉、〈密州謝表〉、〈上韓丞相絳論災傷手實法〉、〈論河北京東盜賊狀〉
						• 題畫文學：於吳江〈戲書吳江三賢畫像三首〉（詩集第十一卷，頁 564）提及李公麟、於蘇

帝號	年號	年號年	西元	蘇軾年紀	所在地點	記　　　事
						州〈贈寫眞和充秀才〉（詩集第十二卷，頁587）提及何充
		8〔乙卯〕	1075	40	密州	1. 在密州太守任。 2. 四月，旱蝗相繼，祈禱於常山。 3. 七月，聞韓琦之訃，作祭文。 4. 蘇軾仕宦十九年，家日益貧，衣食之奉不如昔，齋廚索然，不堪其憂，日與通守劉庭式循古城廢圃，求杞菊食之。 5. 十月，祭常山回城，與梅戶曹會獵於鐵溝。章惇自三司使出知湖州，蘇軾爲之作詩。 6. 十一月，作超然台。 ◎撰寫詩文：〈雪後書北台壁二首〉、〈次韻章傳道喜雨〉、〈寄劉孝叔〉、〈祭常山回小獵〉、〈蝶戀花・燈火錢塘三五夜〉、〈江城子・十年生死兩茫茫〉、〈江城子・老夫聊發少年狂〉、〈後杞菊賦〉、〈超然台記〉、〈成都大悲閣記〉、〈上文侍中彥博論榷鹽書〉
		9〔丙辰〕	1076	41	密州→開封	1. 在密州太守任。 2. 正月，遷祠部員外郎。 3. 李邦直爲京東提刑，以行部至密州，與蘇軾詩歌唱和。 4. 秋，文同知洋州。 5. 八月十五，中秋，與客飲於超然台，歡飲達旦。 6. 十月，子由罷齊州書記。 7. 十二月上旬，詔命蘇軾以祠部員外郎直史館移知河中府。 ◎撰寫詩文：〈和文與可洋川園池三十首〉、〈薄薄酒二首〉、〈和孔郎中荊林馬上見寄〉、〈滿江紅・東武南城〉、〈水調歌頭・明月幾時有〉、〈蓋公堂記〉、〈李氏山房藏書記〉、〈醉白堂記〉 • 題畫文學：於密州作〈次韻周邠寄〈雁蕩山圖〉二首〉（詩集第十四卷，頁698）、於密州作〈膠西蓋公堂照壁畫贊並引〉（文集第二十一卷，頁609）提及陸探微
		10〔丁巳〕	1077	42	濰州→開封→濟南→徐州	1. 正月元日從濰州出發，經青州赴濟南，李常邀遊西湖。初遇吳子野。 2. 二月，與李常、吳子野告別，至鄆州，鮮於侁留飲新堂。出澶濮間，子由自京師來迎。到汴京有命不許入城，寓居城外范鎭東園。將赴河中，至陳橋驛，受命改差彭城。便欲赴任，以兒子蘇邁娶婦，留范鎭東園。

帝號	年號	年號年	西元	蘇軾年紀	所在地點	記　　　　事
						3. 三月二日寒日，與王詵作北城之遊，飲於四照亭上。
						4. 四月，與子由過南都，謁張方平於樂全堂。二十一日到徐州任。子由相從百餘日，過中秋而去。
						5. 七月，河決，洪水圍徐州，城將敗，蘇軾履屨杖策，親入武衛營，呼其卒長盡力救城，築堤。十月十三日，河復故道，卒完城以聞。
						6. 因護城有功，朝廷降詔獎諭。
						◎撰寫詩文：〈送范景仁遊洛中〉、〈司馬君實獨樂園〉、〈陽關祠三首〉、〈台頭寺雨中送李邦直赴史館〉、〈哭刁景純〉、〈殢人嬌・滿園桃花〉、〈王君實繪堂記〉、〈代張方平諫用兵書〉、〈徐州謝表〉、〈錢氏表忠觀碑〉
						• 題畫文學：於京師〈書韓幹牧馬圖〉（詩集第十五卷，頁 721）提及韓幹、於徐州〈韓幹馬十四匹〉（詩集第十五卷，頁 767）提及韓幹、於徐州〈贈寫御容妙善師〉（詩集第十五卷，頁 770）提及妙善、於徐州〈寶繪堂記〉（文集第十一卷，頁 356）
元豐		1〔戊午〕	1078	43	徐州	1. 在徐州太守任。
						2. 春旱，祈雨城東石潭。後因謝雨，深入農村巡行。
						3. 三月，始識王迴，世傳王迴與仙人周瑤英遊芙蓉城。
						4. 李常、參寥、王鞏，均來彭城；秦觀將入京應舉，亦來謁見。黃庭堅贈以〈古風〉二首。
						5. 蘇軾與雲龍山人張天驥遊。
						6. 八月，作黃樓。
						7. 十二月，遣人於徐州西南白土鎮之北獲石炭（煤），冶鐵作兵，犀利勝常。
						◎撰寫詩文：〈虔州八境圖〉、〈讀孟郊詩〉、〈續麗人行〉、〈次韻僧潛見贈〉、〈僕曩於長安陳漢卿家見吳道子畫佛……〉、〈九日黃樓作〉、〈李思訓畫長江絕島圖〉、〈百步洪二首〉、〈石炭〉、〈浣溪沙〉詞五首、〈永遇樂　明月如霜〉、〈滕縣公堂記〉、〈放鶴亭記〉、〈眉州遠景樓記〉、〈徐州上皇帝書〉、〈獎諭敕記〉、〈書鮮于子駿傳後〉
						• 題畫文學：於徐州〈〈虔州八境圖〉八首並引〉（詩集第十六卷，頁 791）提及孔宗翰、於徐州〈章質夫寄惠〈崔徽真〉〉（詩集第十六卷，頁 798）、於徐州〈續麗人行並敘〉（詩集第十

帝號	年號	年號年	西元	蘇軾年紀	所在地點	記　事
						六卷，頁 811）提及周昉、於徐州〈文與可有詩見寄云：待將一段鵝溪絹，掃取寒梢萬尺長。次韻答之〉（詩集第十六卷，頁 824）提及文同、於徐州〈僕曩於長安陳漢卿家，見吳道子畫佛，碎爛可惜。其後十餘年，復見於先于子駿家，則以裝背完好。子駿以見遺，作詩謝之〉（詩集第十六卷，頁 829）提及吳道子、於徐州〈李思訓畫〈長江絕島圖〉〉（詩集第十七卷，頁 872）提及李思訓、於徐州〈宋復古畫〈瀟湘晚景圖〉三首〉（詩集第十七卷，頁 900）、於徐州〈王元之畫像贊并敘〉（文集第二一卷，頁 603）
		2〔己未〕	1079	44	徐州→湖州→開封	1. 在徐州太守任。 2. 正月二日，文同歿於陳州。 3. 三月，祠部員外郎直史館知湖州軍州事。旋抵南都別子由。四月過泗州，至高郵與參寥、秦觀相遇同行。過揚州，訪鮮於侁，與張大亨同遊平山堂，懷歐陽修。二十日到湖州任上。 4. 當時陳師錫掌書記。 5. 七月，御史中丞李定言蘇軾「罪有四可廢」，御史舒亶言蘇軾近上謝表，頗有譏切時事之言。並蘇軾印上行詩三卷。御史何正臣亦言蘇軾愚弄朝廷，妄自尊大。詔知諫院張璪、御史中丞李定推治以聞。二十八日，台吏皇甫遵乘驛追攝。八月十八日，蘇軾被押赴台獄勘問。張方平、范鎮上疏救蘇軾，子由乞納在身官職贖兄子罪。吳充、章惇、王安上等營救。蘇軾案件亦驚動兩官。十二月二十九日，獲釋出獄，責授檢校水部員外郎黃州團練副使，本州安置，不得簽書公事。令御史台差人轉押前去。 6. 駙馬都尉王詵追兩官，勒停。蘇轍監筠州鹽酒稅務。王鞏監賓州鹽酒務。凡收受蘇軾文字自張方平、司馬光、范鎮、陳襄等二十二人，各罰銅二十斤。 ◎撰寫詩文：〈人日獵城南〉、〈作書寄王晉卿〉、〈雪齋〉、〈罷徐州往南京馬上走筆寄子由五首〉、〈大風留金山兩日〉、〈端午遍遊諸寺得禪寺〉、〈御史台榆槐竹柏四首〉、〈獄中作二詩遺子由〉、〈十二月二十八日蒙恩責授檢校水部員外郎黃州團練副使復用前韻二首〉、〈江城子·天涯流落〉、〈西江月·三過平山堂下〉、〈南歌子·山雨瀟瀟過〉、〈靈璧張氏園亭記〉、〈祭文與可文〉、〈湖州謝表〉

帝號	年號	年號年	西元	蘇軾 年紀	所在 地點	記　　　事
						• 題畫文學：於徐州作〈王仲儀眞贊并敘〉（文 集第二一卷，頁604）、於湖州作〈文與可簽篔 谷偃竹記〉（文集第十一卷，頁365）提及文同
		3 〔庚申〕	1080	45	開封→ 黃州	1. 謫居黃州。 2. 正月朔日，始離京師。四日至陳州，吊文與可 之喪。十日，子由自南都來陳州相見，三日而 別。十四日，與子由之婿文逸民飲別。二十日 至岐亭，訪故人陳慥。二十五日，別陳慥。 3. 二月一日，到黃州貶所，寓居定惠院，隨僧蔬 食。 4. 五月，文逸民扶運父文同喪回成都，過黃州， 蘇軾作〈再祭文與可文〉。 5. 六月，子由赴筠州監鹽州務。 6. 八月，乳母任採蓮病故，葬於黃州東皋黃岡縣 之北。 7. 九月，妻弟王箴來訪。 8. 十月，李常自舒州來訪。 9. 郭遘、古耕道、潘邠老從蘇軾遊。 ◎撰寫詩文：〈初到黃州〉、〈海棠詩〉、〈遷居臨 皋亭〉、〈西江月·世事一場大夢〉、〈書蒲永升 畫後〉、〈勝相院藏經紀〉、〈子姑神記〉、〈黃州 謝表〉、〈與秦少游書〉、〈乳母任氏墓志銘〉 • 題畫文學：於黃州作〈陳季常所蓄〈朱陳村嫁 娶圖〉二首〉（詩集第二十卷，頁1029）提及 趙德元、於黃州作〈石氏畫苑記〉（文集第十 一卷，頁364）、於黃州作〈畫水記〉（文集第 十二卷，頁408）提及蒲永昇
		4 〔辛酉〕	1081	46	黃州	1. 謫居黃州。 2. 正月十二日，往岐亭。 3. 二月，故人馬正卿哀蘇軾乏食，爲請郡中故營 地數十畝，使得躬耕其中，地名東坡。 4. 太守徐君猷，通判孟亨之，與蘇軾周旋，不遺 餘力。 5. 杭州故人遣人持書至黃州，問候蘇軾。侄安節 自蜀來探望。 6. 十月二十二日，訪王文父於江南，上得陳慥 書，報種諤領兵深入西夏，大捷。眾喜忭唱樂， 各飲一巨觥。 7. 陳師仲爲蘇軾編《超然》《黃樓》二集。 ◎撰寫詩文：〈蘇坡八首〉、〈杭州故人信至齊 安〉、〈侄安節遠來夜坐三首〉、〈得陳季常書報

帝號	年號	年號年	西元	蘇軾年紀	所在地點	記　　　　事
						種諤領兵深入眾喜忭唱樂各飲一巨觥〉、〈少年遊‧贈黃守徐君猷〉、〈定風波‧兩兩輕紅〉、〈江城子‧黃昏猶是兩纖纖〉、〈陳公弼傳〉、〈方山子傳〉、〈易傳〉、〈論語語〉、〈書唐氏六家書後〉 • 題畫文學：於黃州作〈三朵花并敍〉（詩集第二一卷，頁1103）
		5 〔壬戌〕	1082	47	黃州	1. 謫居黃州。 2. 二月，於東坡築雪堂，自書「書坡雪堂」以榜之，問大冶長老乞桃花茶栽東坡。自號東坡居士。 3. 三月，以相田至沙湖，得臂疾，請龐安常醫治。 4. 米芾初謁東坡於雪堂，董鉞來遊雪堂。綿竹道士楊世昌來訪。識李台卿、徐德占。 5. 五月，以怪石供佛印。 6. 七月十六日，與客泛舟赤壁。 7. 十二月十九日，東坡生日，置酒赤壁磯下，李委作新曲「鶴南飛」以賀。 ◎撰寫詩文：〈寒食雨〉、〈李委吹笛〉、〈水龍吟‧小舟橫截春江〉、〈江城子‧夢中了了醉中醒〉、〈定風波‧莫聽穿林打葉聲〉、〈浣溪沙‧山下蘭芽短浸溪〉、〈西江月‧照野瀰瀰淺浪〉、〈滿江紅‧憂喜相尋〉、〈哨遍〉、〈念奴嬌‧赤壁懷古〉、〈臨江仙‧夜歸臨皋〉、〈前赤壁賦〉、〈後赤壁賦〉、〈前怪石供〉、〈書雪堂四戒〉
		6 〔癸亥〕	1083	48	黃州	1. 謫居黃州。 2. 眉山人巢谷來遊，館於雪堂，子迨，過從學。 3. 三月，參寥自杭州來訪，館於雪堂。 4. 廬山處士崔閑亦來訪。 5. 四月，黃州太守徐君猷罷任，楊寀來代。 6. 五月，患目赤病，杜門僧齋。 7. 黃州郡人於水驛之高陵上築南堂，為蘇軾遊息之所，又知蘇軾與任師中善，為築師中庵。 8. 七月，聞子由為郡僚所捃。張夢得營新居於江上，築亭，書其名曰：「快哉亭」。 9. 十月十二日夜過承天寺，訪張夢得。王鞏南遷歸。 10. 十一月，徐君猷卒，為作祭文。 ◎撰寫詩文：〈次韻孔毅父集古人句見贈五首〉、〈大寒步至東坡贈巢三〉、〈洗兒戲作〉、〈和蔡景繁海州石室〉、〈和秦太虛梅花〉、〈水調歌

帝號	年號	年號年	西元	蘇軾年紀	所在地點	記　　　　事
						頭・黃州快哉亭〉、〈好事近・黃州送君猷〉、〈定風波・常羨人間琢玉郎〉、〈記承天寺夜遊〉
						• 題畫文學：於黃州作〈孔毅父以詩戒飲酒，問買田，且乞墨竹，次其韻〉（詩集第二二卷，頁 1175）、於黃州作〈郭忠恕畫贊并敘〉（文集第二一卷，頁 612）、於黃州作〈跋吳道子地獄變相〉（詩集第七十卷，頁 1175）、於黃州作〈定風波・墨竹詞〉（東坡樂府箋第二卷，頁 148）
		7〔甲子〕	1084	49	黃州→筠州→金陵→宜興→揚州→楚州→泗州	1. 謫居黃州。 2. 三月告下，蘇軾移汝州團練副使，本州安置，不得簽書公事。作〈上謝表〉。 3. 四月別黃州，王齊愈、王齊萬、陳慥、參寥等並從行，渡江過武昌，夜行吳王峴，聞黃州鼓角，乃回望東坡，不禁淒然泣下。自江淮徂洛送者皆止慈湖，而陳慥獨至九江。遊廬山，過李公擇白石山房。至筠州，與子由共過端午節。 4. 六月，參寥以詩留別。長子蘇邁赴饒之德興尉，東坡送至湖口，游石鐘山。 5. 七月至當塗，在郭祥正家飲醉。畫竹石壁上。抵金陵，見王安石於鐘山。七月二十八日，第四子乾兒夭折。 6. 十月十九日，渡江至揚州。 7. 十二月一日抵泗州，與劉仲達相遇於泗上；於泗州度歲，除夕黃師是送酥酒。上表言有田在常州，乞在常州居住。 ◎ 撰寫詩文：〈別黃州〉、〈過江夜行武昌山聞黃州鼓角〉、〈題西林壁〉、〈郭祥正家醉畫竹石壁上郭作詩為謝且遺二古銅劍〉、〈次荊公韻四絕〉、〈同王勝之遊蔣山〉、〈和王斿二首〉、〈泗州除夜雪中黃師是送酥酒二首〉、〈滿庭芳・歸去來兮〉、〈漁家傲・千古龍蟠並虎踞〉、〈行香子・北望平川〉、〈如夢令・水垢何曾相受〉、〈滿庭芳・三十三年〉、〈石鐘山記〉、〈與王荊公書〉、〈乞常州居住表〉 • 題畫文學：於當塗作〈郭祥正家醉畫竹石壁上，郭作詩為謝，且遺二古銅劍〉（詩集第二三卷，頁 1234）提及蘇軾、於金陵作〈題孫思邈真〉（詩集第二四卷，頁 1256）、於高郵作〈高郵陳直躬處士畫雁二首〉（詩集第二四卷，頁 1286）提及陳直躬、於泗州作〈雍秀才畫草蟲八物〉（詩集第二五卷，頁 1299）提及雍秀才

帝號	年號	年號年	西元	蘇軾年紀	所在地點	記　　　　事
		8〔乙丑〕	1085	50	泗州→南京→常州→宜興→揚州→登州→齊州→開封	1. 正月一日，在雪中過淮州。 2. 二月，至南都，謁張方平，贈眼醫王彥若詩，與郡守王勝之唱和。 3. 告下，仍以檢校尚書水部員外郎汝州團練副使，不得簽書公事，常州居住。梁先聞東坡歸耕陽羨，以絹十匹、絲百兩爲贈，東坡以之贈李廌。 4. 三月六日，在南都聞神宗崩，遺制成服。 5. 四月，自南都，經靈壁。 6. 五月，在揚州，題詩竹西寺。五月下旬到常州。 7. 五月，司馬光荐舉蘇軾，誥命復朝奉郎起知登州。六月起程經潤、揚、楚、海、密州，十月十五日到登州任。 8. 十月二十日，接誥命，以禮部郎中召回。 9. 十一月上旬啓程回京，十二月到京。遷起居舍人。 ◎撰寫詩文：〈贈眼醫王彥若〉、〈題王逸少帖〉、〈歸興留題竹西寺三首〉、〈登州海市〉、〈惠崇春江晚景二首〉、〈滿庭芳・歸去來兮〉、〈南鄉子・千騎試春遊〉、〈菩薩蠻・買田陽羨〉、〈蝶戀花・贈趙晦之〉、〈再上乞常州居住表〉、〈登州謝表〉、〈登州謝宣詔赴闕表〉 • 題畫文學：於南都作〈王伯易所藏趙昌花四首〉（詩集第二五卷，頁1334）提及趙昌、於南都作〈傳神記〉（文集第十二卷，頁400）提及陳懷立、於靈壁作〈書畫壁易石〉（文集第七〇卷，頁2214）提及蘇軾、於揚州作〈雲師短著自金陵來，見於廣陵，且遺余〈支遁鷹馬圖〉。將歸，以詩送之，且還其畫〉（詩集第二五卷，頁1345）、於常州作〈墨花並敘〉（詩集第二五卷，頁1353）提及尹白、於萊州作〈書吳道子畫後〉（文集第七〇卷，頁2210）提及吳道子、於京師作〈書文與可墨竹並敘〉（詩集第二六卷，頁1392）提及文同、於京師作〈惠崇春江晚景二手〉（詩集第二六卷，頁1401）提及惠崇
宋哲宗	元祐	1〔丙寅〕	1086	51	開封	1. 在京任中書舍、翰林學士。 2. 二月，蘇軾與司馬光論役法利害，司馬光不悅。 3. 三月，蘇軾免試爲中書舍人，仍賜金紫。 4. 四月，蘇軾詳定役法。

帝號	年號	年號年	西元	蘇軾年紀	所在地點	記　　　事
						5. 五月，作〈王安石贈太傅敕〉。
						6. 六月，作呂惠卿安置建寧軍責詞，天下傳誦稱快。
						7. 九月，程頤多用古禮，蘇軾謂其不近人情，深疾之，每加玩侮。方司馬光之卒，明堂降赦，臣僚稱賀訖，兩省官欲往奠光，頤不可，曰：「子於是日哭而不歌。」蘇軾曰：「此乃枉死市叔孫通所制禮也。」眾皆大笑，遂成嫌隙。
						8. 九月丁卯，蘇軾為翰林學士。
						9. 十月，作試館職策問，畢仲遊、黃庭堅，張耒、晁補之並擢館職。
						10. 十二月，先光庭劾蘇軾所學士院試館職策題語涉先帝，詔軾特放罪。
						◎ 撰寫詩文：〈西太一見王荊公舊詩偶次其韻二首〉、〈水調歌頭‧昵昵兒女語〉、〈司馬溫公行狀〉、〈乞不給散青苗錢解狀〉、〈辨試館職策問札子〉、〈謝中書舍人表〉、〈謝翰林學士表〉
						• 題畫文學：於京師作〈題文與可墨竹〉（詩集第二七卷，頁 1439）提及文同、於京師作〈臨篔簹圖并題〉（蘇軾佚文編選第六卷，頁 2573）提及蘇軾、於京師作〈虢國夫人夜遊圖〉（詩集第二七卷，頁 1462）提及張萱、於京師作〈興國寺浴室院畫六祖畫贊并敘〉（文集第二二卷，頁 622）提及令宗
		2〔丁卯〕	1087	52	開封	1. 在京任翰林學士兼侍讀。
						2. 正月，時議者以程頤、朱光庭為洛黨，以蘇軾、呂陶為蜀黨。
						3. 二月，受命為富弼撰神道碑。
						4. 三月，王岩叟、王覿等言蘇軾買田募役法不便。
						5. 九月，王覿奏：「蘇軾、程頤，向緣小忿，浸結仇怨，於是頤、軾素所親善之人，更相詆訐，以求勝勢。前日頤去而言者及軾，故輔乞補外；既降詔不久，尋復進職經筵。今執政大臣有闕，若欲保全軾，則且勿太用，庶幾使軾不遷及於悔吝。」
						6. 十二月，趙挺之奏：「蘇軾學術，本出《戰國策》縱橫揣摩之說。使軾得志，將無所不為。」
						◎ 撰寫詩文：〈滿庭芳‧香香　愛雕盤〉、〈論擒獲鬼章稱賀太速札子〉、〈乞約鬼章討阿里骨札子〉、〈荐布衣陳師道狀〉

帝號	年號	年號年	西元	蘇軾年紀	所在地點	記　　　　事
						• 題畫文學：於京師作〈趙令晏崔白大圖幅勁三丈〉（詩集第二八卷，頁 1482）提及崔白、於京師作〈次韻子由書李伯時所藏韓幹馬〉（詩集第二八卷，頁 1502）提及韓幹、於京師作〈郭熙畫秋山平遠〉（詩集第二八卷，頁 1509）提及郭熙、於京師作〈書晁補之所藏與可畫竹三首〉（詩集第二九卷，頁 1522）提及文同、於京師作〈書皇親畫扇〉（詩集第二九卷，頁 1524）、於京師〈書李世南所畫秋景二首〉（詩集第二九卷，頁 1529）提及李世南、於京師作〈書鄢陵王主簿所畫折枝二首〉（詩集第二九卷，頁 1525）提及王主簿、於京師作〈郭熙畫秋山平遠二首〉（詩集第二九卷，頁 1540）提及郭熙、於京師作〈淨因淨照臻老真贊〉（文集第二二卷，頁 636）、於京師作〈跋畫苑〉（文集第七○卷，頁 2215）
		3〔戊辰〕	1088	53	開封	1. 在京任翰林學士、知制造兼侍讀。 2. 正月，蘇軾權知禮部貢舉，孫覺、孔文仲同知貢舉。黃庭堅、張耒等為參詳編排點檢試卷等官，李伯時為考校官。三月放榜，章援等及第，李方叔落榜。 3. 二月，蘇軾言差役不便。 4. 三月，上疏乞解罷學士院，除一京師閑慢差遣，庶免眾臣側目，可以少安。 5. 四月，高太后宣諭蘇軾「直盡心事官家，以報先帝知遇」，命撤御前金蓮燭送軾歸院 6. 五月，蘇軾、蘇轍同轉對，蘇軾言兼聽、取人，官冗三事。 7. 蘇軾在翰林，頗以言語文章規切時政，畢仲游以書戒之，軾不能從。 8. 七月，充館伴北使於都亭驛。 9. 十月，蘇軾言趙挺之險毒，甚於李定、舒亶、何正臣。 10.閏十二月，聞范縝訃。 ◎撰寫詩文：〈書王定國所藏煙江疊嶂圖〉、〈王晉卿所藏著色山二首〉、〈西江月・送錢待制穆父〉、〈轉對條上三事狀〉、〈乞郡札子〉、〈論邊將隱匿敗亡札子〉、〈司馬溫公神道碑〉、〈評詩人寫物〉、〈祭范蜀文公〉 • 題畫文學：於京師作〈贈李道士并敘〉（詩集第二九卷，頁 1533）提及李道士、於京師作〈次韻黃魯直畫馬試院中作〉（詩集第三○卷，頁

帝號	年號	年號年	西元	蘇軾年紀	所在地點	記　　　　事
						1567）提及李公麟、於京師作〈題李伯時〈淵明東籬圖〉〉（詩集第四七卷，頁 2542）提及李公麟、於京師作〈次韻子由題〈憩寂圖〉後〉（詩集第四七卷，頁 2541）提及蘇軾與李公麟、於京師作〈書艾宣畫四首〉（詩集第三〇卷，頁 1574）提及艾宣、於京師作〈跋宋漢傑畫〉（文集第七〇卷，頁 2215）提及宋子房、於京師作〈柏石圖詩并敘〉（詩集第三〇卷，頁 1578）、於京師作〈題崔白布袋真儀〉（蘇軾佚文彙編第六卷，頁 2573）提及崔白、於京師作〈跋盧鴻學士草堂圖〉（文集第七〇卷，頁 2217）提及盧鴻、於京師作〈自跋石恪畫維摩贊魚枕冠頌〉（蘇軾佚文彙編第五卷，頁 2547）提及石恪、於京師作〈和王晉卿題李伯時畫馬〉（詩集第三〇卷，頁 1588）提及李公麟、於京師作〈戲書李伯時畫御馬好頭赤〉（詩集第三〇卷，頁 1590）提及李公麟、於京師作〈書林次中所得李伯時〈歸去來〉、〈陽關〉二圖後〉（詩集第三〇卷，頁 1598）提及李公麟、於京師作〈題李伯時畫〈趙景仁琴鶴圖〉二首〉（詩集第三〇卷，頁 1606）提及李公麟、於京師作〈書王定國所藏〈江煙疊嶂圖〉〉（詩集第三〇卷，頁 1607）提及王詵、於京師作〈王晉卿作〈煙江疊嶂圖〉，僕賦詩十四韻，晉卿和之，語特奇麗。因復次韻，不獨紀其詩畫之美，亦為道其出處契闊之故，而終之以不忘在莒之戒，亦朋友忠愛之義也〉（詩集第三〇卷，頁 1609）提及王詵、於京師作〈王晉卿所藏著色山二首〉（詩集第三〇卷，頁 1613）提及王詵、於京師〈葆光法師真贊〉（文集第二二卷，頁 637）、於京師作〈跋趙無咎藏畫馬〉（蘇軾佚文彙編第六卷，頁 2573）
		4〔己巳〕	1089	54	開封→南京→杭州（第二次）	1. 在京任翰林學士、知制誥兼侍讀 2. 二月，蘇軾以論事為當軸者所恨，趙廷之、王覿攻之尤甚，軾知不見容，連續上章乞求外任。 3. 三月十一日告下，以龍圖閣學士充浙西路兵馬鈐轄知杭州軍州事。 4. 四月，台諫論蔡確作詩譏訕宣仁后，蘇軾密上札子，宣仁后善其言而不能用。蘇軾離京出郊赴杭，遣內侍賜龍茶、銀合，用前執政恩例，慰勞甚厚。 5. 五月至南都，謁張方平。 6. 六月，陳師道自徐州來南都為蘇軾送行。

帝號	年號	年號年	西元	蘇軾年紀	所在地點	記　　　　事
						7. 七月三日到杭州任。
						8. 十一月，上〈乞賑浙西六州狀〉。
						◎撰寫詩文：〈次韻毛滂法曹感雨〉、〈故周茂叔先生濂溪〉、〈次韻子由使契丹至涿州見寄四首〉、〈定風波・月滿苕溪照夜空〉、〈點絳唇・己巳重九〉、〈論高麗第一狀〉、〈論高麗第二狀〉、〈論行遣蔡確札子〉、〈杭州謝表〉、〈杭州謝放罪表〉
						• 題畫文學：於京師作〈書王定國所藏王晉卿畫著色山二首〉（詩集第三一卷，頁 1638）提及王詵、於杭州作〈題燕文貴山水卷〉（蘇軾佚文彙編第六卷，頁 2573）提及燕文貴、於杭州作〈跋閻右相洪崖仙圖卷〉（蘇軾佚文彙編第六卷，頁 2574）提及閻立本
		5〔庚午〕	1090	55	杭　州（第二次）	1. 在杭州太守任。
						2. 正月，給事中范祖禹上疏：「蘇軾名重海內，忠義許國，請早賜召還。」
						3. 當時大旱，饑疫並作，蘇軾請免本路上供米三分之一，米不降貴。減價糶常平米，民遂免大旱之苦。蘇軾以私帑黃金五十兩，設置病坊，遣吏挾醫，分坊治病，活者甚眾。
						4. 五月，蘇軾募役救災，疏浚西湖，堤成，植芙蓉楊柳其上，望之如圖畫，杭人名之蘇公堤。
						5. 蘇軾議鑿嶺通運河，避浮山之險，並規劃吳中水利，以罷任未果。
						6. 是年，秦少章從蘇軾學，仲天貺、王箴留杭半載歸眉山。毛滂爲法曹，劉景文爲兩浙兵馬都監東南第三將，參寥住持智果院。
						◎撰寫詩文：〈安州老人食蜜歌〉、〈送張嘉州〉、〈臨江仙・多病休文都瘦損〉、〈南都子・杭州端午〉、〈減字木蘭花〉、〈鵲橋仙・七夕和蘇堅〉、〈點絳唇・庚午重九〉、〈好事近・西湖夜歸〉、〈乞開西湖狀〉、〈乞用劉季孫狀〉、〈書黃子思詩集後〉
						• 題畫文學：於杭州作〈書劉景文所藏宗少文〈一筆畫〉〉（詩集第三二卷，頁 1685）提及宗炳、於杭州作〈題楊次公春蘭〉（詩集第三二卷，頁 1694）、於杭州作〈題楊次公蕙〉（詩集第三二卷，頁 1695）、於杭州作〈書朱象先畫後〉（文集第七○卷，頁 2211）提及朱象先、於杭州作〈參寥子眞贊〉（文集第二二卷，頁 639）

帝號	年號	年號年	西元	蘇軾年紀	所在地點	記　　　　事
		6〔庚午〕	1091	56	杭州（第二次）→湖州→蘇州→開封→潁州	1. 正月，蘇軾任命為吏部尚書，二月改命為翰林學士承旨，以弟蘇轍任尚書右丞避嫌。林希接任杭州太守。三月六日，蘇軾往別南北人諸道人。蘇軾因有德於民，杭人家有畫像，並為作生祠。 2. 蘇軾由湖州入蘇州，目睹水災，民生乏食。四月抵潤州，五月過南都，二十六日到達京師，住興國浴室院東堂，後寓居子由東府。隨即蘇軾又被任命為翰林學士承旨兼侍讀。 3. 七月，賈易、楊畏上疏論浙西災傷不實，范祖禹封還錄黃。 4. 八月，賈易言蘇軾誹怨先帝。詔賈易出知廬州。蘇軾既為賈易誣詆，趙君錫又相繼言之，後數日入見，具辯其事，因復請外。詔以龍圖閣學士知潁州。趙君錫因附和賈易論蘇軾，罷知鄭州。 5. 八月二十二日，蘇軾到潁州任。 6. 十二月大雪，與趙令時議賑災事宜。聞張方平訃，舉哀荐福禪院。 ◎撰寫詩文：〈次韻楊公濟奉議梅花十首〉、〈與葉淳老侯敦夫張秉道同相視新河秉道有詩次韻二首〉、〈別南北山諸道人〉、〈六觀堂老人草書〉、〈閻立本職貢圖〉、〈漁家傲·送吉守江郎中〉、〈浣溪沙·雪頷霜髯不自驚〉、〈西江月·公子眼花亂發〉、〈木蘭花令·次馬中玉韻〉、〈虞美人·送馬中玉〉、〈八聲甘州〉、〈上清儲祥宮碑〉、〈潁州謝表〉、〈祭張太保文〉 • 題畫文學：於杭州作〈書〈渾令公燕魚朝恩圖〉〉（詩集第三三卷，頁1759）提及周昉、於京師作〈破琴詩并敘〉（詩集第三三卷，頁1768）提及宋迪、於京師作〈書破琴詩後并敘〉（詩集第三三卷，頁1770）提及王詵、於京師作〈次韻子由書王晉卿畫山水一首，而晉卿和二首〉（詩集第三三卷，頁1770）提及王詵、於京師作〈次韻子由書王晉卿畫山水二首〉（詩集第三三卷，頁1772）提及王詵、於京師作〈又書王晉卿畫四首〉（詩集第三三卷，頁1773）提及于詵、於京師作〈題王晉卿畫後〉（詩集第三三卷，頁1774）提及王詵、於京師作〈水陸法象贊并引〉（文集第二二卷，頁631）、於京師作〈跋南唐挑耳圖〉（文集第七〇卷，頁2217）、於潁川作〈閻立本〈職貢圖〉〉（詩集第三四卷，頁1831）提及閻立本、於潁川作

帝號	年號	年號年	西元	蘇軾年紀	所在地點	記　　　事
						〈生日蒙劉景文以古畫松鶴爲壽，且貺佳篇，次韻爲謝〉（詩集第三四卷，頁1838）
		7〔壬申〕	1092	57	潁州→揚州→南京→開封	1. 正月，在潁州太守任。 2. 二月，罷知潁州，以龍圖閣直學士充淮南東路兵馬鈐轄知揚州軍州事。 3. 三月三日，與兒子蘇迨、蘇過遊塗山、荊山，過濠壽楚泗間，屏去吏卒，親入村落訪民疾苦，知皆爲積欠所困。 4. 三月十六日到揚州任，晁補之爲通判。罷揚州「萬花會」。 5. 六月，作〈再論積欠六事四事札子〉。七月，詔免積欠。 6. 八月，以兵部尙書兼差充南郊鹵簿使召回。 7. 十一月，爲鹵簿使導駕景靈宮，遷端明殿學士兼翰林、侍讀學士，守禮部尙書。 ◎撰寫詩文：〈次韻徐仲車〉、〈和陶飲酒二十首〉、〈次韻錢穆父會飲〉、〈次丹元姚先生韻二首〉、〈次韻吳傳正枯木歌〉、〈書晁說之考牧圖後〉、〈減字木蘭花·春庭月午〉、〈滿江紅·清潁東流〉、〈浣溪沙·芍藥櫻桃兩斗新〉、〈減字木蘭花·回風落景〉、〈生查子·送蘇伯固〉、〈青玉案·和賀方回韻〉、〈揚州謝表〉、〈荐宗室令時狀〉、〈奏內中車子爭道亂行札子〉 • 題畫文學：於京師作〈和叔盎畫馬〉（詩集第三六卷，頁1994）提及趙叔盎、於京師作〈文與可畫贊〉（文集第二一卷，頁613）提及文同、於京師作〈跋文勛畫扇〉（文集第七〇卷，頁2212）提及文勛、於京師作〈跋與可紆竹〉（文集第七〇卷，頁2213）提及文同
		8〔癸酉〕	1093	58	開封→定州→汝州→金陵→當塗	1. 二月，蘇軾上疏，乞放免五谷力勝稅錢。 2. 五月，董敦逸、黃慶基皆罷，坐言尙書右丞蘇轍、禮部尙書蘇軾不當。黃慶基、董敦逸既責，蘇軾以札子自辨，蘇軾乞知越州，詔不允。 3. 八月一日，繼室王閏之季章卒於京師，年四十六。 4. 九月，蘇軾以端明殿學士兼翰林侍讀學士、禮部尙書出知定州。時國事將變，軾不得入辭，上疏諫哲宗勿爲輕有改變。 5. 十月，至定州。 6. 蘇軾深入實際，目睹軍政廢弛，將驕卒惰，兵士無庇身之所種種腐敗狀況，大力整頓，加強邊備。

帝號	年號	年號年	西元	蘇軾年紀	所在地點	記　　　事
						7. 十一月，上〈乞增修弓箭社條約狀〉、〈乞修定州軍營狀〉。
						◎撰寫詩文：〈書丹元子所示李太白真〉、〈雪浪石〉、〈祭同安郡君文〉、〈北海十二石記〉、〈乞校正奏議札子〉、〈論綱梢欠折利害狀〉、〈朝辭赴定州狀〉、〈定州謝表〉
						• 題畫文學：於京師作〈次韻吳傳正枯木歌〉（詩集第三六卷，頁 1961）、於京師作〈書晁之〈考牧圖〉後〉（詩集第三六卷，頁 1966）提及晁說之、於京師作〈吳子野將出家贈以扇山枕屏〉（詩集第三六卷，頁 1974）、於京師作〈書丹元子所示〈李太白真〉〉（詩集第三七卷，頁 1994）、於定州作〈題毛女真〉（詩集第三七卷，頁 2005）、於定州作〈次韻子由書清汶老所傳〈秦湘二女圖〉〉（詩集第三七卷，頁 2007）、於定州作〈釋迦文佛頌并引〉（文集第二〇卷，頁 586）
元祐 紹聖	9 1 〔癸酉〕		1094	59	湖口→惠州	1. 蘇軾在定州太守任。 2. 正月，上〈乞減價糴常平米賑濟狀〉。四月，御史虞策、殿中侍御史來之邵共言蘇軾任翰林學士日行呂惠卿制詞，譏訕先帝。詔蘇軾落端明殿學士兼翰林侍讀學士，罷定州任，為承議郎責知英州軍州事。六月，來之邵等言蘇軾詆斥先朝，責授寧遠軍節度副使，惠州安置。行至當塗，落左承議郎，責授建昌軍司馬，惠州安置，不得簽書公事。蘇軾令次子迨攜家歸宜興，從長子邁就食於宜興，獨與少子過，妾朝雲赴貶所。七月至湖口，過廬山。九月，渡大庾嶺。十月二日，抵惠州貶所。初寓合江樓，後遷嘉祐寺。 ◎撰寫詩文：〈初貶英州過杞贈馬夢得〉、〈臨城道中作〉、〈子由新修汝州龍興寺吳畫壁〉、〈慈湖夾阻風五首〉、〈壺中九華詩〉、〈江西〉、〈秧馬歌〉、〈天竺寺〉、〈舟行至清遠縣見顧秀才極談惠州風物之美〉、〈十月二日初到惠州〉、〈十一月二十六日松風亭下梅花盛開〉、〈戚氏〉、〈歸朝歡・和蘇堅伯固〉、〈木蘭花令・梧桐葉上三更雨〉、〈浣溪沙・羅襪空飛洛浦塵〉、〈英州謝表〉、〈惠州謝表〉、〈白水岩遊記〉 • 題畫文學：於定州作〈次韻李端叔謝送牛戩〉（詩集第三七卷，頁 2018）提及牛戩、於汝州作〈子由新修汝州龍興寺吳畫壁〉（詩集第三七卷，頁 2027）提及吳道子

帝號	年號	年號年	西元	蘇軾年紀	所在地點	記　　　事
	紹聖	2〔乙亥〕	1095	60	惠州	1. 謫居惠州。 2. 正月，同蘇過、賴仙芝、王原秀才等同遊羅浮道院。 3. 參寥派專使來惠州問候蘇軾。僧曇秀來惠州探望。三月，蘇州定慧長老守欽派遣其徒卓契順來到惠州向蘇軾問安。陳慥亦想來惠州，蘇軾發書勸阻。春夏之交，蘇軾表兄程正輔，原系八娘之夫，絕交已四十二年，當時任廣南東路提點刑獄，前來看望蘇軾，蘇程釋憾。 4. 三月十九日，復遷於合江樓。 5. 遊博羅香積寺，建議縣令林抃就溪水築塘，利用水力作碓磨。四月十一日，初食荔枝。〈與徐得之書〉云：「到惠已半年，既習其水土風氣，絕欲息念之外，浩然無疑，殊覺安健。向博羅縣令林抃建議推廣秧馬。惠州諸軍闕營房，蘇軾建議程正輔作屋三百間，荐都監王約同幹。廣州太守章質夫向蘇軾送酒。遷謫惠州一年，衣食漸窘，重九佳節，尊俎蕭然。虔州鶴田處士王子直不遠千里來訪。」 ◎撰寫詩文：〈寄鄧道士〉、〈贈王子直秀才〉、〈眞一灧〉、〈次韻程正輔遊碧落洞〉、〈荔支嘆〉、〈江月五首〉、〈章質夫送酒六壺至而酒不達戲作小詩問之〉、〈臨江仙・九十日春都過了〉、〈殢人嬌・贈朝雲〉、〈與陳季常書〉、〈付僧惠誠遊吳中代書十二〉、〈與程正輔書〉 • 題畫文學：於惠州作〈書黃魯直畫跋後三首〉（遠近景圖、北齊校書圖、右軍斫膾圖）（文集第七〇卷，頁 2218）、於惠州作〈海月辯公眞贊〉（文集第二二卷，頁 638））、於惠州作〈偃松屏贊〉（文集第二二卷，頁 616）提及蘇過
		3〔丙子〕	1096	61	惠州	1. 謫居惠州。 2. 正月，扣門許參軍家，採荔枝花。 3. 二月八日，與惠州推官黃燾僧曇穎過逍遙尚向何道士問疾。 4. 四月二十日，復歸於嘉祐寺。當時卜築白鶴峰之上，以作終老之計。 5. 六月，惠州修東西新橋，蘇軾助以犀帶，子由之婦史氏，亦以入官內得賜黃金錢數千助施。 6. 七月五日，朝雲病亡，年三十四，葬於棲禪寺松林中東南，直大聖塔，爲作「六如亭」。 7. 作〈縱筆〉詩，有「報道先生春睡美，道人輕打五更鐘」句。

帝號	年號	年號年	西元	蘇軾年紀	所在地點	記　　事
						8. 借王參軍地種菜，不及半畝，與蘇過二人終年飽菜。
						9. 十二月二十五日，酒盡，取米欲釀，米亦竭。一年之中，多病鮮歡。吳子野、陸道士、僧曇秀等皆來惠州探望作客。
						◎撰寫詩文：〈新年五首〉、〈和陶詩〉、〈食荔枝二首〉、〈遷居〉、〈兩橋詩〉、〈悼朝雲〉、〈西江月·玉骨那愁瘴霧〉、〈跋寶月塔銘〉、〈煨芋帖〉、〈惠州李氏潛珍閣銘〉
		4〔子丑〕	1097	62	惠州→儋州	1. 謫居惠州。
						2. 正月，海上道人授蘇軾「以神守氣訣」。
						3. 閏二月十四日，白鶴峰新居成，自嘉祐寺遷入。築室二十間，有「德有鄰堂」、「思無邪齋」。西鄰為翟秀才，林行婆。向程天侔乞樹秧栽種。
						4. 長子邁授韶州仁化縣令，攜家來惠州。
						5. 閏二月，詔上清儲祥宮御篆碑文，蘇軾所撰，已令毀棄，宜使蔡京撰文並書。
						6. 又詔寧遠軍節度副使、惠州安置蘇軾，責授瓊州別駕，移送昌化軍安置。
						7. 太守方子容來別。
						8. 蘇軾置家於惠州，四月十九日獨與幼子蘇過負擔過海。子孫痛哭於江邊，為死別。五月抵梧州。十一日與子由相遇於藤州，相處一月，同行至雷州，六月十一日相別渡海。
						9. 七月二日到儋州。州守為張中。初僦官屋，以庇風雨。十月，因官屋破漏，一夜三次遷移。十二月，致書蘇轍，為〈和陶詩〉作序。
						◎撰寫詩文：〈白鶴峰新居欲成夜過西鄰翟秀才二首〉、〈行瓊儋間肩輿坐睡夢中得句〉、〈安期生〉、〈儋耳山〉、〈和陶勸農〉、〈聞子由瘦〉、〈椰子冠〉、〈昌化軍謝表〉、〈與范淳父書〉、〈與王敏仲書〉
						• 題畫文學：於惠州作〈三馬圖贊并引〉（文集第二一卷，頁610）揑及李公麟
	紹聖元符	5 1〔戊寅〕	1098	63	儋州	1. 謫居儋州。
						2. 二月二十日子由生日，以黃子木挂杖為壽。
						3. 海南人以上巳上冢，蘇軾攜酒尋諸生，皆出，獨與老符秀才飲，至醉。與軍使張中同訪黎子雲兄弟，名其屋曰「載酒堂」。

帝號	年號	年號年	西元	蘇軾年紀	所在地點	記　　　事
						4. 三月，吳子野渡海來儋州看望蘇軾。
						5. 四月，董必察訪廣西，遣使臣過海，把蘇軾父子逐出官舍。蘇軾無地可居，遂買地築室，爲屋五間。儋州學生十餘人，潮州人王介石，躬泥水之役，助成之。
						6. 五月，屋成，名之爲「桄榔庵」。
						7. 九月晦，遊天慶觀，謁北極眞聖，探靈籤，以決餘生之禍福吉凶。
						8. 十月五日，筮《周易》，口以授過，又書而藏之。
						9. 蘇軾生活日窘，盡賣酒器，以供衣食。
						◎撰寫詩文：〈和陶擬古九首〉、〈答海上翁〉、〈貧家淨掃地〉、〈新居〉、〈眾妙堂記〉、〈與程全父書〉、〈書海南風土〉、〈天慶觀乳泉賦〉
	元符	2〔己卯〕	1099	64	儋州	1. 謫居儋州。
						2. 上元夜，有老書生數人來過，蘇軾欣然出遊，步城西，歷小巷，三鼓歸舍。
						3. 蘇軾嘗負大瓢，行歌田間。有老婦年七十，曰：「內翰昔日富貴，一場春夢。」軾然之。里人呼此嫗爲春夢婆。蘇軾被酒獨行，遍至子雲、威、徽、先覺四黎之舍。又遊城東學舍。
						4. 得鄭嘉會靖老書，欲於海舶載書千餘卷見借。
						5. 四月，前年軍使張中役兵修倫江驛，以就房店爲名，供蘇軾居住，察訪董必體究得實，程節、譚掞、梁子美等各降官，張中坐黜罷。
						6. 閏九月，瓊士姜唐佐來儋耳，日與蘇軾相從。
						7. 十二月，蘇軾作詩三送張中。
						8. 臘月二十三日，因作墨，墨灶發火，幾焚屋。餘松明一車，仍以照夜。當時京師盛傳蘇軾得道，乘小舟入海不復返。
						◎撰寫詩文：〈和陶贈羊長史〉、〈縱筆三首〉、〈三送張中〉、〈減字木蘭花·己卯儋耳春詞〉、〈書柳子厚詩後〉、〈書杜子美詩〉、〈十八大阿羅漢頌〉、〈記海南作墨〉
哲宗徽宗	元符	3〔庚辰〕	1100	65	儋州→廉州→永州→廣州→韶州→南雄	1. 謫居儋州。
						2. 正月十二日，天門冬酒熟，自漉之，且漉且嘗，遂以大醉。
						3. 劉沔編錄蘇軾詩文二十卷，寄蘇軾過目。三月，作〈與劉沔書〉。贈別姜唐佐。自作「眞一酒」，自爲贊〈東坡笠屐圖〉。

帝號	年號	年號年	西元	蘇軾年紀	所在地點	記　　　　事
						4. 五月，吳復古渡海告知時事。秦觀致書告知將內遷廉州。獲誥命，仍以瓊州別駕廉州安置，不得簽書公事。
						5. 六月離儋耳，六月十七日，遷於合浦，二十日夜渡海。抵雷州，與秦觀相會。
						6. 七月四日至廉州貶所。
						7. 八月，被命授舒州團練副使，移永州安置，月底離廉州。
						8. 九月，經梧州、康州，抵廣州，與蘇迨、蘇邁及家人在廣州相聚。與州守朱行中、州倅蕭世范唱和，謝民師來謁。聞秦觀卒於藤州，大慟不已。
						9. 十一月，離廣州，吳子野、何崇道、穎堂通三老長自番禺追錢至清遠峽。
						10. 行至英州，晤鄭俠。奉敕復朝奉郎提舉成都府玉局觀，在外州軍任便居住。遂離英州，過韶州，除夕在韶州。
						11. 蘇軾竄流嶺海，前後七年，契闊死生，喪亡九口。
						◎撰寫詩文：〈和陶雜詩十一首〉、〈和陶桃花源〉、〈和陶歸去來兮辭〉、〈題過所畫枯木竹石三首〉、〈汲江煎茶〉、〈別海南黎民表〉、〈六月二十日夜渡海〉、〈跋王晉叔所藏畫〉、〈次韻鄭介夫二首〉、〈鷓鴣天・笑捻紅梅嚲翠翹〉、〈量移廉州謝表〉、〈提舉玉局觀謝表〉、〈廣州東莞縣資福寺羅漢閣記〉
						• 題畫文學：於瓊州作〈題過所畫枯木竹石三首〉（詩集第四三卷，頁2347）提及蘇過、於廣州作〈跋王進叔所藏畫五首〉（徐熙杏花、趙昌四季）（詩集第四四卷，頁 2395）提及徐熙和趙昌、於廣州作〈自南海歸，過清遠峽寶林寺禪月所畫十八大阿羅漢〉（（文集第二二卷，頁626））提及貫休、於廣州作〈韋偃牧馬圖〉（詩集第四四卷，頁2397）提及韋偃、於韶州作〈李伯時畫其弟亮公舊隱宅圖〉（詩集第四四卷，頁2413）提及李公麟
徽宗	建中靖國	1〔辛巳〕	1101	66	虔州→當塗→金陵→儀眞→毗陵→常州	1. 正月三日抵南雄。四日，從大庾嶺出發，至龍光寺求竹竿。五日，至嶺巔龍泉寺。過南安，留虔州四十日。
						2. 四月，過豫章，得蘇轍書，勸居潁昌。抵南康軍，重遊廬山。過九江、湖口、舒州，抵當塗，錢世雄自常州專使以詩來迎蘇軾，相約至金山相會。

帝號	年號	年號年	西元	蘇軾年紀	所在地點	記　　　　事
						3. 五月一日，至金陵，渡江至儀眞，與程之元、錢世雄會於金山，登妙高台，觀李公麟所留眞，自題詩一首。觀察當時政治形勢，決計歸毗陵定居。 4. 六月一日，與米芾遇於白沙東園，得疾，稍減。十一日乘舟從儀眞出發，十二日渡江過潤州。十五日舟赴毗陵，運河兩岸有千、萬人圍隨而行。至奔牛埭，錢世雄復來迎，以《易》、《書》、《論語》三傳授世雄。抵毗陵，寓於孫氏宅，遂上表請老，以本官致仕。 5. 七月十五日，熱毒轉甚，諸藥盡卻。二十五日病危，二十八日絕命於常州，年六十六歲。吳越之民相與哭於市，其君子相與弔於家，訃聞於四方，無賢愚皆咨嗟出涕，太學之士數百人相率飯僧惠林佛舍。 ◎撰寫詩文：〈贈嶺上老人〉、〈過嶺二首〉、〈次韻陽行先〉、〈贈詩僧通道〉、〈劉壯輿長官是是堂〉、〈睡起聞米元章冒熱到東園送麥門多飲子〉、〈夢中作寄朱行中〉、〈答徑山琳長老〉、〈南安軍學記〉、〈與錢濟明書〉、〈觀音頌〉、〈書秦少遊詞後〉 • 題畫文學：於虔州作〈畫車二首〉（詩集第四五卷，頁 2442）、於當塗作〈次韻郭功甫觀予畫雪雀有感二首〉（詩集第四五卷，頁 2454）提及蘇軾、於金山作〈自題金山畫像〉（詩集第四八卷，頁 2641）提及李公麟

附註：

1. 本藝術生平年譜依據孔凡禮撰《蘇軾年譜》上、中、下（北京：中華書局，1998 年）所錄，加以裁減編輯而成。

2. 其中所提之詩文或題畫文學之卷數與頁數，乃依據孔凡禮點校《蘇軾文集》（北京：中華書局，1990 年）、孔凡禮點校《蘇軾詩集》（北京：中華書局，1987 年）等著，以供檢索詳查。

3. 《蘇軾佚文彙編》置於孔凡禮點校《蘇軾文集》中。

4. 表格中之作品繫年，非蘇軾全數作品；題畫作品時間不確定者、題寫地點及提及畫家不確定、不載明者則空白表示。